上戏编剧学博士生剧作集

Shangxi Bianjuxue Boshisheng Juzuoji

上

主　编　陆　军
　　　　刘　庆
副主编　顾　飞

上海辞书出版社

图书在版编目(CIP)数据

上戏编剧学博士生剧作集 / 陆军,刘庆主编;顾飞副主编. —上海:上海辞书出版社,2023
ISBN 978-7-5326-6034-6

Ⅰ. ①上… Ⅱ. ①陆… ②刘… ③顾… Ⅲ. ①剧本—作品综合集—中国—当代 Ⅳ. ①I230

中国国家版本馆 CIP 数据核字(2023)第 031051 号

上戏编剧学博士生剧作集

陆　军　刘　庆　主编　顾　飞　副主编

责任编辑　陆琦杨
装帧设计　梁业礼
责任校对　左钟亮
责任印制　王亭亭

出版发行　上海世纪出版集团
上海辞书出版社®(www.cishu.com.cn)
地　　址　上海市闵行区号景路 159 弄 B 座(邮政编码:201101)
印　　刷　上海盛通时代印刷有限公司
开　　本　890 毫米×1240 毫米　1/32
印　　张　31.5
字　　数　720 000
版　　次　2023 年 11 月第 1 版　2023 年 11 月第 1 次印刷
书　　号　ISBN 978-7-5326-6034-6/I·541
定　　价　198.00 元

本书得到上海市教委“戏剧艺术博士专业学位点培育”
专项经费资助

艺术专业博士培养“五问”

——序《上戏编剧学博士生剧作集》

陆　军

前些时候，上海戏剧学院主管教学的副院长刘庆教授给我打电话，希望能编一本编剧学博士生的剧本集，为他主持的艺术博士学位培育点建设课题做些相关的配套研究。我觉得这个想法很好，便欣然答允了。一方面，我一直在编剧学博士生教学中倡导学生不仅要做学术研究，也要会戏剧创作，这么多年来，始终从学术研究和戏剧创作这两个维度去设计教学、要求学生，因而学生创作的剧本存量丰裕，增量也一直没有间断；另一方面，有关上戏学生剧本的编选出版我已经坚持了近二十年，包括2014年创编《上戏新剧本》（每年4期）、2017年创编《编剧学刊》（2023年增设剧本专栏），以及已正式出版的《上戏新剧本》（全50卷）、《上戏编剧学研究生创作档案》（6册）、《上海校园戏剧作品选》（5册）、《美国哥伦比亚大学艺术硕士研究生剧作选》（2册）、《新剧本创作选》、《倒春寒——新剧本创作选》、《乘着戏曲的翅膀》等，如果再加上我推动出版的《师生剧作集选》（3册）、《宋捷师生戏曲剧作选》等，总共也有十来种、七八十册了吧。所以，编剧本集，对我来说，是一件很乐意做、也很有信心做好的事情。

在顾飞老师的努力下，上海戏剧学院编剧学与戏剧叙事理论两个专业的博士生积极配合，在较短时间内完成了作品遴选、修改与编辑。20部剧稿中包含话剧（多幕剧、小剧场戏剧、独幕剧、儿童剧等）和戏曲，有大戏亦有小品，有原创亦有改编，有传统亦有先锋，体裁多样，手法丰富，风格各异，总体上来说，大致可以体现“学院派”学生作品的精神品相。但等到准备送出版社时，我忽然想起，刘庆副院长要编选剧本集，是从艺术博士学位培育点建设的角度来考量其意义的，这与我过去主要以鼓励与推介学生创作成果的初衷并不一样。换句话说，这个剧本集，应作为未来艺术博士课程设计、培养计划、培养目标的参照之一，既要体现上戏编剧学博士生剧本创作的总体水准，又要从这些剧本的字里行间窥探到上戏在编剧教学方面的理念、目标与方法。这就逼迫我重新思考编选过程中涉及的包括剧作题材布局、内容要素、叙事特征与风格样式，特别是与教育教学的关系等一系列问题。从某种意义上说，这既是对上戏编剧学博士生剧作质量的重新审视，也是对博士生编剧教学水准的一次特别检讨，更是对国家即将启动的承担艺术博士培养的相关高校前期准备的一次自我检查。这样一想，欣慰之余，感慨就多了起来。联系到自己主持的编剧学学科建设，如果从培养艺术博士的角度去考量，至少有五个问题亟需我们回答，或者说需要进一步回答好：

第一，艺术博士的培养目标准备好了吗？

艺术博士与传统意义上编剧学方向所归属的文学博士，在培养目标上应有着明显的区别。是培养一流的、具学院派背景的优秀剧作家？还是培养擅长剧本创作的优秀学者？抑或两者兼而有之？编剧学艺术博士培养需要准确把握自己的目标指向。为此，2022年7月暑假期间，我曾组织校内外专家学者专门围绕这个问题展开讨论,并在《上海戏剧学院编剧学艺术博士专业学位研究生培养方案》(征求意见稿)中提出,艺术博士,旨在为国家培养能熟练掌握和运用本艺术门类的创作方法和创作技能,深入了解本艺术门类的国际动态和发展趋势,具有创造性地进行艺术创作和艺术精品的生产,并能掌握本领域的系统理论和学术思想,具有在本艺术门类进行深入的、创新性科学研究能力的领军人才。显而易见,这样的培养目标是鼓舞人心的,作为教学文件,自然有它的理论意义与实践意义。但我们必须清醒地认识到,要实现这样的愿景并非易事。按照我的理解,简单说来,艺术博士培养目标指向“专家”,文学博士培养目标指向“学者”。至于艺术博士能不能培育出专家型的领军人才,除了教学团队与艺术博士生创新性治学的双重努力,关键取决于国家教育主管部门、高等院校能否在招生政策上有创新性的突破。一句话,我们的生源准备好了吗?

当然,未来常见的情况一定是,在艺术博士培养过程中会产生一些著名学者,如同在文学博士培养过程中会涌现一些著名专家的道理一样。这不是培养目标的失败,恰恰相反,这是符合教育规律的必然结果。作为教育者,应该同样为之高兴。

第二,艺术博士的课程内容准备好了吗?

艺术博士的课程设计,是在现有的“艺术硕士+文学博士”的课程“菜单”中作取舍,进行习惯性过渡?还是采用其他创新方法,开出一条新路,保证艺术博士所获得的教学内容、教学方法有别于其他,具有自己独特的方式和方向?这是摆在每个艺术博士学位培育点面前最紧迫的问题。

需要提醒的是,未来的艺术博士研修方式既不是高级编剧进修班,也不是读书班,更不是项目组。艺术博士的课程设计既要紧紧围绕培养目标，科学吸纳编剧学艺术硕士、文学硕士、文学博士深造所需的重要课程，更要根据艺术博士培养所需，赋予其高度的个性化内涵，包括价值导向、大学使命、国际视野、中国艺术精神、导师个人及导师团队的专业与学术特色……且在具体培养过程中，应针对不同学生的自身特质，在全面了解与理解的基础上，制订个性化培养方案，作出有的放矢的个性化培养"菜单"，等等。即使是开设与艺术硕士相同的课程，也应该有全新的教学设计与教学要求。比如，就编剧学艺术博士的专业课而言，我就曾在《上海戏剧学院编剧学艺术博士专业学位研究生培养方案》（征求意见稿）中提出，艺术博士专业学位研究生就读期间，须独立创作五部戏剧作品，包括取材于现实生活与历史题材的剧作各一部，改编于其他文学艺术样式的剧作一部，导师（或社会合作项目）命题剧作一部，经典剧作改写（或经典剧作片段改写）一部，其中中期展示剧目与毕业创作剧目可由学生选择以上剧作在原有基础上加工提高。我相信，这样的剧作训练难度与强度，是与艺术硕士有着明显的区分度的。

第三，艺术博士的考核方式准备好了吗？

在艺术博士正式推行之前，我国高等教育的博士生教学，主要通过课程学分要求、期刊论文要求、学位论文要求来考核研究型博士。而博士生学习与研究的首要任务是知识创新。所谓知识创新，从大的方面说，是指通过科学研究，包括基础研究和应用研究，获得新知识的过程，也是师生共同追求新发现、探索新规律、创立新学说、创造新方法、积累新知识的过程，其最终目的是为人类进一步认识世界、改造世界提供新理论和新方法，为人类文明进步和社会发展提供新动力和新路径。从小的方面说，博士生实现知识创新的主要途径是在导师指导下完成一二十万字的博士论文,为本学科、本专业框架内的某个问题的发现、研究与解决提供富有理论意义与实践意义的新见解和新方法。

一般说来,考核博士学位论文质量有两个维度:一是学术性维度,即考察知识创新的学术逻辑;二是实践性维度,即考察知识创新的社会需求逻辑。前者偏客观,强调国际可比性;后者偏主观,强调国家需求,强调能融入国家和区域创新体系。这两个不同的维度,也必然会有不同的研究方式与成果体现方式。而一些实践性很强的学科与专业,比如编剧学,有时候一个成功的创作案例所蕴含的知识创新程度往往远胜于从书本到书本、从概念到概念的理论模型。鉴于此,作为站在教学第一线的教师,我曾一直企盼博士生学位论文的呈现方式应该有多种可能,而艺术博士学位制度的实施,正好解决了这个问题。

至于艺术博士的考核,目前我们还没有找到特别有新意的方法,原则上采取:毕业作品达到正式发表与正式公演水平,学位论文为不低于3万字的理论总结。

当然,这应该是一个艺术博士要取得学位的最低考核标准。按照我的想法,学生就读期间,还应该在以下几项设计中任选一项,开动脑筋,有所作为:第一,至少有一部剧作,不管是原创还是改编,不管是演出(含朗读)还是发表,能在同类题材中脱颖而出,受到同行关注。第二,至少有一个观点,不管是论文还是学术会议演讲,能在一定范围内引起热议。第三,至少有一个与创作有关的活动,不管是独自策划实施,还是联合策划实施,能在编剧学新学科建设中留下痕迹。推出这些自选项目的目的是,鼓励每一个学生在读期间自我加压,为日渐养成深刻的思想力、独特的创造力与强悍的执行力打下基础。

第四，艺术博士的招生机制准备好了吗？

艺术博士因其极强的专业实践性，难以用传统学术考核方式硬性鉴定，只有设置特殊的门槛，才有可能寻觅到符合这一特殊专业的深造要求与培养标准的合适生源。如前所述，能不能在艺术博士专业学位研究生教学中培养出一流的领军人物，很大程度上取决于我们是否能拥有一流的生源。而要获得一流的生源，传统的招生方式显然有很大的局限性。这方面，美国编剧专业研究生的招生方式很值得我们借鉴。

据了解，目前美国研究生“招考分离、多样化选拔标准、严格淘汰制”等招生机制所体现出来的管理思想与教育理念，已逐渐被我国许多高校所赞同并不同程度地借鉴与效仿，而编剧专业艺术硕士研究生的招生又另有一功。我曾在 20 年前考察过耶鲁大学戏剧系的招生情况。该系每年仅招两三位编剧专业艺术硕士研究生，年初发表告示，申报者通过各种方式申报获得初选资格。校方在所有报名者中挑选出 20 人左右的考生邀请他们来学校。考查的方法是，每天晚上由导师带领考生去各个剧场观摩各种戏剧演出，第二天座谈讨论，要求人人发言。这样的活动一般要持续 20 多天，在此基础上导师遴选出自己喜爱、同时也为其他考生所公认的尖子生。这些学生经过专业学习，大多成了普利策奖或托尼奖得主。非常令人感慨的是，这些来自美国各个地方的考生的来回机票、20 多天食宿，包括观摩、考察的所有费用都由学校统一报销。即使那些没有获得入学资格的报考者也受教于招考活动全过程，因此而在戏剧创作上获得成功的也不在少数。哥伦比亚大学招生办法虽然与耶鲁大学不尽相同，但基本的原则、理念与生源质量要求完全一致。如哥大的黄哲伦教授可不通过手续繁琐的考试，直接指定他认为具有编剧潜能、与哥大研究生声誉相匹配的学生入学。相对于我们设定的编剧专业艺术硕士考试方法选拔出来的学生，毫无疑问，哥大学生的综合能力就高出我们一筹。

上述经验，是否能作为艺术博士招生方法的借鉴？这就完全取决于国家教育主管部门的战略性决策了。需要强调的是，艺术家是不可能批量生产的。那是因为，艺术家的天赋往往在走向成功的路上起到决定性作用。就编剧专业而言，经验告诉我们，学校能够培养出技术熟练的编剧，但不一定能培养出优秀的剧作家。这也是古今中外戏剧史上经常发生的，一些纵横剧坛的著名剧作家并非科班出身，有的甚至缺乏起码的教育背景，但并不影响他们成为大家。所以，通过招生改革来获得具有一定天赋与创作潜能的优质生源应是艺术博士培养链中最重要的一环。

第五，培养艺术博士的师资力量准备好了吗？

艺术博士培养，对原有的本科、硕士、博士学生和导师群体而言，都是亟需跨越的一次考验。就专业建设而言，我们的师资储备如何？实力怎样？导师及团队是否已经具备合格的个人素质与培养能力？是否具有足够的教育创新精神来面对和适应艺术专业高级人才培养这一严峻挑战？对这个问题的关注与思考，既关乎国家层面的政策设计，也关乎学校层面的管理创新，更关乎每个导师的自我省思。

针对目前各艺术高校师资短缺的状况，我建议，可否采取“1+X”的方式来为每个艺术博士生配置导师：1，即学生选择的博士生导师；X，包括由博士生导师按照培养计划聘请校内合作导师（或助教）1名，社会上有一定教学经验的相关专业的著名艺术家1名，学生自己推荐的校外（或校内）导师（需与导师协商后确认）

1名。

这样做的目的是,将更多的选择权交给学生,既为学生提供了多元的学习内容,又充分调动了学生学习的自主性。

由编选编剧学博士生剧本集想到的这些话题,可称之为艺术博士培养"五问",在这里表达,似乎有些离题了,就此打住。再回到主题上来吧。

入选《上戏编剧学博士生剧作集》的作品大致可以分为三类:一类,是艺术上有追求,个性化特征明显,虽然不免有稚嫩之处,但在同类题材中具有一定的创新性,体现了青年编剧在思想和艺术上勇于探索的敏锐与新进;另一类,是编剧技法中规中矩,题材处理得心应手,艺术表达娴熟流畅,达到发表与演出水平;还有一类,是努力以学习到的编剧技法来驾驭题材,作品还比较稚嫩,但也有自己一定的想法。

这些博士生中,多数目前已毕业走上工作岗位,无论是在高校、院团还是一线制作公司,他们的共同特点是在从事教学和理论研究的同时,活跃于创作实践领域,抑或在以创作为主业的同时,拥有理论思考的自觉。在他们身上,学术理论和创作实践结合紧密,相辅相成。这种特点的形成,来自于上戏编剧学专业博士培养中一直秉承的理论与实践并重的理念。

而且,作者群在整体上的理论素养也使这些剧作呈现出较深刻的思想性。这些"学院派"作品对编剧理论和技法相结合的积极尝试,是上戏戏剧艺术博士专业学位培育初期收获的点点星火,我们期待它在未来结出更丰硕的果实。

目前,上戏戏剧艺术博士专业学位培育点的建设正在有序推进。这种新的人才培养目标,恰巧契合了我们一贯鼓励和引导博士研究生在开展学术研究的同时尝试艺术创作的教学观念。上戏历来强调教学、创作、科研三者并重的办学定位与办学理念，不论是学术型人才还是创作型人才，高端人才如果能够拥有有效结合理论研究和技法实践的能力，对于编剧艺术乃至整个戏剧艺术来说，都具有影响其未来发展方向的决定性作用。

最后要强调的是，虽然不能说上戏在观念、师资、课程设置上已为艺术博士学位点的培育做好了准备，但至少可以说，我们正在做好各种准备的路上。这里提出的艺术博士培养“五问”，本来就是自我准备的一种方式，如果因此能听到不同的声音，特别是学生的声音，那便是我因这些粗糙浅显的文字所获得的最宝贵的财富了！

我想，我的诚恳一如既往！

2023 年 2 月 23 日

作者为国家高层次人才特殊支持计划教学名师，上海市文史研究馆馆员，上海戏曲学会会长，上海戏剧学院学术委员会主任，上海戏剧学院戏剧与影视学学科带头人、编剧学学科启创者。

目　录

CONTENTS

话 剧

闪亮的青春

编剧 李世涛

时间　现在

地点　上海，校园内外

人物

程　橙　女，29岁，辅导员。

马克明　男，28岁，辅导员，马克思主义哲学博士研究生在读，话痨。

庄培林　男，43岁，党总支副书记，成熟稳重，喜好盆景。

丁　洋　女学生，软妹子，恋爱脑。

柳茹茹　女学生，颜值在线，美妆主播。

周木涵　男学生，家境优越，生性傲慢。

乔　博　男学生，怀揣创业梦。

艾　米　女，25岁，奢侈品店店长。

邹　游　男，30岁，程橙前男友，现为某公司高管。

大学生若干，社会青年三名。

序

［黑暗中传来电子乐队的演奏声，起初是电吉他的弹奏，由轻缓至激昂，随即是架子鼓的敲击声。

［灯光骤亮，一群大学生出现在舞台上。

众学生　（唱）人生是无悔的流浪，

青春却总是让人彷徨。

每一次远行，每一次启航，

都是追逐着心中的梦想！

每一段故事，每一次登场，

都是描绘着最美的篇章！

我们是破浪的飞鸟啊，不认输是我最后的倔强。

我们是摘星的追梦人，只为点燃夜空中的微光。

带上勇气，带上希望，从这里奔向美丽而朦胧的远方。

总有遗憾，难免伤感，一路走来我还有最初的勇敢。

我热爱的，我信仰的，是光是光是刺破黑夜的光芒。

［庄培林和马克明上场，被学生们围在中间，音乐声渐弱。

男生甲　辅导员，我的银行卡丢了！

庄培林　补卡！

女生甲　辅导员，我昨天肚子痛没去上课，被记了旷课！

马克明　补假！

女生乙　辅导员，我上学期有一门课不及格！

庄培林　补修！

男生乙　辅导员，我昨天通宵玩游戏，今天无精打采！（哈欠连天）

马克明　补觉！

男生丙　辅导员，我今天早上下楼梯的时候不小心扭到了脚踝！

庄培林　补钙！

女生丙　辅导员，我面试的公司拒绝了我！我是不是弱爆了！（哭）

马克明　不要哭，你要补……

女生丙　补什么？

庄培林　补足勇气！

马克明　对，补足勇气，再接再厉！

［音乐再起，师生一起跟着音乐唱跳。

师生合　（唱）带上勇气，带上希望，从这里奔向美丽而朦胧的远方。

总有遗憾，难免伤感，一路走来我还有最初的勇敢。

我热爱的，我信仰的，是光是光是刺破黑夜的光芒。

［唱罢，师生定格。

［手机铃声响起，庄培林从人群中出来，走到舞台一角。

庄培林　（接电话）喂，程橙。

［舞台另一角，一束灯光亮起，程橙出现。

程　橙　师父，是我……

庄培林　我正要打电话给你，告诉你一个好消息，学校要推荐你申报本年度的

“高校最美辅导员”，你一定要好好准备。

程　橙　学生处已经通知我了，我请他们推荐别的人选，我放弃申报。

庄培林　放弃申报？程橙，这是我们高校辅导员的最高荣誉，每年的竞争非常激

烈，我在会议上还特意为你争取。

程　橙　师父，对不起，我让你失望了。

庄培林　我不要“对不起”三个字，你如果还认我这个师父，就珍惜

这次申报机会,我去跟学生处解释,就说你是因为最近压力太大了,有点小情绪……

程　橙　(打断他)师父,我不想做辅导员了,我要辞职。

庄培林　(惊讶)你说什么?

程　橙　我已经写好了辞职信,明天当面交给您。

庄培林　程橙,你已经工作了五年,也算是个老辅导员,我劝你不要这么任性!

程　橙　(激动地)我就是任性!我做了五年的辅导员!我受够了!(挂断电话)

[庄培林处光暗。

[微信、QQ等社交软件的消息提醒声交织在一起,程橙点开消息,里面传来学生们的声音:“程老师,我们宿舍停电了!”“程老师,我们宿舍有老鼠,你快来救我!”“程老师,我手划破了,快帮我打120!”“程老师,我失恋了,我不想活了!”“程老师,我游戏账号被盗了,我也不想活了!”……

[手机消息提醒声越来越密集越来越响,程橙“啊”了一声,消息声戛然而止,她双手抱头,痛苦不已。

[电吉他声轻轻响起,像是低声哭泣。

[切光。

第一场

[光起。

[一间宽敞的办公室,设有几张桌椅。

[阳光透过百叶窗铺在地上,窗台上放着一盆盆景。

[马克明穿着一身西装,正在打电话。

马克明　我确实太忙了，上次绝不是故意放你鸽子，你再给我一次机会……我今天特意定了你在微博上 mark 的网红餐厅……看微博也是我的工作，学生们的朋友圈屏蔽了我，我去微博看他们的动态，顺便看看你……不，是专程看你的微博，关心你……（他走到窗前摆弄盆景）

［庄培林拿着一堆材料上，正撞见马克明拽下了盆景上的一片叶子。

庄培林　（厉声地）马克明！你动我盆景做什么！

马克明　（将食指放在唇边示意他不要讲话）今晚六点，不见不散！（挂电话）

［马克明转过身来，见庄培林将盆景搬到了办公桌上，小心翼翼地修剪。

马克明　庄书记，你一惊一乍的，吓我一跳！

庄培林　我终于知道这个盆景为什么养不活了，原来罪魁祸首是你！

马克明　是您技艺不精，我记得这个盆景刚来的时候是枝繁叶茂生机勃勃，经过您的精心照料，它现在……精神越来越萎靡。

庄培林　我警告你，以后不许碰它。

马克明　好，我离它远点。

庄培林　（低头修剪盆景，发现马克明站在原地不动）还有什么事吗？

马克明　书记，你今天心情不好？

庄培林　有事说事，别绕那么多弯子。

马克明　我八卦一下，听说程老师主动放弃了“高校最美辅导员”的推荐名额，这事已经在校园里传开了，到底是为什么呀？

庄培林　这事跟你有关系吗？马克明，你把心思放在工作上，不要到处打听别人的事情。

马克明　我没闲着，我今天要开好几个会，主题班会、就业指导会、社会实践培训会、学生骨干工作布置会，还有这一堆表格，毕业生的签约率统计表、新生的信息统计表、贫困生助学金的申请表、学业奖学金的申请表。这份辅导员的工作，再这么干下去，我真的是吃不消了。

庄培林　怎么？有新想法了？

马克明　（笑）书记，您是我的老领导，不用我说出来，您肯定懂我。

庄培林　同事这么多年，我当然懂你。

马克明　（畅想）我已经想好了，明年博士毕业，我就向学校提出申请……

庄培林　（并没有听他说话，而是处理手里的材料）我已经替你申请了。

马克明　真的？书记，您果然懂我！

庄培林　你去跟学生处处长说吧，我已经把你的情况告诉他了。

马克明　（兴奋）够意思！这事要是成了，我请您吃大餐！（急匆匆往外走）

庄培林　回来，至于这么兴奋吗，把这个表格带着。（递给马克明一份表格）

马克明　好！（接过表格，惊讶）书记，您逗我呢！

庄培林　逗你做什么，市里要举办骨干辅导员研修班，为期三个月，这么好的机会，我必须要为你争取。

马克明　书记！我……

庄培林　你什么？

马克明　我谢谢您！

庄培林　我知道你的想法，你想博士毕业之后转入教学岗，对不对？

马克明　我们政策上是有这一条的,允许辅导员转岗。

庄培林　我没有不同意你转岗,我是想问你,当初为什么选择做辅导员？这个岗位对你来说就是一个中转站,是不是?

马克明　我当初做辅导员是为了稳定,这几年我兢兢业业任劳任怨,但是现在想想,这份工作也太稳定了,把我拿捏得死死的。

庄培林　说到底,你还是把辅导员的岗位当作是一个中转站。

马克明　书记,我不是不热爱辅导员的工作,但我是真的太累了,我连谈恋爱的时间都没有,我妈隔三岔五给我打电话催婚,我现在都不敢接她的电话了,但是我妈有句话说得对,我再这么拖下去,就只能捡别人挑剩下的了。

庄培林　你自己就是别人挑剩下的,有什么资格挑三拣四的。

马克明　书记,这话得说清楚,我怎么就没资格了？我好歹也是个博士,工作很体面,收入不算低,颜值没有九分也得有个七八分……

庄培林　你能不能别这么话痨？我要是女生也不愿意找你!

马克明　您能不能别这么伤人!

庄培林　这个研究班你到底去不去?

马克明　我去！我这就去!

庄培林　等等!

马克明　(不耐烦地)又怎么了?

庄培林　我理解你的想法,也尊重你的意愿,但转岗这个事情要从长计议。现在是正缺人手的时候,我可不希望缺了你这员猛将。

马克明　书记,现在网上有句话叫什么来着?(挠挠头)哦,“听君一席话,如听一席话”。

庄培林　什么意思？

马克明　就是说了等于白说！拜拜！

［马克明气冲冲地下，与刚进门的程橙撞了个满怀，表格散落一地。

［程橙捡表格。

马克明　（一边捡一边说）程老师，你今天迟到了，这可不像你的作风。该不会是地铁又停运了吧？你得抽时间去考驾照，不能天天挤地铁。共享单车也行，主要是方便。哦，对了，你会骑自行车吗？

程　橙　（把捡起的表格塞给他）你最好是开飞船去外太空，离我越远越好！

马克明　凶什么？我倒是想坐神舟号，人家宇航员不带我！（下）

［庄培林将盆景搬到窗边，程橙站在他的身后。

程　橙　师父……

庄培林　（背对着她，并不回答）

程　橙　对不起，您为我争取了“高校最美辅导员”的推荐名额，我却辜负了您。

庄培林　谈不上辜负，一个称号而已，你向来不看重这些。

程　橙　（从包里拿出辞职信）我知道您对我很失望，这是我的辞职信。

庄培林　（转身，接过辞职信后放在桌上）

程　橙　您不打算拆开看看吗？

庄培林　我不用看也知道你肯定是找了一些冠冕堂皇的理由。

程　橙　我也知道您肯定会挽留我，师父……

庄培林　如果你还认我这个师父，就应该跟我说实话。

程　橙　说实话，我很感激您。五年前我硕士毕业来做辅导员，那时候我完全是一个职场小白，比学生大不了几岁，是您手把手地带我。如果不是您，也许我早就放弃了。

庄培林　你不是我带过的第一个新人，我在你之前带过四个，最长的做了不到两年，最短的只做了三个月。我最初也不相信你会做这么久，但随着时间的推移，我在你身上看到了跟别人不一样的地方。

程　橙　什么？

庄培林　热爱。因为热爱，你不觉得做辅导员是一件苦差事，也不觉得处理学生杂七杂八的事情是在浪费青春。

程　橙　可是我现在后悔了，我现在确实觉得做辅导员是一件苦差事，我把过去五年的时间用在学生身上是在浪费自己的青春。

庄培林　程橙，你平时不是这个样子……

程　橙　（有些激动）您让我把话说完。五年来，我每天像上了发条的陀螺一样转个不停，我是家长和学生眼里的保姆，是领导和专业老师眼里的秘书，睡觉不敢关机，要二十四小时待命。可我换来的是什么？是年近三十，却一事无成。所以我说我后悔了，如果我当初不是做辅导员，我现在应该拥有另一种生活，即便不是光彩夺目，也不会像现在这样失败。

庄培林　你不要激动，也不要给自己下一个“失败者”的结论。我从前只关注你的工作，在生活上对你不够关心，这是我的过错。你如果遇到了什么问题可以向我反映，不论是作为你的师父，还是作为学院的副书记，我有责任为你排忧解难。你要相信，一名辅导员从来都不是单兵作战，组织上会帮助你。

程　橙　我现在唯一的诉求是请您批准我的辞职。

庄培林　那你给我一个理由！一个能够说服我也能够说服你自己的理由！

程　橙　（大声地）不值得！我为学生做的一切都不值得！这个理由够了吗？

庄培林　（语气缓和下来）程橙，到底发生了什么事情？我或许能帮助你。

程　橙　前天夜里，一位毕业生在朋友圈转发了“高校最美辅导员”的投票链接，但不是为我拉票，而是为了声讨我。

庄培林　他说什么？

程　橙　他说自己刚进大学时很迷茫，给我发过信息，我没有回复他，所以他四年里再也没有找过我。如果我当初回复他，给他建议和帮助，也许他在大学里会是另一种状态，他后来的生活也就不会那么失败。

庄培林　他现在做什么？

程　橙　他毕业后回了新疆，自己创业，销售新疆的干果。

庄培林　学生的一条朋友圈而已，你没有必要因此而怀疑自己。

程　橙　那段文字深深地刺痛了我，我五年里带了几百个学生，不可能回复到每个学生的信息，他们可以在成功的时候遗忘我这个辅导员，但他们不可以把自己生活的失败归咎于我。我只是一名小小的辅导员，仅此而已。

庄培林　“一名小小的辅导员”，你就是这么认识自己的工作吗？你有没有想过，国家为什么这么重视辅导员的工作？道理很简单，因为大学生正处在“拔节孕穗期”，正站在生活的岔路口，正处于人生的关键期，需要有人给予他们价值引领，辅导员是离学生最近的人，是高校立德树人的重要依托。

我们的工作往小了说关系到学生的前途，往大了说关系到国家的命运，你如果认识不到这一点，那你过去五年白做了！

程　橙　师父，对不起。

庄培林　不要跟我说对不起，去跟你的学生说。你负责的班级已经大四了，你在这么关键的时候抛弃他们，你的学生怎么办？他们怎么看待自己的辅导员？尤其是这四个学生！

［庄培林将一份表格拍在桌上，程橙拿起来看。

庄培林　这四个学生问题很严重，你自己看看他们挂了多少门课，他们要是毕不了业，你这个辅导员难辞其咎！

庄培林　程橙，我再问你一次，就这样离开，你舍得吗？你甘心吗？

［程橙低头不语。

庄培林　你过来一下。（带着程橙走到盆景旁边）这是去年教师节的时候，一个毕业生送来的。他是我带的第一届学生，家里很贫困，靠助学金完成了学业。穷地方出来的孩子，读书是他们改变命运的唯一机会，所以他毕业的时候想留在上海，不想回老家。他父母给我打了几次电话，最后一次几乎是求着我劝学生回家。我请他吃了顿饭，他问我到底应该怎么选择，我劝他听父母的话，他没再多说，那晚喝了很多酒，他喝醉了抱着我哭，我也跟着哭。

程　橙　那个学生后来怎么样了？

庄培林　喝完酒第二天他就买了回家的火车票，自此以后再也没跟我联系。一直到去年他来上海看病，到学校里来看我，我才知道他这些年过得很不好，而且病得很严重。我问他为什么一直不联系我，他说自己过去这些年一直对我有怨言，当年我是唯一能帮他的人，如果我帮他说服父母，他的命运就改变了。这是他毕业之后第一次来上海，火车到站的一瞬间他想起的第一个人竟然是我。我请他吃了顿饭，这次没有喝酒，送他离开校门的时候，望着他的背影，我的眼泪止不住地流。

程　橙　师父，您不必为此而自责，您经常跟我说，辅导员是人而不是神仙，责任是有限的，能力也是有限的。

庄培林　但是对学生的爱却是无限的，所以，我理解你现在的心情，你伤心不是因为学生发朋友圈指责你，而是因为他现在过得不如意而自责，对吗？

程　橙　（故意岔开话题）我现在知道您为什么这么重视这盆盆景了。

庄培林　可惜我不擅长摆弄这些花花草草，这盆盆景到了我的手里简直是暴殄天物。程橙，我带了你五年，对你只有一个要求——把这届学生带到毕业再离开。

程　橙　师父，我……

庄培林　现在是9月，明年6月毕业，满打满算也就九个月的时间，送走这批学生，就算是给你的辅导员生涯画一个圆满的句号吧。

程　橙　（犹豫了一下）那……好吧，您到时候一定要同意我的辞职。

庄培林　一言为定，不过事先说好了，我说的是全部学生顺利毕业，包括这四名同学。（手机响，接起）喂，什么……我马上过去！（挂电话）

程　橙　怎么了？

庄培林　一个学生被校园贷骗了，寻死觅活的，我过去看看。

程　橙　我跟您一起去。

庄培林　不用了。(走了两步,又返回来)从今天起,这盆盆景由你照料。

程　橙　可是我也不会呀。

庄培林　不会就慢慢学。(匆匆下)

［程橙看着盆景,拿起剪刀,手足无措的样子。

［邹游上。

邹　游　你好,请问庄书记在吗?

程　橙　(背对着他)你来得不巧,庄书记刚刚离开。

邹　游　那我可以在这里等他吗?

程　橙　当然可以,你随便坐。

［邹游走进来,正准备坐下,程橙转过身来。

邹　游　(认出她,意外地)程橙?!

程　橙　邹游?! 你回上海了?

邹　游　是啊,我刚回上海不久。(热情地握手)好久不见!

程　橙　(轻轻地抽出手来)是啊,好久不见!

［吉他声响起。

［切光。

第 二 场

［光起。

［西餐厅,透过巨大的落地窗可以看到上海的夜景。

［艾米端坐在桌前拨打电话,语音提醒对方已经关机。

［艾米打开微信,发语音消息。

艾　米　(生气地)Vivi,你介绍的人也太不靠谱了,说好了六点,都六点半了,人还没来,电话也打不通。我不等了,之前答应你的那个限量款的包包，我给其他顾客了，再见！

［艾米起身，正准备走，马克明气喘吁吁地跑上。

马克明　艾米，对不起。一个宿舍的女生为了养宠物猫的问题闹矛盾，我处理了一个下午，终于给那只猫找到了下家。刚处理完那边，男生们又因为打篮球的事情发生摩擦，我好说歹说才把他们给劝住……

艾　米　（制止他）我不想听你这些解释，“马克思”先生！

马克明　“马克思”？

艾　米　哦，不好意思，“马克笔”先生！

马克明　“马克笔”？

艾　米　我都被你气糊涂了，今天是你说见面的，结果你迟到半个多小时，这是非常不礼貌的，你知道吗？“马赛克”先生！

马克明　艾米小姐，你这会儿已经给我起了三个名字了，我既不叫“马克思”“马克笔”，更不叫“马赛克”，我叫“马克明”！马克思主义指引光明，简称“马克明”！

艾　米　我不管马克思主义把你往哪里指，但我明确告诉你，马克思主义也无法平息我此时此刻内心的怒火，再见！不，再也不见！

马克明　（阻拦）艾米小姐，我知道错了。你给我五分钟，哪怕陪我坐会儿也行。

艾　米　（坐下）你说吧。

马克明　我先介绍一下自己，我今年28岁，在高校做辅导员，每个月的工资撑不着也饿不死，好处是稳定，在郊区有套两居室的房子，每个月有六千多块钱的房贷。我还没有买汽车，主要是拍不到沪牌，朋友劝我买新能源挂绿牌，但我还在纠结电动汽车的续航……

艾　米　一分钟过去了。

马克明　这是我第六十六次相亲，之前都以失败告终。有的是嫌我没钱，有的是嫌我没有幽默感，但大多数是嫌我没时间。

艾　米　你跟介绍我们认识的那个 Vivi 是什么关系？

马克明　她是我的学生，毕业好几年了。

艾　米　那你知道吗？她介绍我们认识，是为了拿到我们店里的限量款包包。

马克明　限量款包包？

艾　米　Vivi 没跟你介绍我的情况吗？

马克明　她只跟我说你是在奢侈品店工作，你是销售？哦，你们那里叫柜姐。

艾　米　都不是，我是店长。

马克明　原来是领导，难怪……

艾　米　难怪什么？

马克明　没什么，看来我这个辅导员在毕业生那里还是有点利用价值的。我弱弱地问一句，你这种跟奢侈品打交道的女生，眼光应该很高吧？

艾　米　谈不上，不过一个女人从我面前走过，她身上的奢侈品，穿的衣服戴的首饰背的包包，我一眼就能看出真假。

马克明　真的假的？你们是专门培训过吗？

艾　米　没有，我们不是看东西，是看一个女人脸上的气质。

马克明　你这属于玄学啊，那你看出我什么了吗？

艾　米　你很八卦，你竟然去偷看学生的微博，你们辅导员是不是都这么八卦？

马克明　这不是八卦，是关心学生。

艾　米　有没有大瓜？

马克明　目前还没有，不过据我所知，有些学生开了微博小号，我还在侦察中。

艾　米　那有没有学生喜欢你，跟你表白过？

马克明　没有。

艾　米　那你有没有喜欢的学生？

马克明　（连忙摆手）没有，这个真没有，违反师德的事情我坚决不做。

艾　米　你这么紧张做什么？我又不是纪检委。我们换个话题，我上学的时候最讨厌的是思政课，老师在上面讲，学生在下面打游戏、睡大觉，其实大家都知道这种课是最无聊的，心照不宣而已。那你在学校教课吗？

马克明　不好意思，我就是教思政课的。

艾　米　这么尴尬吗？

马克明　艾米小姐，我觉得你对思政课有偏见，高校的根本任务是立德树人，思政教育是为学生扣好人生第一粒扣子，坚定学生的理想信念……

艾　米　你是在教我做事吗？

马克明　辅导员不仅是教学生做事，更重要的是教学生做人。

艾　米　也不是所有人都这样吧，我大学里的辅导员就很讨厌，每天哭丧着脸，就跟我们学生欠她钱似的，平时对我们不闻不问，毕业之前逼着我们找工作签三方协议，就为了去领导那里邀功，我毕业之后第一件事就是拉黑她的电话、删了她的微信。结果她前几天来我们店里消费，非要让我给她打折。

马克明　看来你不仅对思政课有偏见，对辅导员的认识也有很大的误区。

艾　米　你是想说服我吗?

马克明　我恐怕没这个能力,五分钟到了,我该走了。

艾　米　等等,你知道我是什么星座吗?(马克明摇头)我是天蝎座,最记仇、报复心理最强的星座,你既是辅导员又上思政课,我最讨厌的两种人,你都占了。

马克明　所以呢?

艾　米　所以我想跟你交往一段时间试试。

马克明　这是什么逻辑?我 get 不到。

艾　米　我上学的时候被辅导员欺负,我现在要欺负辅导员,这叫报复性消费。

马克明　你不要冲动,冲动是魔鬼。

艾　米　那我让你知道什么是魔鬼中的天使。走吧!

马克明　去哪?

艾　米　(从桌子下面拿出一个头盔扔给马克明)去了就知道了!

[两人渐隐。

[黑暗中,摩托车发动的巨响。

[接着是摩托车风驰电掣的声音。

[马克明的画外音:"啊!你慢点开!"

[艾米的画外音:"刺不刺激?"

[马克明的画外音:"我不想这么刺激!"

[艾米的画外音:"你说辅导员是不是很讨厌?"

[马克明的画外音:"不是!"

[艾米的画外音:"说!辅导员是不是世界上最讨厌的人?"

[摩托车油门加速的音响。

[马克明的画外音:"我说!辅导员最讨厌!我想转岗,我再也

不想做辅导员了!”

[摩托车声音呼啸着远去,马克明的声音在回响。

[光起。

[舞台一角,艾米款步走上。

艾　米　(对身后)你胆子也太小了吧。

[马克明慢腾腾地跟上,头发被风吹得非常凌乱。

艾　米　都说学历越高头顶越秃,经过100千米时速的验证,你的头发是真的。

马克明　(下意识地整理发型)我现在耳朵里只有摩托车的轰鸣声。

艾　米　你再说一遍,辅导员是不是世界上最讨厌的人?

马克明　是。

艾　米　那你还想不想做辅导员?

马克明　不,我想……

艾　米　你想什么?

马克明　(怒吼)我想静静!我非常想静静!

[切光。

[光起。

[教室里,柳茹茹举着自拍杆在直播,丁洋、周木涵、乔博站在她身后,脸上都敷着面膜,出现在镜头里。

柳茹茹　Hello美眉们!你们的茹茹又来咯!所有女生看这里!今天要给家人们带来了一款神奇的面膜!补水、抗衰老、去鱼尾纹!真的是万能面膜!想不想要?

其他人　(有气无力地)想要!

柳茹茹　今天,我要给家人们一个福利价!不要999,不要699,连

199都不要了！只有99！99块钱10片！给不给力？

其他人　(敷衍地)给力！

柳茹茹　3、2、1！上链接！

[订单的音效。

柳茹茹　数量有限！！只有1 000组！前200名付款的，我再加送你一罐面霜！

其他人　(浮夸地)太便宜了！

柳茹茹　茹茹的女人们，不用想，直接拍！只有你们的茹茹这里才有这样的价格，往后只会越来越贵……

[柳茹茹话音未落，程橙上。

程　橙　(对柳茹茹)关了。

柳茹茹　程老师，我正在直播……

程　橙　把这些乱七八糟的东西收起来！

[柳茹茹极不情愿地收拾直播设备。

[程橙走到其他几个人面前，逐个地将他们脸上的面膜撕下。

[几个学生一副窘相，面面相觑。

程　橙　(对几个学生)你们不觉得自己的样子很像小丑吗？

柳茹茹　老师，他们是给我帮忙，你要发火，冲我一个人来。

程　橙　没看出来，你还是很有担当的嘛。

柳茹茹　我一人做事一人当。

程　橙　你们都坐下吧。

[学生们坐下，周木涵拿出手机玩手游，乔博凑了上来。

乔　博　武则天荣耀典藏皮肤！这也太炫酷了吧！

周木涵　不错吧，给你看看特效。

[游戏音效声。

乔　博　爱了爱了！跟你的武则天一比，我这个小乔的黑天鹅太寒酸了。

丁　洋　乔博，快擦擦你贫穷的眼泪。

柳茹茹　乔博不哭，等我把这批货出手，送你一件新皮肤。

［程橙将文件夹“啪”地摔在桌上。

程　橙　你们玩够了没有？

周木涵　老师别生气了，你也下载一个，我们带你玩。

程　橙　喜欢玩是吗？来，我们玩点有意思的。

［程橙从文件夹里拿出纸，发给学生们。

乔　博　这是什么东西？

丁　洋　个人发展规划？我还以为是什么好玩的东西。

周木涵　老师，这也太 low 了吧。

柳茹茹　姓名、性别、出生年月、自身优势与不足、未来发展目标……程老师，我早就听说你们辅导员是填表狂魔，果然如此。

程　橙　你们不是喜欢立 flag 吗？我很想知道你们几个的小目标到底是什么？

乔　博　你的意思是，我们在表格里填几个目标，每完成一个，你就奖励我们一朵小红花，攒够了五朵小红花，就来你这里兑换一颗五角星。

周木涵　攒够了五角星就去她那里兑换礼物，你们猜程老师准备了什么礼物？

柳茹茹　和辅导员共进一次午餐。

丁　洋　是辅导员请客还是 AA 制？

柳茹茹　当然是辅导员请客，我们表现优异是给她帮忙，她下次再填表的时候可以去学校请功！

乔　博　那这顿饭必须她请！我要吃海底捞！

丁　洋　海底捞算什么？我要吃日本料理！

柳茹茹　瞧你们那点出息,我要吃法国大餐!

丁　洋　为了法国大餐,填!

其他人　(互换眼神)填!

［几个学生奋笔疾书。

乔　博　老师,我填完了。

丁　洋　我也填完了。

［柳茹茹收齐四个学生的表格,交给程橙。

程　橙　(看着表格)"躺平"?! 你们四个的目标是躺平,这算是什么目标?

乔　博　报告辅导员,躺平不是罪,人生大智慧!

周木涵　报告辅导员,拒绝内卷,从我做起!

程　橙　(鼓掌)好,非常好!

［四个学生有些意外。

程　橙　拒绝内卷,保持躺平! 你们四个真是让我大开眼界,那请问,你们为什么要来上大学? 我查过你们的资料,你们的高考成绩都非常优秀,如果不是同龄人中的佼佼者,你们根本不可能考进这里。可是进了大学之后,你们都做了什么? 打游戏,谈恋爱,做直播,为了这些可以不上课,可以不睡觉,在"六十分万岁"的大学时代,你们连及格都做不到。不要跟我说你们不在乎,如果你们不在乎,现在就可以办理退学,我给你们一路开绿灯。你们有没有想办理退学的? (学生没有反应)没有是吗? 那就别把"内卷""躺平"之类的词挂在嘴上,我不理解也瞧不上! (把表格狠狠地撕碎)这个表格要重新填,我希望你们想好了再填,认真考虑自己到底要怎样度过大学的最后一年。作为你们的辅导员,我随时愿意为你们做些什么,你们也随时可以找我。

［程橙准备离开教室。

［众学生沉默了。

柳茹茹 老师，你真的愿意为我们做点什么吗？

程　橙 （和蔼地微笑）当然了。

柳茹茹 我们宿舍的马桶坏了，你能不能帮忙联系物业？

丁　洋 老师，我男朋友明天要来上海看我，我想请两天假。

周木涵 宿舍网络信号不稳定，影响我打游戏，能不能让电信公司来升级网络？

乔　博 食堂阿姨打菜的时候，手一抖，肉都没了，能不能跟食堂反映一下？

程　橙 这些问题你们自己去解决，我爱莫能助。

周木涵 说得好听，到头来什么都不管，原来刚才是在演戏给我们看。

乔　博 演技不错，我差点被感动哭了。

程　橙 我是辅导员，不是你们的老妈子、小保姆！我有责任帮助你们，但也有拒绝你们的权利！你们有手有脚，要学会自己解决问题！表格填好之后交给我。我送一句话给你们：总要有人赢，为什么不能是你们？（下）

乔　博 （嘟囔）"总要有人赢，为什么不能是我们？"这句话有毒！

周木涵 总要有人输，为什么不能是我们？

柳茹茹 为什么一定要赢？为什么不能输？

丁　洋 做一名 loser 不是很开心吗？

众学生 （把面膜敷在脸上）对，我们就是要做 loser，loser 万岁！

［切光。

[光起。

[舞台一角，庄培林出现。

[程橙迎面走来。

庄培林　程橙，我正要找你。

程　橙　师父，这四个学生真的太让我头疼了，我看您这位老法师得亲自出马。

庄培林　这么快就招架不住了？不像你的个性嘛。

程　橙　这一次我是遇到了真正的对手。

庄培林　没有搞不定的学生，只有不会做工作的辅导员。口头说教是很有必要的，但最重要的是在他们需要你的时候伸出援手。

程　橙　我看不出他们需要我，我越来越看不懂现在的学生，动不动就“佛系”“躺平”，无欲无求的样子，心甘情愿地做废柴。

庄培林　没有人愿意做废柴。（指了指自己的头）你要用这里。（又指了指自己的心脏）更要用这里。

程　橙　用脑更要用心，我记住了。师父，您刚才说找我是有什么事？

庄培林　哦，这几年的就业形势越来越严峻，所以我们要未雨绸缪。我联系了几家公司，其中跟我们专业最对口的那家公司，资质好、信誉高，往年也接受了我们不少毕业生。他们公司的负责人很愿意给我们学生提供实习岗位，不过对方明确提出由你来对接这个事情。

程　橙　您说的是邹游的公司？

庄培林　对，就是你那位同学。

程　橙　师父，我现在手头上的工作太多了，还是让马克明老师负责吧。

庄培林　他既要带学生，还要写博士论文，听说他最近谈了个女朋友，我不能给他安排新任务了，不然他又要抱怨我耽误他的终身大事。再说，对方点名要你负责。

程　橙　师父，我不合适，我跟邹游……（欲言又止）

庄培林　你跟他什么？

程　橙　没什么。

庄培林　哦，看来是有故事。

程　橙　你听我解释。

庄培林　不要解释，解释就是掩饰，算了，你实话告诉我，这瓜保熟吗？

程　橙　您怎么也学会这些词了，我跟他真的只是同学关系，邹游上学的时候是我们班最优秀的学生，是很多女生的暗恋对象。

庄培林　也包括你吗？

程　橙　我……

庄培林　好了，不八卦了，师父以过来人的身份告诉你，要把握这个机会。

程　橙　什么机会？

庄培林　给自己一个机会，也给他一个机会。

［邹游上。

邹　游　庄书记，程老师。

庄培林　邹总，我正跟程老师说起你呢，程老师对你这位老同学评价很高呐！

邹　游　是吗？我这位老同学可是一见面就怼我，搞得我都怕她了。

庄培林　这说明你们同学关系亲密无间，邹总，谢谢你给我们学生提供这么好的机会，以后由程老师跟你对接具体的工作。

邹　游　那太好了，我们公司求贤若渴，希望程老师多给我们推荐青年才俊。

庄培林　那你们慢慢聊，我有个会议要参加。

邹　游　庄书记慢走。

[庄培林下。

邹　游　程橙，我发了几次微信你都不回，你是故意躲着我吗？

程　橙　不好意思，我信息太多了，没顾得上回你。

邹　游　这个解释苍白无力，但我只能接受。要不要找个地方聊聊？

程　橙　聊什么？

邹　游　学生实习的事情，你该不会把这茬给忘了吧。

程　橙　去我的办公室聊吧。

邹　游　程橙，我们找个地方边吃边聊。

程　橙　不了，我还有很多工作要处理。

邹　游　老同学，你这样三番五次地拒绝我，搞得我很没面子的。

程　橙　你如果了解我，应该知道我向来不会为了给别人面子而让自己不舒服，更何况我很讨厌你处理问题的方式。

邹　游　比如说？

程　橙　比如说你点名要求我跟你对接工作，让我很被动。

邹　游　我向你道歉，但你知道我的用意。

程　橙　这招对我没用，我之所以答应庄书记，是不想让他为难，也不想让他知道我们有段不愉快的过去。

邹　游　那毕竟已经是过去了。

程　橙　你承认已经过去了，如果你还想聊就去我办公室，否则就请回吧。

[程橙径直走下，邹游望着她的背影，叹了一口气，跟下。

[切光。

第三场

[光起。

[极简主义风格的夜店里，震耳欲聋的动感音乐，灯红酒绿的霓虹闪烁，让人沉浸其中又迷失自我。年轻人在音乐的节奏中摇摆着身体，时不时地发出几句尖叫，似乎是在发泄，但是，到底要发泄什么情绪，连他们自己也不清楚，总之，白天还“躺平”的年轻人在音乐和酒精的刺激下终于“活”了过来。

[柳茹茹、丁洋、周木涵、乔博在人群的边缘，举着酒杯，跟着音乐扭动身体。由于音乐太吵，他们接下来的对话是用嘶吼的方式。

柳茹茹　（尖叫一声）今天是我生日，你们随便玩随便喝，我买单！

丁　洋　茹茹生日快乐！祝你颜值永驻！

周木涵　祝你财源滚滚！

乔　博　苟富贵，勿相忘！

柳茹茹　干杯！

周木涵　去他的成绩，去他的毕业，去他的大学！我要尽情摇摆！

几个人　耶！干杯！（碰杯，一饮而尽）

[切光。

[音乐渐低。

[光起。

[马路边，汽车行驶声和夜店音乐声混杂在一起。

[马克明在打电话。

马克明　艾米，我不是躲着你，我是太忙了，我这段时间在参加辅导员研修班，还要准备辅导员素质能力大赛……我现在在哪儿？我在新天地这边……我怎么可能去夜店呢？我是带着学生去中共一大会址，我们在那里做志愿者……对，这边是有很多夜店……你怎么不相信我呢？我从来没去过那种地方……你不要来接我，我再也不敢坐你的摩托车了……

［切光。

［光起。

［一家装饰典雅的中餐厅，程橙和邹游对坐。

邹　游　不知道这家餐厅合不合你的胃口，我特意点了你最爱吃的几道菜。

程　橙　这么多年过去了，谢谢你还记得这些。

邹　游　是我要谢谢你终于肯赏光跟我共进晚餐。（举杯）干杯，为了久别重逢。

程　橙　（举杯）干杯，为了……合作顺利。

［邹游手里的酒杯在空中停了一下，程橙将酒杯凑了过来，发出清脆的碰杯声，两人喝酒。

程　橙　事先声明，为了答谢你给我们学生提供实习岗位，今晚这顿饭我买单。

邹　游　你非要跟我这么客气吗？

程　橙　你本来就帮了我很大的忙，你一次性接收了我十几名学生，现在就业形势这么严峻，如果他们毕业之后能留在你们公司……

邹　游　打住，我只是给他们提供实习机会，不代表他们毕业后能留下来，这么重要的事情我一个人说了不算，毕竟我也是给公司打工的。

程　橙　不管怎样，看在老同学的面子上，这些学生就拜托给你了，我敬你！

邹　游　程橙，从进门起你的每一句话都离不开学生，我们好不容易能够坐下来，可不可以换一个话题？

程　橙　那你想聊什么？我现在的生活，除了学生，也没什么可说的。

邹　游　告诉我，这五年来你过得怎么样。

程　橙　我很好，每天都过得……怎么说呢？让我想想，哦，这么说吧，每天都过得很充实。

邹　游　充实？这个词用得好，可以有很多种理解方式。那你快乐吗？

程　橙　成年人的世界，哪有那么多的快乐可言。

邹　游　一别五年，你变了很多？

程　橙　是吗？你也变了。

邹　游　上学的时候，你是班里公认的优等生，毕业之前有好几个大公司要签你，你却令人惊讶地选择了做辅导员，很多人都不理解你这个决定，包括我。你跟我说，你在大学里本来是一个很不自信的女生，是你的辅导员改变了你，所以你才萌生了做辅导员的想法。我本来以为你只是说说罢了，没想到你一做就是五年。

程　橙　不要说你，连我自己都没有想到。原以为做辅导员是一件很轻松的事情，做了之后才发现没那么简单，而且，做得越久我越是怀疑。

邹　游　怀疑什么？

程　橙　我怀疑自己当初选择做辅导员是不是太意气用事了。

邹　游　恕我直言，你当年确实冲动了，你本来可以拥有很灿烂的生活。你看看我们同学，很多人的能力远不及你，现在都是混得风生水起。

程　橙　我不否认，有时候我很羡慕你们。所以，我最近又做了一个决定。

邹　游　说来听听。

程　橙　我已经提出了辞职，等这届学生毕业，我应该就会离开学校了。

邹　游　那太好了！

程　橙　你现在理解我为什么对这些学生如此用心了吧？这是我带的最后一批学生，我想让他们有一个好的归宿，这样我才能问心无愧地离开。

邹　游　（举杯）你终于想通了，祝贺你即将掀开新的人生篇章！

［两人碰杯。

程　橙　说说你吧，你现在事业有成，下一步的目标是什么？

邹　游　我很多时候是身不由己，公司总部这次派我回上海，说不定哪天一纸调令，我又要去其他城市了。我的目标很简单，就是进入公司总部做高管。

程　橙　你最令我欣赏的地方，是你目标很明确、做事很果断，并且不受外在因素的干扰。

邹　游　这句话不像是在表扬我，程橙，当年是我对不起你，如果我留在上海，也许我们已经……

程　橙　没有也许，你也不需要为了这些说对不起。男人嘛，为了事业做出一点牺牲是值得的，我完全理解。

邹　游　分手之后，我难过了很久。

程　橙　分手之后的难过是对上一段感情最起码的尊敬，这说明你还有点良心。

邹　游　你刚才不是在开玩笑？

程　橙　什么？

邹　游　辞职。

程　橙　这是我认真考虑过之后的结果。

邹　游　那你要不要认真考虑一下我们？

程　橙　再续前缘？别开玩笑了，你自己刚才也说过的，说不定哪天就要离开。

邹　游　你可以跟我一起走，我们离开上海。

程　橙　不，这太突然了，我从来没有想过这些问题。

邹　游　（抓住她的手）程橙，我们好不容易再遇见，这次我不想再失去你了。

［程橙的手机铃响。

程　橙　不好意思。（接电话）喂……什么？你们在哪里……我马上过去！（挂电话）我学生在夜店出事了，我要赶过去。（向幕后喊）服务员，买单！

邹　游　这顿我请吧，下次你请我吃上学时常去的大排档。

程　橙　那怎么好意思。

邹　游　我陪你去吧。

程　橙　不用了，我自己去就行。

邹　游　你学生在夜店那种地方出事，你一个女人去了也不好处理。

程　橙　你太小瞧我们辅导员了，我们这些人虽说不是上刀山下火海，但也可以说是什么妖魔鬼怪都见识过了。再见！（下）

［邹游叹了一口气。

［切光。

［光起。

［夜店里，柳茹茹等学生和三个社会青年分列左右，剑拔弩张的架势。青年甲的白色T恤上洒满了酒渍，青年乙和丙用纸巾给他擦脸。马克明和艾米站在两队人的中间。

青年乙 （对柳茹茹）你们是哪个学校的学生？胆子也太大了！我哥想跟你喝酒，是给你面子，你不喝也就算了，踢了我哥一脚，还拿酒泼他。

青年丙 你自己瞅瞅把我大哥这新买的T恤给弄的，全是酒！（用手拧了拧青年甲的T恤，酒水洒了一地）知道这是什么牌子吗？你赔得起吗？

艾　米 喂，大哥，你这件T恤是B货！你好歹买件A货啊！

青年甲 你说什么呢？你算干吗滴！

艾　米 我就是这个品牌的店长，我们今年压根就没出这一款T恤，你这从网上买的吧？花多少钱？超过六十块你就上当了。

青年甲 岂有此理，士可杀不可辱。（做出要打架的态势）

马克明 少安毋躁，大家要冷静，冲动是魔鬼！茹茹，快跟人家说对不起。

柳茹茹 是他故意找茬，凭什么我道歉？

青年甲 不道歉是吧？那行，报警吧，让警察来解决。

柳茹茹 报警就报警，谁怕谁？

青年甲 这里有摄像头，是你踢了我一脚，我可没动手。

柳茹茹 你……混蛋！

青年甲 小姑娘，出来混，你还嫩着呢。

马克明　茹茹，你说句对不起，这事就过去了。

柳茹茹　我不说。

马克明　真到了派出所，对你未必有利，毕竟是你动手打人。

柳茹茹　（嘴里嘟囔）对不起。

青年甲　大点声，听不到。

柳茹茹　（咆哮）对不起！

［三个社会青年大笑。

马克明　（对学生）咱们走吧。

青年甲　等等，就这么走了？哪有这么容易。

马克明　你们还想干吗？

［青年乙拿过一瓶洋酒，倒了三杯。

青年甲　把这些酒喝了，再带你的学生走。

马克明　你们别欺人太甚。

青年甲　你不是他们老师吗？不是很会逞能吗？来呀！

艾　米　马克明，考验你的时候到了，加油！

马克明　你别瞎起哄，我酒精过敏。（对青年甲）酒就别喝了，这也没有下酒菜……

青年甲　耍什么贫嘴！到底喝不喝？

艾　米　（拿起头盔）冲谁吼呢！就你嗓门大是吧？

青年甲　呦呵，女中豪杰啊！

［两边的人又乱成一团，程橙疾步上。

柳茹茹　程老师！（哭了出来）

程老师　不哭。（看了看几个学生）你们没受伤吧？

［学生们摇摇头。

马克明　程老师，秀才遇到兵，有理说不清啊。

程　橙　到底什么情况？

[马克明把程橙拉到一边,快速地耳语了几句。

程　橙　(走到青年甲面前)喝了酒,你们就让学生走是吗?

青年甲　对!

[程橙拿起酒,连喝两杯,到第三杯的时候,看得出她在强撑,但她还是一饮而尽。

青年甲　佩服!你一个老师,至于为了学生这么拼吗?

程　橙　这跟你们没关系!

青年甲　可惜呀,我上学的时候没遇到你这么好的老师。

程　橙　你根本不配做我的学生。

青年甲　得嘞!我敬你是条女汉子!走!

[三个社会青年下。

[程橙有些发晕,她用手扶着额头。

马克明　程老师……

程　橙　我没事。

柳茹茹　都是我惹的祸,害得您喝这么多酒。

程　橙　你不是一人做事一人当吗?

柳茹茹　我……

程　橙　自己女同学受欺负,你们两个男生就这么看着啊?

周木涵　老师,我本来是想喝的,但我从来没喝过那么多酒,不敢喝。

乔　博　我也是。

程　橙　这种夜店,是学生该来的地方吗?你们看看这里都是些什么人?

丁　洋　今天是柳茹茹的生日,也是她学生时代的最后一个生日,我们想给过得特别一点。

马克明　真是太特别了,差点惹出大祸。

程　橙　柳茹茹,你今天生日?

柳茹茹　嗯,22 岁生日。

程　橙　现在几点了?

马克明　啊? 十点一刻。

程　橙　走,我带你们去一个地方。

柳茹茹　啊?

程　橙　趁着还没过十二点,到底去不去?

学生们　(异口同声)去!!!

马克明　程老师,不好意思,我就不跟你们去了。

程　橙　不用不好意思,本来也没打算带你。

[学生们被程橙怼马克明的这个场景逗笑了。

[程橙带着四个学生下。

艾　米　(看着他们离开的方向)飒!

马克明　你嘟囔什么呢?

艾　米　这个女老师,刚才是真的飒!!!

马克明　你是说程老师啊,你不懂,她最擅长的是怼人,我平时都让着她。

艾　米　(突然)马克明!

马克明　怎么了?

艾　米　我不喜欢你了!

马克明　啊? 为什么?

艾　米　你刚才真的一点都不 man! 你太让我失望了! 哼! (猛地踩了他一脚)

马克明　(惨叫一声)啊!

[艾米气冲冲地下。

[马克明一瘸一拐地跟下。

[切光。

[梦幻般的音乐。

[光起。

[摩天轮上,程橙带着四个学生坐在一个轿厢,如同是在梦境之中。

[摩天轮缓缓转动,外面的景色随之变化,一轮圆月出现在空中。

程　橙　虽然没有蛋糕,但是今晚的月亮很圆,你就对着月亮许愿吧。

[程橙带着学生一起唱生日歌,柳茹茹对着外面的月亮许愿。

柳茹茹　老师,我幻想过很多种浪漫的生日场景,却从来没想过在摩天轮上对着

月亮许愿。

丁　洋　原来我们程老师是这样一个男友力爆棚的girl!(见周木涵和乔博在拿手机记录)喂,你们两个男生在做什么?

乔　博　我们要把这些记在备忘录,程老师,你简直是撩妹高手啊!

程　橙　是吧?我要是女生,肯定也被自己撩倒了。

丁　洋　老师,你有男朋友吗?(程橙摇头)追你的男生,都被你怼跑了吗?

程　橙　那倒不是,我有时候还是很温柔的,用你们的话说,我是可盐可甜。

丁　洋　难道你们辅导员真的忙到没时间谈恋爱?也不对,今天马克明老师身边那个小姐姐就很漂亮,我弱弱地说一句,马老师配不上人家,你可千万不要告诉马老师。

程　橙　干吗要告诉他,我也觉得马老师配不上人家。

丁　洋　程老师,你单身多久了啊?

柳茹茹　(对丁洋)喂,你别那么八婆好不好?你以为都像你似的,

每天都把男友挂在嘴上啊。老师,我说了你不要打我,你皮肤好差啊,我明天送你一套补水、抗衰老、去鱼尾纹的万能面膜!

程　橙　你做生意都做到老师头上来了!

柳茹茹　我免费送你!用了之后保证你回到少女时代!

乔　博　老师,我要无情地戳穿柳茹茹,她送你的面膜都是卖不出去的库存!我不敢敷在脸上,都用来擦脚了!

柳茹茹　好哇,我好心送你面膜,你竟然用来擦脚!看我怎么收拾你!

［四个学生在狭小的轿厢里大闹,不亦乐乎。

［程橙在酒精的作用下,有些不舒服。

丁　洋　老师,您怎么了?

程　橙　没事,喝点水就好了。(周木涵给程橙递水)

柳茹茹　老师,对不起。

程　橙　我没事了,真的没事。

其他人　(异口同声)老师,对不起。

柳茹茹　刚才在夜店里,我知道那个电话打过去,你一定会来,但我没想到你真的会为了我喝酒。并且,连我都不知道为什么,自己最害怕的时候,第一时间想起的是你。

程　橙　因为我是你的辅导员啊!你们需要的时候,我都会在。

学生们　(异口同声)谢谢程老师。

程　橙　不要光谢我,你们还欠我一份东西呢。

学生们　什么东西?

程　橙　那张个人发展规划的表格,你们一直没交给我。

柳茹茹　现在就交!我先说,我的理想是毕业之后开一个工作室,成为全网最火的带货主播!

周木涵　我爸早就把我的人生都规划好了，包括我读现在的大学、选择现在的专业，包括大学毕业之后送我去国外读书，我爸甚至连我将来回国做什么工作都规划得清清楚楚，我以前觉得既然他给我安排得那么长远，我为什么还要努力？如果我大学不毕业，是不是就意味着可以不按照他设计好的路线发展？现在我想清楚了，我要过自己想要的生活。尽管我还不知道毕业之后做什么，但我最现实的规划是顺利毕业！

乔　博　我的梦想是创建一个公司，不，我的梦想是让我的公司改变世界！进入大学以后，我觉得学校那些课程没意思、没意义，总想着将来要创业，现在我知道了，千里之行，始于足下！我要从上好每一门课做起，我不知道自己能不能改变世界，但我要先改变自己！

丁　洋　我的理想是……（不知道说什么）

周木涵　你不会是连自己的理想都不知道吧？

柳茹茹　我知道，她的理想是毕业之后跟男朋友结婚。

［其他人笑。

丁　洋　不，我的理想是……（看向程橙）我的理想是成为老师这样的人！

程　橙　谢谢你！

丁　洋　老师，我们都分享了自己的愿望，那您的愿望是什么？

程　橙　（语塞）我……

柳茹茹　程老师的愿望当然是帮助我们实现理想，成为一名优秀辅导员！老师，我说的对不对？

程　橙　很抱歉，我现在没办法回答你们，因为我最近也很迷茫，也许等你们毕业的时候，答案就会揭晓。我们每个人的未来，就像今晚的月色一样朦胧而美丽，作为你们的辅导员，我送你们一句话，青春是人生中最闪亮的岁月，青春因为奋斗而熠熠生辉，我们每个人都不应该拿躺平做借口，只有奋起一搏，才能不负韶华。同学们，你们能做到吗？

众学生　能！我们对着月亮发誓！

［摩天轮缓缓转动，圆圆的月亮出现在学生们指去的方向。

［梦幻般的音乐流淌在舞台上空。

［切光。

第四场

［洋溢着青春色彩的电子音乐。

［光起。

［一群学生欢快地推着桌椅上场，将舞台布置成了一个自习室。

众学生　（唱）听课听课，笔记笔记；
考试考试，复习复习。
背背背，黑板上的知识要点都要会；
学学学，单选多选简答论述都要对。

女生们　（唱）放下手机，关闭直播，
大学时代不能随意地跳过。

男生们　（唱）打开书本，卸载游戏，
校园时光需要努力地拼搏。

众学生　从旭日初升到夜幕降落，
一分一秒都不想错过。
找回目标找到最初的自己，

我要创造属于青春的奇迹。

[庄培林、程橙和马克明上，被学生团团围住，音乐渐弱。

男生甲　辅导员，我希望能延长自习室的开放时间！

庄培林　我去写申请！

女生甲　辅导员，昨天学习太晚了，能不能让澡堂阿姨晚点关门！

程　橙　我去打招呼！

女生乙　辅导员，我在网上买了一套复习资料，快递小哥给我弄丢了！

马克明　我去找快递！

男生乙　辅导员，我想去一家公司应聘，可我不会做简历！也不会做PPT！

庄培林　我去找……

学生们　什么？这个你不会？

庄培林　我去找电脑！教你们！包教包会，负责到底，包你满意！

[众人笑，音乐起。

众学生　（唱）放下手机，关闭直播，

大学时代不能随意地跳过。

打开书本，卸载游戏，

校园时光需要努力地拼搏。

从旭日初升到夜幕降落，

一分一秒都不想错过。

找回目标找到最初的自己，

我要创造属于青春的奇迹。

[学生们唱完，音乐停止，定格。

[庄培林、程橙和马克明走到舞台前区，他们身后的区域光暗。

庄培林　（满意地）学生们最近的学习状态大有改观，他们的积极性上来了，挂科率就下来了，我们的目标是实现毕业率、签约率和成材率的“三高”！

马克明　他们现在的热情太高涨了，自习室和图书馆一座难求，为了抢座占座发生摩擦的事情时有发生。

庄培林　要想办法杜绝这种现象，找几个学生谈话，了解他们有什么需求，有哪些困难，我们要给他们创造良好的学习环境。

马克明　好，我去落实。

庄培林　教育学生没有灵丹妙药，我们辅导员对不同学生要学会对症下药，号准了脉、开对了方子，再多的疑难杂症也能药到病除，柳茹茹、丁洋、周木涵和乔博的变化很大，看来程老师是花了不少心思。

马克明　程老师，对付这几个学生，你有什么高招？我得向你请教。

程　橙　想知道吗？可以呀，你先答应我一个条件。

马克明　什么条件？

程　橙　是这样的，丁洋同学报考了我们学校的研究生，她的基础比较薄弱……

马克明　等等，我没有听错吧，丁洋考研？

程　橙　你没听错，就是丁洋要考研。

马克明　这个女生的情况我还是了解的，学习嘛不认真，还经常逃课，我看过她的微博，上面都是她跟男朋友的照片，一看就是个恋爱脑！她就算报名了也是去当炮灰！

程　橙　（厉声）马克明！你讲话不要那么难听，谁是炮灰？我看你才是！

马克明　有话好好说，那么大声干吗？说吧，你到底是什么条件？

程　橙　丁洋在校外报了很多考研辅导班，效果不太理想，我找了学校老师帮她补习专业和英语，但还有一门政治，你不是大博士吗？正好可以辅导她。

马克明　不是我不肯帮她，我太忙了！这个月要做奖学金、助学金的评定，助学贷款、学费减免材料的整理，接下来还要带学生参加“挑战杯”，自己博士毕业论文的初稿还没完成，我连约会的时间都没有，再这样下去，艾米就要跟我 say goodbye 了！

程　橙　艾米就是上次跟你去夜店的那个姑娘吧，别浪费时间了，你跟她不搭！

马克明　怎么不搭？

程　橙　论年龄论形象论气质，你哪一点配得上人家？人家图什么？图你是个没毕业的博士？图你郊区那套老破小？图你是个 7 乘 24 小时的辅导员？

马克明　程老师，我们都做学生工作，是一个战壕里的战友，你能不能别这么损我？我可以给丁洋辅导政治，万一她成绩不理想，怎么办？据我所知，这个女生的心理素质并不是很好，抗压能力很差，她要是承受不住这样的失败，我可负不起这个责任。

程　橙　你只管辅导，其他的事情我来做。

马克明　有你这句话我就放心了，现在可以把你的高招告诉我了吧？

程　橙　很简单，没有搞不定的学生，只有不会做工作的辅导员。（指了指自己的头）你要用这里。（又指了指自己的心脏）更要用这里。

马克明　要用头脑，更要用心？（程橙点头）你这等于什么都没说，算了，我不问了，goodbye！

程　橙　你去哪里？

马克明　我去找丁洋！我要证明给你看，我这个博士不是大马路上捡来的！（下）

庄培林　程橙，我们办公室最欢乐的时候，就是你欺负马克明的时候。

程　橙　我这不是欺负他，是给他发挥专业才能的机会。

庄培林　市教委本年度的“阳光计划”项目马上就要申报了，其中有一类是专门针对高校的思政教育工作，我建议你申报试试。

程　橙　师父，这些日常工作就让我焦头烂额了，再说我也没有合适的选题。

庄培林　申报课题是促进你思考的一种方式，对将来评职称也有用。

程　橙　师父，我知道你想表达什么。

庄培林　程橙，比起学生的变化，我更开心的是你的变化。我这段时间一直在观察你，你仿佛找回了刚做辅导员时的热情。你现在还是想辞职吗？

程　橙　我现在做的一切都是为了完成您交给我的任务，等这届学生顺利毕业，您答应我的事情也要做到。

庄培林　我答应你，不论你做哪种选择，我都尊重你的决定。对了，我有东西要给你，你跟我去拿。

程　橙　是什么呀？

庄培林　一些干果。学生从外地寄来的，我一个人吃不了那么多，分你一些。

程　橙　好。

［庄培林和程橙下。

［切光。

[光起。

[自习室角落,柳茹茹、乔博和周木涵鬼鬼祟祟的样子。

周木涵　柳茹茹,你到底藏哪里了?给我们看看。

柳茹茹　那不行,不能给你们看。

周木涵　你也太不够意思了,明天就要考试了,我们说好了要协同作战,你都不告诉我们把小抄藏在了哪里,我们信不过你。

柳茹茹　那我告诉你们吧,我写在这里了。(指了指自己的大腿)

乔　博　(向前)让我看看!

柳茹茹　走开,别想趁机占我便宜。

乔　博　厉害!你这是利用女生的性别优势。明天气温那么低,你要穿短裙吗?

柳茹茹　为了考试,我拼了!

周木涵　来来来,我给你们看看我的。(拿一瓶矿泉水)

柳茹茹　你拿着一瓶水干吗?

周木涵　你仔细看看它有什么特别的地方。

柳茹茹　这不就是一瓶矿泉水嘛,没什么特别的。

周木涵　看不出来就对了,给你们露一手!(把矿泉水瓶的塑料包装纸撕了下来展示)

柳茹茹　你把小抄贴在包装纸上了!

周木涵　怎么样?服不服?

乔　博　你们这个太容易暴露了,看看我准备的小抄。(拿出几张透明的塑料卡片)这是我专程从网上学来的,先把考试内容缩印,再粘上贴合的胶布,最后水洗、成形。考试的时候,把卡片夹在试卷里,神不知鬼不觉!

柳茹茹　乔博,你这个想法真是绝了!

乔　博　(把卡片分给柳茹茹和周木涵)咱们要形成流水线,分工明确,责任到人!

[三个人围成一圈,将手搭在一起。

[程橙出现在门口,看着他们。

乔　博　把我们的口号喊出来,1,2,3……

三　人　(齐声)考试作弊,毕业顺利!

[程橙故意咳嗽了一声。

周木涵　(惊)程老师,您怎么来了?

[程橙走近他们,伸出手,三个学生乖乖地把卡片交给她,她看了看。

程　橙　高科技呀,我是真的佩服你们想出这么好的主意!

乔　博　(嬉皮笑脸)老师,这不算是高科技,纯手工打造,是个手艺活。

程　橙　你们知道明天是谁监考吗?(学生摇头)是我,it's me!

周木涵　(兴奋地)真的?太棒了!(跟另外两个学生击掌庆祝)我就说了,程老师不会眼睁睁地看着我们毕不了业的,一定会想办法帮我们!

程　橙　(笑)哦,是吗?(突然地)柳茹茹!

柳茹茹　到!

程　橙　你来说说,我上周五给你们开的是什么会?

柳茹茹　上周五开的是……开的是……(不敢说)

程　橙　记性这么差,乔博,你来说!

乔　博　程老师上周五给我们开的是……诚信考试主题班会。

程　橙　那你们是把我的话当耳旁风了吗?

周木涵　我们也不想作弊,可是您看看这本书,老师说是画重点,结果密密麻麻的全是重点,根本背不过来嘛。

柳茹茹　我这些天通宵达旦地复习，还是没背出，我已经开始怀疑人生了！

乔　博　老师，这是我们最后一门补考了，只要我们通过，就能顺利毕业了！您就当什么都没看见，放我们一马，谢谢您！

程　橙　你们不但自己作弊，还要我放水，你们知道这是什么行为吗？是谁给你们的勇气说出这样的话？你们今天敢在学校里作弊，出了校园就敢犯法！

周木涵　老师，没必要这么上纲上线吧。

程　橙　我不管你们怎么想，我教出来的学生应该是堂堂正正的人，而不是做这

种见不得人的勾当！

乔　博　那你就眼看着我们毕不了业吗？

程　橙　这一次考不过还有下学期，我不能眼睁睁看着你们走歪路。

乔　博　我们这么信任你，把你当成朋友，关键时候你却不把我们当朋友。

程　橙　我为什么要和你们这样的学生做朋友？明天监考的时候，我会紧紧地盯着你们，你们如果作弊，我不会假装看不见。到底怎么做，你们要想清楚。（把塑料卡片扔在地上）这是你们的东西，还给你们！（对乔博）乔博你出来，我们单独谈谈。

乔　博　程老师，有什么话就在这里说吧。

程　橙　我们还是单独谈比较合适，我不想让你在同学面前下不来台。

乔　博　笑话！我又没做亏心事，怕什么？

周木涵　茹茹，我们先走吧。（欲带柳茹茹下）

乔　博　不用,我倒要看看程老师想让我怎么下不来台。

程　橙　好呀,乔博同学,我之前给你推荐了实习公司,那家公司非常看好你,就让你参与了他们核心项目的研发,在此期间他们还出钱送你参加培训,结果你在他们公司拿了实习证明之后就不告而别。有这回事吗?

乔　博　我不看好那家公司的发展前景,我有自由选择的权利。

程　橙　那你有没有想过,你这样的做事方式会影响到这家公司对我们其他毕业生的评价,包括你的师弟师妹。

乔　博　那跟我有什么关系?我可负不了这么大的责任。

程　橙　你的履历很光鲜,除了在大公司实习之外,你还有暑期去山区支教、周末去社区做志愿者等经历,我调查过了,其实这些事情你都是作假,即便去了也是作秀。你把自己包装得很好,我想,你去那家公司实习,也只是为了让自己的履历表看起来更漂亮,对吗?

乔　博　拜托,现在大家都这么做,又不是我一个人。

程　橙　(对周木涵、柳茹茹)你们也认为他这么做没问题吗?

周木涵　程老师,我觉得乔博这样做也无可厚非吧,他又没有伤害别人的利益。

柳茹茹　我也这么觉得。

程　橙　他包装履历,参与奖学金评定,侵犯了同学的利益;他言而无信,损害了我们学校在实习公司的形象。这些还不够吗?乔博,你这是利己主义。

乔　博　利己主义有什么不好?犯法吗?违反校纪校规吗?程老师,你不能要求我们每个人都像荷花一样出淤泥而不染。

程　橙　既然如此,我不想再跟你争辩。我的学生不应该成为精致

的利己主义者，像你这样的学生，不配和我做朋友！（下）

乔　博　（气愤地）哼！我们也不想跟你做朋友！

［切光。

第五场

［光起。

［校园一角，马克明和丁洋边说边走上。

马克明　我觉得你不能靠死记硬背，政治的考试内容不是僵化的，你要先理解它的基本原理，再结合具体问题进行具体分析。

丁　洋　马老师，那时事政治怎么办？我总感觉无从下手。

马克明　这就是学习方法的问题了，哪怕是背诵也要讲究技巧，就比如说……

［柳茹茹、周木涵和乔博气冲冲地走上，假装没看见马克明，想绕开他。

马克明　你们三个怎么了？谁招惹你们了？

乔　博　别问我们，问程老师去！

柳茹茹　哼！

［三人下。

马克明　他们怎么奇奇怪怪的？

丁　洋　上个月他们补考，本来准备作弊的，被程老师制止了，那场考试正好是程老师监考，全程盯着他们三个，今天考试结果出来了，他们没通过。

马克明　原来是这样。

丁　洋　马老师，您是不是也很害怕程老师？我们经常见到她怼您。

马克明　她怼天怼地对空气，我有涵养，让着她而已。刚才说到哪里了？

丁　洋　您说背诵也要讲究技巧。

马克明　对，这个背诵啊……

［艾米上。

艾　米　马克明！

马克明　艾米，你怎么来学校了？

艾　米　我看看你在学校忙什么啊，怪不得最近见不着你，原来是有新目标了。

马克明　你不要误会，丁洋同学要考研，我是给她辅导功课。

艾　米　辅导功课是好事呀，我支持！（走到丁洋身边，嗲声嗲气地）小妹妹，你几岁呀？有没有男朋友呀？喜不喜欢马老师上课呀？

丁　洋　小姐姐，我还有事，先走了！（匆匆下）

艾　米　别走啊，马老师最喜欢给小姑娘上课了。

马克明　（生气地）艾米！你太过分了！

艾　米　（声音高过他）马克明，到底是谁过分！你天天跟我说忙，又要忙工作，

又要忙毕业论文，搞了半天是在干这个！

马克明　我干什么了我？

艾　米　你一个辅导员给学生辅导什么功课，我看你是别有用心。

马克明　你可以不喜欢我的工作，但你不能侮辱我的人格！

艾　米　哎呀，我侮辱你的人格了？你的人格是玻璃做的吗？这么容易破碎。

马克明　我这段时间想了想，我们之间不合适，艾米，我们以后还是不要联系了。

艾　米　你说什么？

马克明　（不像刚才那样决绝）我就是一个破辅导员，你是奢侈品店店长，咱们两个接触到的人、看到的世界，根本不一样。

艾　米　你是不是觉得咱俩的价值观也不一样？

马克明　可能是吧。

艾　米　我在奢侈品店里工作，我就是那种爱钱的女人，是吗？

马克明　我不是这个意思。

艾　米　你就是这个意思。

马克明　总之，我们不要再联系了。

艾　米　你说的不算，咱俩之间得听我的。

马克明　凭什么？

艾　米　你到底听不听？

马克明　对不起，做不到。

艾　米　那就别怪我了！（双手放在嘴边大喊）马克明利用职务之便勾引女学生！

马克明　（赶紧捂住她的嘴）姑奶奶，你这是要害死我啊！

艾　米　你听不听我的？

马克明　（咬牙切齿地）听！我都听你的！

艾　米　那好，走吧。

马克明　去哪里？我这还有一堆事要做呢。

艾　米　我很久没有骑车了，今天开心，我带你去游车河。

马克明　（连忙摆手）不不不，我再也不敢坐你的摩托车了。

艾　米　你好啰唆啊，非要逼我使用暴力！（揪起他的耳朵）今天你不坐也得坐！

马克明　哎哟哟，你轻点，疼啊！学生都看见我们了！

[艾米揪着马克明的耳朵，下。

[切光。

[光起。

[月色如水，晚风袭人。程橙和邹游一起走上，程橙略有醉意，很显然，他们共进了晚餐，此刻在散步。走到一盏街灯下，他们停了下来。

邹　游　很久没有这么开心了，仿佛回到了读书的时候。

程　橙　我今晚选的餐馆你还满意吗？

邹　游　很有特色，味道嗲得很。不过最重要的是，我们心平气和地聊了一个晚上，你竟然一次也没有怼我。

程　橙　看来你不适应我温柔的样子，我随时可以调到怼人模式，要不要试试？

邹　游　还是算了，我不想自讨苦吃。

程　橙　（抬头看远方，深呼吸）我也很久没有这样出来走走了，日复一日的忙碌，好像忘记了生活原本是可以这么轻松的。

邹　游　网上有句话是这么说的：我们用日复一日低质量的忙碌，为自己制造了一个努力的假象。

程　橙　我认同这句话，我终日忙碌所创造的价值，确实跟我的付出不成正比。

邹　游　怎么？你现在做事情也开始计算成本与回报了？

程　橙　都是凡人，我也不能免俗。我这段时间仔细回忆了一下做辅导员以来的收获，发现除了一摞厚厚的工作日志和一颗未老先衰的心，我一无所获。

邹　游　有那么严重吗？

程　橙　我每天都在倒计时，甚至想睡醒之后一睁开眼睛就到了毕业季。

邹　游　你已经敞开怀抱迎接新生活的到来了,我相信凭你的能力到任何一个地方都会很受欢迎。

程　橙　跟你讲一个笑话,前两年有家公司到我们学校招聘,也是我负责对接,结果他们一个学生也没有看中,却看中了我,开出的条件对我来说是一个很大的诱惑。

邹　游　那只能说诱惑还不够。

程　橙　邹游,我拜托你的事情,你考虑好了没有?

邹　游　你说的这个乔博,我看了他的简历,非常丰富,但就是因为这种丰富让我怀疑他未必会长久地留在一个公司。

程　橙　这个学生很聪明,如果进入一个好的平台,他一定会做得很出色。一个公司能不能留住年轻人,要看公司的实力和前景。我了解乔博,他不会把你们公司当作跳板。

邹　游　这么肯定?

程　橙　我的学生,我当然知道。

邹　游　那他们知道你在他们毕业之后就要辞职吗?

程　橙　这是我个人的事情,我不想让他们知道。

邹　游　程橙……

程　橙　嗯?(看着邹游)有话直接说。

邹　游　我今天收到通知了。

程　橙　什么通知?

邹　游　公司调我回香港总部任职。

程　橙　祝贺你,进入公司总部的愿望实现了。什么时候走?

邹　游　我跟上海公司完成交接,就可以去报到了。

程　橙　(低头)哦。

邹　游　你怎么打算?

程　橙　我没什么打算。

邹　游　我是说我们之间，你愿意重新开始吗？

程　橙　我……

邹　游　（牵起她的手）兜兜转转，我们又遇见了，这一次我真的不想再错过你。所以，跟我走吧，我们去香港，一起开启全新的生活。（见程橙没有拒绝的意思，他正要拥抱她，程橙的电话响了）

程　橙　（接电话）喂……什么？！在哪家医院？……好，我马上过去！（挂电话）

邹　游　这又是哪个学生啊？

程　橙　我师父受伤了，我要去一趟医院。

邹　游　那我们的事……

程　橙　我先去了！（急下）

邹　游　（无奈地喊）下次这么关键的时候，能不能不接电话！（叹气）唉！

［切光。

第六场

［光起。

［办公室，马克明坐在电脑前敲打键盘，他站起来伸了个懒腰，走到窗台前，欣赏盆景。

［丁洋敲门，情绪非常低落。

丁　洋　马老师。

马克明　丁洋同学，进来吧。

丁　洋　本来想给您发信息的，但我想还是当面跟您说比较礼貌。

马克明　什么事情啊？

丁　洋　考研初试成绩出来了。

马克明　（关心地）你成绩怎么样？

丁　洋　我政治考了 75 分，幸好有您的辅导，不然我考不了这个分数的。

马克明　不要客气，那你其他科目怎么样？

丁　洋　（摇摇头）

马克明　不理想？

丁　洋　是非常差，按照往年分数线，我肯定进不了复试。

马克明　别灰心，凡是考试，总会有很多偶然性因素，你可以来年再战，今年的考试权当是练兵了。

丁　洋　谢谢马老师，我走了。

马克明　嗯，继续努力，我很看好你的。

［丁洋没作回应，低着头下。

［马克明倒了杯水，回到座位前。

［程橙上。

马克明　程老师，你又迟到了。

程　橙　（走到他的位置看电脑）大博士，又在写论文呢。

马克明　已经定稿了，现在要写“致谢”。

程　橙　你别忘了感谢我，正是我长期以来对你的鞭策，给了你前进的动力。

马克明　好，我会好好感谢你这几年不遗余力地怼我、埋汰我，使我奋发图强。（指着电脑屏幕）你帮我看看，我这一段写得怎么样？

程　橙　什么呀？（看电脑）你怎么这么酸？你这不是感谢，是表白。你跟艾米能不能成，别自我感动了半天，人家就是跟你玩玩。我可提醒你,你这是博士论文的致谢,将来要收录到网上公开的,万一你俩成不了,你怎么收场?

马克明　你就盼我点好吧,实不相瞒,我最近跟艾米已经……这么说吧,艾米已

经离不开我了。

程　橙　她真看上你郊区那套老破小了?

马克明　还能不能愉快地聊天?

程　橙　好好好,你继续说。

马克明　我跟艾米相处越久呢,就越觉得这姑娘很有趣,关键是三观特别正。虽说她是在奢侈品店里工作,但她对物质的东西完全不 care,她说自己最看中的是一个人的气质。

程　橙　等等,你什么气质? 辅导员的气质?

马克明　你还真说对了,她说如果我想跟她在一起,就必须得继续做辅导员,我很不理解这一点,我做辅导员还是做专业老师对她来说区别很大吗? 我想不通,也很困惑,左手是我的爱情,右手是我的专业老师梦想,我现在是左右为难,你说我应该怎么办呢? (回头发现程橙压根没听,正在修剪盆景)我说了半天,你听了没有啊?

程　橙　你这种烦恼不应该问我,我也帮不了你。

马克明　那我等于白说。(凑过来)程老师,这个盆景在庄书记手里半死不活,这段时间经过你的照料又开始冒新芽了,没想到你还有这本事。

程　橙　我今早去医院看师父的时候,他一再叮嘱我要帮他照顾好这盆盆景。

马克明　你去看望庄书记了? 他的腿恢复得怎么样?

程　橙　已经能下地了,不过还得休息一段时间,我劝他不要急着

回学校。

马克明　你说庄书记也是的,他明明不需要去宿舍楼查寝,非要跟我们年轻人轮流值班,一个不小心从楼梯上摔了下来,落下病根怎么办?

程　橙　这次受伤,他总算能休息一段时间了。你知道他跟我说什么话吗?

马克明　什么?

程　橙　他说自己这么多年一直不敢关机睡觉,刚开始回家休养的时候,他感叹道"终于能睡个踏实觉了",结果关了机反而更睡不着了,总是担心学生有事找不到他。我跟你说,这才是咱们这群辅导员的病根。

[柳茹茹上。

柳茹茹　程老师,您找我?

程　橙　茹茹,你进来坐吧。

柳茹茹　您有事说就行,我还要去校外办事呢。

程　橙　你们几个是不是还因为上次的事情生我的气呢?

柳茹茹　没有,我们已经通过补考了。现在是毕业季,大家都很忙,没时间为了这种小事搞得不开心。

程　橙　那就好,乔博和周木涵呢?

柳茹茹　乔博去了新的公司实习,拿到毕业证就能入职;周木涵爸爸给他找了一个留学机构,这段时间应该是在忙着去国外留学的事情。

马克明　你们要感谢程老师,程老师为乔博实习的事儿搭了很多人情,还有周木涵,程老师联系她国外的同学……

程　橙　马老师别说了,这些都是我应该做的。

柳茹茹　程老师,我们这么对你,你还默默地帮助我们,我们太不懂事了。

程　橙　我今天找你来是要请你帮一个忙。

柳茹茹　什么忙?

程　橙　(从办公桌下拿出一套直播设备)你做直播,是不是有这些设备就够了?

柳茹茹　(意外)程老师,你……也做直播了?

程　橙　我肯定不会,我过去对直播抱有偏见,现在我觉得这也是年轻人的一种选择。这套设备送你,算是对你的支持,但不能白送你,你要帮我卖货。

柳茹茹　卖货?

程　橙　(指了指桌上的盒子)就是这个。

柳茹茹　(打开盒子,拿出干果)干果?我是美妆主播,我的粉丝也都是为了买化妆品才进我的直播间,我卖这些不一定能行的。

程　橙　能不能行先试试,万一可以呢?

[切光。

[网络直播间的音乐。

[光起。

[柳茹茹坐在设备前,正在直播。周木涵和乔博站在她的身后,两人手里拿着干果。

柳茹茹　Hello,美眉们!你们的茹茹又来咯!所有女生看这里!今天第一款产品就是来自我们新疆的干果!偷偷告诉大家,这是主播的同学亲自种植的哦,质量放心有保障!(吃一颗)嗯!香脆可口!每天吃几颗,迅速恢复活力与能量!价廉物美,保质保量,支持国货,从我做起!3,2,1!上链接!

周木涵　支持国货,从我做起!

乔　博　买它!买它!

[很明显,没有什么人购买。

[柳茹茹冲着程橙摇摇头。

周木涵　程老师,没人买的。

乔　博　放弃吧,没有人会在美妆直播间里买新疆干果的。

程　橙　茹茹,我可以试试吗?

柳茹茹　你?(程橙点点头)

程　橙　(坐到设备前)大家好,我是茹茹的大学辅导员,这是我第一次来到直播间,也是我第一次带货。你们肯定会觉得很奇怪,为什么一个辅导员要来到这里?我不是为了抢学生饭碗,更不是为了赚钱。我带过这样一个男生,他在大学里过得不是很愉快,我也很遗憾没有在他读书时给他太多帮助,他毕业后回到新疆老家创业。(举起一包干果)我在他朋友圈里看到种植园区的照片,还有他每天起早贪黑地去工厂监督原材料,和工人一起在车间包装发货。这些不是什么直播间演戏的套路,而是我作为辅导员真实看到的。我相信我们每个人在成长道路上都曾得到过帮助,如果你的青春里也有一个人曾经给予过你一丝温暖,我们都应该把这份温暖传递下去。希望直播间的大家能够给创业路上的年轻人一个机会。谢谢大家了!(鞠躬)

[四个人屏住呼吸,一起看着屏幕。

[出奇的平静。

[几秒钟后,一个下单的声音传来,紧接着又是一个,一个一个下单的声音串联在一起,越来越响。

[师生们几个人兴奋地击掌,音乐停止,定格。

［手机铃响。

［程橙走到舞台前区一束定点光里，她身后区域的灯光暗去。

程　橙　（接电话）喂，邹游……上海这边的工作已经交接好了……你打算什么时候走……我这几天很忙，没时间见面……我不是在拒绝你……你再给我一点时间……不，我不是反悔了，我希望能善始善终……好，你等我……再见。

［切光。

第七场

［黑暗中，一阵嘈杂的声音。

［光渐起。

［深夜的校园，一群学生在焦急地寻找着什么。

［柳茹茹从左侧跑上，周木涵和乔博从右侧跑上。

周木涵　找到丁洋了吗？

柳茹茹　没有，我联系了她的朋友们，都说最近没联系过。

乔　博　她会不会是去找她前男友了？

柳茹茹　不会，我也联系过丁洋前男友了，这个渣男说自己现在有新女朋友了，让我们不要骚扰他。丁洋怎么会喜欢上这种渣男！

周木涵　现在不是说这些的时候，我们要尽快找到丁洋。

柳茹茹　都怪我，我前两天就觉得她不对劲，我要是多陪陪她就好了。万一出点什么事……我不敢往下想了。

乔　博　我们再打她电话试试！（拨打电话）还是关机！

［马克明上。

马克明　我已经报警了，大家先别慌，再想想丁洋还有可能联系谁或者去哪里。

柳茹茹　电话关机,她就是不想让我们找到她,我真怕她想不开。(哭)

马克明　你别哭了,我们再想想办法。

[程橙上。

程　橙　联系到丁洋了吗?(众人摇头)到底什么情况?

柳茹茹　丁洋考研失败,男朋友劈腿,她受不了双重打击,前几天在宿舍里不吃不喝,哭哭啼啼,我劝她,她说没事了。我今晚回宿舍很晚了,发现她不在,打电话给她,起初是不接,再打就是关机了。而且我发现她发了一条微博,情况很不妙。

程　橙　这种情况为什么不早告诉我?

柳茹茹　丁洋不让我告诉你,怕你为她担心。

程　橙　那我现在就不担心了吗?(对马克明)报警了吗?

马克明　已经报了,我还把丁洋的微博截图给警察看了,你看看。(打开手机)快看,丁洋的微博更新了!

程　橙　(一把抢过手机)我看看!

马克明　一个摩天轮的符号,这是什么意思?

[程橙意识到什么,急下。

马克明　程老师,你去哪里?

[切光。

[光起。

[淅淅沥沥的雨声。

[摩天轮依旧缓慢地旋转着。

[丁洋望着摩天轮发呆。

[程橙快步走上，四处寻找，发现了丁洋。

程　橙　丁洋！（想要靠近她）

丁　洋　（带着哭腔）程老师，你不要过来！

程　橙　大家都在找你。

丁　洋　你们找我做什么？我就是个笑话！

程　橙　没有人看你的笑话，大家都很担心你。

丁　洋　我不值得你们这样对我。

程　橙　那我们应该怎样？看着你做傻事吗？

丁　洋　我就是太傻了，天真地以为自己可以考上研究生，傻傻地相信了那个男生的话！我是一个彻头彻尾的失败者，我什么都不是，我什么都没有！我的爱情、我的学业、我的未来，统统都没有了，我就是一个 loser！

程　橙　你不是一个 loser，你爱那个男生，为他付出了那么多感情，他不懂得珍惜，是他失去了你，而不是你失去了他，他才是 loser！你才二十几岁，人生的路那么长那么远，请你相信我，无论何时，这个世界值得你去热爱！

丁　洋　可是我感觉自己不会再爱了。

程　橙　等你的伤口愈合了，你还是会有爱的勇气。

[丁洋哭泣。

[抒情歌声响起："哭过笑过爱过/许多故事跟谁诉说/牵过的手走过的路/我被拉进了记忆的旋涡/微风拥抱着树梢/雨滴亲吻着城市/世界遗忘了我的寂寞/我站在分别的路口不知所措……"

[此后一段戏中，这首抒情歌曲的旋律一直低声弥漫。

程　橙　丁洋，我可以靠你近一点吗？（丁洋没有拒绝）

[程橙走近丁洋，将她轻轻地搂在怀里。

丁　洋　老师,为什么爱情总是让人这么疼痛呢?

程　橙　太阳也会灼伤人的眼睛,可是没有人会拒绝阳光。

丁　洋　我现在很疼。

程　橙　老师知道,给自己一点时间,时间是最好的止疼药。

丁　洋　你是不是对我很失望?

程　橙　怎么会?偷偷告诉你,我们班那么多女生,我最喜欢你。

丁　洋　因为我最傻吗?

程　橙　因为你最单纯。

丁　洋　老师,上次在这里我们四个学生说自己的心愿,我说想成为你这样的人,不是为了奉承你。

程　橙　我相信你说的话。

丁　洋　所以我才那么努力地考研究生,就是为了将来能有机会做辅导员。

程　橙　原来这才是你考研的真正目的!

丁　洋　对,说不定我还会跟你做同事呢。可惜呀,这次失败了。

程　橙　还有下一次,只要你确立了目标,就朝着它努力,不要轻言放弃。

丁　洋　那你在校园里等着我,我将来一定要跟你做同事。

程　橙　(不知道怎么回答)

丁　洋　程老师,你觉得我做不到吗?

程　橙　不,老师相信你。

丁　洋　(伸出手来)那我们拉钩,说好了你在校园等我。

程　橙　(犹豫了一下,伸出手指)好,拉钩。

[两人拉钩。

丁　洋　拉钩上吊,一百年不许变,不然以后不相见。(笑)

程　橙　你真是个小孩子。

丁　洋　小孩子现在开心了，要回宿舍了。

程　橙　回去吧，别让大家再担心你。明天就是毕业典礼，好好打扮一下自己，给大学生活留一个最美的回忆。

丁　洋　嗯。

［丁洋走了几步，转过身来。

丁　洋　程老师，谢谢您！（鞠躬，下）

［舞台上只剩下程橙，她抬头看着摩天轮，陷入沉思。

［缓缓的脚步声，邹游走上。

［程橙抬头看看他。

邹　游　我去学校找你了，他们说你在这里。（抬头看摩天轮）这个摩天轮还在，我当年就是在这里向你表白的，没想到几年过去了，这里一点都没变。

程　橙　可是我们变了。

邹　游　很多事情都变了，唯一没变的就是——我还喜欢你。

程　橙　邹游，谢谢你。

邹　游　程橙，明天你的学生就要毕业了，也是你要离开的日子。

程　橙　我知道。

邹　游　我明天就让秘书买机票，你想哪天飞？工作的事情我帮你联系了，有几家上市公司看了你的简历，对你非常感兴趣，你去参加面试就是走个过场，喜欢哪家公司随便挑。我现在有些激动，已经迫不及待地想跟你开始全新的生活了……

程　橙　邹游，你让我再想想。

邹　游　想什么？你做了五年的辅导员，你的青春在一届又一届学生的迎来送往中悄然结束了，趁你现在还有选择的机会，跟我走吧。

程　橙　邹游,对不起。

邹　游　你想说什么……

程　橙　我舍不得离开学校,它是我心灵深处的精神家园;我舍不得辞职,于我而言,辅导员是一个身份、一份责任、一种荣誉;我舍不得这群学生,一届又一届的学生来了又走,但我始终是他们闪亮青春的见证人。

邹　游　那我们怎么办?

程　橙　你可以留下来不走吗?

邹　游　(摇摇头)这不可能。

程　橙　那我祝福你。

邹　游　(温柔地)程橙,我最后一次问你,你真的决定不走了吗?这一别,我再也不会找你了。

程　橙　(含着泪,默默地点头)

邹　游　好吧,我尊重你的选择。(伸出手来)最后一次握个手吧。

程　橙　(握住他的手,挤出一丝微笑)邹游,祝福你!

邹　游　谢谢,也祝福你!再见!

程　橙　(哽咽)再见!

[邹游下。

[待他走后,程橙终于控制不住自己,她双手捂住面庞,呜咽。

[抒情歌曲响起:"早已泪眼婆娑/我藏起了对你的不舍/微笑着怀念着祝福着/不是每一朵花都会结果/又何必在乎那些甜蜜的承诺/把伤心留在天亮之前/别让离愁无限蔓延/也许遗憾错过/也许还有不甘/心中苦涩独自消化/带上勇敢重新出发"

[程橙准备离开,突然手机铃声响起,随后是一条接一条的短信和微信消息声响彻整个舞台。

[程橙打开手机浏览消息。

［舞台的大屏幕上铺满了学生发来的消息，有的是学生发来的合影，有的是学生发来的文字消息，有的是学生发来的语音消息。

［程橙点开语音消息，学生的声音："辅导员，我要毕业啦！""辅导员，谢谢您！""辅导员，我爱您！""辅导员，我也爱您！""辅导员，我永远爱您！"

［手机铃声响。

程　橙　（接电话）喂，你好……（意外）是你？……你不要说对不起，你并没有伤害我……我想告诉你，不论你毕业多久，不论你在哪里，作为你的辅导员，我会一直牵挂着你、关注着你……再见！

［挂电话后，程橙开心地笑了。

［切光。

尾声

［电子乐队的演奏声。

［光起，一群大学生出现。

众学生　（唱）人生是无悔的流浪，
青春却总是让人彷徨。
每一次远行，每一次启航，
都是追逐着心中的梦想！
每一段故事，每一次登场，
都是描绘着最美的篇章！
我们是破浪的飞鸟啊，不认输是我最后的倔强。
我们是摘星的追梦人，只为点燃夜空中的微光。

带上勇气，带上希望，从这里奔向美丽而朦胧的远方。

总有遗憾，难免伤感，一路走来我还有最初的勇敢。

我热爱的，我信仰的，是光是光是刺破黑夜的光芒。

［程橙搀扶着庄培林走上。

庄培林　你不用扶着我，我已经恢复了。你把盆景照料得很好，到底有什么高招？

程　橙　用您的话说就是，用脑更用心。我照料盆景的时候领悟了一个道理，我们培养学生其实就是种树，既要顺应天性又要修剪枝蔓，关键是要把树木的根系培养好。

庄培林　（竖大拇指）这就是立德树人！高！妙！

程　橙　师父，我不辞职了，我要留下来，一直做下去！

庄培林　不但要做下去，还要成为"高校最美辅导员"！可是，程橙，你和邹游呢？

程　橙　（哽咽，不知如何回答）

［此时，一架飞机从头顶飞过的声音，程橙抬头仰望，然后转过身去，很明显，她在擦拭泪水。

庄培林　程橙……（向来很会讲话的他，此时竟不知怎么安慰她）

程　橙　（强挤出一丝笑容）师父，我没事。我相信邹游有一天会理解我的。

庄培林　程橙，我们在人生的每个阶段都会遇到很多问题，面临很多选择。感情如此，工作也是如此。这届学生毕业了，新的学生马上就要进校了。未来还有很多新的问题等待着我们，辅导员这项工作，任重道远呐！

［学生们围了过来，把庄培林和程橙围在中间。

乔　博　辅导员，我们顺利毕业了！

庄培林　祝贺！

柳茹茹　辅导员，我的工作室已经注册啦！

程　橙　恭喜！

周木涵　辅导员，我准备出国了！

庄培林　保重！

丁　洋　辅导员，我准备考研二战了！

程　橙　加油！

［马克明和艾米开心地上。

马克明　今天我也是个毕业生，博士毕业证拿到了！下一步就是结婚证！

庄培林　双喜临门，我再给你添一喜。

马克明　什么？

庄培林　我已经把你申请转岗的事情上报学校了，学校的态度是尊重你的意愿。

马克明　庄书记，我不想转岗了。

庄培林　哦？为什么？

马克明　学位拿到了，觉悟提升了！做好辅导员，幸福在眼前！

庄培林　这话怎么解？

马克明　因为……

艾　米　我爱辅导员！

学生们　我们都爱辅导员！

［一阵手机铃声，程橙接起电话。

程　橙　喂？邹游……什么？你在哪里？！

［挂掉电话，程橙已是泪流满面。

［音乐再起，师生一起跟着音乐唱跳。

师生合　（唱）带上勇气，带上希望，从这里奔向美丽而朦胧的远方。总有遗憾，难免伤感，一路走来我还有最初的勇敢。

我热爱的,我信仰的,是光是光是刺破黑夜的光芒。

[剧终。

初稿于 2021 年 12 月 8 日

二稿于 2022 年 3 月 5 日

三稿于 2022 年 9 月 21 日

四稿于 2022 年 10 月 19 日

五稿于 2022 年 12 月 9 日

六稿于 2023 年 4 月 28 日

话剧

同乐坊

编剧 周爱华

人物

苏　瑾　女,某高校音乐系大四学生,毕业后因种种原因去同乐坊做公关。

訾丽娟　女,黑社会大姐大,同乐坊老总。

于　皓　男,苏瑾青梅竹马的恋人,后被訾丽娟包养。

肖　惠　女,同乐坊领舞,苏瑾好友。

曾墨严　男,台商。苏瑾同乐坊里的客人,亦是苏瑾的追求者。

訾　林　男,訾丽娟弟弟,同乐坊经理。肖惠的恋人。

李　飞　男,黑社会小头目。

David　男,美国男子。

苏玉秀　女,苏瑾母亲。

云　姐　女,訾丽娟家仆人。

序幕

［幕启。

［舞台中央浪漫温馨布景，苏瑾长发披肩，坐在矮凳上，于皓坐在苏瑾背后，为苏瑾梳头发。

［音乐起。

［歌词：

小小子儿，
坐门墩儿，
哭着喊着要媳妇儿，
要媳妇干吗？
点灯，说话儿，吹灯，做伴儿，
早上起来梳小辫……

苏　瑾　哥，我的头发好看吗？

于　皓　好看。

苏　瑾　哥，我真喜欢你为我梳头发。

于　皓　瑾，等我复员了，你也毕业了，我要亲手为你盘起长发，把你娶做我的媳妇儿。

［灯渐暗。

第一场

［晚上。同乐坊。

［幕启。

［音乐起。震天的酒吧音乐。

[舞台上是酒吧摆设。一个主吧台，吧台前方是一个圆形的领舞台，周围是三间卡座。

[肖惠一袭夜舞装扮，性感火辣，在领舞台上伴着震天的音乐狂舞。

[于皓站在舞台一角，身材挺拔，相貌英俊。他警惕地看着狂欢的人群，表情冷峻，很像是一个职业保镖。

[苏瑾一人静静坐在吧台前，偶尔抬头看领舞台上狂舞的肖惠，若有所思。

[訾林一身黑色西装，在卡座 A 喝酒，眼睛一直看着在台上跳舞的肖惠。訾林一身经理打扮，眉清目秀，天生了令所有女孩子都羡慕的好皮肤，身材颀长，五官端正，只是因为皮肤太过白皙，让人觉得潇洒有余，阳刚不足。

[李飞在卡座 B 和几个哥们儿喝酒，身边站一个五大三粗的保镖，与李飞形影不离。

[肖惠从领舞台上走下来，走到苏瑾身边。

肖　惠　瑾，一个人在这里闷不闷啊，要不要我陪你聊会儿天？

苏　瑾　不用，你跳你的，不用管我。你要是陪我聊天，台上没有领舞的，客人也不乐意呀，你瞧瞧，同乐坊多少人来玩，可都是冲着你肖大小姐来的呢！

肖　惠　瞧你说的，我只不过是同乐坊一个小小的领舞，混口饭吃罢了，哪像你，音乐学院的高才生，比不得我们的。

苏　瑾　你可别再提我这高才生了，现在一听到这三个字我都感到惭愧，这马上就毕业了，工作还是没着落。

肖　惠　实在不行，来我们这里上班得了，你这么漂亮，歌又唱得好，舞也跳得好，又有文化，来了肯定比我们赚的钱多。

苏　瑾　你别开玩笑了，我可做不来。

肖　惠　也是啊，你这有文化的大学生，来我们这里是大材小用了，而且名声也不好听，对不？

苏　瑾　什么名声不名声的，我是觉得我做不来，我又不会喝酒。

肖　惠　不会喝酒你天天来我们酒吧干什么？

苏　瑾　你说呢？

肖　惠　来看于皓对吧？我跟你说啊，自从你们家于皓来到同乐坊，酒吧里多少女孩子都围着他转，而且我还告诉你，不但女孩子围着他转，好多来这里消遣的老女人，都对他垂涎三尺呢！你可要看紧点。

苏　瑾　什么跟什么呀，你就瞎说吧。

肖　惠　我没有瞎说，好多有钱的富婆见于皓这么帅，还误以为他是“鸭子”，都高价求购呢。

苏　瑾　肖惠，你越说越不像话了。

肖　惠　我说的是真的，不信，你瞧，那边正有个老女人想跟你们家于皓搭讪呢。得，我去跳舞了，你还是自己看吧。

苏　瑾　你就赶紧去吧，你瞧瞧那边，訾林一会儿看不到你在领舞台上，就着急地东张西望了。

肖　惠　我烦着他呢，天天黏着我，甩都甩不掉，还妨碍我泡老外。

苏　瑾　你就别在这里贫了，赶紧跳舞去吧。

［苏瑾笑着摇摇头。等肖惠离开后，苏瑾担心地看着对面的于皓。

［訾丽娟上。訾丽娟左手端一杯红酒，右手夹一支烟，她看上去四十岁左右，美丽，大方，气质脱俗，眼角眉梢全是风情。她抽着烟，偶尔喝一口酒，从于皓面前经过，上下打量了一下于皓。

訾丽娟　（斜睨着于皓）帅哥，一起喝一杯？

于　皓　对不起，我还有事。

［訾丽娟正要说什么，李飞走过来。

李　飞　他有事，我没事，要不咱俩喝一杯？

訾丽娟　（冷冷地）不用了。

李　飞　怎么？就只喜欢小白脸？

訾丽娟　不关你的事。

李　飞　别介，那小白脸，都是看钱的，不像我，免费。走吧。

［李飞说完，将手搭在訾丽娟的肩上。

訾丽娟　滚开！

李　飞　（脸色一沉）既然来到这里，还装什么假正经？

［訾丽娟没有说话，抬手把杯里剩下的红酒泼到李飞脸上。

李　飞　（慢慢擦了擦脸）臭娘们，这么猖狂，老子今天教训教训你。

［李飞说完，抬手欲打訾丽娟，被于皓用手拦住。

李　飞　兄弟，别多管闲事。

于　皓　不是闲事，是我分内的事。我是这里的保安。

李　飞　保安？说得倒好听，是“鸭子”吧？

［于皓一记拳头打过去，李飞被打倒在地。李飞爬起来，对准于皓打过去，被于皓敏捷地躲过。

李　飞　好小子，敢对我动手，你也不打听打听我是谁！

訾丽娟　你是谁？

李　飞　姓李名飞，方圆十里的场子，都是我手下的兄弟来负责的，谁要是敢对我动手，我让他三分钟之内在我视线里消失！（然后对于皓）小子，赶紧给我道歉跪地擦皮鞋，说不定你还有机会。

［于皓没理李飞。

訾丽娟　那你知道我是谁吗？

李　飞　你是谁？

訾丽娟　你附耳过来。

［李飞把耳朵贴到訾丽娟面前，訾丽娟在李飞面前低语了几句，李飞神色大变。

李　飞　什么？你？你是……失敬失敬，小的有眼无珠，先告辞，告辞。

［李飞说完灰溜溜离开，走到舞台另外一角坐下。

于　皓　你对他说了什么，怎么这么奇怪？

訾丽娟　以后你会知道的。（从钱包里拿出一叠钱，递给于皓）谢谢你英雄救美，这个，你收下。

于　皓　不必了，我只是做了我应该做的事情。

訾丽娟　怎么，嫌少？我可以加一倍，但是前提是你得答应今晚陪我。

于　皓　你找错人了，我只给人看场子。

訾丽娟　还挺有原则的，穷小子，知道我是谁吗？

于　皓　你是谁跟我没关系。

訾丽娟　还没有人敢拒绝我。

于　皓　还没有人敢威胁我。

訾丽娟　在同乐坊，我还是第一次遇到这么不解风情的人。

于　皓　如果没什么事，请您离开，我还要工作。

訾丽娟　好，够冷够酷。不过，你记着，我会让你热起来的。

［訾丽娟下。

［李飞醉醺醺地端着一杯酒走到肖惠跳舞的台下，抬手将酒递给肖惠。

［肖惠边跳边接过酒一饮而尽，然后将酒杯还给李飞。

李　飞　（在接肖惠酒杯的时候顺势将肖惠拉下舞台）舞跳得这么好，人也长得这么漂亮，走，跟我一起喝一杯去。

[肖惠挣脱李飞的手，厌恶地瞪了他一眼，转身欲继续跳舞。

李　飞　（一把抓住肖惠的胳膊）就这种态度对待酒吧里的客人？

[訾林一抬眼看到李飞拉住肖惠的手不放，站了起来。

肖　惠　放手！

李　飞　就不放，怎么了？

[肖惠低头在李飞的手腕上狠狠咬了一口，李飞痛地“哎呦”一声，将手松开。

李　飞　（看看手腕上都有血迹出来，对肖惠骂道）死丫头，你怎么咬人呢！

[李飞说完抬起另外一只手准备打肖惠，被刚刚走过来的訾林用手抓住。

李　飞　（回头一看訾林）你是谁？放手！

訾　林　我是这里的经理訾林。

李　飞　（斜着眼看了看訾林，把手从訾林手中挣脱，不服气地甩甩手腕）经理啊！挺年轻的嘛！（然后把被肖惠咬过的手伸到訾林面前）你的手下张嘴咬客人，怎么办？

訾　林　为什么咬你？

李　飞　（指指肖惠）你问她。

訾　林　（煞有介事地回头问肖惠）你！怎么这么没礼貌？怎么可以咬客人？

肖　惠　（白了訾林一眼）你是瞎子啊？没看到刚刚他在拉住我的手不放，我咬他还是轻的呢，再敢拉住姑奶奶不放，我下次一刀把他的手给剁下来！

[李飞一听，“噌”地从靴子里抽出一把匕首。

李　飞　死丫头，说话这么嚣张，谁砍谁的手还不一定呢！

肖　惠：（双手叉腰，直瞪着李飞）好啊，你砍，今天你要是不把姑奶奶的头砍下来,你他妈的就是我孙子养的!

[肖惠把头伸到李飞面前。

[李飞看看四周的人群,再看看肖惠,借着酒劲,慢慢把匕首举起。

[訾林正要阻拦,于皓动作敏捷地跑过来,一把抓住李飞拿匕首的手,把李飞手里的匕首夺下。

于　皓　对不起,这里不允许携带非法用品,请您及您的朋友一起离开。

李　飞　(手足无措地站在那里,看着于皓)怎么又是你?让开!

[于皓站着没动。

李　飞　你小子今天就是跟我过不去是不?平时老子泡个妞轻而易举,今天碰到你,倒了霉了。我说你别那么一根筋,不然没你好果子吃。赶紧的,给我让开!

[说完欲拨开于皓,于皓纹丝不动。

[李飞示意身边的保镖,保镖会意,出拳向于皓袭来,于皓敏捷地闪开,几下便把保镖打倒在地。

[李飞看保镖被打败,一个口哨,卡座B里的人都走过来,每人从身上抽出凶器,站在李飞背后。

李　飞　(看着訾林)小子,我本来想给你的酒吧留点余地,谁承想你这么不懂事,不但不管教你的手下,还眼睁睁看着你的手下对客人拳打脚踢,既然这样,我可就不客气了。

肖　惠　訾林,訾木木,你不是一直说喜欢我吗?那你就喜欢给我看看。现在有人欺负我,你怎么办?

訾　林　好,你肖大小姐一句话,訾林我万死不辞!

肖　惠　(指着李飞)削他!

訾　林　(对酒吧四周的保安)兄弟们,养兵千日,用兵一时,今天是你们大显身手的时候了,咱们于皓是好样的,跟他学学,一起露两手给大家瞧瞧!

[保安一呼百应的声音:“好嘞!”

[音乐停,舞台上霎时安静下来,紧张的气氛。

[訾丽娟上。

[訾丽娟换了一身男装,戴了假的短发,墨镜,身后几名随从,黑社会老大的派头。

訾丽娟　(声音洪亮又特别)都给我住手!

[有人搬过来一把椅子,訾丽娟坐下来。

李　飞　(见到訾丽娟,脸上立刻堆满笑)二爷,什么风又把您给吹回来了?

訾丽娟　你们眼里还知道有我这个二爷?我不回来,估计这里都要成了你们的练兵场了!

[訾林见到訾丽娟,转身想溜。

訾丽娟　你给我站住!

訾　林　(笑嘻嘻回过头)姐,您不是去国外散心去了吗,怎么突然回来了啊?也不提前打个招呼,我好准备准备给您接风。

訾丽娟　你也记得我这个姐?瞧瞧你把同乐坊弄成什么样子了?!我早就回来了,刚才在这里观察多时了。(然后看看肖惠)就为了一个臭丫头,江湖规矩都不讲了?来酒吧里玩的客人,都是我们的贵宾,怎么可以随便动嘴咬人,咬了人还不道歉,连你这个经理也跟着瞎掺和,这样下去,还怎么做生意!幸好李飞是我的老朋友了,赶快向你李哥道歉!

李　飞　二爷,大姐,娟姐,您这么说可折煞我了,能见上您一面,跟您说句话,我就心满意足了。咱圈里的人,谁不知道娟姐的能力和为人,我要是知道这是您经营的酒吧,打死我我也不敢在这里动手，娟姐，您就原谅我这一次吧。

訾　林　李哥，刚才多有得罪，对不起了。

訾丽娟　（站起来）好了，俗话说不打不相识，大家也算是缘分。（然后看了一眼站在一旁的于皓，围着于皓转了一圈，上下打量了一番，转身对訾林）你小子自己没多大出息，新找的人倒不错。

訾　林　姐，他是我新请来的保安，于皓，特种部队的，刚刚复员不久，就被我挖过来了。功夫了得，您刚才也看到了吧？

訾丽娟　（又意味深长地看了于皓一眼）嗯，这样，今天我请客，酒吧里所有的酒一律免单，以表歉意。（然后对訾林）你还愣着干吗？不是要给我接风吗？

訾　林　是，是，姐，我们出去换个地方，这里太吵了。李哥，对不起了，您大人有大量，今天我好好款待款待您。

［李飞等人下。

［于皓站在原地没动。

訾丽娟　（停下来，回头看了看于皓）你，也一起来吧。

［于皓犹豫了一下。

訾　林　我姐叫你去，你还不赶紧去。

［于皓还在犹豫。

訾丽娟　（站在于皓面前，把墨镜摘下）这么一会儿工夫，就不认识了？

于　皓　（有些惊讶地看着訾丽娟）你？原来你是訾……同乐坊的老总？怪不得刚刚李飞……

訾丽娟　现在你知道我是谁了吧？

于　皓　訾总好。刚才失敬了。

訾丽娟　（拍拍于皓的肩）不错，很敬业！

［訾丽娟说着，把訾林拉到一边。

訾丽娟　过来，我有话对你说。

訾　林　姐，有什么吩咐？

訾丽娟　我最近身边缺一个保镖，我看于皓功夫不错，就让他先做我的私人保镖吧。

訾　林　姐，我好不容易找到这么一个功夫好的，刚来没几天你就来挖我墙脚……

訾丽娟　你还跟我分你我了是不是？

訾　林　好吧好吧，不过我得问问于皓，不知道人家同不同意呢。

訾丽娟　还有不同意的道理？现在他的工资是多少？告诉他加一倍。

訾　林　姐，怎么这么大方啊，您对弟弟我可没这么大方过。

訾丽娟　你懂什么？最近警方查得很紧，行情不好，很危险。

訾　林　知道了。

［訾丽娟下。

訾　林　（走到于皓身边）还愣着干吗？跟着去啊。

［于皓下。

訾　林　（转身低声对肖惠）我的姑奶奶，您老人家消消气，继续工作，千万别再动不动发脾气咬人了！我姐在等我，我先走了啊。

肖　惠　木木，刚才刚刚开始觉得你像个爷们儿，没想到你姐一来你又变成孙子了。

訾　林　你懂什么，我那不是怕，我是尊重我姐。我姐从小可疼我了。我给弄这么一出，怕她生气。再说了，这还不都是因为你！再怎么着你也不该动嘴咬客人，我为了你才跟人打架的。

肖　惠　是为了我，那你倒是打啊！架没打起来，最后还给人低头哈腰道歉呢。我都懒得说你。

訾　林　我哪有低头哈腰了？我纯粹是为了给我姐面子。我说肖惠啊，惠，你怎么对我就这么苛刻啊，你自己想想看，自从你来到同乐坊以后，我对你怎么样？酒吧里多少女孩子追着我赶着我，我都懒得看一眼，就天天围在你肖大小姐身边打转，我姐为这都对我有意见了。我这么爱你，你怎么就一点都不感动呢？

肖　惠　爱我？我告诉你，訾木木，这个世界上根本就他妈的没有爱情。爱情是什么？爱情就像鬼，相信的人多，看到的人少，你要是再敢说爱我，我就让你见鬼去。

訾　林　惠啊，你为什么就那么讨厌我？我哪点不好了？

肖　惠　你告诉我，你哪点好了？

訾　林　我啊，好处多着呢，不但对你全心全意真心真意，而且还管理着这么大一家酒吧，更重要的是，人还长得这么帅！

［说完把头发一甩，故作潇洒状。

肖　惠　你啊，帅什么帅啊？就你那头发，一点特色都没有！

訾　林　我头发怎么了？黄颜色配我的白皮肤，刚刚好。

肖　惠　我没有说颜色，我说长短。

訾　林　长度怎么了？不长不短，正好！

肖　惠　我告诉你，男人怎么样才叫帅。要么留一头长发，艺术艺术，要么剃个光头，亮堂亮堂，最怕的就是你这样的，不长不短，一点特色都没有。

訾　林　我终于明白你喜欢什么样的男人了。

肖　惠　什么样的？

訾　林　要么道士，要么和尚。怪不得整天手上戴串佛珠。

肖　惠　这佛珠还真是和尚送给我的，那次我去爬山，遇到一个和尚，他见到我就送给我这串念珠，还说我是什么佛门中人。

眥　林　肖惠，你看你就是有魅力，连和尚都想和你成一家人。

肖　惠　算你狠，那好啊，眥林，你做个和尚或者道士我就爱你。

眥　林　和尚道士我是肯定不做的，不过我可以为了你剃光头或者留长发，你说，要哪一种？

肖　惠　问我干吗？自己看着办。

眥　林　那我就留长发好了，从现在开始，我要蓄发明爱，我要让你明白我对你的爱就像我的头发一样，与日俱增，只增不减。到时候我们把头发结起来，做对真正的结发夫妻。

肖　惠　好！那你就留给我看，等你留到长发披肩，我就娶你。

眥　林　不带这样说话的，谁娶谁啊？

肖　惠　（伸出手托住眥林的脸上下左右打量一番）美人儿，你这么美，看你皮肤这么白，当然是哀家我娶你啰。得，不跟你贫了，姑娘我跳舞去了。

［说完头也不回地跑回领舞台。

［震天的音乐重新响起来，DJ 把音乐换成肚皮舞的音乐，肖惠索性脱下外套，只留一件短衫，露出肚皮，狂舞起来。

［灯光暗。

［肚皮舞的音乐声渐低，但是没有间断。

［灯光起。

［场景切换到白天，礼堂，音乐声渐高，旋律与节奏都没有变，只是风格没有了酒吧的狂躁，代之以校园的纯净与优雅。

［礼堂舞台上，苏瑾身着肚皮舞传统服装，随着刚刚的音乐翩翩起舞。

［舞蹈完毕，苏瑾走下舞台。

［主持人的声音："谢谢苏瑾同学的精彩表演。这次毕业典礼到此结束，谢谢大家！"

［苏瑾走下舞台，坐在一边休息。

［于皓上，把水递给苏瑾。

苏　瑾　哥，你怎么来了？

于　皓　你要离校了，我不放心，来看看你。

苏　瑾　我没事，你照顾好自己就行了。昨晚在酒吧，我真的替你捏了一把汗。你没事吧？

于　皓　我没事，你放心，你照顾好自己就行了。我最近酒吧里事情多，比较忙，照顾不到你。你以后不要到那种地方去了，不适合你，而且很危险。对了，妈的身体最近怎么样了？

苏　瑾　还那样，最近咳嗽得厉害，我也很担心。

于　皓　实在不行，就去医院里看看吧。

苏　瑾　我也这么说了，可是妈不同意，她说自己没事，其实她是怕去医院花钱。

于　皓　瑾，再给我一些时间，我会赚钱给妈治病的。

苏　瑾　嗯。

于　皓　瑾，我有句话想和你说。

苏　瑾　什么……

于　皓　我……

苏　瑾　说啊。

于　皓　瑾，既然我已经复员了，你也毕业了，咱们就尽早把婚事办了。

苏　瑾　这……

于　皓　怎么，你不愿意？

苏　瑾　我当然愿意，只是我觉得现在还不是时候。

于　皓　为什么？

苏　瑾　哥，现在我们连像样的房子都没有，妈又病重，连住院的钱都付不起，结婚又有什么意义呢？

于　皓　可是……

苏　瑾　别可是了，哥，我们青梅竹马，自幼一起长大，结婚是早晚的事情，也不急在这一时。

于　皓　那好吧，瑾，这个送给你。

［于皓从口袋里拿出一把精致的红色梳子，送给苏瑾。

苏　瑾　这是？

于　皓　这是我用在同乐坊第一个月的薪水买的，喜欢吗？

苏　瑾　（脸沉下来，不开心地）哥，你怎么这么浪费啊？花将近一个月的工资，就买一把梳子，这也太浪费了。妈的病现在还没有治好，你不要乱花钱好不好？

于　皓　我这不都是为了你吗，傻丫头，我以为你会很开心的，没想到惹你不高兴了。

苏　瑾　我只是担心妈的病。

于　皓　好，好，我以后注意，你放心，瑾，我会努力赚钱的，让你和妈过上好日子，相信我。你看，头发都乱了，我给你梳梳头发。

［于皓拿起梳子，亲自为苏瑾梳起头发。

于　皓　头发好美。

苏　瑾　怎么，就只有头发美，人不美？

于　皓　傻丫头，人更美。

［于皓说完俯身吻苏瑾的头发。

［灯渐暗。

第二场

［幕启。

［白天。訾丽娟公寓。

［訾丽娟坐在椅子上，拿出镜子，看了看，然后拽下头上的假发，一头瀑布般的长发飘散下来。

［訾丽娟看着镜子里的自己，又看看表，转身将身后落地的纱窗拉上。

［铃声。

［于皓上。

訾丽娟　进来。

［于皓推门进来。一脸的英气，略显冷酷。看到訾丽娟满头长发的样子，怔住了。

訾丽娟　怎么？不认识了？

于　皓　不是……我没想到……您的头发……

訾丽娟　之前那是假的，唬人的，在自己觉得亲近的人面前我还是喜欢本色一点。

［于皓一时不知如何回答，依旧站在那里。

訾丽娟　（倒杯水给于皓）坐，喝水。

于　皓　（接过杯子）谢谢訾总。

訾丽娟　（眼神暧昧地看着于皓）瞧你说话别扭的，不要客气，喊我娟姐就可以了，或者直接喊娟，都行。

［于皓依旧没说话。

訾丽娟　訾林跟你谈过了吧？做我的私人保镖，你觉得怎么样？

于　皓　可以，不过工资照原先的发就可以了。

訾丽娟　别客气，加薪是应该的，做我的保镖，很辛苦的。比在酒吧里工作要辛苦得多，酒吧里是按时上下班，做我的私人保镖，要24小时全程陪护的。你要有思想准备。

［于皓没有说话。

訾丽娟　知道怎么陪护吗？

于　皓　我会保证您的人身安全。

訾丽娟　说的对，不管是白天，还是晚上。

于　皓　明白。

訾丽娟　尤其是晚上，明白吗？

［于皓没有说话。

訾丽娟　知道晚上怎么陪护吗？

［于皓还是没有说话。

訾丽娟　有女朋友吗？

于　皓　这不在我的工作范围之内吧？

訾丽娟　既然是我的私人保镖，我就要关心一下，如果有女朋友，可能陪女朋友的时间会很少，你有思想准备吗？

于　皓　我想我能处理好的。

訾丽娟　那就是有女朋友啰？

［于皓没有说话。

訾丽娟　那我们就这么说定了。明天开始正式上班。

于　皓　如果没有什么事，我先回去了。

訾丽娟　等等。（拿出一信封）这里是一万块钱，你先拿着。

于　皓　这……訾总，无功不受禄，我……

訾丽娟　这是工作需要。你去买身像样的衣服。

［说完上前拉住于皓的手，在旁边的椅子上坐下来。

［于皓正襟危坐。

訾丽娟　别这么拘束，以后你要在这里常住，所以就把这里当作你的家。如果有不适应的地方，或者不习惯的地方，告诉我。要学会适应，明白吗？

［说完伸出一只手抚在于皓手上。

于　皓　（把手抽出来）好的。

［云姐上。

［云姐把两杯红酒放到两人面前。云姐下。

訾丽娟　先喝杯酒吧。

于　皓　我不喝酒。

［訾丽娟端起一杯酒，走到于皓背后，俯身环绕住于皓，将酒送到于皓面前。

訾丽娟　（柔声地）这酒非同寻常，你一定要喝。

［于皓想要推开訾丽娟的胳膊起身，被訾丽娟用另外一只手按住。

于　皓　为什么？

訾丽娟　因为这是我们的交杯酒。

于　皓　（接过酒杯，放到桌子上，然后站起身，与訾丽娟面对面站着）二爷，您什么意思？

訾丽娟　难道我说得还不够清楚吗？

于　皓　我只是来做您的私人保镖。

訾丽娟　是啊，保镖，私人的。

［訾丽娟伸手搂住于皓的脖子，抬头看着于皓。

訾丽娟　我喜欢你。

于　皓　二爷，我想您是看错人了，我只给人做保镖。请您自重。

［说完欲离开。

訾丽娟　站住！

于　皓　还有什么事？

［訾丽娟“啪啪”拍了两下手，云姐端着一个盘子走进来，上面有两个大的信封，云姐将信封放到于皓面前。

［云姐下。

［訾丽娟坐在椅子上，拿起桌上的烟点上，吸一口，吐出来，透过缭绕的烟雾看着于皓。

訾丽娟　打开看看。

［于皓拿起其中一个信封打开，是一张银行卡，于皓将卡放回信封，拿起另外一个信封打开，大惊失色。

于　皓　二爷是什么意思，请直接明示。

訾丽娟　这还不够明白吗？两者选其一。

于　皓　我两个都不选。

訾丽娟　（“腾”地站起来，从其中一个信封里掏出一把手枪，直指着于皓）你不选也得选！

于　皓　（站着没有动，看着訾丽娟）二爷，我于皓从小不是被吓大的。

訾丽娟　（深吸一口烟，然后将烟扔掉，两只手握住枪）是吗？我倒要看看你胆子有多大。我数到三，如果你不给我答复，就别怪我不客气！

［于皓看着訾丽娟，没有说话。

訾丽娟　（开始数数）一，二……

［于皓依旧没有动。

訾丽娟　三！

［于皓将眼睛闭上，訾丽娟扣动扳机，枪没有响。

［于皓睁开眼睛，訾丽娟把枪放下，鼓掌。

訾丽娟　好！好！不愧是我訾丽娟看中的人，够胆量，没有让我失望。

于　皓　二爷,我先告辞了。

訾丽娟　站住!

訾丽娟　我听说你有一个病重的母亲在家,还有一个刚刚毕业但是没有找到工作的妹妹,暂时靠做家教为生,对不对?

于　皓　(猛然回过头来)二爷,您调查我?

訾丽娟　别说得那么严肃,不是调查,是关心。我这人一向关心下属。

于　皓　你到底想要干什么?

訾丽娟　我想知道,你的命你可以不在乎,难道你母亲的命你也不在乎?据我所知,你们家现在拮据得连住院都住不起。

于　皓　我母亲的病,我会慢慢帮她老人家治好。

訾丽娟　那你妹妹的命呢,你也不在乎?

于　皓　你在威胁我?

訾丽娟　怎么又把话说得这么严肃?我是关心你。孰轻孰重,你自己衡量吧。你记住,只要你答应了我,我訾丽娟绝对不会亏待你。你母亲住院的费用,你不用操心,至于你妹妹,我不但不会伤害她,还会时刻保护她的人身安全。

于　皓　二爷,我们无冤无仇,萍水相逢,我只不过是靠自己的武艺挣口饭吃,您又何必这么苦苦相逼?

訾丽娟　你说得对,我们既没有冤,也没有仇,但是我们有爱。

于　皓　笑话!

訾丽娟　(走到于皓面前,柔声地)冤家,你知道吗,我从第一次见你,就喜欢上你了。(说完想要亲近于皓)

于　皓　(把訾丽娟推开)二爷,如果您空虚了,寂寞了,想玩了,想找男人玩了,酒吧里有的是男孩子,青春年少,血气方刚,您只要一句话放在那里,一摞钱摆在那里,不愁没人上。我不明白,为什么是我?

訾丽娟　因为我偏偏喜欢上你了,怎么办?

于　皓　如果我不同意呢?

訾丽娟　为什么?是不是因为我们年龄相差太大?我会弥补你的,宝贝。相信我,于皓,这跟年龄没有关系。

于　皓　不是因为这个……

訾丽娟　那为什么拒绝?你有了心上人了?

[于皓没有说话。

訾丽娟　我真傻,应该想到这一点的,这么优秀的人,怎么会没有爱,又怎么会没有人爱呢?

[于皓还是没有说话。

訾丽娟　但是,不管她是谁,她能给你幸福吗?你能给她幸福吗?自古贫贱夫妻百事哀,在这座以钱为中心的欲望都市里,你们在一起幸福吗?

[于皓神色黯淡下来,缓缓低下头。

訾丽娟　(从信封里拿出银行卡,递给于皓)这个你拿着,我会定期往里面打钱,下一次的数目,比这一次多一个零。

[訾丽娟把卡放到于皓的口袋里,于皓没有拒绝。

[訾丽娟又从桌上把枪拿起来,放到于皓手上。

訾丽娟　这个你也要拿着,这是我送给你用来防身的。

[于皓将枪拿在手中。

訾丽娟　我还有第三件礼物要送给你。

于　皓　什么?

[訾丽娟把睡衣解开,睡衣滑落到地上。

訾丽娟　(全裸在于皓面前)这也是送给你的。希望你今天能够收下。

[灯渐暗。

第 三 场

[白天。公园。

[舞台上摆一条公园长椅,正反两面都可以坐人。

[苏瑾扶着苏玉秀在公园里散步。苏玉秀围着围巾,蒙住嘴巴和鼻子,只是留出眼睛露在外面,神形苍老,声音沙哑,不停地咳嗽。

苏玉秀　好久没呼吸新鲜空气了,看着这叶子渐黄,马上就要秋天了。

苏　瑾　是啊,天气也凉了,您要记得保暖。

苏玉秀　那边的树木好像更葱郁些,我们过去看看吧。

[苏瑾扶着苏玉秀,到对面的树荫下。

苏玉秀　瑾,最近总不见阿皓回来,也不知道他在忙些什么。

苏　瑾　哥说他公司最近忙,您不用担心。忙了才有钱赚,不然哪来的钱让您住院啊。

苏玉秀　说的也是,唉,都是我这病,辛苦了你们。

苏　瑾　妈,您看您总是唉声叹气的,既然知道是因为病,就安心把病养好,我和哥还等您病好了给我们办喜事呢。来,这边阳光好,我扶您在这边坐下来晒晒太阳。

[苏瑾扶着苏玉秀在长椅上坐下。背对着观众。椅背把苏瑾和苏玉秀挡起来。

[苏玉秀的咳嗽声。

苏　瑾　妈,您把围巾摘下来透透气吧。

苏玉秀　还是不要了，我这脸上的疤痕，万一被人看到了，吓到人家。

[訾丽娟拉着于皓的手从舞台另外一边上。

[訾丽娟和于皓穿着情侣运动装，两人手里还拿着高尔夫球杆。

訾丽娟　没想到你高尔夫打得这么好。

于　皓　在部队的时候跟首长打过几次。

訾丽娟　我累了，咱们在那边椅子上坐会儿休息一下。

[两人在苏玉秀和苏瑾的背面坐下来。面朝观众。

訾丽娟　你听说过一个女人和球的比喻吗？

于　皓　什么比喻？

訾丽娟　女人在二十岁的时候呢，就如足球一样，好多的男人围着，你争我抢；三十岁的时候，人气渐衰，就如同篮球，虽然有人追，但是明显追求的人少了；四十岁的时候呢，就如乒乓球，被人你推我挡，唯恐避之不及；等到五十岁的时候，就变成高尔夫球了，一杆子打出去，滚得越远越好。

[于皓笑了。

訾丽娟　终于笑了，真是一笑千金难买啊。

[于皓依旧笑着。

訾丽娟　先别笑，在你眼里，我是什么球？

于　皓　放心吧，肯定不是高尔夫。

訾丽娟　那也肯定不是足球，充其量也就是一乒乓球，一开始被你推挡了几次，后来不得已，就将就了，对不对？

于　皓　您想太多了。

訾丽娟　说真的，于皓，让你跟我在一起，是否太委屈你了？

于　皓　别问那么多。

[訾丽娟向于皓靠近一点坐，于皓敏感地躲开，与訾丽娟保持一

定距离。

訾丽娟　于皓,我能对你提个要求吗?

于　皓　您说,只要我能做到的。

訾丽娟　(深情地看着于皓)爱我。

于　皓　(苦笑了一下)您就别拿我开玩笑了。像我这样的人……

訾丽娟　你怎么了?你这么年轻,这么英俊,功夫又这么好……

于　皓　过奖了,我功夫一般,复员快一年了,不锻炼,身体都散了。

訾丽娟　我不是说这个,我是说床上功夫……

[于皓脸一红。

訾丽娟　(笑了)我不想打了,咱们回家吧……

[两人起身,正想走,苏玉秀和苏瑾从背后站起来。

苏玉秀　怪不得这段时间不见你回家,原来是有了新家了。

于　皓　(听到苏玉秀的声音,惊地回头)妈,瑾,我……

訾丽娟　你们……

于　皓　这是我母亲。

訾丽娟　原来是伯母啊,失敬失敬!

苏玉秀　大妹子,虽然你看上去很年轻,但是我俩年龄也差不了多少,不要喊我伯母了。

于　皓　妈,瑾,这是我公司的经理,訾丽娟,訾经理。

[苏玉秀从椅子对面转过来,走到訾丽娟面前,上前一步,盯着訾丽娟。

苏玉秀　原来是訾经理。

[苏瑾也走过来扶住苏玉秀,站在两人对面。苏玉秀身子摇晃了一下,险些跌倒。

苏　瑾　妈,您身体不好,别站着,我先扶您坐下。

[苏瑾扶苏玉秀在长椅上坐下。

訾丽娟　（有些尴尬地）于皓，我先去那边等你。

［訾丽娟下。

于　皓　（看着苏瑾）瑾，我……

苏　瑾　为什么？

于　皓　你听我说，不是你想的那样子，我现在只是……

苏　瑾　（眼泪在眼眶里打转）只是什么？只是被别人包养的一个小白脸？

于　皓　瑾，枉你我这么多年，竟然这么不了解我。

苏　瑾　我当然不了解，我做梦也不会想到，你会有一天陪在一个老女人的身边卑躬屈膝、投怀送抱！

于　皓　瑾，你先不要妄下断论，你听我解释，我是有苦衷的！

苏　瑾　苦衷？什么样的苦衷？过不了舒适的日子，没有香车洋房，不能养尊处优，这就是你的苦衷吧？一个堂堂的男子汉，要靠一个女人来养着！哥，我真的真的，万万没有想到，你会是这样的人！

［于皓想申辩，苏瑾把他拦下，不给于皓解释的机会。

苏　瑾　也是啊，像你这样的人，也只能靠一个女人养着，不然，倒可惜了这么漂亮的一张脸，还有这一身的好功夫了！对吧？刚刚那个女人亲口说你床上功夫好，看来是已经领教过了，你不是经常感慨自己空有一身好武艺怀才不遇吗？现在好了，英雄终于有了用武之地了！

于　皓　瑾，我一直都是爱你的，过去，现在，以后，我都会一如既往地爱你，你又何苦对我如此刻薄，甚至连解释的机会都不给我？

苏　瑾　现在你还好意思说这种话？爱我？你怎么爱我？什么时候爱我？是跟那个女人在床上翻云覆雨的时候爱我，还是拿了钱四处逍遥的时候爱我？是你在对着一个你并不爱的女人甜言蜜语的时候爱我，还是在你为了满足你的虚荣心毫不留情地把我的心撕成碎片撒满一地的时候爱我？对，就是在这个时候，在我最难过的时候，在我的心一滴一滴地滴着血的时候，在我被你的绝情伤到体无完肤的时候，你想用“我爱你”三个字将这一切一笔勾销！哥，不！于皓，我恨你，从今以后，你不再是我哥，我恨你我恨你！

于　皓　（颓然地抓起自己的头发，痛苦地蹲下来）我也恨！我也恨啊……也好，你骂我吧，谁让我于皓没本事，妈生病了，我连送她去医院的能力都没有！我枉为人子！我们想结婚，我连给你一个新房的能力都没有！我枉为男子汉！

苏　瑾　（对苏玉秀）妈，咱们回去吧，不然护士要着急了。

苏玉秀　（推开苏瑾，走到于皓跟前）我明白了，皓，怪不得你最近不回家，怪不得你最近花钱这么大手大脚，怪不得瑾整天的闷闷不乐，怪不得你瞒着瑾把我送到医院……别的我就不问了，你先告诉我，住院的钱是哪里来的？

于　皓　妈，您问那么多干吗，先把病治好再说。

苏玉秀　你先告诉我住院的钱是哪里来的？

于　皓　不是对您说过了吗？我加班赚的啊。

苏玉秀　皓，你把妈妈当傻子还是当瞎子啊？你跟那个女人，那个……

［苏玉秀说着，又站立不稳，苏瑾赶忙扶住。

苏玉秀　（声音发颤）是我不好，没有把你教育好啊……可是，孩子，瑾对你不好吗？我对你不好吗？

于　皓　妈，您怎么会对我不好呢？虽然我不是您亲生的，但是您一直待我视如己出，这些我都明白。

苏玉秀　你是为了给妈治病才这么做的吗？如果是这样，你就太傻了，你太不了解妈了，妈这一生，把面子和尊严看得比命都重要，你这样做，无疑是把妈往死路上推啊！（说着上前拉住于皓的手，流下泪来）孩子，妈从小看着你长大，虽然你不是我亲生的，但是在我心里你和瑾没什么两样。孩子，听妈的话，跟妈回家，这院咱不住了，妈死不了的，只要你跟妈回家去，妈这就给你和瑾办喜事！

［訾丽娟上。

訾丽娟　伯母，您就别为难于皓了，不瞒您说，这钱，是我帮于皓出的。

苏玉秀　你可别叫我伯母，我承受不起……你帮于皓出的是吧？这钱我也承受不起，我宁愿病死在家中，也不愿意花不清不白的钱住院！

訾丽娟　您这话可就不对了，什么叫不清不白？我好心帮您治病，您不感谢也就罢了，怎么说话还这么带刺？再说了，我和于皓彼此倾心，两个人在一起也无可厚非，现在都什么年代了，难不成做父母的还要干涉儿女恋爱不成？

苏玉秀　彼此倾心？儿女恋爱？皓，她说的都是真的吗？

于　皓　我……

訾丽娟　您就别再问于皓了，您也是明眼人，不是已经听到了也看到了吗？还想让我们说什么？

［苏玉秀没有理会訾丽娟，上前拉住于皓的手。

苏玉秀　孩子，听妈一句话，现在还不晚，跟妈回家，好不好？

訾丽娟　（上前拉开苏玉秀的手，拉起于皓）够了！（然后对于皓）于皓，时间不早了，我们回家。

［苏玉秀重又拉住于皓的手，满含期待地看着于皓。

于　皓　妈，对不起。

［说完挣脱苏玉秀的手，跟随訾丽娟下。

［苏玉秀看着于皓离去，身子一歪，斜倒在长椅上。

苏　瑾　妈！您没事吧？

［苏玉秀猛烈地咳嗽起来。

［苏瑾连忙拿出纸巾为苏玉秀擦拭嘴角。

苏　瑾　妈！您吐血了！妈，您别这样，别着急，妈！

［说完跪在苏玉秀面前哭了起来。

苏玉秀　可悲啊，我已经苍老得连她也认不出我了，可是她还没有怎么变，还是那么年轻漂亮。我一眼就认出她了。

苏　瑾　（诧异的）妈，您说什么，她？就是她？

苏　母　报应啊，报应。

［暗场。

第四场

［幕启。

［晚上。同乐坊。

［肖惠和一个帅气的外国男子在吧台前相对而坐。

David　肖，明天晚上我们去吃西餐好不好？

肖　惠　天天吃西餐，下次我们一起去吃麻辣烫好了。

David　什么是麻辣烫？

肖　惠　麻辣烫都不懂啊，就是又麻又辣又烫。

David　（似懂非懂地点点头）麻辣烫贵不贵？

肖　惠　不贵，你问这个干什么啊？

David　肖，我们这些天吃饭，每次吃饭都是我付钱，在我们国家，男人和女人都是 AA 制的，男人付一半，女人付一半。

肖　惠　（正在喝一口红酒，听这话差点被呛着，她拿起餐巾擦擦嘴，然后把餐巾往桌上一摔）David，我跟你说，在我们国家，男人和女人一起吃饭，女人从来不掏钱，而且女人陪男人吃饭，男人是需要额外再给女人钱的，就像现在，我陪你喝酒，你要给我钱的，你知不知道？我陪你吃了那么多次饭，喝了那么多次酒，一分钱都没问你要，你怎么着，现在反过来想让我掏钱？

David　（一脸的无辜）肖，你不要生气，最起码你要出一半的价钱，男女是一样的，为什么女人就不花钱白吃白喝呢？

肖　惠　（生气地站起来）好你个美国鬼子，看你长得人模人样的，原来这么小气！我这平时就还只是陪你吃饭呢，就想让我掏钱，我要是哪天跟你睡觉了，是不是还得给你钱啊，你是不是把自己当"鸭子"了？

David　肖，"鸭子"的意思我懂的，你怎么可以这么侮辱人呢？

肖　惠　哎呀哦，还是个中国通，还知道"鸭子"。你啊，就另外找个女孩子试试，你们一起喝酒吃饭，看看有没有人跟你 AA 制！想让我掏钱，门都没有！

David　（指指门口的方向）门有的，在那边。上面还写着安全出口呢。

肖　惠　好啊，知道门在那边，你就从安全出口给我滚出去！

［说完连推带搡地把 David 赶下舞台。

［訾林从舞台另一侧上。

［肖惠推下 David，气呼呼地往舞台中央走。

訾　林　（拍着掌笑）好！好！肖惠，让你天天泡老外，结果泡了个和你 AA 制的。笑死我了。

［说完弯腰大笑。

肖　惠　别笑了！有那么好笑吗？

訾　林　（强忍住笑）那好吧。肖大小姐，我跟你说了多少遍了，外国人来中国，他们就是玩女孩子的，没有真感情的，他会跟你结婚吗？外国人的思想那么开放，他们只是需要性。性，你懂不懂啊？

肖　惠　就你懂！那中国男人不也是一样？说到底男人都是一样，动物，追女人的目的，还不都是为了性？你不也是一样？切！

訾　林　我不一样。

肖　惠　怎么不一样了？

訾　林　我是真的爱你，只是你不给我机会。

肖　惠　真的爱我是吧？好啊，訾林，你也别老跟我爱啊爱的，有本事咱俩结婚。

［说完半真半假半挑衅半期待地看着訾林。

訾　林　只要你爱我，什么都可以。

肖　惠　真的？

訾　林　我发誓。

肖　惠　好，那你发个誓给我看看。

訾　林　我訾林如果对肖惠撒谎，就是狗娘养的，娘是狗。

［肖惠哈哈大笑。

訾　林　我是认真的，你笑什么？

肖　惠　没什么，不跟你在这瞎贫了，我上班赚钱去。

訾　林　一天到晚就知道钱、钱、钱，没理想。

肖　惠　钱就是我的理想。

［说完欲走。

訾　林　你给我站住。

肖　惠　还有什么事?

訾　林　我刚刚可是很认真的。你不会是耍我的吧?

肖　惠　我也是认真的。

訾　林　那我发誓了,你也得发。

肖　惠　好,我也发。(举起一只手)我肖惠,如果对訾林撒谎,就是王八蛋,爹是王八。

[訾丽娟和于皓上。

訾　林　姐,你怎么来了?

訾丽娟　(看看肖惠,对訾林)天天围着个领舞的小姐,你还有没有出息? 生意还做不做了?

[肖惠不屑地看看訾丽娟和于皓,转身欲走。

訾丽娟　站住。

肖　惠　什么事?

訾丽娟　你这是什么态度,你干什么去?

肖　惠　我态度怎么了? 訾总,可不是任何人都像您身边的小白脸这么体贴,我啊,饿了,出去买只鸭子吃去!

于　皓　(生气地)你!

肖　惠　我怎么了? 我一不偷二不抢三不吃软饭靠人养,我靠自己的本事吃饭!

[肖惠说完,拉着訾林下。

[苏瑾与曾墨严上,与迎面来的肖惠和訾林打了个照面。

[苏瑾身穿同乐坊的低胸工作衣,手挽着曾墨严的胳膊,已经有些醉意。

肖　惠　瑾,你没事吧?

于　皓　(吃惊地)瑾,你怎么在这里?

苏　瑾　怎么,你能来,我就不能来?我现在是公司的芭丽,同乐坊的正式公关。

于　皓　荒唐!谁让你来的!

肖　惠　我!是我把苏瑾介绍进来的。怎么,只许你来,就不许苏瑾来?你可以来赚钱,苏瑾也可以来赚钱,而且一点都不会比你差,对吧,瑾?

苏　瑾　(醉醺醺地)对,肖惠,谢谢你的引荐,能让我在同乐坊这么好的地方上班,这地方,你瞧,灯红酒绿,简直就是天堂。我苏瑾这么些年,算是白活了。(说着弯腰从靴子里抽出一沓钱在肖惠面前晃一晃)这是今天晚上的小费,台湾人,确实大方,不但小费给得多,还送了我这个。(说完从口袋里拿出一款项链,在肖惠面前晃了晃,又在曾墨严面前晃了晃)谢了啊,曾先生。

[苏瑾说着话,摇晃不稳,于皓和曾墨严同时上前扶住苏瑾。

曾墨严　苏姑娘,你喝多了,我送你回家吧。

[于皓上前把曾墨严推开。

于　皓　你离她远点!

曾墨严　你是?

訾丽娟　我来介绍一下,于皓,这位是曾墨严曾先生,从台湾来大陆做生意的,是我们同乐坊的老客户了,生意场上的谦谦君子,风月场上的一流绅士。

曾墨严　訾总太抬举我曾某人了,这么多年,还多亏訾总照应,每次在你这里谈生意,效果都很好啊。我发现訾总的生意是越做越好了,而且招进来的人也越来越优秀了。(然后看看苏瑾,对訾丽娟竖起大拇指)这姑娘不错哦!

訾丽娟　难得曾先生喜欢,能得到曾先生的赞许可不容易,之前曾先生对我们这里的女孩子可是正眼都不瞧一眼的，苏瑾，你可要好好把握哦。（然后转向于皓）这位是于皓，我的贴身保镖。

曾墨严　訾总身边不但美女如云，而且连贴身保镖都这么一表人才。（伸出手，准备与于皓握手）于先生好，幸会，幸会。

［于皓没有理会曾墨严，走到苏瑾身边，拉起苏瑾的手。

于　皓　你给我回去！

［苏瑾推开于皓，重新到曾墨严身边，挽住曾墨严的手臂。

苏　瑾　（对于皓）你是我什么人啊，你凭什么管我？

于　皓　我是你哥！

苏　瑾　哥？你早就不是我哥了，我没有你这样的哥哥，这个人，才是我哥呢，对吧，曾先生，曾大哥。

于　皓　瑾，你知道公关是做什么的吗？是陪客人陪酒卖笑的！

苏　瑾　陪酒怎么了？卖笑又怎么了？酒我不是已经陪了吗？笑也卖了，还赚了这么多的钱！

［苏瑾说完又把钱拿出来在于皓面前晃了晃。

苏　瑾　哥，不，于皓，你是对的，我现在总算理解你了，同乐坊这地方，简直就是人间天堂，在这里，钱这么好赚，一晚上陪人喝喝酒聊聊天就比我一个月辛辛苦苦拼死拼活赚得还多，何乐而不为呢？我要是早知道，我早就来了，于皓，你给我看着，不出几天，我也找个人，把我包起来。姑娘我现在求包养，求包养！（说着走到曾墨严身边，看着曾墨严）曾先生，有意向不？

曾墨严　（心疼地看着苏瑾）苏姑娘，你喝多了。都怪我，不该让你喝那么多的。

于　皓　（拉起苏瑾的手）苏瑾，你还懂不懂得羞耻！

苏　瑾　羞耻？你也配跟我谈羞耻？你还有脸在这里跟我谈羞耻？

于　皓　瑾，你是在报复我对吧？如果是这样，求你别用这种方式，你这样就等于把自己毁了你知不知道？！

苏　瑾　（冷笑一声）毁了？什么叫毁了？我如果继续耗在你身上，那才真叫把自己毁了。你看看，这是什么？

［苏瑾从口袋里拿出一款项链，在于皓面前晃了晃。

苏　瑾　看到没？多少钱知道不？你能送给我这个吗？你有本事送给我吗？你充其量也就是送个烂木头给我。（苏瑾说着，从另外一侧口袋里掏出当初于皓送她的梳子，扔到地上）拿回去，这破玩意儿，鬼才稀罕呢！

于　皓　（从地上捡起梳子，擦了擦，生气地）苏瑾，你！

曾墨严　于先生，我看苏姑娘喝多了，你就不要跟她计较了。这样吧，我先送她回去，等改天你们都冷静下来，再谈，好吗？

［曾墨严说着，扶着苏瑾，向台下走。

［肖惠也走过来扶住苏瑾，訾林跟上，随曾墨严等人一起下。

于　皓　（去追苏瑾）瑾！

訾丽娟　（拦住于皓）怎么？心疼了，不舍得了？

于　皓　什么意思？

訾丽娟　什么意思？你自己心里明白。你这么在乎苏瑾在这里上班，你心里是不是还想着她？

于　皓　我想着她不是很正常吗？她是我妹妹！

訾丽娟　什么妹妹啊！不是一个爹也不是一个娘！你别以为我不知道！

于　皓　你说话放尊重点。

訾丽娟　我说的难道不对吗？于皓，你告诉我，你现在是不是还爱着这个丫头？你一而再再而三地拒绝我，就是因为这个丫头对不对？

于　皓　我现在心情不好，请让我静一静。

訾丽娟　那你告诉我，你爱不爱我？

于　皓　无可奉告！

訾丽娟　不敢说了对不对？

于　皓　我的心已经死了！

訾丽娟　心死了？是藏起来了吧？因为装着另外一个人，所以把真心藏起来，每天对我假笑是不是？

于　皓　（起身向舞台下方走去）无聊！

訾丽娟　（上前拦住于皓）不许走！把话说清楚了再走！

于　皓　你想听什么？

訾丽娟　想听你的真心话。

于　皓　（沉默了一下，低头看看梳子，又看看訾丽娟）好，你要听真心话是不是，这可是你让我说的，我说了你可别后悔。

訾丽娟　说！

于　皓　如果有一点点爱，那也是给苏瑾的，根本没有你的份！

［于皓说完朝台下走去。

訾丽娟　（在后面追上来，边追边拿起身边的茶杯向于皓扔去）你混账！

［于皓飞身闪开，顺手接住杯子，看了訾丽娟一眼，把杯子狠狠地摔碎到地上。

訾丽娟　你竟敢随便摔我的东西！

于　皓　你的东西？是啊，这里全是你的东西，所有的一切都是你的，你是不是觉得连我都是你的啊？然后捡起地上茶杯的碎片放在你心里，我是不是跟这茶杯一样，渴了就拿它解渴，不渴了就攥在手里把玩，高兴了就留着，不高兴了就干脆摔碎了是不是？

訾丽娟　我……

于　皓　你什么？被我说中了是不是？你不是要把话说清楚吗？怎么不说了？

訾丽娟　于皓，枉我訾丽娟对你一片苦心，你想想，这段时间以来，我对你怎么样？你身上的哪一分钱不是我给你的？从车子到房子，从吃的到住的，如果没有我，你即使再过十年也只不过是混迹酒吧的一个小小的保安！

于　皓　訾丽娟，从开始到现在，你从来就没有尊重过我，在你眼里，我一直就是一个小丑，一个任你摆布的小丑，一个你豢养的家犬对不对？

訾丽娟　是又怎么了？你想要金钱，又想要尊重，你想让我养着你，又想让苏瑾爱着你，你凭什么？你花着我的钱开着我的车住着我的房子领着我的工资，你心里却装着另外的女人，这不公平！于皓，我为你做了那么多，苏瑾为你做了什么？

于　皓　是，你是为我做了很多，甚至比苏瑾多得多。但是前提是，你为我做得再多，都是用钱做的，而苏瑾，是用心做的。不公平？我告诉你，老天很公平！我可以满足你的欲望，但是不能给你爱，因为，你压根就是一个只知道花钱来满足自己的欲望的自私自利的老女人！你根本不懂什么叫爱！

［訾丽娟"啪，啪，啪"打了于皓三个耳光。

訾丽娟　你这个混蛋！

［于皓"啪"地回了訾丽娟一记耳光。

訾丽娟　你敢打我？

于　皓　你敢我就敢！听着，我受够你了！

訾丽娟　好啊，好，于皓，算你狠。不过，你要看清楚了，你即使再爱苏瑾,你又能给她什么?刚刚你不是看到了吗?她一晚上轻轻松松喝个酒聊个天就可以赚你一个月的工资,你省吃俭用攒下来给人家买的东西,人家根本就不稀罕,你为她守身如玉,可是她呢?说不定现在她正躺在别人的怀里逍遥呢。

于　皓　你住嘴!不许你在这里胡说。苏瑾她,她不是这样的人。

訾丽娟　不是这样的人?别自欺欺人了,于皓。这么久以来,你跟我总是保持一定的距离,我对你那么好,你还是不为所动,充其量也就是勉强对我装装笑脸,这我都清楚。但是,你不觉得你太傻了吗?刚刚是谁在这里大喊大叫求包养的?而且是当着你的面!你这么在乎她,她在乎过你吗?我还告诉你,那个曾墨严,可不是一般的人物,他如果想得到哪个女人,没有谁能抵抗得了,况且,你们家苏瑾还是主动投怀送抱的,刚刚你也看见了!

于　皓　够了!够了!别说了!(然后突然颓然地蹲下,双手抱头)都怪我自己没本事,怨不得苏瑾……

訾丽娟　(走上前,蹲着于皓面前,抚摸着于皓的头发,然后抱住于皓的头)不,你有本事,宝贝,你只是还没有意识到自己的本事在哪里。

[訾丽娟说完,用手托住于皓的下巴,把于皓的头抬起来,吻住于皓的嘴唇。

訾丽娟　(喃喃地)来吧,宝贝,我会让你开心的,相信我,人生难得逍遥,何苦为难自己呢?

[于皓没有拒绝,他回应了訾丽娟的吻,然后抱起訾丽娟,像一头雄狮,伸手扒光訾丽娟的衣服,把訾丽娟放到沙发上,两人滚在一起。

[灯光暗。震天的音乐重又响起,过渡到下一场。

第五场

［幕启。

［晚上。同乐坊。

［苏瑾与曾墨严在酒吧的包厢里坐着，苏瑾在陪曾墨严唱歌喝酒。

［苏瑾拿着话筒唱王菲的《传奇》。

只是因为在人群中多看了你一眼，
再也没能忘掉你容颜，
梦想着偶然能有一天再相见，
从此我开始孤单思念，
想你时你在天边，
想你时你在眼前，
想你时你在脑海，
想你时你在心田……

［曾墨严端两杯红酒，走到苏瑾面前，递给苏瑾一杯。

苏　瑾　谢谢曾先生那天送我回家。

曾墨严　谢谢苏姑娘今天陪我。

苏　瑾　（接过酒杯，与曾默严碰杯喝酒）过奖了，这是我的工作。

曾墨严　改天能不能请苏姑娘单独见面？

苏　瑾　什么意思？

曾墨严　我是说，不是在同乐坊，我们可以去其他地方，比如咖啡厅，看苏姑娘喜欢哪里。

苏　瑾　我只能在同乐坊。

曾墨严　可是我想带你走出同乐坊。

苏　瑾　为什么？

曾墨严　真想知道？

苏　瑾　是的。

曾墨严　因为我喜欢你。

苏　瑾　曾先生又在开玩笑了。

曾墨严　我是认真的。

苏　瑾　那曾先生想怎样？

曾墨严　（被问得愣了一下）苏姑娘这问题让我无从答起啊。

苏　瑾　喜欢我，然后呢？要相爱吗？

曾墨严　可以吗？

苏　瑾　您结婚了吗？

［曾墨严顿了一下，点点头。

苏　瑾　那怎么相爱？

曾墨严　这……

苏　瑾　一个已经有家室的人，喜欢一个夜场的小姐，要怎么相爱？

曾墨严　我没有把你当作小姐。你跟同乐坊里的那些女孩子不一样，我第一眼见你就发现这一点了。

苏　瑾　我现在就是小姐，同乐坊里的陪酒小姐。想见我的时候，就来同乐坊吧。有时候相遇的地点决定了两个人相处的方式。我们相识在这里，注定走不出来的。

曾墨严　可是某人在某天当着众人的面求包养的，这又怎么解释？

苏　瑾　我那是喝醉了。

曾墨严　酒后吐真言哦。

苏　瑾　曾先生，我就直言相告吧，那天我其实没有喝醉，我之所以装醉，是做给于皓看的。

曾墨严　哦？为什么？

苏　瑾　说来话长，以后再告诉你吧。

曾墨严　（有些不悦，也有些失望）你不说，我也能猜出几分来。

［肖惠上。口里嚼着口香糖。

肖　惠　没有打扰二位吧？

曾墨严　没有，没有，欢迎肖姑娘加入，我有样东西忘在车里了，我去拿一下，你们先聊。

［曾墨严下。

肖　惠　（看着曾墨严出去的背影）真不错，每次来都找你。小费给了没？给了多少？

苏　瑾　跟上次一样。你怎么来了？訾林呢？

肖　惠　被我赶跑了，老缠着我，烦。你又不是不知道我喜欢泡老外。

苏　瑾　真搞不明白你。老外有什么好？

肖　惠　瑾，我告诉你，我有一个攻占五大洲的计划。

苏　瑾　（迷惑地）什么五大洲的计划？

肖　惠　泰国人妖、非洲野人、美国大兵、西班牙斗牛士，等等，我都要领教一遍，才算不枉此生。

苏　瑾　对待感情要认真专一，不可游戏青春。

肖　惠　青春不常在，抓紧谈恋爱。专一在一个人身上多浪费？就像你，对于皓专一了二十多年，到头来还不是一场空？

［苏瑾神色黯然，低下头来。

肖　惠　对不起哦，瑾，我不是故意的。

苏　瑾　没事的。

肖　惠　对了，瑾，那个台湾人对你挺好的，人家那么热情，每次来找你，小费给得都是最高的，我看人也很好，可是为什么你对人家总是不冷不热的？你是不是很讨厌他？

苏　瑾　我一点都不讨厌他，我甚至对他还很有好感。

肖　惠　那为什么？

苏　瑾　（看肖惠正在嚼着口香糖吹泡泡，想了想）这么跟你说吧，你不是喜欢吃糖吗？男人的世界里有两种女人，一种就像是你吃的泡泡糖，另一种呢，是入口即化的棉花糖。虽然都是甜的，但是棉花糖吃完是要咽下去的，泡泡糖正好相反，就算吃起来再香再甜，最后还是要吐出来的。一个好吃，一个好玩。好吃的，男人就娶回家做老婆，好玩的，男人就留在外面做情人。

［曾墨严上，手里拿着一包茶叶。

［苏瑾和肖惠在说话，两人都没有发现曾墨严。

肖　惠　（恍然大悟）我知道了，你就是曾先生的泡泡糖对不对？他就是想把你嚼一嚼再吐出来，就为了好玩对不对？哎呀，我肖惠原来也不笨啊，我悟性挺高的嘛！我就是当初没有上大学，如果上大学的话，肯定也是国家的那个什么栋梁大白菜了！

曾墨严　肖姑娘，谁是我的泡泡糖？我把谁嚼一嚼吐出来了？

［肖惠和苏瑾同时惊讶地回头。

苏　瑾　（尴尬地）曾先生，我……

肖　惠　（不好意思地）我，我，曾先生，不是我说的，你问苏瑾好了，这都是苏瑾说的。

苏　瑾　肖惠，关键时刻你出卖我！

［訾林上。

訾　林　肖惠，我到处找你找不到，原来你跑到包厢里来了，你也真不懂事，春宵一刻你懂不懂啊，怎么可以到这里来打扰人家。走，跟我出去玩去。

［訾林说完拉起肖惠的手往下走。

肖　惠　（挣脱訾林的手，拿出一块泡泡糖放到手心里，伸到訾林面前）訾林，我考考你。

訾　林　考什么？

肖　惠　泡泡糖和棉花糖你选哪一个？

訾　林　（伸手拿起泡泡糖，剥开，放到嘴里嚼起来）废话，大老爷们吃棉花糖，让人家笑话，泡泡糖多好，又爽口，又耐嚼，吃完了还可以吐出来，多省事儿。（说完“呸”一口把糖吐到地上，拉起肖惠的手）走吧，你又不是老师，考什么考啊，走，跟我出去玩去。

肖　惠　（生气地跳起来，照着訾林脑袋就是一巴掌）好你个訾林，訾木木，你口口声声说爱我，原来都是假的，你就是想玩我，玩腻了就把我吐出来对不对？你这个混蛋，王八蛋，乌龟儿子王八蛋！我饶不了你。玩？我让你玩，我今天好好教训教训你，让你玩个够！（说完随手抄起身边一酒瓶，要去砸訾林）

訾　林　（边躲边跑，边跑边说）肖惠，你打人也要有个理由啊，你说你这火暴脾气除了我訾林哪个男人敢要你啊，我说你脑子是不是让炮给轰了啊，怎么说炸就炸呢，轻点轻点，我的妈呀！救命啊！

［訾林抱头鼠窜跑下舞台，肖惠追着訾林下。

曾墨严　真是一对欢喜冤家。苏姑娘，你是怎么跟肖姑娘成了好朋友的？看你们俩的性格，天壤之别啊。而且据我所知，你可是堂堂高校毕业的高才生啊，怎么会跟同乐坊的女孩子在一起呢？

苏　瑾　我和肖惠是在健身房的舞蹈课上认识的，她是同乐坊的领舞，我在学校是主攻音乐和舞蹈。也可能是缘分吧，我俩一见如故，现在更是情同姐妹，相依为命。

曾墨严　怪不得。

苏　瑾　曾先生，我，我刚刚跟肖惠说的话，是随便说着玩的，您别往心里去。

［曾墨严拉着苏瑾的手在沙发上坐下来。

曾墨严　苏姑娘，我绝对没有想要把你当成泡泡糖嚼一嚼再吐出来的意思，你把我看成什么人了？

苏　瑾　什么人？男人呗。

曾墨严　男人怎么了？

苏　瑾　男人在本质都是一样的，骨子里有着男人的劣根性。

曾墨严　说到劣根性，苏姑娘是只知其一不知其二。

苏　瑾　那曾先生说来听听。

曾墨严　张爱玲的《红玫瑰与白玫瑰》里面有一段话专门描述男人对女人的感受，说一个男人的生命里有两个女人，一个是红玫瑰，一个是白玫瑰。如果娶了白玫瑰，时间久了，白玫瑰就成了衣服上的一粒饭粘子，而红玫瑰，则成为男人萦绕心头挥之不去的朱砂痣；如果娶了红玫瑰，时间久了，红玫瑰就成了墙上的一抹蚊子血，而白玫瑰，则成了永远的床前明月光。

苏　瑾　说得好。我明白曾先生的意思，曾先生的意思是，喜新厌旧是男人普遍的心理，不管是白玫瑰还是红玫瑰，不管是棉花糖还是泡泡糖，总有一天都会厌倦对不对？

曾墨严　不对。喜新厌旧不但是男人的劣根性，而是人的劣根性。不只男人是这样，女人也是一样的。

苏　瑾　但是俗语有“痴心女子负心汉”，却没有听说“负心女子痴心汉"的,自古以来,都是说哪个男人背叛了哪个女人的多,女人背叛男人的毕竟相对来说少很多。我整天在同乐坊里,看形形色色的男人,看男人五六十岁了照样可以到同乐坊找年轻的女孩子花天酒地,却没见几个五六十岁的老女人跟年轻的男孩子在一起的。

曾墨严　没有?怎么没有?你们同乐坊的老总訾丽娟不就是一个很好的例子吗?她也快四五十了吧?她身边那个年轻的男孩子于皓可是年轻英俊、风流倜傥啊。

苏　瑾　(脸色一变)訾丽娟只是一个特例,她代表不了多数。像她那样心狠手辣的女人,世界上又有几个?

曾墨严　心狠手辣?这话从何说起啊?

苏　瑾　日后你就知道了。至于她和于皓,那只是一种金钱和性的交易,一个老女人和小男人之间,即使在一起,也根本没有爱情。但是一个老男人和小女人之间是可以产生爱情的,老夫少妻的例子比比皆是,还有很多佳话,你听说过少夫老妻的例子吗?

曾墨严　亏你还是大学生呢,苏瑾,古代的时候,女子都是比男子大的,男孩子在十二三岁就把二十好几的大姑娘娶回家了,童养媳,童养媳你知道不知道?

苏　瑾　(生气地)那是封建婚姻造成的,和爱情无关!他们之间根本就没有爱情!

曾墨严　你怎么就知道他们之间没有爱情?你怎么就那么肯定訾丽娟和那个于皓之间没有感情?我每次来同乐坊,看他们还是挺相爱的呀。

苏　瑾　(生气地)你看到的根本都是假象,于皓根本就不爱她!

曾墨严　哦,为什么?你就这么肯定?

苏　瑾　(因为激动,眼里含了泪,稍稍平息了一下)不管你的事!

曾墨严　(有些心疼地)好了,好了,不说了,算我不好,行了吧？苏姑娘,你不要这么敏感,我再次声明,你绝对不是我曾某人的泡泡糖!

[曾墨严说完,含情脉脉地看着苏瑾。

苏　瑾　曾先生,你这样看着我,让我觉得有点无所适从。

曾墨严　苏姑娘,如果我现在对你说我爱你,你会生气吗？

苏　瑾　一个男人如果有家有业有老婆有孩子,再去追求另外一个单身的女孩子向她示爱,这本身就是一种伤害,一个错误。

曾墨严　是错误。但是,是一个美丽的错误。

苏　瑾　那你想怎样？

曾墨严　我也不知道。

苏　瑾　一秒钟之前还想说爱我,现在又说不知道,既然不知道,你还有什么资格说爱？

曾墨严　我真的不知道,我有那么一刻,想过要娶你,但是现实是不可能的,我年纪比你大,我也不可能抛弃我在台湾的妻子和家庭。我心里很乱,我知道我不该表白的,但是我不能自已,我真的不知道该怎么办……(说完痛苦地叹了口气),只能让爱做主了。

苏　瑾　(有些生气地)让爱做主？爱能维持多久你知道吗？爱情跟空气一样看不见摸不着抓不住,一阵风过来就吹跑了,在这个世界上,爱情是最靠不住的东西,让爱做主？让爱做主总有一天会烟消云散！知道人们为什么选择结婚吗？不是因为对爱情的信任,而是因为对爱情的恐惧!

曾墨严　苏姑娘,我以过来人的身份对你说一句话,千万不要为了爱情结婚,爱情和婚姻是两回事,如果为了爱情结婚,总有一天你会后悔的。

苏　瑾　哦？曾先生后悔了吗？为自己的婚姻后悔？

曾墨严　有人说，婚姻就像雨伞，晴天的时候嫌累赘，等到下雨的时候却需要用它来挡风遮雨。你怎么看待这把伞？一年三百六十五天，晴天的时候多还是下雨的时候多？

苏　瑾　但是即使是晴天的时候用不到伞，拿在手里也有安全感。有时候人追求的是一种安全感，并非实实在在的东西。虽然一年下不了几次雨，但是如果没有一把伞，天再晴心里也觉得不踏实。

曾墨严　好了好了，苏姑娘，我们不讨论这个话题可以吗？为什么我们只要在一起就打嘴仗呢？你不爱我也就罢了，何苦对我发这么大火？看来你是喝得有点多了，瞧瞧，这是我特意从台湾带过来的上好的高山茶，请苏姑娘尝尝。

［曾墨严拿出绿茶，给苏瑾沏好，端到苏瑾面前。苏瑾接过茶，品了一口。

曾墨严　喜欢吗？

苏　瑾　（点点头，看着茶水）其实我更喜欢的是绿茶的颜色，生机盎然，让人充满希望。

曾墨严　苏姑娘喜欢绿色？

苏　瑾　曾先生喜欢什么颜色？

曾墨严　黄色。

［苏瑾笑了。

曾墨严　笑什么？黄色有什么问题吗？

苏　瑾　同乐坊的颜色。

曾墨严　瞎说，同乐坊怎么是黄色的呢？

苏　瑾　情色之地，非黄莫属。

曾默严　呵呵，原来如此。

苏　瑾　我们的颜色也是黄色的。

曾墨严　此话怎讲？

苏　瑾　我们的皮肤是黄色的，此其一。其二，我们之间，开始，过程，结局，应该都是黄色的吧？

曾墨严　洗耳恭听。

苏　瑾　我们相识于同乐坊，情色之地，若以颜色论，应属黄色；过程入门靠性和金钱维系，亦属黄色；结局也定如黄花凋零，激情过后，万千退却，只留回忆。

曾墨严　等等，等等，过程靠什么维系？性和金钱？苏姑娘，我们之间可什么也没有发生啊。

苏　瑾　难道曾先生不想吗？没想过？

曾墨严　这……

苏　瑾　答案全在你这一秒钟的停顿里了。

曾墨严　苏姑娘，我对你没想法。

［苏瑾又笑了。

曾墨严　苏姑娘，你又在笑什么？

苏　瑾　我在笑你。

曾墨严　笑我什么？

苏　瑾　笑你是个伪君子。

曾墨严　哦？还是第一次听到有人这么评价我，说来听听，我怎么就是伪君子了？

苏　瑾　（叹口气）没怎么，就是觉得，这世上，情欲易得，真爱难求。

曾墨严　哦？怎么讲？

苏　瑾　同乐坊有一个女孩子，爱上了她的一个客人，有一次，她给那个男人买了一束玫瑰花，早上买的，准备晚上回家送给他，因为那天是那个人的生日，可是黄昏的时候，花儿有些枯萎，于是那个女孩子又重新买了一束。到家后，那个男人见到玫瑰花后说的第一句话是：哪个男人送给你的？女孩子解释了一下，然后说，亲爱的，哪一天，你老了，走不动了，我会把你放在婴儿车里，推着你，带你去游西湖。因为那个男人比她大二十多岁。她二十，他四十五，是她父亲的年龄。年龄不是问题，女孩子相信，他们是真心相爱的，可惜女人的话男人不信，分手的时候，那个男人说，假的，都是假的，你只不过是为了我的钱。

曾墨严　继续。

苏　瑾　我现在觉得，可能那个男人说的话，是真的。或许真的是为了钱，我，我的女朋友，我的所有的同乐坊里的女朋友，都在以感情为借口，用心赚钱。可是往往到最后，因为钱而伤了心。我想对曾先生说的是，你与我，人与人，男人与女人，都是一样的，无论是粗俗下流的还是仁慈高尚的，不管是野蛮无理的还是温文尔雅的，其实都是假的，都是伪君子，爱是外衣，性是内衣，钱是腰带，合在一起，玩一场道貌岸然的爱情游戏，等到哪一天钱没有了，腰带松了，外衣掉下来，内衣露出来，光天化日里剩下的只是赤裸裸的交易。爱情与人生一样，注定是一场悲剧。而同乐坊，是悲剧的天堂。

［灯渐暗。

第六场

［訾丽娟公寓。舞台后方一张大的沙发，中央是一餐桌，上面摆

放了水果和蜡烛。舞台左后方是卧室摆设，一张大的双人床，床后面的墙上挂着訾丽娟和于皓的合影。床的旁边是一个梳妆镜。

[訾丽娟一身红妆，性感十足。

[訾丽娟在餐桌旁边点蜡烛。于皓懒懒地坐在沙发上翻看着杂志。

訾丽娟　我说你倒是过来帮帮忙啊，我好不容易过次生日，你就忍心让我一个人瞎忙？

于　皓　（懒懒地走到餐桌旁边，帮助訾丽娟准备蛋糕）你搞得这么隆重干吗？不就是苏瑾一人吗？

訾丽娟　一人？她可是我情人的前任情人。

于　皓　丽娟，我还是不明白，你说你过个生日，为什么单单请苏瑾一个人前来？

訾丽娟　因为她是你妹妹啊，你妹妹就是我妹妹，请她来一家人聚聚不是应该的吗？

于　皓　怎么听着跟以前口气不一样了？之前都是我说她是我妹妹，你说什么八竿子打不着的妹妹，今天怎么改了风向了？

訾丽娟　（拿起桌上一粒葡萄，放到于皓嘴里）以前是因为觉得你心里还有她，所以不愉快，现在不同了，现在你已经是我的人了，她理所当然地也就是我的妹妹啰。

于　皓　我看你是醉翁之意不在酒吧？

訾丽娟　不在酒在什么？

于　皓　我怎么知道？你葫芦里到底卖的什么药？

訾丽娟　（吻了一下于皓的脸）女人心，海底针，你就慢慢捞吧。

[苏瑾身穿警服上，手里拿着一盒蜜饯。

苏　瑾　訾总，生日快乐！

［訾丽娟被苏瑾的装束惊住了，张大嘴巴，半天没说出话来。

于　皓　苏瑾，你怎么穿成这样来了？你做警察了？

苏　瑾　（走进来，在沙发上坐下）我这不是来给訾总庆生吗？没做警察，不过是刻意打扮了一番。

訾丽娟　（走到苏瑾面前，神色不悦）苏瑾，你什么意思？我过生日你穿身警服来为我庆生，你是警察派来抓我的吗？还是用警察来威胁我？

苏　瑾　訾总误会了，警服代表警察，警察是保一方平安的，我穿身警服过来的意思，是恭祝訾总平平安安啊。訾总，俗话说，不做亏心事，不怕鬼敲门，即便我真的是警察，訾总又没做什么见不得人的事，怕什么？

訾丽娟　怕？笑话，这世界上还没有让我訾丽娟害怕的事情，你啊，多虑了。

苏　瑾　希望我是多虑。（说完把蜜饯递给訾丽娟）生日快乐！

訾丽娟　（接过来看了看）蜜饯？

苏　瑾　是啊，专门为訾总买的生日礼物。

訾丽娟　（把蜜饯往桌上一摔，盯着苏瑾）好啊，苏瑾，算你厉害。生日礼物送我蜜饯，什么意思？你在变相地骂我口蜜腹剑对不对？

苏　瑾　不对。这蜜饯是贵州产的，寓外贵内贱。

訾丽娟　于皓，你看看，这可是你的妹妹，我好心好意请她来参加我的生日晚宴，她却公然向我挑衅来了！

苏　瑾　訾总，瞧您说的，您想到哪里去了？我刚刚是跟您开玩笑的。我知道您请我来是一番好意，所以我也特地精心准备了这份礼物。这蜜饯象征甜蜜幸福，我是祝福你和我哥哥甜甜蜜蜜的，怎么会向你挑衅呢？人都被你抢到手了，我还有什么可挑衅的？您可千万别曲解我的一番好意。

訾丽娟　好意？这么处心积虑的，算是好意？

苏　瑾　处心积虑不敢当，不过我确实是花了一番心思的。要说到处心积虑呢，还得数訾总您啊，您这堂堂同乐坊的一家之主，专门办个生日晚宴邀请我一人参加，我可是有点受宠若惊，不费点心思，我敢来吗？

訾丽娟　我怎么闻到一股来者不善的味道呢？

苏　瑾　我闻到的可是鸿门宴的味道。

于　皓　你们俩别吵了，哪有什么善不善的，酒菜马上准备好了，赶紧入席。

訾丽娟　不急，你先准备着，我带苏瑾参观参观我们的住处。

［訾丽娟说完拉起苏瑾的手，走到舞台一角的床边。

［訾丽娟拉着苏瑾在合影面前站住，两人抬头看着合影。

訾丽娟　好看吗？

苏　瑾　挺好看的。

訾丽娟　这是于皓刚刚搬过来的时候照的，你看他，那时候还有点害羞呢！跟现在可不一样。当初第一次过来，说话都竟然会脸红，现在，跟换了个人一样，晚上跟我说的悄悄话，让我都脸红！这男人坏起来，甭提有多坏了！

苏　瑾　訾总还会脸红？没看出来。

訾丽娟　苏瑾，你这是什么意思？

苏　瑾　没什么意思啊，就是觉得像訾总这样的人，怎么会脸红呢？公然抢了人家的男人，还这么大言不惭地把自己的私房话说给人家听，很难想象这样的人怎么还会脸红呢？也是，我听说，坏女人是从来都不知道脸红的。

訾丽娟　坏女人？什么叫坏女人，什么又叫好女人？苏瑾，你太幼稚了,世界上没那么多好坏之分,爱情同战争一样,胜者王侯败者寇,无所谓好坏。

苏　瑾　有好坏之分,当然有。好女人爱自己的男人,坏女人专门抢别人爱的男人。

訾丽娟　如果你真要跟我理论,那我就告诉你什么是好女人,什么是坏女人。好女人,要懂得守住自己的男人,如果守不住呢,是因为自己不够好,所以好女人和坏女人的区别是看能不能守得住自己的男人。(苏瑾想说话,訾丽娟不容苏瑾插言)还有啊,好女人是一所学校,把男人招进来,好好调教,再坏的男人也能调教好,让他乖乖地待在自己身边;坏女人呢,即使男人在自己的身边,不会调教,到时候还是跟着别的女人跑了。你说对吧?

苏　瑾　待在身边有什么用?人在曹营心在汉,好坏还很难说。

訾丽娟　人在,什么都好说,人不在,镜中花水中月,看得见摸不着,有什么意思?(说着拉苏瑾在床上坐下来)来,坐,别总站着。

[偌大的双人床,苏瑾和訾丽娟坐在上面。

訾丽娟　(在床上半躺下来)这张床于皓最喜欢了,他说喜欢大床,可以在上面为所欲为。(说完暧昧地笑了两声,看苏瑾没有说话,訾丽娟坐起身,悄悄问苏瑾)苏瑾,你觉得于皓床上功夫怎么样?

[苏瑾没说话。

訾丽娟　当初你们是不是还没有在一起?

苏　瑾　(回过头直盯着訾丽娟)于皓没有告诉你吗?

訾丽娟　这……

苏　瑾　看来于皓没有告诉你啊,我说訾总,看来于皓对你也没有完全敞开心扉啊,你是怎么调教的?

訾丽娟　说实话,我没问过他,我怕问了他让他觉得尴尬。如果我问了,他一定会告诉我的。

苏　瑾　訾总,咱们明人不说暗话,您这次专门请我一个人来参加您的生日宴会,是什么意思?就为了打听我和于皓以前的事情?让我看一看你们的现在,然后暗示我不要掺和你们的未来?如果是这样的话,你大可不必这么处心积虑,您啊,直接问就是了,我一定知无不言,言无不尽。

訾丽娟　你想太多了,我没什么意思,就是想让你知道,我和你哥现在过得很开心,你不用担心。

苏　瑾　担心的是你吧?

于　皓　你们聊够了没有?酒菜都准备好了,来,入席了。

[苏瑾和訾丽娟走到餐桌旁坐下,訾丽娟紧挨着于皓坐下,苏瑾坐在两人对面。

苏　瑾　(端起酒杯,对訾丽娟)来,訾总,我敬您,生日快乐!

訾丽娟　(坐着没有动,看着苏瑾)苏瑾,你能不能先把警服脱掉,你这样穿着警服坐在我们对面,知道的是你来给我庆生,不知道的还以为警察在审讯呢。

苏　瑾　那好吧。

[苏瑾把警服的外套脱下来,一阵冷风吹来,苏瑾打了个喷嚏。

于　皓　(关心地)没事吧,苏瑾?

[于皓起身拿起自己的外套,递给苏瑾。

于　皓　别着凉了,先披上吧。

苏　瑾　(接过衣服,闻了闻)熟悉的味道。

訾丽娟　什么味道?

苏　瑾　哥哥的味道。

訾丽娟　我还以为是爱的味道呢!

苏　瑾　爱的味道?也有啊。你天天跟我哥哥在一起,难道一点爱的味道都没有闻出来吗?

訾丽娟　没有。

苏　瑾　那可惜了。哥,你这个爱人是怎么当的啊?得好好关心一下身边的人才是。

[于皓没作声。

訾丽娟　苏瑾,这你可就多虑了,我訾丽娟喜欢过实实在在的日子,每天有于皓在身边陪着,他不但很关心我,而且体贴入微,看这一桌子的菜,一大半都是于皓亲手做的,他呀,天天给我做这菜做那菜的,我吃都吃腻了,哪还有心思闻味道啊。苏瑾,一看你说这话就是不懂事的小丫头说的话,光靠闻味道,是过不了实在日子,也享受不到实实在在的爱的。爱呢,要天天在一起,吃在一起,睡在一起,那才叫爱。对吧,于皓?(说完在于皓脸上亲了一下,然后从盘里夹起一块牛肉放到于皓嘴里)来,亲爱的,今天辛苦你了,犒劳一下。

[于皓想要推辞,訾丽娟已经把菜放到于皓嘴里。

[訾丽娟看着于皓吃饭的样子,脸上挂着甜蜜而满足的笑,然后挑衅地看着苏瑾。

訾丽娟　苏瑾,别光愣着,你也吃啊,吃牛排。

苏　瑾　(看着眼前的一幕,不动声色地)这牛肉熟不熟啊,怎么看上去颜色怪怪的。

訾丽娟　当然熟了,你放心,十分熟的。

苏　瑾　(故作惊讶地)哥,你以前不是不喜欢吃十分熟的牛肉吗?以前每次跟你一起吃牛排,你都只喜欢吃七分熟的嫩牛肉，说十分熟的牛肉煎得太老了，难消化，看着就倒胃口，吃起来更是反胃恶心让人直想吐。

于　皓　我……

訾丽娟　是啊，于皓呢，以前是不喜欢吃老牛排，可是那是以前，现在变了，不但喜欢吃，而且吃得津津有味。苏瑾，你不知道人是会变的嘛，口味会变，心也会变，看来你还年轻，不懂得这些。以前算什么啊？以前的都已经过去了，对现在一点意义都没有！你这么年纪轻轻的女孩子，怎么就这么喜欢怀旧呢？怀旧容易让人伤感的，别想以前了，多看看现在，看看我和你哥，多甜蜜！你啊，多学着点啊。（说完又在于皓脸上亲了一口）再说了，老牛排虽然难消化了一点，但是有味道，值得品味，那嫩牛排有什么好啊？吃两口就没了，经不起品，跟快餐一样，短时间还可以，时间长了，就没有人喜欢吃了，看上去再光鲜亮丽，到最后还不是被人剩在盘子里不要了。

苏　瑾　（冷静了一下，看着訾丽娟笑了）訾总，您平时真该注意保养保养了。

訾丽娟　怎么了？

苏　瑾　您啊，平时注意多用点去皱的眼霜什么的，您看您现在，不笑还可以，一笑啊，您那眼角的鱼尾纹都可以夹苍蝇了。

訾丽娟　（被说得神色大变，气得放下筷子）你！

于　皓　够了！你们还吃不吃饭了？

［于皓把筷子往餐桌上一放，起身离开。

訾丽娟　你干什么去？

于　皓　烦，胸闷，乌烟瘴气的，出去透透气去。

訾丽娟　吃点东西再去。

于　皓　气都气饱了,还吃什么吃!

[于皓下。

[訾丽娟站起身,想追出去,被苏瑾喊住。

苏　瑾　訾总!

訾丽娟　(转过身)什么事?

[苏瑾一改平时文静温柔的姿态,变得强势起来,语气也咄咄逼人。

苏　瑾　你先不要管于皓,我有话要对你说。

訾丽娟　(回到苏瑾身边坐下来)哦,什么话?说吧。

苏　瑾　知道我这次为什么只身前来吗?你也知道,我可以不来的,素来听说訾丽娟黑白两道通吃,如果訾丽娟想让一个人死,警察再怎么保护也活不了,訾丽娟想让一个人活,黑社会再怎么折腾都死不了,是这样吗?

訾丽娟　如果是,你为什么还要来?

苏　瑾　来送死啊。

訾丽娟　好,有种,够胆量。不过你不用担心,我暂时还没有想让你死的意思。

苏　瑾　你误会了,我是说,我来给你送死。

訾丽娟　丫头,好大的口气,你什么意思?

苏　瑾　今天是你的生日是吧?有时候老天会把一个人的生日和祭日安排到同一天,你信不信?

訾丽娟　丫头,你好大的胆子,竟然在我面前说这么狂妄的话。(说着从口袋里掏出枪对准苏瑾)别以为你是于皓的妹妹我就不会把你怎么样,我訾丽娟杀人,可是眼睛都不眨一眨的。

苏　瑾　对你这句话,我深信不疑。自从你知道了我和于皓的关系以后,你就一直想置我于死地。对不对?

訾丽娟　对，但不是现在，不是这里。

苏　瑾　我知道，当然不是这里。你一向杀人喜欢神不知鬼不觉，悄悄把人做了。就如二十年前你派人杀害你的同乐坊的好姐妹一样。

訾丽娟　（脸色大变）你什么意思？

苏　瑾　什么意思？我想訾总比我更清楚。还记得二十年前一场无名大火将一个身怀六甲的女人烧死的事情吗？

訾丽娟　你是谁？你怎么会知道这些？

苏　瑾　（继续追问）还记得那个女人吗？还记得那个对你恩重如山，把你视同亲姐妹一样对待的名叫苏玉秀的女人吗？还记得你是怎么千方百计为了得到同乐坊不惜将她杀害，继而嫁给了同乐坊的老总并最终得到了整个同乐坊的吗？

訾丽娟　（将枪对准苏瑾）住嘴！你到底是谁？说！再不说我杀了你！

苏　瑾　（走到訾丽娟的枪口面前，抬手把訾丽娟的枪压下）你忘了我也姓苏。

訾丽娟　什么？你，你是玉秀的女儿？苏玉秀，苏瑾，我怎么就没想到呢？

苏　瑾　你没想到的事情还多着呢！

訾丽娟　这不可能。她不是已经死了吗？当初不是一场大火全都烧没了吗？不，不可能，苏瑾，丫头，你是蒙我的吧？从哪里道听途说听到了只言片语就在这里吓我对不对？我告诉你，我訾丽娟从小可不是吓大的，你以为你一个小小的丫头片子三言两语我就相信你？

［苏玉秀和于皓上。苏玉秀依然用围巾蒙住半张脸。

苏玉秀　她的话你可以不信，我的话你也不信吗？大妹子！

訾丽娟　你？你来这里干什么？你是怎么进来的？

苏玉秀　我在楼下候你多时了，正巧碰到阿皓，就跟着上来了。

于　皓　妈，您先坐下，坐下说话。你们在说什么？妈，你到这里来干什么了？

訾丽娟　是啊，老太婆，你跑到我家里做什么？

苏玉秀　你家？这里可曾经是我的家啊。

訾丽娟　你是？不可能，你究竟是谁，老太婆？

訾丽娟　老太婆？上次见你，你喊我伯母，现在呢，老太婆，我都老得被你喊作老太婆了，丽娟，我的声音你也听不出了，我的样子，恐怕你也认不出了吧？

［苏玉秀说完把围巾摘下，露出面带疤痕的脸。訾丽娟被苏玉秀的样子吓得后退一步。

訾丽娟　玉秀，你，你怎么变成这个样子了？

苏玉秀　这不全都是拜你所赐吗？当初你是想一场大火把我烧死，可惜老天有眼，虽然你放火以后派人反锁了房门，但是偏偏有人在外面又把门打开了，才让我怀着苏瑾死里逃生。

訾丽娟　谁？是谁放你们出来的？谁把房门打开的？

苏　瑾　还记得你当时四岁大的儿子吗？

訾丽娟　儿子？对，我的儿子，我的儿子呢？这么多年，我一直在打听他的下落，他在哪里，是不是你把他带走了？是不是你把他杀死了？我的儿子，他在哪里？

苏玉秀　远在天边，近在眼前。

［訾丽娟看向于皓。

訾丽娟　什么？

于　皓　（站起身）什么？妈？您说什么？这是真的吗？

苏玉秀　我不是你妈，站在你对面这个春风得意光鲜亮丽，为了达到目的不择手段，为了得到一个男人不惜将别的女人陷害毁容的，甚至连自己的亲生儿子都不放过的，到最后为了自己的一己私欲竟然和自己的儿子乱伦的女人，才是你妈！

[于皓转向訾丽娟，与訾丽娟面对面站着。

[訾丽娟缓缓走近于皓，抬手抚摸了一下于皓的脸颊。

訾丽娟　（神情恍惚地）于皓，我的……

苏　瑾　訾丽娟，你一生作乱，乱杀人，没人管得了你，乱爱人，也没人管得了你，乱抢别的女人的男人，也没有人管得了你，但是你和自己的亲生儿子乱伦，你自己能原谅你自己吗？

[訾丽娟和于皓互相看着，于皓猛然用手抓住自己的头发，痛苦状。

于　皓　这不可能，不可能……（然后突然转向苏玉秀，到苏玉秀面前）妈，这不是真的，您告诉我，这不是真的，虽然我知道我不是您亲生的，但是我也不是訾丽娟亲生的，对吗？

苏玉秀　（叹了口气）我也希望不是，孩子。

于　皓　（站起身，语气突然变得冷漠）希望不是？妈，不，苏妈妈，您一手把我带大，难道就是为了看到今天这一幕的，对吗？

苏玉秀　报应，报应啊！

于　皓　苏妈妈，虽然小时候的事情我记得不是很清楚，但是，有一点，我是知道的，就是您不是我的亲妈，我不是您的亲生儿子。也正是因为这一点，我对您尤其感激，因为从小到大，您都对我视如己出，与对待苏瑾没什么两样。所以我感激，感动，感恩，虽然我不说，但是我一直在暗中告诉自己，一定要有出息地活着，为了您对我的养育之恩，我知道您一个人拉扯两个孩子不容易，所以我复员以后想尽快地赚钱,赚很多的钱帮您看病,然后和苏瑾结婚,好好报答您的养育之恩,让您不再受苦。

苏玉秀　别说了,孩子,这些,我都知道。

于　皓　既然知道,为什么,为什么有些事一直瞒着我,为什么事情发展到这个地步再把真相说出来?

苏玉秀　是命运安排到今天这一步,或者是报应,报应!

于　皓　如果是命,那是你们的命,如果是报应,是你们的报应,恩恩怨怨与我无关,为什么,我做了什么,为什么我要遭受这样的命运?

苏玉秀　因为你是訾丽娟的儿子!

訾丽娟　苏玉秀,你好狠毒!为什么我们之间的恩怨,要牵扯到我的儿子身上!

苏玉秀　狠毒?这不都是跟你学的吗?当初我好心好意把你收留,甚至把你接到我的家里来住。对,就是这里,我的家,我当初的家。当初我可真傻,我以为你和我义结金兰都是真的,我以为你说我们同病相怜情同姐妹相依为命都是真的。对你说的话,我深信不疑,对你的遭遇,我深怀怜悯。你说你自幼父母双亡,你说你一个人在外流浪,你说你与我一见如故,你说,这辈子,你都会把我当成你的亲姐姐一样看待。可是事实上呢,事实上你早就觊觎我的房子我的家我的老公,你住到我的家里,背着我暗度陈仓,这样你还不满足,你最终还是想方设法以出游为名把我带到林间的小房子里然后一把大火想把我烧死以绝后患!訾丽娟,要说狠毒,这世界上,又有谁能比得过你?你把我对你的怜悯当作你杀害我的工具,你还有没有良心?

訾丽娟　怜悯?说得好,说了这么多,终于说到点子上了。对,就是这两个字，怜悯。你知道怜悯对我来说意味着什么吗？耻辱！从小到大，我不怕别人欺负我，鄙视我，甚至打我，骂我，但是，我就怕别人怜悯我，我也最恨人家怜悯我！是，你是当初好心好意把我接到你的家里，供我吃供我穿供我住，但是你从内心深处尊重过我吗？你只是怜悯，怜悯怜悯！你知道被人怜悯的感觉吗？在你眼里，我是不是像一只流浪狗一样？被你收留了，我就要感恩戴德感激涕零，我就得一辈子仰着头看着你感激你然后报答你？这才是你想要的对吗？包括我的儿子，也应该是我报答你的一部分对不对？

苏玉秀　我没有想这么多，丽娟，你想太多了。可悲啊！

訾丽娟　所有的可悲都是你造成的，怪不得别人！

苏玉秀　那你现在呢，丽娟，你不觉得你现在比任何人都可悲吗？你看看，看看眼前站在你面前的人，你的亲生儿子！你跟他发生了什么样的关系？你亲自毁掉了你们两个人的幸福！

訾丽娟　住嘴！这一切，都是你精心安排好的，对不对？（突然拿起枪指着苏瑾和苏玉秀）是你，是你们，你们策划好了一个圈套，让我钻进来是不是？你们就是来报仇的，对不对？你们既然早就知道真相，却不说出来，就是为了看到今天这一幕，对不对？你，你们，就是想让我生不如死，想让我悔恨而死，对不对？你们太狠毒了！苏瑾，玉秀，好啊，你不是来给我送死的嘛，这样也好，要死，大家一起死！

[枪声响起，苏玉秀挡在苏瑾面前，应声倒地。

苏　瑾　妈！（哭着上前，跪倒苏玉秀身边）

[訾丽娟继续把枪对准苏瑾。

［枪声又响起。

［灯光暗，舞台一时寂静。

［灯光起，訾丽娟缓缓倒下，于皓手拿枪，指着訾丽娟。

訾丽娟　（挣扎着想要坐起，但是力不从心，只能慢慢抬起一只手，缓缓指向于皓）于皓，你，我的……

［于皓慢慢走向訾丽娟，看着她躺在血泊中。于皓眼泪开始流下来。

［訾丽娟抬手想摸于皓的脸，手到半空，骤然落下。

于　皓　（颓然地跪在訾丽娟面前，双手抱头，如狼嚎般哭喊一声）啊……（然后伏在訾丽娟身上泣不成声）

苏　瑾　（放下怀中的苏玉秀，缓缓走到于皓身边）哥！

于　皓　我亲手杀了我的亲生母亲？

苏　瑾　（担心地）哥！其实……

于　皓　（推开苏瑾，倒退一步）别喊我哥，我不是你哥。

苏　瑾　哥，你冷静点，听我说……

于　皓　冷静？（缓缓转向苏瑾，直盯着苏瑾的眼睛）瑾，自始至终，我都是你复仇的一颗棋子吗？

苏　瑾　不是的，哥！

于　皓　为什么你一开始不告诉我，为什么到现在才告诉我，为什么等这一切都发生了才告诉我，瑾，我是爱你的，你不觉得你这样做太残忍了吗？

苏　瑾　哥，其实你不是！訾丽娟的亲生儿子后来没多久就和我们走散了，你是妈从别人家领养来的！

于　皓　（顿了顿，想了想，苦笑了一下）是与不是，都不重要了，你的目的已经达到了，不是吗？不管是与不是，我都是你精心策划的这场局里面的一个棋子，对不对？

苏　瑾　不是这样的,哥,不是,我是爱你的!

于　皓　如果你真的爱我,当初就不会找理由拒绝我的求婚,更不会千方百计把我推到訾丽娟身边,而且眼睁睁看着我跟她在一起。

苏　瑾　可是……

于　皓　可是什么?

苏　瑾　可是,我是真的爱你,在这个世界上,我没有爱过其他的男人啊。

于　皓　是吗,那那个台湾人呢,你敢说你对他没有好感?哦,对了,或许真的没有,或许他也只是你的一颗棋子,对吗,男人,在你眼中,只是用来利用的,对吗?

苏　瑾　哥,你误解了,我做这一切,都是因为我恨訾丽娟,但是我对你……

于　皓　恨?是的,我现在才明白,原来你心里一直充满恨,瑾,你的心太冷了,冷得让人不寒而栗。瑾,恨对你来说,比爱更重要,对吗?在你的心里,就只有恨,所以我对你这么多年来的爱,你都视而不见,对吗?我做这一切,都是为了你,但是,其实你只是在利用我为你所做的这一切,对吗?

苏　瑾　我……

于　皓　(指着舞台后方的梳妆镜)看看吧,苏瑾,如果你现在想看到一个被恨控制而丧失了基本的爱的能力的人,就请你,现在,走过去照照镜子。

［苏瑾看看于皓,又看看镜子,犹豫着。

于　皓　(指着镜子)去吧。

苏　瑾　(缓缓走到镜子旁边,看着镜子里的自己)或许你是对的,从小到大,我看惯了世人的冷眼,厌倦了母亲的泪水,受够了生活的苦难,而这一切,都是因为訾丽娟,我恨她,打我记事起,当我知道我的身世和我的遭遇的那一刻起,我就开始恨她,这恨,从小就在我心里埋下了种子。这个世界上,有人为爱而活,有人为钱而活,而我,是为恨而活。因为恨在我的内心世界太真实了,所以,爱,黯然失色。

[苏瑾看着镜子里的自己,若有所思。

[舞台一时寂静。

[于皓在苏瑾入神地对着镜子说话的时候,把枪举起来,对准了自己。

[苏瑾在镜子里猛然看到镜子中的于皓拿枪对准了自己,猛然回头。

苏　瑾　哥,哥,不要,你怎么这么傻啊,不要!

于　皓　傻丫头,如果我不在了,别难过。知道吗?其实当初那个于皓,早就死掉了,在訾丽娟用枪指着我的头威胁我我感觉害怕的时候,在她赤裸裸地站在我面前我感觉心动的时候,在她给我买了豪宅豪车我感觉心喜的时候,我就知道,原先那个单纯爱着苏瑾的于皓,早就死掉了。虽然一直到现在,都默默地爱着你,但是我知道,我早就没有资格了,现在我杀了人,就更没有资格也没有能力让你过幸福的日子,这样也好,这样也好,瑾,我于皓本来就没什么本事,给不了你幸福的生活。瑾,有时候,我觉得,生活好累,幸福好难……

苏　瑾　哥,你真傻,我不要求能过什么有钱的日子,只要能跟你在一起,我就知足了。这么多年,我之所以拒绝你,只是因为我和妈的仇还没有报,现在一切都了结了,让我们重新开始，好吗？

于　皓　瑾，我和你不一样，你是为恨而活，我是为爱而活，你活着是为了报仇，我是为了报恩，报答妈对我这样一个孤儿的养育之恩，报答你对我的爱。现在，你的仇也报了，我的恩也报了，咱们，可以了结了。

苏　瑾　哥！都是我不好，对不起，对不起！

于　皓　你知道吗，我做这一切，都是为了你，为了妈。这段时间，訾丽娟给我的钱，我都存起来，就是为了能给妈看病，能让你和妈日后有个好的生活。（于皓从口袋里拿出一张银行卡）钱，都存在这个卡上，密码，是你的生日。瑾，以后我不能照顾你了，你要好好照顾自己。

苏　瑾　（哭着）哥，别这么说，我们的苦日子就要过去了，我们回家，我们结婚，好不好？

于　皓　结婚？是啊，瑾，从小到大，我最大的梦想，就是能把你娶回家，（说着抬手抚摸着苏瑾的头发）天天为你梳头发。（然后从怀里掏出一把梳子）瑾，这把梳子，我一直留着，那天你把梳子往地上一摔，把我的心也摔碎了。

苏　瑾　对不起，哥，对不起！

于　皓　再让我为你梳一次头发吧。（于皓抬手，为苏瑾梳头，边梳边说）这乌黑的长发，看上去那么美，那么……

［苏瑾闭上眼睛，眼泪缓缓从脸颊留下。

［枪声骤响，于皓倒地。

苏　瑾　哥！

［音乐起。

［歌词：

小小子儿，

坐门墩儿，

哭着喊着要媳妇儿，

要媳妇干吗？

点灯，说话儿，吹灯，作伴儿，

早上起来梳小辫……

（画外音）苏　瑾　哥，我的头发好看吗？

于　皓　好看。

苏　瑾　哥，我真喜欢你为我梳头发。

于　皓　瑾，等我复员了，你也毕业了，我要亲手为你盘起长发，把你娶做我的媳妇儿。

［灯渐暗。

第七场

［晚上。同乐坊。

［众人惊慌失措的喊声："了不得了，要杀人了，砍刀都拿出来了，赶紧跑啊……"

［肖惠、訾林上。

［訾林戴着墨镜，礼帽，一身黑社会装束，杀气腾腾地带领一群人从舞台一侧走过来。后面跟着的人个个凶神恶煞，有的手里拿着木棍，有的拿着砍刀。訾林站住，后面的人也站住，摆开阵势严阵以待。

［肖惠一身杀手打扮，身后也跟着一群人，手里个个拿着凶器，从舞台另一侧朝訾林走过来。

［肖惠带着人在訾林对面站住，左边的人掏出烟，右边的人为肖惠把烟点上，肖惠吸一口烟，然后吐出来，挑衅地向訾林脸上

喷去。

訾　林　臭娘们儿，就你会抽烟啊？你显摆什么？想学黑社会啊，人家那黑社会都抽雪茄，你抽的是啥玩意儿，7块钱一包的中南海对不？我还不知道你？

肖　惠　（生气地把烟往地上一扔，一脚踩灭）訾木木，你少废话，今天我让你还有你们这群人竖着进来，横着回去！

訾　林　横着回去？还不知道是谁横着回去呢！肖惠，看在我俩夫妻一场的份上，我不会动你一根毫毛，但是你后面这些人，我肯定是让他们站着进来，爬着回去！

肖　惠　呸呸呸！谁跟你夫妻一场啊？还没领证呢！你再乱说话，我把你舌头给割下来！（然后手一伸）刀！

[后面一古惑仔小帅哥赶紧把刀递到肖惠手上，肖惠玩了两下，看着訾林。

訾　林　我说肖惠，你一娘们儿家，在厨房里动刀子那才算真本事，跑到大街上领一群人舞枪弄棒的尽干些丢人现眼的事儿，你老公我今天非好好教训教训你不可！

訾林手下　（对訾林）老大，别跟他们废话，干脆把他们杀个精光，连他们老窝一块给端了！

訾　林　（生气地）放屁，端什么老窝啊，她现在跟我住一窝儿呢，你端她老窝不等于端我老窝！

訾林手下　（不说话了，抬头看看肖惠这边身后有一熟人，悄悄打招呼）昨儿那桌麻将没完啊，待会儿这活儿结束了咱接着搓去。

肖惠手下　（点头）好，这次你别耍赖啊！

肖　惠　（对说话的人一瞪眼）吵吵什么啊？还有没有规矩了？

肖惠手下　（敬礼弯腰道歉）这不都是熟人嘛，打个招呼。

肖　惠　大家听好了，养兵千日，用兵一时，大家给我上！

訾　林　等等！

肖　惠　你还有什么话要说？

訾　林　（走到肖惠跟前）惠，你说咱这本来在床上能解决的事情，非要弄到大街上来解决啊？

肖　惠　你醋坛子一个，无理取闹，我有什么办法？和谈不成，必须武力解决！大家伙给我上！

訾　林　等等！

肖　惠　又怎么了？

訾　林　惠，你现在怎么说也是同乐坊的老板娘了，不要老是有事没事在吧台上跟那些老外穷搭讪，要注意形象，形象，懂不？再说你待在家里享清福多好啊，现在整个同乐坊都是我的了，我又不是养不起你。你非要天天往同乐坊跑干什么？

肖　惠　许你来，就不许我来？再说了，我跟那些老外搭讪也是为了同乐坊的生意，忽悠忽悠他们多喝点酒，有什么错吗？都是你，醋坛子一个，老往歪处想。我人都是你的了，你还有什么不放心的？

訾　林　这样吧，我们折中一下好不好？

肖　惠　怎么个折中法？

訾　林　你来可以，但是你得跟我保证，不许泡老外。

肖　惠　那你也跟我保证。

訾　林　保证什么？

肖　惠　你不许在同乐坊泡其他的女孩子。

訾　林　成交。

肖　惠　（对手下）兄弟们！

［底下一群人在摩拳擦掌跃跃欲试:“在！老大,可以动手了吧？这手都痒痒了。”

肖　惠　撤！

訾　林　(也对手下一群人)撤！

［众人有的松气,有的泄气,个个垂头丧气地散开来往回走,边走边嘟囔:“这两口子打架,在家打得不过瘾,非要跑大街上折腾。得,走,哥儿几个,搓麻将去。”

［众人下。

［舞台上只剩下訾林和肖惠两个人。

訾　林　(抱起肖惠)我说宝贝,你还真行啊？哪儿折腾出这么多人来听你使唤？

肖　惠　(得意地)都是我泡来的。

［訾林一把放下肖惠,肖惠冷不防,一屁股坐在地上。

肖　惠　訾林,你个混蛋！

訾　林　好啊,肖惠,刚说了不准泡老外,原来这一群都是你泡来的！

肖　惠　訾林,你就是一大醋坛子！

訾　林　我醋坛子,你就不是了？等哪天我到同乐坊泡一群女孩子来看看你醋不醋？

［肖惠站起身,想说什么,突然弯下腰呕吐起来。

訾　林　(担心地为肖惠捶背)怎么了？

肖　惠　还能怎么？被你气得呗！

［肖惠俯在訾林耳边低语了几句。

訾　林　真的？

肖　惠　骗你是王八蛋。

［訾林慢慢地在舞台上走了几步,突然开心地跳起来。

訾　林　我要做爸爸啦，我要做爸爸啦！

［边喊边跑下舞台。

［肖惠看着跑下去的訾林，笑笑。然后拍拍衣服上的灰尘。

［李飞上。

李　飞　（色眯眯地上下打量肖惠）肖惠，多日不见，成老板娘了啊？不错不错！（说着拉起肖惠的手）来，咱们一起去乐呵乐呵。

肖　惠　（挣脱开李飞的手，脸色沉下来）你又想挨咬是不是？

李　飞　（也沉下脸来）怎么？还想咬我不成？肖惠，我可告诉你，当初你咬我一口，我不跟你计较，是看在訾丽娟的面子上。现在她不在了，你以为我还有什么顾忌的吗？你们家那个訾林，虽然接手了他姐姐在同乐坊的生意，但是他是软蛋一个，比起訾丽娟可差远了，现在没有人怕他。你要是再敢咬我，我可对你不客气！

肖　惠　（想了想，转过身，换了一副笑脸）好，我今天就陪李哥好好喝几杯！

李　飞　这才有老板娘的风范嘛！当初你们的大老板訾丽娟可比你大气多了，她那俩大屁股都是我给摸大的，可惜红颜薄命啊，看看你的怎么样啊？

［说完拉着肖惠在沙发上坐下来。

肖　惠　（端着杯子里的红酒，摇了摇，看着杯子里的红酒）卑鄙下流！

李　飞　（脸色一变）你说什么？说谁卑鄙下流呢？

肖　惠　（假笑着）瞧您这敏感的，我在说酒呢，你看，我们给您拿的可是上好的红酒，摇一摇，红酒顺着杯壁慢慢淌下来，可不是“杯壁下流”（卑鄙下流）嘛。

李　飞　(哈哈大笑)好！好！有意思,我喜欢！(说完附在肖惠耳边低声地)肖惠,说实话,从第一次在同乐坊见到你,我就迷上你了,这么长时间以来,我对你一直念念不忘,就想着哪一天有机会能跟你亲近亲近。

[说完俯身想吻肖惠。

[肖惠强压怒火,把李飞推开,冷笑了一下。

李　飞　(不悦地)你笑什么?

肖　惠　笑不好吗?笑总比哭好。

李　飞　那你会哭不?

肖　惠　我不会哭,我只会笑。

李　飞　(看出肖惠的冷淡)我看你也不像是会哭的料,估计你爸爸死了你也不会哭!

[肖惠气得双手发抖,"啪"地一拍桌子站起来,将杯中的红酒泼在李飞脸上。

李　飞　(用手抹了一把脸)臭娘们儿,你敢拿酒泼我!

肖　惠　泼的就是你！你他妈的乌龟儿子王八蛋！你有爸爸没有?你爸爸死了你哭不哭?你有妈没有?你妈死了你哭不哭?你有儿子没有?如果你儿子现在被车轧死了你哭不哭?

李　飞　(站起身,拿起桌上的红酒瓶)臭娘们儿,你敢咒我,反了你了!

[说完拿起红酒瓶子猛力朝肖惠头上砸去。

[一阵鲜血从肖惠的头顶喷出来,将身后雪白的墙壁染红。肖惠手上的佛珠洒一地。肖惠慢慢倒在舞台上。

[尖叫声。

[呰林上。

［訾林走到肖惠身边，抱起肖惠。

訾　林　惠，你还好吗？

肖　惠　（抬手抚摸了一下訾林的脸）訾林，木木，虽然我一直都欺负你，但是我是爱你的。我整天跟那些老外瞎聊，其实没什么，就是觉得好玩。跟你在一起，才觉得真正的踏实。你是我肖惠唯一爱的男人。

［肖惠说完，昏了过去。

［訾林放下肖惠，站起身，慢慢走到李飞身边。

李　飞　（不屑地看着訾林）我说訾林，这事情可不怪我，是她先不懂事把酒泼到我的脸上的。你这个做老总的可得给我赔礼道歉，不然的话，不但是肖惠，就连你们整个同乐坊，我今天都把它给灭了！

訾　林　（弯腰从桌上拿起一酒杯和一瓶酒，将酒倒到杯子里）李哥说的是，是肖惠她不懂事，我在这里向您赔罪了。

［訾林说完把酒杯递给李飞。

李　飞　（哈哈一笑，接过酒杯）这就对了，识时务者为俊杰！

訾　林　李哥说的是。请。

［訾林说完拿起另外一杯酒，与李飞碰杯。

［李飞抬头喝酒。

［訾林趁李飞抬头喝酒的空当，猛然举起另外一只手里拿着的酒瓶，猛力向李飞砸去。

［李飞应声倒地。

［訾林顺势把李飞按倒在地上，用手中剩下的半截酒瓶对着李飞连刺数下。

訾　林　（边刺边说）王八蛋！老子今天就让你见阎王爷去！

［灯渐暗。

第八场

[幕启。

[白天。同乐坊。

[苏瑾站在同乐坊门口,看两名工人在拆除同乐坊的牌子。

[苏瑾叹口气,回转身往回走。

[曾墨严上。

[音乐起:

只是因为在人群中多看了你一眼,
再也没能忘掉你容颜,
梦想着偶然能有一天再相见,
从此我开始孤单思念……

[音乐渐弱。

苏　瑾　(看到曾墨严)曾先生?你怎么来了?

曾墨严　来老地方见老朋友。

苏　瑾　老地方马上就没有了。“去年今日此门中,人面桃花相映红”。如今曲终人散,同乐坊也要拆除了。只是可惜了,像曾先生这么喜欢玩女人的人,以后可就没有地方可去了。

曾墨严　苏姑娘,这叫什么话?什么叫玩女人?玩女人是要换女人的,我不换,我只你一个。

苏　瑾　哦?不换,那这么长时间,你这“黄鹤一去不复返”当作何解释?

曾墨严　我这不是回来了吗?

苏　瑾　你回来干什么?

曾墨严　我不在的这段时间,听说同乐坊发生了很多事情。

苏　瑾　是啊,人生如梦啊。

曾墨严　肖姑娘怎么样了?

苏　瑾　不知道。

曾墨严　不知道?

苏　瑾　上次在同乐坊,她跟客人发生冲突,被客人用酒瓶砸成重伤并毁容,额头缝了十四针,肚子里的孩子也没保住。訾林一气之下把那个客人杀死了,他自己也被判了死刑。这不,同乐坊也被查封了。

曾墨严　那你知道肖惠去了哪里吗?

苏　瑾　不知道,出事以后她住进医院,醒来后像变了个人一样,话也不说。有一天,我再去的时候,她已经不在医院了,所有人都不知道她去了哪里。

曾墨严　(拉起苏瑾的手)既然这样,苏姑娘,你跟我走吧。

苏　瑾　跟你走?跟你走了又怎么样呢?难道要靠你养我一辈子?曾先生,你知道吗,这段时间,我想了很多,开始我想不明白,为什么女人总是受伤害,尤其是在感情的世界里,后来,我想明白了。这年头,谁都不能为谁负责一辈子,女人不能把幸福寄托到男人身上。为什么女人一定要把快乐的钥匙交到男人手里?男人爱了,自己就开心,男人不爱了,自己就伤心,何苦呢?把钥匙抓在自己手里多好,想哭就哭,想笑就笑。从今以后,我要找回自己的心,自己做自己永远的归宿。

曾墨严　那好吧,既然你这么想,我也不勉强。不过我们可以从做好朋友开始。

苏　瑾　怎么开始?

曾墨严　你说了算。

苏　瑾　好啊。最近有家唱片公司同意和我签约,但是他们说资金紧张,让我找到合适的投资商,唱片才可以发行。

曾墨严　那苏姑娘的意思是要我投资啰?

苏　瑾　能投多少钱?

曾墨严　张口钱闭口钱,你当初可不是这样子的。

苏　瑾　当初没想跟你有开始,现在既然要开始了,不要白不要。

曾墨严　拜金女。

苏　瑾　如果你能跟我结婚,我肯定不要钱,要人。但是你能吗?

曾墨严　又来了,咱们能不能不谈这个话题?

苏　瑾　既然不能,我当然要钱了。我总不能谈了场朋友人财两空吧。

曾墨严　那照你这么算计,如果我跟你朋友一场,最后你人也不是我的,我钱也没了,我岂不是人财两空?

苏　瑾　你当然不是了,人呢,你家里原本就有一个,财呢,给我投资也不是白投的,哪一天我唱片大卖,你作为股东,不但不赔,还可以大赚呢!

曾默严　你这个小女人啊,骗死人不偿命,看上去清纯可人不谙世事,却不知内心早已是经遍沧海阅透人生。

苏　瑾　女人要想成功,必须绝情。

曾墨严　你已经成功了,你是属于理智战胜情感的人,作为女人,这是最大的成功。

苏　瑾　非也,作为女人,最大的成功应该是婚姻。

曾墨严　非也,女人的一生不只是为婚姻而准备的,那个名叫"丈夫"的男人未必可保你一生的美满。

苏　瑾　非也,你只不过是在这里为你作为一个已婚男人来推脱。

曾墨严　非也,我是作为已婚男人将我的生活经验说给你听。苏姑娘，你再聪明，也只不过是二十出头，我走过的桥可比你走过的路还多。

苏　瑾　你就倚老卖老吧。

曾墨严　我很老吗？

苏　瑾　你觉得呢，老人家？

曾默严　走，老人家带你去一个地方。

[灯渐暗。

第九场

[幕启。

[白天。别墅前。

[舞台布景可用大的别墅屏风画以示别墅。

[曾墨严拉着苏瑾的手上。

[两人在别墅面前站住。

曾墨严　漂亮吗？

苏　瑾　好美！

曾墨严　喜欢吗？

[苏瑾点点头。

[曾墨严拿出一串钥匙放到苏瑾手里。

曾墨严　从今以后，它就是你的了。

苏　瑾　（看着曾墨严，若有所思地）金屋藏娇？

曾墨严　确实是金屋藏娇，不过不是藏你。

苏　瑾　还另有其人？

曾墨严　你以为我心里只有你？我心里装着的人多了去了！

苏　瑾　那我倒要看看是谁。

曾墨严　（从包里拿出一张大的照片）看看，就是他们。

苏　瑾　怎么这么多小朋友，而且还是不同国家的。什么意思？

曾墨严　我在培养未来的“联合国”成员。

苏　瑾　别卖关子了，快讲。

曾墨严　是这样的，我在做生意之余，一直在救助世界各地的失学儿童，尤其是非洲的和亚洲的较多，欧美的也有。后来人越来越多，我想，何不就把这些贫困的孩子们聚集到一起，让他们一起接受良好的教育。现在这个愿望实现了，只不过缺一个校长，这个重担你可要担起来哦。

苏　瑾　（恍然大悟，又惊讶又崇拜又开心地看着曾墨严）曾先生，我，我一直是误解你了，我以为……

曾墨严　以为我只会金屋藏娇对不对？我除了心怀苏姑娘，还是个心怀天下的男人哦。

苏　瑾　曾先生，我崇拜您！我代表全世界人民向您致敬！

曾墨严　好了啦！别您啊您的，你在提醒我真的很老了是不是？

苏　瑾　不是不是，当然不是。

曾墨严　苏校长，以后这里可全靠你啰。

苏　瑾　放心吧，我一定尽全力把这些孩子教育好，只是，是学校的话，还需要多请几位老师。

曾墨严　我已经请好了，而且还有一位是你的老朋友。

苏　瑾　老朋友？谁？

［肖惠从屏风后出来。

［肖惠一身僧衣僧袍，头戴僧帽。

肖　惠　（双手合十）阿弥陀佛，施主，一向可好？

［苏瑾站起身，仔细看了看，才认出是肖惠。

苏　瑾　（又惊又喜）肖惠？肖惠！你！你怎么在这里？你怎么变

成这个样子了？我找了你好久，你怎么……

肖　惠　（平静地）请喊我净心。

苏　瑾　（拉起肖惠的手）到底怎么回事？

肖　惠　当初我在医院，得知訾林被判死刑，而我的容貌已损，孩子不保，当时万念俱灰，准备跳崖自尽，不曾想在山上遇到当初一个赠我佛珠的和尚，是他度我入佛门的。

苏　瑾　你额头的伤疤怎么样了？

肖　惠　已经好了。虽然有疤痕，但是容貌对我来说已经不重要了。我现在一心向佛，心里有的全是学佛的喜悦。

苏　瑾　那你有没有后悔过？

肖　惠　有。

苏　瑾　哦？

肖　惠　我后悔我出家出晚了。出家之前，我一直不开心，不知道自己为什么活着，出家以后，渐渐把心静下来，每天听师傅讲经说法，晚上自己用功念经，心渐渐变得清澈，以前的恩恩怨怨爱恨情仇全都褪去，心中法喜充满。法喜，你明白吗？

苏　瑾　肖惠，原来佛法真的可以改变一个人。你看看你现在，和当初的肖惠，判若两人。

肖　惠　喊我净心吧。师父给我取名，法号净心，释净心。肖惠，已经不在了。

苏　瑾　好吧，净心师父，可是，你怎么会在这里呢？

曾墨严　是我请净心师父来的，我听说净心师父出家前有一桩俗愿未了，所以请净心师父来了却一下当年的心愿。

苏　瑾　什么心愿？

曾墨严　亏你们还是好朋友呢！当初身在同乐坊的肖惠有一个攻

占五大洲的计划没有实现,所以我把五大洲的孩子们聚集到一起,让肖姑娘完成当初的心愿。

肖　惠　施主开玩笑了。是曾先生想请一位师父给孩子们传授中国传统文化。

苏　瑾　原来是这样啊。

曾墨严　我们这个学校还没有名字,苏校长,要不要给学校起个名字?

苏　瑾　就叫“同乐坊”吧。

[暗场。

[全剧终。

话剧

弄堂口

编剧 陈文梓

时间　21 世纪最初十年

地点　上海某弄堂

人物

韩小贤　女,42 岁,单身女职员。

王月芹　女,50 岁,家庭主妇。

林　童　女,50 岁,家庭主妇。

老　朱　男,55 岁,修鞋师傅。

［十月金秋，刚过晚上七点，天色已经全然暗了下来。这是上海某老弄堂口。弄堂口一盏老旧路灯亮着，上头的灯罩长满了锈，光线昏黄，灯下透着一圈氤氲，但时不时闪烁，预示着随时可能熄灭坏掉。而路灯旁的房门上被红漆写上大大的“空”字，其他房门仍看得出有人住着、进出的痕迹。

［背景声是隐约琐碎的谈话、电视声以及搓麻将的声音，有好几户人家在这里生活着。此背景声贯穿全剧。

［老朱正在灯下一小方地盘埋头修鞋，他是这里的“常驻个体户”。一旁摆放的老式收音机正放着老歌《月圆花好》。老朱停手，拿起一只舞鞋端详，随着收音机的音乐轻哼着。

［忽然间一阵流行音乐声响从远至近，那是“凤凰传奇”的《最炫民族风》，相伴而至的是一群女人的聊天声，老朱闻声收敛神情、继续不语修鞋。

［王月芹、林童、韩小贤上场。三个人手中拿着水瓶、毛巾，一副刚运动完的样子。音乐是从林童手中的新款收音机传出，她关掉音乐。

王月芹　宝云这个人实在是有点那个，你说吧，这不参加比赛也不早点通知，非得前一星期才说，咱们的队形好不容易才排好的，这下可好了，留个烂摊给我们。

林　童　宝云她也不容易，人家老公这不是签了协议书吗？她有什么办法？

王月芹　协议书？哼，不就是拆迁协议书嘛，有什么了不起，又不是离婚协议书——

林　童　你小点声。乱说话当心被人听去。

［背景细微的人声、嘈杂声停了一下，像是有人集中精力要听八卦。但背景声随即又恢复。

林　童　（看了看左右，悄声）不过前几天我看他们在搬家的样子，那两夫妻还真的有点那个什么，脸色很不对劲，我看……他们也差不多了。

王月芹　这可不意外。当年他们刚结婚那时候，我不就说过了吗？肯定不长久。

韩小贤　（打断）她新家也不是多远，打个车过来还不到一刻钟，我看，再问问她吧。缺人补人也不是容易的事。

林　童　说的也是，再问问吧，或许还有什么办法呢。

王月芹　喏喏喏，谁提的谁去问，我可不去。说退就退，这种人最讨厌了，还要人家怎么做事？麻烦死了。……（突然想起）欸，我突然想到，我们最后那几个舞步不是不太顺吗？要是换个动作，怎么样？你看！（搭配舞步，唱）"永远都唱着最炫的民族风，是整片天空最美——"

韩小贤　（冷言打断）不是说过了吗？动作不要随便改，大家好不容易才记住舞步，确定下来，你这会儿又要变？

王月芹　嗨哟，干什么干什么呀！我不过就是一说。怎么？改革一下不行呀？人不能一成不变，（上海话）侬晓得伐？别阻碍伟大人民向前发展。

韩小贤　我是就事论事，没想阻碍什么，捣乱的人不是我。

王月芹　你听听你听听，还真跟我杠上了啊？

林　童　（劝和）没事没事，不就是几个动作，可以商量、可以商量。

王月芹　商量？她这个样子像是可以商量？老是装一副样子说教，自以为当上队长就是真领导了？不知变通，（上海话）侬这戇嘟，脑子瓦特了。

韩小贤　王月芹！

王月芹　怎么？我这人从来讲得都是大实话。

［林童赶紧分开她们两人。

林　童　好了！都少说两句。（对韩小贤）小贤，你看呐，刚月芹那两下其实改得还不错。

王月芹　就是。

林　童　（对王月芹）但我们年纪大了，一时半会儿还真记不了新动作。

王月芹　我说林童，你到底站哪边？

林　童　什么哪边？我们仨是同一个广场舞队伍，同一个弄堂的，我们是同一边。

［王月芹跟韩小贤脸各撇向一边，依旧不和。

林　童　（提醒）哎呦，两位姑奶奶，你们也别在这吵，这弄堂里什么没有，闲言闲语最多了，你们在这里吵一句，钻进人家窗子里去的那可是一大串。

［韩小贤神情一变，转头看了看弄堂，似乎非常在意形象。

王月芹　那我可不怕，我又不像某些人，老是自命清高，什么模范居民、邻里楷模的，假正经。要我说，这年头一个女的把自己看得死死的，做什么都那么在乎个人形象，还憋死不嫁，不是有病，肯定就是有鬼！

［老朱突然甩了下手中工具，发出声响，打断了王月芹的话。

王月芹　干吗呀老朱？吓人呐。

［老朱只是瞅了小贤一眼，又恢复工作。

韩小贤　（强忍住）……王月芹！

王月芹　怎么？

韩小贤　我私人的事不需要你管，你刚说的话我不跟你计较，不过改舞步的事就别提了。

王月芹　嘿，你这是独裁！

韩小贤　每个舞步都是大家同意才定的，你说改就改，谁独裁？

王月芹　（语塞）你……我是建议，是传达人民的声音，不管是人是舞，这有毛病本来就是得改，（上海话）侬晓得伐——

韩小贤　上头倡导，请写规范字，请说普通话。

王月芹　请说普通话？（气结，上海话）勿讲啦，勿讲啦！（转身就走）

［王月芹经过老朱摊前，停了一下，与老朱对了下眼，王月芹敛了神色、欲言又止，接着一想，又快步下场。

韩小贤　老是这个样，真叫人受不了。

［林童望了望，确定王月芹离开后，转身安抚韩小贤。

林　童　她呀，就是出一张嘴，你别管她。再说了，你是咱们广场舞的队长，不想改，就别改，那还不都是你决定？你是我们选出来的，就是人民代表。（换了个口气）王月芹就是眼红，才会处处针对你，你别理她。我注意到了，她呀，肯定是想搞煽动。

韩小贤　我才懒得理她。

林　童　就是，别理她。

［林童挽起韩小贤的手，缓步往家里方向去，正也是往老朱方向过去。

林　童　咱们几个都在这弄堂里相处了这么多年，谁不清楚谁的脾气？你可别说，这吵吵闹闹的，不就是生活嘛。（故作惋惜）唉，说实话，在这生活真是挺有滋有味的，只可惜啊，房子老旧了点，一些设施线路早就该淘汰了……

［韩小贤停步，望着林童，林童有些不好意思。

林　童　怎么这么看着我？

韩小贤　你想说什么？

林　童　（拉着韩小贤继续走）哪想说什么？我在弄堂里最亲的就是你了，我可不敢在你面前装！我又不是别人。……对了，说到别人，我倒想到个事，这几天那个管拆迁的主任有上你那去吗？

韩小贤　他呀，能不来吗？昨天晚上又来说签约拆房子的事。

林　童　（试探地）那不是挺好的吗？人家都说这时候拆房最合算了，钱给得多，要不起码也能换一间郊区的房，空间大，多好。（从包里拿出一张协议书）喏，那个主任要我帮忙转交协议书给你，我看他这个人挺实诚的，他们开的条件也挺好的——

韩小贤　有什么好？我一个人在这住了几十年了，还要我换到哪去？除非我死，否则我才不答应什么拆迁。（转头看老朱）老朱，我的舞鞋你补好了没？下星期我们就要初赛了，没鞋可不行。

老　朱　（微笑）就快好了，你等会儿来拿吧，（现一下手中的鞋）我呀正在帮你补最后几针。

韩小贤　你说的，我待会就来拿。（松开林童的手）我回去了。（瞥了下协议书）那事也别再提了，我不搬。

［韩小贤下场。

［跟在韩小贤后面的林童停步，朝下场的韩小贤作了一个不屑的脸色。然后将那张拆迁协议书仔细折起，放回包里。

林　童　不搬？那怎么成？我的佣金不就泡汤了？（瞥了眼老朱，思量了下下）欸，我说老朱。

老　朱　嗯？

林　童　问你个事。

老　朱　嗯。

林　童　你说你整天在咱们这弄堂口修鞋卖鞋的，听到的消息肯定最灵通。虽然你不住在这弄堂，却倒是最熟悉这弄堂的人。

老　朱　你要问就问，少拐弯抹角。

林　童　（尴尬地笑了下）我就是想问，你有没有听说其他家对于拆迁的看法啊？像是徐妈妈家？还是边上那个张老头？

［老朱直盯着林童，没搭话。

林　童　我是问你话，你老盯着我干吗？我也没别的意思，就是……就是想了解一下大家的状况嘛。你说要是大家团结一致，一起坐下来讲价，不是挺好的吗？人家给的补贴很不错的。像我三叔他们前年就拿了一笔钱买了新房，嗨哟，那窗口望出去的景观多好，没雾霾的时候还能看到东方明珠塔呢，哪像我们弄堂一开窗只看得到华东医院，晦气！

老　朱　没有。

林　童　没有？什么没有？你是说没有其他人反对？

老　朱　没有听说。

林　童　（嘟囔）你这老朱真是的……我知道你一向不喜欢说别人家里的事，这样吧，你跟我说，就跟我一个人说，我不会说出去的。

老　朱　是那个"很实诚"的主任叫你来打听的吧？

林　童　什么主任？我就是关心邻里一下，哪有什么主任？没有的事你别胡说。

［老朱瞅了林童一眼，继续埋头补鞋。

林　童　（喃喃）装什么呀……不说拉倒。

［一阵沉默尴尬，林童看着老朱补鞋，又自找了个话题。

林　童　老朱，我怎么看你老是在补女人的鞋呐？这女人的鞋就这么容易坏？

老　朱　女人持家，不舍得买新鞋，差个两块就是一把鸡毛菜，补补也就凑合着穿。

林　童　那倒是，咱们女人就是懂得为家里打算，算来算去还不都是为了那几个钱。（望了望老朱脚上的鞋）欸，那你自己怎么也穿旧鞋？瞧瞧，补得可厉害了。你也算勤俭持家啊。

老　朱　持什么家？我一个人就是家。

林　童　我说老朱，你就没想过再娶一个？你老婆不都走了好几年了吗？我跟你说，人民公园我常去，相亲摊的本事我也学了几招，要不，我来当个媒人，算你半价。

老　朱　说什么呢？

林　童　我说正经的。你一个大男人也不再找个伴陪，我都看不下去。我人面广，帮你问一问，没问题的。还是……你心里已经有人啦？

［老朱不搭理林童。

林　童　老朱？老朱？好吧，又一个不识相的。咱这弄堂里，就我一个明白人。不帮，我还省事了。（盯上摊上几双新鞋，挑选着）欸，老朱，你这鞋怎么卖？

老　朱　五十。

林　童　（夸张地）五十？你还真敢开价。你该不会是因为我刚说到相亲的事，不开心了，故意想抬高价钱，讹我呢？……我看这鞋很普通嘛，便宜一点。

老　朱　就五十。

林　童　老朱,这就是你的不对了,我们虽然不是真正的邻居,但这些年每天进进出出的,少说也打了几千几百次照面,都这么熟了。再说,你这双鞋肯定不值这个价的,上回我女儿带我去外滩那儿的小摊逛,人家卖给老外的鞋那才叫好看,我女儿说叫什么什么牌子……喔!高仿!还不到一百块呢。

老　朱　不买就放回去。

林　童　怎么我讲这么多你还是——

［王月芹内喊:"老朱!"打断了林童的说话。接着王月芹穿着精致的贵妇睡衣上场,手上揣着一个小钱包,还拿着一个小盘覆盖的瓷碗。

王月芹　嗨哟,林童啊,怎么?都待在这半天了,还舍不得回去啊?你家那口子还以为你跳广场舞跳到被人拐走了呢。

林　童　瞧你说的,他哪里会在乎我,他啊,最近迷上了股票,成天听着广播、守着电视,碰都不碰——(惊觉说到自己的私事,赶紧打住)欸,老朱啊,喏,二十块算了。

［林童快速从钱包掏出二十元纸币丢在摊上,拿走鞋子。

老　朱　欸欸欸……

［林童向王月芹赔个笑脸,下场。

王月芹　(狐疑)她刚跟你说什么啦?

老　朱　没讲什么。

王月芹　(看了一眼林童下场的方向)没讲什么?鬼才相信。(转对老朱,递碗)给。

老　朱　什么东西?

王月芹　小笼包。我亲手做的。

老　朱　我不饿。

王月芹　咗,我又不是专程做给你吃的。我是想到下星期的比赛,得减减身上的肉,不然舞衣可就穿不下了。这倒了也可惜,我可忙活了半天呢……不吃?不吃就算了,唉,白白糟蹋咯……

老　朱　(随便一指)放这吧。

王月芹　(欣喜地)不是我王月芹吹牛,这小笼包包管好吃。

[王月芹拉了个凳子挨在老朱旁边,把碗放一旁。

王月芹　(打量着老朱手中的鞋)欸?这舞鞋……

老　朱　小贤的。

王月芹　(嫌恶地)小贤小贤,叫得倒挺亲热的,我怎么就没听过你叫我一声“芹芹”啊?

[老朱正不知该如何回话时,王月芹发现头上的路灯在闪,目光被吸引过去。

王月芹　哎呦,这灯都坏成这样了,怎么没通报人来修啊?

老　朱　没事。

王月芹　什么没事?人老了就什么都得注意,你成天在这修鞋的,可别让这灯把你的眼给闪坏了。

[老朱没回话,继续补鞋。

王月芹　不是我唠叨,(起身)这灯啊,坏了就得换,就像你修这鞋,破了就让人再买一双,你手再怎么巧,再怎么补也补不出一双新的嘛。不合适本来就该换。(想起什么)……就像家里两个人相处久了,也是这个道理。

老　朱　你嘀咕些什么?

王月芹　(回神)喔,我是说……不合适就该赶紧换掉。说到这,我倒想到了个事儿。老朱,你这鞋摊一个月能挣多少钱?

老　朱　多少钱？够我一个人生活的。

王月芹　我是认真的。前几天我家那死人提起他一个朋友厂上正缺人，待遇不差。我看你老是守着这破摊儿也不是个事，趁你这岁数还算过得去，不如去人家那个正经的单位待着，就当是开创人生的第二春。

老　朱　我觉得我这摊儿挺好的。

王月芹　好什么好哇？修鞋卖鞋，看人脸色。

老　朱　去人家厂里就不用看人脸色？我倒宁愿待在这弄堂口，看着你们，还不更强？

［王月芹听了老朱的话，感到一阵窝心，态度放得软了些。

王月芹　那……这第二春，就不要了？

老　朱　我靠这技术活，够我一光棍吃饭的。

王月芹　（低声）真是个木头……那好吧，你没这想法，我也不自讨没趣。不过你怎么也得为往后打算，看是附近找个店面还是怎么的，这里怕是待不久了。

老　朱　（顿了下）……你家里……也赞成了？

王月芹　我个人是大大地赞成，这弄堂嘛，该拆就拆，我就不晓得我家那死人还犹豫个什么劲。儿子都在北京买房定居了，谁要回来住这破房啊？还不如早拆一拆，干净省事。

老　朱　（有点自言自语）拆了，以后就见不到咯……

王月芹　人是活的，房子是死的，房子拆了可以盖新的，人活着也就一定可以再见到。打个"的"，坐趟地铁，再不然搭个飞机，不就见到了？我跟你说，人啊总是要往前看的，不是有句话说这个这个……"旧的不去，新的不来"吗？

［王月芹缓缓地走向台中央，场上灯光暗下，聚光灯慢慢收拢在她身上。

王月芹　人家都在说,这全世界的潮流就是向前发展,新的大浪涌过来,你想挡也挡不住。旁的不说,你想想,二十多年前,那外滩不就孤孤单单一座东方明珠塔吗?旁边都是平房,那会儿跟现在还真没法比。喏,新世纪来了,瞧,老房子拆了,一座又一座的高楼大厦建起来,人来人往的,多进步、多热闹。到了晚上那些霓虹灯闪烁闪烁,亮晃晃的,真漂亮,我的眼睛都舍不得眨一下。虽然上头有些外国字我看不懂,但我就是知道红红绿绿的,好看,那是在说全世界的人都要赶着来上海争一块地……那些老外不是都说咱们上海是世界金融中心吗?这话要是在二三十年前,我也不敢想。但现在整个外滩到处都是人,来观光的,来淘金的,来搞宣传的,还有……还有来看夜景谈恋爱的……我也好一阵子没去外滩走走了,你说要是有空,咱们也——

[王月芹一回头,场上的灯光恢复,只见老路灯闪灭得更厉害,老朱正在拍打路灯,试图让它不要再闪,完全没听进去刚刚月芹的话。

王月芹　老朱!你干吗呢?

老　朱　这灯又闪了。

王月芹　唉呀,明天我就找人来修理。(出手就要帮忙收摊)我看你也别忙了,回去休息,又不是年轻小伙子,逞强。

[老朱连忙阻止王月芹。

老　朱　我等小贤来拿鞋。

王月芹　什么破鞋!叫她明天再来!现在拿了,她一个人在家里跟谁跳啊?

老　朱　那我也不能收摊。要是有人来买鞋呢?

王月芹　不会有人来买了。(掏出钞票)我全买了!你没鞋可以卖。

回家！

老　朱　你……

［两个人拉扯、僵持不下时，手刚好紧握着彼此。

王月芹　老朱……你难道不晓得我的心意吗？其实我——

［韩小贤内喊："老朱！"打断了王月芹的说话。老朱赶紧甩开王月芹的手。

［韩小贤穿着很朴素的连套睡衣上场，有点好奇地看着场上那两个人。

韩小贤　看来我来得不是时候，老朱，我还是待会再来吧。

老　朱　小贤——

王月芹　韩小贤！你不用给我来这套。我跟老朱……没什么。

韩小贤　月芹姐，我可什么都没说。就算真的发生了什么，弄堂里自然有人说话，还轮不到我。

王月芹　对对对，你韩小贤最清白，最不怕人说话，良好居民嘛，我看这弄堂要是拆了，你去哪当你的优良居民！（转身离开）

韩小贤　你——

王月芹　（停步回头）对了，明天大伙儿练习的时候，我还是要提出修改舞步的建议，看大家怎么说，这舞可不光是你一个人跳的，（上海话）侬晓得伐？

［王月芹边哼着《最炫民族风》的音乐，头也不回地下场。

［韩小贤有些气愤、又无可奈何。

［老朱拿着修好的舞鞋，走近韩小贤。

老　朱　喏，你的鞋。

韩小贤　谢谢。（掏皮包）多少？

老　朱　（急忙摆手）不用，小事儿。

韩小贤　该给的就是要给。我不是其他人，这点便宜我才不要。

老　朱　真的不用。

韩小贤　你收不收？不收，那我鞋也不要了。

老　朱　收！收收收。……五块钱。

韩小贤　五块？老朱，你当我三岁小孩啊？外面修鞋的最起码都十块、十五块起跳。我这双可是纯手工的舞鞋，怎么可能只要五块？（掏钱）给！二十。

老　朱　又是二十……

韩小贤　怎么？少了？（又欲掏钱）那我——

老　朱　（用手去拉韩小贤的手）我不是这个意思。

［两人都发现手部接触，赶紧缩回。韩小贤还条件反射性地回过头张望确认。

老　朱　我这手……也不是那个意思。

韩小贤　那……没事我就先回了。（转身欲回）

老　朱　欸！

韩小贤　（回身）又怎么啦？

老　朱　我还没给你试鞋呢？你先试试，要是哪里修补不好，我还能再拿回去改。

韩小贤　（仔细端详手中的鞋）我看挺好的，不就是几个小地方给补了下，不用麻烦了。

老　朱　用看的不准，还是得试试，没穿上怎么知道合不合适、硌脚不？

韩小贤　真要试？

老　朱　要试。

韩小贤　（思索一下）……那好吧。在哪试？

老　朱　（指）我那有个凳子。来。

［老朱引领韩小贤往路灯下鞋摊坐。

［韩小贤又看了弄堂里一眼，敛了神色，拉拢了一下睡衣领口。

［老朱要帮韩小贤脱下脚上的鞋，韩小贤制止他。

韩小贤　欸欸欸，你这是干吗呀你？

老　朱　脱鞋。不脱鞋怎么试鞋？

韩小贤　我自己来行了，让人看见了多不好。

［韩小贤脱下鞋子，接过老朱手中捧的舞鞋，套上。

老　朱　怎么样？还可以吧？

韩小贤　（左右看了下）嗯，还行。

老　朱　合脚不？

韩小贤　（失笑）我是修旧鞋，又不是买新鞋，是我原本的鞋当然合脚。

老　朱　也是、也是。

韩小贤　（喃喃）还是旧的好，舒服。

老　朱　欸，你起来走走？走几步路试试。我怕收线收得太紧。

韩小贤　是吗？

［韩小贤起身，原地踏了几步。

韩小贤　挺好的。没问题。

老　朱　你多走走，向前走几步，你这是舞鞋，可是要穿来活动活动的，蹬腿、踮脚，你老是在原地不跨出去，试不准的。

韩小贤　蹬腿？踮脚？瞧你说得跟真的似的，怎么？修鞋师傅也当起舞蹈教练啦？

［老朱挠挠头，有些不好意思。

韩小贤　行了，我要不试，就你那脾气还真不肯让我走了。

［韩小贤向前走了几步，又跳了几个简单的舞步。老朱看得出神。

老　朱　好看……

韩小贤　（回头看老朱）你说什么？

老　朱　我说你跳起舞来真好看。

韩小贤　（有些羞赧）我不是王月芹，你不需要说这种好听话。

老　朱　我是说真的，你真的好看。

韩小贤　（愣）你……

老　朱　小贤啊，我是在想，我这摊子一年三百六十五天也没啥休息，要不找一天偷个懒，你也有空，咱们一起去走走。我听人家说外滩的夜景特别美，什么霓虹灯闪烁闪烁，亮晃晃的，特漂亮。

韩小贤　老朱，其实我……

老　朱　（急忙解释）不用勉强、不用勉强。如果你没空，就算了，当我没说。

韩小贤　你不觉得我们俩这样……挺没趣的？

老　朱　喔，你怕无聊？那好，叫上弄堂里你那几个跳舞的姐妹伴也行。

韩小贤　弄堂里的人……

［韩小贤回望弄堂方向，背景噪音停止，她突然惊觉什么，又板起脸。

韩小贤　我看这鞋没啥问题。走了。（欲离）

老　朱　怎么了这是？（急忙喊住）欸！小贤！……对不起，是不是我太唐突了？

韩小贤　（冷静）没事。你要是没别的事，我就先回了。

老　朱　等等！（想话题）那个……喔，拆迁！对对对，我正想问你拆迁的事！林童她们说这弄堂的人都要散伙了？这些老房子，真的要拆了？

韩小贤　你不成天在这弄堂口？弄堂里的那几张嘴、那些个风声你比我清楚。

老　朱　我、我就是单纯想听听你的意思，我又不是人家要游说拆迁的对象。

韩小贤　（轻哼笑着）拆？反正我不走。我都在这生活大半辈子了，拆了，他们要我上哪去？去青浦？去松江？我哪也不去。我爹我娘就留了这房给我，我的工作也在这，我还能去哪？

老　朱　不走的好，不走的好。这里虽然旧，但起码都是些熟人，照应起来方便，看着也习惯。

［林童上场。她拿着刚刚在老朱摊上买的鞋，嘴里念叨着。

林　童　（喃喃）这什么破鞋，还破了个洞，死老朱，我肯定要他赔钱——

［林童看见老朱跟韩小贤说话，收声停步，有意站在一旁听着。

［韩小贤看着路灯旁那贴着“空”字的房门，心生感叹。

韩小贤　其他人要去住新大楼，买新房，那就去吧。她们口中的那些美好未来，本来就与我无关。谁要走、谁要留，我不会去碍着人家，但她们也别来劝说我。这房是老旧了些，但有了感情，我放不下，也从没想过要放下。反正我一个人也没牵挂，只能活在当下。未来什么康庄大道、锦绣前程，我真心祝福她们走得稳健。

老　朱　那要是……要是这未来有另一个人陪着呢？你……是不是也可以试试走下去？

［韩小贤回头望了老朱，两人相看。

［林童一惊，心中有了计较，赶紧下场。

韩小贤　老朱，你别拿我寻开心。

老　朱　我、我不太会说话，我的意思其实是我跟你——

韩小贤　老朱，我们年纪都大了，讲这个不合适。你就不怕这弄堂里其他人嚼舌根、说闲话？

老　朱　我不怕。

韩小贤　但我怕。

［沉默。

韩小贤　我回了。这鞋，谢谢你。我会好好穿着它，不会走错跳错的。（欲走）

老　朱　小贤！

［韩小贤停步，但没回头。

老　朱　你记住，以后走路跳舞的时候，别老是脚后跟拖地，容易磨鞋跟。

韩小贤　知道。我以后每一步都会记得，利落些就是。

［韩小贤才要下场，正巧怒气冲冲的王月芹上场，后面跟着林童。

王月芹　韩小贤！你好样的啊。

林　童　（拉住王月芹）哎哟，我的姑奶奶，你就别嚷嚷了。

韩小贤　我怎么了？

王月芹　你怎么了？你不要脸！

林　童　（要堵王月芹的嘴）你别瞎说。（对韩小贤）她在瞎说。

韩小贤　你让她说！我倒想请教一下，我哪里不要脸？

王月芹　（摆脱林童）我说！

［背景细微的人声、嘈杂声停下，场上一阵安静。

王月芹　你！韩小贤！平时一副清高样是吧，我还以为你是真的入定得道，不问红尘俗事了呢。谁知道，根本就是老鸦子划船不用桨——全靠浪。背地里瞎勾搭男人。

韩小贤　你说话凭良心，我勾搭谁了？

王月芹　还有谁？（指老朱）老朱！

林　童　（打圆场）误会！误会！没凭没据的，我们也不能断定人家有什么。

王月芹　证据？要证据是吧？她手里那双舞鞋就是证据。我们那么多人、那么多双眼睛整天看着他俩，我们就是证人。人赃俱获，我还冤枉得了人吗！

老　朱　我跟小贤——

王月芹　听听、听听！"小贤"？多亲昵啊。我就说，一个四十几岁的女人自个儿住着，说什么也不搬，肯定有问题。原来这问题的根源就在这（故意使个眼神）。

林　童　哎呦，这都说到哪去了。人家一个死了老婆、一个还没嫁人，也算自由恋爱嘛，年纪是有了点，但小贤她自己一个人也不容易。再说，这都什么时代了，不要紧、不要紧的。

王月芹　是不要紧，但老朱的老婆是什么时候死的？前年。人家躺在病床、还喘着气的时候，他们两个指不定在弄堂哪个角落相好呢。

林　童　哎呦，你就少说两句。

王月芹　要我少说，行啊。只要不要走进咱们弄堂，跑到人家屋里，上了人家的床，那我们也没有什么好说的。

林　童　（转向小贤，为难状）小贤，这、我……

［韩小贤一言不发。老朱上前想安慰她，但韩小贤挥手示意要老朱别靠近。

老　朱　（心疼）小贤……

韩小贤　（吐了一大口气）月芹姐，你刚才说的那个动作是什么？

王月芹　（不解）什么什么动作？

韩小贤　就是你想改的那几个广场舞舞步。

王月芹　你这是干吗？逃避问题，打太极拳呐。

韩小贤　我看就明天吧，你给大伙儿演示演示，要改就改，以后就都依你。

王月芹　（不解地对林童）你看她这是……

韩小贤　林姐。

林　童　（赶紧回话）欸。

韩小贤　你不是说有东西要给我签吗？

林　童　东西？……（恍然）你是说……（惊喜地）太好了，你同意啦？

韩小贤　同意？现在还由得了我吗？

［韩小贤脱下舞鞋，赤脚下场。

［老朱追了几步，但又停下。

［林童跟王月芹面面相觑。

王月芹　你说她这人是不是真有病呐？搞得像是我们逼她一样。

林　童　（劝阻）别说了、别说了。

［微微闪烁的老路灯明灭了几下。

王月芹　哎呦，我就说这灯该换新的了，刺眼。

［老朱抬头望了下闪烁的路灯。

［路灯终于坏掉、熄灭。

［灯暗。

［背景细微的人声、嘈杂声又响起。

［剧终。

戏曲

倩女离魂

原著［元］郑光祖

改编 吴韩娴

人物

张倩女　16 岁。

王文举　20 岁。

老夫人　50 岁。

梅　香　17 岁。

张　千　17 岁。

管　家　40 余岁。

楔 子

［暮色浓重的张家花园。

张倩女 （内唱） 桂子甜、风荷卷、花朝已远，

［张倩女上场。

（接唱） 飞红坠、木叶黄、几处颓垣。

唉，几度春来，一番花褪，弹指间便要黯淡了少年颜色。

小女子张家倩女，本是簪缨世家的千金之女，怎奈三岁上父亲早逝，只得与母亲谨守门庭，相依为命，如今已有一十三年。

晚间自母亲处请安归来，见这花径未扫，枯叶遍地，好是伤感。

梅香何在？

［梅香上场。

梅　香 来啦！

（念） 青衣素裙双丫髻，抱琴侍书小梅香。

小姐有何吩咐？

张倩女 今日七夕，双星闪耀，我要拜祭织女娘娘，你为我打扫花径，摆好香案，燃起馨香。

梅　香 是。

［梅香打扫小径，将三支香奉与张倩女。

张倩女 织女娘娘在上，信女衡阳张倩女焚香遥拜。第一支香祈愿娘亲长寿康健；第二支香祈愿倩女智慧灵巧；第三支香……第三支香……

梅　香 祈愿得个美满姻缘！

张倩女　梅香！你若胡言，我告诉娘亲去。

梅　香　哎呀，小姐千万莫和夫人说！可是——

（唱）　为什么绿衣郎不许红裙见？

睢鸠儿唱蒹葭，不过是天然。

张倩女　你呀，忒没规矩了！女儿家的终身大事自然要由娘亲安排、长辈做主。

［梅香低下头。

［张倩女默默祝祷，将三支清香插于香炉上。

梅　香　（忍不住）小姐，话可不能这么说。寻个风流潇洒的富家公子也就罢了，倘若把您许给个穷酸书呆，难道也全听夫人的么？

张倩女　你一个小丫头，又懂得什么？富贵也好，白衣也罢，只求他温良仁义、知书达理，与我——

（唱）　调素琴、阅金经、共沐桃李春风暖，

出樊笼、渡烟波、指点江山任往还。

梅　香　若真有那一日，小姐可别忘了带上梅香呀！

［张倩女微微一笑，转而轻轻叹了一口气。

梅　香　好好的，您怎的又发起愁来了呢？

张倩女　梅香，你可知道这普天下的闺秀，到底有几人能得好姻缘呢？

［秋虫的叫声响起。

张倩女　不过是——

（唱）　细虫唧唧，唱小楼深院，

双星熠熠，照清冷婵娟。

第一场

[二道幕前,王文举同张千走圆场上。

王文举　(念)　雪窗萤火二十年,
西望长安映日远。
亦狂亦侠亦温文,
书剑飘零江湖间。

学生王文举,衡州人士。高堂早逝,生长他乡,只此处还有先父故友一二。父亲在日,曾与张世伯定下亲事,不料二人先后下世,竟是耽搁了。伯母倒是数次寄书来问,此次上京赴试,顺道小住几日,探望一番,再做计较。

张　千　(念)　俺做跟班实是强,
公差干事多得当。

小的张千,是公子的书童。诸位莫看俺其貌不扬,三寸丁骨,干起活来可是清楚爽利,从来不出差错!

[王文举与张千下。

[幕启,张家。

[张倩女在窗下绣花。

梅　香　(内)小姐,小姐!

[梅香上场。

张倩女　何事如此慌张?

梅　香　夫人让您前厅会客。

张倩女　会的是何方客人?

梅　香　您决计猜不到!是衡州王同知家的公子,(附耳)就是与您指腹为婚的王文举。

张倩女　什么指腹为婚？胡言乱语！

梅　香　奴婢怎敢开如此玩笑？您一去便知。

张倩女　也罢，娘亲安排，必有道理，且快快去来。

梅　香　道理便是：翠裙红袖楚楚娘，矫帽轻衫小小郎，才貌正相当。阿弥陀佛，织女娘娘，好生灵验！

［张倩女、梅香来到厅堂，躲在屏风之后。

［老夫人上场。

老夫人　老身白氏，先夫早丧，只守着一个女儿和几个丫鬟小厮闭门度日。听闻故人之子已到门首，且去迎他。

［老夫人与王文举相见。

老夫人　文举孩儿，快让老身好生瞧瞧。

［王文举向老夫人行礼。

王文举　孩儿一向疏于探望，请伯母受孩儿三拜。

老夫人　（扶起王文举）好好好，一表人才，知书识礼，愈发长进了。

［老夫人与王文举分宾主坐下。

［梅香与张倩女窃窃私语。

梅　香　小姐您看，王公子长得真是俊俏。

［张倩女瞪了梅香一眼。

老夫人　孩儿，不知你此番归乡所为何事？

王文举　探望过伯母，便上京赴考去了。

老夫人　如此甚好，十年寒窗，总要鱼跃龙门，青云直上，才不至叫人看低。

王文举　伯母，孩儿志不在荣华富贵，只求一个施展抱负、救世济民的机会。

老夫人　有志气是好事，但张、王二姓，本是钟鸣鼎食之家，若不博取功名富贵，如何光耀门楣？

王文举　非也非也。所谓“孔曰成仁，孟曰取义”。先父在日，时常教诲孩儿要常怀济世之心，男儿得志，若不做些通漕运、清匪寇、御外敌、富民生的正事，那乌纱帽倒也没甚贵重！若让小生列了朝堂呵，定要劝谏君王——

（唱）　效先贤、近直臣、再振乾纲，

明刑律、除污吏、抑制豪强。

薄赋税、轻徭役、与民休养，

裁冗军、慑强邻、振我家邦！

梅　香　小姐，王公子风采昂然，好志气呀！

王文举　伯母，孩儿还想……

老夫人　（瞥了一眼屏风，咳嗽一声，打断王文举）文举，此处并非朝堂，说再多豪言壮语亦无用处。

［张倩女向梅香使眼色，梅香走出屏风，端上两杯清茶。

梅　香　夫人、公子，请用茶。

老夫人　我家女儿也在家中，合该出来奉茶。倩女何在？

［张倩女缓步走出。

张倩女　母亲。

老夫人　女儿，这是你王世伯家的公子，过来见礼。

［王文举与张倩女对视一眼，又各自回避。

张　千　（背躬）这小丫鬟倒漂亮！

梅　香　（背躬）这小厮儿也机灵。

张倩女　倩女见过王公子。

王文举　小姐，小生这厢有礼了。

王文举　（唱）　水清玉润观音面，

张倩女　（接唱）　谦谦君子白玉颜。

张倩女　（唱）　敛衽相见红云渲，

目光未敢多流连。

垂首含羞弄花钿，

可知女儿好华年？

王文举　（唱）　虽有盟约不曾见，

幽葩入梦缥缈间。

今日她冷香暗渡罗衫茜，

颤颤花枝在眼前。

书生侥幸得美眷，

三生石上有夙缘。

张　千　（将两人的视线牵到一处再打个结）嘿！

王文举　（唱）　艳晶晶，碧桃花暖情一点，

张倩女　（接唱）　袅婷婷，丝萝可托闺梦圆。

王文举　（唱）　待把凤台曲儿再敷演，

和小姐她璧合又珠联。

［老夫人轻轻咳嗽。

张倩女　（看了一眼母亲，背躬）　哎呀呀，看母亲神色，恐怕事有不谐。只求良缘——

（背躬接唱）　切莫如雨里芙蓉被风剪，

落得个长恨无声奈何天。

张倩女　娘亲，喝茶。王公子，请。

［张倩女敬茶之后，默默走回老夫人身旁。

老夫人　倩女，你父亲与王年伯曾是至交好友，对文举亦十分看重。如今看来，他的眼光果然是极好的。

王文举　（心中隐隐激动）多谢伯母抬爱。

老夫人　两家只剩你们这一对骨血，往后要互敬互爱才是。

王文举　岳母大人在上，请受孩儿一拜。

张倩女　（扯了扯老夫人的衣角，娇羞地）娘亲。

老夫人　（对王文举）欸，文举你该唤我母亲——你我两家本有故人之谊，今日倩女叫你一声大哥，兄妹团圆，皆大欢喜，也算了了老身一桩心事。

王文举　（惊讶）这又是为何？两家本有旧约……

老夫人　方才听你一番慷慨陈词，便知晓孩儿你是有大志向的人。老身虽为女流，却也晓得"功业未成，何以家为"，倩女蒲柳之姿，怎好耽误你的前程？你二人若真有缘，待你科场扬名以后再续旧约，亦犹未晚。

梅　香　（背躬）哎哟，这一招看似是婉拒……

张　千　（背躬）实则是翻脸无情，一拍两散啦！

王文举　（背躬唱）　　往日鸳盟系红线，

转瞬无情断旧弦。

说什么兄妹和睦圆夙愿，

不过是欺贫辱亲教我颜面难全！

张倩女　（背躬接唱）　　乍听得高堂反悔颜色变，

温言软语藏针尖。

实不该失信毁约情亏欠，

釜底抽薪理倒颠！

娘亲！

老夫人　孩儿有何话说？

［张倩女欲言又止。

老夫人　难道嫌弃你哥哥一身白衣不成？

张倩女　（强忍泪水）哥哥。

王文举　唉，小妹。

张倩女　（背躬唱）　　怎料及我与他这般缘浅？

真是个初见又别有苦难言。

老夫人　孩儿，你便在此潜心研读，待春榜动、选场开，为娘可要静候佳音。

王文举　不敢劳烦伯母，孩儿后日便上京去了。

老夫人　也罢，你若一心向学，老身也不好强留。功名得时，一切便好商量。

梅香，且引少爷去休息。好生款待，不得怠慢。

梅　香　是。

王文举　（唱）　苍天作弄良缘散，

昙花夜绽荣又枯。

罢罢罢，禹门浪急催人去，匆匆未敢问姻缘，叹一声有缘无分，直向书中寻那颜如玉。

[梅香引王文举、张千下场。

老夫人　倩女我儿，你是否怨怪为娘欺贫辱亲？

张倩女　孩儿不敢。

老夫人　张家偌大门庭，只靠为娘一人撑持。文举孩儿虽然仪表堂堂、进退有礼，可毕竟是个白衣，耿介有余，世故不足，叫我怎敢贸然将你托付于他？

张倩女　话虽如此，娘亲倒也不必如此逼人。

老夫人　你父已去，为娘不得不强打精神，仔细打算，日后你便能明白我的苦心。

[张倩女呆立。

第二场

[张倩女的闺房。

［张倩女斜倚榻上。

张倩女　唉。

（唱）　捱彻凉夜纱窗晓，
枯听雨声误清宵。
镜台不曾自览照，
绣像难得有心描。
枯对幽蛰暗香袅，
任那妆楼月儿高。

自从见了王家哥哥，只觉情丝飘摇，神魂驰荡，本以为良缘顺遂，终身有靠，怎料娘亲竟悔了这门亲事。又遇着这天气新凉，落叶萧萧，诸般心事，齐上眉梢。

［梅香手执书信上场。

梅　香　小姐，奴婢已按您的吩咐，将一套簇新的文房四宝送到西厢王公子处了。

张倩女　他可有什么言语回复？

梅　香　言语啊……

张倩女　怎么说？

梅　香　他说："多谢小姐。"

张倩女　还有呢？

梅　香　"小生一定不负所望。"

张倩女　再有呢？

梅　香　无有了。

［张倩女怅然若失。

梅　香　言语虽无，却有一封书信。

张倩女　（大喜接过）哦？

梅　香　小姐，快拆开瞧瞧！

［张倩女手握书信，转为忧愁。

张倩女　行将别离，还有什么要紧话说？不拆了。

梅　香　啊？

［张倩女把书信递还给梅香。

张倩女　就当从未收到。

梅　香　小姐，您这是怨怪他了？

张倩女　我哪里是怪他，我只怕信中说——

（唱）　阳台路上，高堂筑起云墙峭，

书生未敢问桃夭。

更怕他说呀——

（接唱）　高唐赋里，流水落花恩爱少，

劝卿早将绮念消。

梅　香　哎呀，这可不能瞎猜！小姐还是拆开看看吧！

张倩女　不看。

梅　香　真不看？

张倩女　（背过身）不看。

梅　香　那奴婢便将信原路送回吧。

张倩女　转来！

［张倩女夺回书信，随即拆信、读信。

张倩女　梅香，他说，他说"东边日出西边雨，道是无晴却有晴"！

梅　香　秀才有点儿傻气，这天气可好呢！

张倩女　笨丫头！

（唱）　只道读书人志气高，潇洒清风笑，

却是痴儿女清瘦了，惆怅欢情薄。

他叹着凤凰调儿谁复挑？

我怨这珠帘寂寞无人撩。

做不得比目鱼儿凤池绕，
争得个并蒂双花一处凋。

梅　香　小姐呀，那能否与夫人讨个商量，不再为难王公子，叫他留下与小姐长相厮守。

张倩女　梅香呵，我也曾想过留他在家逍遥度日，但他十年辛勤，才气纵横——

（唱）　不输于太白醉写平蛮稿，
贾谊夜半君王聊；
可比那骆宾王夜作论天表，
相如病受征贤诏。
他不是檐下聒噪凡雀鸟，
他可是劈波斩浪巨鲸鳌！

金鳞岂是池中之物，叫我怎忍将他的志向辜负？

梅　香　既是如此，那小姐便放宽心思，静候佳音。

张倩女　就怕我等啊等，盼呀盼——

（唱）　虚度了月圆花好，
空对着夏绿霜凋，
将四百四病都害了，
相思病儿最难熬。

梅　香　还要提防娘知道！

张倩女　即便他科场得意，更要愁那喜讯儿会不会忘了张府的路径——

（唱）　这一去风云际会龙门跳，
禁不住星动红鸾凤阙邀。

我在家中就是一病去了，他又哪里知晓？

梅　香　这留也不能留，等也不甘等，去又不得去，分明就是个死扣儿！

［张倩女闻言更加凄惶。

梅　香　好小姐呀，王公子这便要上朝应举去，你该把这苦楚先略放放，好生送送他。

［张倩女轻轻拭干泪痕。

张倩女　说得是。梅香，明日与我到折柳亭送王家哥哥去！

第三场

［折柳亭畔。

［老夫人带梅香上。

梅　香　离歌一阕长亭暮，夫人，此处已是折柳亭了。

老夫人　梅香，离别在即，小姐可还安稳？

梅　香　不敢隐瞒夫人，小姐长吁短叹，愁眉不展。（看了看老夫人的脸色）夫人，奴婢心中有个疑惑，不知当问不当问。

老夫人　你是想说，当初两家指腹为婚，将一双儿女约为秦晋，前日文举又特来拜望，而我却要他二人兄妹相称。

梅　香　未知夫人有何深意？

老夫人　世路艰难、人心难测，我只有这么一个娇生惯养、花容月貌的女儿，文举一介白衣，若不能金榜题名，仕途顺遂，日后要受的白眼还有许多，总非倩女良配。这回若能激他全力一搏、扬眉吐气，岂不是皆大欢喜？

［王文举、倩女、张千上。

王文举　伯母，今日折柳亭一别，小生便上京去了。

老夫人　水远山长，诸事小心。倩女也来与你送行。

张倩女　娘亲，哥哥。

老夫人　孩儿，且敬你哥哥一杯。

［倩女斟酒敬王文举；王生饮干。

老夫人　文举，临别之时，老身也有一言嘱咐。你文章满腹，却未得功名，不可被儿女之情羁绊手脚。

［梅香和张千悄悄吐舌做鬼脸。

老夫人　你此番上京，若是能立业安身，老身便放心将掌上明珠托付于你，到时水到渠成、名正言顺，岂不是好？

王文举　多谢伯母！有此一言，孩儿便可安心赴考，直往帝京。只求伯母看顾好小姐，等我归来提亲。

梅　香　少爷啊，你若得了官，可不要当了别人家的女婿！

老夫人　没规矩！

梅香，你扶我先回马车，倩女，你也要快些回转，不要耽误文举启程。

［梅香扶老夫人、扯张千下；张倩女与王文举一时无言。

王文举　小姐，你可有什么……嘱咐要对小生说？

张倩女　梅香的话，你可听清楚了？

王文举　是，小姐要小生不可做了别家的女婿。

张倩女　那你可记下了？

王文举　一字一句俱都刻在心上了。

张倩女　你记下了，可是倩女心中还有许多忐忑——

（唱）　唱不尽阳关曲本对残照，

无言向衰草连天冷雨飘。

总不过人生喟叹，离多会少，

这一去楚天广阔，水远山遥。

叫我纵有千万言语，又如何得说？

王文举　莫说小姐离情难述，我心中也甚是凄凉。从此后，

（唱）　　寞寞故园无人到，

　　　　寂寂纱窗映竹梢。

小姐若到西厢，亦见不到小生了——

　　　　冷冷碧苔与荒草，

　　　　谁记当日裙花招？

　　　　帝京风物千般好，

　　　　热闹行馆叹萧条。

张倩女　哥哥说长路漫漫，京中寂寞，倒叫我愈发担心。

（唱）　　倩女这般素手攀柳心意表，

　　　　哥哥休要有上梢儿没下梢。

　　　　做得个、蓬山远、鱼沉雁杳，

　　　　可怜我、容色减、青鸟频捎。

待得帝都春来，仕女闺秀，魏紫姚黄，哥哥你休要留恋厮磨。

王文举　小姐放心，待小生功成名就，小姐便是那县君夫人，也让你扬眉吐气！

张倩女　哥哥，你道我真是个只爱富贵的小女子？

（唱）　　不求你驷马高车显荣耀，

　　　　只莫将赤子之心轻易抛。

你这一去不过是了宏愿、展宏图，当真蝇营狗苟，当上朝官魁首却也没甚得意。平安回转家园，清白心意不改，恩爱夫妻度日才是最好！

王文举　小姐见识高远，小生惭愧！

梅　香　（内）小姐，时辰不早了，请回转吧！

［张千背着行囊上场。

张倩女　哥哥,这一去荒村雨露,野店风霜,千万保重!

王文举　小生晓得。

张倩女　添衣添帽,自己护持。

王文举　是。

张倩女　盘缠路费,小心保管。

王文举　小生都知道。

张倩女　那……唉,哥哥便启程吧。

王文举　临别一刻,才知"情"之一字,喜痛分明,消磨了多少雄心壮志!

张　千　莫说少爷舍不得张家小姐,便是小的,也舍不得梅香哩!

张倩女　(背躬)多少言语说不出口,恨不能化作罗衫,随着他走,瞧着他跑……陪着他睡!

[张倩女目送王文举上马。

张倩女　(唱)　　眼波隔断无处瞭,

王文举　(接唱)　　只恨千里水云飘。

张倩女　(唱)　　今后何处系兰棹?

王文举　(接唱)　　彩云声断紫鸾箫。

[梅香上场。

梅　香　小姐,趁着太阳还未落山,让少爷再赶一程,好坐船去也。(向张千)我不比小姐会说贴心话儿,但也盼你除了看顾着王少爷,自个儿也是好好的!

[张千连连点头,用袖子抹脸。

王文举　小姐,你当为小生多多保重!待小生功成,便来提亲。

梅　香　唉,这一对难舍难离的伤情鸟。

张倩女　(唱)　　他黄金马镫无心挑,

王文举　(接唱)　　她牵着袖儿脉脉瞧。

张倩女　(唱)　　津渡月迷水浩浩，

王文举　(接唱)　　古道西风路迢迢。

小姐，小生就此别过了！

[王文举同张千下。

张倩女　人不见，情未了，恨无休！

(唱)　　天若有情天亦老，

不让我这一点真情魂缥缈——

(接唱)　　永远不离他左右周遭！

[倩女携梅香下。

第四场

[桃花渡口。

张倩女(魂魄)　(内唱)　　只身往，岸沙月华邈天幕，

[张倩女(魂魄)走圆场上。

张倩女(魂魄)　(接唱)　　驭风来，万水千山只倏忽。

王郎赴京赶考，一别数月，不知何时回转？我怕他寂寞，更怕他心淡，这便沿途寻来，只想争个结发情意。看这夜色悄悄冥冥，雨丝潇潇洒洒，倩女孤孤零零，好不伤感人也！

(唱)　　忽喇喇谁在和秋水孤浦？

雾蒙蒙只一片明月衰芦。

问扁舟往何处依靠兰埠，

要倩女情切切如何追逐？

走了一夜，累得倩女汗珠儿满脸，却被这大江阻住去路。

［内众声嘈杂。

（接唱）　碧沉沉野水荡漾桃花渡，
蓦听得马嘶人响惊鹧鸪。
难道是追兵堵截在前路？
唬得人胆战心惊进退维谷！

［张倩女紧张地向内张望。

张倩女（魂魄）　唬煞人也！原来不是母亲追来，只是渔家在撒网捕鱼。是了，若有人烟，便可唤船家渡我过江。船家，船家！

［艄公摇橹上。

艄　公（念）　双桨可泛东洋海，
轻舟只渡有缘人。

谁在唤我？

张倩女　船家，可方便送小女子一程？

艄　公　小姐请上船吧。

［艄公扶倩女上船。

［小舟驶离渡口。

艄　公　小娘子，夜色阑珊，你要往何处去啊？

张倩女（魂魄）　小女子要寻郎君去。

艄　公　哦，这可十分不易，你瞧这荒凉古渡：

（船歌）　呜喂——
凤凰台上旧颜改，
佛狸祠旁惹碧苔。
脉脉烟霭，
南朝王侯换几代？
星子灿灿，

小楫轻舟随风带，

江心芙蓉独自开。

张倩女（魂魄） 唉，逝水滔滔，天地茫茫，王郎呀王郎，你又在何处呢？

［艄公带张倩女（魂魄）虚下。

［王文举抱琴上。

王文举 小生王文举，自与小姐别离，心中切切，情意悬悬。今夜停舟水岸，且横琴于膝，试以琴曲抒怀。

［王生抚琴而歌。

王文举 小姐、小姐，小生在此调素琴以寄相思，不知琴声能否入你闺梦？

（唱） 明月流光兮远湖，

蒹葭伊人兮仿佛。

漫漫修远兮长路，

天涯心事兮谁诉？

［艄公带张倩女（魂魄）复上。

张倩女（魂魄） （唱） 苍茫茫古老船歌和摇橹，

清泠泠哪处琴箫唤江湖？

此处琴声清响绝伦，船家，且近前看看。

［艄公停船，张倩女（魂魄）上岸。

［艄公下。

王文举 那可是倩女小姐？

（唱） 我见她绿云翠钿颜色故，

佩环叮当神仙姝。

莲花步儿行复顾，

轻点入梦芳痕无。

是小生入了小姐的梦，还是小姐入了小生的梦？

张倩女（魂魄）（唱） 只道你急煎煎赶赴前路，

原来是闷沉沉困倚琴书。

王郎，这不是梦，倩女真寻你来了。

王文举 若不是梦，那小姐此时该在家中才对。

张倩女（魂魄） 倩女离家赶来，想伴着郎君你一道上京。

王文举 哦，那是伯母已经应允了你我的婚事？

张倩女（魂魄） 这个嘛，娘亲倒没什么话说。

王文举 分别之时，伯母依然十分坚持，为何突然就愿意成全了？

张倩女（魂魄） 那是因为……

王文举 因为什么？

张倩女（魂魄） 因为娘亲不知道呀！

王文举 啊！小姐是瞒着伯母赶来的？

［张倩女（魂魄）低头不语。

王文举 这可万万使不得！小姐还是快快请回吧。

张倩女（魂魄） 哎呀！王郎，人说密约偷期、月夕花朝，如今看来真非虚言。你看这月夜秋江，青山隐隐，渔火点点，寥廓的天地里——

（唱） 一对人儿影绰绰，

那是咱俩一处宿。

只可惜景致虽好，却是夜深露重，倩女好生寒冷……王郎能否与我暖暖手？

［王文举一时忘情，紧紧捧住张倩女双手。

张倩女（魂魄） 唉，你不知这长路漫漫，我腰儿疼、脚儿酸、步儿软，就连翡翠裙纱、凌波袜儿也都湿透了。

王文举 小姐受苦了。快快坐下。

［王文举蹲下身帮张倩女褪下鞋袜，突然又如大梦初醒般放开。

王文举　哎呀，小姐莫要淘气！你若与我一处，那可算是私奔？

张倩女（魂魄）　约莫算是吧。

王文举　若伯母大怒，你我难逃人口私逃、男女淫奔的罪名呐！

张倩女（魂魄）　你我同心，怎能算是罪过？

王文举　古人云“聘则为妻，奔则为妾”。古人又云“发乎情，止乎礼”，如此私定盟约，实在有损小姐闺誉。待小生得官回来再结秦晋之好，却不是名正言顺？

张倩女（魂魄）　王郎呀王郎，若如此说，可教人寒心了！

（唱）　似这般千里相随你莫嫌恶，
我也是芝兰门户掌上珠。
自应当温言细语轻呵护，
怎能够瞻前顾后弃中途？

你我同心，莫拿官话诓骗我。

王文举　小姐一腔深情，叫小生如何报答！只怕万一伯母追踪而来，一怒之下悔婚到底，岂不更糟？

张倩女（魂魄）　俗话说“做着不怕”，娘亲便是亲自来了也是奈何不了我！

王文举　但这羁旅风霜也不是等闲之事……

张倩女（魂魄）　倩女既已离家，风霜雨露有何可惧？也莫说什么外出怎如在家，在家呵，也不过是归鸿望断天尽处——

（唱）　只盼望秋风驾百尺高帆早回溯，
吹得那簪花人返踏归途。
忍心将烂漫春光尽虚度，
也好过断肠人去，有情人遥，知己人无！

王郎为何一而再、再而三地拒我于千里之外？

王文举　小姐,原来你同我是一般心思。

张倩女(魂魄)　王郎呀,你还不知我的苦心呢！当日折柳亭一别,倩女越想越是忐忑——虽然许多有情人都许下了海誓山盟,但那亭子难免要做伤情的证人:坚贞的誓言已被秀才们说过千千遍、背了万万遍,可是该遭离弃的还是要被离弃!

待你一朝功成——

(唱)　醺醺然宴罢琼林踏归路,

被媒人们拦住马头,

(接唱)　高挑起丹青渲染美人图。

再用那如簧巧舌来围堵,

难保你心意坚定不糊涂!

王文举　小生心中只有小姐一人,功成之日便是迎娶之时,怎会琵琶别抱?

张倩女(魂魄)　那若是圣旨一道从天而降,

(唱)　朱笔亲点鸳鸯谱,

你怎推玉贵金尊凤凰雏?

做得那侯门娇客春风沐,

博得个锦绣生涯冠京都。

强求你心念旧盟不相负,

倒落得泪珠相对扑簌簌。

到时想着京都公主助你名就,又念着故乡倩女温柔,岂不更是左右为难?

王文举　这……

张倩女(魂魄)　你也休想那齐人之福,倩女不愿你难为,你也莫教倩女羞辱。若着实难以决断,我便割断情丝,回转家园，再不与你相见！

［张倩女（魂魄）转身，意欲离开。

［王文举左右为难。

张倩女（魂魄）　王文举，我这便走了！

王文举　小姐莫走！

张倩女（魂魄）　王公子，你还有什么要说的？

王文举　小生要说，要说此去万一……万一名落孙山，岂不是害了小姐？

张倩女（魂魄）　你担心的便是这个？你若是落第了呵……

王文举　那便是——

张倩女（魂魄）（唱）　晓听啼鸟，
闲话风景两三处；

王文举（接唱）　晚来欲雪，
共守红泥小火炉。
齐眉举案同甘苦，

张倩女（魂魄）（接唱）　荆钗布裙奉耕读。

王文举　好好好！小姐既有此言，那小生也请天地作证：

（唱）　从此后山崩地裂夫担负，
绝不让深情厚谊随水逐。
唯愿那桑间濮上琴瑟睦，
好功名怎抵贤妻眼眉舒。

小生此去，不论功名，只求心安。不知小姐可愿随同上京？

张倩女（魂魄）　王郎何往，倩女何往。

王文举　既如此，趁着月色清凉，便再赶一程。船家，船家！

［艄公撑船上。

艄　公　夫人，老头儿今日这桩买卖可真是有趣，载过来一个，带将去一双!

［张倩女(魂魄)羞赧一笑。

王文举　船家,扯开风帆,开船去吧!

王文举　　　　　　借东风、挂云帆、莫把佳期耽误,

（合唱）

张倩女(魂魄)　　　　执伊手、赏明月、直将愁绪消除。

第五场

［二道幕前。

［张千上。

张　千　小的张千,公子爷年前赴考,在金殿之上应对万言,鲤鱼跃龙门,从白衣秀才变成簪花游街的新科状元。前几日圣上又下了恩旨,着其返乡为官,公子爷这便修了一封平安家书,差小人先与张家报喜。嘿,这回能早些见到梅香姐了!

［张千下。

［幕启。

［张家花园。

［倩女抱病,梅香扶倩女至花园中。

张倩女　自与王家哥哥离别之后,相思病重,竟一卧不起。

梅　香　(唱)　　俏姑娘变成望夫石,

　　　　　　　　小简帖联成断肠集。

　　　　小姐呀,算算日子,王公子快回来了,您要快快好起来。

张倩女　我这几日只觉奇怪,明明正与他恩爱厮守,可一晃眼却又是深院闺楼。

［梅香为张倩女拭泪。

梅　香　小姐，您这是病糊涂了。

［张倩女如梦初醒。

张倩女　王郎？梅香？方才渡口边还见他在眼前，怎的就变成了你？

梅　香　（垂泪背躬）小姐一日瘦似一日，也不知能否撑到王公子回来？

张倩女　（唱）　只觉那、混沌中、不知天地，
又好似、蝴蝶梦、香魂暗离。

昏昏沉沉，恍恍惚惚，不知今夕何夕。梅香，如今是何时节了？

梅　香　园中绿暗红稀，春光将尽，快要四月天了。

张倩女　（唱）　去时节古道西风暮秋日，
如今已烟雨梨花过寒食。

算来已有一百八十七天了。

（接唱）　粉桃儿红杏花开到酴醾，
却叹个花好不长久——
转瞬间花色稀家书更稀。

老夫人　（内）梅香！

张倩女　是谁？莫不是王郎在唤我？

梅　香　是夫人来探看小姐了。

［老夫人上场。

老夫人　离愁未消，烦恼又来。可怜我那女儿自与王生别后，卧病在床，或言或笑，神智昏乱，延请许多名医，都不知是何症状。老身少不得再来探望一番。

女儿，你病得这般厉害，怎的又到了园子里？

张倩女　房中愁闷，出来走动走动。女儿不孝，累娘亲担心了。

梅　香　（背躬，拭泪）小姐怕是见不了这园子几次了。

老夫人　好孩子，莫要多想，你不过是偶感风寒，好好养病便是。今日身体如何？

张倩女　颇有起色了。

老夫人　（唱）　我见你脸儿白神色忧虑，
定是把良人念清减玉肌。

张倩女　孩儿不敢瞒骗娘亲——
（唱）　竹院里琅玕刻遍用心记，
只为着日思夜想数归期。

老夫人　唉！我若料得到今日情形，当初亦不会激他赴试。他这一去天高鸟飞，海深鱼跃，老身心中也是不安。可你是我唯一的女儿，叫我怎舍得让你同那一文不名的秀才一处受苦！

梅　香　夫人、小姐，莫要这般忧心，昨日里卜得一卦，可是灯花爆，喜鹊叫，上上大吉！

张倩女　（唱）　离散灯花不可喜，
多语鸟雀难凭依。

老夫人　（接唱）　男儿心思怎算计，
才能把性命、良缘两相续？

梅　香　（打断）小姐、夫人哪，奴婢见王少爷双目清明，为人正直，必是一位重信守诺之人，还是放宽心思，等他得官回乡便是。

老夫人　唉，说得是有几分道理，世间虽有负心汉，到底也有好儿郎。

梅　香　是哩！说不准啊，王公子这会儿已经穿着锦绣华服，驾着高头大马，要来迎娶小姐呢！

张倩女　他穿着锦绣华服，驾着高头大马，要来接我了？
（唱）　可惜我瞧不见轻车良骑，

倒似关盼盼倚倦了燕子楼西。

也曾梦见他得了官来，

（接唱） 簪红花、跨白马、状元及第，

持玉笏、着紫袍、位列丹墀。

比往昔，更有那三千丈五陵豪气，

保社稷、成栋梁、换却白衣！

可是功名于倩女，又算得了什么？我只盼他平安归家，相伴左右。

老夫人 倩女！

张倩女 娘亲，今日也容我把真心话儿说说，我反复想着——

（唱） 要与他细问温寒把衷情叙，

却见他冷若冰霜身儿早抽离。

我攥着他丝罗袖子挣扎起，

原来是一枕南柯晓梦迷。

还来不及舒一口气，

（接唱） 又怕那一梦成谶折鸳侣，

总不免恩断情绝恨别离！

［张倩女晕倒。

老夫人 孩儿！

梅 香 小姐，小姐！

老夫人 为娘一心盼着你好，却不知怎样才是好。你居然要舍了娘去！

梅 香 夫人，这可如何是好？

老夫人 她若有个什么，老身少不得也随了这没出息的孩儿去！

［倩女轻轻睁开眼睛。

张倩女 娘亲……生不得生，死不能死，倩女好苦！

老夫人　女儿啊，为娘再不强求什么功名富贵，只要你好起来，便是要为娘陪你上京找文举孩儿，也全随你。

［管家领张千上。

管　家　夫人大喜！小姐大喜！王少爷京城得了官儿，遣了这小厮儿前路送信。

张倩女　娘亲，是他来信了？

张　千　（背躬）怪事！这一个小姐，怎和我家夫人长得一模一样？是了，夫人一定还有个双生的姊妹！

小的张千，见过夫人、小姐。

梅　香　哎哟，原来是你呀！

老夫人　（瞪了一眼梅香）我那文举孩儿要你送的什么信？

张　千　回老夫人，我家老爷现如今已是新科状元，圣上着他回乡赴职，眼见就要回转了。他派小人先到府上送个信，让老夫人您高兴高兴，千万饶恕他不告而娶的罪愆。

张倩女　不告而娶，你说什么？

老夫人　先将书信递与我看！

［张千将书信呈给老夫人。

［老夫人展信、读信；张倩女上前屏息以待。

老夫人　“小婿王文举，拜上岳母大人座前：上天体恤，文曲护佑，小婿春闱赴试，一举状元及第。如今授官返乡，将携小姐一同归家，万望尊慈垂照。不宣。”

［张倩女接过母亲手中的书信，急看一遍，又伤心又生气。

［书信飘落在地。

张倩女　哎呀，他娶了新夫人！

老夫人　孩儿，是娘亲误了你呀！

张倩女　好好好，千般担心，万般牵挂，换来一场伤心事！

梅　香　都是你这寄书的害人，真真无耻！

［梅香追打张千。

张倩女　住手！当日我没有随他上京，只在家中自怨自艾，合该有这般下场。

梅　香　小姐，你莫傻了！他若真有辜负的心思，你在不在身边又有何区别？

张倩女　哈哈哈，你说得对！情字障目，后悔应迟。

（唱）　可笑几番缱绻意，
　　　　难抵名利召唤急。

［张倩女另取出一封书信。

张倩女　可笑我还留着他当日的书信，日日盼着重聚！

（唱）　细翻看，如在灯前诉私语，
　　　　可怜他，离乡背井风霜羁。
　　　　谁料得再见却逢无情契，
　　　　当初是别离恰遇春消息！

梅　香　哎呀，气煞我也！

［狠狠地踩了一脚地上的书信。

（唱）　还道是春心满纸墨痕迹，
　　　　原来比休书只多了个封皮。

真真都是好秀才！

（接唱）　忘恩义叫人轻鄙，

老夫人　（唱）　心肠黑久病难医！

张　千　（背躬）　老爷啊老爷，你既有了老婆便罢，又命我来寄书信做什么？难道你不知这双生花儿全恋着你一个？

［张千拉过梅香。

张　千　梅香啊，你家定有两个小姐，是不是？

梅　香　呸！你家老爷脚踏两只船，我可只有一个小姐！

老夫人　女儿……莫要太过伤心，为娘劝你一句：

（唱）　天底下好儿郎不知凡几，
休为着负心人惨惨凄凄。

张倩女　（唱）　他有那添花锦上新妻室，
全不念折柳亭畔旧情谊，
倩女我肝肠寸断情心寂，
便是这忘死舍生落来地！

女儿识人不明，见事不敏，又有什么好怨娘亲的？

老夫人　孩儿……

［梅香扶着张倩女下场。

老夫人　张千，滚回去告诉你家老爷：老身虽为女流，但身为张家主母，绝不会让他状元老爷把自家女儿欺辱了去！从今往后，我张家与王文举恩断义绝，再不往来！

［老夫人拂袖而去。

梅　香　（回转）你们要是敢再登门，一定打出去！

张　千　这又是如何说的？唉！

［张千下。

第六场

［衡州城外官道。

［张倩女（魂魄）脸罩轻纱，骑马上。

张倩女（魂魄）　千里归乡，纵马驰骋，好生快意！

［马儿突然惊起，张倩女（魂魄）勉强稳住。

张倩女（魂魄）　哎呀，唬得妾身胆颤又心惊！自从去年秋天追随郎君上京，转眼又过了大半年。夫君科场扬名、衣锦还乡，连妾身脸上都有光哩！可是不知为何，这越是靠近衡州城，妾身心中便越是不安，方才魂不守舍，差点儿从马背上摔下。好不容易等到今日，难道终是福薄不成？

［王文举骑马上场。

王文举　夫人，你慢些！

（念）　行李萧萧速修整，
　　　　无意淹留长安城。

帝乡羁旅，桑梓情深。下官王文举深荷圣宠，携妻返乡，今日终于到了衡州城外。

张倩女（魂魄）　夫君！

王文举　夫人为何悒悒不乐？

张倩女（魂魄）　妾身近乡情怯，心中不安——

（唱）　又听得故园春鸟声声应，
　　　　不由我往昔历历从头省。
　　　　做了场舍命抛家噩梦境，
　　　　到如今心上眉间自惺惺。

王文举　夫人受苦了。

张倩女（魂魄）　夫君休这般说，这桩姻缘得来不易，妾身没有半分后悔。

王文举　夫人，如今你我夫妻自在还乡，已是苦尽甘来，应当开怀些才是。你看——

（唱）　熏熏暖风撩人兴，
　　　　暮春光景更含情。
　　　　簇簇绿杨衬红杏，

双双紫燕伴黄莺。

张倩女(魂魄)　(合唱)　　一对蜂、一对蝶,相互比并,

王文举　　　　　　　　　想皇天、总不致、辜负人情!

王文举　我知道夫人心中所忧,岳母大人那里,自有为夫一力承担!眼下已到了城门口,不如快赶一程,早些见着老人家,略表些诚意也好。

张倩女(魂魄)　夫君说得是,这便赶路吧。

[王文举、张倩女(魂魄)下。

[张家。

[张府管家、张千,领王文举、张倩女(魂魄)上。

管　家　夫人,夫人!大事,大事!

[梅香扶着老夫人上。

老夫人　什么事如此大惊小怪?

管　家　新科状元老爷已到门首啦!

[老夫人见到二人,强忍怒气。

老夫人　王文举,你既已金榜题名,洞房花烛,今日为什么来我张家?

王文举　拜见岳母大人。

张倩女(魂魄)　拜见娘亲。

老夫人　状元老爷今非昔比,这一拜让老身如何敢当?

王文举　(背躬)岳母大人想是恼我私自带着小姐上京,言语之间才如此不客气。无妨,且顺着她老人家些。

岳母大人,小婿得官返乡,特携妻子前来拜望。

老夫人　不必了!你我两家早无情谊。贤伉俪请回吧!

王文举　岳母大人切莫动气,且容小婿陈情……

老夫人　住了!莫要再喊什么岳母大人!

（唱）　　你不念我儿险把身来殉，

也该念张王两姓香火情！

你这般有辱斯文太薄幸，

小心那九天之上惹雷霆！

王文举　负心薄幸，此话怎讲？

梅　香　哼，讲的便是你娶的这夫人，到底是皇家公主，还是宰相千金？

张倩女（魂魄）　（揭开面纱）娘亲，你认不得女儿了吗？

［老夫人大骇。

老夫人　这这这……

王文举　岳母大人，小婿是不该私自带着小姐上京，但求看在我二人一片赤忱的份上，原宥则个。

老夫人　胡言乱语！我家倩女数月来只在闺房之中养病，怎能与你私奔帝京？

管　家　夫人，她莫不是鬼魅吧？

梅　香　怕不是个妖精！

老夫人　你到底是何处妖孽？又为何冒充我女儿？

张倩女（魂魄）　娘亲呀，我不是鬼魅，是你嫡嫡亲的女儿呀！

（唱）　　一席话听得我肝肠寸断难置信，

意冷心灰叹伶仃。

娘亲莫不是怨我私定终身，为了张家声名——

（接唱）　　忍见漂泊女儿泪光映，

不顾血浓于水母子情。

王文举　岳母大人，这其中是不是有什么误会？

老夫人　老身怎会连自己的女儿都认错？

王文举　可是这数月光阴，夫人与我风霜相伴，又怎会……

老夫人　府中一众家丁丫鬟，都可对证！

梅　香　不错！我与小姐日夜在一处，这几个月来她缠绵病榻，连房门都未出过。

王文举　夫人，岳母大人言之凿凿，这到底是何缘故？

张倩女（魂魄）　难道连你也不信妾身了吗？如果妾身真是妖孽，夫君又当如何？

张　千　（奉上王文举佩剑）若是妖孽，那公子爷便不可留情！

管　家　一剑挥作两段！

梅　香　给我家小姐一个交代！

王文举　这这这……

（唱）　一个是守深闺痴念成病，

一个是紧相随四海飘零。

［王文举将佩剑弃置于地。

王文举　请岳母大人容我二人与府中小姐对质，让此事水落石出！

老夫人　也罢，你们随我来。

［老夫人将王文举、张倩女（魂魄）引到女儿闺房之中。

张倩女（魂魄）　蓦入门庭，惊得我行不稳、心不宁，那是谁家的女儿，唤不醒也呼不应，与我脸对着脸，仿佛临水照花荫！

老夫人　事到如今，你还有何话说？你是何人，为何冒充我家女儿？

张倩女（魂魄）　我是何人，她又是何人？这这这——

（唱）　孤灯儿照不出佳人影，

鸾镜里瞧不见绝世卿！

老夫人　灯下无影、镜中无形，文举，你须快做决断。

王文举　此事果真教人惊疑！

［绣榻上的张倩女在此时幽幽醒来。

张倩女　王家哥哥，是你回来了吗？倩女为你——

（唱）　倚雕阑、数更漏、颠倒魂病，

长相思、断肝肠、险赴幽冥。

王文举　小姐……

张倩女（魂魄）　夫君，妾身为了与你团圆，曾经——

（唱）　渡急流、过险滩、跨山越岭，

历风霜、冒冰雪、戴月披星。

千金女、顿成那、飘萍断梗，

你万不能发迹之后就将那——

（接唱）　赫赫才名、鼎鼎功名、都作了薄幸之名！

王文举　夫人！

（唱）　我自负光明磊落君子行，

从不曾二意三心孟浪形。

今日里心旌摇荡持不定，

如坠幻境难分明！

岳母大人、二位小姐，下官实实也无从断起！

梅　香　小姐，你快仔细瞧瞧，到底是何处的精魅变了您的模样，冒了您的姓字！

［张倩女在梅香的搀扶之下来到自己魂魄的面前，仔细打量起对方。

［两个倩女都一阵恍惚。

张倩女　你是谁家的姑娘？我瞧着你似曾相识。

张倩女（魂魄）　我看着你也如遇故人。

张倩女　这又是何处的情分？

张倩女（魂魄）　哪里的因缘？

（唱）　你坐困愁城苦挣命，

张倩女　（唱）　你红拂夜奔上帝京。

张倩女(魂魄)　（唱）　你孤影独对画屏冷，

张倩女　（唱）　你双飞定盟在兰汀。

［张倩女拉起对方的手。

张倩女　（唱）　我羡你行止随心依本性，

张倩女(魂魄)　（接唱）　我怜你欲离难离自伤情。

张倩女　（唱）　蝶梦已醒愁未醒，

张倩女(魂魄)　（接唱）　相思红豆血泪凝。

张倩女　这普天下的闺秀，悲亦实多，

张倩女(魂魄)　欢亦零星。

张倩女　斑斑光影，

张倩女(魂魄)　依稀烟云，

张倩女
张倩女(魂魄)　（合）　走马灯一般兜上心！

（合唱）　走上前、猛将身子来合并，

从此后、一枝蒨桃好娉婷。

［张倩女魂魄与身体合而为一。

［张倩女(魂魄)下。

［众人大惊。

王文举　夫人往何处去了？

［张倩女苏醒。

张倩女　夫君，你在何处？

梅　香　小姐，那东西附在你身上啦！

老夫人　这到底怎么回事！

张　千　好嘛，真热闹！

王文举　你可是我的结发妻子？

张倩女　娘亲、夫君呵，且听倩女说来——

（唱）　当日里，你千里关山尽驰骋，

谁念我梧桐深院女儿心？

我怕你模糊人面菱花镜，

更怕你一朝另宿鸳鸯衾。

暗地里灵犀一点潜相引，

幻化成一对佳人到如今！

这身外身，梦中魂，一个伴你上京，一个闺中成病！

这便是倩女离魂的一桩奇遇。

老夫人　天底下竟有此奇事！

王文举　为夫何德何能，叫夫人如此相待！

［张倩女羞涩一笑，与王文举执手而笑。

梅　香　夫人呐，梅香看着今儿的黄历写得好——

张　千　会亲友，宜嫁娶，诸事大吉！

老夫人　对极，对极！趁这良辰吉日，为娘为你们补行大礼！

梅　香　过个明路！

老夫人　梅香，张千，快快准备去！

张　千
梅　香　（合）是！

［张千在梅香耳边轻咐。

张　千　梅香，公子爷和少夫人修成正果，你我二人好事也该近了吧？

梅　香　哼，为这婚事，不能总叫女儿家如此辛苦，待你何时也为我来这一出“倩女离魂”，我便答应你！

［梅香嘻嘻一笑下，张千追下。

［张府张灯结彩，红绸飘飘，张倩女与王文举身着喜服成夫妻

大礼。

管　家　一拜天地！二拜高堂！夫妻对拜！礼成！

王文举
张倩女　（合唱）　脱劫难，携君手魂安神定，
终究是，美梦圆雨过天晴。

［幕落。

2010年8月初稿

2015年5月修改

话剧

送别

编剧 张洪霞

人物

田　蕊　建筑师,40 岁。表面严于律己、积极向上,实则悲观沮丧。

赵　煜　田蕊丈夫,医生,42 岁。充满职业的神圣感,全心工作,思想简单。

田　母　田蕊妈妈,退休音乐教师,65 岁。极度克制,过多想象别人如何议论自己。

展　馨　田蕊表妹,常换工作和男友,35 岁。表面玩世不恭,实则有确信的美好。

宋晓硕　展馨男友,牙医,30 岁。热情感性,单纯、外放。

陈　晨　展馨的追求者,心理咨询师,40 岁。时刻保持专业级别的理性,不是紧绷是习惯。

博　士　展馨众多相亲对象之一,理工男,35 岁。自以为天之骄子,满脑子封建愚昧。

男　孩　田蕊孩子,7 岁。

女　孩　田蕊孩子,6 岁。

刘璐璐　展馨发小,银行职员,38 岁。受伤过多而把姿态放得过低。

王　鹏　刘璐璐丈夫,无业,32 岁。好吃懒做的妈宝男。

舞台说明

时空自由,包括现实时空、回忆、幻想、梦境时空,由灯光区分。

田蕊与赵煜的对话前面倒叙,后顺序。

序幕

［几束微弱的定点光打在四位女演员身上，她们随音乐轻轻摇摆。

［不同演员讲话时，追光表演者，四种舞步。其他三位保持原地。

［田蕊向前。配乐是魔幻风格的电音。她穿着一半黑色西装一半白色休闲的服装，做出机械化"舞步"时忙碌工作，设计速度越来越快，在她很投入时，孩子跑上来拉住她的黑衣服，扯下来后全身白色休闲衣，她无奈地与孩子跳起儿童舞曲。

男　孩　妈妈，你开心吗？

田　蕊　什么？

女　孩　妈妈肯定开心呀！

田　蕊　为什么呢？

女　孩　因为有我们陪着呀！

田　蕊　是的宝贝，谢谢你们陪在妈妈身边。

男　孩　可是妈妈你的设计方案还没完成。

［音乐变音，田蕊穿上半边西装，在工作与孩子间艰难保持平衡。

［《相思河畔》响起，田母和年轻男士走向台中。

田　母　那天，你为什么没有来？

男　士　我配不上你。

田　母　后来我等了你很多年。

男　士　对不起。

田　母　你怎么不老呢，还是记忆中的样子。

［二人一边舞蹈一边回到原地。

［刘璐璐和王鹏随着《情非得已》欢快地旋转到台前。

刘璐璐　你这么晚还陪我，明天不用上班么？

王　鹏　可以陪你陪到不上班，就是上班也要陪你。

刘璐璐　丢了工作怎么办？

王　鹏　丢了工作好办，丢了你我可不知道怎么办。

刘璐璐　你可真会说让人开心的话。

王　鹏　我嘴笨着呢，只会用实际行动寻你开心呐。

刘璐璐　你就是会说。

［音乐更热烈，《爱人错过》响起，二人更近一步跳舞，展馨向前。

展　馨　璐璐姐，哟，小白脸你也在呀！

王　鹏　今晚我请璐璐喝两杯酒了。

展　馨　你还不走？

刘璐璐　馨儿，能不能好好说话！

展　馨　哼，（看向远处）阿姨，阿姨来，璐璐姐在这儿呢！

王　鹏　啊，璐璐，我想起来我有个客户约了见面。

展　馨　阿姨，我给你找着了。

王　鹏　璐璐再见，回去视频。（慌不择路地下）

［刘璐璐要去拉王鹏，被展馨挡了一下，璐璐下，展馨配着音乐唱跳。

展　馨　你妈没有告诉你，撞到人要说对不起，本来今天好好的，爱人就错过。

［其他人下，展馨表演完毕，落座，灯亮，显示出是在卧室做直播。

展　馨　希望你们喜欢这首《爱人错过》，（看屏幕）谢谢榜一大哥的礼物，有没有男朋友？当然没有啦！为什么？因为总是错过嘛！相不相信爱情？会不会结婚？宝宝们我说不唱情歌吧，你们非让我唱，我唱了吧，你们开始七大姑八大姨上身了。散了散了，下播，睡美容觉去。明天来不来？看心情吧，对，我是佛系非网红主播，随时可能不再见，所以请珍惜我哟，Bye！

第一幕

[舞台一边卧室，一边客厅。

[卧室有闪烁的星星灯，客厅里田蕊盯着她的设计出神。

[催眠曲低声响着。

[卧室灯渐暗，赵煜穿着白大褂上场。

[客厅灯渐明，非现实色调，或许是田蕊的回忆，也可能是幻觉。

赵　煜　跟你说不要熬夜，总是不听。

田　蕊　生前何必久睡，死后必定长眠。

赵　煜　身体是最重要的。

田　蕊　哪个职场妈妈不是这样，哄睡孩子后做点自己的事。

赵　煜　你不呛人就讲不了话。你这个人就是对外人友善，对家人过于苛责。

田　蕊　是谁在苛责谁？我说你半个字了？为什么你对我（停顿）你是从什么时候开始如此厌倦我？

赵　煜　从来没有厌倦。否则我不会来告别。

田　蕊　我们都走到这一步了，还有必要说谎么？

赵　煜　是啊，我们都离婚了，我何必怕你生气而说谎呢？

田　蕊　因为你习惯了，敷衍我简直是你的生存技能。

赵　煜　既然你不信我，何必问我？

田　蕊　我渴望能在你我没有任何关系时，听到真话。

赵　煜　真话有用么？生活会有什么改变么？

田　蕊　蒙在鼓里的幸福是气泡，总会破灭。

赵　煜　如果这种善意的谎言能坚持一辈子呢？

田　蕊　那么被骗的人多么可悲。

赵　煜　如果真话使你痛不欲生？

田　蕊　那也好过糊涂的快乐！

赵　煜　水至清则无鱼，人至察则无徒。

田　蕊　我憎恶一切虚假。

赵　煜　你如何判断真假？你根本不相信美好，你认为恶才真实。

［田蕊愣住，田母从卧室走到客厅。

［赵煜下。

田　母　你什么问题？你是恶毒的后妈么？睡前给孩子们讲暗黑故事！

田　蕊　不然我应该讲什么？阳光的故事属于白天，这个积极部分由老师负责。

田　母　你真的明白睡前亲子时光的重要性么？

田　蕊　我带他们看阳光的另一面，人类的另一面，生活的另一面，我负责阴影部分。

田　母　他们竟然要续写《美狄亚》。你有必要昨天讲《美狄亚》，今天讲母亲带着孩子自杀的新闻么？

田　蕊　刚好告诉他们文学来自生活。母亲带孩子死也不算新闻了，不总有抱着孩子一起跳楼的产妇嘛，还有些杀死孩子后自己照常生活、直到警方介入才崩溃的妈妈，哦，是妈妈们。

田　母　虎毒不食子，这些女人是疯了么！

田　蕊　基本上不管母亲带着孩子自杀还是孩子弑母,都是婚姻逼疯了女人导致的悲剧吧。

田　母　婚姻失败值得死?

田　蕊　人家可不承认是婚姻失败,今天新闻里被公婆逼迫得无路可去的两位,遗嘱里还在强调跟丈夫的感情没有问题,说他们还相爱。事实上真正让一个人绝望的不会是她不在乎甚至敌视的人,恰恰是她临死都在保护的人,无法面对的破碎,绝不承认的失去,那是他们抵过无数个孤独黑夜、无尽头的辛苦白日、无限度忍辱负重的唯一支撑。这些事件背后的凶手都是丈夫。

田　母　命都放弃了,还要维护什么?

田　蕊　承认曾经引以为傲的爱情城堡崩塌、揭开此生依靠的婚姻家庭的丑陋秘密,对一般人来说,都不轻松吧。除非藏不住。

田　母　鞋子是否合脚,虽然只有你自己知道,但你穿着舒适还是受罪骗不了人。

田　蕊　是,所以没必要掩耳盗铃。

田　母　这些女人啊,还是太软弱。学学那些一边工作一边照顾孩子和家庭的女人们,一个人撑起一片天,自己就是全世界。

田　蕊　有必要学吗?整个世界里只有自己和孩子。他们内心跟失去理智杀害孩子的妈妈一样悲凉。男人总是逃兵,逃避一切应该承担的现实责任和情感关系。女人,一不警惕就把婚姻当作终极目标,于是一旦家庭不安宁,就惶惶不可终日了。

田　母　无视白发人送黑发人的折磨,毁掉父母余生平安,太狠。

田　蕊　丈夫就是她们的釜底之薪,一旦抽走、此生无求。这么软弱的女人居然能有如此残酷的力量。我却连让父母和孩子承受缺失的勇气都没有。

田　母　这不是勇士和懦夫的问题，根本就是愚昧和封建啊。21世纪的年轻人，居然因为家庭矛盾带孩子自杀？书白读了！越想越气，我们的教育怎么了，当妈妈的人了，认识不到自我价值不能与他人捆绑在一起，也不明白自己没权利做主孩子的人生么？

田　蕊　展老师，你们真的教过女孩如何关注自我么？还是让女孩努力成为按照社会标准认定的"更好的人"，直白一点就是时刻关注外界的眼光，操练取悦社会的本领。一旦处在被否定的境况里，就绝望厌世，走向极端。

田　母　你说得对。可世人哪个不是活在社会评判里，让自己向着社会定义的"成功""幸福"去奔跑。那些不认同这一个评价标准，试图特立独行的人，会有安宁么？

田　蕊　（被触动，停顿）妈妈，有时候我以为自己能打破，可当我冲出一层，外面还有一层又一层网笼罩着，总有一层得让我惧怕，向约定俗成的标准低头。

田　母　年轻人会想要宁为玉碎、不为瓦全，可生活和时间总会攻击你的倔强，让你在岁月沧桑中明白，妥协、糊涂才是生存之道。

田　蕊　那是无力反抗时的求生法则，至少目前，我觉得有些东西，必须纯粹，不想要睁一眼闭一眼，不想要有解不开的结，不想要为了表面的和谐拒绝追究内在真实。

田　母　哪里容得下绝对真实呢？如果人与人之间都完全展露真性情，会有和谐么？况且，和谐本来就是表面的暂时的，人终其一生都在追求内心的和谐，可是天平两端总在摇晃，平衡状态本身几乎是动态的,一旦稳固下来,彻底平衡,那就意味着僵死,它是另一个意义上的失衡。

田　蕊　嗯,要么独自毁灭,要么合作演戏。可是你跟我爸,很真诚地彼此痛恨啊。

田　母　哦,亲爱的,相信我,有些人你连虚假的面容都没法堆给他。一见他就像看到自己一生所有的失败、创伤和耻辱。恨不能从头来过,恨不得不曾活过。

田　蕊　至少你们坦诚相待了,哪怕是恨,也毫不掩饰。

田　母　是吗?你严肃的吗?我们的婚姻还有值得称赞之处?(警觉)你有什么问题?赵煜还不够好吗?他从未对你有半点不满。

田　蕊　没什么,我只是说,嗯,他对我有没有意见我都不知道。或许,只是掩饰罢了。

田　母　你真是身在福中不知福啊。不管他有没有不满,只要他不说出来,就是能忍受你。得多在乎一个人的感受,才能把不满掩饰一辈子呢?太多演员连一出戏都演不好,你凭什么认为赵煜能在跟你朝夕相处中游刃有余地演戏?不要总把自己想象成受害者!

田　蕊　什么叫想象啊,我明明就是啊。你看我现在的日子跟未婚有什么区别吗?

田　母　净说没良心的话,你有两个可爱的孩子啊。不然谁要天天跑你家里来做老妈子。

田　蕊　是啊,唯一的区别是多了孩子。如果没有孩子,我现在该多自由。

田　母　呸呸呸!你说这种话比那些丧心病狂的妈妈还过分,她们起码没有迁怒于孩子!

田　蕊　妈，我没有埋怨孩子。我只是说一种生活状态。分工合作式还是相濡以沫式，家是旅馆还是港湾。

田　母　别不知足了，你们现在工作稳定，孩子健康，风平浪静，多好的生活。风浪来时，你就知道平庸和无聊实在是神的恩赐。好好珍惜，别想些有的没的。

田　蕊　你说的都是再正常不过的生活了。风平浪静换个说法是死水一潭。

田　母　你的意思，赵煜不跟你争吵，全心为了这个家工作，这也有错？

田　蕊　你这种在战斗中成长起来的人自然觉得不争吵就是岁月静好。

田　母　总不能认为鸡飞狗跳是婚姻的正确打开方式吧。你要问我什么是好的婚姻，我会说，就是他对你好，什么叫对你好呢，就是不争吵。

田　蕊　可怜的妈妈，你的标准总是这么低。

田　母　要求那么多两个人都辛苦，互相折磨，不是吗？

田　蕊　降低标准、退而求其次就会轻松快乐吗？

田　母　快乐有那么重要吗？人活着就是为了傻乐吗？

田　蕊　我不否认痛苦，痛苦跟快乐是相互成就的。但我不接受一个错误的结合带来的低级痛苦，我认为不尊重个体感受、一再隐忍的人生，是对生命的亵渎。

田　母　你去享受自己的快乐人生，不管孩子成长环境的健全，这是对生命的尊重吗？我为了谁忍耐多年，竟然教养出你这样自私任性、毫无责任感的人来？

田　蕊　嗨，我整个青春时光都用来等了，我忍耐够多了，当我反应过来是受你潜移默化的影响时，木已成舟，没得反悔。

田　母　好，矛头又指向我了。你真是没有没道理的时候。也就赵煜能受得了你，这或许是早恋唯一的好处了，不管双方多么不匹配，总还是爱能战胜一切。

田　蕊　等爱消失的时候，一切就都成了问题。

田　母　可赵煜没有问题，至少他没提出问题。对中年人来说，如果这还不算爱，我不知道什么算是。

田　蕊　爱还分年龄吗？又不是找工作有年龄限制，什么都要35岁以下，中年人就不配要求爱情？

田　母　年轻人的爱是外在的，他们就爱谈爱，属于爱的热烈期；中年人的爱表现在家庭和睦、婚姻稳固，是爱的平缓期；老年人的爱是陪伴，爱的告别期。

田　蕊　你说得好像自己都经历过一样。

田　母　这是我最大的遗憾。但我认为我没有告诉你要怀疑爱。

田　蕊　是的，你没有，你只是展示给我看爱的另一面。

田　母　并非所有的恨都是爱的另一面。单纯的恋爱不会错，只要心动过就值得；但婚姻没有这么幸运，有的结合从一开始就是错误。我很不能理解那些因为爱而在一起的人，最后搞得家破人亡，太不知道珍惜了，自杀已经很罪恶了，杀死孩子更令人发指！什么事退一步海阔天空，何必极端地较真呢！

田　蕊　大概是长久的压抑，导致崩溃。太多婚姻输给了重复的琐碎的生活。越是爱过，越不能接受爱的失去。

田　母　平淡是生活的常态，大多数人并没有因此选择破裂。

田　蕊　或许有别的原因，比如太懒，不想要生活中发生改变；比如太功利，权衡利弊发现忍耐的损失最小；避免自己的舒适圈破裂，不见得就是因为珍惜对方；即使出于珍惜而维系现状，也不一定就是出于爱情，或许是，友情，亲情，甚至是怕分开后对方乐逍遥而自己未必比从前好，总之说不清的混合情感吧。

田　母　你太悲观了。你缺乏相信美好的能力。

田　蕊　我就是太相信美好即将发生，才能忍受得生活的煎熬。

［田母在沙发看书，注视田蕊的背影若有所思

田　母　赵煜有半个多月没回来了吧？

田　蕊　哦，对，这几天不是大型交通事故嘛，太忙。

田　母　哦，我说呢，不对啊，那个事故是一个月前了。

田　蕊　（呛到）可能又发了一起。急诊科嘛。

田　母　这个工作真是考验人……哎，你终于能理解他了。

田　蕊　抱怨有什么用啊，呵，冷静想一下，这几年我真的是被逼成怨妇了，成天唠叨，让自己气上加气。

田　母　难以置信你这就想通了。

田　蕊　人嘛，总是要走出那团迷雾，才能恍然大悟。

田　母　所谓当局者迷，旁观者清。（话一出口，更加怀疑）

田　蕊　是咯，旁观者一身轻。（意识到什么，怕露馅，匆忙）我睡了，你也快睡吧。

田　母　晚安。（望着田蕊背影，叫住）他什么时候回来？

田　蕊　谁？

田　母　谁？（欲言又止）好了好了，你快休息吧。

［田蕊离开，田母打电话，未通。

田　母　（微信留言）赵煜，哪天回家？看到请回复。

［田母去卧室休息。

［田蕊敲会儿电脑看下手机，手机不曾响过。

［手机响，急忙去拿，发现是田母的手机。

田　蕊　妈,宋晓硕又来电话了。

田　母　(出卧室,接电话)哎哟,晓硕你别急呀,馨馨冷静下来就会怀念你的好了。

田　蕊　你不要再给他希望了。

田　母　(朝田蕊摆手)阿姨不骗你,你们用心相处过,就会有留恋,有不舍就有希望(田母进卧室)你们现在不是流行说什么,念念不忘,必有回响吗?

[田蕊继续工作,却又盯着手机发愣。

[赵煜上,回忆色调。比前一次对话的实际发生时间要早

赵　煜　离婚协议签好了。再说一次我不愿离婚但尊重你的决定。

田　蕊　“再说一次”,不要说这种显得自己很无奈的话了。愿不愿离婚不是靠说的,你的行动说明一切。

赵　煜　我跟你说得很明白了,工作让我身不由己,哪有多余的时间和精力保持恋爱状态呢?老夫老妻了,彼此理解吧。

田　蕊　讨厌你这副老夫老妻的论调。谁跟你老夫老妻,老夫老妻就没有感情交流,没事不联系,话题只是父母和孩子吗?

赵　煜　看吧,你整天一开口就是指责,让我怎么跟你回应?

田　蕊　不需要回应了啊,以后我再不会埋怨什么,于你于我都是种解脱。

赵　煜　分手还是朋友这种论调不知道你是否讨厌?

田　蕊　记住,只要你认同的观点,基本就是我反对甚至厌恶的。

赵　煜　如何能消解你的戾气?我们在办离婚手续了,我以为你即便没有不舍,起码会稍微客气一点,保留一点。

田　蕊　正如你做不到对我和盘托出,我对你无法不心直口快。

赵　煜　所有的隐情都是你想象的,我不会表达而已。

田　蕊　你以为这样是在安慰我吗?你觉得一段感情,被别人破坏

与自己消磨殆尽,哪一样更可悲?

赵　煜　好吧,以后,让我知道你的消息就好。

田　蕊　你有在乎我的消息?我几天不联系你你都不会觉得生活缺少了什么,哦,或许你还为世界终于清静了而开心。

赵　煜　看你,又开始了。我在急诊科,习惯了没有消息就是最好的消息。再说前几天不是大型交通事故嘛,真的没时间看手机。

田　蕊　好了无所谓了,你都签字表明意向了,不必要再解释。

赵　煜　你不总是让我解释么,任何没按你预期做的事说的话,你都能找出不可饶恕的问题来让我解释清楚。

田　蕊　这是你对我的指责么,可是你真的在乎过我的误会吗,一句"我没有,你想多了"就算你的解释吗?

赵　煜　我确实没有你想得那么不堪,我心里只有你,没有别人。

田　蕊　你或许没有别人,但你心里也绝对没有我。你永远把对我的冷漠推到工作忙碌上,你把自己当作单身,家庭于你完全就是累赘,你从不想跟我们一起感受生活。偶尔回家,你跟我们也是零交流。等到我提离婚,错入围城的你求之不得,顺水推舟,还要打着听我话的旗号。你怎么就没有勇气坦然承认自己的恶劣呢?

赵　煜　我知道你是悲观主义者,但也不能眼见的一切都是恶吧?

田　蕊　是你让我成为这样的我,你制造了恶反来责怪我看到恶?

赵　煜　对一个人的爱,被她认为是恶,我的错?错在不该爱?

田　蕊　你是对自己有误解么?你的行为没有告诉你的心,你不配说这个词?至少现在你,没资格对我说这个字。你爱过,但不是依然爱着。

赵　煜　我没有想过对你的爱还需要去证明,果然婚姻需要经营。

田　蕊　没有感情才需要动心计，一使用交际伎俩就是在两人的交往中掺假，浓酒中注水，时间久了，本该醇厚如酒的感情便会成为安全无味的水，那么何必结婚，保持君子之交不是可以省去好些麻烦？当然，肯动心机经营也算有心了。

赵　煜　你还是热衷于指责我，冷嘲热讽。经营的目的是让事情顺利地进行或者使关系能保持稳定，出发点是好的。

田　蕊　用“好”不够确切，应该是“利”，悄悄挑战对方底线还奢望不被发现以求生活照常。太多人被善意的谎言蒙在鼓里，快乐得像个傻子。谎言戳破时为自己辩解一句“不想你生气”就好了！人都是趋向相信对自己有利的证据，通常来说是女人，女人退而求其次劝说自己，“哎呀起码男人的出发点是爱”，不管男人是怕她生气还是舍不得她生气，总归都是爱。

赵　煜　听起来你终于知晓人情世故了。

田　蕊　我说的是女人以为那是爱，一次两次，多次，许多次；再笨的女人也会明白，会感受到。可是你不懂，除非爱得太痴迷以致不得不卑微，或者根本不爱只从生存角度权衡，不然没有人可以接受被长久欺瞒。如果真的怕对方生气，就不要去做；做了后隐瞒的，是想要鱼和熊掌兼得。借着别人因为爱而生的信任去达到自己的目的，只是在感情路上埋下隐患炸弹，你若乐此不疲地埋，对，这种事总会上瘾的，然后就一定会有那么一天——“砰”。婚姻需要的不是高级人际沟通技巧来经营，恰恰相反，需要的是坦诚，只有坦诚才能让人有安全感，从而建立信任，用计谋来运营婚姻关系只能走入僵局，家就是一个以感情为原则的地方，不是没有人不明白人情世故，不过是要分对象，对哪些人用"宫心计",对哪些人做自己。当你觉得一个人简单,真相有两种可能,她是高段位的玩家,腹黑小萝莉,另一种,她完全信任你。跟前者你要经营婚姻,那就是高手过招,跟后者还要玩经营,那就是,凶残。

赵　煜　呵呵,凶残。我太失败了。好吧,多说无益。对不起了。你总是能让我无话可说,只会道歉。对不起！虽然你也反感我道歉,但或许这是最后一次说了。对不起,说过的给你幸福,却让你这样痛苦。或许你说得对,我不知道我不爱了。如果离婚能让你快乐,我愿意给你想要的、我能做到的一切。给。(递离婚协议,下)

田　蕊　(沮丧,坚忍)谢谢你的好心成全。

[田母边上边打电话

田　母　好了晓硕,你别哭了,等馨馨来我一定说她！快休息吧。(挂断)年轻人真是可爱啊。

田　蕊　可怜没人爱了吧。馨馨这次怎么招惹了个情痴啊！

田　母　等他再年长一点,就知道不要整天爱不爱的了,爱情当不了面包吃。(看田蕊)等他像赵煜这么事业有成了,就得忙正事了。现在还太不成熟。

田　蕊　所以啊到底是年轻人可爱,油腻的中年人毫无生活情趣。

田　母　对呀,你看你忙到顾不上老公的行踪,他是多余人吗?

田　蕊　你看到了啊,他有参与我们家的日常么?有什么事是离开他我们做不了吗?他早就不是我的必需品了！

田　母　我不管你有没有新的必需品,但是我敢保证你不是那些人的必需品。

田　蕊　这没什么,我也不是赵煜的必需品。

田　母　所以呢?你们要做什么?

田　蕊　没要做什么呀，你怎么了，还没习惯我吐槽他吗？

田　母　恰恰相反，不习惯的是你最近不抱怨他了。

田　蕊　这个话题说过了。

田　母　你突然就不较真了，让步了，接受了他忙于工作疏忽家庭？

田　蕊　我不想再困在反反复复揪扯无果的泥潭中。改变不了他的价值观，只能改变自己。（转身离开）

田　母　为对方改变，成为对方喜欢的样子，真羡慕你们的爱情。

田　蕊　（被触到痛点）妈，这种放弃自我的爱，是好的爱情么？

田　母　互相成全，不是爱吗？

田　蕊　如果是单方面的呢？如果建立在违背自己内心意愿的基础上的成全，如果是对方意识不到的成全，还能传递爱吗？如果你的辛苦和委屈，对方一无所知，麻木地认为一切都是自然而然，根本感受不到爱，那牺牲的意义何在？

田　母　涉及感情的事，爱情也好婚姻也罢，都不是交易，何必这般计较？

田　蕊　好啊，不计较，心甘情愿以对方的标准去做，日复一日年复一年还依然只如初见，这种低到尘埃里还能开出花的爱情，是值得歌颂的吗？

田　母　可是你若为了纯粹自我，捍卫内心的真实意愿，不肯为了对方的心意屈就自己，这不自私么？

田　蕊　那应以对方期望的方式去爱，还是以自己的方式去爱呢？

田　母　女人和男人对爱的期待并一致，需要在磨合期彼此包容。

田　蕊　这不就是妥协么？为了日后的和平共处而调试相处模式。爱情就这样不知不觉过成了婚姻。

田　母　能有人愿意维护和谐状态而努力，说明他还是在乎你，比如他说善意的谎言；什么时候他无所忌讳地去做明知你很介意的事，说明他已经不紧张你了；而当他连理由哪怕是借口都不去找、被你发现还理直气壮甚至指责你介意此事的缘由时，婚姻才到无爱状态。你的气愤都因为想太多，他没有任何问题。这不能因此给婚姻画句号，没有爱情，亲情还在，只要不是背叛和家暴，就不会陷入僵局。

田　蕊　不不不，太多让你抓狂的僵局存在。比如，他认识到你的付出，他满是亏欠、发誓日后补偿，然后他安心继续享受你的付出，可“以后”永远是以后。无论你声嘶力竭地定罪他、以分手来威胁他，还是苦口婆心地劝勉他、不惜做痛苦倾诉的怨妇状，他都置若罔闻；任你几次三番重复提醒他，他绝不回应，他只跟你谈需要解决的具体问题——如果有的话。别人说的两个人之间的交流存在问题，是指三观成为感情障碍，而我们的沟通问题真就是形而下的问题。我不知道是什么导致的，问题出在哪里。是不爱了吗，他不这样认为，只是忙着忙。工作可以夺去人所有感情需求？那种感觉你知道吗，就是你想要挥拳都不知道目标是什么，你想要开方却不知道病因何在。这种婚姻不该结束么？

田　母　照你这么说，不该结束的婚姻几乎没有。真的爱一个人会想要在一起，可从只容得下两个人、只谈情说爱的真空出来后必然走向柴米油盐酱醋茶的俗世。两个人的关系总归如此，要么分裂，要么将就，只有少数人会保持甜蜜，由衷幸福。与子偕老的很多，愿意一直执子之手的却不多。（沉默后）爱是婚姻产生的前提，却不一定是婚姻延续的基础。最好门当户对，三观相合的概率大些，就不容易出现截然不同的标准，做什么事比较容易一致，保持和谐。

田　蕊　这范围太窄了。何况成长背景不同的人更容易互相吸引。那种结婚了就不要谈爱情的论调太无赖了。婚姻不应该埋葬爱情,应该发酵爱情;不只是携手看夕阳,还要风雨中并肩作战;不只是永不相离,而是在桩桩件件事情中成为彼此依靠。这样的感情才能历久弥坚,那些长期形同陌路的情感不过是在消耗彼此的耐性、考验双方的忠诚、折磨他人也折磨自己。你总是让我忍让、降低对婚姻的要求,这跟你批评的随意离婚的情况不过是两个极端,都没有尊重婚姻。真正尊重婚姻的人,就不会认同她可以是一具空壳,无生气无温度的坟墓。婚姻应该在爱情的范畴里,她与热恋期处在不同的状态而已,既不可以像谈恋爱时那样只考虑两个人的快乐痛苦,也不应该像常年的合租客一般只有事务纠纷没有情感纠葛。正如任何将就都是对爱情的亵渎一样,名存实亡的婚姻关系是爱情的畸形状态,必须矫正。

（灯暗）

第二幕

[舞台分为春、夏、秋、冬四种氛围,或者仅靠服装来展示。

[展馨用青春、热辣、温柔三种风格会见约会对象。

[约会对象前三个由黑衣人饰演,也可以由宋晓硕戴不同的面具来饰演不同风格。

[展馨匆忙整理着自己上台,一副乖巧学生打扮。

[展馨看戏一样地逗着博士,博士表演上有些夸张,又很严肃认真。

［轻快、调皮的音乐。

展　馨　（慌张地）嗨，对不起，您是（看资料）郝博士么？

博　士　是我。

展　馨　跟照片还是有一点像的。

博　士　（使劲把头发扒拉到地中海）照片是我十年前刚投身科研事业时拍的。

展　馨　嗯，看得出这些年你经受了什么。

博　士　人类的进步需要科学家前仆后继，一点点毛发实在是无足挂齿。

展　馨　是，发福和脱发是成熟男人的必经之路。

博　士　听起来你很了解男人，都有深入接触么？

展　馨　我一般不跟男人接触，都是停留在看看而已的阶段。

博　士　年轻姑娘中像你这么传统的很少见了。

展　馨　哦，“传统”用在这里是褒义词么？

博　士　当然，我不喜欢被现代文明毒害的年轻人。呃，你看起来比实际年龄年轻。不过女人过了25岁就开始走下坡路了，如果脑子不清楚还在挑三拣四，可真要砸自己手里哟。

展　馨　我猜你应该也不太接触女人吧，其实呢，现在年轻姑娘们喜欢跟像他们一样年轻有活力的男孩玩耍，大叔都得是高富帅级别的才招人待见，其他那些（停顿，瞅了眼）统称为“老男人”，谁给的自信可以计较女人的年龄呢？电视剧给的吗？

博　士　电视剧那么傻有什么可看的啊，宅男看的都是网红直播，你这么不了解状况，看来真的是不跟男人近距离接触啊，我相当满意。

展　馨　对，我只跟男神亲密接触。

博　士　男神？愚昧。好看的皮囊千千万。你要看内涵，寻求文化程度高的。

展　馨　假设男神没你有内涵，假设他们只有颜值和身材，这已经难度指数相当大了，你知道吗？学位嘛，只要不觉得无聊，努力一下谁都能读出来。而好的颜值，可不是谁拼命就能得到的，需要多少代的基因工程；好身材就更难了，型男所付出的持久努力和苛刻自律，秒杀衣来伸手饭来张口、饮食无度作息无常的博士呀。

博　士　呵呵，我们为的是人类进步，他们为的是皮囊赏心悦目。这两个目的差之千里。就像做恶事的人意志力和智商再强大，他也不能成为英雄一样。人还是分类的呀！

展　馨　你怎么这么抬举我，跟我这种不追求进步的人类相亲。不过有时候，嗯，还真是，学历跟文化完全没关系啊。我觉得你在高知人群中找到合适的可能性毕竟大一些。

博　士　你是说，我的同学们？那些长相一个比一个寒酸，讲话一个比一个毒舌；年纪一大把不抓紧生养，整天忙着在实验室奋斗；一边愁着婚嫁，一边谁也看不上的女博士们？

展　馨　你不要这样评价一个群体，即使她们没有有趣的灵魂，起码还有自知。

博　士　真是秀才遇到兵啊，下次看资料先筛选学历，不是同等学历没法对话。

展　馨　对，你应该找你们同样傲娇的人类。

博　士　科研工作者是需要对自己的观点有坚定的信念，遇到一点挫折就自我怀疑怎么可能为人类打开新世界。

［博士傲然下场时，一个健身教练上场

教　练　哇哦，面前这个可人儿，你怎么才来？

展　馨　时间刚刚好嘛。

教　练　不,你要为你的迟到道歉。

展　馨　什么?

教　练　为什么这么多年,你才来到我身边?

展　馨　嗯哼,外面的世界很精彩,我流连忘返。

教　练　等你风景都看透,我陪你看细水长流。

展　馨　你以为我是听信甜言蜜语的小姑娘么?(脱下学生装露出性感吊带裙)

教　练　你看我像是爱情小说里温润如玉的公子么?

展　馨　所以呢?

教　练　所以我们俩多和谐,你不要海誓山盟,我不做理想情人。

展　馨　那么爱呢?

教　练　爱不是靠说的,爱要靠行动。

[两人一段热舞后,有暗示性地下场

[舞台有圆桌,桌上有生日蛋糕。沙发背对圆桌。

[地点可以是客厅,也可以是咖啡店。

[展馨再上场时在吊带裙外披了风衣,边涂抹口红边说台词。

[田蕊在沙发看书,二人聊天时田蕊收拾房间。

展　馨　爱情? 嗯,我觉得这个词太俗了。拿"生命诚可贵,爱情价更高"来说事的人,请看看后面那句,"若为自由故,两者皆可抛"。看到了嘛,自由啊自由! 在一段稳固的情感关系里,自由是最大的隐患;反之亦然,对富有自由精神的人来说,稳固意味着绑定,绑定意味着要命。所以啊,其实诗人真正要说的是,随心所欲的、不受道德约束的、哪怕来去匆匆的爱情,这种意味着自由的爱情,比生命重要,而那些累人的、愈发不自在的爱情,宁可不要。

田　蕊　可叹为爱梦一生的普希金，最终却并不是为他的爱情而决斗，而是保卫作为丈夫的尊严呐！也许是上帝心疼他，要结束他的尴尬婚姻。自古多情要比无情恼，冷漠的环境更易让敏感之人受伤而抑郁。是继续隐忍着平淡如水，还是重新追寻那远去的沧海？哪一个更是自己无法忍受的，被人羡慕的虚假幸福，抑或终其一生却心无所属的孤独？

展　馨　将就还是较真，这是个问题吗？

田　蕊　这不是个问题吗？

展　馨　这不就是和社会规则妥协与坚持独立自由的选择么？你从来都是朝着梦想一路向前，何时计算过利益最大化？

田　蕊　但凡年轻时不那么执拗天真，考虑点现实，也不必沦落到如今进退两难的境地吧。

展　馨　告诉过你了。唉，什么叫年轻，年轻就是前辈告诉她有个坑不能走那条路，可她还是要按照自己的心意走，掉到坑里才后悔。

田　蕊　顺从自己的心意，不取悦任何人。我走我的路，才能成为我自己。（停顿）然而成为自己又怎样，你以为你胜过了生活，你没有被打磨，你跟那些庸俗懦弱的成年人不同。突然某天，你发现不知何时，你已经在与生活的较劲中败下阵来，你跟你曾经蔑视的那些人一样失去了自我。年轻时很难考虑到生存问题，横冲直撞，意气风发；人到中年又总以生存为前提，如履薄冰，忍气吞声。你曾经不顾一切去捍卫的，在今天要么视为垃圾要么看作是奢侈品。总之是你在衡量得失时首先忽略或者说永不会顾及的东西。再不为自己在乎的东西较真的我，瞻前顾后怯懦的我，患得患失苟延残喘的我，自己都厌倦了自己的我。

展　馨　你说的"我",是你吗?还是泛指那些委曲求全、只能靠发牢骚疏解的中年妇女?

田　蕊　你瞧,我就是泛指里的一个,抱怨生活和自己,却没有断舍离的魄力。

展　馨　你也有觉得寂寞的时候,你终于走下了神坛。从小以你为榜样,追赶你,我以为我们的差距在智商,那么跟你学会方法然后再努力一些总可以弥补。可是跟你接触越多,我越觉得你遥不可及,我们那些软弱的无聊的时刻,你都在斗志昂扬地沉醉在自己的世界中。我们根本就是两种人。我放弃了,不停地去寻找能填满我内心空虚的人和事,我甚至怀疑你是反应迟钝所以感受不到哪怕片刻的虚无,可我又错了,哪怕足不出户,沉默不语,你也能享受着精彩纷呈的精神生活。所以我望而却步,我不具备那样强大的充实的内心力量。

田　蕊　当你常年地看着别人并肩作战,相濡以沫,在平凡生活里制造出些小情调,你就不能不觉得自己的凄凉。就像你在冰天雪地里奔跑,猛一抬头却看到别人的那片天空阳光温热;你跑啊跑,一路上不停地超越别人,当你经过他们的时候,可以闻得到空气中的甜美气息;你停下看万家灯火时不经意与映在窗户上的影子对视,不苟言笑的自己,如此陌生。什么时候,什么原因,什么人,令我的面容变得这般冷若冰霜。找到答案时,继续独自行路,可这一次,充满杂念,你被一种遭尘世幸福离弃的感觉侵袭,悄悄渴望人间烟火的味道,于是你从一个明朗少女变成了在阴暗角落里自怨自艾的妇人。

展　馨　在大家眼里,你一直是那个跟谁都不客气,遇事必争个对错的爱钻牛角尖的人，不去权衡利弊的真空里的人，明明孤军奋战却有千军万马的霸气的人。你是大姐大啊！

田　蕊　所有的成就带来的满足感，抵不过孤独一个词，它可以瞬间击中你，掏空你，让你回到属于自己的冰冷世界。（吹灭蜡烛）

孩画外　妈妈许愿再吹！（蜡烛随话音灭）好吧，生日快乐！

［暗场时忧伤的音乐，展馨回到圆桌坐下。

［光起，舞台分为两块演区。

［穿着精致休闲装的男士上台，经过田蕊时，田蕊站起。看着男士走向展馨，二人随着轻音乐跳舞。

田　蕊　快乐？孤军奋战的人可能过得很充实，但快乐，太难了。

［两个孩子在沙发前拍掌，回忆色调。

女　孩　妈妈，生日快乐！

男　孩　妈妈，我们有礼物送给你哦！（准备拆开）

女　孩　慢慢慢，妈妈你先闭上眼睛！

男　孩　对对对，我没让你睁开时不许睁开！

［孩子倒数着“10、9、8”直到“1”，过程中他们弄乱了刚收拾的客厅以腾出足够的空间。然后他们的盒子打开，扬出雪花似的泡沫。

女　孩　妈妈，惊喜么？

男　孩　妈妈，你说你想要出生在冬天，你看我们帮你实现了！

女　孩　耶，下雪啦！

男　孩　妈妈，你为什么总是不能哈哈大笑呢？

女　孩　噢我知道了，妈妈，下一个惊喜准备接收，一定会大笑的！

［两人拿出喷射彩条的枪四处开

田　蕊　啊——（勉强地）哈哈——好好好，谢谢宝贝们！妈妈太惊喜,太开心,太感动了！你们怎么那么爱妈妈呢！

[田蕊开始收拾,两个孩子继续疯闹。展馨和男人转到前方。

男　人　怎么样,还是不能决定么?

展　馨　你看到了她的窘迫,身体上费尽力气,灵魂里忧郁失望。这是几乎所有已婚女人的状态,妈妈们的样子。

男　人　你不会的。你是最特别的。你跟那些女人们不一样。

展　馨　嗯,我也相信我可以超越俗气的走向,像表姐曾经坚信的一样,像所有女人都曾自认为的一样。可是真正的酷妈有几个?少有的那些,我们看到的也不过是她们的表象。

男　人　我不会让你变成那样的。女人的形象和状态,显示了丈夫对待她的方式。你不需要相信自己,你只需要相信我。

[田蕊从沙发后探出身,披头散发。

田　蕊　好了！停下来！妈妈的生日过得太想笑了,谢谢宝贝们！

女　孩　呀,妈妈在那。

男　孩　准备,攻击！

展　馨　就算我相信你,我也不相信小恶魔们。

男　人　你知道吗?带孩子,最需要的并不是耐心,跟孩子打交道,情商才是最重要的。除了你,有我搞不定的人吗?

展　馨　等你不耐烦时,或者工作忙碌时,就都谈不到情商了。甩手给妻子或者老妈。

男　人　下一代的发展关系着我后半辈子清心还是操心,我怎么会给未来埋下隐患,必须亲力亲为。那些只顾工作舍弃家庭的,要么工作能力不够,要么是父母在他们童年时也远离家庭,疲于奔命。没有享受过情感滋养长大的人,很难懂得关注人,关心人,关爱人。

展　馨　所以你和你的家庭都优秀得很,你想告诉我这个,对吗?

男　人　我只是想说，我的原生家庭给我爱的能力，而我的工作能力又为我尽情去爱提供保障。很多人循规蹈矩，不曾越雷池半步却能让妻子心灰意冷，自己还委屈不解，为什么呢？情感太贫瘠了！完全不懂生活，只顾埋头工作还认为此乃天经地义，人自己把在家庭中的地位边缘化了，更严重点，透明化了。他的至亲每每需要他时，他都不出现。他让家人在脆弱抑郁或紧急慌张的时刻习惯了不指望他，他不是任何人的依靠，换句话说，少了他这个家庭不会有实质的变动。不论是出于晋升野心还是养家压力，他只看重工作，只向家庭提供物质保障的结果，就是他把自己物化了。这类人太多了，把婚姻搞砸的也太多了。但这不表示婚姻本身有问题，更不表示所有男人有问题。聪明如你，应该根据事实得出结论，而不是去无端揣测，担心那些未发生也不可能发生的事。

展　馨　听起来很棒，你能给女人浪漫的爱、你能给孩子高质量的陪伴、你能给家庭足够的资金。你是教科书般的存在。

男　人　因为懂得，所以慈悲啊。女人的软弱体现在比男人更需要通过他者的爱来确定自己的价值，把幸福建立在一种关系的基础上，这种关系中的主动者，通常就是她爱着的人。这就是为什么女人容易依赖上她爱着的人，而无人可爱的女人，通常比较坚强独立。丈夫若懂得妻子缘何软弱，就不该对她有要求。婚姻中丈夫的责任是爱，要顾惜妻子，偶尔妻子用冰冷作武器征服丈夫，这时丈夫就该用柔细的温暖软化他的妻子，使妻子得着安慰。反之，如果此时你不予理会，只会让她的冷侵入心脾，之后，对你冷若冰霜。

田　蕊　（边躲藏边打电话）你总算接我电话了，我这几天都没有联系过你，没想到再次联系你还是这么费劲才能接通。其实你并没有觉察对吗？还是你正为没有联络兴奋着？好，又是开会，那你开完会为什么不回我，好吧，说这些确实没有意义，一切感情的沟通都没有意义，那我只说事，来电是想要请问你会忙到几点，今晚还是不回来对不对？什么叫有什么事，回家都需要有事么？我知道了我们之间的电话和信息都需要有事来谈，我不知道连回家都需要“事”作前提，什么回来再说，不许挂，喂，喂！（被孩子们喷到脸，气急败坏，叫嚷）我说了停下来！

［挂断电话，女孩被吼怕了，哭着拥抱妈妈，电话响。

田　蕊　嗨，对，我给她放假了。那个策划案啊，我看过了完全符合甲方要求。什么？甲方换了负责人，推倒重来？我来？好的，明白。（挂断，拨打）妈，能过来吗？我今晚熬夜加班。

展　馨　一腔热情的自言自语，对情感极度渴求的人非要成为超越了七情六欲的人才能适应名存实亡的婚姻。

男　人　开始得太美好的感情，爱得太艰难的人，总是覆水难收。

展　馨　不曾期许，就不会受伤害。

男　人　爱和时间一样，对每个人来说都是不够的。外在形式的孤独并不是最可怕的，因为爱而倍感孤独的人，内心深处总有一份倚偎。反之，抽离了爱做的定海神针，生活就漂泊无依了。每个人的保护色都不同，你表姐故作高冷无欲无求状，你是故作逍遥快意享乐状，在真爱无处觅踪的境况里，你们的应对方式不同而已。我知道你们都很累，何不换种方式生活，比如，她离婚，而你，愿意嫁给我么？

展　馨　你否定了婚姻中所有女人的快乐，安于现实者的枯燥与无奈、浪漫者的渴望与尴尬、逍遥者的虚张声势；所以，为什么结婚，真是女子昏了头的结果？

男　人　你看，我说过了，这不是婚姻的问题，这是个人的问题。所有人都觉得男大当婚女大当嫁，但其实有些人根本不适合结婚。

展　馨　我妥妥地不适合。你找错人了。

男　人　如果你本来就是不婚主义者，那你认识我之后应该改变。

展　馨　女人的悲剧就是从改变开始的，一场恋爱就能让她们从独立变得依赖，之后一步步退让妥协，直到无法容忍时，惊觉自己已经在不停地下降底线中蹉跎了青春。

男　人　归根到底，妇女解放运动这么多年，女人的幸福也还是寄托在所遇之人身上。要么把男人当赚钱机器，享受名利；要么等着男人给些阳光，沉迷爱情。二者兼得者，被众人羡慕她的好运气，俨然人生赢家；二者俱损者，恨青春错付，一步错全盘输。

展　馨　嗨！男人如果遇人不淑，也一样要承受婚姻的痛苦。

男　人　有，一定有，但是短暂的。你看到魂不守舍、郁郁寡欢、觉得一辈子毁了的男人有几个？女人多么骄傲，嫁给男人后也终究会为他牵肠挂肚；反之，男人多么卑微地高攀，结合后也常将之视为自己的附属，日渐懈怠。

展　馨　既然女人更需要情感慰藉，而男人更务实；既然女人能日久生情，而男人拥有后就不珍惜；既然女人更多操劳更加刚强，而男人惯于懒惰轻易软弱，那么女人的悲剧在所难免了，我又为什么要答应你结婚呢？

男　人　还是那个意思啊，我是更好的选择啊，不然你跟谁结呢？

展　馨　谁说我一定要结婚呢？

男　人　我会给你幸福啊，谁不想要幸福呢？！

展　馨　谁说幸福就得是男人给呢，再说通往幸福的路就只有婚姻吗？多少人是婚后才走下坡路的呢！婚姻与幸福南辕北辙是常有的事！

男　人　如果相爱，还有比在一起更好的形式么？

展　馨　如果婚姻比单身痛苦，为什么要结婚？

男　人　你是有婚姻恐惧症？还是我依然不是你想要结束漂泊从此驻留的口岸？

展　馨　你是要我给你一个身份么？还是想要给我一个禁锢？你的豁达开明是表象，骨子里还是按照传统标准衡量一切的狭隘男人。婚姻制度这种假惺惺的哄骗弱者的道德契约，早就该解除了！

男　人　你真的不愿意跟我结婚么？

展　馨　不是不愿意跟你，是不愿意结婚。

男　人　还不都一样吗？为什么不结婚？

展　馨　因为想要幸福所以不结婚，因为不想把希望寄托在别人身上所以不结婚，因为要完整的自我而不是为孩子的母亲所以不结婚。

男　人　我多欣赏你的独立，希望你永远保持。毕竟单身贵族们在曲终人散时会倍觉冷清，一个人旅行再潇洒也难免有孤单时刻，多少人难以坚持这种寂寞而不得不转向尘世的幸福。再见，不追求爱情、不倚靠婚姻的姑娘。（下）

［展馨欲留又止，独自饮酒。

展　馨　幸福原本缥缈，坠落尘世才变得具体，可即便你把她跟任何可见的形式绑定，她也还是遥不可及。

田　蕊　宝贝儿们，出来。（孩子畏惧出现）对不起孩子们，妈妈刚才又发火了，妈妈都不好意思再请你们原谅了。可是你们能原谅妈妈么？

男　孩　没事的妈妈，今天你生日你想怎样就怎样。

女　孩　妈妈，去床上讲故事吧，然后我们乖乖睡觉，妈妈就可以好好设计方案了。

田　蕊　对不起宝贝，姥姥过来后妈妈就要去单位开会，不能在家陪你们了。

女　孩　不，妈妈，我不让你走。（哭）

男　孩　说好的生日这天不学习不工作不打扫卫生，全部时间陪我们的。总是说话不算数的妈妈！

［男孩生气离开，田蕊去拉，女孩拉妈妈。

田　蕊　好好好，妹妹不哭哥哥别闹，妈妈请一会假，给你们讲一个故事就走，好吗？

女　孩　太棒了，你是最好的妈妈！

男　孩　妈妈，今天讲什么？

田　蕊　讲一个，《青蛙王子变形记》（拿出书）。

男　孩　青蛙王子后来又变形了？

田　蕊　对，就是他跟公主结婚以后并没有幸福地生活在一起。

女　孩　为什么呀？

田　蕊　因为他习惯做青蛙，公主跟他差异太大，他们不是同类。

［生日段落回忆结束。灯光恢复正常。田蕊敲电脑。

［田母穿着精致进门。

田　母　睡了么？

田　蕊　刚睡下。玩得开心么？

田　母　你范姨唱得比我差远了，大家起哄让她再唱，她还真以为自己唱得好，竟然又唱了两个选段。

田　蕊　你唱了么？

田　母　没有。

田　蕊　为什么?

田　母　我怕让你范姨尴尬。

田　蕊　你总是这样,娱乐还考虑别人,不累么? 再说她不是对自己的水平有误解么,你唱了或许她还会为自己唱得比你好更高兴呢!

田　母　她哪里能高兴起来? 没人买她的理财产品,能照顾她面子的早在她电话推销时就都买了。

田　蕊　不会吧,在老同学聚会上也帮璐璐姐冲业绩啊?

田　母　能有什么办法,女儿养三个游手好闲的人。

田　蕊　你没问她,女婿的公司倒闭了还是压根就不是什么经理?

田　母　何必去揭人伤疤呢?

田　蕊　哎,也是,多少人靠着面具活着啊。范姨作为你们中的成功人士,本来还想靠着孩子延续骄傲呢,现在成了伤疤。

田　母　以前她总是"我们家璐璐"不离口,现在别人问起来,她强撑着的神情,真让人揪心。

田　蕊　真不懂他们还不离婚是为了什么。

田　母　我也不懂比他们好太多的人还琢磨着想离婚是在做什么!

田　蕊　好好好,打住打住。

[田母照镜子做唱戏的样子

田　母　今天刘远也去了,以前同学聚会他都不来的。

田　蕊　那你们聊天没,有没有约再见?

田　母　你范姨还记得我们俩同桌,非要我们坐在一起。

田　蕊　不错哟,最好的旧时光。有没有问当年为什么——

田　母　没有。他不是话多的人。不像你爸,见谁都能侃大山。

田　蕊　我爸知道你去同学聚会么? 又唠叨了半天吧?

［田蕊忙着工作，田母对着镜子自言自语。

田　母　他竟然跟我抱怨了他老婆，他压力很大，老婆总是嫌他赚钱不够多，退休的人同时在做两份工啊。他老婆就整天在家玩，连午饭都是他工作间歇专门回家给她做，可就因为他洗碗时打碎一个盘子，被他老婆揪住不放。

田　蕊　原来是他老婆的长工。

田　母　他老婆凭什么觉得自己是下嫁呢？整天数落他没本事，没名没利。你范姨说有次偶遇他老婆，寒暄而已居然都能抱怨刘远多没出息，气得范姨直接问她，那你怎么不离婚呢？她当时瞠目结舌，整个人愣在那。

田　蕊　很多女人啊，自以为的隐忍，自以为的对生活的妥协，其实都是因为自身狭隘导致的无能为力。真让她离婚，就怕了。这种人非要把自己说成婚姻中的受害者。

田　母　我们看着她就配她嘴里的所谓不堪的生活！你范姨说她能嫁给刘远已经是好运气，可她还觉得自己本可以够得着小说里女主角的幸福！得到一个屋顶，然后心安理得地抱怨人家没有白白给自己一座更好更完美的阳光玻璃房。不明白。

田　蕊　璐璐就刚好相反，老公全家吃定她，她还觉得自己被宠爱被尊重，顶着窟窿房当成是金屋，明明看到她的付出，为她不值，可是人家却很享受自己的付出。

田　母　在我们这千疮百孔的真实世界里，要能幸福地活下去，就只能是看到窟窿里透过的阳光，记住那些幸福快乐的短暂时刻，以便在风雨到来时，还能靠回忆和希望熬过去。那没有窟窿的阳光玻璃房不是我们的生活。你还好，跟赵煜有让你割舍不下的过往，而我呢？

田　蕊　割舍不下才痛苦，既因为眷恋曾经的美好而难以分开，又因为拿着彼时状态做情感标准而难以忍受堕落消沉。

田　母　你觉得曾经沧海难为水跟从来不曾拥有过哪个更可悲？

田　蕊　拥有过不值得的人，爱情破灭，还不如像你这样，永远拥有关于值得的人的暖心幻想。

［田母依旧照镜子

田　母　幻想太可怕，麻醉你的现实时光。如果今晚没再见，我心里他还是年轻时的模样。他老了。（静默）我们都老了。（清唱）“少年子弟江湖老，红粉佳人两鬓斑”，哎，一晃几十年。

田　蕊　后悔么？两个人都含蓄，最后只能停留在暧昧。有人说暧昧是爱情最美的阶段，那是他经历的暧昧不够长。漫长的暧昧太揪心，等也等不来、想问不能问、说话费心思，委屈时刻、兴奋时分第一个想到的是他，却绝不能找他。

田　母　领结婚证那天回来路上居然碰到了他，我当时眼泪一下子涌出来。等他等到年纪大了匆忙出嫁，嫁了这么个人，毁了一辈子。他为什么不跟我开口呢？我恨他！

田　蕊　自卑或者深爱，他觉得美好如你，值得更好的。

田　母　怕被拒绝，就是不够爱。

田　蕊　照你这么说，我爸不管差距多大只管穷追不舍算真爱了。

田　母　这叫无赖。不说他，扫兴。（停一会儿，欲言又止）

田　母　他说他跟他老婆过不下去了。

田　蕊　他就是提一嘴。

田　母　他反复地说。

田　蕊　二十四孝丈夫，一时憋屈冲动而已。

田　母　他说想要离婚，这可不是闹着玩。

田　蕊　我听你说离婚听了三十多年了,你哪次不是严肃地说呢。

田　母　嗨！你这是批评我吗？不应该对牺牲自我、为你保全家庭的妈妈怀着感恩的心？你是要我学习你整天考虑离婚？

田　蕊　我不想要重复你这种无限后悔的人生。我怕像你这样放弃自己、孩子也没过好。孩子长大成人后能做的只是心疼和愧疚。妈,你知道我是希望你离婚的。

田　母　那是因为我没离。离婚对孩子来说意味着什么,只有孩子能体会得到。我永远不会做这种母亲。只在乎自己所谓的爱的尊严,不顾孩子的心理健康。

田　蕊　我的婚姻是个错误,或许正是因为我从未看到爱在婚姻里应该是如何存在的。我不想让我的孩子也在病态的家庭氛围里成长,那才真会影响他们的心理健康,甚至可能影响他们日后的婚恋观。

田　母　对不起,就算按照你的要求来说你的婚姻失败,那难道是我的责任？如果不是为了保护你对家的感觉,我为什么要在彼此痛恨的情况下坚持这糟糕的婚姻。我付出此生幸福的代价是为了给你一个完整的家,你却认为它是……它是……你用"病态"来否认我的全部努力和牺牲？

田　蕊　你知道吗,这就是问题,你保持了家的形式,却没有它的内涵,没有爱来充满。每天我都担惊受怕因为不知道你们的战争何时爆发;事实上我很享受你们争吵后的冷战,因为那时我只需要等待你们和好,只要你们一和好,我就要时刻担心你们对话的下一句会不会开启新一轮战争。你总是努力去保持虚假的形式,我恨透了这种婚姻、假冒伪劣！

田　母　原来我尽我所能,保证你在成长过程中有亲生父母陪伴是错的,我不应该为此去忍受你的混蛋爸爸,我怎么知道有一天你会谴责我的牺牲？为什么我当年不离开，去追求我自己想要的东西？

田　蕊　是啊，为什么你不这样做？我宁可你离婚，哪怕只是想一下你离婚我都觉得呼吸畅快！

田　母　你认为我应该让我的孩子失去父亲或者母亲，以避免我自己过得委屈，对吗？

田　蕊　是的，做你自己，为你自己活，关注自我生活。

田　母　这样的我与那些带着孩子自杀的女人们有什么区别吗？

田　蕊　别谦虚，你比她们冷酷多了。尽管新闻中的女人们因为丈夫的无作为而失望，但她们仍然爱着这些懦夫。有时候男人也爱着她们，或者说她们以为男人还爱着自己。可即便如此，她们也无法忍受继续生活。然而你，尽管你和丈夫之间只有恨，可你工作到退休，你养育孩子到现在。你不需要爱来生存，超越了普通女人。你坚强得几乎残酷。

田　母　我不怕死，死不过是短痛，漫长的苦难的生活需要你有更强硬的心。他们选择放弃，是因为受到的打击不够，他们还执着于自己梦想的有爱的生活。因为强烈的渴望和热爱，才用死来抗议或者用死来逃避绝望的折磨；毕竟活着的人要承担一切，并且长年累月，所谓此恨绵绵无绝期。我之所以能忍过来，是因为我的心死了，没有希望也就不会失望，一了百了。年轻的母亲杀死孩子和自己，大多数的母亲还在努力生活着，她们忙着工作和照顾孩子，无论丈夫是否同心合力。我没有超越一般女人，我不过和这些大多数女人一样，对生活不再有希望。你要离婚，是因为你还相信美好应该会发生，拒绝，是因为信心；接受，是因为看透。有一天当你觉得离婚没有任何意义的时候，才是可怕的时候。因为爱而死，因为绝望而活着。这就是爱消失后女人的生活。

（灯暗）

第 三 幕

［舞台是孩子的游乐区，或者在客厅。

［女孩玩耍，男孩看书，田蕊在旁边敲电脑。

女　孩　妈妈，你别工作了，说好今天陪我们的。

田　蕊　妈妈这不是陪着你们嘛。

女　孩　这不算，陪我们玩才是真的陪。

田　蕊　你想玩什么？

女　孩　捉迷藏。

男　孩　妈妈，你陪我看这本恐龙书吧，很多字我不认识。

田　蕊　饶了我，恐龙太可怕了。我们还是捉迷藏？

男　孩　小轩的爸爸都给他全部读完了。

女　孩　妈妈，你也找一个有空陪我们的爸爸吧。

田　蕊　你呢？想要一个有假期有周末带你们出去玩，每天晚上还能陪你看恐龙书的爸爸么？

男　孩　当然想要了，这个爸爸我们都见不着，就像没有一样。

田　蕊　对不起宝贝。来，我们捉迷藏

［田蕊闭上眼睛数数："1、2、3、4、5、6……"

［赵煜上场，回忆色调

田　蕊　是序列题！你没有把我排在工作之后，你的表单里根本就没有我！如果这种节日你都不能在工作的间歇表示一下爱，我们之间还有什么呢？你情人节连一句空洞的节日快乐都没有?！我在这段关系里到底有多卑微,名存实亡的婚姻不要也罢！

赵　煜　老婆大人,我今天太忙了。别生气了。

田　蕊　半月前的结婚纪念日呢？一个月前的我生日呢？

赵　煜　最近真的是一直很忙啊。再说我虽然忘了结婚纪念日,但不是发了生日快乐的信息给你嘛！

田　蕊　你的“最近”是指的多少年？每年都是我提醒你然后你祝我节日快乐来敷衍！

赵　煜　哎哟,不就是要礼物嘛,你直说就行啊。

田　蕊　不是这样的！你不明白吗,这是仪式,是我们一潭死水的生活中的小波澜！

赵　煜　你非喜欢在平静的生活中兴风作浪么？站了一天了,明天还要出差去做手术,让我睡会儿吧。下单给我付款链接。

田　蕊　每次过可以收礼物的节日,我都备受折磨,别人各种秀恩爱,我却从清晨到午夜都等不来你记起我的存在！

赵　煜　我太累了,没有精力去搞这些虚头巴脑的东西。你很闲嘛去关注别人的人生！那些秀恩爱的也都是闲的！

田　蕊　恋爱不就是把玩现实生活中不必要的东西吗？你不能用面包的标准去衡量爱情吧！

赵　煜　你也知道那是恋爱时期啊！我们孩子都这么大了,你能不能成熟一点？向前进哪怕一小步,走出来,行吗？

田　蕊　我停留在原地,是因为只有记忆中才有爱。而现实里,我感受不到一丝温暖。你提及孩子,在他们成长中,任何我们需要你的时刻,你都不在身边,一次都没有。然而你并不为此愧疚,你早习惯于坐享其成,不付出任何爱,就能收获婚姻、能被称为父亲。你这样理直气壮地教育我恋爱和婚姻是两码事？原来我们的认知有如此大的差异。那我们真的应该好好讨论一下了婚姻解体的必要性了！

赵　煜　对不起，我不会表达，但我的头真的好痛，我们改天好吗？

田　蕊　（越说越激动）这么严重的问题暴露出来，你依然拒绝跟我沟通？你跟我怎么就无话可说了呢，以前你再忙再累再困也要跟我聊天、说几句就睡着的时候你忘了么？对一个人的爱和依恋可以消失得如此彻底吗？是什么让你变得如此冷漠？时间吗？还是我？怎么就对我一点情分都没了？

赵　煜　我听够了急诊室的嘈杂声，让我享受片刻的安宁，好吗？（要躺到沙发上）

田　蕊　片刻的安宁哪里够呢？给你一辈子的安宁！（把赵煜从沙发上扯下来，推搡）你为什么来这里睡沙发呢，你医院的单人间不是更舒服么？你为什么来我们吵闹的家庭呢，一个人不是更自由！

赵　煜　是，我何必半夜开半小时车回来听你责备！这是什么家？我哪次回来你不是劈头盖脸先来一番指责？我难道是对你的指责上瘾么，非要每次你说离婚都求你？你总是在索取，批评我这里不对那里错。有没有想过你给过我什么？我从这个家从我们的婚姻里得到了什么？我只是想过安静平淡的生活，所以面对你的指责我总道歉，可我的忍让并没有让你消停，甚至总说对我的道歉感到恶心。我应该怎么做？怎么做你才能不像个怨妇一样唠叨着恶毒的话？是不是只要我出现就能激发你的怨气？你真的好烦，这种相处方式我也厌倦了。

田　蕊　（异常冷静）好啊，居然朝我吼？！看来你真的是厌恶我了，而且由来已久，只不过你在伪装，不，你根本没有伪装，我完全能感受到，不被爱！这么多年了，我们分开的时间终于到了。

赵　煜　（意识到说重话，欲说还休）算了，我们都冷静一下吧。我头疼，回医院睡了。

田　蕊　一个被冷落太久的人不需要冷静。我在原地等你很多年，可等待不能无期限。我去取离婚协议书，请你等我几分钟。

［田蕊离开，赵煜暴躁后悔。田蕊带着一沓协议书回来。

赵　煜　这几分钟里，我在想如何挽留。没想到你早有准备。（扔一沓纸，下）

［孩子在另一演区过家家。

女　孩　爸爸，你别走！

男　孩　宝贝，爸爸的病人在等着呢！

女　孩　爸爸带我一起去吧，这样路上我可以跟爸爸玩。

男　孩　好的宝贝，你可以在外面看《小猪佩奇》等我做手术。

女　孩　太好了爸爸。

［男孩穿白大褂做手术。

男　孩　宝贝我完成了，你饿了吧，爸爸带你去 Kitty 餐厅吃饭。

女　孩　耶，我求了妈妈好几次她都没时间带我去。

男　孩　你是不是还想去迪士尼？

女　孩　爸爸可以陪我去吗？

男　孩　叫上妈妈一起去吧，爸爸忙完了，可以好好陪你们了！

女　孩　爸爸路上可以给我买个玩具吗？

男　孩　当然可以了！

女　孩　耶，我有一个最好的爸爸！（兄妹拥抱）妈妈，爸爸有时间啦，我们去旅游吧！

田　蕊　好呀，我收拾行李。

男　孩　别收拾了，飞机提前了，我们去迪士尼商店买就好了呀！

田　蕊　好的，出发。

［田母上场。

田　母　又在演爸爸和小宝宝。（对男孩）嗨，男子汉不应该演战争片么，你怎么能热衷家庭戏呢？要出去闯荡啊！

男　孩　我就是喜欢演爸爸啊！

女　孩　是我发明的这个游戏，我跟哥哥轮流演爸爸和小宝宝。好了，到你演小宝宝了。

田　蕊　宝贝，妈妈能不演妈妈了么，有一点工作没完成。拜托。

男　孩　好的妈妈，你没有什么台词，出现也行，不出现也没关系。

田　母　我怎么总听着哪里别扭。编故事应该取自生活啊。

女　孩　妈妈我教你，你最后出现一下，我们就可以一家人快乐地在一起了。

田　蕊　妈你看，人家这是童话故事。好了孩子们，睡觉时间到。

［田蕊带着孩子们去卧室。

田　母　童话里也是要经过很多磨难，还得有教母去捉妖打怪、保驾护航。（给赵煜打电话）

赵　煜　嗨，妈妈，跟您说过多少遍了，总这么晚睡对身体不好。

田　母　你哪天回来？

赵　煜　我……我最近太忙。

田　母　最近？你的“最近”结束过吗？别敷衍我，你们什么情况？

赵　煜　田蕊告诉你了？

田　母　我问你你问我？

赵　煜　妈，等我出差回去再跟你说好么？

田　母　你出差去了，田蕊告诉我你还在科室。

赵　煜　妈，对不起。

田　母　你们这次是真的？她是爱较真，你说些好话哄哄不会吗？

赵　煜　妈，我没打算离婚，可我真的没有力气陪她闹了。我想让她冷静一段时间，等她想明白婚姻应该是什么状态，我们再复婚。

田　母　今天以前，我一厢情愿地以为女儿拥有最牢靠最忠实的爱情，但是今天以后，我只能客观地看待你们的婚姻关系。所以，我不管，你就算不爱了，也得保证家庭完整。不幸福的婚姻多了去了，还轮不到你们分手！赶紧给我回来！（田母备受打击）

［田蕊从卧室出。

田　蕊　怎么了？

田　母　（停顿）如果我婚姻幸福，或者我假装幸福，你是不是能过得比现在好？

田　蕊　妈，没有爱这件事，是没办法掩饰的。

田　母　你做了一直希望妈妈做的事，开心吗？

田　蕊　解脱，也依然沉郁。

田　母　无论到什么时候，哪怕孩子根本不需要妈妈的呵护，妈妈老态龙钟了，颤颤巍巍地，也想要强撑出一片明媚天空。你能想象，风雪袭来时，原本可以展开翅膀为孩子们遮风挡雨的母亲，自己跑去安全小屋，让孩子承受痛苦么？我做不到，我不忍心我的孩子比别人少什么，更不忍心孩子那么小就要承担着对父母的记挂，或者，怨恨。

田　蕊　妈妈，你以为，孩子忍心看到妈妈在风雨中煎熬么？即使雨落不到孩子身上，妈妈的眼泪也能滴落到孩子心里。在我远离你的时候，提起妈妈两个字就会流泪，因为我觉得别人的妈妈和爸爸步调一致、平和温暖，而我的妈妈生活在水深火热中，我必须非常优秀才能救出她，补偿她。我不愿意跟别人玩闹，我独来独往，因为我要努力拥有给我妈妈幸福的力量。可当我恋爱了才知道，我永远补偿不了你的缺憾。妈，我从没真正怪你，我只怪自己拖累了你！

［二人拥抱。

［门开，展馨拿着大大小小购物袋进门。

展　馨　我回来啦！干吗，这是什么戏码？

田　蕊　我昨晚加班到四点，睡去了（对展馨暗指田母）

展　馨　别呀，干吗，又要开始思想道德课了咩！

田　母　晓硕来过了。

［展馨跳起来四处张望，田蕊头也不回地把玩偶扔向展馨。

田　蕊　来过，来过，注意展老师的语法。

展　馨　展老师请继续。

田　母　我知道你们年轻人觉得老人的思想都落伍了，不好沟通。可是作为长辈啊，总渴望跟你们交流。

展　馨　亲姑啊，别整得跟家庭妇女没机会同老公聊天一样。来，宝贝儿，咱们敞开说说。

田　母　你能严肃点么？

展　馨　姑，有人跟我求婚了！

田　母　我让你严肃点！

展　馨　姑，很严肃，很认真地说，我在考虑了！

田　母　你不是刚跟晓硕分手么？

展　馨　分三天了啊！

田　母　你年纪不小了，别整天胡闹了！

展　馨　所以我没有立刻拒绝啊！我在认真思考这件事！

［田蕊又从卧室出来。

田　蕊　让不让人睡了。这一位干吗的?

展　馨　姑,你看我姐多势利,每次上来就问我人家的工作。

田　蕊　只要不是医生,啥工作都行。我这叫势利么?

展　馨　这什么姐姐啊,那么多好医生都不准姐夫给我介绍,生怕我跟她一样追到幸福。

田　蕊　对不起,是幸福一直在追我,可惜我跑得太快。

展　馨　哎,所以啊,姐夫追不上你了。

田　蕊　嗯,越远离他,我离着幸福越近。

展　馨　(冷笑)这种时候他也还是不看你状态吧,你流水账给谁看啊,还定位,定个什么鬼。我就从来没看到他给你留言互动过。

田　母　赵煜哪有那么多时间浪费在社交上。

展　馨　拜托,恋人在公共场合打情骂俏是升温感情的常用技巧。

田　母　你确定不是作秀的公关伎俩?两个人的互动为什么要给大家看?

展　馨　开心咯!

田　母　开心有意义么?自以为是的人在哗众取宠时都很开心!真是听够了你们姐妹俩一个要快乐一个要开心的,人生没有更重要更高尚的追求了么?

展　馨　展老师又来了,什么事都要有意义才去做吗?累不累啊!

田　蕊　开心快乐如果不重要没意义,那为什么我们总要这样祝福别人?正说明它是大家都可望而不可即的梦想。

展　馨　(跟田蕊击掌)以它为标杆,向着它奔跑起来!姑,人生苦短,及时行乐吧。有多少你认为有意义的事让你感觉到快乐了?再说了,你认为有意义的事就真的有意义么?如何评判呢?再退一步,即便大家都认为是有意义的事,人生啊，一切都是虚空，不过归于尘土。所以，姐啊，等待不能太久，及时行乐、莫负韶华啊！

田　母　你不要瞎怂恿，你姐过得挺好的，赵煜工作突出、为人正直。

田　蕊　而且还不回家打扰我们，多么完美。

展　馨　（与田蕊击掌）从小在你们家，我最怕就是姑父回家啊。导致了现在也是，姐夫不回来我就特安心，还好亲爱的姐夫回家还没有我来的次数多。

田　蕊　那你怪我不准他介绍同事给你？你也想过这种丧偶式婚姻、守寡式育儿的日子？

展　馨　我要老公干吗，就是捐献个精子我好生出个拖累来吗？

田　母　说得太难听了！现在风平浪静你们嫌弃人家木讷冷漠，等波涛汹涌时就知道有个好品性的重要了。

展　馨　姑，不能因为人品好工作好，就认定是个好丈夫吧。丈夫又不是单位福利，不是超市赠品，在婚姻这个领域里，也得做出点什么才可以，如果在两个人的感情上懈怠了，那作为丈夫这一项就得减分的哟。

田　母　能维持稳固的婚姻已经不错了，还谈什么爱不爱的。

展　馨　姑父令你对婚姻的要求极低，我理解。可是他们俩的婚姻怎么到维稳的地步了？我一直以为你因为自己的无爱婚姻，所以对爱特别看重，因此他们俩恋爱时所有人都反对只有你支持，你天真得不见世俗，眼里只有爱。

田　母　此一时彼一时。不同的人生阶段应该有不同的侧重点。

展　馨　所以从理想走向现实，不叫被社会磨平了棱角变得圆滑，而叫成长？喂，看手机的那位，姐夫什么问题？他不会变心了吧？他如果移情别恋，我真的会像吃瓜群众那样，不再相信爱情了。

田　蕊　说得跟你相信过一样。他如果是那么多情的人还好了,可惜人家全心全意扑在为人民服务上。

展　馨　用不解风情来形容姐夫是不对的,他就是个非人类。一个不打情骂俏甚至不会互动、发信息很难回应甚至连偶尔的打电话也只是谈事情、你不说就不会知道你生气甚至你说了还觉得你莫名其妙的人,你还对他抱有希望?为什么还要他留在你的生活中?你太能忍,对自己太冷酷了,干吗要违心地活着?

田　蕊　你说得对,人生多么短暂,及时行乐还嫌不够。

田　母　人家说宁拆十座庙,不破一桩婚,他俩青梅竹马多难得,该珍惜的是眼前人,不是把精力和情感挥霍在一个个明知是过客的人身上!

展　馨　对,根源就在这。现在知道这种对你死心塌地的男人有多大隐患了么?一个没有感情经历的人,说明感情不是他生活中迫切需要的部分;你作为他的唯一就算能到永远,那能说明什么?把你放在冷宫,他去寺庙里做和尚,这么没滋味,有什么好珍惜的呢?

田　母　爱岗敬业有错么?再熬一熬,等退休了就好了。

展　馨　妈呀,姑,你为了这个婚姻关系可真是敢想敢做啊!熬到退休,姐,看到了嘛,你若不改变,这就是你的未来。

田　蕊　妈,问你个问题,请别生气。你不离婚,是听父母的话?为孩子?还是,怕别人议论?

展　馨　你怎么敢问这种问题!

田　蕊　其实吧,妈,人生如此艰难,大家自己都焦头烂额,谁会去在意你离不离婚呢?

展　馨　即使在意，也是因为羡慕吧！你的逃离实现了他们很多时刻的骚动，他们从此可以意淫跟你一起解脱了！

田　母　注意你的用词！你这是什么想法，正常人只会羡慕美满婚姻，谁会愿意破镜难圆、渴望逼不得已的单身？

展　馨　不爱听，什么叫逼不得已的单身呢？单身是贵族的选择，是精神独立的现代女性，我就喜欢扛起单身大旗，来虐你们在围城中的人！

田　蕊　真正的独身主义可不是像你这般，嗯，放浪形骸。

展　馨　我就是伪单身啊，更快活啊，大把的自由啊，来呀，快活啊。

田　蕊　哎，晓硕来电话了（展馨做哀求状）

田　母　晓硕对你挺用心的，说是来了很多次才碰到家里有人。

展　馨　他太黏人了，好容易躲开他的人吧，又有电话、信息各种轰炸，一点清静时间都没有。我换了手机号以为脱身了，谁知道他还能找到你家里来！

田　母　说明他需要你啊！

田　蕊　恋爱不就是这样你侬我侬嘛。你一推开、他转身离去，这还有什么情分呢。

展　馨　哎，几个意思？（做分开手势，暗暗询问田蕊，田蕊点头，展馨点赞）

田　母　你不知道珍惜，等结婚久了，你有的是时间独享清静。

展　馨　看我姐，全是自由空间。

田　母　（尴尬，试图自圆其说）其实有自己的时间还是蛮好的，可以做些有意义的事，不断追求个人的进步。

田　蕊　嗨，哪有时间提升自己，家里有孩子的人。

展　馨　瞧，更悲催了。所以我怎么能跟宋晓硕继续呢？我们俩那么不相配，他爱着我时对差异视而不见，像你当年（推了推田蕊),可当爱累的时候呢?还有什么可以撑着度日的?

田　母　要我说,晓硕这个人正直就好,起码你姐夫和晓硕都是价值观正确的人,差不到哪里。璐璐的丈夫才是太不靠谱。哎哟,我去范姨家看看,璐璐好像反应有点大。

[田母收拾,下

展　馨　看来还是不接受你们分开啊。璐璐姐又有什么新闻?对于她,我真觉得没有消息就是好消息。

田　蕊　她怀孕了。

展　馨　什么?这种老公不赶紧扫地出门还生个拖油瓶出来?!她脑子还是这么糊涂,姐你看,不及时止损的人,就是这样把生活一步步过垮。璐璐名牌大学毕业,又有好工作,还有几分姿色,一手好牌就越打越烂了。

田　蕊　这不是最烂,更烂的是,银行以照顾孩子为由把她调到不好的岗位,她让老公出去工作,于是老公以照顾她为由把父母接到璐璐的房子里了。然而老公也并没有找到工作,所以现在是怀着孕的璐璐自己养他们全家。哦,不,范姨还在帮忙。

展　馨　啃老的最高境界了吧。结婚时拎包入住,现在全家来做吸血鬼么?结了婚生了娃,就上了贼船啊。

田　蕊　然后一个人奋力向前划,丈夫在旁边递毛巾鼓气喊加油,再把父母一起拖船上,一起给她喊加油。而女人的父母为了避免小船下沉,一把老骨头了还要在水下托举着。唉!

展　馨　婚姻太辛苦了。人生的苦涩,大概多半是在婚姻这部分。

田　蕊　好的婚姻也是有的,可以消解你独自面对的人生苦难。

展　馨　可很多人的婚姻,反而加重苦难,毁了诗意的栖居。

田　蕊　所以选择的时候要睁大眼睛,那些会发现生活美好的人,才是适合一起生活的人。你要珍惜晓硕,对爱充满眷恋、认真到较真儿、用所有心思和力气去爱,这就是正青春的男孩,多美好啊!

展　馨　美好都是在老了后的自己看的,别人眼里就是傻啊!话说到这里,他这个状态让我想起了你和姐夫的青春岁月,我听着你们的浪漫爱情故事才度过了无聊的高中时代。

田　蕊　过去了这么久,却仿佛就在昨天。哪里能想到,经历那么多才在一起的感情,有天会令我如此窘迫。放弃吧,不甘心因为等他而寂寞的青春;坚持嘛,又不服气往后余生这般度过。哪怕有天我不再郁郁寡欢,释然了,那也不愿意跟对我无感或者只是顾不上跟我表达感情的人凑合。

展　馨　都已经定局了,你怎么还在想做得对不对?一般来说,纠结太久做出的决定,比瞬间的决定还要引发后悔。因为,犹豫说明天平两端势均力敌,而人生无论怎么过都是痛苦,你选择任何一个,最终都会觉得是个错误。

田　蕊　红玫瑰与白玫瑰,拥有得久了,就变成了墙上一抹蚊子血和饭桌上的一粒白米饭;失去得久了,他们就是胸口的朱砂痣和窗前的明月光。

展　馨　而那些武断的决定,有个难得的品质,就是出乎自己内心直觉,第一反应,不掺杂理性的权衡,即使事后后悔,当事人也已经赚到了当时的痛快,冲动是魔鬼啊,魔鬼是什么?是本能欲望嘛。

田　蕊　就像一见钟情通常是自己喜欢的类型,纯粹干脆;而日久生情大多是习惯了对方对自己的好,总有些退而求其次的意味。

展　馨　我的姐啊,你真是,现在回想起来的都是姐夫的好吧?我说什么你都能归到爱情上。你不会这么快就后悔了吧?

田　蕊　跟他有太多难以割舍,难以忍受的只有一点,但足以令偶尔想要走回头路的我望而却步。

展　馨　正如当年,给你列出一堆不嫁他的理由,嫁他的理由只有一个。爱,能战胜一切;不爱,能消解所有。

田　蕊　讽刺吧,爱与不爱,只不过转眼间的事。那时年幼,遇见爱就相信爱,明明身边那么多黯然失色的爱情故事,甚至我就生长在时而冰冷时而大战的家庭环境里,却傻乎乎笃定爱会永恒。

展　馨　你认为现在是变聪明了?没可能的。长大成人后,认知的变化基本不是随着年龄增长产生的,而是随着环境的变化逼迫你显露出来深层价值观。再说这原本也不是一道智商题,有人向往梦幻,有人要抓住现实,这是你之所以是你的性格使然。如果你非要认为注重现实是聪明的做法,那只能说,你现阶段理智战胜了情感。然而从你如今纠结的问题看你其实依旧浪漫主义,你无法忍受生活变成了生存。但这个问题在很多人眼里根本不是问题,她们根本不会考虑结束无爱婚姻。比失去甜蜜更可怕的,是走出舒适圈。哪怕是充满琐碎的日复一日的痛苦。甚至有些人天生对爱迟钝,感觉不到爱消失;而有些人,对婚姻的要求只是搭伙过日子。

田　蕊　你错了,怎么会有人不渴望爱,怎么会有人不觉得孤独?所有的麻木或者低要求,都是迫于现实的妥协。

展　馨　那你为什么不面对现实,保持平衡状态,给孩子完整的家?

田　蕊　我——因为我怕漫长的空等,因为我无法容忍不被需要,因为我不愿把夫妻关系过成合作关系。

展　馨　如果我是你，应该后悔为什么早没分开。大家把幸福跟婚姻联系在一起，无视和谐婚姻里僵死牵强的爱情。可什么是现实？只有物质的、对他人有表面利益的、合大流的才是现实么？当个体需求与这些相悖时，无视自己真实感受的人才不现实，以为靠蒙蔽自己挣扎度日的生活更好。其实爱自己才是首位的，尊重自己的心意，取悦自己，你的内心舒展才会给孩子充满爱的环境和氛围。对孩子来说，家之所以成为可安歇的港湾，是因为爱，而非父母在一起的外在形式；可太多人本末倒置。强行迁就带来的只是战火纷飞，整天仇人相见分外眼红还要为孩子坚持不分开，你自己深受其害，所以你选择了别的路，这很好，你应该高兴才是。自如的单亲家庭，完胜要么硝烟弥漫要么怨气冲天的完整家庭，你已经在朝着胜利勇敢前进了！

田　蕊　胜利？以前的失意是因为爱人不在身边，后来的暴躁是发现自己不在爱人心里，现在的沮丧是隐忍这么多年，终究没等来向往的幸福。我是一个付出很多的失败者。

展　馨　在感情里付出多的那方，得到的不是爱的补偿，而是爱的流失。越努力付出，对方越少关注，你便越费劲，你开始身心俱疲，挣扎呼救，最后发现只能自救。因为对方已经习惯了在这段关系里什么也不做。而由于时间太久，你自救的方式就不能是修补式，必须斩断。

田　蕊　记得那时，结束长久的暧昧，终于两情相悦时，有一种强烈的、生命从未有过的完整感，即使在恋爱的痛苦中也还是满足的；不知从何时开始，觉得握在手中的，是鸡肋。我以为当我决定放弃时，不会疼痛。没想到还是被一种缺失感笼罩，做什么都是勉强微笑。

展　馨　是啊,在孤独面前,所有的坚强和洒脱都成了假装。我该怎么安慰你?

田　蕊　安慰能解决问题么？再说我是需要安慰的人吗?

展　馨　说得对,弱者才需要安慰,你那么强悍,甚至都不需要陪伴,从恋爱到结婚到生儿育女,你几乎都是自己完成的。一个妇女半边天,你和姑妈两个强悍的女人一起就是整片天空,渴望却并不需要男人的世界。

田　蕊　其实你才是真正内心强大的人,需要却不渴望男人。有时候我真羡慕你,这般洒脱自在,游戏人间。

展　馨　自在与否,与婚否没有必然的联系。我结婚了依然可以游戏人间,你恢复单身也不会洒脱自在。重点在于,有爱就有牵挂和束缚。等我们老了,不会再为爱过错的人自责,只会为伤过的爱自己的人懊恼;不会再为自己那般年少轻狂后悔,只会为因羞涩而错过的美好遗憾;不会再为纵横情场的战绩自得,只会羡慕拥有一生唯一挚爱的人们。你以为我现在看破红尘,挥霍情爱,到老,我也难逃悔恨,为此生没有爱之痛的人生体验,羡慕你。姐,交给时间吧。爱恨情仇,都会散去。只是在此之前,你有段煎熬要过,那是与自己的战斗。等更老的时候,就全都放下了,那时,才能与自己和解。

（灯暗）

第四幕

［田蕊家客厅

宋晓硕　哎哟,真意外。

展　馨　别装了,我姑那点小把戏,真以为我上当呢。我是怕你走极端来找我报仇。

宋晓硕　你说过什么我都不记得了。

展　馨　哎哟你,你太认真,我们不是一类人,走吧。

宋晓硕　太认真?我可以啊!不认真,是吧,这,这太容易了。等着,马上来一个不认真给你看!我酝酿一下啊。

展　馨　对你来说,这一点儿也不简单。

宋晓硕　别瞧不起人,我一定努力不认真!你不是不愿意结婚嘛,我陪着你不结婚!

展　馨　为了我,这样为难自己,不值得,为了任何人都不值得。

宋晓硕　为了爱情牺牲一点算什么。

展　馨　爱情?

宋晓硕　我爱你,永远爱你!

展　馨　你能抵得过时间的侵袭和流逝?多少人说爱你日渐衰老的容颜,多少人感慨人生若只如初见,多少人轰轰烈烈地死了都要爱,最后悄无声息地江湖不再见?

宋晓硕　你到底是反对婚姻还是不相信爱情?

展　馨　我?我看不惯只考虑爱情的婚姻,懦弱又自私;也怕耗尽了爱情的婚姻,苦涩还坚忍。你看他们——

宋晓硕　初恋修成正果,彼此的唯一,我现在倒羡慕这种古典式的恋爱路数了,我们太现代的结果就是你把我当快餐——

展　馨　你说的是一种占有关系,外在的关系,跟爱有什么关系?

宋晓硕　这还不够真爱么?

展　馨　什么是真爱?永恒的唯一是真爱,我不反对,可一瞬间的火花就不是真爱了么?面对一个人,内心毫无波澜却走到老算真爱么?对很多人一见钟情不算真爱了么?要我说,用永恒不变的承诺来对抗有保鲜期属性的东西,这种给爱的压力才不是真爱。以一种恋爱关系或者婚姻关系来捆绑像月亮一样阴晴圆缺多变的爱情,合适么?

宋晓硕　那你如何形容这份人世间最变幻莫测的情感?

展　馨　我更喜欢说"爱",她更宽容,很多时候很多人失去了,或者压根就没有过小鹿乱撞的感觉,可也还是会依恋,会关爱,会保持亲密接触,通常我们会骗自己说这是爱情。可我说,这是爱。你对一个人有爱,你会愿意包容她,而你对一个人产生爱情,你会跟她斤斤计较,剔除所有杂质,绝不委曲求全,因为任何妥协,都使得爱情沾染上尘埃,不再纯粹。

宋晓硕　(唱赞美诗)爱是恒久忍耐,又有恩慈。爱是不嫉妒,爱是不自夸,不张狂,不做害羞的事,不求自己的益处,不轻易发怒,不计算人的恶,不喜欢不义,只喜欢真理。凡事包容,凡事相信,凡事盼望,凡事忍耐。爱是永不止息。

展　馨　别为难自己了。恒久忍耐不是爱情,你用基督的心去爱世人可以,爱你的爱情不对。何况连神的爱都是有条件的,你只能敬拜他这唯一的真神,不然你就要受惩罚。这种爱跟我们说的自私的爱情更是两回事。这种爱的能力可以让我们更和谐地面对人世,但是爱情的本质是脱俗的,它就是两个人只看得到彼此,在爱铸就的真空器皿中,恣意舒展最本真的我,因为你知道对方就是爱你本来的样子,你被欣赏被珍惜,你的自我价值得到极大的体现,所以你其实爱的是恋爱的感觉,是对自我被认同被重视的快感。爱上爱情,就是因为发现不完美的自己也能被人视作珍宝,爱上的是爱情中的自己,充满了安全感。

宋晓硕　我生怕爱你不够多，哪肯分一点给自己？如果真的是爱自己，那也是爱上爱着你时的自己。

展　馨　你只体验了爱的一面，等你经过痛，就会体会到恨，宁可从不相识。

宋晓硕　如果你知道，我等了多久，才等来爱情，你就会明白，无论失去有多痛，重选一次我依然想遇见你；幸福虽短，烙印却深，当时间过去，它会留在人生里，痛会过去，爱或许也会过去，记忆却不会，那些真切的感受在激情的爱恨褪却后成为心灵的慰藉，这一遭世间旅程多么丰富美妙。所以，去爱，爱里的酸甜苦辣，是人生最丰富的滋味。

展　馨　谁要尝人间百味呢。我只喜欢甘甜。

宋晓硕　有我就有糖。

［王心凌《爱你》响起，宋晓硕唱跳

宋晓硕　（单膝跪）嫁给我好吗？

展　馨　额滴神啊，我做错了什么，你爱我哪里，我改还不行么？

宋晓硕　糖衣炮弹不管用么？还有什么招，英雄救美？你遇到任何困难，给我打电话

展　馨　你给我滚！

宋晓硕　给我打电话！打电话！电话！话！

［宋晓硕被展馨推走，田蕊穿着睡衣，抱着电脑，手拿水杯上。

展　馨　额滴神啊。

田　蕊　不是有原则的吗？不做第三者，不做启蒙者。为什么猎到这么个正能量的孩子？

展　馨　谁知道他是情窦初开的大龄少年啊！你看这么大个的人，我还以为是个风流倜傥纵横情场十几年的哥们儿！丢人，我这等段位的还有看走眼的时候。

田　蕊　哈哈，这就叫一物降一物。别人不过转角遇到爱，你一不留神遇见情圣了。我倒是希望晓硕能收了你。

展　馨　瞧你这股幸灾乐祸的劲儿！惹不起我还躲不起吗，啊，悲催，我的避难所都被端了。姑姑真成老人家了么，人给看个牙就能邀请来家里吃饭也是太好骗了。

［田母打着喷嚏上场

田　母　谁在说我坏话呢？你能遇到晓硕这么一心一意的男孩是上帝的恩赐知道吗？明明是占尽了人家的便宜，还在这里恶人先告状。

展　馨　上帝啊，亲姑，他不会是你祷告来的吧！

田　母　对，你好好珍惜吧。

田　蕊　不然哪一天上帝就把他收回重新分配了！

田　母　还有你，别糟蹋好日子，对好日子不尊重，就是亵渎上帝的爱。

田　蕊　又扯到我身上了。（展馨悄悄溜走）你站住，你跟那个精英男的婚期定了么？

展　馨　掐指一算，婚期定了，人不太定。

田　母　我不容许你这样不知轻重地开玩笑。

田　蕊　你是找大师算过吗？大师也说精英男不可取？

展　馨　你为什么那么反对呢？他还不够完美么？

田　蕊　他完美得太不真实了，跟人工智能一样。

展　馨　拜托，人家完美还有错了？还有比他更冷静更宽容更懂我更合适我的人吗？

田　蕊　问题就在这里，他太冷静，这种人只适合你吗？只要他愿意，可以适合任何人。

展　馨　可他选择的是我。

田　蕊　他为什么选择你？因为爱吗？还是因为他理性分析觉得娶你比较明智？

展　馨　你觉得我不配被爱？不认真去爱的人不配得到认真的爱，是吗？

田　蕊　恰恰相反，我觉得你应该被一个人疯狂地爱，比如晓硕。你逃避他，就像你时刻警醒、害怕自己全心投入一样。

展　馨　得了，等糊里糊涂爱过之后呢，像姐夫一样回归遇到你之前的不解风情、醉心事业状态你适应么？你这前车之鉴的建议我得反着听。我要的就是不被爱情冲昏头脑的、有丰富经历的，并在此基础上理智推论出我是最佳选项的人。

田　蕊　如此就能跟时间抗衡了？他能经受漫长的岁月，依然像现在一样当你是谜？

展　馨　真爱都抵不过时间，我何必挣扎。与其日后跟你一样，因为心理落差而受伤，不如现在就避开死去活来的爱恋。

田　蕊　那你干吗不一步到位，直接去相亲呢？相亲一个门当户对的不是更安全？

田　母　对了，我老同学前几天问我有没有好姑娘介绍给她弟弟的老婆的侄子，你现在既然要换人结婚了，不如我们安排一下你们见面？

展　馨　呀，差点忘了这茬。我跟人有约，先走了。

田　母　这么晚了你约的什么会？

展　馨　姑姑你看，多美好的月夜，我不去好好快活，浪费了男人就跟浪费上帝赐的日用饮食一样罪过。（下）

［一段静默。

田　母　很浪费，是吗？

田　蕊　什么？

田　母　像我们这样的人。

田　蕊　我们?

田　母　认真生活的人,责任感太强的人,被道德绑架的人。

田　蕊　妈,你怎么突然这么想?

田　母　你说,不挥霍青春,是对是错?

田　蕊　跟有情人做快乐事,别问是劫是缘。

[忧伤音乐起,被电话铃切断。

[舞台分为两部分,赵煜、田蕊各一半空间。

[赵煜打电话,田蕊手机铃响。

田　蕊　什么?大出血?馨馨你先去医院陪范姨,我们马上过去!

[赵煜传来电话占线声音,挂断时田蕊穿外套,再打时田蕊也同时拨打。

田　蕊　馨,你问你姐夫谁主刀?打不通?好吧我试试,不,还是你打吧,我的电话他觉得不重要,一般不会接。哎,好吧好吧,我打。

画外音　赵医生,赵医生!

[赵煜放弃拨打,关机回手术间。

[田蕊打电话,手机提示关机。

[田蕊、展馨扶着田母上。

展　馨　姐,你问问姐夫,我闹事能不能影响他?不能的话我要招呼人来了。这个男人他爸妈没教育好,我给他免费上课。

田　蕊　我跟他没有任何关系了,打电话人家都不接。

展　馨　不是应该姐夫主动联系你吗?他主刀你发小哎!

田　母　你别哪壶不开提哪壶好吗,你姐不就为人家没空联络离的婚么?

田　蕊　妈,您这总结得太夸张了。

田　母　哦，再具体一点，因为人家全心工作离婚。

展　馨　简单总结，是因为姐夫心里没有家。

田　母　什么叫心里没有家？他是工资不用于家庭，还是工作之余不回家？他忙得分身乏术，你还要他天天围着你们转么？

田　蕊　他人没有陪我们，总该每天问候一下吧。

田　母　看，这不还是么，因为人家不打电话离婚。

展　馨　好了，你们俩别抬杠了。范姨都输液了，你们还想闹晕一个么？大家心情都不好，别找茬了。要吵就跟那家人吵去。不，跟那家人没什么好吵，直接动手！

［宋晓硕边喊叫边上场

宋晓硕　谁动手？放开我的馨馨！馨馨怎么了？

田　蕊　这就是你叫的援兵？

展　馨　不是让你抄家伙么！

宋晓硕　（掏口袋，拿出拔牙的工具）您交代的我能忘么？

田　母　你们别瞎闹了，等手术结束吧！

宋晓硕　到底是怎么回事？璐璐姐手术怎么惹到我馨馨了？

展　馨　（激动得一度哽咽）她那个吃软饭老公居然要保孩子！璐璐养他全家啊！璐璐多骄傲的公主，变成什么了？公主变灰姑娘不得止，被这个男的吃干抹净，骨头都不要吐的呀！什么年代了，除了产妇自己，还会有人选保孩子？

宋晓硕　后来改成保大人了么？你有没有受伤？（查看展馨，被展馨打）

田　蕊　她倒是想把人吃了，但是没得机会。那个奇葩的妈妈，居然问是男孩还是女孩，说如果是女孩就保大人，还不以为耻反以为荣地说，这叫留得青山在，不怕没柴烧！

宋晓硕　那问出来了么？

展　馨　被护士劈头盖脸地教育，范姨跟他们闹到晕倒，一家人没脸了才签了保大人。

田　母　上帝保佑，赵煜手术顺利，母女平安。可谁想到又产后出血！你范姨叫我来，我来的时候她跪在手术室外，看我来了老泪纵横，又晕过去。（哽咽）

展　馨　气死我了，好委屈！

宋晓硕　有护士出来了，好像又有文件要签。

展　馨　我去看看，别把璐璐姐卖了我们都不知道。（展馨、宋晓硕下）

田　蕊　女人生孩子真是太卑微了，生产过程极其没有尊严不说，还得防着至亲背后插刀，这种时候人为刀俎我为鱼肉啊。

田　母　生孩子可以泯恩仇，也可以埋新恨。母亲是用大命去换小命，父亲则是坐享其成占有一条生命。

田　蕊　男女是无法平等的，无论在社会地位，还是家庭付出；无论是可见的行为，抑或只能感受的情感，从生命最初就注定了，要求同等的关注是在跟自己较劲。

田　母　你终于认识到自己的抗议是白费力气。那你打算复婚了？

田　蕊　（摇头）哀莫大于心死。生孩子这么大风险，我顺利度过了两次。得好好珍惜，他们以后怎么缠我我都不再责备他们，满足他们所有情感需求。

田　母　包括对爸爸妈妈在一起的渴望。对啊，又没有犯原则性错误，何至于用离婚来维护爱情的尊严。

田　蕊　我还是不认同你这种将就模式，不过，他回家会令孩子们开心。

田　母　人啊，就是过孩子的日子。等他做完手术，你们好好谈谈。

［赵煜走出手术间，对王鹏喊话。

［田蕊、展馨、宋晓硕上

赵　煜　你怎么还不签，没时间了！

王　鹏　一定要切除么？她生的可是女孩啊，没子宫怎么再生？

赵　煜　你是人吗？

王　鹏　咱是男人啊，你懂的，女人，不能生儿子还要来做什么？！

赵　煜　你配说自己是男人？男人不生孩子，不养孩子，女人怀胎十月的身心煎熬不说，还要鬼门关走一趟，生出来至少哺乳期天天起夜，之后养育成人的过程中操碎了心，也没少赚钱养家！男人参与了多少？分担了多少？却能作为父亲跟母亲分享同样的尊敬和孝敬，凭什么？你凭什么认为孩子是你的，女人不是？告诉你，孩子是女人的，女人慷慨，可以让孩子认你做父，女人如果不爽了，随时踢你出局！

宋晓硕　姐夫有这么高的觉悟，还能被姐姐踢出局？

［展馨冲上去对男人拳打脚踢，宋晓硕拉不住，田蕊跑过来。

展　馨　姐夫你跟他废话干什么，你他妈签不签，不签我弄死你！

田　蕊　能不能先救人，签字后补，后果我来承担，拜托！

赵　煜　有我在，轮不到你承担。（回手术室）

宋晓硕　姐夫好帅。

［手术室红灯亮，展馨手机响起。

展　馨　嗨。

男　人　对不起，刚才陪客户吃饭，不方便接电话。你是想通了，可以结婚了吗？

展　馨　刚才遇到点急事，想请你找群人来教训个无赖。

男　人　你现在安全了吗？

展　馨　我没事。

男　人　那我可要批评你了。这种时候第一时间要找警察,不能个人以暴制暴。首先违法,其次有人身危险。记住了,在感情上可以冲动,在处世上可不行。你的野性还是要限制在特定地方哟!不然可是要闯祸的。

展　馨　那怎么办呢,等我把自己劈成两半再找你吧。(挂断)

宋晓硕　呀,糟糕,我要回去了,我的病人还在等我拔牙。(举起拔牙工具)

田　蕊　你怎么这么没有职业道德,差评!

宋晓硕　紧急时刻哎,我必须第一时间出现!我说过的!

田　蕊　又开始了。

宋晓硕　就准姐夫示爱,不准我表白啊?

田　蕊　别相提并论,我可没有展馨幸福,猝不及防就被告白。他是在做自己本来会做的事,跟他这个人有关,跟我无关,不是因为我,不是因为感情。

展　馨　男孩忙着表达、证明自己,怕被忽略;而男人懂得委屈、克制自己,成全别人。姐夫到底是个好男人。在琐碎的日常里,好像不作为,可一旦有事发生,品性靠谱的优势就显出来了。姑说的对。

田　母　不执拗了?多好。婚姻里大多女性都是付出更多的那方,但不能因此就拒绝婚姻。

展　馨　不能因为很多人这样,我们也必须向着辛苦和痛苦妥协。婚姻应该是使我们更幸福的一种生活方式。如果我一个人生活的幸福要大于婚姻给我的,那我百分百不会要这个婚姻。婚姻不是吃苦,不是束缚,不是妥协,不是合法卖淫,也不是尔虞我诈,甚至不是人生的必需品,除非婚姻给你想要的东西。

宋晓硕　你想要什么？我给你！

展　馨　想要你，让你病人再等等，我们去民政局。

宋晓硕　（激动到哭）终于等到这一天，我一定要让你幸福！

田　母　你们啊，总要经历事情，才能长大。

展　馨　成长就是放宽心，不拘禁在狭隘的设想，勇敢接受未知的种种可能，拥抱俗世的温暖。（与宋晓硕下场）

田　蕊　成长就是妥协。对外界的妥协，源自对自己所坚持的尊严的放弃，不那么骄傲，不那么纯粹，不那么真诚。

田　母　是，被宠爱时，可以任性，可以较真，可以唯我独尊；爱消失后，学着理智，宽容，重新给自己定位，这有些残酷。

田　蕊　艰难维护婚姻，假装拥有爱情，我们骗过别人，我们甚至可以阶段性心如死灰，不跟伴侣作任何要求；可当我们失去爱，该如何自处呢？

［忧伤旋律中，田蕊走向赵煜的演区。

田　母　我用了半辈子，也还在找寻的过程中。即使一直不被爱，也依然不能习惯没有爱；哪怕在爱里受过伤害，也对她保持期待；身体在没有爱的轨道上疾驰，灵魂却会在某些瞬间跑出来在爱的旷野里游荡。

［手术灯灭，护士推出一张病床。

护　士　病人家属，人呢，手术顺利来接人！

［众人围上去，床推走，一群医护嘈杂冲入手术室。

［田蕊张望手术室，抓住一个赶来的护士。

田　蕊　护士，怎么手术灯又亮了？

护　士　赵主任急性心肌梗死，在抢救。

［电击声音，到心电图为直线声音。赵煜走出。

［田蕊难以置信。

田　蕊　我还是在幻想中,这不是真的对吗?

赵　煜　手术的时候,我竟然很不专业地想,如果我失败,该如何面对你。

田　蕊　你也有工作时想到我的时候。

赵　煜　确实比较少想起你,就像想不起自己。你早已融在我生命里,我要把你分离出来,才能特意做些事来取悦你。

田　蕊　不走心的辩解,但好过不解释。

赵　煜　拿节日纪念来说,以前送你礼物,可总不合你心意,你觉得钱花了买错了;后来给你发红包,可你说什么丈夫给妻子的还不如男朋友给女朋友的多说明我不珍惜你;那后来我就只能发句祝福吧,这总没错吧,可是我写的吧,你说太烂俗了没创意,我转发的吧,你说没诚意;我做什么说什么都是错,只好无作为,这是你逼的。

田　蕊　我要的不是礼物,是你的心,你忙到完全忽略我的存在,可是至少在你准备礼物的那时那刻,你心里是想着我的。你会绞尽脑汁去想买什么的礼物能如我愿,然后费点小心思决定藏礼物的位置,你会想象我收到礼物的样子。你随便买个礼物给我,这种形式,不消耗任何心思和时间,算不上仪式,何来纪念。我要求的多吗,只要片刻在你心里就好,只要你对我们的点滴有一丝纪念就好。可是你没有做任何可以证明你重视我的事。

赵　煜　对不起,我总觉得这些不需要证明。

田　蕊　算了,我们说这些有什么意义呢?在一起时你对我无话可说,现在倒肯花时间解释。人生的路,没有岁月可回头。

赵　煜　我明白,你写了那么多离婚协议,好容易有机会拿出来,怎么会让它失效。你放心,我不会赖着你复婚的。

田　蕊　是啊，我好容易从幽怨中解脱，怎么会再把自己推回那个每天等待每天失望的深渊中。（停顿）其实你有没有后悔，当生命戛然而止时，意识到在工作上殚精竭虑是多么枉费时光，不如陪伴家人来得真切踏实。

赵　煜　与你们厮守当然是我一直向往的，但我的工作是与死神战斗，我的时间因此值得。作为医生家人，必须承受这些。

田　蕊　就在你做手术时有那么一瞬间我恍惚了，想要不计较爱的消失，为了孩子跟你复合。但现在，庆幸在你走之前告诉你，我拒绝接受你带来的这种，连在一起的基本人权都没有、还理直气壮、理所当然剥夺我们快乐的有崇高意义的生活。

赵　煜　现在这个时候了，还要说些狠话么？你一定要幸福，不然我就白白放弃了。

田　蕊　你总是这样，表面上尊重我的意见，实际上绝不遵从我内心的渴望。你明知道我为什么失魂落魄。

赵　煜　没有爱和没有我相比，你更接受不了哪一个？既然你是这么以爱为马的人，应该爱情价更高吧？

田　蕊　你究竟要说什么？

赵　煜　我想说的是，你什么时候变得如此狭隘？脑子里闲下来就琢磨情啊爱的这些小女人在意的东西？你就不能往前看，人生不能总去欣赏一处风景啊。口口声声要爱情要自我、不要俗世生活不要委曲求全的人，才是更庸俗不堪的吧？你是现代中年女性，应该做个不被任何事搅扰心境的人，尤其不被情感裹挟。爱情和面包一样，甚至事业，甚至理想，极力去追求的时候，都是一种被奴役被物化的过程。

田　蕊　本性多么冷漠的人才会说出这种话，爱应该是旅途上始终的风景，人生哪个阶段都看不够的。被你一说，我倒是庸俗的中年妇女了。

赵　煜　你在我眼里永远是年轻模样。之所以同意离婚，是因为不想看着你纠结，在接受一个不能按照你想要的方式去爱、跟你有扯不清关系的人和接受一种不倚靠爱、精神独立的生活之间难以抉择。记住，任何时候，要么放宽心，要么够狠心。好了，我要走了。往后，你认识了新的人，如果他有什么让你会委屈到想我，你就跟他分手，你一定要找到那个，那个能让你忘掉我的人。

田　蕊　情不知所起，爱如何游走。两个结束爱情的人告别，为什么还有些黯然神伤。

赵　煜　亲爱的，我现在可以说，爱你一辈子。以前不敢说，是因为生命没有走到尽头，我没有资格。现在，我可以了。经过时间鉴定，无论贫穷富裕，无论病痛健康，我爱你，直到永远。那些离婚协议书，随着对我的爱恨，一起烟消云散吧。

田　蕊　一直不想向你解释，我能感觉到你为这件事难过。享受着你的难过，因为这是我确定你还在意我们感情的唯一途径。每当我被冷落得忍无可忍，深切地体会到自己对爱的渴望时，就写一份离婚协议。等写完了，想象没有你之后我过得多么精彩，可是每当想象到落魄的你和幸福到爆的我见面，畅快淋漓之后就会觉得空虚，觉得自己拥有的美好中没有你，味同嚼蜡，了无生趣。于是就消了气，继续等待。写离婚协议，是自我治愈，留在你身边的方式。

（切光）

［画外音

男　孩　妈妈，我们新编的《美狄亚的孩子》，陪我们演一下好吗？

田　蕊　非常乐意，谢谢邀请。

女　孩　妈妈，你们为什么要我们？

田　蕊　（停顿）因为爱。

男　孩　那为什么要杀掉我们？

田　蕊　因为恨。

女　孩　爱怎么会变成恨？

田　蕊　因为，爱是占有，不是奉献。

男　孩　所有的爱都会变成恨么？

田　蕊　只需要时间。

女　孩　这是爱的条件吗？

田　蕊　爱的条件，或许很多，或许没有。

男　孩　妈妈你对我们呢？

田　蕊　妈妈爱你们，无条件的爱，本能的爱。

女　孩　可你杀了我们。

田　蕊　我只想让他们痛苦。

男　孩　所以恨能超越一切，爱不能。

女　孩　爱很弱小，对吗，妈妈？

田　蕊　爱有时很脆弱，有时很坚韧；有人爱得软弱，有人爱得刚强；有的爱短暂停留，有的爱长久驻守；有的爱，你怎么伤害它都不会消失，有的爱，你怎么呼唤它都不会回应。

男　孩　妈妈，你不爱爸爸，对吗？

女　孩　妈妈，爸爸爱着你，对吗？

男　孩　妈妈，什么是爱？

女　孩　我只知道我爱妈妈。

田　蕊　爱是什么，我不知道。

男　孩　等我长大了，我一定知道。

女　孩　妈妈怎么不说，等我们长大就明白了？

田　蕊　因为长大了，就更不明白了。

［剧终

［暗场后，众人上台，与序幕的灯光一致，田蕊和展馨分别有赵煜和宋晓硕做舞伴，几组分别向前，在《十三里》中谢幕。

风中听雨听沙听琴抚
梦里画形画影画情书
云上飘花飘雪飘轻雾
你的样子我一见如故
月下望山望海望江湖
落花飞舞与你倚栏处
是否记得那段来时路
你的脚步是我的心上宿命的归途
你陪我走了十三里路
春江花月夜色一幕已幕
物是可叹情到深处 人非圣贤草木
此去望断秋水人面桃花不知何处
你陪我走了十三里路
听闻回忆声声一弦一柱
往事不再犹豫匍匐
云中谁寄锦书
点点飞花漫布大雨好似离人泪珠
化尘土

儿童剧

外公的便当

编剧 林 琳

人物

外公张大伟　66岁，性格爽朗的山东老头儿，曾是"张记饺子馆"的掌勺厨师，偶尔到上海女儿女婿家帮着照顾外孙女。疼爱外孙女安安，更心疼女儿茉莉整天忙于工作，无暇照顾自己。

外孙女安安　8岁，小学一年级女生，性格活泼外向，古灵精怪。对于妈妈在学习上的高要求有点排斥，却也无奈。喜欢跟外公在一起自由快乐、无拘无束的感觉。

妈妈张茉莉　38岁，外企高管，当年高考以山东省前十名的好成绩考到上海名校，之后便在上海成家立业。对女儿安安的要求很高，平日工作忙碌，容易焦虑紧张。

暖宝哥哥　年龄不详，与小观众互动的布偶人物。勇敢善良、乐于助人、知识渊博的大哥哥形象。

第 一 场

景：安安家门外

时：日

人：安安、外公、妈妈（画外音）

［《碟中谍》音乐。

［安安翻跟斗上场，摆好 POSE 吹枪动作，拉光圈。

［外公背包上场，地上翻滚后摆 POSE 吹枪动作，光圈抖动后拉正。

［安安和外公以《三岔口》戏曲身段，敲击节奏。

安　安　特工 001 已到达，呼叫特工 002！呼叫特工 002！

外　公　特工 002 已收到！特工 002 已收到！

安　安　呼叫特工 002！我好像就在你的正后方！

［两人互相看，松口气。

安　安　行动进行顺利，只要解开眼前的密码锁，就能进入目标地点！

外　公　收到！密码我已经烂熟于心……（密码错误音效）烂熟……（输入密码音效）于心……（密码错误音效）烂熟（输入密码音效）……

［安安模仿输入音效和密码错误音效。

安　安　（模仿 AI 音效）您已输入错误三次，若再次错误，将启动报警系统！

外　公　怎么回事儿啊？

安　安　哎呀，外公，您怎么把我们家密码都忘了呢？

外　公　我记得是我闺女的生日啊！

安　安　啊呀外公，早改成你闺女的闺女的生日了！

［安安按下密码，门开。

安　安　（再次入戏）音效继续，music！

［继续播放《碟中谍》音乐。

安　安　（神秘靠近外公）外公，货呢？

［外公打开背包，一袋袋往外掏零食。

外　公　放心！人在货在！你看！火腿肠双节棍……

［安安拿着火腿肠舞了两下，继续好奇地在书包里寻找美食。

外　公　还有很多呢，浪味仙丹、麦丽素毒液、阿尔卑斯九节鞭……

安　安　不对，不对，不是这些……（在书包里翻找，拿出茴香）哎？外公，这是什么啊？

［外公赶紧从安安手里接过茴香。

外　公　别动，这是我给你妈买的……

［外公将茴香放下，继续在书包里翻找。

外　公　（神秘）你要找的是这个吧，巴啦啦魔法彩虹糖！

安　安　哇！就是这个，我最爱的变身器！

［忽然，妈妈的声音传来。

妈　妈　爸，安安，你们回来啦！

［安安和外公听到妈妈的声音，赶紧把零食都藏进书包。

［外公忐忑地看向四周，拉住安安。

外　公　（害怕）家里不是只有咱俩吗？你妈回来了？

［安安指指摄像头。

安　安　（耸耸肩）我妈无处不在！

［外公走到摄像头前。

外　公　这不摄像头吗？咋还能说话呢？

[外公和监控打招呼。

妈　妈　爸,你和安安干什么呢?

外　公　我们俩……过家……过家庭作业呢……过家庭作业! 闺女,你安心加班,家里有我照看呢。

妈　妈　爸,你明天回山东的票买好了吗?

外　公　买好了买好了,这些事你就别操心了。

妈　妈　安安,妈妈这边有一个 project 今天要做 presentation,你今天的 schedule 已经在 ipad 上了,记得 double check 一下!

安　安　I get it.

妈　妈　爸,你也帮我盯一下安安,让她一定要完成啊!

外　公　(尴尬转为自信)没问题,欧克,欧克! (小声)安安,你妈说啥呢?

安　安　外公,你刚刚不是还说欧克吗? 我妈说的是这些……(指向大屏幕)

△ 屏幕滚动安安的日程安排,越滚越快的节奏。

14:00—15:00　钢琴练习

15:15—16:15　沪语童谣背诵

16:30—17:30　体能训练

17:30—18:00　补充维生素+自由活动时间

18:15—18:45　晚饭时间

18:45—19:30　小区散步

19:30—20:30　英语绘本

20:45—21:00　整理+漱洗

21:00—21:30　睡前阅读

21:30　就寝

第二场

景：安安家客厅

时：日

人：安安、外公、妈妈（画外音）

[闹钟声，Siri 配音+字幕：

14:00　钢琴练习

TIPS　指法练习要注意手型！重复练习音阶打好基础，不要着急弹曲子！

[电子琴播放非常流畅的音乐声。

[安安非常沉浸地摇头晃脑假装演奏。

外　公　（鼓掌）安安，你这一年真是琴艺大长啊！简直是音乐神童！

[安安抬起双手在琴前鼓掌。

安　安　我也觉得好听！（边鼓掌边走到外公身边）

△ 外公发现安安根本没弹。

外　公　（背着手）哟安安，你还会隔空弹琴啦！

安　安　（赶紧把琴声关掉）外公，我就跟你开个玩笑！

外　公　咱不开玩笑，你钢琴也学一年了，给外公好好展示一个！

安　安　那外公，你可得做好心理准备啊！

[安安弹了一遍音阶。

外　公　（对观众）这是热身，老头子我懂，跟做饭一样，要先热锅！

[安安又弹了一遍音阶。

外　公　（小声对安安讲）热身很充分啦，准备开始呀！

安　安　（小声）好。

［安安再弹了一遍音阶。

［外公沉醉的状态刚开始，音乐又结束了，外公不解地看向安安。

外　公　弹完啦？

安　安　弹完啦！

外　公　（尴尬）这……看样子你老师不行嘛，一年就教个 DO、RE、MI 啊……你外婆在老年大学也学钢琴呢，这三天就能《致爱丽丝》，五天就能上《天空之城》，下个月就出门《野蜂飞舞》啦，今天晚上还说要和我《梦中的婚礼》呢……

安　安　外公，我偷偷跟你讲哦，其实我也能弹曲子，就是……

［安安指了指摄像头。

安　安　和王母娘娘观念不符，可不能让她听见！

外　公　嗨，外公又不会告密，你放心弹，我不告诉你妈！

［安安弹起《天空之城》，外公开心地录着视频。

［发送消息的音效。

安　安　（紧张）外公，你发消息了？

外　公　对呀，我把你弹琴的视频发到我们那个“相亲相爱一家人”的群里啦……

安　安　（捂脸）啊呀外公……

外　公　你看你，你外婆给你点了个赞，你舅老爷送了束花，你二姨婆甩了道彩虹……

△ 屏幕依次出现老年人喜欢的表情包“赞”、鲜花和彩虹等。

安　安　（急叫）外公！我妈也在群里啊！

外　公　对啊，你妈还发了个微（醒悟）笑……（尴尬看向屏幕）

△ 屏幕蹦出妈妈发的“容嬷嬷微笑”表情包。

［乌鸦飞过音效。

［屏幕上是妈妈打来的微信电话，外公的铃声《致爱丽丝》响起。

外　公　安安，咱接还是不接？

安　安　接吧，上次我爸挂我妈电话，那后果……（捂住眼睛）跪了一宿的榴梿啊……

［外公揉了揉膝盖，接通电话。

妈　妈　（怒吼）徐！安！安！

［收光暗场。

第三场

景：安安家客厅

时：日

人：安安、外公

［闹钟声，Siri 配音+字幕：

15:15　沪语童谣背诵

TIPS　反复背诵二十遍以上并录制回课视频，

（上海话）刚上海闲话，做上海小囡。

安　安　笃笃笃，卖糖粥，

三斤蒲桃四斤壳，

切侬格肉，还侬格壳

张家老伯伯，

问侬讨只小花狗，汪汪汪！

外　公　（鼓掌）安安，你上海话说得真好！外公是一句没听懂啊！

安　安　（得意）那我教你呗！

外　公　好呀，那外公问你个事儿……

安　安　外公请说！

外　公　外公有一次跟那几个跳广场舞的老头儿一块儿坐地铁，有个老头儿忽然问我，你几号“死”？我气得差点跳起来，没想到另外一个老头儿笑嘻嘻地回答说他三号“死”，还有一个说自己六号“死”……这我就弄不明白了，这些上海老头儿对死一点儿不忌讳，还争先恐后要去“死”啊……

安　安　哈哈哈，外公，这你就不懂了吧，一号 XI 两号 XI 三号 XI，他们问你“几号死”，就是问你坐地铁几号线！

外　公　那外公应该是 13 号 XI，对伐啦？

［乌鸦音效。

外　公　好了好了，安安，这几号 XI 的问题我搞清楚了，你赶紧再练练！

安　安　啊呀，外公，我不想练了！我们家又没人说上海话，学校里也不说上海话……那我为什么要说上海话呀？

外　公　哎，你是一个上海出生、上海长大的上海小姑娘（沪语）呀，当然要会说上海话喽！你不说上海话，难不成还说山东话吗？

安　安　（激动）对啊，我就想学山东话！外公，你教我两句山东话吧！

外　公　那可不行！

安　安　为什么啊？

外　公　哎呀，你妈都不让我在你面前说山东话，山东话土嘛……

安　安　哪里土嘛！外公，你就教我一句嘛，我肯定不告诉我妈！

外　公　不行不行……

安　安　（撒娇）外公……就一句嘛……世上只有外公好……

外　公　那只能一句哈？

安　安　嗯,就一句!

外　公　我们山东话跟法语很像,我们夸好,说 JIN 好(比个拇指)!比如说,这个戏 JIN 好看!(说山东话)

安　安　我试一下,我试一下(跃跃欲试)这个戏 JIN 好看!

外　公　对对对! JIN 好看!

安　安　我妈 JIN JIN JIN——凶!

外　公　你外婆做的饭 JIN 难吃!

安　安　我外公 JIN 好看!

外　公　咱们安安最好看! 咱们安安真聪明!

安　安　我外公最好看! 宇宙无敌超级好看!

△ 祖孙开心笑作一团。

△ 温馨聊天 BGM。

△ 暗场。

第 四 场

景:安安家客厅

时:日

人:安安、外公

[闹钟声,Siri 配音+字幕:

16:30—17:30　体能训练

TIPS　跳绳 100+高抬腿 50+仰卧起坐 30

注意热身运动要充分,避免受伤!

△ 运动员进行曲响起。

△ 安安和外公运动装束登场。

△ 两人立定后一边做广播体操一边对话。

外　公　安安啊，你妈之前给你报的体育兴趣班怎么样了？

安　安　那可太多了，外公你具体问哪个呀？

外　公　羽毛球？

安　安　我妈说了，打羽毛球容易膝关节损伤，不练了。

外　公　游泳呢？

安　安　水里寒气重，对女孩子身体不好！

外　公　篮球？

安　安　容易拉伤韧带！

外　公　网球？

安　安　麒麟臂可不好看！

外　公　乒乓球？

安　安　斜视！佝偻背！

外　公　轮滑？

安　安　万一摔跤骨折耽误学习可怎么办啊？安安！（学妈妈口气）

外　公　这……我记得还有高尔夫呢？

安　安　打高尔夫会旋转肌断裂，没必要冒这个险！

外　公　哎哟，你妈还真是能折腾，那你现在啥项目都不学了，还有什么可练的？

安　安　谁说我不学了？我妈给我报了一个不会关节损伤，不会韧带拉伤，不会麒麟臂寒气重，也不会斜视佝偻背，更不会旋转肌断裂和骨折的运动！

外　公　还有这么好的运动？

安　安　不仅如此，它还能锻炼我的专注力、爆发力、忍耐力、柔韧性……最关键的是，外公，您对这项运动也很了解呢！

外　公　（疑惑）我了解？（眼睛发亮）打—麻—将？

安　安　啊呀，外公，你想哪儿去啦？妈妈怎么会让我去打麻将啊？

外　公　嘿嘿，开个玩笑嘛！那到底是什么运动啊？

安　安　（在外公耳边嘀咕）钓—鱼—

外　公　钓鱼？

［背景音乐播放《海草》。

△ 安安和外公开心跳海草舞。

△ 暗场。

第五场

景：安安家餐厅

时：日

人：安安、外公

［闹钟声，Siri 配音+字幕：

18:15—18:45　晚饭时间

TIPS　少油少盐忌食腌腊；

控制好热量，晚餐不超过 300 大卡；

注意进食的顺序为汤—蔬菜—主食—肉类

△ 外公穿围裙戴厨师帽出场。

外　公　本人张大伟，三十七年的特级厨师，做的菜那是色香味样样俱全，上到六十岁，下到六岁的味蕾都被我征服，还曾经到访过一些国家，跟几个国家领导人进行过交流，比如说小普啊（PPT 出现外公跟普京的合影），不足挂齿……另一个小普啊（PPT 出现外公跟特朗普的合影），不值一提……还有……（PPT 出现外公跟艾尔莎的合影）额，这个是……

［屏幕依次出现外公跟外国政要合影：普京、特朗普……最后一张出现艾尔莎。

安　安　艾尔莎！

外　公　（尴尬）……这张就不要了吧！总之，无论那川、湘、粤、闽，还是苏、浙、徽、鲁，本人都地道精通！酸甜苦辣咸，五味调配，就两个字，拿捏！

［安安帮外公撒碎花，鼓掌，尖叫做气氛组。

外　公　什么钢琴、沪语、体育，那都不是我的专业领域，只能听我闺女的！但这做饭，必须得听我的！安安，你说，想吃啥，外公今天就敢打这个保票，你说啥咱就有啥！

安　安　（双眼放光）真的吗！外公，我说啥就有啥！

外　公　必须的！（对观众调侃）反正我明天就回山东了！

安　安　那我不客气了，外公我想吃——蒸羊羔、蒸熊掌、蒸鹿尾儿、烧花鸭、烧雏鸡、烧子鹅、卤猪、炉鸭、酱鸡、腊肉、松花小肚儿、晾肉、香肠儿……

外　公　停停停！安安，你妈还给你报相声班啦？

安　安　开个玩笑嘛，外公，我实际想吃的是炸鲜奶、炸地瓜、炸薯条、炸鸡腿、鱼丸、排骨、大虾、年糕、素鸡、藕盒、酥肉、花菜……反正炸的都好吃！

外　公　（勉强）行！今儿外公就给你做个油炸满汉全席！

［播放《舌尖上的中国》主题曲。

［屏幕播放美食集锦视频。

安　安　妈妈不在家的日子，便到了油炸的季节。地道的街头小吃风味，酥脆的口感至关重要，鸡腿和面包渣的搭配，在滚烫的热油中炸至金黄，变成我的珍馐佳肴（擦口水）……

［外公、安安慢动作，配合切配各种食材。

［背景音乐播放《中华小当家》主题曲。

［外公端着美食像个英雄一样登场。

外　公　“油炸满汉全席”出炉啦！

安　安　（闻了一下香气，咽了咽口水）哇！外公，你就是我的神厨，YYDS！

［外公看着安安开心的样子，感慨回忆。

外　公　你和你妈小时候真像，她那时候也最爱吃我做的饭……

安　安　外公，你也给我妈炸鸡腿吗？

△ 配合温馨讲述音乐。

外　公　你妈可没你这么好口福！（起身站到台中）她小时候小麦过敏，很多面食都不能吃，偏巧还特别爱吃饺子……所以自从有了你妈，咱家就再也没用面粉擀过饺子皮，什么高粱粉、糯米粉、玉米粉、荞麦粉，我把能磨成粉的食材都试了个遍！不过嘛，这么一通折腾，不仅你妈胃口大开，连咱家饭店的生意都带起来了，后来索性就改做饺子馆了！

安　安　张记饺子馆！（走到台中外公身旁）

外　公　对！外公包的饺子，不仅你妈爱吃，她那些同学也都爱吃！全年级都知道张茉莉她爸会包饺子！各种各样的馅儿，一个月都不带重样的！每天中午我给她带的饺子都不够同学们分的，后来他们班还有好几个进了举重队，那绝对是我喂的……（充满骄傲）

安　安　怪不得我妈老说自己从林志玲被喂成了贾玲……现在我可算知道她为什么开始吃蔬菜沙拉了……

外　公　（叹气）是啊，她现在老嚷嚷着要减肥，恨不得一天三顿都吃草，都快成兔子精了……

安　安　哈哈哈，兔子精，是嫦娥姐姐的玉兔精吗……

外　公　玉—兔—精?

[《西游记》插曲《天竺少女》歌声响起。

[外公和安安陶醉其中,跟音乐舞动起来。

[暗场。

第六场

景:安安家餐厅

时:夜

人:安安、外公、妈妈、暖宝哥哥

[妈妈发起视频电话,《致爱丽丝》音乐响起。

妈　妈　爸,安安他们学校组织了一个社团节活动,要求每个同学制作一道爱心便当,主题是“家的味道”。(压低声音)活动策划是我做的,这不是咱家有位神厨嘛,那安安交的便当肯定是最出彩的!听说,这次得奖的小朋友还能参加电视台的拍摄呢!

外　公　欧克欧克,小菜一碟,包在我身上!

妈　妈　我就知道老爸最靠谱了……

[画外音:瑟琳娜,这份报表请你签字!

妈　妈　(回头)好的,我知道了!爸,那您先准备着,我一会儿再打电话过来哈!

外　公　哎,茉莉啊,你记得吃饭……

[电话已经被挂断。

外　公　(心疼)哎,你妈是真的太忙了!安安啊,听到你的新任务了吗?外公这就去给你做!保证这作业交得漂漂亮亮!

［外公摩拳擦掌、充满信心地下台。

安　安　（思考）社团节的爱心便当？家的味道？什么是家的味道呢？

［暖宝哥哥登场。

暖宝哥哥　大家好！我是你们的暖宝哥哥，也是今天的美食百科问不倒，什么八大菜系、黑暗料理、中华传统美食，我可都是如数家珍啊！但要问到我最爱吃的是什么，那肯定是家的味道！

安　安　暖宝哥哥，那到底什么是家的味道呢？

暖宝哥哥　家的味道……嗯……我们来问问现场的小朋友吧！

［现场互动轻松音乐。

［现场互动，让小观众分享自己家的家常菜。

［参考问题：你家里谁做饭呀？谁洗碗呀？你最喜欢吃什么东西呀？你们家谁做的饭最好吃呀？你们家的年夜饭/中秋节聚餐吃什么呀？谁负责烧年夜饭呀？有什么招牌菜吗？……

暖宝哥哥　家里人做的饭菜，可能会甜了咸了淡了，不那么完美，但永远都是最独特、最温暖的食物呀！安安，这下你明白了吗？

安　安　我明白了！谢谢暖宝哥哥！

［过时空。

［妈妈视频电话打来，《致爱丽丝》的音乐响起。

安　安　（对后台）外公！外公！王母娘娘来电话啦！

［外公拿着擀面杖上场。

外　公　来了来了！（接电话）

妈　妈　爸，你准备得怎么样了？安安他们班有些家长已经把做好的便当发到群里了……

[屏幕上出现其他家长的汇报作业。

妈　妈　这是元元家的“雪山飞狐”，好看吧？名字也有意境！

[屏幕上出现一盘龙虾片。

外　公　（跟安安低声嘀咕）雪山飞狐？这不就是油炸虾片上面摆了点白萝卜泥吗……

[安安偷笑。

妈　妈　看，这是嘟嘟家做的“爱的年轮”，是不是很精致？

[屏幕上出现一盒寿司。

外　公　（跟安安低声嘀咕）谁家天天吃寿司啊？日本人吗？

[安安耸耸肩。

妈　妈　爸，你看这个——依依家的“雨后巴黎”。

[屏幕上出现精致下午茶。

外　公　（忍不住对妈妈吐槽）傻闺女，这一看就是买的呀！喏，这不就是十三号XI，金沙江路站六号口出来那家绿宝石的奶油小方吗？

妈　妈　是是是，老爸，对您这样的大厨来说，这些东西当然都看不上！那您给安安做了什么好吃的呢？

外　公　闺女，你看！

[外公喜滋滋地亮出一张刚刚擀好的饺子皮。

妈　妈　这是什么东西？饺子皮吗？老爸，您不会是想给安安包饺子吧？

外　公　对啊！我就是要给安安做一盘最最地道最最美味的张记饺子！

妈　妈　（责怪）噢哟老爸！你怎么总是搞不清楚状况啊？我不是跟你说了嘛，这个活动要参加电视台拍摄的，你还真以为是中秋节聚餐啊？饺子里就算是包金银玉翠，那拍出来不都是一坨面吗？你看看人家同学家里做的东西，我们安安难道就交一坨面出去啊？

外　公　（弱弱问）啊……饺子不行吗？你小时候不是挺爱吃的嘛……

妈　妈　又是我小时候！爸，您能不能别老提我小时候啊？我小时候跟安安现在那能是一回事儿吗？我小学五年级才学的英语，现在的孩子幼儿园就开始读新概念啦！我小时候自己骑车上学，放学玩到天黑才回家，现在的孩子呢？谁家不是私家车接送，双休日吹拉弹唱美术体育统统排满。我小时候天天吃饺子管饱就行，安安可不行，那必须营养均衡，米面搭配……你说，我大老远地跑到上海来读书、考研、成家立业，难道就是为了让安安重复我的童年吗？

外　公　（被戳中）对不起闺女，爸爸没想这么多……

妈　妈　爸，您明天就要回老家了，本来这些话我也不想说的，但是您能不能稍微体谅我一下？我在摄像头里都看到了，安安今天什么都没干，钢琴乱弹，沪语不讲，体能也没好好练，零食倒是吃了一大堆，要知道，以后中考可是一分一操场人啊，她这里差一点，那里缺一块儿，以后长大了工作生活就是要比别人差一大截啊！你说，这个责任谁来承担？

安　安　（抢过手机大叫）妈妈，我不许你这么说外公！我跟外公在一起不知道有多开心！你又不在家陪我，天天就知道凶！我不要你了，我要跟外公回山东去！哼！

［安安生气挂掉电话。

［外公拉安安在沙发上坐下。

外　公　安安，你怎么能这么跟妈妈说话呢？她听了该多伤心啊！

外公知道,你向着外公,对外公好!但她说这些、做这些都是为了你好呀……

[配合温馨讲述的煽情音乐。

外　公　你妈生你的时候吃了多少苦啊!她坚持要顺产,说是对孩子好,结果却胎位不正难产,最后上了产钳做了手术才把你生出来!要知道,她小时候可是连打针抽血都怕疼,要往我怀里钻的!安安啊,你是爸爸妈妈的心肝宝贝,可你妈她也是外公外婆的心肝宝贝啊……

安　安　外公,我知道……外公爱妈妈,我也爱妈妈……

外　公　安安啊,你长大了,懂事了!你也要多照顾照顾你妈,让她每天好好吃饭,别那么忙,好好睡觉,别操那么多心……好不好?

安　安　好!

外　公　乖!(看时间)噢哟不早了,快去睡觉吧!

安　安　外公晚安!

[追光打在外公身上,外公叹息着收拾屋子。

[外公背影,在灶台孤独地忙碌。

[背景音乐——李健版《父亲写的散文诗》。

[屏幕出文字+配音:

茉莉啊,爸明天就回老家啦!这饺子是你最爱吃的茴香馅儿的,当年爸爸每次出远门,你奶都要煮一盘茴香馅儿饺子,说走得再远也别忘了家的地方。你也好久没吃了吧,好好吃一顿,不耽误你减肥!

爸妈有时候啊,就是还没接受你的长大,就觉得你还是那个爱撒娇爱和我斗嘴的小丫头……时间过得真快,一眨眼,我的小公主也有自己的小公主了。我们应该跟上你的脚步的，就是现在爸爸年纪大了，学东西有点慢了……你别着急，等等爸爸妈妈。照顾好你小家的时候，一定要好好照顾自己！

[屏幕出父亲、祖孙合影 PPT。

[屏幕出字幕：繁华落尽唯清欢　人间有味是家宴

谨以此剧献给我们深爱的父辈

[暗场。

[全剧终。

话 剧

让我们谈谈爱

编剧 陈梦梵

时间　现在

地点　某大城市里。呦呦家、鹿鸣家、街道上

人物

鹿　鸣　33岁,男,单身作家。

呦　呦　36岁,女,家庭主妇。

老　付　48岁,男,呦呦的丈夫,总是忙碌的大学教授。

男　人　23岁,男,进城务工的人,送外卖为生。

女　人　20岁,女,男人的妻子,补衣服为生。

黑衣人(甲乙丙丁)

序 幕

[初冬,安静的夜晚。狭长的街道,两栋民宅的背巷之间。昏暗的灯光下,有一个临时搭建的住所。墙壁很薄,只是看着,就能感觉到四壁在透风。不大的空间,被一个送外卖的电动车占着。女人正在收拾行李,男人歪在床上看她。

女　人　你妈给咱带的木耳、苹果、烙的锅盔……这是哥和嫂子给的一千块钱,俺说不要,他们不行,非要给。俺想着,得还回去,他俩刚盖的房,日子也紧张。

男　人　你看着办。

女　人　紧盯着俺看,是咋?

男　人　(目不转睛地看着女人)总算把你盼来了。

女　人　(娇羞地)给你织的毛裤,你试试。

男　人　红的?

女　人　红的咋?

男　人　士得很。

女　人　明年本命年么,穿红的压压邪。这大冷天,你骑车子送外卖,腿里容易灌风,我在膝盖上多用点了毛线,加层的。

男　人　(试穿,故意地)呀,偷王母娘娘金线织的吧,穿上都要中暑了。

女　人　(笑得捶起男人)你就嘴坏!

[风吹开了窗户,一阵冷风钻进屋。女人起身关窗。

男　人　月儿,你看这城里的月亮,咋样?

女　人　(故意地)这两个月亮(指自己和月亮),哪个好看?

男　人　这还用说?天上那个好看。

女　人　（生气，干脆躺下）那你好好看！

男　人　（笑）好！（听女人半天不作声）生气了？说句实话么，咋还生气？

女　人　看你的月亮！

男　人　这不是正看着呢——

女　人　（羞涩）死鬼！没个正形的。（爬起来，倚靠在男人怀里）平日打电话，你也不说冷，早知道再带床厚被子。

男　人　怕你担心么，（把被子给女人掖了掖）你盖上，我不冷。

女　人　俺寻思着，俺也出去找点活做。

男　人　做啥活？你是俺媳妇儿，俺养着你。俺每天多抢几单，车子骑得快一点，不就啥都有了。

女　人　不行，你送盒饭那么累，俺在家啥也不干，心里过不去么。

男　人　啥送盒饭？城里叫送外卖。不过，你在屋生娃，也闲不下。

女　人　又不是城里人，哪那么多穷讲究？该生，不还得生？哎，你笑啥嘛？

男　人　那就……生活一下嘛。

［灯光稍暗，声音稍大。

［楼上飘来一声“天都冷成这样了，发什么情”。

男　人　关你屁事！（说着，就要起身）

［女人拦住男人。

女　人　要么今晚算了。

男　人　咋能算了，都多久没生活了……（搂过女人，灯光稍暗，声音比刚刚又大了一点）

［楼上的灯亮了两盏。楼上飘来一声“扫黄打非了噢”。

女　人　别闹。

男　人　咋了嘛？

女　人　丑得很。

男　人　这有啥,他们(指楼上)都不生活?

女　人　他们是他们,咱是咱。

男　人　跟你说,这些人(低声地)花着呢。你呀,幸亏没遇上个城里人。

女　人　(笑)呀,那俺不是有福得很?

男　人　你以为?哎,生活,生活……

[楼上的灯又亮了两盏。楼上恶狠狠来了一句“没完了是吧”……

女　人　算了,一会儿都醒了。

男　人　没劲。(索性躺下)

女　人　你呀,这么冷的,还想着弄这事儿……睡吧。

男　人　盖着点,别冻着了。

女　人　哎,你也是。

[两人相拥入睡,轻柔的小夜曲起。暗转至右侧大楼的一户人家中。

[幕启。

[清晨,呦呦家。宽敞的客厅,高挑的房梁,两面“通天接地”的书墙,将整个客厅压抑得有些透不过气。一张巨大的芭蕾女舞者的背影艺术写真,嵌在右侧书墙的正中心。舞台左侧的墙壁处,两扇华丽厚重的藏蓝色金丝绒窗帘,绣着金色的流苏,此时的窗帘是拉上的。窗帘后面,是一整面墙的落地窗,窗户正对着舞台左侧,衬得马路对面那所公寓显得矮小、甚至有些猥琐——那所房子的窗户很小。这两栋房子的窗户正对着,如果透过小房子的窗户,看呦呦的家,可以看得非常清楚,反之不

然。几盆高大的欧式绿植，开得有些荒，依稀可见几片泛黄的叶子。欧式水晶吊灯、欧式真皮沙发、欧式茶几、欧式餐桌、欧式落地灯、“施坦威”钢琴……屋里的一切都是精致的、华丽的、刻意的。

[烂俗的闹铃声又起，被按下。一个女人声响起“起床啦”！男人声音“这就起来”。两人簌簌起床声、开门声、快速走动的脚步声，光渐启。

[呦呦穿着淡粉色睡衣，头发披散，准备早餐。

[呦呦微信声响。老付上，拿起呦呦手机准备递给她，呦呦冲上来一把抢过。见老付看她，慌忙把手机塞进口袋。

[呦呦心脏跳动的声音，始终存在着，其节奏随她的心理状态变化而改变。

老　付　有事儿吗？

呦　呦　没事，我能有什么事儿啊。来不及了，早餐带路上吃吧。

老　付　（看表）还行，还能吃十分钟。（欲坐）

呦　呦　（抽走凳子）别吃了，你不是九点试讲嘛，不能迟到。

老　付　你今天倒是记得清楚，平时总记不住这些事。

哟　哟　哦，这不是……今天重要嘛。

老　付　（没在意）是啊，今天院里的领导都要来，还有学科评估组、专家组，还要录像。

呦　呦　（不感兴趣地，翻起手机）哦，是挺重要。

老　付　没事，还有五分钟。你看我这样穿行吗？

呦　呦　（手机聊天，头也没抬）行，挺好的。

老　付　你都没看。

呦　呦　（随便抬了个头）挺好的，帅！

老　付　我得系条领带吧，你帮我选选。

呦　呦　你上个英语课，哪需要那么讲究？

老　付　这不是英语课，讲完这节课，我就是正教授啦，我的宝贝，你就是正教授夫人啦！开心吗？

呦　呦　开心，开心。要哪条？

老　付　蓝色吧，navy blue（海军蓝）。

呦　呦　（没反应过来）内……内什么？

老　付　navy……算了，我自己来。还记得这条领带么？

呦　呦　看着眼熟，挺好看的。

老　付　你看看，这是你去伦敦旅游，给我带回来的呀。

呦　呦　还真是。你还不走？

老　付　说真的，这么漂亮的老婆在家，我真不想走。

呦　呦　怎么，不放心我？

老　付　放心，放心，我当然放心你，我是……不放心别人。

呦　呦　（紧张）谁？

老　付　没谁，随便说说。

呦　呦　时间差不多了，快走吧。

老　付　你今天去健身吗？

呦　呦　（脱口而出）不去……也有可能去。

老　付　我都好久没锻炼了，什么时候咱们一起去。

呦　呦　再说吧。（不自觉地摸手腕）

老　付　怎么了？

呦　呦　我的卡地亚手镯，不知道放哪里了，我得找找。你知道的，我最喜欢那只。

老　付　总能找出来的。总不会拉别人家吧。

呦　呦　（有点慌张地）那怎么会？

［家门口，老付穿戴好了，转身，呦呦面对面站着。不知道从什

么时候起，两人独处时，竟不知道该说些什么。呦呦的心脏跳动得很慢，几乎不起一点波澜。

呦　呦　我想买台咖啡机。

老　付　家里不是有咖啡机吗？再说，你不能咖啡当水喝。

呦　呦　教练让我多喝黑咖啡，减脂的。家里那台多老啊，我看上一台一万多的。

老　付　你哪需要减脂，我看你再胖十斤更好看。

呦　呦　（不高兴）谁想胖啊？我要减肥！我今天就买。

老　付　好好好，都随你。navy。

呦　呦　什么？

老　付　navy，海军蓝，跟我读，（放慢）navy——

呦　呦　行了，你快走吧。

老　付　你喜欢的宝石蓝，是 sapphire。昨天穿的粉蓝，是 powder blue。

呦　呦　哦，你知道的真多。

老　付　还多呢，海宝蓝是 aquamarine，中石板蓝是 mediums late blue，苍紫罗兰是……

呦　呦　你好了吗？真要迟到了！

老　付　哦。（欲走，转身）苍紫罗兰，palevioletred。

呦　呦　知道了，知道了，快走吧。

［老付看着呦呦。

呦　呦　还有事吗？

老　付　（指着牙齿）菜叶，处理一下。（下）

呦　呦　什么？（下意识地摸牙）

老　付　我走了。（下）

［丈夫出门后，呦呦松下一口气，心脏跳动声逐渐变得匀速和正

常。舞台上灯光暗下来。她慵懒地卧在三人沙发上，捧着欧式咖啡杯，一口一口地呷着黑咖啡。由于灯光很暗，她酒红色的手指甲和脚指甲，在黑暗中显得格外性感迷人。随着她的说话声，灯光渐起，但始终微弱。呦呦和那张背影写真，是被照得最亮的。三十六岁的女人，虽然没有生过孩子，多少都该有些皱纹和赘肉，也该添些理性与成熟。可是呦呦，只有减龄的脸庞。她无疑是漂亮的、迷人的。

呦　呦　（搅弄着咖啡，两只脚不自觉地互相拨弄着。她自言自语着，仿佛在背诵日程表）早晨七点，被闹钟吵醒。来不及洗漱、化妆、换衣服，得做早餐。（对观众）丈夫是大学英语系副教授。这两年忙着评正教授，几乎没在家待过，今天早上有个试讲，说成不成，就在今天了。要我说，评不上就算了，姓什么不好，偏偏姓付，就算评上了，听起来还是个"副（付）教授"。（转回自言自语）今早做的是红豆薏仁豆浆、榨的青木瓜汁，拌的番茄藜麦芝麻叶沙拉——健身房教练给的食谱，说不会发胖，都是女性功能性食物。谁知道老付吃得比我还多，（略带轻蔑地）一个大男人……昨晚的黄豆猪脚汤，也喝了不少。你要是让他喝姜汁红糖水，他也是喝的。（对观众）他比我大，大 12 岁。我们结婚 14 年了，我眼见着他肚子膨出，发际线后移，越来越忙，陪我的时间越来越少……是啊，人家忙，哪像我，是个家庭妇女……（叹气）

［呦呦起身，在屋子里走动着。她坐在窗台上，正对着墙上那幅写真。

呦　呦　那时候，我还是个芭蕾舞演员，喏，（指向墙上的写真）那张照片，《天鹅湖》，你们知道的，（哼着《天鹅湖》悲婉的音乐）不过我不是主角，从来都不是，连四小天鹅都轮不着跳。我就眼睁睁地看着，那些跟我一起毕业的女同学，渐渐地成为舞团里的四小天鹅、三大天鹅，有的甚至成为白天鹅、黑天鹅，可是我……你问我，我嫉妒吗？当然！在整个芭蕾舞团里，我最漂亮，我的身材也最好。我的下半身比上半身长 13 公分，我可是天生的芭蕾舞者！可是我从没有跳过有名有姓的角色，没人给我机会。我曾看到有个女孩儿偷偷给首席的足尖鞋里放刀片，插钉子！我想过，可我没这么做。放了又能怎么样呢？团里会再推一个首席，或者从别的团调一个首席。我也知道，我当不了首席——吃不了那苦。我只能做一只无名无姓的天鹅，跟其他二十三只鹅一起，围着首席不停地跑，最后消失在黑暗里。没有人看见我，没有人关注我。所有的鲜花和掌声，都不属于我。没有人会注意到我……除了，老付，说来好笑，他来看演出的那天，我也不知为什么，跳得心不在焉，托举我的男生差一点就把我摔在地板上。台下都是笑声，我又急又羞，后来越跳越错，几乎是含着泪完成了演出。天知道他为什么爱上我。我猜想，他可能喜欢我腿长吧，因为他自己腿短。他以为这样的结合就能生出长腿的孩子——这个结果没有得到验证，因为我们至今仍没有孩子。演出结束后，他托人说想见见我。相处一段时间后，他很郑重地对我说，唐呦呦我爱你，爱你漂亮的脸蛋，爱你的大长腿，爱你看着我时扑闪扑闪的大眼睛，你嫁给我，我原意养你一辈子。就这样，我离开了舞团，放弃了芭蕾，结了婚，直到今天……早上的事，你们（对观众），都看到了，每天都是这样的。今天剩余的时间，（一直不停地喝咖啡，语速加快，心脏跳动声加快）也就是追剧、睡觉、做指甲、自拍、P 图、发朋友圈、发微博、发抖音、发小红书、做晚饭，等他回来，我要陪他吃饭，没错，陪他——我不吃，我要保持我的美丽，我不能发胖。晚上，要陪老付走路，要给老付熨衣服。他工作的时候我不能说话，他说我打扰了他……（叹气）生活总是这样平静，周而复始，这样无趣……直到（语速慢了下来）——我遇见了他。（看了一眼舞台左侧那所小房子，观众听见她心脏如小鹿乱撞般跳动）他是我的健身教练。他叫鹿鸣，呦呦鹿鸣，听听我俩的名字，多般配！他身材高大，胸膛很结实，手臂也很有力，很懂得和女人相处，他让我的心怦怦跳！老付，远远比不上他。有时候上健身课，我看着鹿鸣的手臂和腰线，我会忍不住想抱住他，我甚至觉得他也想这样抱住我。我觉得，他已经偷走了我的心！前天上课时，我们的眼神简直要错不开了，我，我不敢再想了……再往下，会发生什么，还能发生什么呢？

［手机“叮咚”了一声。呦呦如少女般地奔向手机。

［老付画外音：“少喝点咖啡，你心脏受不了。”

呦　呦　（赌气似的喝了一大口，连忙放下杯子，拿纸巾擦擦嘴——连这个动作，都是做作的）周一的清晨，得从一杯不加糖的冰咖啡开始。（划拉手机）哎呀，我爱的那台咖啡机做活动了，九点九折，下单，今天送货上门！

［手机又“叮咚”了一声。呦呦不耐烦地拿起来看。

［鹿鸣画外音：“清晨的第一缕阳光，伴随着我的心，一直照进你的窗户。——致我的女神。”

［观众听见呦呦的心跳声，逐渐加速。

呦　呦　（少女般的娇羞）真黏人呢！你看，他就是这么浪漫。你很难想象，这样一个充满雄性力量的人，竟然还很浪漫。（看表）我得去收拾收拾，他昨天说，要给我个惊喜。我等着。

［门铃响。

呦　呦　谁呀？

［无人应答。

呦　呦　哪位？（蹑手蹑脚地看猫眼）

［无人应答。

呦　呦　（有些恐慌地）谁呀？再不说话我就报警了。

［门外传来口哨声，轻佻、放肆。

［呦呦的心脏跳动声，开始逐渐加快。

呦　呦　（惊喜又不知所措地）呀，怎么上门了？（双手搓着，在屋里转着。她在玄关处照镜子，给自己还没梳妆的脸蛋上，捏出两团绯红）

［呦呦开门，鹿鸣闪了进来。在鹿鸣活动的整个空间里，灯光是黑的。我们只能看到他的身影，听到他说话的声音，看不清楚这个人。

呦　呦　你怎么来了？

鹿　鸣　我不能来吗？

呦　呦　我老公刚走。

鹿　鸣　我看到了。你怕什么？（在屋子里随意转悠着）你家真大，以前只看得到那张照片。那是你？

呦　呦　嗯。

鹿　鸣　怎么不拍正面？

呦　呦　十几年前的照片，后来没再跳了。

鹿　鸣　你该拍个正面的，你这么好看。

呦　呦　(故意地)年纪大了,拍了也不好看。

鹿　鸣　你要是还不好看,这个城市就没有好看的女人了。(很自然地端起呦呦的杯子喝了一口)冰美式么?

呦　呦　你开的减脂食谱,来点么?

鹿　鸣　你真听话。咖啡是我的半条命,(顿了顿)你是另外半条。

呦　呦　(羞涩地)油嘴滑舌的!

鹿　鸣　你家只有速溶咖啡?

呦　呦　稍等,我刚下单买了台好咖啡机,很快就能送到。

鹿　鸣　(主人一样歪在沙发里)你家沙发真不错,挺贵的吧?

呦　呦　好几万呢。你怎么上我家里来了?

鹿　鸣　不是送惊喜么。

呦　呦　这算什么惊喜?

鹿　鸣　这还不是惊喜?

呦　呦　是惊吓吧。

鹿　鸣　绝对是惊喜。你看看那儿。(指向自己的窗户)

[鹿鸣家的窗户上,贴着一块巨大的横板,上书:"鹿鸣爱呦呦。"

呦　呦　(看着,眼泪不自觉地流出眼眶)哎呀,谁让你这么写的,快去摘下来。当心让邻居看见……

鹿　鸣　不怕,让他们看,给我亲爱的表白,我怕什么?

呦　呦　瞎说什么,什么亲爱的……谁是你亲爱的。

鹿　鸣　你呀,小傻瓜。(上前凑近,动情地)从你第一次来健身房,我就被你吸引住了。命运多会安排,我竟然成了你的私人教练。呦呦,我能强烈地感觉到,你就是能掌握我命运的人。我,就是你的奴隶。

呦　呦　别这样说。对了,我还给你买了礼物。(拿出一个精品纸袋)我在店里看到这件衣服时就在想,你穿上一定好看。

鹿　鸣　我喜欢。(试图用手揽住呦呦的腰)你今天怎么这样迷人呢?

呦　呦　(慌乱地躲开)怎么会……

鹿　鸣　我呀,给你写了首诗。

呦　呦　你?你还会写诗呢?

鹿　鸣　嘘——让我读给你听。

【门铃声,两人慌乱起来。

鹿　鸣　是不是他回来了,我,我应该躲起来。

呦　呦　你别怕,有我。

【门铃声。

呦　呦　老付?是你吗?

男　人　姐,快递到了。

呦　呦　(开门,不高兴地)怎么这个时候来。

男　人　快得很,我一接到单就送过来了,一下都没耽误。

呦　呦　(接过咖啡机)行了,谢谢啊。

男　人　姐,你没事的时候,能不能给我点个好评?

呦　呦　知道了知道了。(关门)真没眼力见。你快读诗,我要听。

鹿　鸣　(准备读诗,贴在门上看了猫眼,确认无误后才开始朗诵)

鹿　鸣　(动情地,如朗诵诗歌一般)

你就像,在我梦里,夜夜出现的那个女人;

我看不清她的样子,可她那样迷人,那样熟悉。

我醒来后,努力想象她的模样,总是无从想起;

我想把她写下来,却难以下笔。

而等我放弃,不再想她,她又再次清晰。

直到我遇见了你,我明白了,那个女人,她就是你。

呦　呦　你说得真好听。

鹿　鸣　来杯咖啡吧，看看你的新机子。

呦　呦　（拆机）哎呀，竟然没买咖啡豆，你稍等，我下个单。（手机下单）

鹿　鸣　日有所思，夜有所梦……很有道理。

呦　呦　很有道理。

鹿　鸣　（突然地抱住呦呦）我爱你，疯狂地爱你。

呦　呦　别这么说……天哪，你的眼神好可怕，我都不敢抬头看你。

鹿　鸣　（打断她）别拒绝我，呦呦，别拒绝我。拒绝我，就是拒绝了爱情。你要是拒绝我，我就从你家窗户跳下去。

呦　呦　不要！

鹿　鸣　如果你说你不爱我，我就再也不相信爱情了。

呦　呦　不，你一定要相信，爱情是一种天性，不是你不想信，就可以不信的。

鹿　鸣　天性，没错，让我们解放这种天性！

呦　呦　才认识短短几个月，你就把我看得这样透彻。我承认，你让我心动。在你的话中，平凡的我，都显得与众不同。

鹿　鸣　谁说你平凡？我恰恰觉得，你浑身上下都在闪光！没人告诉过你？

呦　呦　我在闪光？

鹿　鸣　是啊。你的光芒指引我，召唤我，说真的，我们应当在一起。

呦　呦　应当在一起。

鹿　鸣　命运真不公平，我应该早点出现。否则，你也不会跟别人结婚，才造成了今天这样的局面……

呦　呦　不，这不是你的错。

鹿　鸣　呦呦，我们应当勇敢地站出来，向这命运作斗争！你愿意吗？

呦　呦　我，我愿意！

鹿　鸣　我们应该往前再迈一步，你愿意吗？

呦　呦　我愿意！可是……老付怎么办呢？

鹿　鸣　老付？老付是谁？

呦　呦　我丈夫。

鹿　鸣　这会儿为什么提他？这跟他有什么相干？现在只有我，我们俩的爱情，没有什么老付！没有别人！我只求你，赐给我一瞬间的欢乐！（模仿芭蕾舞王子般，单膝跪地，握着呦呦的一只手，触在自己的额前）

［呦呦的心脏剧烈地跳动起来。

【门铃响。

鹿　鸣　他回来了是不是？他是不是回来了？

呦　呦　你别说话，我去看看。（看猫眼，没好气地开门）又怎么了？

【男人站在门口。

男　人　姐，你的外卖。

呦　呦　你能不每次出现的这么突然么？

男　人　姐，你下了单，我怕你等着急，就给你送来了，没想到（看着还在单膝下跪的鹿鸣）来的不是时候哦。

呦　呦　行了，你快走吧。

男　人　姐，记得给我个好评。

呦　呦　别再按门铃了我就给你好评。（关门）鹿鸣，你不明白。

鹿　鸣　（依然绕去门口看猫眼）我不明白什么？

呦　呦　我爸爸去世前，昏迷不醒的那段日子——恰巧老付的母亲和他在同一个病房。我晚上总有演出，不能去照顾爸爸，老付就不分日夜地守在病床边，陪着他。突然间，他就这样征服了我的心。爸爸去世以后,他也常来看我。每天晚上演出完,已经很晚了,说来也巧,我总能在大街上和他偶遇,也不知道他为什么大晚上还不回家,他说是恰巧路过。然后,就送我回家。有那么一天晚上,他冷不防地向我求婚……回家以后,我哭了一个晚上,就答应了他的求婚。

鹿　鸣　我就知道这里面有问题!

呦　呦　有什么问题?

鹿　鸣　我还是别说了。

呦　呦　不,你一定要说!

鹿　鸣　听起来像我嚼舌根。

呦　呦　你说吧,我很想听。

鹿　鸣　我想说,你对他的感情,也只有感激而已。

呦　呦　感激……感激……是啊,只有感激而已。

鹿　鸣　想明白了?

呦　呦　他根本不懂我。他让我不要跳舞,让我在家里待着,他说——

鹿　鸣　说什么?

呦　呦　说他会养着我。

鹿　鸣　所以,你就放弃了你的事业?

呦　呦　是啊,我放弃了。

鹿　鸣　太可惜了。你本来可以成为一个真正的明星,一个女神或者一个网红。你出门的时候,前呼后拥;每到一个地方演出,粉丝总是举着灯光牌,疯狂地呼喊你的名字;会有成千上万的男人对你说,爱你。

呦　呦　爱我?

鹿　鸣　这个男人,何其自私。

呦　呦　自私？不，他不是那样的人。

鹿　鸣　他不想让你为别人跳舞，他想占有全部的你。

呦　呦　可是结婚不就是这样吗？

鹿　鸣　他赚的钱给你花吗？

呦　呦　他经常带我出去，给我刷卡。

鹿　鸣　他的卡不在你这里？

呦　呦　我为什么要拿他的卡？

鹿　鸣　你是他老婆呀，他赚得每一分钱都应该是你的，所有的财产都应该上交！你想做什么就做什么，你想花给谁就能花给谁！如果换做是我，我就会这样。

呦　呦　（犹豫着）老付，老付。（喃喃自语）为什么要提老付？（抬头，对鹿鸣）为什么要提他？我有些恍惚了，这一切，就像一场梦一样。

鹿　鸣　（温和而宽慰地）呦呦，对于他这样的人来说，你成了他的妻子，他得到的幸福够多了。

呦　呦　你真会安慰人。

鹿　鸣　呦呦，握住我的手，我……我突然有些害怕。

呦　呦　怕什么？

鹿　鸣　我怕你过不了多久，或者就是明天，甚至是今晚……便从这场梦里清醒，觉得我可笑。

呦　呦　不，即便有可笑的人，那也是我，绝不是你。你担心我会后悔吗？（下定决心地）让别人谴责去吧，我偏要这样，宁愿毁灭。你看看我的生活，庸俗又无聊，未来也是毫无意义。你说过的，一切的美好都应当有所付出。不是吗？我愿意！宁愿毁灭，不惜一切代价。天哪，这是多么可怕，又是多么美妙的事！

［鹿鸣别有意味地看着呦呦。

呦　呦　怎么？

鹿　鸣　你真是太迷人了。

呦　呦　我是不是太激动了，看起来很傻？可我的确很兴奋……我，我说不出来……我需要喝点酒。

鹿　鸣　来吧喝酒，让我们跳舞！（脱掉上衣，邀呦呦共舞）

呦　呦　让我彻底沉醉。

鹿　鸣　要是……他回来呢？

呦　呦　管他呢，喝！跳！

【敲门声响起。俩人再次紧张起来。

【呦呦开门。

男　人　姐，这次没按门铃。

呦　呦　你还有啥事？

【男人举着"鹿鸣爱呦呦"的板子。

男　人　姐，掉楼下了，我给拾着的。

呦　呦　哎哟，怎么掉下去了。好好好，谢谢你。

【男人站着不走，盯着鹿鸣看。

呦　呦　怎么了？还有事？

男　人　没事，没事。

呦　呦　哦。给你付点小费吧。（付钱，男人没要）怎么，不够？

男　人　不用，我也没干啥，你们继续，继续。（跑下）

鹿　鸣　今天看来不方便了。

呦　呦　别呀，别让他打扰我们。

［两人贴坐在沙发上，眉来眼去。

鹿　鸣　（带着热恋的目光，定定地看着呦呦）呦呦，你爱我吗？

呦　呦　（猛地喝了一口酒）我爱你。

[鹿鸣感到万分的满足,一下子倒在沙发上。

鹿　鸣　来这儿,陪我。

呦　呦　(乖巧地躺在他身边)可是,你还没说……

鹿　鸣　说什么?

呦　呦　那句话……(示意他说"我爱你")里面有"爱"的。

鹿　鸣　(转移话题)你听过那句话吗?"爱之于我,不是肌肤之亲,不是一蔬一饭。它是一种不死的欲望,是疲惫生活中的英雄梦想。"

呦　呦　说得真好。

鹿　鸣　你不知道这句话?

呦　呦　第一次听。

鹿　鸣　杜拉斯。

呦　呦　杜……什么斯?

鹿　鸣　杜拉斯,是一个人,很有名的作家。

呦　呦　你懂得真多。

鹿　鸣　你自己在家的时候,可以读点书,这样咱们能多一点共鸣。

呦　呦　那你推荐一本给我。

鹿　鸣　(沉思)《安娜・卡列尼娜》,怎么样?

呦　呦　好啊,我看过这个电影,我还跳过芭蕾片段。

鹿　鸣　(朗诵起里面的词句)"人并不是因为美丽而可爱,而是因为可爱才美丽。"

呦　呦　你说得真好听。

鹿　鸣　"我们都在等待,等待着别的人来拯救我们自己。"

呦　呦　你就是那个来拯救我的人。

鹿　鸣　你也是那个拯救我的人。

呦　呦　你之前跟我谈到你的理想。

鹿　鸣　哦，哪个理想？

呦　呦　你想开一家属于自己的健身房。

鹿　鸣　哦，那是上个月的事情了。

呦　呦　怎么，这么快就变了？

鹿　鸣　说真的，我不想再待在那个健身房了，每天对着一群中年发福的太太们说，加油，腹肌再来一组。加油，臀线再练一练。拜托，她们有什么腹肌？有什么臀线？再说，谁又想看到她们的腹肌、臀线呢？我也不希望你总待在这个家里。不如（突然地）我们私奔吧。

呦　呦　什么？

鹿　鸣　我想带着你私奔，我从没做过这样狂野的事……但我想跟你在一起，我们去流浪，去草原，去雪山，去看北极光，去天涯海角，去所有人找不到我们的地方。

呦　呦　（受到强烈的鼓舞）真想跟你去。但是，我……我还要准备准备。

鹿　鸣　好哇，你慢慢准备……我不着急……现在，我们有重要的事要做。让我看看你的肌群。

呦　呦　（害羞地）真坏。（把头靠近鹿鸣的怀里）我心脏有点突突，是不是黑咖啡喝太多了？

鹿　鸣　没事儿，喝咖啡后运动，减脂效果加倍。

[鹿鸣令人玩味的表情，抚摸着呦呦的长发、脖子、腰部、腿部……光渐收。

[黑暗中，呦呦的心跳越跳越快……

[暗转。

[一间幽闭的房间，好似一座监牢。一张长桌，呦呦披散着长

发，坐在桌子一头。另一端，坐着两个黑衣人。两人看上去很瘦弱、憔悴。这两个黑衣人由楼下的男人、女人扮演。女人正在缝补一件衣服。

［心脏跳动声极慢，极慢。

黑衣人甲　所以，他就这样俘获了你的心？

黑衣人乙　还有她的人。

黑衣人甲　她的腹肌。

黑衣人乙　还有她的臀线。

黑衣人甲　太轻易了。

黑衣人乙　太随便了。

呦　呦　（如梦初醒般）太梦幻了。

黑衣人甲　老付怎么办？你想过没有？

呦　呦　爱情来得这样突然，我根本想不起他。说真的，我连自己都快忘记了。

黑衣人乙　（叹气）愚蠢啊，你的名字叫女人。

呦　呦　我是很执着，但并不愚蠢。

［两个黑衣人相视一笑。

呦　呦　我只是，太缺爱了。

黑衣人甲　咱们来谈谈吧，你认为爱是什么？

呦　呦　就是你心里有他，他心里也有你。

黑衣人乙　听起来像小学生作文。

呦　呦　这是心里话，我觉得爱是很单纯的。

黑衣人甲　没有房？也没有车？你难道没听人说过，爱情是保时捷，爱情是爱马仕？

呦　呦　爱情是一种感觉，只是感觉，靠你的心去体会。

黑衣人乙　我觉得你与这个时代格格不入。

呦　呦　如果是这样,我宁愿毁灭。

黑衣人甲　你觉得你还没有毁灭?

呦　呦　什么意思?

黑衣人乙　你看看这是哪儿?

呦　呦　我记得,我刚刚在医院……我听到了仪器“滴滴滴”的声音,好像听到了老付的声音……我在等鹿鸣,可是,好像没有看到他。

黑衣人甲　他不会来的。

呦　呦　他会的,我心脏绞痛,都是为着他。

黑衣人乙　那他人呢?

呦　呦　他人呢?

[沉默。

呦　呦　鹿鸣……鹿鸣……鹿鸣!(突然狂躁起来)你们是谁?我在哪儿?鹿鸣呢?你们把他藏在哪里了?你们说话呀!说话呀!

黑衣人甲　都是因为你,我俩都快下岗了。

黑衣人乙　给你当左心房和右心房,当真累得慌。

呦　呦　别开玩笑了。

黑衣人甲　谁开玩笑了?我问你,老付碰到你的时候,你的心脏是怎样跳的?

呦　呦　我不记得了。

黑衣人乙　你当然不记得,因为跟平时没什么区别!

黑衣人甲　甚至比平时还慢些!

呦　呦　是吗,是吗……

黑衣人甲　鹿鸣碰你的时候呢?

呦　呦　确实快一点。

黑衣人乙　（不可思议地）一点？小姐，你是不是对“一点”这个节奏有什么误解？

黑衣人甲　我感觉，我都快被你从嘴里发射出去了。（模仿火箭发射的声音，从呦呦的嘴边做了一个抛物线的动作）

呦　呦　你们……

黑衣人甲　我是你的左心房。

黑衣人乙　我是你的右心房。

呦　呦　好吧，好吧，我承认。我爱鹿鸣。

黑衣人　我们知道。

呦　呦　鹿鸣也爱我。

黑衣人　这个，没人能确定。

呦　呦　我跟你们说不清楚。（欲走）我要离开这儿。

黑衣人甲　你去哪儿？

呦　呦　我要去找鹿鸣。

黑衣人乙　我不觉得他爱你。

呦　呦　怎么会？他说过，他爱我。

黑衣人甲　（质疑地）是吗？我只记得你说过爱他。

呦　呦　他差不多就是那个意思嘛。

黑衣人乙　我倒是记得，他说他要偷走你的心——就是我们俩。

黑衣人甲　那个没心的人，我可不想跟他走。

呦　呦　他这样说的吗？

黑衣人乙　小姐，你的记性好差呀。

呦　呦　爱情中的女人，智商都是很低的。

黑衣人甲　爱情？我问你，爱情是什么？

呦　呦　你问过我了。

黑衣人乙　再谈谈吧。

呦　呦　我为什么要跟你们俩谈爱情?

黑衣人甲　我们是你的心。

黑衣人乙　你不跟我们谈,跟谁谈?

呦　呦　我不要跟你们谈,我不想看见你们。

［黑衣人甲还想说些什么,被黑衣人乙拦住。

黑衣人乙　让她好好想想。

黑衣人甲　(低声地)她想不明白。

黑衣人乙　你爱老付吗?

呦　呦　老付?为什么提他呢?

黑衣人甲　说说吧,反正你现在也不出去。

呦　呦　(陷入回忆)遇见他的时候,我刚刚大学毕业,和几个同学挤在一个破旧的公寓里。那个破公寓,经常断电、停水,还总有飞贼偷内衣。有时候演出回来得晚,院子里野猫凄厉的叫声、角落里蹲着的那些男人充满侵略性的眼神,我怕极了……是他,把我从廉租房里带了出来。我才知道,高级牛排和日本料理什么味道;我才知道,一个真的LV包包,散发着皮革的香气。背上它,好像全世界都是我的;我才知道,在这世界上,有比“宜家”好太多的东西……你问我爱他吗?我不知道。

黑衣人乙　这个我深有感觉。当年,你看着那个LV时的心跳,比跟老付睡觉时候,跳得快多了。

［两个黑衣人笑。

呦　呦　那是很久之前的事情了,我都忘记了。

黑衣人甲　是啊,你现在一屋子的LV,早就不稀罕了。

黑衣人乙　只等着展示你的腹肌和臀线。

［两个黑衣人笑。

呦　呦　鹿鸣呢？他怎么不在这里？

黑衣人甲　病房外看了你一眼，早就走了。

呦　呦　走了？

黑衣人乙　走了。

呦　呦　老付看见他了吗？

黑衣人甲　看见了，还说了好一会儿话。

呦　呦　什么？

黑衣人乙　看起来，他们认识。

呦　呦　（猛地起身）你说什么？

黑衣人甲　（按住呦呦）你的心脏不好，你知道吗？

呦　呦　心律不齐，我知道。

黑衣人甲　都是自己作的。

黑衣人乙　你是先天性心脏病，你知道吗？

呦　呦　没人告诉过我。

黑衣人甲　你妈妈遗传给你的，否则你怎么没见过她？

呦　呦　瞎说，她是生我的时候，难产去世的。

黑衣人乙　是啊，心脏病突发，一口气没提上来。

呦　呦　怎么会……

黑衣人甲　你也没有孩子。

呦　呦　不怪我，老付生不出。

黑衣人乙　你信啊？

呦　呦　信啊。

黑衣人甲　（叹气）你这么想，也挺好。

黑衣人乙　你心脏不好，还总喝黑咖啡，那么浓！

黑衣人甲　晚上不睡觉，偷偷地跟鹿鸣聊天，一聊就是一夜。

黑衣人乙　一收到他的微信，你就七荤八素的，心跳紊乱……

黑衣人甲　哎，我俩上个班，真是太不容易了。

黑衣人乙　在同行里，都出了名了。

呦　呦　别说我了。你俩不也经常折磨我？

黑衣人甲　你有间歇性心动过速。

黑衣人乙　还伴有室颤。

黑衣人甲　你知道这有可能导致猝死。

呦　呦　不！我还这么年轻。

黑衣人乙　你自己听听，你的心脏有多弱。

［心脏很不情愿地跳动了几下。

呦　呦　我要死了吗？

黑衣人甲　看造化吧。

黑衣人乙　幸亏发现得及时。

呦　呦　我是怎么变成这样的？

黑衣人甲　你不记得啦？那场面，惊心动魄呀。

黑衣人乙　跟韩剧似的。

呦　呦　我只记得，老付要和我离婚……是他把我气成这样的？

黑衣人甲　天哪，他还能有那个本事？

黑衣人乙　那我打心眼里崇拜他。

呦　呦　到底发生了什么？

黑衣人甲　你和鹿鸣，自从那天那样，（使眼色）就是那样之后……你经常邀请他来。

黑衣人乙　我俩工作的强度越来越大。

呦　呦　说重点！

黑衣人甲　直到上周，老付突然搬了出去。你兴奋得呀，心脏就“突突突”跳个不停。

黑衣人乙　不过，听说你要离婚的消息后，鹿鸣倒是不大来了……

[黑衣人们开始给呦呦讲故事,暗转。

[呦呦家,窗户半掩着。书墙上,挂着一幅新的写真,很明显是呦呦的近照。这次是正面照片,穿《天鹅湖》的舞台演出服。呦呦正哼着歌,在屋子里走来走去,手和腿都不自觉地比画着芭蕾的手位、脚位。手上还拿着一本绘图版《安娜·卡列尼娜》。桌子上摆放着一台崭新的咖啡机。

[心脏声音重新活跃起来。

[敲门声,呦呦开门,鹿鸣走进来。灯光下,我们终于看清了他的面孔。他有着俊俏的脸庞,挺拔的身姿,带着一股霁月清风的气质。他的生活无牵无挂,自由自在,超凡脱俗。特别是,他的脸上带着不耐烦的神情,很吸引一些小女生。

呦　呦　你来了……

鹿　鸣　我不想来的,你的夺命连环电话,害得我什么也做不成。

呦　呦　(有些谄笑地看着鹿鸣)发微信,你不回,我只好请你过来……

鹿　鸣　能直接说正事么?

呦　呦　你怎么了?

鹿　鸣　(怒)看看你做的蠢事。

呦　呦　怎么了?

[院子里传来一声清嗓子的声响。呦呦赶紧去关窗。

鹿　鸣　做都做了,还怕人听见?

呦　呦　我做什么了?

鹿　鸣　你跑到健身房去买断了我十年的课,甚至告诉所有人不准换教练,否则你就会犯心脏病?

呦　呦　我是说过,见不到你,我心脏就不舒服。

鹿　鸣　我最讨厌人要挟我，尤其是一个女人！你知道吗，现在整个健身房都知道了，我的同事看到我还恭喜我。我需要他们恭喜？这是哪门子喜？老板一天几十个电话追杀我，问我把你怎么了？我能把你怎么了？你说，你想干什么？

呦　呦　你先坐下，我们慢慢说话。

鹿　鸣　（咄咄逼人地）你说如果我不来，你就自杀？

呦　呦　你知道我不会那么做的，我最怕疼了。

鹿　鸣　我早该知道，又是一次没来由的无理取闹。（欲走）

呦　呦　也许会呢？

［鹿鸣停住脚步，神情愈发不耐烦，甚至没有回头。

呦　呦　如果你看到那样的我，是会难过的吧？

鹿　鸣　我不关心你会不会、敢不敢自杀。你敢要挟我？我也可以不把你放在眼里。

呦　呦　你对我的态度，就不能好点吗？

鹿　鸣　说实话，我根本不想来。无论你想服毒、跳楼、上吊还是抹脖子，都不关我的事。不过我想，来了也好，当面把事儿说清楚，免得以后纠缠不清。

呦　呦　天哪，你在说什么。我只是……我看了些书，想跟你谈一谈。

鹿　鸣　你什么时候看起书来了？

呦　呦　你忘了么？《安娜·卡列尼娜》，你让我一定要读一读。

鹿　鸣　（嘲笑地）绘图版？小姐，你几岁了？好吧，《安娜·卡列尼娜》，是，你跟她有点相像。你别说，你跟她，还真的是像！

［难堪的沉默。

鹿　鸣　（深呼吸。尽量使自己温和）好，那你说吧。

呦　呦　我看到了这样一句话，很有感触：“如同飞蛾扑向野火，注定这场爱情，要将她毁灭。”真美。

鹿　鸣　是的，很美。

呦　呦　爱情是可以毁灭一个人的，只要她愿意。

鹿　鸣　谁会那么傻？

呦　呦　我呀，我就这样傻。

鹿　鸣　我看得出来。

［鹿鸣点起一根烟，呦呦习惯性地往后躲了躲。鹿鸣鼻子“哼”了一声。呦呦忙取了一只碗来。谁知，鹿鸣已经将烟灰弹在了她的咖啡里。

呦　呦　我的咖啡……（声音低下去）

鹿　鸣　你还是别读书了，你不是这块料。咖啡机不错。

呦　呦　专门为你买的。我是为了跟你有精神共鸣。

鹿　鸣　我跟你说实话吧，我不喜欢读书，手机这么好看，谁有心情读书啊？我也就是网上看到一些金句，摘抄下来而已。

呦　呦　你不是还会写诗吗？

鹿　鸣　那是我在一本情诗大全上看到的，你真天真。

呦　呦　你总爱开这样的玩笑。

鹿　鸣　谁跟你开玩笑了？行了，还有什么要说，这根烟抽完，我就要走了。

呦　呦　我有好多话，要跟你说……

鹿　鸣　那么说吧。

呦　呦　我拍了新的写真。（指着墙上的写真）

鹿　鸣　为什么要拍正面？

呦　呦　是你说我正面好看。

鹿　鸣　还是背面好。你腹肌还得再练练。

呦　呦　过去你不是这样说的。

鹿　鸣　怎么,想重新跳舞?

呦　呦　嗯,有些退化,不过勤加练习,还是可以重返舞台。

鹿　鸣　这客厅跳得开吗?你老公该给你买一套再大点的房子。

呦　呦　提他做什么。

鹿　鸣　我想,别的男人,不至于会傻到来给你买房子,看看上海这房价,呵。也只有他,才愿意倾其所有,来满足你不切实际的梦想。

呦　呦　可你说我会成功,说我会被所有人爱慕。

鹿　鸣　谁都可能成功,你从南京路丢块砖出去,砸中的人都有可能梦想成功。但别忘了,那只是"可能"。

呦　呦　你觉得我很可笑?

鹿　鸣　(做作地将食指竖在嘴前)嘘,我可没这么说。

呦　呦　(得到了些许安慰,试图转移话题)我有个好消息要告诉你。

[没有回应。

呦　呦　跟你说话呢。

鹿　鸣　(并不感兴趣)说吧。

呦　呦　我预感着,我新的人生就要开启了。

鹿　鸣　刚不是说了,你要重返舞台。

呦　呦　不仅仅是这样。快问问我,我要怎样变?

鹿　鸣　(无动于衷)你如果想说,你就说;如果不想,快放我走。

呦　呦　(激动地)我去了好几家摄影店、酒店、旅行社,做了一些询问,给我们付了一些定金……

鹿　鸣　今天的咖啡真难喝……你中彩票了?

呦　呦　那倒不是。

鹿　鸣　(顿时丧失兴趣)哦。

呦　呦　（喋喋不休地）我买了三套礼服和三身西装，包括我的婚纱和头纱。我已经穿过公主裙了，这一次我要穿鱼尾的，长头纱，看起来一定非常迷人。还有草坪宴会厅，仪式感强。大家不用边吃饭边观看婚礼，我不喜欢那样。我要先办仪式，再吃饭。

鹿　鸣　（困惑地）你什么意思？

呦　呦　你觉得突然么？（笑）我是想给你一个惊喜，结果还是忍不住说出来。私奔前，我们应该有个婚礼。请来我们所有的朋友，我们应该得到祝福。

鹿　鸣　（一头雾水）我听不懂你在说什么。你搞什么名堂？

呦　呦　结婚呀，傻子。（哼着《婚礼进行曲》的调子）你想想，我穿着抹胸的白色鱼尾婚纱，这儿，还有这儿的（在自己的身上比画着）都裸露着，款款向你走来（幻想着）……是不是美极了？

鹿　鸣　你要结婚？

呦　呦　是的，我要结婚。

鹿　鸣　我记得你结过了。

呦　呦　就快离了。

鹿　鸣　你等等，我没听懂。你要离婚？

呦　呦　对。

鹿　鸣　和你现在的丈夫？

呦　呦　对，老付。

鹿　鸣　然后再结婚？

呦　呦　当然。

鹿　鸣　和谁？

呦　呦　你说呢？傻子！

鹿　鸣　(好像明白过来,故意避开不谈)哦,你要和一个傻子结婚。

呦　呦　(止不住地笑)对,一个傻子,彻头彻尾的傻子!

鹿　鸣　那么祝福你,我有事,先走了。

呦　呦　别走哇!

鹿　鸣　你都要结婚了,我还在这里,不太好。

呦　呦　我们需要商量一下婚礼的安排,请谁,不请谁,都是很有讲究的。

鹿　鸣　你跟我商量什么?

呦　呦　你是新郎啊,我当然只能跟你商量。(得意地)是不是惊喜?

鹿　鸣　(忍无可忍地)你没病吧?你真是什么都做得出来的女人。

呦　呦　鹿鸣,我能感觉到你的爱。不论是曾经,还是现在……

鹿　鸣　我可感觉不到!

呦　呦　别不好意思承认,我懂,我都明白!

鹿　鸣　你干吗这么死心眼呢?

呦　呦　我就是死心眼,我就是爱你啊。

鹿　鸣　天哪,你太可怕了。

呦　呦　鹿鸣!我知道,这件事,我是说我们,不能这样没有结果地拖延下去,谈过恋爱的人都知道,一年以上不结婚,两人都会厌倦的。

鹿　鸣　是的,非常厌倦,(一字一句地)非常非常厌倦!

呦　呦　你该替我感到高兴,一个双鱼座女人,从没有这样坚决过。

鹿　鸣　你信星座?(冷笑)都多大的人了。(顿了顿)所以你要怎么样呢?

呦　呦　圣诞之前,我必须和老付离婚,他给不了我想要的,而你可以。我宣布,我决定了,我要嫁给你,嫁给爱情。

鹿　鸣　(终于忍不住,从沙发上弹了起来)你一定是疯了!你疯了！疯了！

呦　呦　你怎么了，鹿鸣？

鹿　鸣　我劝你，赶快打消了这些念头。你现在的婚姻，还是很好的。

呦　呦　不，一点也不好！我不幸福！我必须改变这一切！

鹿　鸣　你改变你自己的生活，别拖我下水，好不好？

呦　呦　是你鼓动我，要从这不幸的婚姻里爬出来，要找到自我。

鹿　鸣　你找你的自我，关我什么事？我还有事，要先走了。

呦　呦　鹿鸣，大家都知道了。并且他们都祝福我们。

鹿　鸣　（如听到晴天霹雳，变得恍惚）我送你去医院吧……

呦　呦　这一切不是理所当然么？你对我说过那么多甜蜜的话。你说你爱我，你要带我私奔！你说过雪山草地，你说过天涯海角。你说过的！

鹿　鸣　（冷笑）私奔是吧？你打算奔到哪儿去？奔上天？和太阳肩并肩？奔下水？和王八嘴对嘴？

呦　呦　“有情人终成眷属”，这没错吧？

鹿　鸣　（在房间里走来走去）有情人？你明白什么叫有情？你知道什么叫爱？

呦　呦　我当然知道，就像我们这样。

鹿　鸣　不！恰恰不是我们这样！

呦　呦　我叫呦呦，你叫鹿鸣，你说咱们是最般配的一对。

鹿　鸣　我再说一遍，我不叫鹿鸣，我叫王小力！什么狗屁鹿鸣只是个网名而已！

呦　呦　总之是缘分，不是么？

鹿　鸣　那又怎么样，你打算拿个名字，绑架我一辈子？

呦　呦　你说过你爱我。我也说过我爱你。

鹿　鸣　姐姐，我后悔了，行吗？

呦　呦　你——

［心脏跳动猛抽了一下。呦呦感到一阵绞痛，跌坐在沙发上

［鹿鸣感到恐慌。

鹿　鸣　你，你还好吧？我，我最近很忙，没时间来看你。

呦　呦　我知道，你有钱了，投资了一个健身房，每天有很多有钱的姐姐妹妹围着你转。据说你和别的教练不一样，训练杠铃的同时，还能吟诗。

鹿　鸣　其实他们什么都不懂，我整天就是在对牛弹琴。

呦　呦　你成功了，怎么不告诉我？我是看微信推送，才知道的。

鹿　鸣　这还要告诉你？那岂不是很愚蠢。

呦　呦　你说过，我是出现在你梦里许多次的那个女人。

鹿　鸣　我每晚梦见不同的女人。

呦　呦　可我是“那一个”女人。

鹿　鸣　哪一个？

呦　呦　就是你怎么也忘不掉的那一个。

鹿　鸣　是吗？（顿了顿）那你很幸运啊。

呦　呦　你看，你又来了。

鹿　鸣　好了，我没工夫跟你闹下去。我还约了人吃饭，外滩的法国餐厅，很难预约到，我可不想迟到。

呦　呦　你约了谁？男的还是女的？

鹿　鸣　不关你的事吧。

呦　呦　你应该记得，我才应该是你晚餐的主角。

鹿　鸣　可你做不了主角。跳芭蕾舞你做不了主角，谈恋爱你也一样。我要走了。

呦　呦　你站住！你这个忘恩负义的东西！

鹿　鸣　你有病吧？

呦　呦　你忘了？是谁给你交的房租，谁给你买吃的买喝的？是谁给你买了新的苹果电脑？你这一身 Gucci 的衣服，LV 的包包，迪奥的球鞋，还有最近的苹果手机，看起来人模狗样的，谁买的？是我！是我向你提供了最体面的生活！我买了你那么多卡，让你在健身房那么体面。你是金牌教练！知道为什么吗？因为我爱你。

鹿　鸣　那是我应得的，不是你给的！

呦　呦　是我！我花了那么多钱！

鹿　鸣　是你的钱吗？那不是你老公的钱吗？

呦　呦　你真无耻！（眼泪不自觉地留下来）

［鹿鸣不说话，一动不动的，却可以感觉到他的愤怒。

鹿　鸣　你这样哭哭啼啼的，使我厌烦。

呦　呦　看你这无情的样子，我还记得呢，那个时候，你可不是这个样子。你说，"谢谢你呦呦，只有在境遇不好的时候，才看得出人的真心。呦呦，你真好……"

鹿　鸣　那个时候，你还不是现在这样子呢。

呦　呦　我现在什么样子？

鹿　鸣　你像个泼妇一样。

呦　呦　滚！

鹿　鸣　谢谢你，我早就想走了。

［门铃响。两人局促。

呦　呦　谁呀？

男　人　姐，是俺。

［呦呦开门。

男　人　（满脸赔笑地）对不起对不起，着急了，忘了你不喜欢按门铃。

呦　呦　往外站，你往外站……这盒子怎么湿答答的。

男　人　哦，外面大雪，对不起，东西太多，没注意。

呦　呦　来来来，你看看，这盒子压得……蛋糕上的公主都掉下来了，冰淇淋都化了，这怎么吃？你告诉我，怎么吃？

男　人　对不起，对不起，要不（试探地）……这单的外送费，你不要给了，俺就当白干了。

呦　呦　你什么态度？你觉得我无理取闹？

鹿　鸣　（嗤之以鼻，自言自语地）难道不是吗？

男　人　不不不，不是这个意思，俺媳妇说了，要是看着没戏了，就算了。

呦　呦　你说什么？谁没戏了？你再说一遍？

鹿　鸣　好了好了，别再丢人现眼。（转向男人）你走吧。

男　人　哦，还有件事。

鹿　鸣　还有什么？

男　人　（从包里掏出一件衣服）你扔掉的衣裳，烫了个烟头这件，俺媳妇给你缝上了，给你送回来。

鹿　鸣　你捡它做什么？

男　人　衣裳新新的，扔了怪可惜。

呦　呦　（抢过衣服仔细看）这是我送你的，你就这样扔掉了？

鹿　鸣　（不耐烦地）行了，行了。说吧多少钱？

男　人　不多，五块钱。

呦　呦　哟，这边不要钱，那边又要钱……（故意地）说变脸就变脸，算得可真精啊！

男　人　你误会了，俺没有这个意思，俺媳妇也不是这个意思。她就是看这衣服好好的，说你们城里人讲究，给绣了一朵玫瑰花，绣了一个晚上。她绣完，俺一看，弄得还挺好，就给你拿上来，没有别的意思……

鹿　鸣　好了好了，这是五块钱，请你快点离开。

男　人　有事，你们再招呼，俺就住在楼底下……

呦　呦　请你把门带上。

男　人　好好，(试探地)能不能，给个好评？

呦　呦　知道了。

男　人　谢谢，谢谢。

[男人下。呦呦关上门。

鹿　鸣　你看看你，跟送外卖的都能吵起来，像个泼妇一样。

呦　呦　你说什么？

鹿　鸣　我说，(一字一顿地)你像个泼妇一样。

呦　呦　你凭什么这样说我？你的成功，难道不是因为我的缘故？

鹿　鸣　很好，这一天终于来了。

呦　呦　什么？

鹿　鸣　我早就知道，会有这样一天。你就是想说，我的所有成功，都是因为得到了你的帮助，你掏了钱，你养了我，都是你的功劳。我告诉你，我讨厌这样，讨厌这样的你，讨厌极了。你不读书，我不怪你。可是我没想到你这么不讲道理。

呦　呦　你说什么？

鹿　鸣　你知道我待会儿要和一个什么样的女人吃饭吗？一个知书达理的女人，优雅高贵。她可不会像你这样，到处去跟人讲和我的关系。一看我有了名气，就赶忙跳出来，想要搭着我的名气出名。你可以没文化，但请你别这么庸俗！

呦　呦　鹿鸣，你竟然这样看我？

鹿　鸣　你让我怎么看你？你看看你，你能干什么？能赚钱，还是能自立？你年纪不小了，别总这么幼稚。说真的，咱们俩只是朋友，也许，比朋友更近了一步。如此而已。

呦　呦　朋友？只是朋友？

鹿　鸣　是呀。我说完了，我要去跟人吃饭了。

呦　呦　你别走！你让她来，我要跟她谈一谈。

鹿　鸣　你想做什么？

呦　呦　不做什么，就是聊聊天而已，女人和女人之间的。

鹿　鸣　你要跟她聊什么？

呦　呦　你不要管！

鹿　鸣　你最好不要这样，我会讨厌你的，我不允许你这样做。

呦　呦　你讨厌我？

鹿　鸣　说真的，咱俩根本不是一路人。我说的，你根本听不懂，不是吗？你的那些陈年旧事，我也不感兴趣。现在大家说清楚了，我觉得挺好，互不耽误。如果是钱的问题，我可以给你钱，你给我个数字，我转账给你。不过我希望，你还不至于走到那一步。

呦　呦　（目瞪口呆地听着，难以置信地看着鹿鸣。半晌，才喉咙喑哑地发出声音）我还以为……

鹿　鸣　以为什么？

呦　呦　你说过要带我出门，见你的朋友，见你的家人。

鹿　鸣　你还真的信？你真的这么傻？好啦，我要说的，已经说得挺明白了。如果有什么补充，我发微信给你。不过，我希望你不要像最近这样，一天发几百条微信给我，真的很烦人的。

呦　呦　（软下来）我可以和老付离婚。事实上，我已经在委托律师办离婚手续了。

鹿　鸣　我就不明白，你为什么要离婚？

呦　呦　因为我要和你结婚！

鹿　鸣　我的天哪，我说过要和你结婚吗？我说过要娶你吗？我说过要和你有孩子吗？没有！没有！没有！

呦　呦　你怎么了，鸣？

鹿　鸣　你别这么叫我，听着恶心。听着，结婚，那是不可能的。没有人可以逼我做不愿意做的事情。

呦　呦　我都安排好了，老付会把这房子留给我。我们在这里生活。你不是说，你喜欢这间房子？

鹿　鸣　我？在这里和你结婚？住着别的男人买的房子？睡着别的男人睡过的女人？（冷笑）你可真有意思。你以为这是在干什么？真人秀？玩游戏？直播间？还是拍电影？

呦　呦　我们已经走到了这一步，你就是这个态度？

鹿　鸣　事实上，我一直就是这个态度。

呦　呦　你为我们的关系感到羞耻？

鹿　鸣　从来就没有什么"我们"。

呦　呦　你怎么了？你过去不是这样的。你说过，要偷走我的心。

鹿　鸣　我怕了你，我要不起你的心。我还给你，好不好？

呦　呦　不好！

鹿　鸣　（长叹一口气）说吧，你要多少钱？

呦　呦　钱？钱算什么？我给你的爱，你用多少钱能还得清？

鹿　鸣　我都给你，好不好？别纠缠我，你放我走吧。

呦　呦　我不要你的钱，一分也不要！

鹿　鸣　那你要怎样，才能放过我？

呦　呦　鹿鸣，你还是爱我的，对吗？是我说结婚，吓坏你了吗？

鹿　鸣　我求求你，别再折磨我了。我不会和你结婚，事实上，我根本不打算结婚。

呦　呦　那我们就不结婚，只谈爱情。

鹿　鸣　我们之间，没有爱情。

呦　呦　那我们算什么？我问你，我们之间算什么？

鹿　鸣　（想了很久）算是有情吧，算不得爱。顶多，算是情爱。

［心跳声加重。

呦　呦　（不敢相信地）你就这样糊弄我吗？

鹿　鸣　今天这个局面，是你自己一手造成的，倒要我来接盘了吗？

呦　呦　（激动地）难道这件事与你无关吗？（伤感起来）老付，我突然觉得他是个可怜的人。

鹿　鸣　是啊，我也这样认为。

呦　呦　他是个好男人，对我那样宽容。

鹿　鸣　其实，他什么都知道。

呦　呦　你说什么？

鹿　鸣　他来找过我。

［心跳声加重。

呦　呦　什么时候？

鹿　鸣　你跟他提离婚之后。

呦　呦　他从来没说过。

鹿　鸣　他那张笨嘴……（嘲笑地）难怪老婆要出轨。

呦　呦　你跟他说了什么？

鹿　鸣　没说什么。

呦　呦　你说啊！

鹿　鸣　着急了？

呦　呦　你快说！

鹿　鸣　好，我说。有一天，他来找我——

［回忆起。

［夜晚，两栋楼之间的背巷里，寒风凛冽。老付来回溜达着，饶

有心事。剪影中，男人和女人依偎着，坐在临时搭建的房子里吃饭，相互谦让着。老付下定决心，猫身进了楼洞。

[转鹿鸣家。局促、凌乱。老付坐在单人沙发上，鹿鸣局促地站在他面前。

鹿　鸣　要喝水吗？

老　付　谢谢，不用。

鹿　鸣　哦。你……哦不……您，有事吗？

老　付　我看看。

鹿　鸣　看什么？

老　付　看看。

鹿　鸣　哦。

老　付　她来过？

鹿　鸣　谁？哦，来过。

[沉默。一阵强风，将窗边的牌子吹倒在地。老付捡起牌子。牌子上赫然写着“鹿鸣爱呦呦”。捡起来时，发现后面还有“鹿鸣爱萌萌”“鹿鸣爱小花猫”……

鹿　鸣　这是……闹着玩的。

老　付　闹着玩？

鹿　鸣　嗯，闹着玩。

老　付　我希望你不要闹着玩。

鹿　鸣　你，哦不，您不生气？

老　付　我生气，你们可以停止吗？

鹿　鸣　（嘟哝着）也不是不可以。

老　付　你们，多久了？

鹿　鸣　记不太清楚，可能有两个月。

老　付　我们结婚十四年！

鹿　鸣　那么久了。彼此不厌烦吗？

老　付　我不觉得。

鹿　鸣　也许，她觉得呢？

老　付　用不着你来提醒我。

鹿　鸣　抱歉。

老　付　你爱她吗？

鹿　鸣　不知道。

老　付　不知道？

鹿　鸣　还行吧。

老　付　还行？

鹿　鸣　那你让我怎么说？

老　付　照实话说！

鹿　鸣　谈不上爱，可能有点儿喜欢吧，但也就是一丁点儿。

老　付　那你为什么要招惹她？

鹿　鸣　算不上招惹，互相撩一撩嘛，谁知道就勾搭上了。哎，你不在家，给足了她时间和机会。

老　付　哦？你是在指责我？

鹿　鸣　那倒没有。反正，她那个样子，不是我，也会是别人。

老　付　你们……发生过什么没有？

鹿　鸣　你不会这么纯洁吧？就你那个老婆，你还能不知道？火辣，够味儿，她可就像火山一样，压抑很久了，一旦爆发起来，你都想不到……

［老付忍无可忍地给了鹿鸣一拳，鹿鸣猝不及防地被抡倒在地。两个男人扭打起来。

鹿　鸣　你有病吧？你自己没用，老婆出轨，你还打我？

老　付　我就打你！我不仅打你，我还想打死你……（瞄到了沙发里的一只手镯，拿了起来）这是……

鹿　鸣　对，是她的，你要是在我家找找，说不定还能找出点别的什么东西来。耳钉，项链，每次总要留下点什么，然后装作一脸无辜地回来找。拙劣的把戏！

老　付　这是……我买给她的。

鹿　鸣　别想了，她根本不在意，丢了这么久，也没发现不是？

［老付坐在地上，痛苦地将头埋在了膝盖上。

鹿　鸣　（照着镜子）喂，你还好吧？你这一拳，可是太重了，我明天还有个采访呢。

老　付　听着……我今天来，是有几件事想跟你说……呦呦，她身体弱，你不要气着她；别让她太晚睡觉；她酒量不好，还爱喝酒，喝醉了老说胡话，你要劝她少喝点；她不能喝浓咖啡，会心跳加速——她心脏本来就不太好；她不喜欢吃青菜，所有带绿色的菜，她都不吃，我全吃了；她做饭不好吃，但是你要夸她，说她做得好；她记不住英文单词，你如果会，要多教她；她出门虽然精致，偶尔也会邋遢，她年纪小……

鹿　鸣　大哥，我比她还小……您说，您说。

老　付　你都记住了吗？

鹿　鸣　您这是什么意思？

老　付　没什么意思，希望你爱她……不要只是闹着玩。否则，我要你好看。（下）

鹿　鸣　真是莫名其妙，神经病！

［回忆结束。

［暗转至呦呦家。

鹿　鸣　事情经过就是这样，他打了我，我还了手，没输。

呦　呦　是上周末？

鹿　鸣　对。

呦　呦　我记得那天，那是老付搬出去的那一天。我还记得，那天特别的冷——

［呦呦和鹿鸣转暗。

［启光，回忆开始。呦呦家。

老　付　家里有被子没有？厚的那种。

呦　呦　要被子做什么？

老　付　刚才在楼下，一对小夫妻缩在房子里。天这么冷，我去给他俩送床被子。

呦　呦　多管闲事！

老　付　哎，看着挺可怜。去找一床吧。

呦　呦　你自己找吧。去储藏室拿床旧的，别碰我的新被子。

老　付　知道了。

［老付进储藏室，找了一床被子出来。

老　付　你跟我一起去吧？

呦　呦　（不耐烦地）我不去，怪冷的。你自己去吧。

老　付　一起去吧，你在家待着一天了。穿厚一点。

呦　呦　我累得很，需要休息。

老　付　那么，好吧。（下）

［呦呦赶紧拿起手机，开始打电话。

呦　呦　这个人，不接电话，也不回微信！我再打。（电话里传来“对不起，您拨打的电话正在通话中”。光区转暗。）

［背巷中。男人和女人正在糊房顶，房顶有些漏水。

女　人　这雪下的，被子都湿了，今晚咋睡呀？

男　人　凑合着睡。

女　人　（有些不高兴地）你慢慢凑合，俺不睡了。

［女人扔下牛毛毡，转身做饭。男人看着她的背影，悄悄地叹了一口气。老付上。

老　付　您好。

男　人　找谁？

老　付　就找您。

男　人　有事吗？

老　付　哦，我住在这楼上。今天冷，想着你们这里没有空调，来给你们送床被子。

男　人　送被子？

老　付　太冷了，得盖暖和。我以前上学的时候，冬天冷，觉得自己很可怜。

男　人　（被触犯到尊严一般）你说啥？

老　付　哦，我没有别的意思。只是送一床棉被给你们，希望你们不要介意。

男　人　不要介意？你啥意思？嫌我们穷？觉得俺们是乞丐？想施舍俺们？

老　付　不是不是，我不是这个意思。

男　人　俺告诉你，俺们有工作，有钱，跟你们是一样的！希望你不要这样下眼看俺们，我们，我们也是有尊严的！

老　付　您想多了，我不是这个意思……

男　人　想多了？俺还觉得自己想少了呢。

老　付　您别这样，对不起，我可能表达有误。

男　人　对不起？俺们不需要，你赶紧走，俺家不欢迎你。

老　付　对不起对不起，我没有别的意思，请您不要误解。

男　人　你走不走？

女　人　你客气一点。

男　人　你少插嘴！（转向老付）拿着你的烂被子，赶紧走！不然俺报警，你信不信？

老　付　这不是烂被子，是我们学校发的，还是不错的被子，很暖和的那一种。

男　人　谁知道是谁盖过的，俺嫌恶心。你拿走！你知道不，你家那事情——

［女人死拉住男人，示意他别乱说。

老　付　什么事情？

女　人　没啥事，没啥事。大哥，你快走吧！

男　人　（要动手的样子）还不走？

老　付　我，我走了。（末了，转过身鞠了一躬）对不起，打扰你们的生活了，向您道歉。（下）

男　人　神经病。

女　人　人家来送个被子，你这么歪（方言：厉害）的干啥嘛？

男　人　你拦着俺干啥嘛？他家那事儿，他真不知道？

女　人　知道不知道的，都不该你说话。你悄着，出去不许多说一个字！

男　人　知道了，知道了。俺就是觉得俺堂堂一个大男人，需要他的被子？

女　人　你不需要？俺需要！

男　人　你要不要脸，要别人家的脏被子睡觉？你还是不是俺家的媳妇儿？

女　人　你娃需要！俺冻死了不要紧，不能把你娃冻着！（眼泪流了下来）

男　人　啥？（突然意识过来）啥时候的事情？

女　人　你不要管，你个心狠的，你关心啥？（抹眼泪，扭身，做饭）

男　人　（激动地，在屋里转悠）俺有娃了，有娃了。好，好，好！

女　人　好个屁！

男　人　屁也很好！（突然想到什么）生火，俺给咱烤被子，烤得暖暖儿的。晚上，你和娃，都不能冻着！好！

［女人做饭，男人生火烤被子，还唱起了小曲……屋里虽冷，却流淌着暖意。

［暗转。

［呦呦家门口。老付站在门口，进退两难。他长叹一口气，坐在自己家门口。他眼泪大颗大颗地滑落，甚至自己都没有意识到。他小声地喘着气，尽量让自己缩在黑暗中，不被发现。他用手击打自己的头，让自己冷静，再冷静。可是眼泪怎么也控制不住……半晌，他觉得自己情绪有所稳定，才站起身。

［呦呦家。呦呦仍然在拨打电话，电话里仍是"对不起，您拨打的电话正在通话中"。呦呦狠狠地挂断了电话，猛喝一大杯咖啡，闷坐在沙发上流泪。

［老付进门。听见呦呦坐在沙发上的哭泣声。

呦　呦　（听见门声）回来了？

老　付　嗯，（关心地）你还好吧？

呦　呦　被子送出去了？

老　付　哦，没有。

呦　呦　（冷笑）多此一举。

［沉默。

呦　呦　怎么今天回来得这样早？

老　付　今天是周末呀。

呦　呦　哦，我都糊涂了。

老　付　难得有个假期。

呦　呦　（背过身擦泪）很难得。

老　付　对不起，我总是忙，忽略了你，这样不好。今天没事，陪陪你。

呦　呦　对不起，我想冷静一下。

老　付　哦。

［呦呦转过身，看着老付。

呦　呦　你的脸怎么了？

老　付　哦，遇到一个流氓，欺负一个小女孩。这个小女孩，（看着悠悠的脸）很漂亮，很可爱，她没有爸爸妈妈，让人心疼，我实在看不过去，就上去教训了一下。没想到……

呦　呦　被打了？你又不会打架，管什么闲事？我给你找点药擦擦。

老　付　我倒没事。你怎么了？遇上什么不开心的事了吗？受委屈了？谁给你委屈受了？告诉我，有我呢。

呦　呦　没什么……我，我去做饭。

老　付　我还不饿。

呦　呦　哦。

［一阵沉默。

呦　呦　最近新上了一部电影，我们去看吧。

老　付　不了，你和你的你朋友，去看吧。

呦　呦　我哪有什么新朋友。

［一阵沉默。

呦　呦　我出去一趟。

老　付　你要去哪？

呦　呦　我不是去健身房……（尴尬）我，我也可以不去。

老　付　呦呦，我们……就这样坐坐，好吗？

呦　呦　你今天很反常。

老　付　是吗？也许是吧。怎么哭过了？

呦　呦　没什么。

老　付　很严重的事？

呦　呦　没什么，我这是太……太敏感了，可能……天太冷了的缘故。

老　付　你呀。我去倒点热茶。

呦　呦　再给我来杯咖啡，好吗？

老　付　很晚了，你心脏不好，喝点白开水，好吗？

呦　呦　好吧，总是这样不顺心。

老　付　（递热水给呦呦）你还好吗？

呦　呦　（缩在椅子里，还没有从忧惧的情绪中出来）挺好的。

老　付　我有事，想要告诉你。

呦　呦　评上教授了？

老　付　差不多了。不过是别的事。

呦　呦　还能有什么？

老　付　不打算听吗？

呦　呦　你倒可以说说看。

老　付　说也可以，你得高兴点。

呦　呦　别为难我。（又哭起来）

老　付　（叹气，轻拍着她）有些事，你要放在心里，最好不要让人看出来。

呦　呦　你什么都不知道。

老　付　也许，我什么都知道。

呦　呦　（惊讶地）你知道什么？

老　付　当然，我可是你丈夫。

呦　呦　你都知道了？

老　付　我知道。

［心脏跳动声开始剧烈起来。

呦　呦　你一直装作，什么都不知道？

老　付　我可以理解，况且这并不是第一次。

呦　呦　不，这是第一次。

老　付　当然不是！我知道，你是想念你的爸妈，才哭成这样。

呦　呦　你说的，竟然只是这个？

老　付　不然，还能是什么？

呦　呦　没什么，没什么。

［心脏跳动声慢慢平复下来。

老　付　你想说什么？

呦　呦　没什么，我去做饭。（起身）

老　付　我爱你，呦呦。

［心脏跳动声加快了一点。

呦　呦　你没病吧？

老　付　哦，可能有。你去吧。

呦　呦　我……可以问你一个问题吗？

老　付　嗯，你已经在问了。

呦　呦　如果，我是说如果。

老　付　嗯？

呦　呦　如果，我做了对不起你的事情。

老　付　我能理解。

呦　呦　什么？可以理解？

老　付　可以理解。

呦　呦　为什么？

老　付　你这样年轻，这样美丽，这样迷人，喜欢你的人，一定有很多。我大你很多，总是工作，也比较无趣……所以，我可以理解。

呦　呦　（转身，带着愧疚）你该知道，我没什么耐心。

老　付　我可以原谅，原谅你的一切，你的过去，现在和将来。我可以把一切都忘掉。这对我来说并不难。只要你……

呦　呦　老付，你要是不这么善良，就好了。

［老付突然紧紧地抱住了呦呦，呦呦挣扎开。

老　付　要知道，我待你不错。

呦　呦　嗯。

老　付　你向往自由，我也不该拘着你。

呦　呦　怎么突然说这样的话？

老　付　没什么。好了，你做饭去吧。

呦　呦　好。

老　付　呦呦，天气冷，你多穿点。别冻着。

呦　呦　知道了。

老　付　还有，那咖啡机，不如送人吧。你老喝黑咖啡，身体吃不消。

呦　呦　再说吧。（下）

［老付在客厅里站了许久，慢慢地关上了客厅的灯，把家里的钥匙和手镯放在了茶几上，依依不舍地看了一眼厨房。开门。

老　付　（像是自言自语地）呦呦，再见。（下）

［转暗。回忆结束。

鹿　鸣　（故作潇洒）行了，事情已经很清楚了，是你气走了你老公，与我不相干。

呦　呦　还不都是为着你！

[鹿鸣仍是一副满不在乎的神情,玩世不恭。

呦　呦　我明白了。

鹿　鸣　你明白什么了?

呦　呦　我真傻,我像个疯子一样,一遍遍打给你,被你一遍遍地挂掉。我发了上千条微信给你,可你一条也不回。你总说你忙,事实上,你就是不想见我。

鹿　鸣　我说过了,我很忙。

呦　呦　这些事情,我一件件地想起来了。每当我试着问起,你总是那样不耐烦,也从不向我解释。一想到这些,我就气得直发抖。

鹿　鸣　我要向你解释什么?

呦　呦　是啊,你从不放在心上。

鹿　鸣　你何苦要这样咄咄逼人?说真的,你压根不爱你的丈夫。不论谁对你用点套路,你都能爱上他。不是我,也会是别的什么人。而你一定会的,这对你来说,并不难,你就是缺爱。说真的,像你老公这样的老实人,你还能再遇到下一个。而像我这样有趣的男人,倒也世间少有……

呦　呦　你真是个禽兽。

鹿　鸣　说话别这样刻薄,要小心!

呦　呦　我还有什么要小心的?你走吧,我不想再看到你。

鹿　鸣　我正准备走。

呦　呦　你早就该走了。

鹿　鸣　是的,是的。不过,你不恨我?

呦　呦　我不想再与你有任何瓜葛。

鹿　鸣　好啦,你别装着自己很难过,眼泪都没流下来。

呦　呦　我不会哭,至少,绝不为着你这样的男人。我不觉得难过,只是感到悲哀。

鹿　鸣　（静默）当然，可以理解。毕竟，你并没爱过我。对了，以后如果还需要我，你还可以打给我，只要，不再提结婚的事。

呦　呦　滚！

[鹿鸣下。

[呦呦放声大哭，被欺骗与被抛弃的双重痛楚折磨着她。她将杯中的浓咖啡一饮而尽，觉得不过瘾，连着喝了好几大杯咖啡。她找不到杯子，干脆用大碗盛着咖啡，咕咕咚咚地猛喝着。她扔开碗，愤怒地将可以看见的一切东西，狠狠砸向地面。她像完全疯了一样，踢倒家里的盆栽，又不小心被绊倒。她艰难地爬起来，撕毁客厅的书，又毁坏房间里的装饰。她打开抽屉，拿出她准备好的喜宴用的红烛，一股脑地从窗户丢了出去。她看到了那幅墙上的写真，感到一阵羞辱，将杯中的黑咖啡一次性泼了上去。总之，她正在竭尽所能地摧毁着这个她精心布置过的家，整个客厅变得一片狼藉。她一把掀开窗帘，寒冬的阳光一下子全都照进来。她被阳光刺得睁不开眼，跌跌撞撞地在家里踱步。在一片狼藉里，她看到了那本《安娜·卡列尼娜》，她似笑非笑、似哭非哭，将书拿起来翻了几页，继而狠狠地砸向地面，满是哭腔地大喊着“去你的安娜·卡列尼娜！”继而，她披头散发，精疲力竭，倒在阴影里。

[心脏跳动声紊乱，时而飞快，时而静默，直到呦呦终于抵挡不住，她无助地倒在地面上。

呦　呦　老付，老付……老付……

[暗转。救护车呼啸而过的声音。

[回到那间幽闭的房子。呦呦坐在长桌一头，两个黑衣人坐在

另外一头。这一次,他们显得愈发憔悴。

黑衣人甲　事情已经很清楚了。

呦　呦　老付呢?

黑衣人乙　谢天谢地,你终于不再提鹿鸣了。

呦　呦　不要提他的名字,他伤了我的心!

黑衣人甲　现在,谈谈吧,什么是爱情?

呦　呦　我不知道。

黑衣人乙　你知道的。

呦　呦　我以为我知道,但我刚刚才发现,我并不知道。并且现在,我不想提这个词。

黑衣人甲　你的心脏已经很脆弱了。

呦　呦　我太累了,心累。

黑衣人乙　我好困,快撑不住了。

黑衣人甲　你再撑一下,别睡着。

呦　呦　(神情恍惚地)鹿鸣,鹿鸣,这就是他的爱情吗?

黑衣人乙　(认真地看着她)你对爱情的认识有问题。

呦　呦　有什么问题?

黑衣人甲　这不是爱情。

黑衣人乙　这是男人。

呦　呦　男人的爱情,竟是这样下作不堪吗?

黑衣人甲　也不全都是。

黑衣人乙　(想了想)但大多数都是。

[黑衣人丙和丁上。

黑衣人甲　好吧,该来的,还是来了。

呦　呦　他们是谁?

黑衣人乙　我们的替代品。呦呦,再见了。祝你好运!

[心脏监护器发出“滴”的长音。众沉默。

[黑衣人甲、乙,脱帽鞠躬,下。

呦　呦　替代你们？那我就没有心脏了。你们快回来！我不能死！

黑衣人丙　别着急,你拥有了一颗新的心脏。

黑衣人丁　呦呦,让我们来照顾你。

呦　呦　你们是谁？我不认识你们。

黑衣人丙　我是老付的左心房。

黑衣人丁　我是老付的右心房。

呦　呦　怎么会？

黑衣人丙　你心脏不好。他几年前就办理了自愿为你移植心脏的所有手续,一旦你的心脏出现问题,他那边就会发出警报。

黑衣人丁　他一直没告诉你,是不想给你压力。

呦　呦　怎么会？他,一点也不浪漫的人。

黑衣人丙　没错,他不浪漫。可是这件事,和浪漫没什么关系。

黑衣人丁　生活中的大多数事情,都和浪漫无关。

黑衣人丙　相反,我觉得这很残酷。

黑衣人丁　他有心。

黑衣人丙　只有这一颗。

黑衣人丁　可他愿意给你,没有条件。

呦　呦　他人呢？

黑衣人丙　你傻呀,他的心给了你,他就没有心脏了。

呦　呦　你是说……

黑衣人丁　他选择了救你,拿他自己的心脏。

呦　呦　骗人！我不信！我要去找他,你们别拦着我！走开！

黑衣人丙　你别激动。我们想跟你谈谈老付。你先平静下来。（扶呦呦坐下）

黑衣人丁　他的心脏一直很健康，跳动均匀，但不够有力，直到他遇到了你……

黑衣人丙　他的心脏开始跳动得快了一些，并且变得愈发有力。

黑衣人丁　看你跳《天鹅湖》，他的心那样温柔，好比春江花月夜。

黑衣人丙　你爸爸把你托付给他的时候，他的心那样激动，就像擂鼓战金山。

黑衣人丁　那个时候起，我就明白，他的这一生，算是完了。

黑衣人丙　这些年，你没少气他。

黑衣人丁　也没少给他脸色看。

黑衣人丙　好在这颗心够坚挺。

黑衣人丁　不然早就不行了。

黑衣人丙　你不能生孩子。

呦　呦　谁说的？明明是他不能生。

黑衣人丁　（叹气）是你的心脏，不允许你生。所以他才去做了手术，不是他真的不能生。

呦　呦　什么？他从来都没告诉过我。他怎么能这样？

黑衣人丙　你也从来不关心他。

呦　呦　我以为，他不需要。

黑衣人丁　每个人都需要被关心。

黑衣人丙　就像每个人都渴求被爱一样。

黑衣人丁　呦呦，你从没说过，爱他。

呦　呦　我……

黑衣人丁　其实，他一直很期待你这样说。

黑衣人丙　有时候我真的好奇，你懂得什么是爱吗？

呦　呦　我懂！

黑衣人丁　来，咱们谈谈，爱是什么？

呦　呦　爱……就是爱本身。

黑衣人丙　还有呢？

呦　呦　可能，也是责任吧。

黑衣人丁　没错，是责任。

呦　呦　是了，我总觉得，他对我有责任，但他并不爱我。

黑衣人丙　不，不仅仅是责任。还有许多许多……

呦　呦　还有什么？

黑衣人丁　老付，他对你，早就超越了爱。

黑衣人丙　也超越了责任。

黑衣人丁　怎么说呢？应该是默默无言的守护。

黑衣人丙　忍辱负重的退出。

黑衣人丁　如父如兄的包容。

黑衣人丙　还有，永不止息的恩慈。

［长久的沉默。呦呦的眼泪终于忍不住地滑落。

黑衣人丁　呦呦，把过去，都忘了吧。你需要全新的生活。

呦　呦　可是，过去的，还没有完全过去。

黑衣人丙　忘了吧，就当它过去了。老付都过得去，你怎么还过不去呢？

呦　呦　老付……

黑衣人丁　他说，他过去总没时间陪你。现在好了，他永远陪着你。

呦　呦　我对不起他。

黑衣人丙　这并不是交易，何必斤斤计较呢？

呦　呦　可是我……我不该这样对他。

黑衣人丁　他很满足，真的，就这样陪着你，他很满足。

呦　呦　(冲向门边,猛烈地拍打着门)放我出去,放我出去! 我不信,我要去找老付! 让我出去!

[暗转。

[回到现实。现实中的灯光亮起。

[医院病房。呦呦睁开眼睛,她想要从病床上下来,但是动弹不得。心脏跳动声正常,强劲。

呦　呦　老付……老付……你在哪儿? 我想跟你谈谈,谈谈爱……(泪流满面)

[呦呦如疯傻一般失魂落魄,却只能躺着。

呦　呦　(喃喃地)你在哪儿? 我想跟你谈谈爱,谈谈你的那种爱。老付——

[光渐收。心脏跳动声越来越大……

尾 声

[冬至前夕,暴雪。

[启光。夜晚,两栋楼之间的背巷内,临时住所的墙壁有些漏水,主人拿牛毛毡仔细地包住了四壁上端漏水处。女人和男人相对坐着,用同一只大水桶泡脚。

女　人　(在小本子上记账)今天抢了 65 单,其中有 38 单是每单四块五,6 单是每单九块,11 单是每单六块,五八四十,二五一十,四八三十二,二四得八……一百二十六加五十四,再加六十六,是……三百四十六。呀,今天赚的真多!

男　人　还有个老太太,多给了八块,说雪大天冷,看俺不容易。俺不要,硬塞给俺。

女　人　那就是二百五十四。要是每天都这样，这一个月下来，赚不少呢！

男　人　但是迟到了 6 单，还有 2 个差评。还不知道下周咋罚呢！23 个好评，剩下的，明明都答应了，但是没见点评。

女　人　没事。俺今天接了 5 个单子，（得意地）赚了六十块钱。

男　人　真的？

女　人　真的，骗你干啥嘛！俺现在名气可大了，都说俺的绣工，比商场里的好，来的都是熟客，熟人带熟人，以后，咱家还不定靠谁生活呢！

男　人　哎呀，看把你能的！

女　人　那是，没有这个金刚钻，咱不揽这个瓷器活。

男　人　好！好！哎呀，咱这就算是在城里扎下脚了！

【一阵猛烈地敲门声。男人示意女人悄声，他下床抄起一根木棍，待门口没有声音了，猛地打开门。门口放着一台咖啡机，没错，是呦呦家那台。

女　人　谁呀？

男　人　（把咖啡机搬进来，读上面的纸条“送给你们”）天爷呀，谁嘛？这万货，送给俺们能干啥嘛？

女　人　这么金贵的东西，谁能放在咱门口？

男　人　不知道。哎，你喝过这东西没有？

女　人　二舅爷家女子在省里上大学，拿回来两包咖啡粉粉，我喝过一次，挺好喝的。不过这个东西，能弄出那个粉粉来？

男　人　没见识了吧？俺给你来一杯，尝一下。

女　人　不行，这是别人的。

男　人　人家不要了，送给咱了。试一下，又用不坏。

女　人　可吹，你能来得了这？

男　人　哎呀，成天送咖啡呢。没吃过猪肉，还是见过猪跑的。你等着，看我给你表演一个咖啡。（煞有介事地摆弄起来，果然做出了一杯）

女　人　咋这黑的？

男　人　你不懂，城里人讲究喝这个。叫俺先给尝一下。

女　人　俺先来。（喝了一小口，苦得咂舌）呀，啥味道嘛！

男　人　（猛灌一大口）呀，咋这苦的，比你我的命还苦。

女　人　俺不苦，俺有你，有娃，是最幸福的。

男　人　那你把这都喝了。

女　人　喝不下了。还是包起来吧，万一人家哪天再要回去呢？

男　人　对着呢，别人东西，拿着心里不踏实。

【两人钻进被窝里，面对面地坐床上。

男　人　这个天，能把人活活冻死。

【女人掏出一个包裹，在床上的桌子上解开，把一把钱倒在桌子上。

男　人　干啥？

女　人　数一数，怕不够数。

男　人　（笑倒在床上，指着女人的肚子）娃，以后长大了，可不敢学你妈！财迷！

女　人　去你的！俺妈说了，日子就是这样过的。

男　人　好，你数，你数。

女　人　你也别闲着，这几张烂钱，给粘一粘。

男　人　这烂钱，还要它干啥嘛？人家现在都拿手机扫一下，谁还用现金呢？

女　人　俺明天就用，买点肉，给你包饺子。这儿，再粘粘，花钱时候，好看一点。

男　人　好。你看这咋样？

【温柔的小夜曲响起，灯光渐暗，烛火辉映，舞台上的两人成为剪影。

【幕徐徐地落下。

话 剧

渔阳里的“大人物”

编剧 陶倩妮

“伟大故事的 B 面是永恒的人间烟火”

时间 1920—1921 年

地点 上海,法租界

从霞飞路渔阳里到环龙路渔阳里

人物

余冬生 血气方刚的练武男孩,纱厂工人,20 岁左右。

杨佳婴 青春大方的 16 岁女学生,相貌平平,但神态娇憨。

蔡欲浅 北方书香门第出身的英俊男学生,20 岁左右。

王桂芬 杨母,裁缝,因为长期伏案劳作,看上去像 40 余岁,实际年龄抑或小一些。

柳莺莺 舞女,浓妆艳抹,看上去 20 余岁,实际年龄抑或小一些。

梅秀芝 病恹恹的,看上去像 30 岁,实际年龄抑或小一些。

梅有福 梅父,古稀之年,以“神算子”自居。

樊　仁 梅秀芝之夫,巷子口烟杂店老板,40 余岁,精明写在脸上。

包打听 30 岁左右的混混,猥琐写在脸上。

罗师父 余冬生的武术师父,50 余岁,一身正气,但气质郁结。

阿　弟 余冬生表弟,文弱一些。

马　龙 余冬生的好兄弟,罗师父的弟子之一。

周老虎 巡捕房探长,40 岁左右,狠毒写在脸上。

六人歌队

青年甲、乙、丙、丁、戊、己

(同时灵活扮演以下角色)

陈先生　原型为陈独秀

俞秘书　原型为俞秀松

杨校长　原型为杨明斋

高女士　原型为陈独秀夫人

维　京　原型为维经斯基

鲁　迅

陈铁生

中年杨佳婴

中年余冬生

老年余冬生

余冬生女儿

女同学们

练家子们

外国语学社学员们

巡捕们

送葬队伍

序

[六人歌队上(分别作为青年甲、乙、丙、丁、戊、己),说话是现代口音。

青年甲　霞飞路渔阳里——又称“新渔阳里”,是建成于1915年的第二代石库门住宅,两层楼,砖木结构。

青年乙　在故事开始的1920年,上海形成了公共租界、法租界、华界“一市三治”的奇特政治格局,而新渔阳里,是地处于法租界的居民区。我们的女主角杨佳婴和她的母亲、邻居们局促地住在紧邻新渔阳里6号的几幢石库门里。

青年丙　1920年,乍暖还寒的初春,《星期评论》的主要撰稿人戴季陶刚刚搬出了新渔阳里6号。

青年己　——喏,这是故事的“天时”!

青年丁　(北方口音)这些街坊们既认识他,又不认识他。戴先生既亲切,又疏远。

青年戊　(上海口音,纠正丁)阿拉上海不讲“街坊”,我们讲“隔壁邻居”。

[停顿。

青年丁　环龙路渔阳里——又称“老渔阳里”。我们的男主角余冬生,住在老渔阳里5号,是著名的老渔阳里6号的“隔壁邻居”。

青年己　他是不久前搬来的,那他知道(停顿)那件事吗?

青年乙　他家那幢石库门房子,在五年前发生过一件惊心动魄的事。

青年戊　余冬生不知道,他也完全不需要知道。

青年乙　老渔阳里 5 号，曾经是中华革命党上海总机关部旧址。1915 年陈其美于此秘密组建上海总机关部，定计翦除上海镇守使郑汝成后，发动肇和舰起义，遭人告密，起义失败……

青年己　对于当时老百姓来说，那桩事情不太重要。隐隐约约知道，又不去捅破窗户纸，顶安全。

青年丙　老渔阳里还是因为它而蒙上了一层神秘色彩，也让居住在此地的居民于日常起居的烟火气之外，对政治环境更多了一点点敏感。

青年己　不过，上海的法租界，在当时已经算老太平了。得益于上海华界、公共租界与法租界之间，出现了城市管理的一道缝隙——哦！这是“地利”。

青年丙　1920 年，乍暖还寒的初春，陈独秀由李大钊护送秘密抵达上海，搬进了他的老朋友柏文蔚名下一处空了很久的寓所——老渔阳里 2 号。

青年丁　这些邻居们既认识他，又不认识他。陈先生既亲切，又疏远。

青年甲　同新渔阳里一样，老渔阳里也是砖木结构的两层石库门，但因为始建于 1912 年，环境较霞飞路渔阳里更老旧些。青黑色砖墙形成主弄，半圆形的砖砌发券拱门，红砖砌成了腰带，镶嵌在青黑色的墙上。

青年乙　一百年后的今天，新、老渔阳里都因成为伟大事业的“摇篮”而被完好地保存下来——只有一个地方不一样了，在两个渔阳里之间，原本有条小路贯通两边……

青年丙　（严肃地补充）因为曾经布满了陈独秀、俞秀松等人穿梭其间的脚印，这条路还被后人称为“马克思主义小道”。

青年己　（带着轻松笑意的）那也是我们故事的男主角余冬生去找心仪女孩而踏过一千遍的小路。可它后来被拆掉了，隐匿在今天繁华的淮海路商圈里，和它背面的人间烟火里。

青年乙　引用一个时髦的说法——如果人们熟悉的“红色摇篮”是渔阳里故事的 A 面，那我们接下来要讲的故事，是关于生活在渔阳里故事 B 面的人们——那些长长久久生活在“摇篮”之外的市井小人物。

青年己　他们既是局外人，又是局内人……哈！这就是“人和”。

一

<1920 年　初春>

［开场于霞飞路渔阳里，下午四五点的光景。

［脖子上挂着软尺的裁缝王桂芬小心又熟练地踩着石库门狭长的木质楼梯急促走下。

王桂芬　囡囡！你怎么才回来。

［王桂芬撞到了柳莺莺，定睛一看，才发现是自己认错了人。

王桂芬　（嘲弄地）哦哟，是你啊。

柳莺莺　王阿姨，做衣服费眼睛，你好去配一副眼镜了。

王桂芬　谁会晓得你今天穿得跟学生妹一样。

柳莺莺　（嘟囔，外地口音）管得宽。

［柳莺莺尴尬不悦，匆匆离去，步子款款——学生装束之下，蹬的是一双高跟鞋。

［梅秀芝小心翼翼地，从灶房端着做好的菜经过，步伐中可见她身体不大结实。

梅秀芝　佳婴姆妈，吃过了伐？

王桂芬　菜都快凉嘞！伊还没回家。（回头瞟了一眼走远的柳莺莺）你看到没？柳莺莺穿得跟正经人一样，晚上还不是去夜场上班。

［梅秀芝为人小心，轻推王桂芬。

梅秀芝　嘘，小声点。

王桂芬　怕啥，最好这些乱七八糟的人搬走，不要带坏我们佳婴。

［梅有福走进。

梅秀芝　阿爸，饭好了。

［梅有福耳背，走过两人，毫无反应。

王桂芬　（大声）梅伯伯，吃——

梅有福　（北方老人口音，牙掉了说话漏风）我听得见，吃不下。

［梅有福走远。

王桂芬　你爷怎么了？

梅秀芝　阿拉爷昨天刚过完生日。（手势比画七十三）

王桂芬　这不蛮好，人生七十古来稀。

梅秀芝　（认真地）离他自己算出来七十八那道坎，没几年了。他屋里那口棺材，今天已经又漆了一道。

王桂芬　噢哟，你也信啊？

梅秀芝　阿拉爷帮人家算了一辈子命了。

王桂芬　（笑）他给自己算命，改名叫梅有福，你家起运了吗？

梅秀芝　这种事不好讲。没改名的话，说不定过得还差呢！

王桂芬　那他给你算八字找的老公，对你好吗？

［梅秀芝脸色黯淡下来，王桂芬倏地意识到自己说错话了，尴尬。

［梅有福在屋里喊。

梅有福　秀芝，还不快把咱家姑爷请上来吃饭。

梅秀芝　哎。

王桂芬　你快把菜端进去吧，我去帮你叫他上来。

［梅秀芝犹豫了下，点点头，端菜轻脚走开。王桂芬目送梅秀芝远去，暗自摇头。

［移景新渔阳里巷口烟杂店。

［王桂芬匆匆来到烟杂店。樊仁缩在店里打瞌睡。包打听上，悄悄伸手要顺走一包烟。王桂芬咳嗽提醒，樊仁醒来，懒洋洋地拍拍脑袋。

王桂芬　（咳）樊仁，樊老板，你家饭烧好了。

包打听　（对王桂芬）你神经病啊！大家都是邻居，我可能不给钱伐？

樊　仁　一个睡大街的，谁跟你邻居。

［樊仁敲了敲门口写着“恕不赊账”的牌子。

包打听　听说过“士别三日，刮目相看”吗，（神神秘秘）我现在是当差的人了。（摸出钱拍在柜台上）

樊　仁　（眼睛一亮，八卦地）哦哟，你干什么啦？

王桂芬　（不屑）听他瞎讲，包打听有什么正经事。

包打听　（推开王桂芬）死开。（对樊仁）我老大慧眼识珠，看重我什么都打听得到的本事。

樊　仁　你老大是谁？

包打听　这包烟送我，我就告诉你。

樊　仁　（摆手拒绝）册那，那你不要讲。

［包打听悻悻回过头，看到王桂芬还站在原地，望着街边。

包打听　你站在这干吗？

樊　仁　（一边收拾关店，一边说）她等她女儿，不过她有得好等了。

包打听　（来了兴致）为啥？

樊　仁　有情况。

［樊仁看看王桂芬，笑而不语。包打听凑上，要和樊仁窃窃私语打听。

王桂芬　你话讲清楚。

樊　仁　还不都那些小年轻的事。

［王桂芬警觉，表面故作镇定不理会。

王桂芬　你不要瞎讲。

包打听　杨佳婴跟谁好上了？（停顿）看样子你认得咯？（停顿）是她同学伐？

［樊仁八卦地想同包打听耳语，被王桂芬拍桌子打断。

王桂芬　哎！樊仁，你这张大嘴巴用来回家吃饭好伐。

［樊仁和包打听悻悻离开，包打听一步三回头。等包打听下场，樊仁快要走远时，被王桂芬叫住。

王桂芬　等一下。（停顿）你跟我讲，那臭小子是谁？

［两人隐去。

［移景烟杂店的街对面。

［杨佳婴和两三女同学放学回家。余冬生和马龙、阿弟跟在后面"护送"。女同学们时常回头看着三位"保镖"，不时对杨佳婴嬉笑耳语。而杨佳婴一路红着脸，不好意思回头。

［迎面过来几个小瘪三，对三个女生上下打量之后，假装无意动手动脚。余冬生一行三人立刻扑上去，三位练家子用武力制服赶走了小瘪三，英雄救美。

［马龙和阿弟鼓励余冬生上前去和杨佳婴说话。

余冬生　（红着脸）你们，没事吧？

［杨佳婴红着脸摇头，也有些手足无措。

女同学　谢谢你们啊。（识趣地示意马龙和阿弟）要不，我们先走了？

阿　弟　要我们送你们吗？

［女同学们面面相觑，掩面笑着逃走。

马　龙　（拍阿弟）不识相，走啊！

［众人离开，只剩余冬生和杨佳婴。余冬生好几次想张口，又紧张地闭上。杨佳婴红着脸转过身，盯着身后的旗袍橱窗。为了打破尴尬，杨佳婴终于开口。

杨佳婴　我姆妈也是裁缝。

余冬生　我知道……从霞飞路到环龙路的人都知道。

杨佳婴　可她就做不出旗袍这么漂亮的裙子。

余冬生　我以后赚钱给你买。

杨佳婴　你厂里的工资，买不起。

余冬生　我不用工资给你买。

［杨佳婴终于转过头，同余冬生四目相对。

余冬生　佳婴，（比画）我每天刻苦练武，是为了出人头地，做个"大人物"。

杨佳婴　什么"大人物"？

余冬生　我要做武状元，赚大钱！

［停顿，杨佳婴瞠目结舌。

杨佳婴　余冬生，你不要天天跟着我了。

余冬生　唉？

杨佳婴　你一点都不了解我。我不喜欢武状元。

余冬生　那你喜欢什么？

杨佳婴　我喜欢拍画报，我想当明星。

余冬生　(急了)那……那你当你的明星,我不做武状元了,我当保镖。明星都有保镖的呀。

杨佳婴　(叹气)我哪里当得了明星。

余冬生　你只要穿上旗袍,肯定比画报上的美女还漂亮。

杨佳婴　(脸红)瞎讲八讲。

[尴尬地沉默片刻,余冬生转移话题。

余冬生　佳婴,你每天放学有我保护,开不开心?

杨佳婴　不开心。

[余冬生愣,杨佳婴嘴上冷漠,见余冬生有些不快后,又赶紧解释。

杨佳婴　因为我一点儿都不喜欢上学和读书。我就想有一天,在这条街上遇到慧眼识珠的人,带我去拍画报。画报里的美女,天天都有漂亮旗袍穿。

余冬生　(突然想到什么)佳婴,我们家隔壁的空房子,刚搬来了一家人。那位太太每天都穿旗袍出门。(停顿)跟画报上一样的哦。

杨佳婴　(来了兴致)是伐,我想去看看。

余冬生　晚一点哥带你去。

杨佳婴　别人屋里厢,我们是进不去的吧?

余冬生　不用进去,他们家一直有客人来,穿旗袍的太太每趟都要亲自出来送客的。

杨佳婴　好的呀!

[王桂芬悄然出现在街对面,见两人,犹豫了一下,假装没看见,叫住杨佳婴。

王桂芬　囡囡。

[杨佳婴打了一个激灵,佯装不认识余冬生。王桂芬走过街时,

余冬生悻悻离开。

王桂芬　快回家吧,菜都凉了。

杨佳婴　姆妈,今天晚饭怎么吃得这么早?

[王桂芬面露尴尬。

杨佳婴　是房客快来了?

王桂芬　对。

[杨佳婴气愤,噘嘴扭过头。

王桂芬　囡囡啊,来不及了,我马上要出门给客人送衣服去。你再不回家,房客来了没人管怎么办。好不容易有人来租。

[王桂芬一边说,一边一把杨佳婴拖回新渔阳里。

杨佳婴　(不情愿地上楼梯)我自己房间都没了,我不想回家。

[移景到家里。

王桂芬　囡囡睡床,姆妈睡地板行不行?(见女儿没有反应,偷偷抹泪)你爸爸出海这么久,姆妈一个人,真的不容易。

杨佳婴　好了,姆妈,你快走吧。

王桂芬　菜不多,你别给姆妈剩了,再不吃就凉了。(突然想到什么)刚才那个小伙子,听说是住在环龙路渔阳里的,对吧?

杨佳婴　我明天就不准他再跟着我了。

王桂芬　他叫余冬生对吧,看着挺老实的呀。

杨佳婴　(把母亲推走)哎呀,快走吧,再不走就赶不上了——

[王桂芬走后,杨佳婴大舒一口气。她坐到饭桌前,拿起筷子,又郁闷地放下,回头看了看床铺,起身伤感地整理自己的被子——从今天起,她就失去她的房间了。

[杨佳婴怔怔出神,蔡欲浅轻声敲门,走进,杨佳婴都没发现。

蔡欲浅　请问这里是王桂芬女士家吗?

[杨佳婴赶忙回过神,望向蔡欲浅后,她又痴迷地怔住了——蔡

欲浅相当英俊,书生气质同渔阳里的老百姓很不一样。

蔡欲浅　抱歉,是我找错了吗?

杨佳婴　(惊喜)你是要租我们家亭子间的房客?

蔡欲浅　你是王桂芬的闺女吧,我叫蔡欲浅。

杨佳婴　(痴痴重复)蔡……欲浅?

蔡欲浅　“嗜欲浅者天机深”。

杨佳婴　(虚伪地)我知道的,我学过……

蔡欲浅　出自《庄子》。

杨佳婴　对对对……我叫杨佳婴。我带你去你的房间。

[移景楼梯间,亭子间。

[杨佳婴带着蔡欲浅上下楼时,正巧遇上浓妆艳抹准备去夜场上班的柳莺莺。柳莺莺看到蔡欲浅,也忍不住暧昧地上下打量。

柳莺莺　(惊叹地)哟!

[樊仁也走过,八卦地目送杨佳婴和蔡欲浅后,又故意蹭了一下正巧经过的柳莺莺的屁股,柳莺莺用高跟鞋的鞋跟重重踩了樊仁一脚。

樊　仁　(八卦地)哦哟!

[蔡欲浅到了亭子间,放下了行李。

蔡欲浅　这以前,是你的房间吧?

[杨佳婴点头。

蔡欲浅　真好,干干净净。

[杨佳婴有点紧张,羞怯地笑。

蔡欲浅　(嗅)上海菜真香。

杨佳婴　我姆妈做的。你还没吃饭吧?要不要下来吃。

蔡欲浅　这不太好吧。

杨佳婴　没关系的，我……吃过了！

［杨佳婴带着蔡欲浅小心地下楼梯。樊仁等在楼梯下。

樊　仁　杨佳婴，过来……小伙子长这么秀气，是你们家新房客？

［梅秀芝搀扶着梅有福也探出头来看，上海市井老百姓的八卦习性暴露无遗。

［杨佳婴带着蔡欲浅匆匆走过，没有理会。

［移景饭桌前，饿坏了的蔡欲浅狼吞虎咽。杨佳婴痴痴地看着。

杨佳婴　吃得惯上海菜吗？

蔡欲浅　有点甜。

杨佳婴　你是北方人？

蔡欲浅　对，不过，我是从杭州过来的。

杨佳婴　哦……我看你带了很多书，你也是学生？

蔡欲浅　（苦笑）我现在无学可上了。不过我喜欢看书，你呢？

杨佳婴　（虚伪地）我也喜欢看书，我最喜欢看书了。

蔡欲浅　真好。（放下碗）杨小姐——

杨佳婴　叫我佳婴。

蔡欲浅　佳婴妹子，（试探性地）听说《星期评论》的主编戴先生就住在霞飞路渔阳里，是吗？

杨佳婴　戴老师？（思索）哦，隔壁的先生好像姓戴，不常见他。

蔡欲浅　刚才经过，看到楼空了，难道……

杨佳婴　是的，真不巧，他们家几天前搬走了，兴许是租期到了吧。

蔡欲浅　（若有所思）哦。

杨佳婴　看他平日里穿衣打扮，不像是住在这里的人，跟邻居来往也不深。（突然想到什么，紧张地）哎呀，你是因为戴先生住过来的吗？

蔡欲浅　算是吧，我是《星期评论》的忠实读者，慕名拜会。

杨佳婴　你会因为他们搬走了，就不租我们家房子了吗？

［蔡欲浅想了想，让杨佳婴愈发紧张。

蔡欲浅　不会，我打算在上海多留一阵。

杨佳婴　（自言自语）那就好。（立刻转身掩饰窃喜）

蔡欲浅　你和戴先生住这么近，读过《星期评论》吗？

杨佳婴　还没有。

蔡欲浅　那《新青年》应该也没读过吧？

［杨佳婴汗颜，低下头。

蔡欲浅　它们都是宣传马克思主义的著名刊物。

杨佳婴　马克思？

［杨佳婴问完就后悔了，显得自己过于无知。

蔡欲浅　没关系，你有兴趣的话，我慢慢教你。

［杨佳婴大喜。这时，窗户外突然传来余冬生的喊声。

余冬生　佳婴。杨佳婴——我带你去看旗袍美女。

［杨佳婴闻声，没心思管余冬生，立刻将窗户关上。

杨佳婴　庸俗。

［杨佳婴和蔡欲浅隐去。

［移景，杨佳婴窗户下，余冬生和阿弟在苦等。

阿　弟　表哥，伊把窗户关了。

余冬生　都说好了，怎么回事！

［樊仁经过，讪笑着。

樊　仁　你叫余冬生，你在等杨佳婴是伐？

余冬生　干吗？

樊　仁　我好心提醒你一句，别等了。（凑近）你不晓得，她家刚住进来了一个读书人，她高兴都来不及。

阿　弟　(思考)读书人……

余冬生　是个男的?

樊　仁　玉面书生,体面得很。

余冬生　(生气)阿弟,我们回家。

[移景,联结两个渔阳里之间的"马克思主义小道"上。

余冬生　阿弟,我姓余,她姓杨,这说明什么?

阿　弟　说明什么?

余冬生　"余杨里",懂了吧!

[阿弟笑着摇摇头。

余冬生　你看,我住的地方叫渔阳里,她住的地方也叫渔阳里,天底下有这种巧合吗,说明我们是正缘!

阿　弟　(心不在焉地附和)有道理。

余冬生　读书人懂个屁。

[阿弟沉默。

余冬生　阿弟,你说,我要不要找她隔壁的算命的梅老头算一卦我们的姻缘?

[两人走过了老渔阳里6号时,门开了。

余冬生　(拉着阿弟,低声说)快看——

[穿着旗袍的高女士寒暄送走两位客人——杨校长和俞秘书。

俞秘书　夫人请留步。

高女士　杨先生,俞先生,再会。

杨校长　替我们谢谢陈先生拨冗款待。

俞秘书　同陈先生的讨论,时间有限,但受益匪浅。

[送客的高女士看到余冬生和阿弟,远远对他们礼貌地点头笑笑,然后转身回去,余冬生和阿弟拘谨地反应。

[杨校长和抱着一摞书的俞秘书走过余冬生和阿弟时,两人更是友好亲切地跟两人打招呼,然而余冬生却非常不礼貌地扭过了头,只有阿弟点头回应了他们。俞秘书和杨校长面面相觑,尴尬地笑着离开。

阿　弟　(小心地)表哥,刚才何必呢。

余冬生　(看着两人离开的背影,对阿弟愤愤地说)读书人有什么了不起,我最讨厌读书人了!

二

<1920 年　初夏>

[开场于罗师父家门口,练武的空地。

[罗师父眉头紧锁,端起茶碗,却又没心思喝,忧虑地放下。

[阿弟在旁边演示武术动作,他身板薄,动作不大协调,完全没有学习武术的天分。

[罗师父也完全没有看他。阿弟练完,察觉师父的心不在焉,就识趣地停下,默默等在一边。

[余冬生和马龙匆匆跑上,迅速穿上练功服,和阿弟站成一排操练。

罗师父　纱厂下班越来越晚了?

余冬生　师父,对不起。

[罗师父愤恨拍桌,三人吓了一跳。

罗师父　这些杀千刀的资本家!

马　龙　就是!一天十几点的牛马劳动,饭菜里经常看到臭虫和苍蝇。

余冬生　师父,不光我们纱厂这样,铁厂、电灯厂、造船厂,哪家的工人不是这样被他们压榨。

罗师父　个狗日的。

［阿弟招呼余冬生和马龙过来。

阿　弟　（悄悄地）表哥、马龙，师父心烦，主要是因为大师兄被巡捕房关起来了。

马　龙　啊！怎么回事！

阿　弟　他带头反抗剥削工人的资本家，遭人出卖了。

马　龙　哎呀呀，大师兄冲动了！不要出头，不要出头！

罗师父　俗话说，枪打出头鸟。

马　龙　就是！

阿　弟　（低声问马龙）我们师傅，就他一个儿子？

［马龙点头。

阿　弟　唉。

马　龙　大师兄这又是何必呢。

［余冬生看看马龙和阿弟，又看看师父。

余冬生　师父，我觉得大师兄没做错。

［罗师父把茶碗重重地磕在桌子上。

罗师父　冬生、马龙、阿弟，说说，你们当初来找我学武术，是为了什么？

阿　弟　强身健体。

马　龙　保护亲友。

［余冬生沉默。

余冬生　成为“大人物”。

［众人诧异地看向余冬生。

余冬生　我本来一直想着，学武术，是为了去打比赛，做武状元。但就在刚才，我突然萌生了一种念头——师父他老人家教我们，练家子要有侠肝义胆的！我们不去出头，谁去？

[罗师父沉默。

罗师父　（悲戚地）我只有一个儿子。如果我失去他，（停顿）我还有你们这些弟子给我养老送终。

马　龙　（惊讶）哎！

罗师父　（站起）我是精武体育会霍公的嫡传弟子。我当初学武术，是有“武术救国”的理想。孙中山先生也因为霍公敬仰武术，器重武术。

阿　弟　孙中山先生说，“欲使国强，非人人习武不可”……

[余冬生和马龙吃惊地看着阿弟，师傅也愣住片刻。

罗师父　……总之你们给我记住，习武之人，保护百姓，责无旁贷。

余冬生　是。

马　龙　懂了，武术救国。

阿　弟　师父，我们记住了。

[罗师父拍拍阿弟的肩头。想起什么，又重重叹了口气。

阿　弟　师父勿要急，我听说大师兄不久就会被放出来。

罗师父　他在里面受点皮肉之苦倒没什么，现在让我气不顺的不光是这个。

马　龙　谁又惹师父生气？我们去帮您收拾。

罗师父　阿弟，看不出来，你平时还会读点书。

[余冬生望向阿弟，感觉遭到了背叛。

阿　弟　（苦笑）我平时喜欢看报纸而已。

罗师父　我问你们，你们三个有没有察觉，上海武术圈，有什么不一样了？

[三人面面相觑。

阿　弟　师父，练武术的年轻人，好像越来越少了。

余冬生　我也发现了，这是为啥？

罗师父　还不是因为看书看报看多了！

［阿弟尴尬。

罗师父　谁让我不顺气，我告诉你们他们是谁！（停顿）一个叫鲁迅，一个叫陈独秀！

［三人惊讶。

余冬生　（自言自语）鲁迅我听说过，陈独秀是？

罗师父　（未理会，继续喷沫子控诉）尤其是那个鲁迅，连章士钊、蔡元培都同意武术是中华国粹，他鲁迅倒站出来，坚决反对“武术救国”。还在一本叫《新青年》的杂志上挖苦讽刺，居然还说推广武术的本质和推广义和团没有本质区别！

余冬生　他凭什么这么讲！

罗师父　你说滑稽吧！有枪有炮的年代，打仗难道就不需要拿着刺刀冲锋陷阵，用武术肉搏了吗？

马　龙　就是！

罗师父　还有那个杂志的创刊人陈独秀，也是阴阳怪气，写文章说我们民间练家子文化不高，容易走怪力乱神？他文化水平高，但他了解武术吗！这是误人子弟，小年轻都听他的不习武了，我们国家不就弱了吗？

马　龙　我们没妨碍他们“科学救国”，他们干吗手伸这么长，管我们“武术救国”。

余冬生　这些读书人，真的是讨厌！

［阿弟瞠目结舌，接不上话。

［三人隐去。

［六人歌队上。

青年甲　罗师父刚才说的，来源于一场让上海武术界气得跳脚的一场骂战。

［鲁迅上，另一厢，穿着练功服的练家子们怒目相向，聚成一团。

鲁　迅　（冷笑）猛兽总是独行，牛羊才成群结队。

［练家子们更是生气，推选出一中年人——陈铁生上场。

青年甲　迎战新文化运动骁勇战将鲁迅先生的，是精武会的创办人陈铁生。

［陈铁生扔掉武器，拿起笔，意识流场面，表现他同鲁迅 PK。

陈铁生　鲁迅先生，武术就是武术，不是巫术，这与义和团不一样。

鲁　迅　如今有枪炮还在极力推广技击术，这和义和团吹嘘“鬼道主义”有何区别？

陈铁生　虽然打仗多用枪炮，但是也得拼刺刀，所以武术也得练。

鲁　迅　打仗要用到武术，那就在军队中教好了，没必要全国推行。

陈铁生　（哑口无言半晌，话锋一转）你有所不知，在我三十岁时患了重病，几乎手脚残废了。你看我现在身体无恙，完全是靠练习武术逐渐恢复的。你看看，武术是不是很有用！

鲁　迅　你说打拳医好了自己身体的病，却没有说打拳可以医好所有人的病，就像有些中药，偶尔一两个人吃了可以治好，却不能治好所有人的病，这是不科学的。

［陈铁生败下阵来，下场。

青年甲　陈铁生虽有些文笔功夫，但是与鲁迅对峙，那真的是不自量力。

［鲁迅欲下场。

青年甲　鲁迅先生，关于“武术救国”的论战，您还有什么话要补充。

鲁　迅　后来冷静下想想，用武术强身健体，也不是不行。

[鲁迅下场。

鲁　迅　（边走边说）当我沉默的时候，我觉得很充实，当我开口说话，就感到了空虚。

[三人隐去。

[移景新渔阳里。

[杨佳婴在弄堂口借光看书。

[余冬生上，见杨佳婴看书，很吃惊。

余冬生　佳婴，你怎么开始看书了?!

杨佳婴　（吓了一跳）余冬生，你走路没声音的啊。

余冬生　你不是想当画报明星吗!

杨佳婴　（回头）我最近喜欢上了看书，我要用知识武装我的大脑，学习民主与科学，不行吗?

[樊仁走过。

樊　仁　是喜欢上看书，还是喜欢上看书的人。

[杨佳婴不悦，挪了一个地方继续看。

余冬生　（讨好地）佳婴，我给你表演一套新学的拳法。

杨佳婴　哦，你打吧。

[余冬生打拳，杨佳婴心不在焉。余冬生发现之后，生气。

余冬生　杨佳婴，你变了!

杨佳婴　余冬生，不是我变了，是你自己不知道，外面世道早就变了。我们都应该改变自己，才跟得上这个世界。

余冬生　说话一套一套的。（指着杨佳婴收走的封皮）呵，看《庄子》这种旧书，是能学习民主，还是学到科学?

杨佳婴　（揶揄）呀，你也知道《庄子》啊!

余冬生　不要瞧不起人。

杨佳婴　那你知道“嗜欲浅者天机深”是什么意思吗？

［余冬生沉默。

杨佳婴　哦，我还以为你知道呢。

［樊仁又走过。

樊　仁　就是隔壁房客叫蔡欲浅的意思。

［杨佳婴恼羞成怒，扔下书羞愤地跑了。

［余冬生捡起书，打开扉页。

余冬生　蔡……欲浅印。

［余冬生坐下，叹了一口气，心情复杂地坐下，翻阅着，努力在认字。

［杨校长和俞秘书拎着行李，结伴而上，向烟杂店的樊仁打听。

杨校长　劳驾，霞飞路渔阳里 6 号是哪一户。

樊　仁　那一幢就是。（停顿）里边的人早搬走了。

杨校长　我知道，我们刚租下，是您的新邻居。

［在樊仁打量的目光中，杨校长和俞秘书拎着行李走进新渔阳里，经过看书的余冬生时，两人都认出了他。

俞秘书　小兄弟，看书呢。

［余冬生放下书，惊讶地看着两人。

俞秘书　我们又见面了，你喜欢看书呀。

杨校长　以后我们就是邻里街坊了，喜欢看书的话，我们手里有一些翻译自外国的新书，欢迎你来借阅。

余冬生　（语塞）……我只是个纱厂工人。

俞秘书　哈哈，不用不自在。我也是工人，我在虹口厚生铁厂做过工。（对杨校长）我认为，凡智识阶级里面觉悟的人，应该打破“智识阶级”的观念，投身劳动界中，和劳动者联合一致。

［余冬生对两人的热情亲切感到无所适从时，蔡欲浅上。

蔡欲浅　俞兄！

［俞秘书认出了他，两人激动重逢。

俞秘书　欲浅！别来无恙？我们刚搬来。

蔡欲浅　真巧！我也住在此地。杭州一别，好久不见，你可安好？

俞秘书　（感怀地）《浙江新潮》被勒令停刊后，我也经历了被退学和逃婚，一言难尽……

杨校长　这位小兄弟是？

俞秘书　一激动忘了介绍，这位是杨老师，这位蔡兄，是我在杭州的旧相识。他也是去年在杭州声援北京学生五四运动的三千同学之一，在《浙江新潮》上也发表了不少优秀的文章。

杨校长　（握手）幸会，同志。

［三人一边寒暄，一边在樊仁和余冬生的瞩目中下场。

蔡欲浅　俞兄，听说你后来去北京，参加了工读互助组。

俞秘书　没错，但我很快意识到，现行社会不进行彻底改造，工读互助只是一种乌托邦的空想……

［三人前脚刚走，包打听上，服饰较前一场体面了一点。

包打听　那两个男人是谁？

樊　仁　我听下来，只知道年轻的姓俞，年纪大的姓杨。

包打听　他们拎着行李，是要住进来？

［包打听从兜里揣出一个小本本，记录着什么，这个行为引起了余冬生的厌恶反应。

包打听　不会是6号那幢楼吧？

樊　仁　你猜对了，就是6号。前脚戴先生刚搬走，他们后脚就来了。

包打听　（一边记着）戴先生……

余冬生　（反感）樊老板，你干吗什么都跟他讲。

［包打听斜睨着余冬生。给樊仁点烟。

包打听　这俩人看着挺寒酸的，倒能住这么大一幢房子，有问题。

［包打听一边记录，脸上浮现洋洋得意的神采。

樊　仁　两个大男人住在一起，更有问题好不好。

［包打听和樊仁哄笑。

余冬生　你们简直了，庸俗不堪！

［余冬生听不下去，拿着书走开。

［移景到杨佳婴家门口。

余冬生　杨佳婴，下来。

［无人回应。

余冬生　杨佳婴女士，劳驾您下来一趟。

［杨佳婴难为情，不情不愿蹬着狭长的楼梯下来。

余冬生　喏，书还给你。

［杨佳婴接过书，没说话，转身要回去。

余冬生　（欲言又止，拉住她）佳婴，我最后有话要跟你说。

［杨佳婴转过头看他，四目相对。

余冬生　我知趣了。你心思不在我身上。其实你不大想见到我，我以后也不大会再来打搅你了。

［杨佳婴听到这番话，脸上倒流露出了几分不舍。

余冬生　但我还是有几件事想提醒你。

杨佳婴　什么？

余冬生　小心点。（指着6号）不要跟他们走得太近，不要卷进什么运动，小心火烧到自己身上。

杨佳婴　你讲清楚些。

余冬生　6号新搬来的这两个人，我在环龙路渔阳里家门口总是遇到。他们时常来拜访我家隔壁那户新邻居。

杨佳婴　他们可能凑巧认识,又凑巧想住得近些。

余冬生　阿弟和我聊过这件事。他们搬过来,也许就是因为法租界是上海最太平的地方了。有句话你姆妈应该知道,最安全的地方,就是最危险的地方。

杨佳婴　老人家什么都敏感也就算了,你们为什么也会这么想?

余冬生　你猜,还有谁跟他们俩一起出现?(停顿)就是你的前脚刚搬走的老邻居,戴先生。

[杨佳婴惊讶。

杨佳婴　戴先生……跟他们认识啊?完全想不到。

余冬生　我觉得他们在密谋什么,一定很不一般。

杨佳婴　这么说起来,包打听的确来得更频繁了。我姆妈说,他可能已经在帮巡捕房办事了。

余冬生　虽然到现在还很平静,就和以前一样,但没准儿暗流之下……记住,眼睛张大,耳朵要灵,知道多一点,又不捅破,最安全。

[包打听从余冬生身后轻脚上,杨佳婴暗示余冬生别说了。

杨佳婴　(打断)我懂了。(停顿)冬生哥,保重。

[杨佳婴上楼。

[包打听来到余冬生身边。

包打听　余冬生,我来问你个事。据我所知,环龙路渔阳里 2 号那家人,是不是老有访客来找?

余冬生　不知道。

包打听　刚才那个姓杨的和姓俞的,也老去找他吧。

余冬生　没见过。

包打听　呵,不说实话,你以为瞒得了我,我什么都知道。

[包打听摸出小本本,余冬生不理会,欲下。

包打听　你不信？呵。我讲一件事，你就知道了。（看本子）这几天，你们那边有洋人来过吧？

［余冬生吓了一跳，止步。

［舞台后方，移景老渔阳里。有人敲门，高女士上前，打开门——洋人维京和杨校长站在门口。

包打听　没猜错的话，还是个老毛子。

［维京用俄语问候，拿出一封信。

维　京　много о вас слышал.

高女士　您是？

杨校长　这是李大钊先生写给陈先生的引荐信。

［陈先生出现在身后，小心翼翼地接过信，阅读后激动。

陈先生　维京先生，是你吗？

高女士　快快请进。

陈先生　太好了，我迫不及待想听维京先生介绍十月革命后的苏俄情况。

维　京　Я хочу спросить у тебя……

杨校长　维京先生，也想向陈先生请教五四运动后中国的变化。

［高女士关门前，警觉左右张望。

［舞台上只剩下包打听和余冬生。

包打听　给我老实点。你看，什么都逃不过我们的眼睛……

三

<1920 年　从盛夏至寒冬>

［歌队上。

青年甲　1956 年，杨佳婴遵从上海市人民政府为保护文物而动迁居民的批示，准备搬家。

［移景，三十年后新渔阳里的杨家。中年杨佳婴上，正在收拾家什。她小心翼翼地，从床底下拿出一个匣子，轻轻擦灰，然后感怀地打开。

［中年余冬生上——此时他们已经是夫妻。

余冬生　佳婴——

［杨佳婴吓了一跳，立刻合上。

余冬生　我去买点小菜，今天囡囡说她不回来。

杨佳婴　哦，那就随便烧点菜。

余冬生　收拾好了吗？

杨佳婴　（留恋地环顾）明天就好走了。

余冬生　（指着杨佳婴用身体挡住的箱子一角，笑）你跟杜十娘一样，有个百宝箱。可以让我看看里面装了什么吗？

［杨佳婴没有接茬，兀自低头假装收拾衣服。

［余冬生知趣地拎着菜篮子离开。

［待确认余冬生离开，杨佳婴继续留恋地打开匣子——百宝箱。

青年丙　杨佳婴这辈子，私藏了三件宝贝。

［杨佳婴拿出一张学员证，抚摩。

青年丙　第一件，是1920年外国语学社的学员证。

［青年甲和中年杨佳婴隐去。时光回溯效果。1920年，在同一个房间，年轻的杨佳婴正偷偷翻箱倒柜。她翻出几张小额钞票，仔细点着。

［王桂芬拎着酱油瓶上，见状愣住。

王桂芬　囡囡，我知道你想干嘛。

［杨佳婴惊得跳起，把钱藏起来。

杨佳婴　姆妈，我真的想去学习。你不是向来支持我读书的吗？

［王桂芬小心地掩上门，压低声音。

王桂芬　这些年轻人，小动作不要太多哦。

杨佳婴　你什么证据都没，不要瞎说。

王桂芬　我早就听说了，那个亭子间的房客小蔡，就是在外地卷进什么学生运动，所以没有学上。还有隔壁那个姓俞的年轻人，居然还是学生运动的领袖！你说吓不吓人。

杨佳婴　我不去运动，我就是想去学外语。

王桂芬　你告诉我，你学外语，有什么用？

杨佳婴　等我爸回来，我教他说外语，他如果在国外着陆用得上。

王桂芬　瞎讲！你要是出了什么状况，你爸也不在，我可怎么办。（停顿）他们自己关上门讨论也就算了，还开学校，万一你听了些有的没的，让运动啊，革命啊的火烧到你身上……

杨佳婴　好了，你不要再说了。

［杨佳婴起身，拿走王桂芬手里的酱油瓶。

王桂芬　你去哪？

杨佳婴　我去帮你拷酱油。

［杨佳婴下，王桂芬忧心忡忡目送。

［移景，新渔阳里6号，学员们把“外国语学社”的牌匾挂好，热热闹闹带着长凳、黑板建设教室，“滚地龙”般嘈杂。

［杨校长上，手里拿着一份《民国日报》。

杨校长　本学社拟分设英、法、德、俄、日语各班，现已成立英、俄、日本语三班，除星期日外，每班每日授课一小时。文法读本由华人教授，读音会话由外国人教授，除英文外，各班皆从初步教起。每人选习一班者，月纳学费二元。日内即行开课，名额无多，有志学习外国语者，请速向法租界霞飞路新渔阳里6号本社报名。此白。

[杨校长隐去。

[杨佳婴穿得体面,随学员们兴奋环顾。

[柳莺莺跟来,不敢进去。

柳莺莺　佳婴——

杨佳婴　莺莺姐,一起进来看看吧。

[柳莺莺虽然好奇,但囿于自己的身份,难为情地环顾。

柳莺莺　我就不进来了,不合适。我就是来跟你说,千万别告诉你妈你管我借钱的事。

杨佳婴　放心吧。

柳莺莺　总之你随意编理由,别说是我就行。你妈她……嫌我赚的钱脏。

杨佳婴　莺莺姐,我从来不会这么想。

柳莺莺　(苦笑)去吧,好好学习。

杨佳婴　唉!(愉快转身)

[柳莺莺看着杨佳婴转身离开时,下意识脱口而出。

柳莺莺　你要教我哦——

[莺莺说完,捂嘴后悔了,杨佳婴转身。

杨佳婴　莺莺姐,你说什么,我刚才没听见。

柳莺莺　(改口)我说,钱你要还我哦。

[杨佳婴有点摸不着头脑。

杨佳婴　晓得了,我攒够钱就还你。

[柳莺莺匆匆下场,撞见正好上场的阿弟,刚才那一幕他也都看在眼里。

杨佳婴　阿弟!

阿　弟　佳婴,你也是来报名的吗?

杨佳婴　没错。你表哥还好吗?

阿　弟　他的生活,只有纱厂上班和练习拳法两件事了。

杨佳婴　那你呢。

阿　弟　我不是练武的料,我想学日语。你准备报哪个班?

杨佳婴　(脸红)……蔡大哥学的是?

阿　弟　俄文。

杨佳婴　我一直就想学俄文。

阿　弟　听说俄文特别难。

杨佳婴　没关系,蔡大哥说了,我可以随时请教他。

［墙板突然被敲响,学员们都停止说话。

梅有福　(探出身子)秀芝——秀芝——

学员甲　老大爷,我们没有叫秀芝的学员。

［梅有福没有理会,直到把梅秀芝呼唤出来。

梅有福　(对梅秀芝指桑骂槐)怎么这么多人!你去跟他们说,都给我轻点儿声。

［梅秀芝怯懦,只能安抚梅有福,搀扶他走。

［学员们面面相觑,但也愉快地互相提醒,轻手轻脚。

杨佳婴　(无奈地对阿弟)老爷子真奇怪,他家姑爷每天打她女儿这么大的动静,他倒反而听不见了。

［阿弟若有所思。

［杨佳婴环顾周围学员朝气蓬勃地忙碌。

杨佳婴　阿弟,你们平日里在外语学社都忙些什么呀?

阿　弟　非常充实,一般上午学外语,下午除了学习外,还会参加一些社会活动。

杨佳婴　什么社会活动?

阿　弟　有时刻写蜡纸,印传单。有时去工厂联络,上街发传单。

遇有纪念日，就参加游行。

杨佳婴　呀，那会不会……有些危险？

阿　弟　我们是被巡捕房盯住了，包打听来过不晓得多少次，也没查到什么可疑物品。巡捕房隔三岔五来，最多也就把印有马克思肖像的书籍全部拿走，权且认作国际性资料而已。

杨佳婴　那他们不抓人咯？

阿　弟　我听说抓过，但也只是关在屋子里，不许吃饭，不久就释放了。

杨佳婴　有数了。阿弟，当我没问过，我可一点都不害怕。

［杨佳婴摩拳擦掌，十分期待。

［一个学员制作好一张学员证。

学员乙　杨佳婴的学员证。

［学员们将学员证传递到杨佳婴的手里，杨佳婴拿到学员证，非常开心，下意识捂在胸口。

［中年杨佳婴上，从年轻的自己手里接过了学员证。

［1920 年的人们隐去。

［意识流场面开始。

［蔡欲浅坐在长凳上，光打在他身上。中年杨佳婴激动地坐在蔡欲浅的身边，宛如一起上课。中年杨佳婴像回到少女时代，总是偷偷望着他。但蔡欲浅仿佛同她不在一个空间。

［歌队上。

青年甲　杨佳婴不再做当画报明星的白日梦了，那个时候的她，心愿是要长长久久地做一个学生。但在渔阳里 6 号外国语学社的半年，是她辍学去纺织厂当女工前最后的学习时光。

青年乙　她没有学俄文的天分，她把这归结于她资质“普通”，但这一点儿也不会浇灭她每天来上课的热情。

[蔡欲浅站起身，讲了一大段俄语。身边来了另一位说俄语的学员，两人用俄语流利地交流，然后一起走远。中年杨佳婴目送他们离开，有一点伤感。

青年甲　杨佳婴崇拜每一个外国语学社的老师，他们都亲切，热情，专业，她每一个老师都记得。

青年乙　但直到五十年代，外国语学社旧址作为纪念馆向上海市民展出时，她才认识到她每天朝夕相处敬爱的老师们，真实的身份——

[中年杨佳婴驻足观看，如同在参观博物馆。

[杨校长在黑板前上俄文课。

[后方，陈先生出现。

陈先生　我和李大钊同志都认为，要学习苏俄的革命理论和经验，首先要培养一批懂俄文的干部。我们要为培养党的干部和输送有志青年赴俄学习做准备。

[维京上，同杨校长用俄语交流。

陈先生　5月，“马克思主义研究会”成立，负责人是我，开会地点也是我在环龙路渔阳里的小屋。经过学习和座谈，我们得出了一致的结论，那就是“走俄国人的道路”。

[中年杨佳婴如同参观时低声念出。

杨佳婴　（同时）——“走俄国人的道路。”

[中年杨佳婴感怀。

陈先生　6月，“中国共产党发起组”成立；8月22日，上海社会主义青年团成立，简称“SY”，团机关就设在霞飞路渔阳里6号。由俞秀松担任书记，主持团务工作。（停顿）俞秀松同志，是一名可敬的小兄弟。在他撰写的社会主义青年团的章程中，明确规定，团的任务是要研究科学理论，实现自由平等，宗旨是实现社会主义改造和宣传社会主义。

［陈先生隐去。

［俞秘书拿着一份手稿上前，递给两人。

杨校长　俞秘书。

俞秘书　这是望道凭借着戴先生和陈先生提供的日文本与英文本，靠着词典逐字逐句翻译的《共产党宣言》的初稿。

杨校长　这可比平时的翻译费了更多倍的功夫，望道辛苦了。

维　京　Сэр видел?

杨校长　（翻译）维京先生问，陈先生已经过过目了？

俞秘书　陈先生认可这个版本，但《星期评论》却停刊了。

杨校长　我和维京先生商量过了，即刻着手筹措资金，建一间秘密印刷所。

维　京　адрес можно……

杨校长　维京先生说，选址可以在辣斐德路成裕里。

杨校长　叫“又新印刷所”，如何？

俞秘书　“日日新，又日新。”

［杨佳婴激动地观看历史，试图走近——

青年乙　直到五十年代，外国语学社旧址作为纪念馆向上海市民展出时，杨佳婴才认识到她每天朝夕相处敬爱的老师们，真实的身份、伟大的轨迹，以及（停顿）——献出宝贵生命的年月。

［杨校长、维京和俞秘书骤然隐去（象征烈士）。中年杨佳婴望着他们，掩面流泪。

［青年丙抱着杨佳婴的百宝箱上，中年杨佳婴接过，然后隐去。

青年丙　杨佳婴的第二件宝贝，是件无价之宝——

[舞台后方，移景蔡欲浅的亭子间，年轻的杨佳婴和蔡欲浅上。

杨佳婴　（从蔡欲浅手中接过书）《共党产宣言》？为什么是“共党产”？

蔡欲浅　印刷错误，应该是《共产党宣言》，我们学社的政治课本。这本错版书，以后会很珍贵的。（停顿）我送给你。

[杨佳婴惊讶。

蔡欲浅　作为临别的纪念。

杨佳婴　蔡大哥，你要走了？

蔡欲浅　（点头）我们和部分学员，要一起去莫斯科东方大学学习。

杨佳婴　你还会回来吗？

[蔡欲浅没有回答。杨佳婴难过地低下头，蔡欲浅拍拍她。

蔡欲浅　别这么伤感，你又可以有自己的房间了。

[杨佳婴啜泣，肩膀抖动。

蔡欲浅　你不是一直想在外国语学社继续学习吗？你同你妈妈讲，小蔡的学费已经交了好几个月，你不去替我上课就是浪费，你妈妈就不会不同意了。

[杨佳婴把错版书塞给蔡欲浅。

杨佳婴　蔡大哥，我不收。这么珍贵的礼物，我想你回来的时候，再送给我。

[蔡欲浅愣住。

蔡欲浅　好，我答应你，等我回国，我一定来找你，把书送给你。

杨佳婴　（苦笑）到时候，哪怕它变成了无价之宝，都别舍不得。

[两人倚靠着相对而坐，离愁别绪让他们此刻相对无言。

[舞台后方，柳莺莺在学习说日语。

[蔡欲浅和杨佳婴在窗前聆听。

蔡欲浅　莺莺学外语，听起来，比你有天分。

［杨佳婴破涕为笑。

［阿弟上场，纠正莺莺发音。

蔡欲浅　是谁在教她？

杨佳婴　是阿弟。莺莺姐想学，但不好意思来学社上学。阿弟知道以后，就下课以后，单独辅导她。（停顿）阿弟有一个姐姐，听说被拐到了日本，杳无音信。阿弟说，莺莺很像他的姐姐……

［阿弟和柳莺莺隐去。梅秀芝端着菜经过，她精神好多了，几个外国语学社的年轻学员在后面帮她一起端菜。

［蔡欲浅和杨佳婴看向他们。

杨佳婴　蔡大哥，你还记得吗，学员们刚搬来时，邻居们都那么反对，害怕有火烧到自己身上。你看现在，大家处得多么融洽。

蔡欲浅　梅秀芝看着精神多了。

杨佳婴　你不知道吗？以前她泡在中药罐里，是因为樊仁总是打她。梅老头封建迷信，就认为樊仁的八字旺他们家，就充耳不闻，放任女儿就这样天天被虐打。好在，几个学员同志听不下去，就替梅阿姨出头，把樊仁哄走了。

蔡欲浅　难怪总看见樊仁夜里住在店里，原来是有家不能回。

［杨佳婴笑，但很快伤感的情绪又再次袭来。

［蔡欲浅站起。

蔡欲浅　佳婴，你是我在这里，最信任的人。我给你看一个宝贝。

［蔡欲浅神神秘秘地将杨佳婴带到一个用布遮盖的物件前。

蔡欲浅　（掀开布）这个大家伙，是我前些日子连夜偷偷运过来的。

杨佳婴　这是……印刷机。

蔡欲浅　是。租界当局已经在密切监视我们的活动。因为担心我们的秘密印刷所被查封,所以未雨绸缪在此处藏了一个。佳婴,我走了以后,把它托付给你保管。必要时,请你把它交与最需要它的人。

杨佳婴　蔡大哥,我答应你。

［蔡欲浅取下别在胸口的钢笔。

蔡欲浅　这是我母亲留给我的钢笔,对于我很珍贵。我还是希望你能收下一件临别礼物,作为纪念。

［杨佳婴抬头。两人隐去。

［青年丙和抱着百宝箱的中年杨佳婴上。

青年丙　杨佳婴的第二件宝贝,是她心目中的无价之宝——

［杨佳婴从箱子里拿出钢笔,泪流满面。

青年丙　一件革命烈士的遗物。

［年轻的杨佳婴上,中年杨佳婴将钢笔交给年轻的自己。

［移景外国语学社的教室,乍暖还寒的初春。

［一个新老师在上俄文课,教室里的学员因为大部分同杨校长等人去了莫斯科,而人数少了很多。

［杨佳婴握着蔡欲浅的钢笔,心不在焉地望向窗外。

［突然间,一阵骚乱。包打听带着一众巡捕前来查封外国语学社。学员们被巡捕们控制住。

包打听　查抄,查抄,统统查抄。早就看你们不对劲,我就不信我逮不到证据。但凡带字的东西,都给我端了。

杨佳婴　包打听,你干什么!我们只是想学一门外语的普通学生而已!

［周老虎上,手里拿着一些印刷稿件。

周老虎　少来,狐狸尾巴早就露出来了。上街发传单的那几个学生,我们已经逮捕了。

包打听　要了我们这么多次，也别怪我们不客气了！

周老虎　（拿起一个物料）看看这个，（读）“末日的晚间，有一位拿锤儿的，一位拿锄儿的，黑漆漆地在一间破屋子里谈天……”

［意识流场面起。

［罗师父、余冬生、马龙带着练家子们上。

杨佳婴　冬生！

余冬生　这不是第一次了，我们来保护你们。

［练家子们保护学员们，同巡捕们大打出手，场面一片混乱。武戏，伴随周老虎阴阳怪气的朗读。

周老虎　“——他们想睡，也睡不成。朦朦胧胧地张眼一瞧，黑暗里突然地透出一线儿红。这是什么？原来是北极下来的新潮，从近东到远东。那潮头上拥着无数的锤儿锄儿，直要锤匀了锄光了世间的不平不公……”

青年甲　这样的冲突不是第一次，也不会是最后一次。

青年乙　1921 年初《新青年》月刊的出版被破坏，8 卷 6 号“排印将完的时候，所有稿件尽被辣手抓去”。

青年丙　初春不久，《共产党》月刊正排出第 3 期，突遭租界密探查抄，编辑部只得在此期一页空白纸上写下“此页被上海法捕房没收去了”一行字。

［最终，余冬生等人负伤，巡捕们也带走了几名学生。

青年丁　1921 年 4 月 29 日，外国语学社在遭到最后一次查抄后，停止活动。

［众人隐去，只留下青年丙。

［移景到 1956 年，杨佳婴的家。

青年丙　1956 年，杨佳婴搬家的前一晚，余冬生偷偷做了一件事。

[中年杨佳婴在睡觉,中年余冬生偷偷找出她的百宝箱。

青年丙　杨佳婴有三个宝贝。一张学员证,一支钢笔。

[中年余冬生好奇地探索,拿出学员证和钢笔时,有些许醋意。

青年丙　第三样宝贝,是一张纸钱。

[中年余冬生拿出纸钱时,惊讶地愣住,而后百感交集。他眼睛红了,抚摩这张纸钱,而后又带着得意的笑容抹泪。

四

<1921 年　乍暖还寒的初春>

[开场于罗师父家门口,练武的空地。

[余冬生、马龙和罗师父都负伤,杨佳婴一边哭,一边为余冬生包扎伤口。

余冬生　佳婴,你别哭了。(尴尬地)我才是需要哭的那个。

[罗师父心烦,背过身去。

马　龙　冬生听到风声,撺掇我们练家子来保护你们学生,我们义不容辞。谁想得到,他们查抄出来的,竟然就是师父最烦的《新青年》! 我们帮你们出头了,受伤了,气倒不顺了。

罗师父　真是踏破铁鞋无觅处,杂志社竟然就在冬生家隔壁!

余冬生　(意味深长地笑)陈先生,原来就是那位陈先生。

罗师父　可惜他现在人在广州,不然我倒想冲过去和他辩一辩,我们这不就在用武术保护你们吗?

杨佳婴　罗师父,我很感激你们保护了我们,可如果你们看了这本杂志就会知道,它已经从激进的民主主义刊物,转变成了社会主义刊物。

罗师父　怎么,他不说武术不好了?

杨佳婴　早就不讨论这些了，他们对于武术，已经有了更客观的认识。现在这本杂志，主要是在向工人群众宣传马克思主义。

马　龙　马……克思？

罗师父　我听说过。（对余冬生和马龙）你们应该都看看。

杨佳婴　可惜……印刷所被抄了，你们可能看不到了。

［杨佳婴又开始哭。余冬生见不得她哭。

余冬生　哎呀呀，师傅都不生气了，你怎么还在哭！

杨佳婴　我想请你们帮我们一个忙……

余冬生　你们？

杨佳婴　但是得冒很大的风险。

［余冬生和罗师父、马龙面面相觑。

马　龙　你先说说看是什么。

余冬生　（打断）我答应你。

［杨佳婴惊讶，感动。

余冬生　杨佳婴，我余冬生为了你，冒多大的风险我都愿意。何况，这可能是我这辈子唯一一次，做“大人物”的机会。

［众人隐去。

［意识流场面：一支披着孝服，撒着纸钱，抬着棺材的送葬队伍穿过舞台。

［歌队上。

青年甲　一个“大人物”为了正义突破困境，扭转乾坤的故事是如何诞生的呢？

［一张饭桌推上，时间来到20世纪50年代。

［中年余冬生、中年杨佳婴，和他们的女儿在吃晚饭，中年余冬生兴致勃勃地讲这个故事。

余冬生　那天，我和你妈，必须在一天之内，把放在我们家亭子间的印刷机护送到老师手里。那个印刷机，大概有这么巨大。（比画）

青年乙　这是故事的天时。

女　儿　啊！这怎么可能！

余冬生　可那段时间，霞飞路渔阳里遭到巡捕房密切监视，所有道路都被可恶的周老虎查封了，连一只苍蝇都飞不出去。

青年丙　这是地利。

女　儿　那怎么办呢！

［中年杨佳婴给女儿夹菜。

杨佳婴　（笑）你女儿听了这么多遍，还是这么配合。

女　儿　当然啦！我爸爸是故事里的“大人物”！

余冬生　不，乖囡，我少不了任何一个人的帮助。这个故事里每一个人，都是“大人物”。

青年甲　看，这就是人和。

［一桌人隐去。

［意识流场面：一支披着孝服，撒着纸钱，抬着棺材的送葬队伍再次穿过舞台。

［披着孝服的梅秀芝上，也随着队伍穿过舞台。

梅秀芝　（哭天抢地）阿爹——

［舞台后方，梅有福和年轻的余冬生出现。

梅有福　只有这一个办法了？

余冬生　梅爷爷，对不住了，时间不多了，我也真的想不出有别的办法了。

梅有福　我今年七十三，还有五年就要进这口棺材了。

［梅秀芝出场。

梅秀芝　阿爹，帮帮这帮学生吧。我知道您把那口棺材看得比命大，但那些巡捕，可没有把学生们的命当回事啊。

［梅有福沉默。

梅有福　（摆摆手）拿去吧。

梅秀芝　阿爹，你想通了？

梅有福　让我也开开眼，有几个人能活着看到自己的丧事啊。

［余冬生大喜。

［移景到杨佳婴亭子间。

［作为纱厂工人的马龙在教杨佳婴和柳莺莺拆解印刷机，小心翼翼码好。

［王桂芬抱着一叠白色的孝服上，表情既有怨气，又焦急。

王桂芬　我王桂芬当裁缝几十年，从来没遇到过这种事！

杨佳婴　姆妈，一口气赶出这么多孝服，辛苦你了。

王桂芬　（紧张地拉住杨佳婴）你答应我，这是最后一次帮他们办事。

杨佳婴　我保证，等我履行完对蔡大哥的承诺，我也不去上学了，就去纺织厂上班。

［王桂芬抚摩杨佳婴的头，杨佳婴的脸色浮现遗憾的神色，但强忍着。

杨佳婴　姆妈，这样就不会再让你再为我担心了，一次也不会……

［众人隐去。

［意识流场面：一支披着孝服，撒着纸钱，抬着棺材的送葬队伍又一次穿过舞台。

［这一次，梅秀芝领着余冬生、马龙、王桂芬、柳莺莺都啜泣着跟

在队伍里，一路撒着纸钱。

［队伍经过巷口，樊仁冲出。

樊　仁　阿拉爷怎么了？

梅秀芝　（带着哭腔）出了太多事，阿爹一口气没顺下来——

［樊仁倏地跪下来磕头。

樊　仁　都是我干的好事！是我老是跟包打听说太多，是我出卖了那些年轻人……才害得爷（嚎啕大哭）我好后悔哇！

［梅秀芝默默扶起樊仁，王桂芬给了樊仁一件孝服披上，樊仁嚎哭着，跟进了队伍里。

［周老虎、包打听带着一队巡捕围上。

包打听　怎么回事！这是梅老头？怎么突然说没就没了。

［狡诈的周老虎起疑。

周老虎　棺材打开看看。

［余冬生一众面面相觑，紧张。柳莺莺反应快，捂着眼睛尖叫，吓了准备去打开棺材的巡捕一跳。

王桂芬　（故意）一惊一乍，没见过世面的样子。

［柳莺莺同王桂芬耳语，王桂芬面露惊惧，也捂住眼睛失声惊叫了起来。

［梅秀芝冲上去抱住棺材，夸张地哭得浑身颤抖。

巡捕甲　怎么回事？

［王桂芬同巡捕耳语，巡捕吓了一跳，不敢上前打开棺材。

周老虎　废物，你们给我上。

［巡捕们上前，又因为怂，谁都不愿意第一个上前打开，纷纷看向包打听。

［包打听步伐沉重地向棺材迈进。

［送葬队伍紧张，余冬生抢在棺材前，装扮成送葬队伍的练家子

们互相使眼色，正要准备同巡捕们动手，突然樊仁从队伍里跑了出来，揪住了包打听。

樊　仁　来，就该你来见我们爷最后一面，他是被我们俩害死的！

包打听　不要瞎说！关我什么事。

［包打听和樊仁扭打在一起。

周老虎　（嫌恶地）别在这里碍事！（踹了一个巡捕一脚）你们这些饭桶，给老子干活！

［余冬生向马龙使眼色，马龙带着练家子们上前，用身体阻挡了巡捕们和周老虎。

［余冬生带头撒纸钱，带着队伍快步穿过舞台，杨佳婴在一侧接应。与之交错的，是杨佳婴带着学员们热情洋溢地撒着新印制好的传单——象征着革命的向死而生的火种被延续下去。

［光影变化。

［20世纪50年代，余冬生的女儿和歌队出现。

女　儿　你们冒险把印刷机安全送到了老师手上，然后呢？

青年甲　然后，渔阳里6号空了，而弄堂又恢复了往日的平静——

［意识流场面，展现梅秀芝、梅有福、樊仁、柳莺莺上，表现他们的日常生活。他们变得和睦，但又似乎不只是变得和睦。

［杨佳婴和王桂芬上场，在舞台的一侧，焦急地等待。

［余冬生被包打听和巡捕们押送上场。余冬生释放后，包打听等人愤恨地离去。杨佳婴上前，同余冬生拥抱。王桂芬在一旁看着，欣慰。

杨佳婴　冬生哥，我好担心你。

余冬生　（大大咧咧地）我说过，不用怕。他们什么都问不出，因为我本来就什么都不知道，连字都不认识几个。

王桂芬　这帮瘪三，没有对你怎么样吧？

余冬生　饿了几顿，小事一桩。

［杨佳婴牵着余冬生的手，同王桂芬一起下。

青年乙　那天，余冬生撒了两个谎，赚到了一个老婆——

青年丙　在巡捕房的时候，他不光是被饿了几顿，还是受了些皮肉伤。余冬生心想，这点苦头，说出来的话，就成了小市民，而不是“大人物”了。

青年丁　另一个谎言，是他并非如他所说的那样，什么都不知道。实际上，他并没有缺席1920年底，他未来的妻子杨佳婴在外国语学社上课时的那段人生——

［光影变化。

［移景外国语学社，新渔阳里6号墙外，杨佳婴、阿弟等学员在上俄文课，而余冬生躲在墙根后，身上背着一件“兵器”，表情严肃地默默听着。

［手里拿着一本《新青年》杂志的俞秘书上。

俞秘书　小兄弟，你多久都没在这里出现了。

［余冬生面露不快，没有回应。

俞秘书　我是外国语学社的负责人，如果你愿意，欢迎你进来听，这一节是俄文课。

余冬生　我就是听说巡捕房老来骚扰，放心不下，过来盯牢。

俞秘书　多谢你啊，小兄弟。（友好地伸出手欲与余冬生握手）还没自我介绍过，我姓俞，是外国语学社的秘书。

余冬生　（愣）我也姓余！

［余冬生终于礼貌地同俞秘书握手。

俞秘书　很有缘，是不是。

[余冬生放松了戒备。

余冬生　你手里拿的是什么？

俞秘书　（递给余冬生）噢，是陈独秀先生主编的《新青年》，较新的一期。

余冬生　（想起来了）《新青年》！

俞秘书　你读过？

余冬生　没读过，但我听说过这本杂志发表了好些贬低我们武术界的文章，我们练家子很不高兴。

俞秘书　（笑）那你们有机会应该读读看，你说的都是早些年时候的内容了，现在它主要在讨论马克思主义，很有意思。

余冬生　我干吗要读让我生气的东西？

俞秘书　我跟你讲讲我的一个经历吧。我第一次读《新青年》，头一篇看见的，是陈独秀大骂孔子，把复辟的罪归到孔子身上。我可气坏了，他怎能如此无理，诋毁万世之师呢。

余冬生　就是！

俞秘书　于是我就把书扔到了一边。过了几天，忽然又由于好奇的冲动，要看看他究竟怎么样骂法，又捡起来看。等看完全篇，仔细一想，骂得也有点道理。从此，我常常看《新青年》，比看小说还有趣，自然也受他无形的感化了。你猜结果怎么着？

余冬生　怎么？

俞秘书　除了关于反对孔子的一部分之外，大概都很赞同。到了民国八年下半年，就全体都赞同了。凡是《新青年》所说的话，总是不错的了，对陈先生他们非常佩服。

余冬生　所以，他到底为什么要骂孔夫子？

俞秘书　因为孔子学说对中国整个生活制度有巨大影响，是发展中国文明的主要障碍。只有摒弃了儒家学说中的繁琐哲学，开始思考问题并用批判的态度来对待周围的事物，就会意识到，旧的习俗和原则是中国生活进步和经济形势发展的障碍。

［余冬生似懂非懂，囫囵翻开《新青年》。

俞秘书　小兄弟，这本杂志，送给你。

［余冬生将《新青年》推回。

余冬生　我就是一个普普通通的纱厂工人，看不大懂的。

俞秘书　我也当过工人，目睹各处工人受中外资本家、军阀无理的压迫，也做过一次不成功的"工读互助团"的试验。小兄弟，你不必有这些顾虑，什么都可以同我交流。

余冬生　别，打住，我们工人一直被资本家压迫没错，但我不想卷入什么罢工、运动，一点儿也不。

俞秘书　那从改变旧思想，接收新知识开始呢？

［俞秘书再次将《新青年》递给余冬生。

余冬生　我认字不多，那就留作纪念吧。

［余冬生终于细致地收好了《新青年》，俞秘书微笑颔首。

余冬生　我其实，一直有一个疑问。

俞秘书　请说。

余冬生　我真是想不通，你们做了这么多引火烧身的事，还都不是为了自己。你们这些人，为什么都不知道害怕呢？

［停顿，俞秘书思忖了稍许，认真作答。

俞秘书　我相信，利他就为利己。虽然我主张人生是快乐的，不过因为大多数人都受着苦痛，我不能独享这种快乐。如果有机会，我愿意以牺牲我的快乐，去救受苦痛的人。

余冬生　你有父母妻儿吗？难道，他们不会担心吗。

俞秘书　我是违抗父命，逃婚出走的。我选择了“非孝”，因为孝道，是不平等的。

余冬生　你和你的父亲关系不大好吧。

俞秘书　正好相反，我深爱我的爹爹，我是在他积极推广新文化的主张下，耳濡目染地成长。但家庭中的爱，都应当是平等的，孝并非更高贵些。我追求个人的自由，所以，我要打破家族的制度。唯有这样，我才能正直做人去了。

余冬生　你预备几时才回家？

俞秘书　我这次出来，几时回去没有数。我同我弟弟嘱咐过，屋里走勿出，勤勤俭俭，待人客气，代替我……对爹爹孝顺。

［俞秘书停顿，原本坚定的神情，泛起了一丝乡愁。

俞秘书　我要等到大家有饭吃，讨饭佬有饭吃，再回去。我相信终有一天，我爹爹会理解我的选择。

［余冬生在努力地理解，最终还是摇头。

余冬生　我不确定我是不是都听明白了，但我开始有些敬佩你们。你们做到这样，真了不起，一个个都是“大人物”。（突然想到什么）啊！

俞秘书　怎么？

余冬生　做不了“大人物”，做“大人物”的隔壁邻居，感觉也不错！

［俞秘书被余冬生认真的模样逗得忍俊不禁。

余冬生　我找我的练家子师兄弟天天带家伙过来，保护你们！

俞秘书　不必，那可太显眼，巡捕房就天天来了。我们最想看到的，是你们如常地好好生活，人间烟火。

［俞秘书隐去。

［移景，音乐起，余冬生神情严肃，似乎在思考着什么，由霞飞路

渔阳里6号外国语学社，经由“马克思主义小道”，踱步到了环龙路渔阳里2号门前。

[余冬生凝望着环龙路渔阳里2号的紧闭的门，若有所思。而后，隐去。

[光影变化。

青年甲　时光快进到2001年，环龙路渔阳里2号，作为《新青年》编辑部的旧址复原后，第一次面向民众展出。

[九十岁的老年余冬生坐在轮椅上，由她女儿推上。

[展出的文物是陈独秀的摇椅，和“会客谈话以十五分钟为限”的小黑板。

青年乙　耄耋之年的余冬生，这才第一次有机会了解到，他隔壁陈先生的屋子是什么样的陈设。那位陈先生，又是如何接待每天慕名来拜访的客人的……

[老年余冬生看着文物，表情平静，但默默低头抹了一滴泪。

青年丙　那天晚上，余冬生做了一个梦——

[光影变化，灯再亮起时，老年余冬生坐在轮椅上，看着陈先生坐在他家的摇椅上，拿着一根烟，用赞许的眼神，看着青年余冬生站在小黑板前侃侃而谈，手里握着俞秘书赠与的那本《新青年》。音乐起，听不清青年余冬生在说什么。但此刻，余冬生自信的谈吐，已然拥有了作为一个“大人物”的气场……

【剧终】

话剧

借问汤先生

编剧 黄锐烁

时间　明万历年间

地点　徽州休宁县

人物

柳三生　男,岭南人,说书人。

杜青玉　女,李公卿之妻,又名杜守贞。

李公卿　男,宦官,曾经是个秀才。

李好问　男,李公卿义子。休宁县令。

红　药　女,杜青玉随身丫鬟。

店　主　男,牡丹茶园老板。

店小二　男,牡丹茶园小伙计。

程大夫　男,医生。

胡判官　男,冥府判官。

茶客、衙役、狱卒、小鬼等若干人。

场次

第一场　听书

第二场　问脉

第三场　寻梦

第四场　演官

第五场　诉情

第六场　夺命

第七场　游冥

第八场　余响

第一场　听书

[明万历年间，春末，傍晚。

[徽州休宁，牡丹茶园，人声鼎沸。

[茶园中置一说书案台，旁立一牌，上书："今日书目：《牡丹还魂记》。"

[店小二上，精神抖擞，憨态可掬。

[梆子声节奏起。

店小二　(吆喝)世人皆道神仙好，唯有吃茶忘不了。茶乃穿肠灵丹药，是无病安身有病消。一杯清茶忘烦恼，二杯清茶肥肉掉，三杯四盏不嫌多，五盏六碗还嫌少，七碗八杯喝不够，九盏十壶挡不了！各位客官，牡丹茶园，今日满座咯！……

[又有茶客在店小二的吆喝中陆续上场，或作揖，或就座。

茶客甲　小二，请你过来。

店小二　唉，来了！

茶客甲　你说说，你们家，都有些什么茶呀？

店小二　这位客官，好说了。我们家呀，有叽叽喳喳的"毛峰"，修禅入定的"大方"，小家碧玉的"屯溪"，行侠仗义的"银钩"，含情脉脉的"雨前"，还有名震天下的"松萝"！客官，您来壶什么茶？

茶客乙　(向茶客甲搭话)嘿，您还真是来喝茶的呀？

茶客甲　来茶园不喝茶，那不是进茅坑……唉，不雅不雅。

茶客乙　哈哈，听口音，兄台是外乡人吧？

茶客甲　赵某乃姑苏人士，初到徽州宝地，见这茶园热闹得很，还没喝茶呢，却要先付茶钱，想必是茶道精妙吧？

茶客乙　非也非也。赵兄啊，休宁四百八十家茶园，要真想喝茶可不上这家。你看这茶园满座不假，却都是来听书的。

茶客甲　听书？听什么书？

茶客乙　这您就有所不知了，这牡丹茶园为什么叫牡丹茶园？只因为啊，只有在这里，才可以听到牡丹还魂的故事（指指书目牌）。

茶客甲　《牡丹还魂记》？是讲什么的？

茶客乙　讲的是，一个女子，因情而死，又因情而生的爱情故事。

［众茶客纷纷插话。

茶客丙　不对不对，这牡丹故事啊，主要说的是一个女子，光天化日做大梦，与一个男子，嘿嘿嘿！

茶客丁　胡说八道，讲的明明就是人变成鬼，鬼又还了阳，鬼故事！

茶客甲　糊涂了糊涂了，一人一个说法，到底讲的什么故事？

［众茶客吵成一团。

店小二　客官，您到底要什么茶？

茶客甲　小二，你说，这牡丹还魂故事，到底讲的什么？

店小二　（卖关子）客官，待会儿您自己听，不就知道了？

茶客甲　（颇有兴趣）那说书的先生是——

茶客乙　兄台有所不知，那说书的在这地方还颇有名气，叫柳三生，人称柳公子。

茶客甲　噢，可这都斜日西照了，柳公子什么时候到呀？

［众茶客附和："是啊，是啊，都什么时辰了！""还来不来啊？"

店小二　说的是呀，按理说，这也该到了呀。

［李公卿立在远处，看着这一切。

［稍顷，李好问匆匆上。

李好问　儿子来迟，还望义父恕罪。

李公卿　到哪儿去了？

李好问　儿子去拜祭了……（一时不知如何称呼）一个故人。

李公卿　故人？什么故人？

李好问　哦，是儿子从小的玩伴，叫杜青云。

［李公卿若有所思地看了一眼李好问。

李公卿　李大人……

李好问　（欲跪）儿子不敢。

李公卿　起来。

［李好问不起。

李公卿　好歹是一县的父母官，你……

李好问　（抢）义父是宫里的人，是皇上身边的人，殚精竭虑地替天下黎民孝顺君父，功德无量。义父对儿子恩重如山，要不是有义父，儿子早被他们整死了。别说是跪了，儿子就是磕破了响头，也是天经地义的。

李公卿　（神色复杂地肯定了一句）嗯……起来。

李好问　是，义父。

李公卿　那姓柳的还没到么？

李好问　我刚才听人说，他今天也许不会来了。

李公卿　该不是听到了什么风声？

李好问　不会，这柳三生是岭南人士，在休宁无亲无故，谁能报信？（压低嗓子）这抓捕是暗中布置的，走漏不了风声。

李公卿　哼，这个柳三生，讲什么牡丹还魂，男人听了，想入非非，女人听了，茶饭不思。名为书生，却恣意风流，大伤风化，莫不是要让天下的女子个个销魂，人人失节？

李好问　义父，就一个故事，何以至此啊？

李公卿　何以至此？松江土豪顾威明，家有良田四万八千亩，酷爱听戏，聚集了四方伶人搬演《牡丹还魂记》。有一次，顾威明要一个留胡须的伶人演杜丽娘，伶人跟他说："去掉一根胡须，要拿七石米来换！"这姓顾的憨货竟然答应了，总共剃掉了四十三根胡须，他立马命人取了三百石白米送到伶人家中。这伶人的胡须剃了长，长了剃，不过四五年的光景，姓顾的竟把所有的田都卖光了。最后因拖欠税赋被县官拘捕，在监牢中自缢而死！你说这牡丹故事，是不是害人不浅！

李好问　竟有这样的事？

李公卿　哼，娄江俞二娘、杭州商小铃、广陵冯小青，天下多少女子为了这么个淫秽不堪的故事抑郁而死。远的不说，我们休宁又有多少女子因此私奔？就前几日，临溪镇还有个未出阁的闺女投了河，这不是害人是什么！

李好问　（若有所思）为了一个牡丹故事，天底下竟然有这样的痴人……

李公卿　愚蠢！（稍停）朝廷派的钦差近日就到，我倒要让他看看，我李公卿虽是放逐归田，离了紫禁城，照样是为君父分忧，造福一方！这牡丹故事害人性命无数，拿下这说书人，立下此功，我便能重返朝堂！李大人，借你的兵一用！

李好问　是。

李公卿　只要姓柳的今天胆敢开口讲那牡丹故事，立刻拘捕！

李好问　是。义父请坐。

李公卿　（环顾四周）这里……没有我的座。

［李公卿与李好问下。

［茶园一侧的屏风后，走出改易男装的杜青玉和她的丫鬟红药。

红　药　（略显慌张地）夫人，刚才说话的好像是老爷和李大人……

杜青玉　（回过神来）嗯？你说什么？老爷回来了？

红　药　李大人昨天托人来讲，老爷已经回来了，一直住在县衙。

［静默片刻。

红　药　听说老爷被宫里放逐归田了，还有李大人，也连带着被贬回到休宁当县令了……

杜青玉　他如何与我无关。自从十年前他进宫当差，离家而去，我就当他已经死了。

红　药　夫人，我们回去吧，可千万不能让老爷看到我们在这儿。

杜青玉　红药，你去问问，这柳公子……说书的人怎么还没来？

红　药　夫人，我怕。

杜青玉　怕什么？

红　药　我怕被人认出来。

杜青玉　红药，我们扮成这个样子，不会有人认得的。快去。

［红药刚走出去，茶客们久候柳三生不至，开始骚动起来。

茶客丙　小二，这柳三生还来不来了！

茶客丁　茶都凉了！

店小二　各位客官，别急呀。茶凉了，小人给您续上就是。

茶客丙　（揪住店小二领口）再不来，把银子吐出来！

［店家忙上。

店　主　（作揖）各位客官，帮帮忙，高抬贵手，高抬贵手！

［茶客丙松开了手。

茶客丁　快把柳三生叫出来！

茶客丙　叫出来！

店　主　客官，又不是我将柳公子藏起来了，他不来，我……我怎么叫呀！

茶客丙　再不来,我砸了你这茶园的招牌。

茶客丁　对,砸了!

茶客甲　你们真是斯文扫地!

茶客乙　恬不知耻。

茶客丙　你说什么?

茶客丁　找打是吧?

［茶园内正喧闹不止,情势一触即发。

［忽然,一人影从幕后纱幔飘过。

店小二　(惊喜万分)来了!

［音乐声中,柳三生飘然而上。

柳三生　(且走且吟)我自岭南云间行,两袖清风一身轻,正是海上明月何处寻,读了那牡丹故事我茶饭不思瘦三斤。为功名我负笈千里赶赴京,半途上公车一跳只为情。想着一生把这故事讲,却不料,又一姑娘命归阴……哎,这牡丹茶园到了……

店小二　柳公子,您可算来了,您再不来,他们可得把我当茶泡了喝了!

柳三生　(作揖)告罪告罪。

店小二　快里边请吧。

［柳三生犹豫着。

店小二　柳公子?

［柳三生回过神来,心有疑虑地入了茶园,众茶客见到他,纷纷叫好。

［他登上说书案台,环顾四周,见众人期待神色,一声叹息,抚尺三敲,众喧成寂。他嗫嚅再三,吐出一首定场诗。

柳三生　(吟诵)滚滚长江东逝水,浪花淘尽英雄。是非成败转头空。青山依旧在，几度夕阳红。白发……

茶客甲　（打断）唉？这不是三国么？

茶客乙　这是要讲刘关张啊！

柳三生　（强撑着往下讲）各位看官，人生在世无一好，唯有情字忘不了。今日不将其他故事讲，依旧讲起这桃园结义刘关张……

茶客丙　柳三生！我们不听刘关张，我们要听《牡丹还魂记》。

茶客丁　对，我们要听牡丹故事，你讲什么刘关张？

［众茶客喧闹成一团。

柳三生　（起身作揖）各位看官，告罪告罪，今日，只讲三国。

店　主　（将柳三生从说书台拉下来）柳先生，你这是何意呀？银子早就付过你了，你若嫌少，可再商议，千万别砸了牡丹茶园的招牌啊。大家都等着听你讲牡丹故事呢！

柳三生　店家，那银两我可悉数退还，今天实在是无法讲牡丹故事。

店小二　为什么呀？

柳三生　不止是今天，恐怕日后，小生也不敢讲这个故事了。

店　主　柳先生，平日里讲得好好的，你今天是怎么了？

柳三生　店家，我不能讲呀。

茶客丙　柳三生，我们都在这等了半天了，快把牡丹故事讲来！

茶客丁　对，快讲！

柳三生　我……不能讲不能讲，还望恕罪。

茶客丙　不能讲，那就退了我们的钱。

茶客丁　退钱就完了？来，把茶园砸了！

店　主　各位客官，且慢！（对柳三生）柳先生，你究竟有什么苦衷，可否给大伙儿一个交代啊？

店小二　是啊，你这吞吞吐吐的，怎么回事啊？

[柳三生看着众人,一声叹息。

柳三生　哎,各位客官,不是柳三生不想讲,实在是伤心得不敢再讲。前几日,临溪镇有个未出阁的女子投了河,听说就是因为偷偷听了小生说书。真是罪过呀,竟然惹得一个女子就这样放弃了生命。这牡丹故事可是编撰出来的呀,她怎么……就当真了呢?

[众人面面相觑,良久。

茶客甲　(感叹地)金代文人元好问有词曰:"问世间,情是何物,直教生死相许?"可见这世上多少生生死死,都只因有一个"情"字未曾了却!

茶客乙　说的是啊,柳公子,生死情缘,听天由命。你也不要过度伤怀了,还是把这牡丹故事,再给大家讲一讲吧。

柳三生　故事中的人,生死相许,死而复生。但这人世间,死人可怎么可能复生呀?

茶客丙　唉,说书就说书,管什么生呀,死呀,情呀的。

茶客丁　就是!

柳三生　恕罪恕罪,我再也不能讲了。

众茶客　(面面相觑)你……这……

杜青玉　柳先生,故事是假的,但情却是真的。

[杜青玉走上前来。

杜青玉　令那位女子投了河的,不是这故事,而是多年郁结于心无处宣泄的情呀!

柳三生　敢问这位兄台是?

店　主　(给柳三生介绍)噢,这位公子常来这儿听你说书。

柳三生　公子言之有理,可也就是因为这故事,才勾起了那女子心中的情呀。

杜青玉　柳公子，这情本来就在，正是有了牡丹故事，这女子，才活出了个明白。你不讲牡丹故事，才是对他们最大的残忍。

柳三生　噢？此话怎讲？

杜青玉　正是因为有了牡丹故事，才抚慰了世间多少伤情女子的心。柳公子，世间有情，方得始终呀。

柳三生　世间有情，方得始终……

［柳三生若有所思。

茶客丙　（忽然地）喂！他们在说什么？

柳三生　世间有情，方得始终！正是这牡丹故事，道出了天下女子的心啊，我若不讲，这心这情，更是无人知晓无人问，始终归于幽冥……

杜青玉　正是。

茶客甲　精妙，精妙。

茶客丁　哈？

柳三生　我明白了，我明白了，我讲！

店　主　柳公子，当真？

柳三生　当真。

店小二　好嘞，牡丹茶园，今日说书，牡丹故事，开讲咯——

众茶客　哎呀哎呀，好好好，茶来，续上，续上！

［柳三生重登说书台，抚尺三敲，众喧成寂。

柳三生　上回说到，南安太守之女，生得才貌端妍，名字叫作杜丽娘，长到十六岁，竟不知道自家有个后花园。这日，她趁着父亲下乡劝农，吩咐花郎扫除花径，梳妆打扮，准备游园。

［《牡丹亭》【步步娇】曲声暗响。

柳三生　（唱曲）“袅晴丝吹来闲庭院，摇漾春如线，停半晌，整花钿，没揣菱花，偷人半面，迤逗得彩云偏。”（说表）我，杜丽娘，深居在这高墙之内，闺阁之中，只有看见这空中飘荡如烟的虫丝，才知道春天到了。吩咐丫鬟春香取来菱花镜，我对着镜子梳妆，却见菱花镜中的人长得这般美艳，不禁埋怨起来：菱花镜啊菱花镜，你为何要偷看我呀！你这样看我，真的是羞人答答的。你还这样看我，羞得我不禁要转过脸去，哎呀，不好，我这一扭头，头上的发髻都歪掉了。

茶客甲　哎呀，这女子，好生可爱。

柳三生　（说表）杜丽娘梳妆打扮完毕，莲步轻移，到了后花园，本以为这春天就只是阳光中飘荡的虫丝，却不料，原来——（唱曲）“原来姹紫嫣红开遍，似这般都付与断井颓垣，良辰美景奈何天，赏心乐事谁家院。朝飞暮卷，云霞翠轩，雨丝风片，烟波画船，锦屏人忒看的这韶光贱……”

茶客甲　哎哟，好伤怀也。

柳三生　（说表）这姹紫嫣红，繁花开遍，像我杜丽娘一般，都被埋没在了断井颓垣……啊呀，这良辰美景，这赏心乐事……

［忽然，鼓声大作，李公卿与李好问率衙役上，灯光骤变，众人惊慌。

李公卿　青天白日，朗朗乾坤，何人在此点染风流，惑乱天下，给我绑了！

衙　役　是。

［衙役上前，将柳三生拘捕。

柳三生　慢来，为何抓我？

李公卿　（递给李好问一卷文纸）李大人。

李好问　（展开）查，岭南人士柳三生，四处宣讲牡丹还魂故事，点染风流，败坏风化，致使我县男子，游食流荡，妨农害本；致使我县女子，春心大动，私奔淫奔，离弃父母，不忠不孝。柳三生毁我朝纲，祸乱一方，现拘捕审问，判明定罪！

李公卿　带走！

衙　役　是！

柳三生　你们凭什么抓我，我无罪，我冤枉啊！

［衙役押着柳三生欲下。杜青玉从一旁闪出。

杜青玉　柳公子！（见李公卿，惊慌之中躲避）

红　药　（急忙制止）夫人！

［李公卿上前，认出了杜青玉。

李公卿　守贞?!

［众茶客面面相觑，如坠云雾之中。

［暗光。

第二场　问脉

［城南杜青玉家，灯火摇曳。屋外闷雷声隐隐传来，大雨将至。

［此刻李好问正立在台前，持柳一枝，恍恍惚惚地望着天，想着些什么。

李好问　（听着春雷滚过）青云，上京的时候，你拿着柳枝，送了我一程又一程，我们说好柳枝抽芽的时节再相见，可为什么……你突然嫁了人，又为什么……你竟为那个男人殉了情……青云，连一面你都不肯再见我，你忘了我吗？（哽咽）青云，你怎么竟是死了……

［厅堂中，红药紧张地跪在地上，李公卿正在审问她。

［内房中，程大夫正隔着屏风给杜青玉悬丝诊脉。

李公卿　你方才说，你和夫人只是去听书？

红　药　是。

李公卿　那你们为何要掩人耳目,改易男装?

红　药　女子不可抛头露脸,这个道理,老爷您是知道的。

李公卿　大胆。

红　药　红药知错。

李公卿　知错,那你倒说说,你错在何处?

红　药　错在不应该改易男装?

李公卿　嗯?

红　药　噢,错在不应该去听书!

李公卿　你们为何要去听书?

红　药　都说牡丹故事传奇动人,我们……我们只是好奇。

李公卿　我们?这是你的主意,还是夫人的主意呀?

[内房中的杜青玉紧张起来。

程大夫　夫人,请莫乱动。(继续诊脉)

[红药紧张地朝内房方向看了一眼。

红　药　是……是我的主意。

李公卿　真是一个好主意啊!

红　药　(伏倒在地)红药知罪。

李公卿　牡丹故事这一类淫邪曲词,乱人心志,教人淫奔,坏人心术,勾引争端,都是轻薄浮荡之子所为,你教唆守贞去听这样的故事,是何居心!

红　药　我……我……

[闷雷隐隐响起。静默。

李公卿　我离乡千里,久居京城,命你好生照料夫人,行监坐守,是谁让你撺掇着夫人胡乱行走?

红　药　老爷,冤枉啊,夫人平日里大门不出,二门不迈,未曾胡乱行走呀！

李公卿　红豆呢？

红　药　什么？

李公卿　我给你的红豆在何处？

［红药反应过来，从怀中摸出一袋红豆来。

红　药　一粒不少，都在这里。

李公卿　（接过红豆）我嘱咐你的事，你可照办了？

红　药　照办了，一天也不落。

李公卿　那夫人为什么还有心思往外跑，去听那些邪书淫词？说！

红　药　这个……

李公卿　一定是你这个小贱蹄子，没照我的吩咐做。教唆夫人，扰乱芳心，李大人，请你取老夫家法过来！

红　药　老爷！

李好问　义父……

李公卿　李大人……

［闷雷隐隐传来，众人听雷，静默不语。

［李好问取戒尺上。李公卿接过戒尺，打红药手心。

［红药吃痛，挨了两下，缩回手去。

李公卿　你！

李好问　下去！

［红药下。

［内房里，程大夫一脸不解地站了起来，走到厅堂。

程大夫　（自语）奇了怪了。

李公卿　大夫，守贞身子可好？

程大夫　李大人，夫人她……没有脉搏呀！

李公卿　什么？

［李公卿闯入内房屏风后，见杜青玉将号脉的红线绑在了桌脚上。

［二人虽共处一室，但李公卿却拼命回避与杜青玉眼神接触。

李公卿　守贞，你这是做什么？

［杜青玉不作声。

李公卿　回话。

杜青玉　我没病，为何要看病？

李公卿　你被一个丫鬟撺掇得到处乱走，怎说没病呢？

杜青玉　依老爷的意思，只要我出了这屋子，便是有病？

李公卿　大门不出，二门不迈，这是妇人的本分。你明知故犯，胡行乱走，难道还不是有病？（喊）红药，红药！

红　药　（心有余悸，上）在。

李公卿　给夫人系上。

红　药　是……

［红药进内房，将红线系在杜青玉的手腕上。

李公卿　有劳程大夫，再替内人诊诊脉。

程大夫　李大人客气。

［程大夫重新坐下悬丝诊脉。

［杜青玉心乱如麻，神色慌张，欲解悬丝。

李公卿　（严厉地）守贞……

［杜青玉闭上眼，似乎在等待着什么。

［李公卿走出内房，若有所思。

［极遥远处，似乎有什么种子发芽破土的声音传来。

［程大夫一脸喜色地走上来。

程大夫　恭喜大人，贺喜大人！夫人她……

李公卿　（打断）大夫，借一步说话。

程大夫　是。

［二人走到一旁。

李公卿　程大夫,有一事要请教你。

程大夫　不敢当,大人请讲。

［李公卿又听到,有什么种子发芽破土的声音响起。

程大夫　大人?

李公卿　(回过神来)哦,请问大夫,这……这去势之人,可有……复阳的可能?

［程大夫一时愣了,看看李公卿,又不由自主地看看内房,最后目光落在李公卿的一大把髯口上。

［李公卿暗示般摘下髯口。

程大夫　(渗出汗来)是,是……大人说的,可是宫里的人?

李公卿　没错。

［程大夫跌坐在地。

程大夫　大人,老爷,公公,小人才疏学浅,医术不精,回答不了大人的问题,(不住地磕头、掌嘴)该死,该死,该死……

李公卿　(诧异)你? 好了,我不问就是了,大夫请起,请起,起来!

［程大夫颤颤巍巍起。

李公卿　你刚刚说夫人什么?

程大夫　夫人……

［内房里有茶杯打翻的声响。

程大人　(忽然一个激灵)夫人身体安康,一切安好,恭喜大人,贺喜大人……

李公卿　哦? 那便好了……李大人。

李好问　儿子在。

李公卿　派个人,送程大夫回府。

李好问　是。

［李公卿欲下。

李好问　义父……你今晚不在家里住？快下雨了。

李公卿　（视线往内房飘忽地看了一眼）不了，我，我回……你的县衙。对了，那个柳三生，李大人，可否准许本公公，连夜审理呀？

李好问　自然可以。不过，义父，我方才听茶园里的人说，柳三生有功名在身。

李公卿　功名？什么功名？

李好问　他是乙卯年广东乡试第八名举人，义父想审他，可要小心。

李公卿　哼，一个小小的举人，以后做个教谕？县丞？主簿？最多也就是个候补知县，小心什么？

李好问　儿子失言了，请义父恕罪。

［李好问呈上柳三生的手稿。

李好问　义父，照您的吩咐，我们在城南的破庙里，查抄出了这个柳三生的几卷手稿。

李公卿　（接过手稿）嗯。

李好问　似乎不是池中物……

李公卿　何意？

李好问　义父读了便知道了。

李公卿　（不置可否）嗯……既然是个举人，我不会对他动刑的。

李好问　义父仁慈！

［李公卿又飘忽地看了一眼内房，下。

［李好问见李公卿已走，松了一口气，转身叫住战战兢兢欲走的程大夫。

李好问　程大夫……

程大夫　（一个激灵，又跪倒在地）小人该死，小人该死！

李好问　谁说你该死了，起来！

程大夫　（慌乱）大人，小人只是一个草泽医生，上有高堂，下有妻儿……

李好问　你为何怕成这个样子？

程大夫　我……

李好问　莫不是瞒下了什么？

程大夫　她……

李好问　回话。

程大夫　大人……

李好问　（故作威胁）快讲，不然拿你入狱！

程大夫　（急）大人，夫人她……（声音颤抖）有，有喜脉。

李好问　（闻言大惊）什么？（压低了声音）怎么会有喜脉呢！

程大夫　按之感觉血脉流利，如盘走珠，应指圆滑，往来之间有一种回旋前进的感觉，这种脉象，就是喜脉。

李好问　住嘴！

［程大夫愣住。

李好问　多长时间了？

程大夫　按脉象看，应该有……两三个月了。

李好问　你没诊错？

程大夫　我……

李好问　你学医不精，信口开河，胡说八道！

程大夫　啊……

李好问　是也不是？

［程大夫疑惑地看着李好问。

李好问　嗯？

程大夫　（意会，慌乱地）对对对，小人才疏学浅，学医不精，一定是我诊断错了！

李好问　既然是你诊断错了，莫要出去胡言乱语。

［闷雷作响。

程大夫　小人明……明白。

［程大夫拿起药箱欲走。

李好问　（喊住）程大夫……切记，祸从口出。

程大夫　（惊魂未定）唉，唉！

［程大夫下。

［闷雷作响。

［杜青玉缓缓地从内房出来，在椅子上坐下，双目紧闭。

李好问　义母……

［杜青玉没有回应。

李好问　守贞姐姐？

［杜青玉依旧没有回应。

李好问　哎，青玉姐姐……

杜青玉　你终于这样叫我了。

李好问　姐姐还是不肯叫守贞。

杜青玉　我不叫杜守贞，我叫杜青玉。他非叫我守贞，你也跟着他这么叫？

李好问　青玉姐姐……我有话问你。

［杜青玉静默。

李好问　大夫说的是真的吗？

［杜青玉静默。

李好问　（急）姐姐，你好糊涂啊……

杜青玉　你们要拿他怎么样？

李好问　谁？

杜青玉　柳三生，你们要拿柳三生怎么样？

［李好问倒吸一口凉气。

李好问　是他？

［杜青玉静默。

李好问　你肚子里的孩子，难道就是这个柳三生的？

［杜青玉静默。

李好问　所以你才乔装打扮去听书？

［杜青玉静默。

李好问　所以你才百般不愿让大夫把脉。

杜青玉　是又如何，不是又如何？

李好问　糊涂啊！姐姐，你怎么……你可知道，钦差要来，义父他要拿柳三生当垫脚石，重回朝堂！他说说《牡丹还魂记》或许罪不至死，可如果让义父知道他和你还有这层关系，你和他，都必死无疑。

［杜青玉神色一震，随即缓缓平静下来。

杜青玉　他要是死了，我随他去就是了。

李好问　青玉姐姐……

杜青玉　和我那被害死的青云妹妹作伴去……

李好问　（震惊）什么？青云是被害死的？（六神无主）谁，是谁？

［杜青玉看着神色哀戚的李好问，一声叹息。

杜青玉　高家，肺痨，冲喜，逼嫁，短命鬼，守活寡，贞节牌坊，生逼，殉情，还要我说下去么……

［李好问闻言震动。

杜青玉　你可知道，这座贞节牌坊，是谁向朝廷奏请的……

［李好问失神地看着杜青玉。

杜青玉　是李公卿，你的义父！许了高家这座贞节牌坊，他们才动的手……

李好问　义父?!

杜青玉　对，就是你那顾念同乡之谊，成天把贞女烈妇挂在嘴上的嫡嫡亲亲的义父！

［李好问痛苦欲绝。

［杜青玉拿出那袋红豆，呆呆地看着。

李好问　红豆？

杜青玉　他给了我一袋红豆……

李好问　"红豆生南国，春来发几枝。愿君多采撷，此物最相思。"义父身在千里之外，送你红豆，莫不是让想让姐姐睹物思情，聊解相思之苦？

杜青玉　（惨笑）哈哈哈，好一个"睹物思情"！你真是个书呆子！李公卿命红药一天三次，在屋里遍撒红豆，让我一颗一颗捡拾。一天弯腰千次，累得我浑身酸痛不已。他这分明是叫我身无余力，心无旁骛，把我关在家中，困死，憋死！

［李好问震惊了。

［静默片刻。

李好问　青玉姐姐，我想帮你，可我……我欠着义父一条命啊。

杜青玉　罢了。

李好问　我在京城遭人陷害，卷入了乡党之争，是义父救下了我这条命。

杜青玉　罢了。

李好问　你与柳三生究竟……

杜青玉　罢了。

李好问　（急了）你们究竟是什么关系?!

［雨终于落了下来，风雨大作。

［二人听雨。静默片刻。

杜青玉　想当时，也是一场好大，好大的雨呵……

［雨声渐大。

［暗转。音乐起。

第三场　寻梦

［大雨渐渐弱下来，化成春雨的淅淅沥沥。

［牡丹茶园。杜青玉与红药在此避雨。

［书生模样的柳三生上，匆匆避雨屋檐下，扫去身上雨水。见杜青玉，作了一揖，再不说话。

红　药　好俊的书生呀。

［杜青玉瞪了红药一眼，却忍不住偷看柳三生。

［柳三生的目光也暗暗地扫了杜青玉几眼。

［春雨淅淅沥沥，没有要停的意思。

［三人安静听雨。

［牡丹茶园门可罗雀，店主和店小二百无聊赖地拨弄着箩中茶叶。

店　主　唉……

店小二　唉……

店　主　唉!

店小二　唉!!

店　家　可惜了这么好的明前茶哟。

店小二　可惜了这么好的明前茶哟!

店　主　你存心气我。

店小二　（嬉皮笑脸）小人不敢。

店　主　唉……

店小二　唉……

［店主瞪了店小二一眼。

柳三生　（走进茶园）店家为何唉声叹气呀？

［店主和店小二发现来人，惊喜万分。

店　主　客官，吃茶吗？

店小二　（不由分说拉着柳三生）这边请，我们家呀，毛峰、大方、银钩、屯溪、雨前、松萝……什么茶都有，先生想喝哪一种？

柳三生　不不不，我不吃茶……我只是在此处避雨，听到这茶园内叹息连连，不知发生了何事，进来看看，可有我帮得上忙的地方？

店小二　原来不是来吃茶的！

店　主　客官，不瞒您说，休宁四百八十家茶园，没一家像我们这么冷清的。都说门可罗雀，可这儿连只麻雀也不来呀！

柳三生　敢是……茶不好？

店小二　哪个讲的！我们家有毛峰、大方、屯溪、银钩、雨前、松萝……

店　主　别讲了，有多少也没用！

［柳三生抓起箩上的茶叶，闻了闻。

柳三生　呀，好清新的"雨前"呀！

店　主　（感动）哎呀，先生是识货的人啊！

［柳三生看了看茶园，又看了看茶叶，动了心思。

柳三生　含情脉脉的"雨前"。

店小二　哈？

柳三生　小哥，喊茶名，得喊出个心旷神怡，唇齿留香！

店小二　（挠头）我斗大的字认识不了一箩筐……怎么喊啊？

柳三生　我教你（略一沉吟，脱口而出）叽叽喳喳的"毛峰"，修禅入定的"大方"，小家碧玉的"屯溪"，行侠仗义的"银钩"，含情脉脉的"雨前"，还有名震天下的"松萝"！

［杜青玉与红药被这屋内的声音吸引，频频回身偷看。

红　药　夫人，这书生，口齿好生伶俐呀。

杜青玉　（嗔怪）莫要看他。

红　药　夫人……

杜青玉　嗯？

红　药　你脸红了。

［杜青玉以手抚脸，瞪了红药一眼，红药不敢再作声。

柳三生　记住了么？

店小二　记住了！含情脉脉的"雨前"！

柳三生　记不住不要紧，我写下来，你找人教你，慢慢记。

店　主　这位先生，真不知怎么感谢你好了，敢问先生尊姓大名？

柳三生　店家莫要客气，我姓柳，名三生，岭南人士。

店　主　岭南？岭南离这儿千里之遥，柳先生怎么……

柳三生　说来话长……店家，我有一事相求。

店　家　请讲。

柳三生　可否允许我在这茶园说书？

店　家　说书？

［柳三生走到靠里的一张茶桌后面，将纸扇当作抚尺一拍，说起书来。

柳三生　话说，南安杜太守之女杜丽娘，长到十六岁，竟不知道自家有个后花园。这日，趁着父亲下乡劝农，与丫鬟春香梳妆打扮，游园去也。

［柳三生敲一声折扇。

柳三生　正是"姹紫嫣红开遍，似这般都付与断井颓垣"，那杜丽娘千分惊喜，又万分伤感，游园倦了，不觉入梦，见一个书生，持着柳枝而来。

［杜青玉听闻柳三生说书，竟不知不觉，失神地走了进来。

红　药　（在杜青玉身后扯她的衣袖）夫人……？

［杜青玉不理睬她，只顾听书。

［音乐渐起，柳三生说书的声音逐渐弱下去，灯光也昏暗下来。只余杜青玉处一束亮光。

［骤雨初歇，一轮明月破云而出。月光流转于台上，辗转于杜青玉心头。

［柳三生执柳枝飘然而至，杜青玉入梦。

杜青玉　那生素昧平生，因何到此？

柳三生　姐姐，咱一片闲情，爱杀你哩。则为你如花美眷，似水流年，是答儿闲寻遍。在幽闺自怜。姐姐，和你那答儿讲话去。

杜青玉　那边去？

柳三生　转过这芍药栏前，紧靠着湖山石边。

杜青玉　去怎的？

柳三生　（低声吟唱）"和你把领扣松，衣带宽，袖梢儿揾着牙儿苫也，则待你忍耐温存一晌眠。这一霎天留人便，草借花眠。小姐可好？"

［杜青玉羞答答地低下了头。

柳三生　（继续吟唱）"小姐休忘了呵，见了你紧相偎，慢厮连，恨不得肉儿般团成片也，逗的个日下胭脂雨上鲜。"

杜青玉　“秀才，你可去呵？”（吟唱）“是那处曾相见，相看俨然，早难道这好处相逢无一言？”

柳三生　姐姐，你身子乏了，将息，将息。姐姐，俺去了（回头）姐姐，你可十分将息，我再来瞧你那。（唱）“行来春色三分雨，睡去巫山一片云。”

［柳三生下。

［杜青玉呆呆地望着柳三生下场的方向。

［忽然，李公卿持剑出现在舞台一角。

李公卿　守贞……

［灯光转亮，杜青玉惊醒！

杜青玉　红药，红药！

红　药　（上）夫人。

杜青玉　昨日命你到园中挖的春笋，可有剩下的？

红　药　还有。

杜青玉　你到厨房，把火腿拿出来，做一道火腿春笋汤。

红　药　是。

杜青玉　汤做好后，去县衙请老爷过来。

红　药　夫人，您要请老爷回来做什么？

杜青玉　不做什么，请老爷吃汤。

红　药　夫人……

杜青玉　快去。

红　药　是。

［红药下。

［鼓声咚咚，杜青玉心跳如擂鼓。

［切光。

第四场　演官

［县衙暗房内，立着一个朝服雕花架，上挂一品文官仙鹤补服。

［李公卿着一身白色中衣，在一品官服前徘徊。

李公卿　“行路难，行路难，多歧路，今安在？长风破浪会有时，直挂云帆济沧海。”想我李公卿，四岁开蒙，读《千字文》，七岁进书院，背四书五经。无奈天资难济，没有神童之命，十六岁考上秀才，曾被一个十三岁的小儿叫我作“童生小友”，气煞我也！十七岁那年，我通过县试，总算是个秀才！从此人前得意，人后发愤，想着百尺竿头，更进一步，连中举人、进士、状元！孰料二十岁秋闱科举未中，后接连七次，皆名落孙山，白白扔掉了二十一年时光，考得个家徒四壁，考得个日月无光！

［幕后有童谣响起：“李公卿，枉公卿，二十一年不公卿，枉费光阴在书斋。李不举，枉科举，二十一年不中举，枉抱娇娘在满怀，在满怀。”

李公卿　住口，住口！

［鼓点起，李公卿边着官服边自说自道。

李公卿　徽州名士多如牛毛！我省城奔波二十一年，身边的举人换了一茬又一茬，唯独我，从青春年少到两鬓微霜，功名始终无着。我急，我躁，我不甘，我苦闷。最后那一年，有个江南巨富之子，提前得了考题，拿来与我分享，我知道不该看，但我想看，要看，不得不看，我要看他个清清楚楚，我要看他个状元及第！

［鼓点起，李公卿继续着官服。

李公卿　谁曾料想，有人一纸状告上去，我被削除仕籍，终生不得参加科举！我遥望那紫禁城，觊觎那宫廷朝堂，我酗酒，我打滚，我以头撞墙，我呼天抢地，我我我，我趁着醉意，奔到厨房，一刀，就宰断了我的命根子！

［极遥远的地方，似乎有什么种子破土的声音传来。

［李公卿四处寻找声响来源，直至发觉它或许来自下身。

李公卿　（低头看了一眼）万物复苏……为什么，为什么竟是长出来了?!

［鼓点起，李公卿佩上一品玉带。

李公卿　我进了宫，进了司礼监，那年我年近不惑，数年权斗，我当上了司礼监秉笔太监，我一支朱笔，批尽朝堂奏折，见过构陷，见过谄媚，见过忠义，也见过奸佞。他们像我一般苦求功名权贵，奏折却总到了我的手中，在我的一支朱笔之下，判定生死！哈哈，十年寒窗苦读，还不如我一刀自断命根！

［鼓点起，李公卿戴上一品官帽。

李公卿　可我还是败了，而且一败涂地，我有朱笔，人家却有印章，他要我，要我亲拟自己的发配令，将自己贬回老家休宁！我捡回一条命，呵呵，我究竟捡回了一条命！留了这条命，就不怕不能东山再起！

［鼓点起，李公卿着官服完毕，整装，亮相。

李公卿　朝廷的钦差快要到了。就从这休宁出发，我要重返朝堂，我要让他们知道，我李公卿，终究不是池中物，我要朱笔，也要印章，我要在一人之下，万人之上！

［鼓点阵阵。

［李公卿着一品官服，演练上朝情状，一步一摇顿。

［他拾起那柳三生的几卷手稿，扔掷于地，惊堂木一拍。

李公卿　堂下柳三生，你可知罪！

［手稿自然是不言不语。

李公卿　好一个柳三生，竟敢藐视本官，来人，杖三十！

［李公卿抄起廷杖，打向手稿。

李公卿　快快招来，快快招来呀！

［李公卿一个趔趄，滑倒在地。

［他顺势漫不经心地拿起手稿翻看，越看越是心惊！

李公卿　这，这，这！柳三生！

［鼓点再起，李公卿不断翻开柳三生的手卷，手卷长如蛇，在其手中翻弄缠绕，其几近癫狂。

李公卿　为什么？为什么竟是这样！

［柳三生飘然出现在纱幕后，与李公卿隔空对话。

［此一节未必真实。

李公卿　柳三生，你有状元之才，为何要放弃功名，自轻自贱！

［柳三生笑而不语。

李公卿　这不公平，这不公平，我七次科举名落孙山，你有状元之才却丢官弃爵，凭什么，你凭什么！

［柳三生依旧笑而不语。

李公卿　柳三生，回话，回话！

柳三生　忽来案上翻墨汁，涂抹诗书如老鸦，涂鸦而已。

［柳三生飘然下。

李公卿　（一凛）涂鸦……柳三生，柳三生！

［李公卿追着欲下。

［正在癫狂之际，红药上。

李公卿　（逼问）你看到了什么？

红　药　（慌乱）我看见一件衣服穿着一个人。

李公卿　嗯?

红　药　哦哦,一个人穿着一件衣服……

李公卿　你怎么进来的?

红　药　老爷,我在县衙寻你不见,在后堂看见一个小门,一时好奇……

李公卿　嗯……(试探)我这身衣服好看吗?

红　药　(不敢抬眼)好,好看。

李公卿　抬头来看。

红　药　(抬头)威,威风,老爷这身官服,好生威风。

李公卿　你可知这是什么官服?

红　药　红药不知。

李公卿　当真不知?

红　药　不知。

李公卿　(严厉地)不可向外人提起。

红　药　为何?

李公卿　……

红　药　红药知错。

李公卿　你寻我有何事?

红　药　老爷,夫人有请。

李公卿　夫人?她请我作甚?

红　药　夫人说,要请你吃火腿春笋汤。

李公卿　(盯着红药的眼睛)她要请我吃汤?(稍顿)好,知道了。禀报夫人,说我办完了公事便回家。

[红药行了个礼,退下。

[暗中似有鼓点再起,李公卿心若捣鼓,若有所思地盯着那手卷。

[暗光。

第五场　诉情

［休宁县监狱地字号牢房。

［柳三生正在牢中向犯人讲述《牡丹亭》故事。

柳三生　话说那丽娘死后，杜家举家搬迁，老宅改成梅花观。这时，远在千里之外的岭南，竟然真有一个名为柳梦梅的书生，上京赶考，路过此地，感染风寒，正巧就住在这梅花观中……

［一众犯人听得入神，狱卒甲也靠近细听。

柳三生　病中闷坐，柳梦梅到梅花观后花园游玩，在那太湖石旁，发现了一个小匣子，里面正是杜丽娘的画像。柳梦梅不识画中人，还以为是观音娘娘，怕这荒废的园子埋没了圣像，就取回房中，在灯下一看……

［狱卒乙过来呵斥狱卒甲。

狱卒乙　好你个当差的，发什么愣呢？

狱卒甲　好听，好听。

狱卒乙　什么就好听了……

［话音刚落，狱卒乙也被柳三生的讲述吸引过去。

柳三生　这画上，题着一首诗："近睹分明似俨然，远观自在若飞仙。他年若傍蟾宫客，不在梅边在柳边。"

［狱卒丙不见甲乙二人，过来寻找。

狱卒丙　喂，你们两个，在干什么！

［未几，狱卒丙竟也听得入了神。

柳三生　这柳梦梅一看，奇哉怪哉！说梅呵，我柳梦梅占一半，说柳呵，我柳梦梅也占一半。不免狠狠喊画中人几声："美人，美人!”

狱卒丁　(醉酒上)美人,美人!

柳三生　姐姐,姐姐!

狱卒丁　姐姐,姐姐!

柳三生　哎呀,我孤单在此,少不得将小娘子的画像,早晚玩之,拜之,叫之,赞之。

[众人听得笑起来。

柳三生　这一声声的呼喊呀,竟将杜丽娘的魂给喊回来了!

众　人　哇!

[李好问上,四处找不到一个狱卒。

李好问　(对内喊)当差的在哪里?

[无人应答。

李好问　当差的在哪里!

狱卒乙　别吵吵!

[狱卒甲、乙回身见到李好问,惊慌失措。

狱卒乙　李大人!

李好问　你们聚在这里做什么,公事房里竟找不到一个人!

狱卒甲　没……没有什么。

李好问　罢了。把犯人们都领到别的牢房去,我要单独见柳三生。

狱卒乙　是。

[狱卒们下,只留下柳三生。

[李好问上下打量着柳三生,只见他颜色不乱,阳阳如平常。

李好问　好个柳三生,坐牢也坐得如此体面。

柳三生　这位先生是——

李好问　李好问,徽州休宁人士。

柳三生　(作揖)哦,李大人,前日在牡丹茶园曾见过一面,不知有何见教？

李好问　柳三生，你可知自己犯了什么罪？

柳三生　小生无罪。

李好问　你，你勾引良家妇女，还敢说无罪！

柳三生　我不曾勾引良家妇女。

李好问　你说书蛊惑夫人芳心，潜入香闺毁人清誉，事实俱在，岂容抵赖！

柳三生　我说书不假，潜入香闺、毁人清誉是绝没有的事情！

李好问　事到如今，还要狡辩！（稍停）你可知，她已经怀有身孕？

柳三生　她是谁？她怀有身孕，与我何干？

李好问　冥顽不化！非要我说出姓名不可吗？

柳三生　请讲。

李好问　我说的是，城南的杜守贞！

柳三生　杜守贞是何人？

李好问　话已至此，你还不认？

柳三生　我不知道你在说什么。

李好问　你！

［李好问死死盯着柳三生，见其脸色如常，毫无破绽。

李好问　那……（一字一顿地）杜青玉，你总该知道吧？

柳三生　我从来就没见过什么杜青玉、杜守贞！

［李好问一愣，疑窦顿生。

李好问　你从来就没见过她？

柳三生　我到休宁至今，住在城东的一处破庙里，只是说书度日，从未攀扯上什么杜家的夫人、小姐！

［静默片刻。

李好问　你当真未曾见过杜守贞？

柳三生　从未见过。

李好问　你也从未认识过杜青玉？

柳三生　素昧平生。

李好问　押下去！

［李好问转身欲下。

柳三生　李大人留步！

［李好问回过身来。

柳三生　李大人，我实在不知自己犯了何罪！只知这牢狱暗无天日，瘟疫横行，我这个身体不争气，恐怕早晚会倒下。我别无所求，只怕死后埋没了这牡丹还魂的故事。我看你不像那些官场须眉浊物，想求你一件事……

李好问　何事？

柳三生　（从怀中掏出一卷话本）我只求大人，将这牡丹故事的话本带出监牢去。

李好问　你……

柳三生　求大人成全！

李好问　你……（摇头）真是个痴人！

柳三生　是痴，是醉。

［李好问接过话本看着。

李好问　柳三生……你是个举人，本应上京赶考谋取功名才是，怎么就甘愿沦为个说书人呢？

［静默片刻。

柳三生　（陷入回忆）想当初，我也曾梦想着有一朝蟾宫折桂，状元及第，我也曾坐着公车上京赶考呵。

［灯暗，仅留柳三生、李好问处两束追光。

柳三生　春寒料峭，莺飞草长，从岭南出发，我坐着公车上京。读了半路《牡丹亭》，始知这天地之间，竟还有比功名更重要的东西：“情不知所起，一往而深，生者可以死，死可以生。生而不可与死，死而不可复生者，皆非情之至也。”捧着《牡丹亭》，我爱不释手，却不料听闻了汤显祖先生逝世的消息……先生，我好想你……我实不忍心这“至情”被俗世所掩埋，便跳下了公车！我说书，我从岭南千里出走，颠沛流离，不为别的，正是为了传播这天下至情！

李好问　天底下怎么会有你这样的痴人！

柳三生　李大人，你应该记得元曲大家关汉卿先生的“【南吕】《一枝花·不伏老》”吧？（念）“你便是落了我牙、歪了我嘴、瘸了我腿、折了我手，天赐与我这几般儿歹症候，尚兀自不肯休——”

李好问　（接着念）“则除是阎王亲自唤，神鬼自来勾，三魂归地府，七魄丧冥幽。天哪！那其间才不向烟花路儿上走！”（指着柳三生笑起来）好一个痴人！

柳三生　世间之人本皆痴，尘心未泯好时节。一朝堕入名利场，也无清风也无月。

李好问　（默念着）一朝堕入名利场，也无清风也无月。

［静默片刻。

李好问　柳兄……你听着，朝廷的钦差明日就到，到时我会设法在钦差面前搭救你。这话本，你还是自己好生保管。保重身体，一朝出狱，我……我再到牡丹茶园听你说书！

柳三生　（感动）谁说李大人不是个痴人呢？

李好问　我已是负罪之人……向故人赎下几分罪罢了。

柳三生　李大人……

李好问　不必再称我大人。柳兄，好问还有急事要办，告辞。

柳三生　李兄，保重。

李好问　保重。

［李好问下。

［静默片刻。一个声音在暗处响起。

众犯人　柳先生，柳先生！那柳梦梅把杜丽娘的魂喊来了，后来呢？

柳三生　（回过神来）这一声声的呼喊呀，竟将杜丽娘的魂给喊来了！柳梦梅不知眼前是人是鬼，只见一娇娃，美艳非常，（禁不住吟唱起来）“他惊人艳，绝世佳。闪一笑风流银蜡。月明如乍，问今夕何年星汉槎？金钗客寒夜来家，玉天仙人间下榻……”

［曲调音乐持续，灯光渐暗。

第六场　夺命

［过场戏。舞台前沿亮着灯光。

［李好问匆匆上。

李好问　程大夫何在？

［程大夫从另一边疾步迎上。

程大夫　李大人找小人有何吩咐？

李好问　你先前说夫人脉搏若有若无的，有些像喜脉，此话当真？

程大夫　李大人，小人回家之后，也百思不得其解，翻了半日的《继名医类案》，在第二十四卷发现有“假胎”一条。

李好问　假胎？

程大夫　正是，夫人脉象为滑脉无疑，按之感觉往来流利，如盘走珠，应指圆滑，但却无胎息可验，应为假胎。

李好问　如何会是假胎？

程大夫　夫人恐怕是……心念所致。

李好问　怎么说?

程大夫　明明未有身孕,却现喜脉。这是心里想着、念着什么,才会有的。

［李好问思忖片刻,欲下。

李好问　多谢。

程大夫　李大人且慢!

李好问　大夫有事?

程大夫　确有一事相告。前日小人到城南药庄进药,那掌柜的无意中说起,夫人曾令丫鬟到药庄配了一副药。

李好问　药?什么药?

大　夫　也不是什么要紧的药,只是,这个药,有病除病,可万一无病……

李好问　如何?

大　夫　无病害命!

［李好问闻言神色大变。

李好问　糟了!

［李好问急下,鼓点阵阵。

［暗转。

［杜青玉家。厅堂中央的八仙桌上,放着一碗火腿春笋汤。

［杜青玉缓缓地抛洒着红豆,等待李公卿到来。

［稍顷,李公卿上。

李公卿　夫人。

［杜青玉一边捡拾红豆,一边说话。

杜青玉　(强作笑容)老爷回来了。

李公卿　守贞,你叫我回来,有何急事?

杜青玉　哦,没有急事。只想你回乡至今,公务繁忙,未曾在家中住过一夜,便做了一碗你喜欢吃的火腿春笋汤,给你养养身子。

李公卿　难得守贞这片心意,只是我还有一大堆公务要办,这汤,顾不上吃了。

杜青玉　(试探)敢情是昨日抓到那个说书人,令老爷费神了?

李公卿　区区小贼,不足挂齿。

杜青玉　(急)既是小贼,老爷何不……

李公卿　嗯?

杜青玉　没什么。

李公卿　(看着汤)守贞今日好殷勤。

杜青玉　老爷常年在京,这家乡的风味,恐怕也是难得一尝。(端起桌上的汤给李公卿)还温着哩,老爷快趁热吃吧,吃完汤,好忙公务。

［李公卿捧起火腿春笋汤,感到香气沁人。

李公卿　守贞啊,可记得我当年上京赶考,你也是给我做的这样一道汤。

杜青玉　(一愣)你倒是还记得。

李公卿　记得,记得,那是我最后一次上京赶考……

杜青玉　之后便十年不归家。

李公卿　(恍若未闻,将汤碗放回桌上)我将近不惑之年与你完婚,你盼着我蟾宫折桂,状元及第,身着红袍,帽插宫花,衣锦还乡……

杜青玉　我从未盼着你状元及第,我只盼你早去早回。

李公卿　贫贱夫妻也甘愿?

杜青玉　甘愿。

李公卿　扯谎！贫贱夫妻百事哀，若有富贵可享，哪个甘愿贫贱？

杜青玉　富贵若是关入牢笼的模样，贫贱又何妨？

李公卿　富贵是牢笼？笑话，贫贱才是牢笼！贫贱令人无从选择，无法选择，天灾人祸且不提，一家人穷到只有一条裤子，哪个出门哪个穿，没有裤子的人困在家里，岂不跟坐牢一样！

杜青玉　你在朝中为官是富贵，我在家中一样坐牢……一个红豆编织的牢笼。

李公卿　红豆？

杜青玉　（捡拾地上的红豆）红豆生南国，春来发几枝……

李公卿　守贞在怨我。

杜青玉　我岂敢怨你？你在朝中为官，做的是大事，家中小事，怎敢劳烦老爷挂心？（再次端起桌上的汤）汤快凉了，你先把它吃了吧……

李公卿　（不接汤碗，俯身捡起地上一颗红豆）我远在京城，这红豆，便是你的素心令。你若不想令我挂心，日后，茶园听书之类的事，就不要再做了。

杜青玉　我答应你便是了。

［静默片刻。

李公卿　（看着杜青玉端着的汤）火腿春笋汤。

杜青玉　是，火腿春笋汤。

李公卿　闻起来鲜美。

杜青玉　吃起来更鲜美。

李公卿　（接过汤碗）煲了多长时间？

杜青玉　春笋，一盏茶，砂锅中火，一炷香，小火，半个时辰。

李公卿　果真用心做。

杜青玉　用心做的。

李公卿　是你亲手所做？

杜青玉　是我令红药所做。

李公卿　多希望你亲手所做。

杜青玉　下回。

李公卿　怕是没有下回了。

杜青玉　（紧张）什么？

李公卿　钦差眼看就要到休宁，我李公卿，只怕是要再次上京了。（又将汤碗放回桌上）

杜青玉　你又要走？

李公卿　正是。

杜青玉　如此甚好，这碗汤，权当为老爷送行。（第三次从桌上端起汤碗）

李公卿　你似乎很希望我走。

杜青玉　没有的事情。

李公卿　我走了，你就可以去茶园听书了是吧？

杜青玉　老爷？

李公卿　我走了，你就可以胡行乱走了是吧？

杜青玉　不是。

李公卿　你声声都是埋怨，句句都是不满，别以为我听不出来，你希望我走，不愿见我。你既然不愿见我，为何还要做这汤，为何还要请我过来！

杜青玉　（紧张万分）我做汤不为别的，只想求老爷一件事。

李公卿　什么事？

杜青玉　柳……柳枝抽芽的时节，可否准许我……到郊外踏春一趟？

［静默片刻。

李公卿　赏什么春光，踏什么春景，花开会鼓动春情，鸟鸣会乱人心弦，流水会惹人遐思，我恨不得这世上没有春天，四季如秋。

杜青玉　老爷，你何苦跟四季轮回较劲。

李公卿　春给人希望，可为何给了人希望，又要给人失望！一年一春，三年一次秋闱科举考试，我七次不中，白白掷了二十一年的光阴啊！岂止失望，简直是绝望！

杜青玉　好在老爷你又要上京了。

李公卿　我是个断子绝孙的人！

杜青玉　老爷……

李公卿　春负了我，科场负了我，朝廷负了我，守贞，你莫再负了我呀！

杜青玉　公卿……

［静默片刻。

李公卿　不说了，吃汤吧。（端过汤碗）

杜青玉　汤凉了。

李公卿　无妨，难得你一片心。

杜青玉　我让红药再去热热。

李公卿　不必了。

杜青玉　再热一热吧。

李公卿　我说不必了！

［李公卿从怀中拿出一个小盒，又从盒中掏出一小把银勺。

杜青玉　这是什么？

李公卿　哦，早年间，我替皇上试菜，圣上赏了我这把五爪金龙盘笏板银勺，这上面，还有龙津呢。

［杜青玉不安起来。

［李公卿伸勺入碗，勺现出黑色。

李公卿　（背躬）银勺入碗，一片黑色顺着勺尖蔓延上来！夫人，这火腿春笋汤……

杜青玉　（强自镇定）老爷……

李公卿　尚有余温。

杜青玉　如此甚好。

李公卿　守贞喝吧。

杜青玉　什么？

李公卿　想必守贞费了不少功夫。

杜青玉　都是红药辛劳。

李公卿　不，是你费心了，这汤，还是你吃吧。

［李公卿将汤端到杜青玉眼前。

［杜青玉接过汤，百感交集，正要接过——

李公卿　守贞。

［杜青玉停下。

李公卿　（拿过杜青玉手中的汤碗）牡丹茶园的茶好喝么？

杜青玉　休宁百姓，从不爱喝牡丹茶园的茶。

李公卿　那为何那么热闹？

杜青玉　皆是……为了听书而去。

李公卿　为了听书？这柳三生，当真有如此魔力？

［静默片刻。李公卿把汤碗重新放回桌上。

李公卿　再有魔力也无用了。（试探）你可知我要如何处置这个柳三生？

杜青玉　（急切）如何处置？

李公卿　你很在意这个姓柳的。

杜青玉　没有。

李公卿　（故意）哼，这个柳三生，我已经处置了。

杜青玉　（心提到了嗓子眼）怎么处置的？

李公卿　还说你不在乎？

杜青玉　我在乎！

李公卿　什么？

杜青玉　你对他做了什么？

李公卿　守贞？

杜青玉　你对他做了什么！

李公卿　（故意轻松地）我挖去了他的双眼，割了他的舌头，断了他的双手，瘸了他的双腿！

杜青玉　三生！

李公卿　他血流成河，气绝身亡！

杜青玉　他死了？

李公卿　死了。

杜青玉　他有什么罪，你要置他于死地！

李公卿　他四处宣讲牡丹故事，点染风流，败坏风化，毁我朝纲，祸乱一方！

杜青玉　胡说！惑乱人心的是你！

李公卿　杜守贞！

杜青玉　我不叫杜守贞！

李公卿　什么？

杜青玉　我叫杜青玉！

李公卿　你！你跟他……

杜青玉　三生！

李公卿　你怎敢……

杜青玉　我为何不敢？

李公卿　我……

杜青玉　三生，三生，你既已去，我与孩儿，陪你走这黄泉路就是了。

［杜青玉奔向汤碗。

李公卿　孩儿？谁的孩儿？杜守贞！

［杜青玉端起汤碗，一饮而尽，竟笑起来。

李公卿　守贞！

杜青玉　（泪中带笑）三生，黄泉路上，你走慢些，等……等我。（倒地）

李公卿　（悲痛，癫狂）柳三生，柳三生，来人啊，来啊，把柳三生给我押来，挖了他的眼睛，割了他的舌头！这眼睛，看了我的夫人，这舌头，祸害了天下女子啊！（疾下）

［红药上，见状大惊，伏在杜青玉身上恸哭。

［李好问上。

红　药　（哭）夫人，夫人！

李好问　青玉姐姐！红药，夫人怎么了？

红　药　夫人吃汤死去了！

李好问　（大恸）姐姐！

红　药　夫人！

李好问　义父……李公卿呢？

红　药　老爷去杀柳三生了！

李好问　柳先生！（急下）

［暗转。

［县衙内厅。李公卿正在对柳三生进行严刑拷打。

［纱幕后，柳三生惨叫不绝！

李公卿　（歇斯底里地）来啊！挖了他的双眼！

［幕后，衙役应答："是！"

［稍顷，柳三生一声惨叫，舞台上一片惨红。

衙　役　回大人，他晕过去了！

［李好问急上。

李好问　义父，义父！柳三生无罪，夫人并未有孕，一切都是假的！

李公卿　你说什么！

李好问　夫人是假孕，他们二人并不相识，夫人是……是心念所致！

李公卿　心念？

李好问　求公公怜惜人才，放过柳三生！

李公卿　你说夫人并未有孕？

李好问　从未有孕。

李公卿　他们二人并不相识？

李好问　从来不识！

［一声奇异的声响。

［他精神迷乱，恍惚之间，又听闻那种子破土的声音响起。

李公卿　（望着自己手上的血污）我，我做了什么？（支撑不住，欲倒）

衙　役　大人，你快坐下。

李公卿　（环顾四周）不，不，这里没有我的座，这是老百姓的，这是做官的，这是读书人的，这是女人的，我的座在哪儿，我的座呢！

［李公卿发癫一般，将台上的椅子尽数推倒。

李公卿　我，我是谁，我不是老百姓，不是官，不是读书人，不是女人，我是谁，我，我是太监，我阉了我自己，我阉了我自己！

［后台忽然一阵开锣鸣道声响起，众衙役声："钦差大人到！"

李公卿　钦差到了？钦差大人，钦差大人！奴才有事禀报！

［李公卿疾下。

［红药哭着从另一边上。

红　药　（哭）夫人，夫人！

李好问　红药？

红　药　（哭）李大人，当差的非要我出来找老爷，说钦差大人到了……

李好问　他已经……出去迎接了。

红　药　夫人……钦差大人也不是什么好东西，连衣服都跟老爷一模一样！

李好问　你说什么？

［红药只是哭。

李好问　你说什么一模一样？

红　药　衣服，衣服！

李好问　你说老爷有件衣服，同钦差的一模一样？

红　药　上面都画着一只仙鹤。

李好问　你看清楚了？

［红药只是哭。

李好问　在何处？红药！

红　药　（吓住）就在这衙门内的一间小屋里。

李好问　一品官服！（恍然大悟）跟我来！

［鼓点声中，李好问圆场一周，持一品官袍上，跪伏在地。

李好问　（大声地）钦差大人在上，下官李好问首告。告，休宁人士李公卿，私制一品官袍！乃侍女红药亲眼所见，官袍藏于县衙密室之中。

［李公卿冲上。

李公卿　李好问，你这忘恩负义的畜生！

李好问　义父，我不能看你一错再错！

［一衙役上。

衙　役　大人，果真有一品官袍！

李公卿　你……畜生！

李好问　李公卿，你害死青云……（鼓起所有勇气）我才是这休宁的县令！你利欲熏心，罗织罪名，草菅人命，罪大恶极！

李公卿　畜生！

李好问　拿下！

［衙役应声，将李公卿拘捕。

李公卿　（挣扎）我要奏明圣上，我……不，我，我要……

［衙役正要将李公卿拖下，李公卿忽然挣脱，却眼见四面埋伏，无处可逃。

李好问　李公卿，你应当知道私制一品官袍是什么罪名，按律当斩！你逃不掉了！

李公卿　（惨然）好，好，既是这阳间不肯容我，那便到阎罗殿前，讨个公道！

［李公卿咬舌自尽，直挺挺倒地。

衙　役　大人，他，他咬舌自尽了！

李好问　义父！

［光暗下来，李公卿暗下，有笛声悠扬，李好问转身又看见柳三生，影影绰绰地坐在那纱幕之后，柳三生忽然倒下。

李好问　（忙过去扶起）柳兄，李公卿死了，你……还好吗？

柳三生　（虚弱地抬起头来，声音微弱）"你……便是落了我牙，歪了……我嘴，瘸了我腿，折了……我手——"

李好问　"尚兀自不肯休！则除是阎王亲自唤，神鬼自来勾，三魂归地府，七魄丧冥幽……"

［柳三生再次晕厥过去。

李好问　（抱住）柳三生，你挺住，你不能死啊！我说过，我还要去牡丹茶园听你说书……柳三生！

［暗转。

第七场　游冥

［冥府。

［两小鬼正在巡逻。

小鬼甲　怪事！

小鬼乙　什么怪事？

小鬼甲　近来这休宁县，来了好多枉死的冤魂耶！

小鬼乙　枉死？

小鬼甲　阳寿未尽，却到了冥府！

小鬼乙　我知晓你说什么了，那些可不是枉死的哟！

小鬼甲　不是枉死？

小鬼乙　不是不是。

小鬼甲　那是什么？

小鬼乙　那些可是读书、听书、看戏而死的耶！

小鬼甲　什么？听书也会听死？

小鬼乙　说是休宁出了一个什么专说牡丹故事的书生，听完他的书，茶也不思，饭也不吃，有人还半夜突然爬起来吹笛子。

小鬼甲　奇了怪了！

小鬼乙　简直变态！啊呸！

小鬼甲　我八岁就做了鬼，从来就不知道什么情啊爱啊，那到底是什么东西啊？

小鬼乙　你问我啊？我怎么知道啊！

小鬼甲　你在阳间，就没个中意的女子？

小鬼乙　（一愣）没有，没有！

小鬼甲　呀，你好慌耶！

小鬼乙　我拔了你的长舌！

［小鬼甲拉长小鬼乙的假舌头。

小鬼甲　疼疼疼，放手放手。

小鬼乙　（松手）叫你胡乱说话！

小鬼甲　慢着，那边又来了个冤魂！

［杜青玉的魂飘飘荡荡来到幽冥。

杜青玉　柳三生，柳公子，柳郎！

小鬼甲　嘿，又是个寻男人的痴心女子！

小鬼乙　拦着她！

杜青玉　柳三生……

［两小鬼拦住杜青玉。

小鬼甲　站住！哪里去？

杜青玉　啊？官爷。

小鬼乙　你是何人？

杜青玉　休宁杜青玉。适才闻得有一故人已死，遂寻访至此，不知不觉迷途了也。

小鬼甲　故人是谁？

杜青玉　岭南柳三生。

小鬼甲　回去回去，这里是阴曹地府，不是你寻花问柳的地方！

小鬼乙　喂，寻花问柳是男人干的事好不好？她一个妇人家怎么寻花问柳？

小鬼甲　你懂什么！她，一个花心的女人家，问一个姓柳的？这就是“寻花问柳”。

杜青玉　官爷，烦请行个方便，让我去找我的柳郎吧。

小鬼甲　柳郎柳郎的，真不害臊！

杜青玉　我为何害臊？

小鬼乙　姑娘,你在此处多待一个时辰,回去就要多长一岁。速速回去吧。

杜青玉　我不回去了,只要能找到柳郎,年纪长多少岁我都愿意。

小鬼甲　好你个妇人,真不讲理啊！去,去……

［小鬼甲作推搡状,小鬼乙拦住。

小鬼乙　慢着。既是如此,带你去见判官吧。

小鬼甲　你这个好心肠的鬼！(对内)有请胡判官,胡大人！

小鬼乙　恭请胡判官。

［鼓乐声中,胡判官与众小鬼上,充满仪式感地亮相。

胡判官　春困,夏乏,秋盹,冬眠。我乃一年四季爱睡觉的胡判官是也。是谁人惊扰本官清梦,有何情由,若无情由,打入无眠地狱！

小鬼乙　回大人,有一休宁女子,前来寻人。

胡判官　(懒洋洋地瞅了一眼杜青玉)你是何人,报上名来。

杜青玉　(行礼)小女,休宁杜青玉。

胡判官　取生死簿过来。

［一小鬼递上生死簿。

胡判官　(翻阅)休宁没有一个叫杜青玉的呀！为何扯谎?

杜青玉　小女不敢扯谎。

小鬼乙　改过名字没有?

杜青玉　曾改名杜守贞。

胡判官　(再次翻阅)如此便有了,休宁杜守贞！

杜青玉　正是。

胡判官　此名是你的丈夫所改,即是正名,不要再称自己什么杜青玉了。

杜青玉　好冤啵,嫁鸡随鸡,嫁狗随狗,连姓名都要随了鸡狗。

［李公卿魂上。

李公卿　我好冤啊！

杜青玉　哎呀，是他来了！

胡判官　站住！

［二小鬼拦住李公卿。

李公卿　（见杜青玉）贱人！

胡判官　堂下何人喊冤，报上名来。

李公卿　（跪）休宁李公卿。

胡判官　因何到此？

李公卿　大人，奴才状告岭南人士柳三生，说讲牡丹故事，点染风流，败坏风化，坏人心术，勾引争端，该打入拔舌地狱！休宁人士李好问，忘恩负义，狼子野心，该打入火山地狱！还要……还有这妇人，欲谋害亲夫，与人通奸，该打入……冰山地狱！

胡判官　（竟听困了）要你教……啊（哈欠）……教本官判案。

李公卿　奴才知罪……

胡判官　来啊，取功德簿过来！

［二小鬼递上功德簿。

胡判官　（一目十行）本官知道了。

李公卿　请大人做主！

胡判官　李公卿，你阳寿已尽，本官判你投胎转世，不知你可有什么志愿？（恶作剧一般）啊，状元郎如何？

李公卿　（欣喜若狂）多谢大人！那，那他们呢！

胡判官　柳三生、李好问、杜青玉一干人等，皆有情之人，本官虽是贪睡，不至于如此糊涂。

李公卿　……既是如此，谨遵大人安排。

胡判官　来啊，将李公卿押入六道轮回，投胎为……一只春蚕！

李公卿　（吃惊）什么，春蚕？

胡判官　李公卿，你平生志愿，皆在功名利禄。本官判你，生生世世，投胎为一只春蚕，春蚕到死丝方尽，丝织成绒，绒做成花，叫作宫花，插在状元郎的帽翅之上，一同享用荣华。正是，“春风得意马蹄疾，一日看尽长安花！”

李公卿　不，不，我万万不服！我是人，我要做人！

胡判官　李公卿！你是残缺之身，如何做人？

李公卿　大人，它长出来了，我复阳了，我复阳了！

［遥远处种子破土的声音传来。

胡判官　李公卿，世间有情有欲，人性存焉，你一朝自断命根，早已是放弃做人，上天垂怜，令你复阳，可你看看，你长的是什么，是欲，还是情？

李公卿　欲为情根，情为欲种，自古一体！

杜青玉　情根欲种，自是不错，可惜滚滚红尘，人非畜生，何止有欲，至情为上。

胡判官　好见识。

李公卿　你……你们……

杜青玉　李公卿，做个人吧！

李公卿　人……

胡判官　李公卿，情根欲种，你既为花，那就好好看看，这人世间的爱恨情欲。

李公卿　人啊……

胡判官　来啊，将李公卿押下去。

李公卿　人……春蚕……宫花……终究为他人作嫁衣裳……（惊醒般）不，我不服，我不服！

[二小鬼摇动镇魂铃,强行引李公卿下。

李公卿　判官,大人,我不服,我不服啊!

胡判官　(查看生死簿)嗯? 你阳寿未尽啊,为何到此?

杜青玉　大人,我找柳三生来。

胡判官　柳三生是你何人?

杜青玉　是我的……

胡判官　嗯?

众小鬼　嗯?

杜青玉　是我的心上人。

胡判官　不害臊。

众小鬼　不害臊!

胡判官　你怎么跑来此地找他?

杜青玉　听闻他已命丧幽冥,特来此地寻访。

胡判官　柳三生?(翻阅生死簿)……他尚在人世哇!

杜青玉　(惊讶)当真?

胡判官　自然当真! 快快还阳,返回人间吧!

杜青玉　如此,谢过大人,我还阳去也!(疾奔而下)

胡判官　(伸了个懒腰)我,做春秋大梦去也。

[杜青玉又上。

杜青玉　大人!

胡判官　嗯? 何故去而复返?

杜青玉　大人,劳烦替小女查明,我与柳三生,今生是否……有姻缘之分?

胡判官　好烦人也。

杜青玉　(跪下)大人,我愿以十年阳寿相抵。

胡判官　搞不懂,阳世间痴癫之人何其多! 如此,取姻缘簿过来。

[一小鬼递上姻缘簿。

胡判官　(翻阅)杜守贞,此生与柳三生……并无姻缘之分!

杜青玉　(惊)啊?可是……

胡判官　可是什么?

杜青玉　我已怀上他的孩儿!

胡判官　(看着姻缘簿)哈哈,一切皆是虚妄啵!

杜青玉　虚妄?

胡判官　小女子听了,你与柳三生今生并无分,你也从未有孕,更从未与那柳三生相识温存。过往一切,皆是你心念所致,梦境一场而已。

[杜青玉惊得说不出话来,惨惨而立。

[音乐起。

杜青玉　一切皆是虚妄,心念所致,梦境一场而已?

胡判官　正是。还阳去吧。本官接续春秋大梦去也!

[胡判官与众小鬼下,唯留杜青玉与小鬼乙。

杜青玉　如梦一场而已。

小鬼乙　姑娘莫要过分伤心,回去吧。

杜青玉　如梦一场而已……

小鬼乙　姑娘,你耽迟太久,回去已经老了三十岁,再不走,阳寿要尽了。

杜青玉　……如梦一场?

[杜青玉望向虚无。

[暗光。

第八场　余响

[又是暮春天气,忽阴忽雨,此时正云开雾散,露出一缕阳光。

［牡丹茶园。瞽者柳三生在此说书，他双眼缠着黑布条。身旁只有一老妇人，隐于纱幕后端坐。

柳三生　（抚尺三响，念起定场诗）“去年今日此门中，人面桃花相映红。人面不知何处去，桃花依旧笑春风。”

老妇人　（轻轻击掌）好一个“桃花依旧笑春风”！

柳三生　（寻声转过头去）这位姐姐，又来听书了？

老妇人　不不，老身已是五十有七了啊。在此静候多时。

柳三生　哦，原来是位老夫人，小生有所不知，冒犯了。

老妇人　无妨无妨。柳先生请说下去。

柳三生　（稍停，一拍抚尺）上回说到，杜丽娘因梦而亡，因情而死，三魂七魄飘飘荡荡到幽冥，判官听闻杜丽娘因慕色而亡，即要将杜丽娘贬到莺莺燕燕的队伍里去。杜丽娘闻言伤心不已。

老妇人　这判官，也忒没有人情味了。

柳三生　临走之前，杜丽娘求了判官一件事，就是这件事，救了她的命呀……

［音乐起。

柳三生　杜丽娘说：“劳烦恩官替女犯查查，怎会有这样伤感的事情呀？”判官说：“这件事情注在断肠簿上。”杜丽娘又说：“那劳烦查查女犯的丈夫，到底是姓柳还是姓梅？”判官取来姻缘簿，查出一人，叫柳梦梅，乃新科状元，妻子正叫杜丽娘，最初是幽欢，后来成了明配。于是对杜丽娘说，这个人与你有姻缘未了，我现在放你出枉死城，你找他去吧。

［音乐停。静默片刻。

老妇人　书中姻缘，终归团圆；世间之人，却大多错过。

柳三生　夫人何出此言？

老妇人　想这枉死城,我也是走过一遭的……

柳三生　诶,夫人,书中故事,岂可当真?

老妇人　柳先生说的对。可是,故事是假的,情却是真的。

［柳三生闻言一怔。

柳三生　说的是。

老妇人　世间有情,方得始终啊。

柳三生　世间有情,方得始终……

［静默片刻。

柳三生　夫人,你我可有见过?

老妇人　素昧平生。

柳三生　您这话,小生仿佛在何处听过。

老妇人　想是柳先生的某位故人讲的吧。

柳三生　是啊,仿佛是……一位素未谋面的故人。

［李好问上。他已是一身朴素的书生打扮。

李好问　奇也,还是早春,牡丹花居然开了,方才见到一只野生的春蚕,叫养蚕人捉了去,养蚕人说难得一见,甚至可以当作祥瑞进献上去……(见老妇人,上前作了一揖)真是可怜。

柳三生　李兄来了。我们正在说去岁往事。当时我正要弃书不讲,有一位年轻公子,三言两语拨去小生心中阴云,知晓"情"之真义。

老妇人　可我听说,她不是一位公子……

李好问　她是我的姐姐。(对老妇人)看来老夫人乃本地人士,不知是否认识杜守贞?

老妇人　不,老身不知杜守贞,只听说有个叫杜青玉的……但她已经亡故。

李好问　生者可以死,死可以生。难道这杜青玉不可以还魂?

老妇人　李公子说笑了。

［静默片刻。

柳三生　你是何人？

老妇人　……不过一普通的听客罢了。

柳三生　你我似乎是相识的。

老妇人　我与先生素昧平生。柳先生，你糊涂了？

柳三生　我糊涂了。

［静默片刻。

李好问　夫人，你我……应该是相识的！

老妇人　李公子，我更像那无可奈何的落花，却不是似曾相识的归燕……你也糊涂了。

柳三生　哦，我也糊涂了。

老妇人　呵呵，我们都糊涂了……

［沉默。阳光渐收，春雨落了下来，滴答作响。

［远处隐隐传来歌声："问世间，情是何物，直教生死相许……"

［三人听着雨声，陷入一种空灵的思索。

李好问　落雨了。

柳三生　落雨了？

老妇人　是啊，又落雨了。

［歌声渐渐远去……

［滴答的雨声愈发空灵。

［大幕徐徐落下。

——全剧终——

小剧场戏曲

地狱罗生门

编剧 刘才华

时间　虚虚幻幻之时

地点　混混沌沌之地

人物

周　仁　小生，自称是天地间最忠义、最深情之人，却被世人唾弃。

李芳容　青衣，周仁之妻，心中有悬而未解之疑故永世在地狱徘徊。

阎罗王　花脸，地府之王，看遍天地万物之生死。

奉承东　周仁友人，卖友求荣。

严　年　严嵩义子，色胆包天。

黑无常、白无常　地狱捉魂者。

[幕启。

开幕曲　(唱)悠悠入冥求自在，

阴曹地府寻妻来。

忠义自有公道判，

深情从来世人裁。

登场老戏尽翻改，

氍毹之上做新排。

是对？是错？是自私？是怜爱？

森罗殿内待解开。

[内声咒骂:“周仁，你贪图富贵、卖嫂求荣、恩将仇报，狼心狗肺，你！你！你！不忠不孝不谦不敬不友不信不仁不义，你是大大的坏呐……”

[咒骂声此起彼伏，时高时低，有如梵音般絮絮念念、飘飘荡荡、如影随形。

[朔风阵阵，茫茫飞雪，咒骂声渐渐隐去，周仁内声大喊:“冤煞我也!”

[周仁衣衫褴褛，踉踉跄跄上。

周　仁　冤煞我也!

(唱)冤哉，冤哉!

咒骂声扑面而来。

骂声深似海，

我身裹巨浪怎堪挨？

周仁献嫂本应该受世人拥戴，

献的是我的妻，保的是我的嫂，这真相却在土内掩埋。
情难诉家难回我被赶门外，
世人骂我是不忠不义的虎豹狼豺。
悲哉，悲哉！
朔风起如叹我命运哀。
感孤独常悲慨，
叹天道乱安排。
义举事却成了冤孽债，
倒不如与妻共赴泉台。
省却了阴阳相隔相思苦，
刀山火海也强胜这无情的骂声挨。

想我周仁，只因恩兄杜文学遭受灭门大祸，杜兄被发配充军，临别之际，他将嫂嫂托付于我。那一日，嫂嫂前去庙中烧香。仁嫂美貌，不想被贼子严年看中，他要强娶嫂嫂。危难之际，是我献出我妻，冒充仁嫂，李代桃僵。哎呀，我那可怜的妻子，身着凤冠霞帔手持匕首，冒充仁嫂行刺严年，哪知行刺失败，被严年结果了性命。这真相本应该埋藏于我胸内，谁知世人只见我献出嫂嫂，却不知偷梁换柱之事，皆骂我不忠不孝不仁不义。我将献妻保嫂之事道出，却无人相信，骂之更甚，这一传十十传百，都道我周仁是狼心狗肺之徒，到如今我求生不得求死无门，这数九寒天茫茫风雪我却无有一个归处。

［周仁悲苦不已，难以自支。

周　仁　妻啊妻，我好想你啊！到如今我难自证清白，不如去往阴曹寻你去罢！老天爷！这世上忠义之人，我周仁也算得一位，大仁大义却反遭诬陷，天啊，你不肯开眼见我受这无尽的冤屈。天地有灵,天不知这地也不知吗?有道是上天不肯睁眼看,阴曹地府自有断,我不如一死去往森罗,让那阎君判上一判,还我好名声。是了,妻啊,我这就寻你来!我死也……

[周仁碰阶入梦,黑白无常上。

黑无常　(念)步轻轻,铁枷挽,

白无常　(念)索命勾魂人世间。

黑无常　(念)日落出,鸡鸣还,

白无常　(念)兄弟天天上晚班。

黑无常　兄弟,兄弟,我啷个听到有人喊“我死也”!

白无常　有活干了,快去寻来。

[二人四处搜寻,找到倒地的周仁。

黑无常　(摸周仁)死逑了!

白无常　你确定?今日拘魂已成,好像没得这个人哟。

黑无常　可能是哪个新死的背时鬼哦,不如把他带回地府,也免得二回又回来加班。

白无常　这个……恐怕不妥

黑无常　不妥啥子嘛,你再加班不怕你那个鬼婆娘决(骂)吗?

白无常　怕得很哦!

[黑无常做法勾魂状,倒地周仁没反应。

[黑无常急了,把铁枷给白无常,示意他好好拿着,他要用力施法。

黑无常　搁到起(拿着)。(再次施法,周仁还是无反应)哦豁,没死透。

白无常　我来帮你。

[二人共同做法,周仁苏醒。

周　仁　休要骂我，休要骂我，我周仁献妻报嫂，是大大的忠义之人，休要骂我，休要骂我来！

黑无常　你是哪个背时鬼哟？

白无常　（拍打周仁）你在说啥子？

周　仁　我乃大仁大义的周仁是也！你们是何人？

黑白无常　我们不是人，是鬼啊。

周　仁　怎么，真的是鬼？（难掩欣喜）

黑无常　哟，见了鬼还这么高兴，别说你见了鬼，你也做了鬼了。

周　仁　怎么？我死了，做了鬼了？

白无常　我还是第一回见做了鬼还这么高兴的人。

周　仁　做鬼也强胜苟活人间。

黑无常　倒是有点胆量，你不怕死？

周　仁　怕死？我在这世间，受着无尽唾骂，不人不鬼，我想死已经好久了！快快快，快带我赴往阴曹，我要见阎君。走哇，走哇，快走啊！

［周仁逼着黑白无常下。

黑无常　你才是催命鬼哦！

第二场

［森罗殿内，阴森可怖，厉鬼穿梭，无尽哭诉。

周　仁　（唱）穿廊冥殿，

绕走酆都。

快走啊！

［周仁拉着黑白无常走，黑白无常似有气无力。

黑白无常　走！走！走！

周　仁　（唱）恍惚惚七魂来至地府，
缥缈缈六魄寻个归处。
耳听得万鬼竞号哭，
放眼望遍地皆哀殍。
摆脱了骂名无数，
赴阴曹挣个对错赢输。

黑无常　（对看名单，慌张）搞错了！搞错了！

白无常　啥子错了？

黑无常　今日魂榜上并无这周仁之名啊。

白无常　糟了，要是被发现，这个月工资要扣完，还要挨五十大板。

黑无常　有了，趁着鸡鸣未啼，我们赶紧把他送出门去。

白无常　周仁兄，快快随我二人回到人间。

周　仁　什么？才到地府如何又回人间？我死了，这是我的归处。

黑无常　哎呀，是我兄弟二人搞错了，你没死全，方有一息尚存。

白无常　快快随我二人回去，鸡鸣了，你就走不了了。

周　仁　我不走！

黑无常　哎呀，我的好哥哥，大不了我兄弟二人答应你，你二回死的时候我们睁一只眼闭一只眼，不拘你就是了。

周　仁　我不走，我还没见到阎君呢！阎君！阎君！

黑无常　这事闹到阎君那里我二人就完了，快走！

白无常　你不走也得走。

［黑白无常架着周仁离开，周仁大喊。

周　仁　阎君在哪里，阎君在哪里，快来与俺诉冤。人间没有我的留处，地府也没有吗，阎君……

黑无常　（捂住周仁嘴）祖宗，你莫喊了。

周　仁　阎……君……

［黑白无常正欲架周仁离开，突然，舞台后区光启，阴森威严法号响，听者为之肃穆，阎君端坐在大殿上。

阎罗王　何人喧哗？（阴森威严，面目可憎）

［黑白无常跪下。

黑无常　新来的背时鬼大喊大叫，吵了阎君雅兴，还请恕罪。

白无常　（小声嘀咕）爷爷，祖宗，你就快走吧。

阎罗王　（威严）嗯？

黑无常　我们马上带他走。

［欲拉周仁。

周　仁　（正色，岿然不动）你就是十殿阎君？

白无常　不得无理。（小声嘀咕）你就快走吧。

周　仁　阎君在上，小民周仁有大大的冤屈，请阎君公断。

黑无常　这儿不是判案的地方。

［黑白无常硬拉周仁。

周　仁　天道不公，天不见，这阎罗殿内也无法伸冤吗？这天上地下就没有一处伸冤之所吗？

阎罗王　狂生转来！奇哉，奇哉！千百年来，在我阎君殿前，只见缩首缩尾胆小之人，难有你如此坦荡之人，我倒要听听，你有何冤屈？

周　仁　殿下容禀。

（唱）叹周仁身背一案，

献妻保嫂受屈冤。

救危难声名受陷，

舍团圆无人堪怜。

［阎君翻看卷宗，悉数了解周仁之事。

阎罗王　好一个有情有义的周仁，舍自家之欢爱，成他人之团圆，只是世人不知真相,确实对你有失判断,也屈煞你也。只是一件,你阳寿未尽,二草包错勾你下界,今日鸡鸣已至,明日夜里再将你返回阳间。

周　仁　不！阎君你既然知道周仁所受不明不白之冤屈,就不应放周仁回世间再受辱骂。

阎罗王　这是你前生业障,自要消受。

黑无常　周仁,你就快回去吧,地府延宕耽搁之苦,你更消受不起。

周　仁　欲加骂名周仁无法承受,阎君不如让我留在此处,做一个勤杂小鬼也是心甘。

阎罗王　本君殿中没有留阳寿未尽的人规矩,阳间纷扰,不必拘于他人口舌。多言之人日后会入拔舌地狱,你且放心。

周　仁　一日不为我正名,我绝不回阳间。

阎罗王　本君念你是至诚君子未曾用强,你要如此固执,就别怪本君,来人,将周仁关押起来,明日日暮时分再行送返阳间。

白无常　是!

黑无常　你看你,稀饭不喝硬要吃干饭嗦!

周　仁　慢,阎君,周仁阴差阳错既然已来至地府,俺有一愿,你若遂了俺愿望,再也不劳烦你闲言碎讲,俺明日便还阳,不在你这里徘徊。

黑无常　阎君,莫和他讨价还价,我这就把他押下去。

阎罗王　(思忖)嗯？现在讲究温情执法,念你在阳世颇苦,啥子愿望快快说来。

周　仁　我那妻子,替嫂赴死成全于我,我现在身背骂名,也让我见上一见我那故去的妻子,诉一诉心中的屈怨。

阎罗王　这个,本君想帮你怕是有心无力。

周　仁　地府由阎君统领,想见一人又有何难？

白无常　你勒个读书人唧个没得文化嘛,进了地府,喝了孟婆汤,过了奈何桥,坠入轮回道,你还见个啥子嘛。

周　仁　无常兄错也,俺与妻成婚时曾约定,纵然不能同年同日死,她也会在地府等我一等,到那时我们共赴奈何桥。

黑无常　哈哈哈,憨猪,这种骗人的话儿你也信。

白无常　在这儿多待一天就要多受一天刀割油煎之苦,再痴情的人儿也守不住哟。

周　仁　这个……

黑无常　小兄弟,莫想楞个多,就在这儿好好休息一天,明天返阳,别个想回去还回不到哦。

周　仁　不,她在,她一定在。

阎罗王　你妻唤作何名?

周　仁　李芳容。

［阎君翻阅生死簿。

阎罗王　可是守业郡周李氏芳容?

周　仁　啊！正是我妻。

阎罗王　奇哉,周李氏果真未曾投胎。你夫妻二人果然有情有义,本君圆你心愿,让你夫妻二人在我这殿前团聚一场,来人,快快把周李氏带了上来。

［李芳容上。

李芳容　喂呀!

(唱)在地府每日里挨鞭三百遍,

只为了等那负心人对峙眼前。

悔当初看人走眼,

枉受了无情刑鞭。

白无常　你们夫妻真是一个痴一个傻哟。

［周仁见妻，惊、喜，仿佛有诉不尽的冤屈要与妻子言讲，但李芳容却不为所动。

阎罗王　殿下何人！

李芳容　李芳容！

周　仁　妻啊！（上前抱住）

［李芳容冷漠以对。

周　仁　妻啊妻，你可知我过得好惨！

李芳容　（冷笑）哈哈哈，谁人不知道你周仁献妻保嫂，是忠义的先锋，受万民之爱戴，何来惨言。

周　仁　世人只知我献嫂，不知我献的是你，我身在阳世受了无尽谩骂，那些谩骂在田间在地头，在屋前屋后，在街巷，在我的身后在眼前，甚至枕边床边耳边，那些咒骂如影随形，我打不掉跑不脱劝不退，就连我求，我苦苦哀求啊，他们看着我指着我盯着我。我受不了了，我要把我的秘密说出来，我大声说，我对每个人说，但是没人相信，他们还是骂我，他们不仅骂我，他们还笑我疯了，笑我开始胡言乱语……

李芳容　你也许是疯了，也许是胡言乱语呢。

周　仁　（想得到安慰，却不想如此冷淡）不，你都知道的，你都知道的……

李芳容　我不知道，我好像记得好像又忘了，我在这里暗夜徘徊，人死了，疑问却一直都在……

白无常　他们在说啥子？

黑无常　唧个剧情发展好像跑偏了哦，勒个时候他们应该相拥而泣才对噻。

周　仁　你不是在等我吗？

李芳容　好像在等你，更像在寻找生前未曾觅到的答案。

周　仁　什么答案？

李芳容　关于那件事。

黑白无常　哪件事？

李芳容　周仁献嫂。

周　仁　献嫂？你亲历了一切，你忘了吗？

李芳容　过去的记忆有些模糊……

周　仁　妻啊，不怕，阎君这里清清楚楚记了下来，你看……

李芳容　我看了多次，如斯，又不如斯，一次次更让人费解。

黑无常　你们勒些女鬼讲话啷个都是奇奇怪怪，你到底想说啥子？

阎罗王　周氏，你不要责怪于他，阳寿未尽，他也无法来地府寻你，让你久等了，你要担待才是，毕竟你们夫妻的深情厚义，你又等他多时，休要耍妇人家脾气，他明日还要转回阳间，你们夫妻二人好好叙旧。本君在地府千年，世上负心汉多，像周仁这样深情忠义之人却少之又少。

李芳容　深情？还是无情？若是深情，他怎会献妻；若是忠义，他又怎会受那严府的荣耀？我不懂我不懂……

周　仁　芳容，怎么你也将我责怪，我家破人亡受尽辱骂，本以为你是能理解我的人，怎么，你也跟他们一样了？

李芳容　我在想夫妻情深，抵不上你的忠孝节义，你大义舍妻，是否为的是你的名声？我幽魂飘荡在这十殿地狱，酷刑鞭挞我的身体我不痛，我在寻求一个答案，一个确切的答案。

周　仁　答案就是我家破人亡，受无尽之谩骂。答案就是我遥寄相思，饱含深情，心心念念只有你。

李芳容　那我的答案是何？为何我的夫君要将我献出？

周　仁　这个……

阎罗王　哎呀，你夫妻二人絮絮叨叨把本君闹糊涂了，罢了，本君执掌生死，向来爱寻根问源，不消听你们一方之词，我地府还有宝贝，也能看得清，探得明，来人，呈业镜。

白无常　业镜可照前生恶业，任凭你二人怎么说，业镜也能照得清清楚楚，这样谁深情谁无情，谁恩义谁无义，自有道理。你献嫂事宜，业镜前再搬演一遍，你可怕？

周　仁　我周仁坦坦荡荡，不作登场戏文，不作渔樵话讲，任凭你照来，任凭你演来。

李芳容　真的要照吗？

周　仁　照！也让世人看看我周仁苦啊！

阎罗王　二人不必多言，且去照镜。

黑无常　随我照镜。

白无常　随我来！

［灯暗。

第三场

［业镜至于舞台中心，黑白无常带周仁、李芳容照镜。

黑无常　（唱）登镜台登镜台，

白无常　（唱）抛撇了身孤独。

黑无常　（唱）照六道痴悲苦，

白无常　（唱）照人间亲与疏。

黑无常　（唱）照人心不复古，

白无常　（唱）照众生归殊途。

黑白无常　照镜来也！

［周仁、李芳容置于镜前，灯光变幻，时空回转，往事再现，都一

一在镜前呈现。

[黑白无常换衣服变作奉承东与严年，他们端着官服朝带，步步紧逼周仁。

奉承东　来！穿上它，你就有享不尽的荣华，受不尽的富贵。

严　年　来！带上它，我保你后半生衣食无忧。

[周仁被逼在角落，发出绝望的呼喊。

[灯亮，周仁穿着官服上。

周　仁　（唱）心儿里烧起了万重火焰。

（回忆遇奉承东，入府，受官，见帽，羞怒等心情，甩帽于地，欲踏却不敢）

周　仁　我踏又踏不下，严年，我把你天杀的贼呀！

（唱）严年贼他不该仗势凶残。

要嫂嫂过府去将他陪伴，

奉承东他不该助贼为奸。

在严府我本不得把嫂献，

怕的是贼恼怒我命难全。

祸与福仇与恩我心想烂，

害得我无计较进退两难。

[周仁焦急不已。

[另一时空。

李芳容　你瞧着他，生受了严府的一身荣耀，好懦弱啊！

阎罗王　也是奉承东与严年二人步步紧逼，且不要妄下判断，看他如何做来。

[回转业镜时空。

周　仁　今日里偶遇奉承东那贼，一眼将我瞧着，命的严府家人，将我绳捆索绑，拿进严府，见了严年，我仁一言未出，严年就赐我兵部侍郎的官诰，问其情由，原来他看上了我胡氏嫂嫂，要我仁献，那时我仁听闻此言，不禁怒火中烧，我要想打，怎奈贼府恶奴众多，我要想逃，贼府犹如铜墙铁壁，纵使鹰鹞也插翅难飞。是我思忖一会，假意儿应允，才得出府，还需要火速回家，保定嫂嫂天涯逃窜！走！（欲走不能，过场）我才走不得啊，严贼势大，闻知我仁逃走，必要四处派人捉拿，那时将我仁拿着，这样一刀，我仁一死以报仁兄救命之恩，我死而无怨，只是嫂嫂名节有损，我的妻子还要受贼之害，我才走不得呀！严贼，你才是害人的鬼啊，

（唱）说什么保嫂嫂天涯逃窜，

贼势大难避他重重机关。

那时节我周仁身首两端，

我不能保嫂嫂死也枉然。

这是她飞蛾扑火，自烧其身，又与我仁何干呢，我还是回家将嫂嫂梳妆打扮，带上凤冠霞帔，送过严府，以保我的功名，嫂嫂，你也怪不得小弟了。事不三思，我忙中有错，（叹气）想当初，我仁遭劫，当尽田园，卖尽家产，夫妻二人只得头插草标，去到长街，卖身填还这笔债务，一连三日，无人相问，看看夕阳西下，又是一天，夫妻二人正在愁闷之际，遇到杜仁兄相助。我想这尘世之上，锦上添花的倒多，哪会有什么雪中送炭？我与杜仁兄萍水相逢，受人如此大恩，日后将何以报。是夜我们夫妻二人，筹商停妥，写了卖身文约一张，去到杜府为奴，以报大恩大德。不想杜兄撕了卖身契约，言道，黄金易得，知己难求，区区之事，何足挂齿。我与他情投意合，相见恨晚，做了八拜之交。我们兄弟结交，患难相顾，有盟在先，我不拔刀相助也就罢了，献

出嫂嫂免不得遭唾骂遗臭万年。我若要走,又走不脱,那我就献,又对不起朋友,哎呀,走又走不得,献又献不得,天呀天,这才把人两难呐!

[停顿,另一时空。

阎罗王　难!难!难!李氏,这也怪不得他,这件事着实的难办啊,他献了嫂不友不义,不献又无有对策,他身在严府,插翅难飞。

周　仁　是啊!想当时我被步步紧逼,是无有对策,只能暂且应允。

李芳容　你就这样答应了?

周　仁　我就这样答应了。

阎罗王　暂且应下,回去再另想他法。

周　仁　我也是这样想的,芳容,你还记得吗?回到家中,你我商议,你还出了主意……

李芳容　我说了什么?

周　仁　你言道你我夫妻二人携同仁嫂,乔装改扮,趁此黑夜逃出城去……

李芳容　你又如何说来?

周　仁　严府爪牙,遍布城内城外,万万使不得!

李芳容　也罢,你我夫妻二人与那严贼以死相拼。

周　仁　留下仁嫂何人照应?

李兰英　官人,这也使不得。

周　仁　那也使不得。

李芳容　逃生无路。

周　仁　拼死无门。

二　人　这便如何是好?

阎罗王　如何是好?如何是好?我身为阎君也不知如何是好,不知你们如何做的？

周　仁　我二人痴痴对望，思索如何破这僵局。

［业镜时空，二人对望，相对无言。

李芳容　官人，这可如何是好啊？

周　仁　娘子，这可如何是好啊？

［李芳容思忖，黑无常为她递上一把匕首。突然，她想到了什么。

李芳容　官人！你看！（手持匕首）

周　仁　（夺过匕首）夫人，万不可自寻短见呐？

李芳容　不，官人。你可曾想过不再受制于人？

周　仁　受制于人？

李芳容　想我与仁嫂身材一致，莫不如我代替嫂嫂去往严府，待那洞房花烛之时，我将这匕首往那严年的身上刺上一刺，结果了他，到时候我与仁嫂不就都得以解脱。

周　仁　若是成功尚且得救，若是失败……

李芳容　若是失败也能救得仁嫂。

周　仁　不！不行！

（唱）你一去凶多吉少，

我只能苦等煎熬。

万一这败露机巧，

怎舍你险棋一招。

李芳容　你我待在这里也是无可奈何，莫不如走这一步险棋。

周　仁　不不不！我堂堂男儿丈夫绝不让你冒如此之险。

李芳容　官人无需多言，花轿登门之时就是我将要刺贼之时……（决然离去）

周　仁　（跪地）妻啊！

[时空回转。

阎罗王　这么说是你自己要替嫂出嫁，怪不得周仁，怪不得周仁。

周　仁　你上了花轿，轿夫抬着你往前走，我只得悄悄在后跟，严府内锣鼓喧闹，我在墙角听，我向天祈祷，不要伤害我的妻，你要平安归来，不想一阵骚动，家丁大喊“行刺了行刺了”，严年并不如我们所愿，死的却是你啊！

李芳容　是的，我死了，飘荡在这阴曹地府内，寻求一个答案。

阎罗王　业镜已为你找到，周仁是忠义的汉子，你也是英勇的巾帼，你们二人千百年之后会有人赞扬你们，肯定你们。

李芳容　阎君，你莫忘了，这只是周仁之镜，怕不是芳容之镜。

阎罗王　怎么，你也要照。

李芳容　想让答案更确切罢。

阎罗王　好，且来照镜，且来照镜。

[李芳容照镜，回到二人无所适从之时。

[业镜时空，二人对望，相对无言。

李芳容　官人，这可如何是好啊？

周　仁　娘子，这可如何是好啊？

[周仁思忖，黑无常为他递上凤冠霞帔，周仁惊起，复作平静。

李芳容　这是何物？

周　仁　严府逼我带回来的凤冠霞帔。（周仁摩挲凤冠，迟迟没有说话）想你我成婚之时，你可曾戴了这凤冠霞帔？

李芳容　想当初我们生活艰难，你我成婚之时，没有凤冠霞帔，也没有亲朋宴席。

周　仁　虽没有凤冠霞帔，却也怡然自乐。

李芳容　一蔬一饭，皆为爱所成。无有凤冠霞帔也怡然自得。

周　仁　你戴上这凤冠给为夫一看可好？

［李芳容戴。

周　仁　娘子戴上，却也落落大方，却也落落大方……

李芳容　（大惊）官人，你……

［周仁下，独留李芳容一人。

［另一时空。

阎罗王　你就这样走了？

李芳容　他就这样走了。

阎罗王　你一句话也没说？

李芳容　他一句话也没说。

阎罗王　你是怎样做的呢？

李芳容　我戴上凤冠穿上霞帔，扮作新人模样，怀揣着匕首，乘上了严府的花轿。

阎罗王　他就让你去了？

李芳容　他让我去了。

阎罗王　哎呀！你们各执一词，你说是她主动替嫂出嫁，你说他是逼你戴上凤冠霞帔，这越弄越糊涂，怎么这业镜它也，它也……

黑无常　哎呀，我想起来了。

白无常　我也想起来了。

阎罗王　想起什么？

白无常　那一日我们好像就在那儿拘魂，我好像看到了，但我记不太清了。

黑无常　有了，我们也来照镜。

白无常　是了，我们也来照镜。

［黑白无常照镜，业镜时空。

黑无常　兄弟，今天的魂儿啷个还没看到影呢？

白无常　再等一哈嘛,不急,不急。

周　仁　(内声)妻啊!

黑无常　快点躲起来,莫被人看到了。

[同期搬演,李芳容怀揣着匕首,戴上凤冠霞帔坐上了花轿,踏轿之前她回头,却看不见周仁,毅然上轿。上轿子之后,周仁奔出,大哭,呼号。

周　仁　妻啊,妻啊!

(唱)一霎时夜空浩渺风萧萧,
一霎间冷雨袭来身飘摇。
一霎间情爱割断天涯远,
一霎间夫妻分离在今朝。
多少回相濡以沫朝夕度,
多少回甘苦相伴患难交。
见娘子孑然远去影绰绰,
我在此形孤影寡意渺渺。
老天爷你何不让周仁一走也罢了,
免受这夫妻离情爱断如万剐千刀。

娘子!娘子!你要回来,你要活着回来。

[另一时空。

黑无常　原来那个哭着的男人就是他。

白无常　是他。

阎罗王　你们想说什么?

黑无常　我看到他真的不舍。

白无常　我看到他真的痛苦。

周　仁　(崩溃)是我逼了你?

李芳容　是我主动替嫂?

周仁、李芳容　不知道，不知道。
李芳容　你是忠义两全？
周　仁　你是巾帼大义？
周仁、李芳容　哈哈哈，不知道，不知道。
周　仁　我不是忠义的楷模，英勇的先锋。我该受这无尽的辱骂。
李芳容　我徘徊在这是为了何事？我找到答案了吗？
阎罗王　这是他们想知道的，彼时彼地他们究竟做了什么？周仁不知道，李芳容不知道，小鬼儿不知道，业镜更不知道，知道这一切的唯一记忆，可是离开了彼时彼地，记忆也不再相同。
周　仁　我忘了……
李芳容　我忘了……
阎罗王　我忘了……
黑无常　我忘了……
白无常　我忘了……
周　仁　（被这靡靡之音环绕，逐渐大疯）
（唱）孰真？孰假？孰是？孰空？
这一场无端儿入梦。
醍醐灌顶心暗涌，
是非真假难趋同。
阴曹地府无情冢，
情深义重皆成空。
恩情不永，
情爱不浓。
悲欢难共，
情不由衷。

谁歌？谁颂？谁言？谁咏？
皆出自粉饰自我内心中。
业镜台前演匆匆，
旧事搬演难自容。

阎罗王　周仁，你还是那深情爱重、忠义两全之人吗？

周　仁　我忘了，我忘了。

阎罗王　周仁，你从何处而来？归向何处？

周　仁　我忘了，我忘了。人世间无有我的容身之地，地府中无有我的纳身之所，我生亦不能死亦不能，我要走向不生不死不死不生之所在，永受这回忆煎熬之苦。

阎罗王　你忆起来了吗？

周　仁　我忘了……我忘了……

［周仁向舞台后区走去，那里是无尽的黑暗所在。

［剧终。

上戏编剧学博士生剧作集

Shangxi Bianjuxue Boshisheng Juzuoji

下

主　编　陆　军
　　　　刘　庆
副主编　顾　飞

上海辞书出版社

话剧

风雨仁心

编剧 丁 烨

人物

安　宁　仁心医院行政副院长。三十三岁。

石跃海　医院董事会董事长、院长。六十七岁。

石　风　石跃海的二儿子，心内科方面专家。三十六岁。

石　华　石跃海的大儿子，仁心医院业务副院长。三十八岁。

陈茹心　石华的妻子。医药销售公司总经理。三十二岁。

方　文　仁心医院医药销售科科长，安宁的大学学长。三十五岁。

护士、医生等。

检察官甲、乙。

时间　夏末秋初

地点　某市仁心医院

序幕

［舞台正中是一张病床，床上躺着一个生命垂危的老人。老人是仁心医院董事长兼院长石跃海，面戴氧气罩，一束顶光打在老人身上，呼吸越来越急促。

［嘈杂的画外音，监视器嘀嘀声，护士跑来跑去。

石　华　爸，爸，您醒醒，医生，医生——

医　生　马上手术！

陈茹心　石华，医院迟早是我们的。

石　华　你别忘了石风是我弟弟。

陈茹心　你爸是我们在养老送终。

医　生　快，准备除颤器，体外除颤，第一次电击，放电完毕。

某声音　石院长，您得撑住，医院没您不行。

［画外音循环，顶光灭，声音渐弱。

［安宁上。站在舞台左侧，一束光照在她的脸上。安宁是一个典型的江南女孩子，身量不高，有着小巧的面庞，气质沉稳干练，大而明亮的眸子里又蕴含开朗，俏皮的气质，嘴角两旁的笑窝添加了些可爱的模样。她今天过来面试仁心医院行政副院长，所以，她平时素净的脸上描了一些淡淡的妆容，也穿了一套相对庄重朴素的短袖职业套装。夏天的早晨气温已经很高了，健康而有活力的脸上微微露出些许红晕，几乎掩盖了化妆品淡淡的胭脂红。显得整个人生气勃勃，干劲十足。

安　宁　我叫安宁，今年三十三岁，工商管理学院硕士学历，曾任省民营医院院长行政助理，医疗纠纷处理小组成员。今天来贵医院应聘行政副院长职务。

面试官　为什么要放弃省城的高薪工作到仁心医院来？他们的条件可比我们好太多了！

安　宁　如果我说，自从大学毕业后我就决定，如果有一天仁心需要我，我一定会回来，你们相信吗？（停顿）因为，仁心救过我妈妈的命。还记得那一天，妈妈被推进了仁心医院的手术室，突然大出血，急需输血，可当时血库里AB型血不够，一个穿着白大褂的医生刚好经过手术室，说，我就是AB型，用我的。救命恩人的出现，让妈妈转危为安。

面试官　你是为了报恩？

安　宁　不仅仅是报恩，我在想，一个医院的院长，不在办公室，经常在住院楼转来转去，甚至，还义无反顾地为病人献血，这个医院，错不了。我相信以我六年民营医院工作的经验，可以服务好贵医院。

［灯灭。

第一场

［灯复明。医院单人病房，石跃海手术初愈，强撑着坐在轮椅上，腿上搭着毛毯，旁边竖着吊瓶架，石跃海脸色是苍白的，呼吸还是急促。但老人不怒自威的气质和他那种像要把人看穿的眼神，又令人不觉得他是一个生命垂危的患者，而依旧是当年那个叱咤风云的人物。站在他旁边的是大儿子石华，仁心医院董事会董事，业务副院长，在石跃海身边表现得谨小慎微，战战兢兢。石风的妻子陈茹心站得稍远，因为常年优越生活的缘故，依旧保持着年轻的模样，在一丝不苟的妆容下依旧可以看出她水嫩的肌肤。她的穿着也是颇有品位，面对石跃海是讨

好的。

石　华　根据之前董事会的商定,招聘工作已经开始进行,竞聘行政副院长职位的一共有十人,目前只剩最后一位,需要您过目。

[石跃海虚弱地咳嗽,陈茹心连忙倒了一杯水,殷勤地递了上去。

陈茹心　爸爸,您喝杯水,我也有话想跟您说——

[石跃海摆摆手,表示让陈茹心出去。

陈茹心　爸爸,石华到底是您的儿子,您不支持他支持谁?

石跃海　石华——

[石华会意,连忙把陈茹心连拉带拽到门口。

石　华　茹心,你先回家啊,有什么事等爸好了咱回家说。

陈茹心　可是——

石　华　别可是了,我还有工作向爸爸汇报,你听着算怎么回事,赶紧回去。咱儿子不是今天从外婆家送回来吗?没见着你该哭了。

[陈茹心不情不愿地走,刚出门就撞着了迎面而来的安宁。

陈茹心　走路没长眼睛啊?

安　宁　不好意思,是您撞到我身上来的。

陈茹心　(打量了一下安宁)你找石跃海?

安　宁　啊?

陈茹心　最好先在外面等着,别打扰他工作,小心他一发怒,有你好看。

安　宁　谢谢您的提醒。

[陈茹心白了安宁一眼,走了。安宁看了看虚掩的门,里面果然有人,只好先在外边的凳子上坐下。

［屋内石跃海又是一阵咳嗽。

石　华　爸爸，您先喝水。

［石跃海喝了水，缓了缓。

石跃海　石华，我说过多少次了？不要让你老婆到医院里来。

石　华　您这不是生病了么，她是您儿媳妇，过来照顾您是天经地义的。

石跃海　哼，照顾我，说得好听，她心里想的那点鬼把戏，我还能不知道？

石　华　爸爸，您误会茹心了，她真是想尽尽孝，没别的意思。

石跃海　没别的意思，你听听她说的话，口口声声让我支持你，我看，她脸上就差没写“院长夫人”这四个字，然后等着我落气。

［护士绕过安宁，进屋送药。

护　士　石院长，您该服药了。

［护士将药递给石跃海服下，又出来，被安宁拉住。

安　宁　你好，请问石华董事进去多久了？

护　士　半个多少小时了，您是？

安　宁　哦，我和石院长约好了的。

护　士　（为难地）他们——要不你进去看看？不过，时间别太长，石院长刚做完手术。

［安宁刚想敲门，听到里面在讲家事，又犹豫了。

石　华　爸爸，自从石风走后，您就剩我和茹心了，对了，还有您孙子，咱们一家人这几年就没聚齐过。

石跃海　石风那小子是活该，医术不精，还有脸待着这里？

石　华　爸爸，石风他——

石跃海　石华，你是我石跃海的儿子，在上次的医疗事故里，你知道我是怎么对石风的,你要是好好工作,谁都不会亏待你,但是,你没有特殊待遇。说吧,留到最后的那个应聘者,是什么情况?

［石华无奈,只好去翻文件夹。安宁站起身敲门。

安　宁　您好,我是——

石跃海　(不耐烦地)管你是什么人,进来吧!

［安宁愣了一下,小心地推门进入。

石跃海　谁叫你又请一个护理来的?

石　华　爸爸,她是——

石跃海　我还没有病到要人伺候的地步,马上把她给我辞退了。

［安宁轻轻笑了一下,转身准备出去。

石跃海　你笑什么,谁让你走的?

安　宁　(从容地)石院长,看这个情况,您是把我们今天上午的约会给忘记了,我还是先等您的家事处理好以后再来拜访您,石华董事,您说是吧?

石跃海　(打量了一下安宁)你不是护理?

安　宁　对不起,我不是护理。

石跃海　那你到底是谁?

安　宁　看来,您的秘书有些不称职啊!

石跃海　(沉思了一下)我好像在哪里见过你?

安　宁　石院长,我是安宁。

石跃海　(打量了一下安宁,忽然一笑)石华,给我材料。(石华将材料递过来)安宁,三十三岁,工商管理硕士生,此次行政副院长最后一位应聘者。

安　宁　(微笑地)石院长,正是我。

石跃海　(端详)嗯,不错,今天确实约了你。

石　华　爸爸，那我——

石跃海　这里没你什么事了，先走吧。

石　华　（犹豫，最后妥协）好的，您随时叫我。

［石华看了眼安宁，离开。

安　宁　石院长，以您现在的身体状况，要好好休息，按时吃药，不要老生气。

石跃海　呵——你还没走马上任呢，就管起病人来了？哪有那么多要和不要的！

安　宁　病人也要学会照顾自己不是吗？亏您还是大名鼎鼎的心外科医生！

石跃海　（脸上露出审视的表情）你一直从事医务行政管理工作，离病患远，病人真正需要什么，你清楚么？

安　宁　（笑着）石院长，您别忘了，之前我还是医疗纠纷小组成员，不到第一线了解病人和家属的需求，怎么在病患与医院之间寻找最佳的平衡点呢？

石跃海　说的是，不过，今天算是你进仁心医院最后一次面试，你也要搞清楚，如果你不符合我们医院的要求，我是可以把你退回去的。

安　宁　是的，这个我非常清楚。

石跃海　了解我们医院的历史吗？

安　宁　当然了解，您是上个世纪80年代第一批“吃螃蟹”的人，从国外留学回来后把父亲留下的私人诊所发展成为最早的民营医院，以心外科为权威特色，成为本市能和公立医院并肩的翘楚。

石跃海　这些搜索引擎上都有的嘛，记性好没什么了不起。谈谈你对我们医院的真实看法。

安　宁　真想听？

石跃海　不要考验我老头子的耐心。

安　宁　家族企业，死水一潭。

石跃海　接着说。

安　宁　现在的仁心医院高层元老都与您有着千丝万缕的个人关系，哦，包括您的儿子石华，他们掌控着医院的运作，医院越发展，牵扯的利益就越大，他们的私心也就越大，任何企业都有保守派和革新派之争，仁心也不例外。再加上民营医院本身资源并不能与公立医院抗衡，如果不加强医院的特色科室实力和管理水平，未来将会寸步难行。

石跃海　那你觉得，仁心医院的未来会是什么样子？

安　宁　是一个朝气蓬勃的年轻人，根治了从娘胎里带来的病灶，身体各个部分的机能有序运转，心脏有力地跳动，有一技之长和无限的潜力，独当一面，病人信任，不可取代。

石跃海　年纪轻轻，口气不小。

安　宁　理想丰满，现实骨感。

石跃海　口齿伶俐，不知实干如何？

安　宁　您让我试试看不就知道了？

［石跃海一愣，刚刚似乎是讲多了话，有些精神不济。

石跃海　你这句话，我好像在哪听过，是谁说过呢？到底是快要过奈何桥的人，好些事都记不得了。

［安宁看了看石跃海的吊瓶。

安　宁　石院长，您是医生，可不能信这些怪力乱神的东西，看，吊瓶快完了，我叫护士进来。

石跃海　不必了，你给我拿个棉签过来，我自己抽。

［安宁从床头柜里找出棉签。

安　宁　我来帮您吧。

石跃海　你会?

安　宁　帮我妈妈抽过,我妈妈第一次突发心脏病被送进医院,那个时段医院护士不够,眼看吊针都快回血了,我咬牙说,妈妈,我来试试看吧,妈妈居然点头答应了。可是,当我把针抽出来的时候,还是流血了,我吓得哇哇大哭,以为血就这样止不住了,可是,棉签压了一会,血居然渐渐止住了。

石跃海　后来呢?

安　宁　有一次,妈妈又发病,两个大医院,没有一个愿意给妈妈动手术。可是,我不能眼睁睁看着妈妈等死,最后把妈妈送到这里,一个私人诊疗所发展起来的民营医院。那时,所有亲人都不同意,他们不相信这里医生的医术,他们甚至连家属同意书都不签,没办法,我只好咬牙写上自己的名字。然而,手术还是出现了危险,大出血,一个当时我不认识的人居然说他的血型和我妈妈一样,主动献血。虽然一年之后,妈妈还是离开了我,但是,仁心医院毕竟让我的妈妈多活了一年,这一年,对于我来讲,比一辈子都珍贵。还有那个献血的救命恩人,后来我才知道,他是院长不是医生,那时他已经55岁,习惯每天穿着白大褂在医院各处看看。

石跃海　哦,我想起来了,你就是当年那个蹲在手术室门外哇哇大哭的小姑娘啊?

安　宁　是啊,让您见笑了。

石跃海　小丫头胆子挺大,这家属同意书可不是一般人敢签的。

安　宁　是啊,我也不知道当时哪里来的勇气,不过,天无绝人之路,您不是出现了吗?

石跃海　不是所有人都有你那样的好运气。

安　宁　所以，我欠您一声谢谢。

石跃海　一声谢谢可不够。

安　宁　所以，我来了。

石跃海　安宁，如果我只是要压榨你的劳动力，你大可以另谋高就。我老了，这医院总不能也跟着我老了，你明白吗？

安　宁　我明白的，石院长。我至少得等到下一个年轻人来这里，说我们医院曾经救过他亲人一命，他得来这里延续这种奇迹。

石跃海　好了，你回去等人事通知吧，今天面试结束。

安　宁　好的，那我就等医院通知了！

［石跃海摆摆手。把轮椅转过背去。

［安宁在门口停了停，轻轻关上了门。

第二场

［半个月后。医院花园广场，竖立着白求恩的雕像，掩映在郁郁葱葱的树木中。此时石华和妻子陈茹心站在花丛后的树荫里。

陈茹心　（烦躁地）你倒是说话呀！

石　华　（面无表情地）你让我说什么？

陈茹心　那个安宁呀，你爸这么给你横插一杠到底是什么意思？

石　华　让她当副院长也不是我爸一个人决定的，她的能力和以往的经历可是获得了董事会一致的认可，我又有什么办法！

陈茹心　我还一心指望着这次你能接任医院的院长，哪知道你爸病都病了，还抓着大权不放，反而还找一个小丫头来分我们的羹，你爸难道想把医院送给别人？

石　华　不管爸爸心里是怎么想的，我们也无权过问。

陈茹心　你就甘心把院长的位子拱手让人？

石　华　八字还没撇的事，别先自己乱了阵脚！

陈茹心　我怎么乱阵脚了，你倒是说清楚了？你不是不知道，这个安宁一上任，闹出了多大的动静，你怎么一点危机感也没有？

石　华　（挥挥手）别在我眼前晃来晃去的，更加心烦。你先回公司，不要在医院待着，影响不好，你怎么总是听不进去！

陈茹心　我这不是在替你着急吗，再说了，我来医院怎么了，这医院是你们石家开的，我是你们石家的媳妇，我来这里还有人说闲话不成？

石　华　（站起来拉住她）你少说两句吧，别人听到了影响多不好，今日可不比当年，医院可不只是我们石家的了。

陈茹心　我不管，反正你得想办法把那个什么安宁弄出去，你爸简直在养虎为患！

石　华　知道了，知道了，我会想办法的，这事儿只能慢慢来，急不得。

陈茹心　对了，今天晚上我约了方文吃饭，你必须出席，而且，必须把你那瓶好酒带过来。

石　华　你们公司的事情，我掺和什么，不去。

陈茹心　这一次，你必须来。

石　华　你公司的药又不是第一次经方文的手进医院了，用得着这么大张旗鼓嘛。再说，最近在改革期，又来了个不知天高地厚的安宁，你低调点，到时候捅出什么娄子，我可不帮你。

陈茹心　石华，你是我老公，老公帮老婆做点事天经地义，说得这么难听干吗？我还给你儿子把屎把尿呢，你做过吗？再说，以前也就是小打小闹，这一次数额有些大，我怕方文这人胆子小，不敢做，你在的话他心里才有底。

石　华　（惊讶，把陈茹心拉到更隐蔽一点的地方）你胆子真是越来越大了，还大数目，你把我们医院当什么了？

陈茹心　老公，这一次的生意决定我们公司的生死存亡，说实话，公司运转已经出问题了。

石　华　你——你就不是做生意的料子，还有，方文这个人，我们也不知道他的底细，要是——别说院长，我这副院长的位置现在就可以拱手让人了。

陈茹心　方文，你不了解，我了解，无房无车，穷单身汉一个，你以为他不需要这个（比画钱的手势）？他比谁都需要，贪婪自卑又好面子，这是他最大的缺点，也是我们的筹码。

石　华　这方面，你倒看得准。

［石风抽着烟上，烦躁地走来走去，他穿得有些随便，满脸的胡茬，眼睛里布满了血丝。像是有几个晚上都没睡好觉的样子，不时地向住院部大楼张望。安宁上，他犹豫了一会儿，终于走上前拦住了安宁，安宁被石风吓了一跳。

安　宁　你是谁，干什么？

石　风　嘘，反应干吗这么大，光天化日之下，我能干什么？

安　宁　赶紧让开，不然我叫人了。

石　风　我就问几句话，问完就走。

安　宁　我们认识吗？我为什么要回答你的问题。

石　风　你刚刚是不是到了石跃海的病房？你是我哥请的特护还是保姆？

安　宁　喂，你是不是应该去看看眼科，我哪里像家政人员了？

石　风　不管你是谁，我就问问，石跃海怎么样了？

安　宁　（打量石风）你是他什么人？病人的情况，只有家属才能过问吧。

石　风　我就问问情况，你知道就说知道，不知道就说不知道，这么啰唆干什么？

安　宁　对，我也不知道我为什么要在这里浪费时间，总之，我不是什么特护，也不是什么保姆，石跃海的病况我也不清楚，要么，你去问主治医生，要么问他本人也可以。干吗跟我过不去。

［安宁想绕过石风。石风不依不饶地挡住她。

石　风　你这半个月经常去石跃海的病房，基本情况你是了解的吧！

安　宁　哎，我说你这个人怎么这么胡搅蛮缠。你居然跟踪我！

［石风不依不饶地挡着她。安宁索性坐回石凳。两个人干瞪眼。

陈茹心　晚上吃饭别迟到。哦，对了，我听说石风回国了，这你也得小心，别送走一个安宁，又来一个石风，那你这辈子都当不成院长了！

石　华　（惊讶地）石风回来了吗，你什么时候听说的，怎么不早告诉我呀？

陈茹心　（鄙视地）看你这一副哥俩好的样子，我要是早告诉你，你是不是就飞奔去把他接回来了啊！世界上没见过你这么傻的人。

石　华　你不懂。

陈茹心　我听说是省里一家医院把他请回来的，回来之前他一直在美国研究心血管方面的新技术，（小声地）天知道他是不是回来和你争遗产的。

石　华　你又乱说。

陈茹心　我可没乱说，人不可貌相，你这边还跟他兄弟情深，说不定他早就六亲不认了。

石　华　你放心，我这个弟弟啊，除了医术上的研究，他什么都不感兴趣，当初他和爸爸之间的矛盾那么深，愿不愿意回来都还是个问题。

陈茹心　（瞥了他一眼）哼——

石　华　好了，好了，别生气了，你先回去，晚上我一定到好不好？

陈茹心　（灿烂地笑）这还差不多！我们——

［陈茹心正欲说下去，只见石华愣愣地看着前面默不作声，陈茹心转过头一看，也吓了一跳。他们看到了石风，石风还在和安宁纠缠不清。

石　华　石风，你居然回来了？

［石风也有些惊讶，有些尴尬，无从躲起，只好面对。

陈茹心　（冷笑）今天还真是热闹，不速之客一个接一个。

石　风　哥，嫂子。

石　华　什么时候回来的？怎么不回家？

［石风苦笑了一下。

石　风　我怕我还没到家门口，老爷子手边的茶杯就砸过来了。

安　宁　你是……石风？

陈茹心　你居然知道石风？看来老爷子跟你谈得挺开心啊，什么事情都能拿来做面试考题。

安　宁　不好意思，我只是在门口等候面试的时候听到了几句而已。

石　华　茹心，你少说几句。石风，周末回家，我们哥俩好久没聊聊了。（假装客气）安院长，周末也一起来吃饭？

安　宁　（同）不必了。

石　风　（同）不必了。我这次来是听说老爷子不太好，过来问问情况，马上走。

石　华　情况不太好，各个器官已经开始衰竭，主治医生已经让我做好心理准备了。

石　风　怎么不送到省医院去，我这次从国外带回了一套新设备，你把老爷子送过来，我安排这边的医疗团队给他治。

陈茹心　我说石风，不是你嫂子说话难听，你说，老爷子会同意让你给他动刀子？

石　华　石风，你嫂子不会说话，你别介意。你晓得，爸爸年纪大了，老人家总不愿意离开自己的这一亩三分地，怕一离开就回不来了。

石　风　我知道，你们说的都有道理。我走了，哥，老爷子就拜托你照顾了。

［石风正欲离开。

安　宁　他不愿意离开，你回来不就好了？

［在场三人惊讶。

陈茹心　我说安小姐，这新官上任三把火可不是这么烧的，咱们家的私事，轮不到你一个外人插手。还有，刚才你和石风纠缠不清，我也看到了，也不晓得，你私底下，还有多少见不得人的事。那些董事会的老头被你忽悠也就罢了，我们石家的事情你要是在里面搅浑水，别怪我陈茹心不客气。

安　宁　（捏拳头，深呼吸）对不起，我还真对你们石家没什么兴趣，可人长着两只耳朵，有些事情非往耳朵里钻，我也没办法。我感兴趣的是那套医疗设备，之前我跟董事会已经谈过了人才和设备引进方案,石华董事也是知道的。

石　风　你这女人到底是谁?大白天的做什么千秋大梦。

安　宁　怎么,现在后悔把我拦下来了?嗯,自我介绍一下,我叫安宁,刚聘入仁心医院,任行政副院长,董事长助理。

石　风　哥,她说的都是真的?

石　华　(点点头)安院长了不起啊,迅速地开展工作。这下,医院的老功臣们,可不安分咯。

[安宁从包里掏出一支笔,强拉过石风的手,在上面写上自己的手机号码。

石　风　你干什么?

安　宁　我呢,不是什么圣母,不想掺和你们父子兄弟间的矛盾,主要是眼馋你那套医疗设备,何况,带回来救的第一个人是你爸,也算功德一件,好好想想,想通了随时找我。你们一家人团聚我就不打扰了,再见。

[石风震惊地看着自己手上的电话号码,石华无奈,陈茹心冷笑。

第三场

[周末。安宁宿舍。与安宁精干的外表不同,安宁住在医院宿舍,一间房做客厅兼卧室,一间房隔开做厨房和卫生间。家私简单,但也十分凌乱,显示女主人忙于工作,几乎不收拾家里的卫生。客厅只有沙发,茶几,橱柜以及新添置的一套书柜、桌椅,床隐在帘子后面。墙上的钟指向8,没有电池,已经停摆。安宁坐在书桌前忙碌,方文正在帮她清理。桌上是方文带来的食品和饮料。

方　文　你这件衣服的纽扣去哪里啦？

安　宁　不知道。

方　文　有备用纽扣吗？我帮你缝上。

安　宁　也许在抽屉里吧！

方　文　哪个抽屉？

[安宁抬眼看了看方文，皱眉想了想。

安　宁　我不记得了。

[方文径直去鞋柜抽屉去翻找。

方　文　你这个样子怎么行，自从回了仁心医院，我以为你会闲一点，没想到还是个工作狂，你说你才来了几天，医院就乱成什么样了？督查小组大换血就算了，今年的项目预算大部分都准备给心外科，你这样锋芒毕露，到头来……

安　宁　不要说得好像是我在只手遮天一样，我只是提方案，最后做不做得成还是要看董事会和石院长。

方　文　现在谁不知道你是石院长的得力助手，他老了，动不了了，所以拿你当枪使，他指哪，你打哪。

安　宁　方文——

方　文　怎么，这种话都听不下去，我告诉你，还有更难听的。

安　宁　方文，你今天来到底是来干什么的？

方　文　（把衣服放下）对，问得好，我今天是来干什么的，你自己好好想想。

安　宁　（愣住，继而看看墙上的钟）8 点，这么晚了。

方　文　（无奈）你看看自己的手表。

安　宁　（松了口气）哦，钟忘了上电池了，瞧我，日子都过糊涂了。

方　文　安宁——

安　宁　啊？干什么？

方　文　（自嘲）我怎么就忘了呢，你就这么个人，从大学认识那天起就是，从来没为除了自己愿意做的事情分过心。我们今天本来要做什么呢？对，原本约好的是一起去吃饭，我为你接风洗尘。我们这么久没见，原本以为你是很愿意和我一起吃饭的。结果，你又忘记了。如果我不送吃的过来，你是不是会饿死在宿舍？

安　宁　对不起，方文，我——

方　文　对，都是老毛病。你还记得大二那年吗？你们团队做一份策划书，就你一个拼了老命，一整天没从图书馆出来，要不是那天你放我的鸽子，我去找你，你早就饿死在图书馆了吧？

安　宁　我太忙了。

方　文　对，你很忙，你从来就没有不忙的时候。读书的时候，除了上课，你做家教，打工，出去实习。大四的时候，我们都找工作了，你说你要考研，于是，放弃了别人都羡慕的实习工作回到学校，你从来都是特立独行，没有人能跟得上你的节奏。

安　宁　对不起。

方　文　哈，你有什么对不起我的，只不过是大学时候我向你表白，你说你要好好学习没时间恋爱拒绝了我，我回到仁心工作，你在省城读研，我依然没放弃，又向你表白，结果还是失败，前前后后我都不记得表白了几次，你总有各种各样的原因拒绝我，我心里想，只要这拒绝的理由里没有一个我不喜欢你，我就有希望。

安　宁　对不起。

方　文　（有些抓狂）亏你还是副院长，就只会说这三个字吗？就不能说点别的？

安　宁　因为我真不知道除了对不起，我还能说什么。方文，我现在真的不想谈恋爱，也不想结婚。你看看我现在这个样子，房间脏得像狗窝，扣子掉了也不晓得缝，当不好贤妻良母的，与其在我身上耗时间，还不如赶紧找个合适的结婚生子。

方　文　安宁，一个女人野心不要这么大，你这样不会幸福的。

安　宁　我选择什么生活，做什么工作，都是我自己的事情，我又没做亏心事，管他们议论什么？

方　文　没做亏心事，说得好听，无风不起浪，你以为那些谣言都是凭空而来吗？

安　宁　方文，我敬你是我的师兄，为人真诚坦荡，你现在这个样子，和那些无所事事的造谣者有什么区别？

方　文　哼，若要人不知，除非己莫为。

安　宁　那你倒说说，我做了什么见不得人的事？

方　文　你——你是真不知道，还是假不知道？

安　宁　方文，你知道我是什么样的人。不愿意说，就永远都别说。

方　文　你跟石风是什么关系？

安　宁　（莫名其妙）石风？哪个石风？

方　文　石院长的儿子。

安　宁　哦，是他。

方　文　你们怎么认识的？

安　宁　一次巧合。

方　文　巧合？所以你们就勾搭上了？

安　宁　勾搭上？方文，你越来越能扯了。

方　文　有人看到石风回仁心了，然后你和他认识，你们俩拉拉扯扯，大家都在说，你是借着石家的关系上位，石院长在挂羊头卖狗肉。

安　宁　这都是什么乱七八糟的东西，我和石风什么时候拉拉扯扯了？对，我们是认识，但是——

方　文　你承认了，你居然承认了。

安　宁　不是你想象的那样，我和石风也就认识不到一个月，再说，石华和他老婆也在场。（恍然大悟）哦，我明白了。

方　文　你明白什么了？

安　宁　算了，你不会懂，我也没有精力解释。

［方文烦躁地走来走去。

方　文　对，我不懂，我从来就没懂过你，可是我现在晓得了，安宁，你跟别的虚荣女人没什么两样，遇到捷径一样会走，有宝马坐一定不会选自行车，为了自己的目标可以不择手段。

安　宁　方文，我不介意别人说什么，因为他们不是我的朋友，但是，不管我是不是拒绝过你，我是把你当朋友的。你可以不认同我的做法，但是，你不能给我乱定罪名。我安宁不是完人，但也没你说得这么不堪。

方　文　但如果要在石风和我之间选一个，你会选石风是吗？

安　宁　方文，你不觉得你现在在胡搅蛮缠吗？我和石风现在连认识都算不上，这一个月来，就那天在仁心见过他一次，而且在场的不止我们两个。之后我打听过他的履历和带回来的医疗设备，这是我和他的全部交集。另外，你这个选择有什么意义，难道全世界就你们两个男人，我必须选择一个过日子吗？你们俩怎么不在一起？

方　文　你的意思是，就算没有石风，你也不会喜欢我？

安　宁　（叹了一口气）方文，你不要在我这浪费时间了，你应该去寻找属于你的幸福!

方　文　你就这么狠心?

安　宁　方文,你我都不是小孩子了,难道一定要在这个问题上缠绕不清吗?

方　文　(抓住她)可我除了你,从来没有喜欢过别的女人!好不容易,好不容易你回来了,我们在一家医院,我天天都能看到你,你能不能给我一次机会,让我们试试看?

安　宁　你理智一点,放开我。

方　文　你,我知道你看不起我,嫌弃我没钱,嫌弃我没你优秀,好,我证明给你看,我迟早证明给你看。

[方文执拗地抓着安宁,没有半点放开的意思。这时候电话铃响,石风走到了安宁的家门口。

安　宁　电话铃响了,你松开,让我接电话。

[方文无力地放开安宁,坐在沙发上。

安　宁　喂,哪位?

石　风　家政小姐,当初那么豪放地留电话号码,这么快就忘记了?

安　宁　你是石风?你现在在哪里?

石　风　你家门口,开门!

安　宁　啊?你怎么知道我家?

石　风　想知道总是能知道的,开门。

[安宁放下电话,正准备去开门。方文脸色难看,拦住了安宁。

方　文　我去开。

安　宁　你干什么?

方　文　你待会儿就知道了。

[方文开门挡在门口。

方　文　你来干什么?

石　风　我来找安宁小姐。

方　文　她现在不方便接待你。

石　风　我刚和她通了电话,她说可以。

方　文　现在不可以,你走吧,不要来骚扰她。

石　风　(玩味)你说不可以,你是她的谁?

方　文　男朋友,不可以吗?

[安宁大惊继而生气。

安　宁　方文,你现在,立刻,马上离开我家。

方　文　安宁,你会后悔的。石风,他不是好东西。

安　宁　走,马上走。

[方文看了看石风,跨出门,石风走进来,还冲方文摆了摆手。安宁"啪"地关上门。

石　风　(倚靠在鞋柜上)我本来以为进门可以看一个青春文艺片,没想到是家庭伦理剧啊,我还莫名其妙挨骂,真是躺着也中枪。

安　宁　(哭笑不得)你就预备靠在这里?我已经一个星期没擦了。

石　风　(一弹而起)你不早说,你这么不贤惠,方文怎么看上你的?

安　宁　说你的来意,我想,我们的关系还没熟到可以聊八卦的地步。

石　风　你说得轻巧,你说说,你这个月给我使了多少绊子?搞得现在省医院的人看我都像看间谍一样,随时会窃取技术和机密回仁心医院。

安　宁　所以呢?

石　风　我是不会回来的,你死心吧。

安　宁　那你今天来干什么,威胁我闭嘴,不要耽误你的大好前程的么?

石　风　对，就是这个意思，我和老爷子气场不合，在一起工作就会出问题，所以，就此打消你的念头吧。

［安宁从塑料袋里拿出几罐啤酒，看了看，递给石风一罐。石风撇撇嘴，嫌弃地摇头。

安　宁　要吗？方文买的（耸肩，自己开了一罐）那我岂不是白担了一些不好的名声？对，你不回来也好，谣言不攻自破，省得我工作起来处处受制。

石　风　你名声不好跟我有什么关系。

安　宁　就是啊，我也奇怪，今天我才和你见第二面，能有什么关系？难道我们医院的人都是做编剧的，想象力丰富得令人发指，任何事情到他们嘴里都是一出狗血伦理阴谋剧？

石　风　他们都说了些什么？

安　宁　我也不清楚，今天听方文讲了一些，不过就是造谣者搬弄是非。

石　风　没这么简单吧，你年纪轻轻一个女人，坐别人十年后该坐的位置，唾沫星子不淹死你才怪。何况，我猜，你也不是安分的主，上任以后肯定闹出了大动静，啧啧，这副院长的位置不好坐，你还是准备条后路吧。要不，来我们省医院？

安　宁　我不走，就在仁心，哪也不去。

石　风　你不怕？

安　宁　怕，怕得要死，晚上都不敢睡得太沉。我太年轻，谁也不相信我，监察制度、人事调整等工作基本没有商量余地，医院的一些人对我又恨又怕。石院长是最支持我的，可是，他的心脏严重衰竭，自上次手术后，心脏变成了一颗定时炸弹，不知道什么时候就爆炸了，在我没有坐稳这个位置之前，如果石院长……那，是走是留，都由不得我了。

石　风　真是悲壮。

安　宁　我干吗跟你说这些呢，真是的，你要真不愿意，就算了，只是，有时间就回来陪陪石院长，毕竟他是你爸，父子间哪有隔夜仇的。

石　风　你是圣母玛利亚，天下苍生都要管吗？

安　宁　（索性躺在了沙发上，特别没形象）算了算了，狗咬吕洞宾，不识好人心。你就风光地做你的省城专家吧，不过呢，以后不管你救活多少人，总会有人记得，你眼睁睁看着你爸受病痛折磨，见死不救，毫无人性，不顾天伦……

石　风　停停停，安小姐，你喝醉了吧？

安　宁　一罐啤酒而已，怎么会醉？不会，我要继续说，我发现我确实牙尖嘴利。

石　风　看你这样子，不像是工作上有问题，倒像是失恋了，是刚刚那个方大科长把你甩了？我就说嘛，你这种在外事业女强人，回家邋遢死宅女，怎么会有人喜欢嘛！

安　宁　我说你们这些男人就是见不得女人强，稍微厉害点的女人就视若强敌，处处诋毁，也不想想，是谁让女人不得不强大，不得不靠自己。

石　风　没想到你还是个女权主义者。

安　宁　（又开了一罐啤酒，带着醉意）喂，我说，你别跟我东拉西扯，到底愿不愿回仁心，一句话，男人叽叽歪歪最讨厌了。

石　风　我和老爷子的矛盾，不是你想的那么简单。

安　宁　哎哟，不就是石院长拿自己的亲生儿子当了炮灰嘛，石院长有自己的难处。

石　风　不是这个原因，是我自己过不去这个坎，我都不知道再回到这个医院，还敢不敢拿手术刀。恐怕，老爷子也不会让我进手术室吧。

安　宁　那你到底来找我干吗？真把我当玛利亚过来做告解的呀。

石　风　自从那天知道老爷子的病情，我一直很矛盾，想看看他又拉不下脸，其他人也没办法见，所以，就找到你这里来了。

安　宁　（抓狂）你就不想想我的难处，到处问我住哪，这样一来，我也不要在医院混了，你知道他们说什么吗，说我勾搭你，借石家关系上位，我真是比窦娥还冤！真是，上天要考验我也不用这么整我吧。

石　风　我有个条件。

安　宁　啊？

石　风　如果要回仁心的话，我有个条件。

安　宁　（仿佛酒醒了一般）你愿意回来？（石风点头）设备也带回来？

石　风　还没有跟省医院正式签约，应该问题不大。不过，贷款认购的事情我一律不管，你们想办法解决，你使用设备的条件和资质必须跟美国那边对接。

安　宁　没问题，没问题，我这就和董事会报备。

石　风　我的条件还没说。

安　宁　你说，你说。

石　风　我不坐门诊，暂时，也不进手术室。

安　宁　什么意思？

石　风　对，不坐门诊，不做手术，只搞研究。

［灯暗，画外音。

护　士　您必须签字，不签字我们没办法做手术。

护　士　妮妮妈晕过去了。还有没有别的家属？石医生，病人病情紧急，必须手术。

石　风　准备手术，先救人。有什么责任我担着。

家　属　（女人哭）我的女儿，你们，你，凶手，你们都是凶手，凶手。

第四场

［陈茹心急匆匆地把石华拉回办公室。

石　华　你又怎么了嘛。

陈茹心　（瞪着石华）火都烧到眉毛了！

石　华　有那么夸张吗？你只不过听别人说，我爸提了一下下任院长的事，又没指定安宁就是接班人，安宁要想当院长，她年轻，业绩也没做出来，不够资格，就算我爸满意，董事会也过不了！

陈茹心　（气急地）可我看他那个样子，好像对安宁喜欢得很嘛。你爸真是病糊涂了。不对，他一定是想给石风找个好老婆，安宁当院长，如果嫁给了石风，那医院还是石家的，一定是这样。

石　华　我说老婆大人，您能别一天到晚异想天开吗，别说石风看不看得上这个铁腕女将，安宁现在所处的位置也不允许她跟石风有什么关系，坐实谣言对她一点好处也没有。

陈茹心　我这是提高警惕，老公，这医院是你爸的，以后一定也要是你的。

石　华　（安慰道）你先别着急，相信我，安宁那小丫头，我是不会让她得逞的。

陈茹心　可爸爸——

石　华　爸爸毕竟已经老了，何况他现在重病在身，他管不了这么多的。

陈茹心　你难道还不了解爸爸吗？他一旦决定的事谁都更改不了的。

石　华　我是他儿子，爸爸不会轻易把位子让给一个刚进医院的黄毛丫头！

陈茹心　（冷笑）这些话你得跟你爸明说，不然，他可不记得你是他亲儿子。

石　华　我不是多次说过让你沉住气吗？我自有我的打算，你就安心等着做院长夫人吧！

陈茹心　打算？

石　华　你可不要小瞧你老公我，我有我自己的办法。

陈茹心　（好奇地）你有什么想法？

石　华　（得意地笑）现在说还为时过早，不过你应该放心的是，董事会那边大多数人是支持我的。

陈茹心　（欢喜地）是吗？原来我还没看出来你是高手啊！

石　华　所以从现在开始，你要低调点，晓得吗？

陈茹心　嗯，我知道了。唉，对了，石风居然真的回仁心医院了，这么大的事你怎么不告诉我？

石　华　你不是说你消息灵通吗，他要回来你能不知道？

陈茹心　这个我还真没当真，他和爸两个人一向是不对盘的，自从出了那件事后就更不可能挽回了，没想到他还能回来，哼，真是够能屈能伸的。

石　华　关于石风回来这件事，我投了赞成票。

陈茹心　你什么意思？

石　华　于公，他是难得的好医生；于私，他是我的亲弟弟。

陈茹心　就这么简单？

石　华　就这么简单。

陈茹心　得了吧，你们兄弟俩的感情没好到这个份上，如果你真心疼你这个弟弟，当年你就该帮他说话，而不是缩在后面一声不吭。

石　华　我爸是家里绝对的权威，我必须尊重他。再说了，石风能去国外走走是好事，荣归故里总比一辈子窝囊好吧。

陈茹心　我是担心……

石　华　担心石风？完全没必要，他现在就像个书呆子，不坐门诊，不巡查病房，不跟任何人打交道，一天到晚待在设备室写论文，你觉得，他能威胁得了谁？

陈茹心　看来，那件事对他的影响还挺大啊？

石　华　可不是，平常挺好的，一进住院大楼就变面瘫，像丢了五百万一样。

陈茹心　这样最好，省得我们腹背受敌。

［正在此时，一阵敲门声传来，打断了他们夫妻的谈话，来人正是药剂科主任方文，方文拿着一个文件夹。石华听到敲门声，赶紧开门。

石　华　方文，请进。茹心，快泡茶。

方　文　（一愣）嫂子也在？那我等会儿再过来吧。

陈茹心　方文，既然你都叫我嫂子了，怎么还把自己当外人，快过来坐。

方　文　石院长，这是这个季度的西药进销账明细，以往这些明细您都是不看的，不知……

石　华　你看看，方文，怎么一落座就谈工作呢？我晓得你是工作狂，但是也要劳逸结合。

［石华抽走文件夹，扔在办公桌上。陈茹心端着茶水顿了顿，又面不改色地把茶放到方文的面前。

陈茹心　石华说得对,你就是太工作狂了。方文,你今年多大了?

方　文　三十三了。

陈茹心　喔唷,老大不小了呢?谈对象了没?

方　文　被家里逼着相过几次亲,没成功。

陈茹心　一定是你要求太高了。想要个什么样的,嫂子给你介绍。哎呀,这不有个现成的吗?

石　华　谁呀,你这么激动?

陈茹心　安宁,安院长啊!方文,安宁和你是校友吧?

方　文　是,安院长是我大学时的师妹。

陈茹心　啧啧,你说这世道也真是不公平,方文在我们医院做了多少年啦?哪样不如安院长啊,这安宁一来,硬是比师兄都高半截。

方　文　(不自在地)在学校的时候安宁就比我优秀,现在比我发展得好也是正常的。

陈茹心　跟嫂子说实话,有没有对你这位小师妹动过心?

方　文　这个——

[陈茹心与石华对视笑了笑。

石　华　方文,工作上要投入,家庭也要顾上,有什么难处就跟你嫂子说,她做媒可是数一数二的。

方　文　(为难地)我的私事就不用麻烦嫂子。话说回来,石院长找我还有什么事么,如果没有,您赶紧过目明细,按照规定,明细一定要当天归档的。我——

石　华　(看了一眼对面的陈茹心)咱明人也不说暗话了,我今天叫你来,就是确认一下上次我们一起吃饭说的事!

方　文　这个!

石　华　还是让你嫂子细说吧!

方　文　那天,您只不过说是和以往一样。

陈茹心　(脸上堆满了笑容)是这样,我们公司呢,最近引进一种心血管方面的新药,我正在愁渠道,不知道仁心今年下个季度的药品预购情况如何?科室有没有新治疗方案推广的打算?其实我们是老合作对象了,但总是零零散散,没有大单,这回,还得你帮帮我。

方　文　嫂子,虽然您是石院长的夫人,但,这样是不合规矩的。

陈茹心　这个我懂,不过你也知道,我们公司的医药代表长年驻扎仁心,新药的推介也不是一回两回了,但这一次时间有些仓促,如果等到医院走程序,公司的资金周转就会很困难,帮帮忙,只需要透露一点内部消息,我们就好办事。

方　文　(为难地)这——石院长……

石　华　只要你答应了,我这边是没问题的。你知道,药品引进这种事情我一直是放权的,你们从中有收益,我也是睁一只眼闭一只眼。

方　文　可是——

陈茹心　至于药品引进程序,疗效,你绝对放心,医院是我公公一手创办的,我怎么会砸他老人家的招牌?

方　文　安宁最近在建立全院监督和举报制度,特别是医药方面,药品的风险实在太大,搞不好就是人命关天的大事,我担不起这个责任!

石　华　建立监督制度的事虽然是她提出来的,却是我手下的人在操作,你和茹心的工作呢我不干预,你大胆做就可以了。

陈茹心　你就把心放回肚子里,到时候事成了,自然少不了你的好处的。

［方文站起来，不安地来回踱步，脑子里一片混乱。

陈茹心　方文，我们合作多久了？

方　文　（一惊）你什么意思？

陈茹心　没什么意思，就是随便问问，方文，你记性不太好啊。

方　文　是吗？有些事，我确实记不得了。

陈茹心　那我就提醒提醒你，我们每一次合作呢，我那都有材料备底的，我陈茹心是爽快人，一家人不讲两家话。但是，如果有人想要撇清关系，那也是不能的。再怎么样，这家医院姓石，可是，姓方的，不是必不可少。

方　文　嫂子，以往那都是——

陈茹心　帮个小忙对不对？可是，好处我可没少你一分。这一次呢，也是一样。你看，你都多大年纪了，总得有自己的房子。不然，哪个姑娘敢嫁你？

方　文　我——

陈茹心　（走上前）方文，你对安院长，是不是一直很有好感啊？

方　文　我是我，干吗老扯上她？

陈茹心　没什么意思，就是觉得可惜了，你看明明你们两个郎才女貌，天生一对，可偏偏又有人插上一脚。

方　文　你说谁插上一脚？

陈茹心　石风啊，你不知道，医院的人都晓得。

方　文　（惊觉地）石风？难怪那天——

陈茹心　你有没有发现，安院长为什么要把石风请回来？这说明啊，他们两个的关系非比寻常哦！

方　文　（控制不住地）你胡说，安宁才不会喜欢他，别说石风结过婚，就是他那种吊儿郎当的样子，安宁也不会喜欢他。

陈茹心　（轻笑了一下）我说过，我们可以互相帮助的。（走上前）

喜欢她就把她牢牢抓在手里嘛,可别一个不小心就让别人抢走了! 到时候你就后悔莫及了。你说说,论外貌,论身家,论才华,你哪点比得上石风,自己不增加些筹码怎么行?

方　文　你们的意思是,如果我把这种药推介进来,你能帮我搞定安宁?

陈茹心　我们搞不定安宁,还搞不定石风吗,谁能有我和石华了解他? 方文,如果这一次咱们合作愉快,对大家都有好处,但如果你畏首畏尾,吃亏的可不是我。我们从来都是锦上添花,雪中送炭的事我是不做的。

方　文　这——你们让我想想。

陈茹心　还想什么,我那弟弟可不是一般的人物,他想要的女人哪个追不到? 他可不如你这么痴心!

方　文　(抬起头)好吧,我试试。不过,我们说好了,如果出了什么问题,我可不担责任!

石　华　你放心,不会有问题的。

方　文　(深呼吸)石院长,我突然有些不舒服,我先走了,那个明细……我明天早上来拿。

[方文下,步伐有些虚浮。石华转过身,陈茹心连忙去看那本明细。

第五场

[石跃海的病房内。石跃海刚刚做完检查,正在沉睡,安宁坐在一旁。石风悄悄地进屋。

安　宁　你——

［石风做了个噤声的动作。安宁点点头。石风看了看石跃海的各项数据，这才放心地站在一旁。

安　宁　（小声地）石院长情况怎么样？

［石风摇摇头。

安　宁　不能想其他办法了吗？

石跃海　吵什么呢？

安　宁　石院长，您没睡着呢？

石跃海　我又不是老年痴呆，有人在我旁边讲话我不晓得呀？

［石风转身准备走。

石跃海　站住。

［石风停下脚步。石跃海吃力地准备坐起来，安宁连忙帮他摇高了床头。

石　风　我先走了。

石跃海　你给我站住。

安　宁　石院长。

石跃海　还有你，你最近是不是太闲了？上班时间，跑到我这老头子的病房守着，还要管我的家务事，你是不是觉得给你个副院长当太大材小用了。

安　宁　我——

石　风　爸——

石跃海　你叫谁，这里哪有你爸？咱们不是早断绝父子关系了吗？

［三人僵住。

安　宁　我说，你们父子俩就不能正常地好好聊聊吗？石院长，恕我直言，除开石医生是您儿子，他也是您员工。您这么说是对员工的不尊重，石医生这一个多月以来表现很好，我认为他是一个合格的医生。

石跃海　哼,合格的医生?不坐诊,不巡房,不手术,你请来的是皇帝吗?皇帝还要上早朝呢!

安　宁　您不是不知道,那件事对石风有阴影,再说,仁心不缺他一个坐诊医生。

石跃海　安宁,你搞清楚,一个合格的医生不是一台科研机器,临床多重要,他能不知道?如果你这都搞不清,我要你这个副院长做什么?我要你去引进什么人才?

石　风　喂,我说石老头,这么几年不见,你怎么还是一副逮着谁就开火的样子?

石跃海　怎么,看不惯?看不惯回来做什么?

石　风　当然是回来给你补心脏啊。大名鼎鼎的石跃海心脏残破不堪,说出去不怕人笑话!

石跃海　哈,笑死了,我仁心没人了吗?需要——

［石跃海突然大咳。喘不过气来。

石　风　(还沉浸在斗嘴的氛围里)看吧,说句话都提不起气,还死要面子——

安　宁　(赶紧上前倒水)石院长,您没事吧。

［石跃海想说什么,喘着气没办法说。石风这才惊觉,连忙上前检查。

石跃海　(微微喘气)安宁,你先出去。

［安宁点点头,退出,关好门。

石跃海　(停顿)回医院这么久,为什么现在才来见我?

石　风　(惭愧地)爸——我——

石跃海　你这几年在美国?

石　风　是的!读书,工作,写论文,是一台科研机器。

石跃海　也对,多喝几年洋墨水别人才敢收你。

石　风　（受伤地）爸爸，您为什么老是对我有偏见呢？

石跃海　哼，一个拿病人生命开玩笑的人，有脸说偏见？

石　风　（有些激动地）自从出了那场事故以后，你以为我的心里好过吗？这几年来，我没有一天安心过，一闭上眼睛就梦见别人叫我杀人凶手。无时无刻不在想着要用自己的能力，去加倍地补偿过失！

石跃海　（停顿，平静下来）石风，我知道你从小就想当个好医生，事实上，你确实有这方面的天赋，可是那次医疗事故，你确实有做得不妥的地方，医生以救人为天职是没错，但是，一个不小心，医生也可能成为杀人凶手。就说说那次失误的手术，你作为主刀，在没有完全的把握下，不通过病人家属的签字同意就进手术室，这是一个成熟医生的表现吗？

石　风　爸爸，我——

石跃海　说起来，这也不是你一人的错，一台手术，一个团队，我只牺牲了你一个，谁叫你是我石跃海的儿子呢？

石　风　爸爸，我从来就没怪过您。您看，我这不是回来了吗？虽然，现在的我，还是不能让您满意。

石跃海　为什么回来？

石　风　（笑了笑）我也讲不清楚，主要是放不下您的身体，另外，我总觉得自从安宁来了以后，咱们医院开始不一样了，这些变化，我很期待。

石跃海　哦？我不知道你还关心咱们医院的发展。

石　风　爸，这里毕竟是我长大的地方，我对她是有感情的。

石跃海　这我倒是相信，你这只猴子，就是爬着外面那个白求恩雕像长大的。

石　风　关于安宁，我有一个问题。

石跃海　有什么问题?

石　风　安宁是不是您布的一颗棋子?

石跃海　为什么这么说?

石　风　您一直有给医院换血的心思,只是这么些年,不敢轻举妄动。如果安宁成功,那么您心愿达成,如果失败,牺牲一个初出茅庐的小将,也不会牵一发动全身。

石跃海　有些事情,并没那么绝对。安宁第一次见我时,说起了一个她小时候的故事,触动了我,她是一个胆大心细的姑娘,对医院又有特殊的感情。我老了,没那股劲儿了,但我喜欢像她这样天不怕地不怕的年轻人,所以,不管医院以后是什么格局,我会保护她。

石　风　她有您做靠山,可比我好过多了。

石跃海　你们两兄弟,什么时候能彻底让我放心,我也算是了了一桩心事,你现在还一副不上道的样子,你哥,说实话,我更担心他,怕他被他老婆牵着,越走越远。

石　风　爸爸,您不要担心太多,您的心脏……您自己是医生,不需要我多说,我只能尽可能地让它运转,最重要的,还是您精神上的支撑。

石跃海　不用你讲这些大道理,这医院里,又不只有你一个医生。

石　风　但是这些医生里,只有我是你儿子。

第六场

[安宁推着石跃海在医院花园里散步。

石跃海　看你这个样子,一定是遇到难题了! 我就知道,你不是无聊跑到我病房干坐的人。那天因为有石风在,你没说出口。

安　宁　（严肃地）是的，石院长，事情有些棘手，必须要听您的指示。

石跃海　是不是在人事安排上遇到阻力啦？

安　宁　（点点头）嗯，本来我提出这个方案时，董事会的成员中就有人反对了。最近不知道是谁把这个消息泄露了出去，弄得各个科室人心浮动，反对的声音也越来越大。

石跃海　这些事情，当初你就应该预料到的。

安　宁　（惭愧地）是我的工作没有做好！

石跃海　这也不能全怪你，我估计是董事会有人故意将消息放出去的。

安　宁　（惊讶地）您也认为内部有人搞鬼？

石跃海　因为你这个方案并不成熟，所以我们才没有对外宣布，以免造成负面影响。以现在的状况来说，显然是有人对你不满，想要针对你。

安　宁　针对我？这对他们有什么好处？

石跃海　安宁，我不得不提醒你，你作为一个医院的高层，有的时候太单纯不是好事。

安　宁　石院长，我确实不擅长钩心斗角。

石跃海　不是让你去钩心斗角，而是要对整个局面仔细观察，保持清醒。可现在你看看，谁在后面玩小动作你都没有头绪，还怎么工作？

安　宁　我不是没有头绪，只是……

石跃海　只是不方便跟我说？

安　宁　对，因为我并没有证据，在没有证据之前，我不喜欢妄动。

石跃海　安宁，医院现在问题重重，有人对权力虎视眈眈，有人对利益锱铢必较，也有人想要让医院改头换面，按照他的规划发展，而恰好这些人，都不是轻易动得了的，我们得一步步来。你的动作太扎眼，已经成了他们的眼中钉。

安　宁　石院长，你之所以把我招进医院来，不就是我和他们没关系，可以百无禁忌吗？既然他们讨厌我，那就讨厌彻底，这个白脸，我还真是唱定了。

石跃海　你不觉得，是我在利用你？

安　宁　石院长，您真是……直白，这个，要我怎么回答您？

石跃海　不用回答，你只需要知道，只要我还在一天，就会保你一天，希望你自己尽快穿上盔甲，可以保护自己。

安　宁　既然您这么说，那我就大开杀戒，毫不手软了？

石跃海　还是要注意分寸，对了，除了人事安排，督查制度开展得还顺利吗？

安　宁　嗯，还不错，每个科室都到位了，而且还定时上交材料，只不过，我发现了一个问题！

石跃海　什么问题，严重吗？

安　宁　前几天，我在药剂科的上报材料中发现了一个漏洞，虽然材料上极力地掩饰，但我还是亲自去查了一下。

石跃海　（皱眉头）查出什么来了吗？

安　宁　发现一批新的心血管西药，没有上会，也没有安排推介活动，我不知道是不是应该下令彻查，揪出违规人员，如果出现了更加严重的问题，恐怕又是一场轩然大波，对于医院，肯定是一个很大的打击。

石跃海　（严厉，大声地）查，一定要查，我们不能拿病人的生命和医院的信誉开玩笑，安宁，你等一下把石华给我找来！

安　宁　好的！

[石风急匆匆地上。

石　风　安宁,我有件事要跟你说。

[石风把安宁拉到角落,看了一眼石跃海。

安　宁　什么事?

石　风　(压低声音)刚才我听护士说了一个情况,主治医生给病人开了一种新药,家属提出质疑,说是要去医务处投诉,第二天的单子上就没出现这个药了,这其中肯定有问题。

安　宁　(一惊)什么? 那批药已经到病房了?

石　风　你知道?

安　宁　来不及跟你细说了,我现在趁事情还没严重马上去处理。

石　风　好的。

安　宁　(抽了口冷气)没想到会这么快。

石跃海　(疑惑地)你们在说什么? 干吗偷偷摸摸的?

石　风　没什么,一点小事。

安　宁　石院长,我们先走了。

石跃海　山雨欲来风满楼啊!

[两人急匆匆下,石跃海看着他们,欲言又止。

第七场

[灯复明。石华办公室。石华回来以后,马上把方文叫到办公室,告诉了他一些基本情况。方文在办公室里不安地来回走动,石华坐着,看着他,有点心烦。

方　文　(不敢相信地)安宁真的知道了? 怎么办? 怎么办?

石　华　(喝着茶)出了那么大的事,难道还有假? 不知道她是故意想隐瞒我还是真的没查出来!

方　文　（无力地坐到沙发上，喃喃地）被发现了？这该如何是好？

石　华　不着急，这件事还有挽回余地，不管怎么样，先稳住阵脚。

方　文　那批药已经查出来了，医院推广程序有问题，怎么隐瞒？

石　华　（拍拍他的肩膀）你放心，这件事是由我来处理，我们还有时间，何况只是没经过医院内部论证而已，而且也有国外数据支撑。又没有造成什么坏影响。

方　文　我了解安宁，只要是她经手的事情，是绝对不会轻易放过的。这批药数目这么大，迟早是要查出来的。

石　华　（冷笑）她不放手的唯一后果就是引火上身，你最好叫她识相点少管闲事。和我斗，她还太嫩了。

方　文　你是什么意思？

石　华　没什么意思！我在药监局还有一些熟人，这几天你我去找找他们，批个手续下来，应该没问题，等查起来的时候就说走流程时疏忽了。这样顶多给你一个工作失误的罪名。

方　文　（犹豫地）这样能行吗？

石　华　这都到什么时候了？你还婆婆妈妈，难道你想去坐牢吗？怪不得安宁对你没兴趣！

方　文　（咬牙地）你还说，你们答应我的那笔钱呢？在哪里？还有，现在，安宁根本正眼都不看我，你们当初的承诺，都是哄鬼吗？

石　华　你这样说就不对了，这件事我可没插手，都是我老婆在和你谈，怎么能怪我呢？

方　文　可当初——

石　华　笑话，答应你的是我老婆，不是我，我对你们这些事可是一直反对的。

方　文　（气急地）你——你出尔反尔？

石　华　好了,现在我们没时间讨论儿女情长,还是想想怎样隐瞒违规进药的事吧,如果事情败露,你我都脱不了干系。好了,好了,方文,你先把心放回肚子里,还没到追究谁是谁非的地步,我这不是在想办法吗?别人还没动呢,就自己慌了手脚,真不是个做大事的人。

[方文一时之间竟气得讲不出话来,沮丧不已。石华走开去,没有理他,方文无力地垂下手,呆坐在沙发上。

[安宁上。从窗外见方文在石华办公室,有些疑惑。方文看到安宁,连忙站了起来。

安　宁　(敲了敲门)我是安宁。

石　华　(安抚了一下方文,示意他坐下)请进吧!

安　宁　(推门进入,见方文)你怎么在这儿?

方　文　(站起来)我?

石　华　哦,我找方文来是想了解一下情况。

方　文　(赶紧地)是是是,先前听说我们药剂科出了点问题,我是来向石院长汇报的!

安　宁　(盯着方文)哦,依你看,是出了什么问题呢?

方　文　我,我还不知道!我——

安　宁　药剂科一共才几个人,你弄不清楚?

方　文　我不是才刚刚得到消息么!

石　华　(给了方文一个眼色)方文,你今天不是还要去见一个医药代表吗,怎么还不去?

方　文　哦,对,我差点都忘了。(故意看了一下时间)时间差不多了,我先走,你们慢聊!

石　华　(暗暗松了一口气)安院长,请坐。

安　宁　违规药品的问题查得怎么样啦?

石　华　你不相信我的工作效率?

安　宁　怎么会,我只是觉得,药品问题的事情,不能拖。

石　华　现在正在调查中,刚才找方文谈话,就是为了这个事情。

安　宁　您认为方文没有参与这件事?

石　华　你可能不了解,方文毕业就在我们医院,一直谨慎小心,从来没有出过纰漏,我是很信任他的。

安　宁　哦,是吗?

石　华　我听说你和方文在大学就很熟悉,难道你还不相信他的人格?

安　宁　不是我不相信他,只是我更相信事实。

石　华　事实?你知道事实真相?

安　宁　我仅仅知道,那批药是经过方文的手进来的,还有他的亲笔签字。

石　华　(镇静地)安宁,你越权了,知道吗?这是我的工作。

安　宁　我说过,这件事既然我知道了,就不会坐视不管。

石　华　(怒)你最好注意一点,不要管太多闲事。

安　宁　(激动地)我这是在管闲事吗?如果病人吃了新药出问题,你觉得你逃得了?

石　华　哼,不是管闲事是什么,你自己的工作还忙得过来吗,现在都已经谣言四起了,你怎么还没解决?

安　宁　谣言?什么谣言?

石　华　(轻蔑地)说你一个小姑娘家挑不起大局,只会利用石家二公子稳固自己的地位!

安　宁　医院最近有这样的传闻吗,我怎么不知道?

石　华　你天天和我那弟弟出双入对,怎么会知道!

安　宁　(冷笑)原来石院长也和别人一样,喜欢背着说坏话,嚼舌根！

石　华　我当然不是这个意思，就算我不相信你，也应该相信我父亲的眼光啊，他挑的人才，没话说。只是——

安　宁　石院长有什么话不妨直说。

石　华　也没什么，我父亲和你谈话的时候，有没有说过有关你的事情？

安　宁　（奇怪地）有关我的事情？

石　华　比如说，我爸承诺过你什么？

安　宁　没有啊？

石　华　那你呢，你有什么想法？

安　宁　石院长，说了半天，您还是在卖关子。

石　华　（豁出去地）就是，你觊觎仁心医院院长的位子。

安　宁　院长？您真会开玩笑，我来医院不过数月，哪有时间考虑这个问题，再说了，没做出什么成绩，我也不够格，是不是！

石　华　你能这样想就好。

安　宁　（正色）石院长，公是公，私是私，我再一次提醒您，如果私自进药问题不尽快处理的话，我们就必须要启动督查组工作，说不定还要请检察院出面，到时候弄得下不了台，可是您的责任！

石　华　你用不着提醒，我会处理妥当的。

［陈茹心推门而入，还一边大声嚷嚷。

陈茹心　（大声地）石华——

［看到安宁在办公室里，先是一愣，又马上恢复了优雅的姿态。

陈茹心　您好啊，安院长！

安　宁　（礼貌地）您好，好久不见！

陈茹心　（刻薄地）是好久不见，我还以为你在医院混不下去，另谋高就了呢,原来还在!

安　宁　(依旧保持微笑)托您洪福,我的工作很顺利。石院长,如果没什么事,我就先走了。

陈茹心　(尖锐地)您且等等,我还有话要和您说呢!

石　华　(不放心地)茹心——

陈茹心　一点私事!

安　宁　您请问。

陈茹心　听说你和我小叔子在谈恋爱?

安　宁　这和您有什么关系吗?

陈茹心　和我倒没什么关系,就是提醒你一句,他不仅离过婚,而且是个花花公子,指不定国内国外都有女人,你最好留个心眼啊。

安　宁　谢谢您的关心,我不在乎他以前的事。

陈茹心　你当然不会在乎,因为他只是块跳板而已嘛。

安　宁　(不以为意)跳板也好,木桥也罢,只要他自己愿意!

陈茹心　我说的是事实,不信你就等着瞧!

安　宁　好吧,我真的要走了,再会!

陈茹心　安院长,不送了!

[安宁下。石华把门关好,又检查了一遍。

陈茹心　你干吗弄得这么紧张兮兮的,还打电话给我,出什么事了吗?

石　华　(把陈茹心拉到办公室中间,压低声音)那批药的事被安宁那小丫头知道了。

陈茹心　(一惊)啊?这是真的?

石　华　嘘!你小声点。

陈茹心　你确定?

石　华　千真万确，而且还告诉了父亲，今天上午，我就被我爸骂了个狗血喷头。这些，我还瞒着方文。

陈茹心　（咬牙切齿）这个丫头片子，我小看她了！那我们现在怎么办，坐以待毙吗？

石　华　你不记得了吗？我们前面还有一头羊…

陈茹心　（恍然大悟地）对，把所有责任都推到这一头替罪羊身上就好了。

石　华　只要事情不闹大，你我就没什么问题，我肯定是从头至尾没有参与此事，而你，就说他主动找你，想从中捞取回扣。因为你是要医药代表经手的，不知道收受贿赂的事，顶多也是职员失职，和你没关系。

陈茹心　（挽住石华的胳膊，撒娇地）老公，你真聪明，就这么办。

石　华　（坐到沙发上）不要高兴得太早，安宁她也不是吃素的主，你看她那副精明的样子，不是那么好对付的。

陈茹心　不行，不能让她留在医院里。

石　华　爸爸钦点的将，我又有什么法子？

陈茹心　我们得想个计策，让她待不下去，自动辞职！

石　华　你有什么想法？

陈茹心　你天天在医院，难道就没抓到她什么把柄？

石　华　把柄？让我好好想想！

［石华点燃了一支烟，开始在屋内来回地走动。

陈茹心　你想到了什么，倒是说呀！

石　华　对了，最近她一直在忙人事调动和引进人才的事，这可是个肥差，我就不信她的手是干干净净的。

陈茹心　你是说她有可能收受贿赂？

石　华　如果我们能抓住证据，一切都好办了！

陈茹心　哼，没证据也无所谓。

石　华　怎么说？

陈茹心　没听过“三人成虎”的故事吗？让谣言的唾沫淹死她，最好传到爸爸的耳朵里，而且她上任至今，也没做过什么显眼的成绩出来，自己也不好意思待下去。

石　华　我懂了，你医院的好姐妹们多，这件事情就交给你了。

［陈茹心笑着点了点头。两人下，切光，暗场。

第八场

［闷热的夏天，天空阴沉沉的，沉闷了好些日子的天气随着一阵轰隆隆的雷声响彻大地，暴雨倾盆而下。仁心医院的气氛随着方文利用职权之便引进新药，贿赂医生的问题曝光而紧张起来，石华虽暂时置身事外，但也终日惶惶而无宁日。与此同时，有关安宁的谣言也一时甚嚣尘上，也将安宁弄得焦头烂额，不知如何收场，董事会那边甚至已有了罢免安宁的声音。

［安宁在自己的宿舍，嘴巴里叼着面包，一边看着材料。突然，一声炸雷把她吓了一跳，安宁去关窗。这时，方文敲安宁的门。

安　宁　是你？

方　文　是我。

安　宁　怎么一身湿，没打伞吗？

方　文　我忘了。

安　宁　（叹了一口气）进来吧。（递给他一条毛巾）擦擦，别感冒了。

方　文　谢谢！我——

安　宁　你找我什么事？

方　文　没事我就不能来找你吗？

安　宁　方文，你不能老这样，作为朋友，我很愿意和你聊天，但是，我们不是小孩子了，不能为了中午吃什么，晚上吃什么说上一个小时。

方　文　我知道，大家瞧不起我，说我懦弱，胆小，叽叽歪歪，安于现状，没什么大出息。但是，我心里也很苦，你知道吗？我也想找人说说话，可是，这么些年，没有一个人理解我。我也想有一个好出身，我也想大有作为，可有些东西，就是天生父母给的，拼死拼活都追赶不上，我有什么办法？

安　宁　方文，这些，你以前都没有跟我说过。

方　文　因为那个时候我傻，我以为，我想要的东西，只要努力勤奋，终归是我的。但结果呢？你也看到了，我追你，追了那么多次，我得到了吗？大学毕业我就在仁心医院，十年有余了吧，还是一个小小科室主任。你看看石华，他凭什么就能当副院长？就凭他爹是医院老大。再说说石风，常人碰到他那样的挫折，早就跌入谷底永不翻身了，可他除了爹，还有个好姑姑，逃到美国镀了层金，摇身一变，又成了专家教授荣归故里。如今，连你也——

安　宁　方文，现在我的脑子有些乱，人生来不平等，你觉得不平等，你想缩短这种差距，我觉得没什么不对，但人得有底线，不能因为你想得到这些，就去做一些违背法律和良心的事。

方　文　安宁，我不是来听你说教的，为什么连你也不明白我的苦衷？

安　宁　不，我明白，我也和你一样，我十八岁妈妈去世，上天对我也不公平，可是怨天尤人有什么用？我妈妈能活过来吗？我大学想学医，可是高考分数不够，我只能退而求其次。

方文,当年你那么聪明,考进医学院药理学专业,你知道我有多羡慕你吗?可是事实就是我除了好好学习自己本专业外,我还得跟你们学习各种医疗知识,因为我想进医院工作。

方　文　安宁,我不是你,我做不到,做不到。

安　宁　(生气)对,所以你投机取巧,收受贿赂,你知道你这几年都在做些什么么?给陈茹心提供各种方便,从中收取好处。方文啊方文,你好运气,那些药病人吃了没出问题,没有闹出人命。你想没想过,一旦哪天出事,你是不是杀人凶手?

方　文　(苦恼地)我知道现在说什么你都不会相信我了。

安　宁　我还能信你什么?

方　文　(激动地)我是被陷害的,你知道吗?

安　宁　被陷害的,被谁陷害的?

方　文　(困扰地)除了石华那夫妻俩,还会有谁?

安　宁　你的意思是石华夫妻逼你进购新药品,不走正规程序,还贿赂其他医生尝试给病人用药?

方　文　(低头小声)是的!

安　宁　你怎么这么傻啊,这种人命关天的事你也敢做!

方　文　他们——

安　宁　一而再,再而三是不是?威胁你,与你好处。

方　文　(鼓足勇气地)他们——他们说这一次如果我帮他们,他们就可以让你和石风分手,然后跟我在一起。

安　宁　(不可思议地看着他)所以你就答应了?

方　文　你知道,为了得到你,我什么都不在乎,什么都敢做!

安　宁　这是在葬送自己的前途!你知不知道?

方　文　只要能和你在一起,葬送前途又有什么关系?

安　宁　可是做人还得要有起码的良知吧！这些药品都是治病救人的啊，能拿来开玩笑吗？

方　文　我——我别无他法。

安　宁　（叹了口气）他们这是要拿你当替罪羊！

方　文　哼，他们想整垮我，没那么容易，我会让他们的狐狸尾巴露出来的！

安　宁　（疑惑地）你？

方　文　放心，我有证据，大不了一起去坐牢！

安　宁　方文，自首吧，趁事情还没闹大。

方　文　反正现在我什么都没有了，坐不坐牢都无所谓。

安　宁　是我对不起你

方　文　（勉强笑了笑）不要说什么对不起，你没有对不起我，是我自己太傻了。

安　宁　你要多保重。

方　文　嗯，我会的。安宁——

安　宁　什么事？

方　文　最近听到了不少谣言，好像对你很不利，你要小心点，别让坏人得逞了。

安　宁　（笑笑）没关系，我不在乎。

方　文　虽然说是谣言，但还是会对你造成影响的，你一定要注意。特别是石华夫妻，他们是铁了心要对付你的。我方文不是一个好人，但，也不算太坏，是不是？

安　宁　谢谢，我会注意的！

方　文　安宁，临走前我可以——可以抱抱你吗？虽然今生都不可能有机会和你在一起了，但我还是希望你能幸福。

［安宁点了点头，和方文拥抱在了一起，这一情景，被刚进门的

石风撞见了，他不露声色地站在他俩的身后。方文放开安宁，深吸了一口气，安宁不由感慨万分，滴下泪来。

石　风　（醋意地）怎么，和旧情人拥抱这么激动吗？

方　文　石风，你误会了。

石　风　方文，你自己的事情解决好了吗？还有闲情逸致谈情说爱？

方　文　我——（见安宁摇头）我先走了，安宁，你多保重。

［方文离开。

安　宁　你什么意思？

石　风　没什么意思，只是看到了很感人的一幕，有感而发而已。

安　宁　你知道我和方文没什么的，如果我对他有感情，那我和他早就在一起了。

石　风　你的意思是说我坏了你们的好事了？

安　宁　我什么时候说过这种话，你是来找我吵架的吗？如果是，对不起，我很忙，没工夫和你吵！

［安宁转身，石风一把抓住她。

石　风　你给我站住。

安　宁　你到底想干什么，我说过我很忙！

石　风　（阴沉地）很忙？忙着和方文约会，还是忙着跟我哥抢院长的位子？

安　宁　（气急地）你，你血口喷人！

石　风　我血口喷人？你自己行为不端，落人话柄，还说我血口喷人！

安　宁　（深呼吸了一下）你知道你现在在说什么吗？

石　风　现在每个人都在说你，甚至连董事会的成员也开始怀疑你了，你要我怎么相信你是无辜的？

安　宁　那些都是中伤人的谣言,难道你也信吗?

石　风　我是不敢相信,可看你今天的行为,由不得我不信。

安　宁　(伤心地)我一直以为,就算全世界都不相信我,都拿有色眼镜看我,至少你还是会了解我,会相信我的为人。只要你还在身边支持我,我就不会在乎别人的谣言,拼死也要支撑下去。原来,是我看错你了。

石　风　安宁,你不要把我想得太完美,我也是个人,我也有我的弱点。我也有疑惑的时候,拜托你能不能给我一个完整的答案!

安　宁　我可以郑重地告诉你,我什么都没有做,我只是在做自己应该做的事!

石　风　我是不知道,还可不可以继续相信你,随着时间的推移,我越来越琢磨不透你了。

安　宁　我记得我曾经说过,无论我怎么变化,在你和石院长面前,我永远只是安宁,不是别人,因为你们拿我当亲人一般对待。

[石风一怔,这句话实实在在感动了他。

石　风　(辩解地)那,那刚才你为什么和方文抱在一起?

安　宁　(心里涌起一阵委屈,眼泪止不住地流下来)我的事不用你管。

石　风　(慌忙地)你怎么哭了?哎呀,我错了,我错了,不要为了一件小事吵了好不好!

安　宁　(抽噎地)是你要找我吵架的。

石　风　(手忙脚乱地帮安宁擦眼泪)不知道为什么,我最不想吵架的人就是你,只要看到你掉眼泪,我就特别后悔,心里总会骂自己怎么这么冲动,可笑的是,我只有在你面前,才会变得这么不理智，这么令人讨厌。你就当我在发神经，不用理我。

安　宁　（破涕为笑）有的时候，你真的很讨厌。

石　风　（见安宁笑了，自己也笑了起来）不生气了？

安　宁　很生气！后果很严重。

石　风　（小声地）你有时候挺可爱的！

安　宁　你说什么？

［石风清了清嗓子，抓住安宁的手，安宁显然被吓了一跳，傻傻地看着石风。

安　宁　你，你想干什么？

石　风　（深情地）我想对你说，安宁，不知道是什么时候，你不经允许地走进我的心房，让我心里的阳光一下子散发出来，所以，每天我的心脏都像出了故障一般，想多了解你一点，想多见你一次，时时刻刻地想引起你的注意，想，变成你那样的人，想，有一天，我也能照亮你。

安　宁　（局促不安地）我，我不懂啊，你，什么时候有这种想法的？

石　风　我，我也不知道，也许，是那天你在家里喝醉了，和我说你害怕的时候，也许，是我在医院拦住你，你把号码写在我手上的时候，也许，再早一些，我第一次见你从爸爸病房里出来，你那一副若有所思，充满感慨的表情，把我吸引了。

安　宁　可是我记得，你说过爱情是最不可靠的东西。

石　风　这就是我最愚蠢的地方，我之所以不相信爱情，是因为我以为自己的生命中不会再有一个我深爱的女人出现了，我宁愿相信自己是和你在假装情侣的，然而，上天却让你无法阻挡地走进我的心里，让我重新有了牵肠挂肚的滋味，这一切的一切，都是因为你。

安　宁　可是你不怕医院里的传言么，说我把你当作跳板，目的是为了得到你父亲的医院，而且现在是非常时期。

石　风　你说过，我是这个医院唯一值得你相信的人，我很感激你的这份相信，记住，在我的眼里，你只是安宁，知道吗？

安　宁　原来你很久以前就对我有企图了，难怪你嫂子说你追女生很有一套！

石　风　她就会说别人的坏话，她那张嘴，我哥都管不了的。哦，对了，医院里关于你收受贿赂、私生活混乱这些乱七八糟的东西，有没有可能是我嫂子——

安　宁　（正色）刚才方文也跟我提到这件事！

石　风　说起方文，我还是要问你，刚才你为什么……

安　宁　（好笑地看着他）为什么和他拥抱是吧！那是朋友间礼貌的拥抱，没什么别的意思！

石　风　那为什么你们还抱那么久？

安　宁　（黯然地）他今天下午就要主动接受调查了，我想，事情一定不是他一个人干的，他说——

石　风　他说什么？

安　宁　他说是你哥哥和嫂子怂恿他干的，之前你嫂子答应过他的好处费一直拖着，就在前几天，他的卡里收到了一笔可观的好处费。

石　风　（皱眉）我哥哥？可方文为什么要听信我哥哥的，他自己难道不知道这是很严重的事吗？

安　宁　（不自在地）他说是为了我——

石　风　为了你？

安　宁　你哥嫂向他保证，说可以说服你把我让给他，所以他才答应。

石　风　（摇头）世界上真有他这么愚蠢的人，爱情岂是能够因为别人说让就能让的？

安　宁　总之，我也是有责任的，如果当初不对他那么无情的话，也许不会发生这种事情了！

石　风　你也是傻瓜吗？这和你有什么关系，只怪我哥哥嫂嫂功利心太强，我必须要和我哥哥去谈谈。

安　宁　如果是这样的话，你哥哥逃不了被追责，你要想清楚啊！

石　风　你放心，我会有分寸的，他毕竟是我的哥哥。

安　宁　好，那我们分头行事，你去找石华，我去找石院长！

［安宁收拾好，两人出门。

第九场

［当天。石华办公室。石华听说方文被检察机关带走了，心里一直忐忑不安，石风坐在沙发上，看着眼前神情不安的石华。

石　风　哥，最近你有什么不顺心的事吗？

石　华　（一惊）没，没什么事！

石　风　可我觉得你好像很不安的样子，一定有什么事！

石　华　（勉强露出笑容）石风，我真没什么事，你知道，爸爸身体不好，医院大大小小的问题都要我来解决，总有烦心的时候！

石　风　哦，是这样，那辛苦你了，哥！

石　华　应该的，应该的。哦，对了，你今天没工作了吗，怎么有时间来我这？

石　风　嗯，就是想来看看你，自从回来以后，我一直都没有时间好好跟你聊聊！

石　华　是啊，要好好聊聊，你想聊什么？

[石风站起来，有些烦躁。

石　风　哥，你真的不想跟我这个做弟弟的说一句真话？

石　华　你什么意思？

石　风　好，我问你，药剂科的事你是不是参与了？

石　华　开什么玩笑？我怎么会做这种监守自盗的事？

石　风　你也知道是监守自盗，方文已经被抓了，你是知道的吧？

石　华　他被抓，就说明是他的问题，跟我有什么关系！

石　风　你不承认，那我就再说清楚一点，这批药是嫂子公司的，通过方文进的医院，而且，方文在自首之前，已经跟安宁坦白了。

石　华　石风，我是你哥哥，你怎么胳膊肘往外拐，听信别人的一面之词？还有那个安宁，她心里想什么我还不知道？

石　风　既然是一面之词，那你给我一个可以让我相信你的理由。

石　华　你——

石　风　怎么，没话说？哥，爸只有我们两个儿子，这个医院是他沥尽心血创办的，我们能不能好好的，别毁了爸爸一生的心血？

石　华　你有什么资格教训我，你以为你自己就是个称职的儿子吗？你还不是个惹祸精，我们医院差点因为你那个医疗事故信誉扫地，你一走了之，我来帮爸收拾烂摊子，几天几夜没合眼，我对这个医院的感情比你深。

石　风　既然你对医院的感情比我深，你怎么能眼看嫂子把违规药品往医院送，这是要闹出人命来的呀。

石　华　不会的，你嫂子有分寸。

石　风　有分寸，很好，现在病人的命全靠你们的分寸来施舍。这么说，你承认你是知道的对不对？

石　华　知道又怎么样？

［石风愣住，继而上去揍了石华一拳，石华也毫不犹豫反揍了回去。安宁敲门两人也顾不上，安宁带检察官开门进。

安　宁　你们这是干什么？

［两人互相推倒在地上。安宁连忙上去扶起石风。

石　华　他们是干什么的，怎么随意进医院的办公室？安副院长，你能不能解释一下？

检察官甲　（亮出工作牌）我们针对你们医院使用违规药品的问题来进行一些调查！

石　华　调查？我们医院药剂科的方文不是已经被你们带走了么？你们还要调查什么？

检察官甲　是，他主动过来向我们反映了一些情况，而且，据他说，石院长应该更了解这件事情的经过！

石　华　（定神地）检察官同志，我想你们一定弄错了，我虽然是医院副院长，但并不是每件事都会通过我的。

检察官甲　但这次的案子，的确与你有关。

石　华　（急切地）他胡说，你们别信他的，他是在给自己开脱罪名。

检察官乙　（走上前）他是否在为自己开脱，我们自会调查，但陈茹心你应该认识吧？

石　华　（猛地抬起头）认识！

检察官乙　她是你妻子，也是康健药业总经理、法人代表？

石　华　是的。

检察官甲　这就好，你妻子和你自己的声音，你应该很熟悉吧？

石　华　你们？

［一检察官随即从包里掏出一个手机，按下播放键，方文与石华夫妻那天的对话一字不落地播了出来。石华顿时一阵眩晕，跌落在了沙发上，石风也大惊失色。

石　华　（大惊）你们，你们怎么会有这种东西？

检察官乙　这是方文在和你们谈话的时候录下的，就怕你们卸磨杀驴，你只需要承认，里面的声音是不是你们夫妻俩？

石　华　这，这绝对是栽赃，我一个医院的副院长，怎么会做这种事？你们肯定弄错了！

检察官甲　你还有什么话，今天一并说清楚，省得我们来回跑。

石　华　（抓住石风）石风，你得帮我证明，我什么都没做。

石　风　哥，我——

［陈茹心急匆匆上。看到检察官一惊。

检察官甲　（对陈茹心）您就是陈茹心吧？

陈茹心　（询问地看着石华）是，我就是！

检察官甲　您这会儿到这来干什么？

陈茹心　怎么，我不能来吗？

检察官甲　（笑）那倒不是这个意思，正好，我们准备派人去找您的，您自己就来了。

陈茹心　你们什么意思，冤枉我丈夫还不够，还要诬赖我吗？

检察官乙　执法机关只会按证据和事实办事，决不会冤枉一个好人。

陈茹心　哼，那可说不准。

检察官乙　陈女士，我们不想和你废话，你必须配合我们的调查。

陈茹心　你们自己凭本事去找证据，我哪有时间接受你们的调查？

检察官甲　你要的证据我们有的是，你是这次案件的主要嫌疑人，如果你不配合，那我们只好请公安机关出面了。

陈茹心　我？我不是说过都是我们公司职员干的吗？我什么都不知道！

检察官甲　看来，有些事情你还是不了解，让你丈夫跟你解释吧！

陈茹心　石华？

石　华　（无力地）茹心，什么都别说了！

［陈茹心盯着石华，顿时没了主意。

陈茹心　（突然指着安宁，歇斯底里地）哈，你们怎么不抓这个女人，她贪污受贿，把仁心医院搅得乌烟瘴气，你们抓她啊！

石　风　陈茹心，你在乱说些什么！

安　宁　不用你提醒，我自己已经去过纪委了，暂时还用不着检察院立案调查我。

陈茹心　安宁，你别高兴得太早，我要是去坐牢，一定要拉你去做伴，我说到做到。

检察官甲　现在你先管好你自己吧，石院长，我们还有谈话的时间吗？

石　华　（垂头丧气）谈吧，谈吧，石风，唉，算了，我们兄弟之间也没什么好说的了。你先走吧。

陈茹心　石华，不能让他们走。

石　华　茹心，你还嫌闹得不够是不是？都到了这个份上。

［陈茹心小声地抽泣起来。

［护士上。

护　士　石医生，老院长晕过去了，您快去看看。

［众人大惊，石风、安宁跑下。石华欲跟出去，又停下了脚步。

［暗场。

第十场

法　官　（画外音）根据《中华人民共和国刑法》第一百四十条、第一百四十一条，本庭宣布，以销售不合格药品，程序违规，并私受他人以好处，因无伤害他人健康情节，处以康健药业总经理陈茹心停业整顿，并处十万元罚金；仁心医院副院长石华知情不报，纵容妻子和下属违规，处以行政处罚；仁心医院药剂科主任方文，因收受贿赂罪，鉴于主动认识错误，坦白犯罪经过，没收全部赃款，解除现有职务。

［追光，四周黑暗一片，时间推至半个月后。石华和石风坐在医院外景石凳上。

石　风　哥，那天我先动手，对不起。我们兄弟俩从来没打过架。

石　华　石风，从小，我们兄弟俩的感情就很好，甚至连脸都没红过一次，还记得小时候吗？你有一次被外面小孩欺负了，你不是跑去告诉爸爸，而是回来跟我说，我记得那是我第一次打架，回来我们哥俩还挨了爸爸一顿狠抽！哈哈！

石　风　是啊，一晃三十年就这么过去了，小时候的事情好像还在眼前一样！

石　华　爸爸的身体怎么样？

石　风　不是很乐观，我只希望他能熬过这个冬天，明年春天应该会好一点。

石　华　（怨恨地）爸爸这一辈子都在忙自己的事业，从来没问过他的儿子需要什么！

石　风　但是爸爸很爱我们，虽然他嘴上不说，但我已经深刻地体会到了。

石　华　是吗？你觉得够了，你敢说，过去的那几年里你没有怨恨过他？

石　风　（笑）当然恨过，但现在想明白了，爸爸的期望很简单，他只是想我们能够自己去闯，能够堂堂正正地立足于社会。

石　华　（感叹地）还是你了解爸爸。

石　风　我也是在这些天照顾他老人家时了解到了,爸爸在病的这段时间老得很快,我很惭愧,在过去几年的时间里没有好好照顾他。

石　华　我——

石　风　哥,我真希望你仍然是我小时候那个让我崇拜的哥哥。

石　华　石风,这一次,是我自己主动辞去的职务,也不算太狼狈。你要照顾好爸爸,也不要为我担心,哦,还有,你嫂子准备和我离婚了。我不在的时候,她们母子,也麻烦你多照看了。

石　风　好。

[石华离开,切光,安宁抱着清理好的办公用具上。眼里含着泪花。

[石风仍坐在石凳上。

石　风　安宁,你这是干什么?

安　宁　石风,我——

石　风　(激动地)你要走?

[安宁无声地点点头。

石　风　为什么,为什么连你也要走?

安　宁　对不起!

石　风　我不要对不起,我要理由,理由,你懂吗?

安　宁　(大声地)我累了,可以吗?我不想看到你了,可以吗?

石　风　不想看到我,你什么意思?

安　宁　没什么意思。

石　风　我不同意。

安　宁　你不同意,你为什么不同意,你有什么权力不同意?

石　风　(压抑地)安宁,别耍小孩子脾气了,好吗?就算你不想看见我，但这个医院需要你，你不能走！

安　宁　你什么时候看见我要过小孩子脾气了，我走的每一步都是经过自己的深思熟虑的。

石　风　你这也是深思熟虑？你这是不负责任的行为，医院现在急需一个掌握大局的人！

安　宁　石风，你不用劝我了，我真的不能再留下来了。

石　风　是因为我哥哥吗？如果是因为他，你大可不必这么自责，这不是你的责任啊。

安　宁　可医院的医生和病人都不再相信我了。

石　风　谁敢不相信你，我去找他们算账！

安　宁　什么都不用说了，你还是放开我吧！

石　风　（拉住安宁）安宁——

［安宁甩开他的手。安宁正欲抽身离开，石风拉住她，安宁手里的箱子掉在地上，里面的东西撒了一地，安宁蹲下捡东西。

石　风　好，你走，没了你们，我石风照样撑起这个医院。尤其是你，安宁，我爸还是看错人了，你根本就担不起他的厚望。

［正在此时，天空传来一阵闷雷，一护士跑上，石风似乎预料到了什么，站起来盯着跑来的护士。

石　风　（抓住护士）怎么了？

护　士　（喘着气）石医生，老院长他……

石　风　我爸怎么啦？

护　士　老院长已经过世了！

石　风　（大声）我是医生，为什么不通知我抢救？

安　宁　石风，你要稳住，我们马上去看石院长！

［三人跑下，暗场。

第十一场

［石跃海病房，空荡荡的病床，其余一切不变。石风、安宁及护士上。石风坐到空荡荡的病床上愣神，安宁看着眼前的情景，忍不住转过身哭了。

护　士　（小声）老院长临终前吩咐了，让您务必把安院长留住，不要，不要打扰您。

［石风没有回神。

安　宁　（擦了擦脸上的泪）老院长临终前，还留下了什么吗？

护　士　哦，还有一封信，他嘱咐我交给你们，说一定要两个人同时拆阅。

［石风站起来，和安宁共同拆开了信。

石跃海　亲爱的孩子们：这封信，是我最后要说的话了，好像我以前从来没有说过这么多！虽然有些唠叨，但你们应该不会太烦吧！首先我要说的是，安宁，我要谢谢你，谢谢你在这些日子以来对医院的付出，这场风雨，算是平安度过了，仁心医院有你这样能力强又负责的人撑着，我心甚慰，所以，我正式通知你，你的考验合格。至于石华，我相信他是真的悔过了，也明白爸爸的一片苦心，有谁不爱自己的孩子，我和天下的父母是一样的，希望孩子们都顺顺利利的。安宁，石风的性格，你我都很清楚，他虽然有才华，但个性冲动，也容易犯错误，所以，石风以后工作上的事，就拜托你多加提醒。在人生这条漫长而崎岖的途径上，我已经走完了我的路，以后，该你们去走了！

安　宁　石院长，您真是——

石　风　(拉住她的手)怎么,你还想走吗?

安　宁　我——

石　风　你还在犹豫?

安　宁　不是,我是想说,辞职信都交了,还能拿回来吗?

石　风　爸爸,您听见了吗? 安宁说她留下来,这下,您放心了吧。安宁,我们马上去要回辞职信,走。

安　宁　好,走。

[石风牵着安宁下。

[暗场。

【完】

话 剧

桃花小源

编剧 何心怡

人物

沈　瑞　男,25 岁,学生,扮演小智的角色。

江　宁　女,24 岁,沈瑞的女朋友,隔壁班的学霸,扮演宁宁。

蒋琪琪　女,24 岁,班花,十八线网红,原本扮演小洛。

付　旻　男,24 岁,班长,中规中矩的个性,扮演村长

崔　志　男,25 岁,嚣张跋扈的富二代,扮演沈先生。

樊　驰　男,25 岁,扮演口吃。

李　世　男,25 岁,扮演大力士。

Kevin　男,39 岁,编剧。

万　泉　男,50 岁,艺术学院教师。

戏中人物:

沈先生　男,26 岁,嫌疑犯。

宁　宁　女,18 岁,桃花源的圣女。

小　洛　女,30 岁,警察。

村　长　男,58 岁。

小　智　男,14 岁。

口　吃　男,33 岁。

大力士　男,25 岁。

序幕

[暗场。整个序幕观众都置身于暗场之中,只有声音和强光出现。

[无穷的黑暗,像是到不了尽头的黑夜。

[黑暗中,观众听到了飞机飞行的声音。忽然,飞机警报声大作,观众在黑暗中听到了刺耳的声响:“嘟嘟嘟嘟嘟”。噪音越来越大,飞机猛地坠地。强光扎眼,爆炸声环绕剧场。

[整个剧场再次陷入黑暗中。救护车、消防车、警车的警报声音四起,背景人声嘈杂,脚步匆忙。

[依旧是在黑暗中,背景录音起。

女　声　(紧急)中央电视台新闻频道在安禄雨林给您带来报道。今天下午3点30分,一架航空客机在穿越雨林的时候不幸坠机。然而不可思议的是,飞机在坠落之后便不见踪影,失事原因、伤亡人数皆未查明,现在警方正全力展开搜索,也请广大村民协助搜救工作。

男　声　现在我们收到紧急通知。下午在雨林失事的飞机载满了服刑的罪犯,其中,大多数罪犯都是因杀人、放火、聚众斗殴入刑的重刑犯。由于本次失事飞机的特殊性,请广大村民在协助警方调查时注意保护自己的人身安全,如有任何发现请在第一时间拨打110! 再向大家强调一遍,搭乘本次航班的乘客都是重刑犯,如有任何发现,请以保护个人的人身安全为第一原则!

[黑暗中,传来了淅淅索索声,忽然,一个男孩尴尬地跌上台。

[他显然是被大力地踹上台的,他穿着古装,手里却拿着手机。

男　孩　（对着观众）不好意思，不好意思。

［男孩在舞台上慌乱地摸索了一会。

背景音　你快一点啊！

男　孩　（慌乱）哦哦。

［男孩又慌张地看了一眼观众，打开自己手机的照亮功能，在舞台上摸索寻找着，最终，他找到了另一个手机。他再次对着观众打招呼。

男　孩　不好意思，不好意思！音效老师麻烦再接一下刚才的录音！

背景音　（一个女声，没有好气地）那你快点下去啊！

男　孩　哦哦哦！（飞快地下场）

背景音　再向大家强调一遍，搭乘本次航班的乘客都是重刑犯，如有任何发现，请以保护个人的人身安全为第一原则！

［序幕收。

第一幕

［灯亮。

［一群村民上，以合唱的形式。

村民们　在山的那边雨林的尽头，桃花源的传人依旧在耕耘。
他们善良又淳朴，他们快乐又勇敢。
他们与世隔绝，传承着桃花源的历史。
有一日天降异物，桃花源来了一对受伤严重的兄妹。
他们衣着古怪，手手相铐，满脸鲜血。
善良淳朴的桃花源人救助了他们。
受伤的哥哥很快清醒，却预言桃花源将有三个灭顶之灾。

一开始谁都不信，可很快头两个预言一一实现。

是这被神选中的男子救了我们的桃花源！

还有那最后剩下的一个预言，他说他会与我们共渡难关！

我们的沈先生！我们桃花源的伟人！

我们将挑选桃花源最美丽最纯洁最聪明的少女来照顾他们！

［一身白裙的少女宁宁在人群中站来出来，所有人笑着看宁宁。

宁　宁　（唱）我是如此幸运，能够成为沈先生的侍女，照顾他，爱护他。

所有人　（微笑）请照顾他们，爱护他们！

宁　宁　（唱）感谢神的眷顾，沈先生的妹妹小洛在昏迷了一百多日后终于醒来。可她却昏昏沉沉，不记得这不记得那，甚至不记得她的哥哥沈先生！

［宁宁一边唱一边将小洛带上了台。

［小洛神情慌张害怕，穿着粗布织成的衣服，明显与现代不符。她躲闪着，表情痛苦，可是众人却十分高兴地看着她。

所有人　（唱）我们可怜的小洛，我们万幸的小洛，请别害怕，你还有我们！

她的哥哥沈先生救了我们，我们桃花源的所有人都会帮助你！

［所有人下场，灯光亮，这是沈先生的卧室，有一个榻，一桌二椅。

［小洛失神地跌坐在榻上。

［宁宁在舞台后侧，端着一碗药上台。

宁　宁　烫烫烫！

［宁宁将碗放在桌上，吹了吹自己的手指，发现小洛在发呆。

宁　宁　（拍了拍小洛）想什么这么入迷呢？快趁热喝了药吧！（又端起来）

小　洛　辛苦村长了。（接过）这么珍贵的药材，肯定不好找吧。

［宁宁麻利地替小洛收拾衣服。

宁　宁　再珍贵的药我爹爹都会找来给你的。谁让你是沈先生的妹妹呢！

［小洛笑了笑，吹了吹药，准备喝。

宁　宁　（回头，笑着）这个药可珍贵呢。之前沈先生还去毒裸湖里采了莲心加入药剂中，莲心对伤势的康复是极好的！（真诚地）小洛姐姐，你一定会很快康复的。

［小洛猛地停住，她放下碗，看着宁宁。

小　洛　我哥……给我加了药剂？

宁　宁　是呀。这一百多日来，沈先生一直都在为你找药呢！他去雪山采露珠给你喝，去山里拔野猪的牙齿磨成粉给你涂，这个毒裸湖是非常危险的。小洛姐姐，我好羡慕你有沈先生这样的哥哥呢！

［小洛低着头，笑着。

小　洛　这碗药闻上去就好苦，你能不能帮我拿块糖？

宁　宁　（笑）没想到小洛姐姐还怕苦呀！

［宁宁侧身，去找糖，小洛看着宁宁转身，猛地将药倒掉了。

宁　宁　（拿着糖）给。

小　洛　（接过）谢谢！（看着宁宁，笑嘻嘻地掰了一半给宁宁）给。

宁　宁　我也可以吃吗？爹爹说，糖只能给尊贵的人吃呢。

小　洛　你不说，我不说，谁知道呀。

［两人一起做嘘的样子，笑。

［小洛递给宁宁糖果。

宁　宁　谢谢，谢谢！（开心地接过糖，吃起来）好甜啊，你真好！

小　洛　（笑着）宁宁，我让你带的那个包裹，带了吗？

宁　宁　（犹豫地点头）可是……沈先生一直希望我能够烧掉这些包裹。要是沈先生知道我……他一定会生气的。

小　洛　可如果看到了这些包裹，能够帮助我回忆起从前的事儿呢？

［宁宁犹豫了。

小　洛　而且，你不说，我不说，谁知道呀。

［两人一起做嘘的样子，笑。

宁　宁　（拿出包裹）那我打开啦？

［小洛点了点头，宁宁打开了包裹。从里面抽出了一件衣服。

宁　宁　（拿出警察的衣服）我们找到你的时候，你正穿着这件衣服。

［小洛抽出了另一件衣服。

小　洛　这件是我……哥哥穿的？

宁　宁　对呀！（接，抖开）这上面原本全是血迹，我整整洗了三天才洗干净呢。

小　洛　圣人……呵。

宁　宁　（表情不高兴）小洛姐姐，沈先生有通晓上天神意的能力，帮我们躲去了两个灾难，他是我们的圣人，是你的哥哥，你刚刚这样的表情……

小　洛　哦……呵呵，我自从昏迷之后，就一直昏昏沉沉，不好意思啊。

宁　宁　（亲昵地）啊呀，是我刚刚的语气重了。（比画着衣服）小洛姐姐当时受伤真的很严重……

［沈先生上场，推门进来。

沈先生　小洛……（看着两人在地上）你们，在干什么？

小　洛　哥……

宁　宁　（慌张起来）啊。对不起沈先生……（急忙想要把衣服收起来）

沈先生　这些，不是让你烧了吗？

宁　宁　（慌张）哦。我想，这是沈先生您的圣衣，再怎么样也不能烧了。这是对你的大不敬。

小　洛　（硬笑起来）哥，这都怪我，是我自己一直缠着宁宁，让她帮我回忆一下从前的事情。

沈先生　那你回忆起来了吗？

小　洛　没有。

宁　宁　（急忙收起来）对不起，对不起，这都是我不好。我现在马上就去把这些衣服烧了。

［宁宁匆匆忙忙想要把衣服收起来。

沈先生　等一下，别急。

［宁宁的动作停住。

沈先生　既然都已经拿出来了，那我也来帮你一起回忆一下。（抖开来，穿上，这是一件囚服，他毫不犹豫地穿上了）我们出事的时候我穿的就是这件。（拿过宁宁手里的衣服，穿上，随后，他指着另一件）你当时穿的是这件，你也试试？

［小洛看着沈先生，停顿，随后将衣服抖开来，穿了上去，这是一套警服。

沈先生　还有这个。（举起手）你记得这个吗？（手臂上有一只手铐）

［小洛也举起自己的手，手腕上也有着一只手铐，她直视着沈先生。

沈先生　出事的时候,我们俩被紧紧地铐在一起,就像这样。(他靠近宁宁,抓住她的手)我们不停地跑,不知道自己在哪儿,只能不停地往前跑。(带着宁宁跑)

小　洛　(挣脱开来,抱着头)我只记得飞机爆炸的那一刹那,声音很大,所有人都在尖叫。我流了很多的血,满头的血,可只能不停地往前跑,脚上好像踩到了什么东西,等我低头一看,我踩着尸体!满地的血!血!不!不!(痛苦地抱着头,陷于疯狂)

宁　宁　(尖叫)小洛姐姐!停下来,停下来!

沈先生　(抱着小洛)嘘!嘘!好了,别再想了,忘了那个可怕的画面吧。现在没事了,嘘。

小　洛　(她在沈先生的怀里忍不住地颤抖)

宁　宁　(害怕而慌张地)对不起,都是我不好,都是我不该把这些拿出来的,我现在就去烧掉!沈先生,真的很抱歉。小洛姐姐,我带你去洗漱。

[宁宁急忙把小洛身上的衣服脱下来,拉过小洛,小洛显得呆滞,宁宁急忙拉过小洛,急走。

沈先生　慢着。小洛,今天是你的生日,我给你准备了一个小泥人,看看,喜欢吗?

[沈先生拿出了一个小泥人,刻的是一个孩子的样子。

[小洛接过小泥人,一怔,随后对着沈先生开心地笑了。

小　洛　谢谢,我很喜欢。

沈先生　喜欢就好。宁宁,你带小洛去泡个热水澡放松一下吧。

宁　宁　好的。我这就带她去。

[宁宁拉着小洛跑下了台。

[沈先生独自在台上,他抬手看着自己手上的手铐,坐在榻上看

着那只空碗。

沈先生　今天是3月19日，如果没记错，今天是你的生日，整整三十岁了。在我们南方，三十岁生日可是要大摆宴席的。如今我只能代表你的家人送你一个小泥人，这是我根据你女儿的模样刻的，还挺像的吧？很抱歉，（拿起碗）造成今天这样的局面并不是我的计划。可是，我在这里重生了，我再也不要回去，我再也不是那个死刑犯了。洛警官。

［灯光猛暗。

［村民们上，他们站在台后方合唱。

村民们　（合唱）在山的那边雨林的尽头，耕耘着桃花源的传人。

他们善良又淳朴，他们快乐又勇敢。

十年一次的火把节又要到来，新一代的神父又要被推选。

我们心中已有了那个名字。

他知道上天的秘密，他拯救了我们的桃花源。

他是我们的英雄，他是我们的沈先生。（退场）

小　智　（跑到了舞台右侧）小洛姐姐你真的不记得啦？你和沈先生就是从那儿来的！（指）

小　洛　（张望着）那？那不是森林吗？

小　智　是啊，那一天，就在森林尽头忽然有震天的爆炸声，火光甚至将夜空都烧成了白昼。再后来，沈先生抱着满脸是血的小洛姐姐就出现在我们的桃花源。太神奇了！几千年了，没有人闯入过桃花源。

小　洛　所以桃花源的入口是在那儿？

小　智　（天真）是的，就在那错综复杂的树林尽头。（关切）小姐姐你千万不要去，那里有毒蛇和猛兽。

小　洛　（狡黠地）哦，我们的小男子汉害怕了。

小　智　谁说的?

小　洛　那你敢不敢带我去爆炸声响起的地方?

小　智　你要去哪里干什么?

小　洛　哥哥就要当神父了,而我却依旧什么都想不起来。我想要去我们来的地方试试能不能回忆起一些什么。

[小智犹豫。

小　洛　你害怕的话那就当我没提过,我们回去吧。(欲走)

小　智　等一下!(小洛停)拿着!(递给宁宁一把斧头)如果看到了毒蛇就用这个去砍它。

小　洛　嗯!

[两人下场。

[宁宁从后方跟上,她看着小洛,满脸怀疑,跟了上去。

[小洛从另一个方向拿着一个黑色的包裹上来。

[小洛扑在地上,认真地翻看包裹里的东西。

小　洛　飞机残片,信号发射器,定位器,黑匣子……

宁　宁　小洛姐姐,你在干吗?

小　洛　(猛地一惊)没,没什么。(站起来,强装)我在这儿等小智呢。小智呢?他怎么还没追上来呀?走,我们去找找他。

宁　宁　你别装了。刚刚我一直跟着你,是你故意让小智带你来这儿,随后你再甩掉小智的。你是想逃走吧?可是这桃花源的出口错综复杂,你出不去。

小　洛　(低着头,拽紧了身后的包裹,沉默)

宁　宁　你手里拿着的是什么?又是帮你回忆起往事的东西吗?

小　洛　宁宁,我想要告诉你一些你一定感到难以置信的事,可请你相信我,我没有疯,我说的话句句属实。你们想要推选的神父,他根本就是死刑犯。(越说越快)你记得你没烧掉的衣服吗？那是我的警服和他的囚服！你看看这个，这是飞机的碎片，他们蓄意破坏了飞机，所以我们才掉了下来！他所谓的预言成真，无非是观察天气和地形判断出来的！你想想，是不是几乎年年都有水灾和火灾？如果他当选了神父，桃花源就要变成只会接纳死刑犯的天堂了！到时候，一切都完了！

宁　宁　够了！别说了！

［两人静场。

宁　宁　（喘着气）小洛姐姐，自从你们出了意外来到桃花源，一直是我在照顾你。今天的话，我都当是你说的疯话，就当我从来没有听到过。我们回去吧。（欲拽）

小　洛　不……不！他上次用我女儿的泥塑来试探我，我知道他一定发现我其实早已恢复记忆。我回去了他会杀了我的！

宁　宁　小洛姐姐，你相信我，沈先生真的对你非常好。你昏迷的时候，沈先生一直在为你祈福，为你采露珠摘莲心。你跟我回去吧。

小　洛　不……我会死的！（倒地痛苦）你这是把我往死神手里推啊！

宁　宁　我向你保证，你是还处于意外的昏迷之中，你的哥哥沈先生是我们的神，你一定会好好的。

［小洛对着宁宁，露出了一丝苦笑。

［小智跑了上来。

小　智　小洛姐姐！你怎么在这儿啊！可找死我了！我……我都快急哭了！你还好吗？

宁　宁　没事儿，我看着她呢。我们走吧！

［宁宁和小智拖着小洛下场。

［所有的村民合唱队上场。

［宁宁和沈先生用简单的、夸张的身体语言表演出来。

村民们　（合唱）桃花源的盛事就在眼前，沈先生身边的那个女子却好像心事重重，她疯疯癫癫，她神神秘秘，她骗天真的少年小智，偷偷从废弃的爆炸物里拿走了这些和那些。还好我们聪明纯洁的少女宁宁一路跟踪，将她的发现告诉了沈先生。

［舞台的前侧，灯亮，宁宁和沈先生站在灯光里。

沈先生　（晃了晃手里的包裹）这些你看过吗？

宁　宁　没有！（小心翼翼）我看小洛姐姐还未完全恢复，沈先生……您会好好照顾她的吧？

沈先生　当然。（笑了）

［舞台前侧灯渐暗，沈先生离开。

［宁宁依然站在灯光里，宁宁看着身后的合唱队。她显得怀疑而困惑。

村民们　（唱）哦，我们的沈先生，他善良又仁慈，他威武而强壮。

可是那可怜的姑娘小洛，不幸还是降临在她身上。

（此起彼伏地唱，声音诡异）她病了？她病了。她病了！她病死了！

［舞台后方灯光剪影，可见一个男人拿着刀子刺死了一个女人。

沈先生　（声音）小洛！不！你不要离开我！不！

［宁宁在舞台前侧灯光中跌倒在地。

宁　宁　什么？小洛姐姐……死了？她病死了？

村民们　（唱）我们可怜的小洛，她痛苦难过，她因病去世。

哦，我们的沈先生，他难过悲伤，他整日祈祷。

［宁宁奔跑在四周问着合唱队的人。

宁　宁　小洛姐姐为什么死了？她为什么死？她到底怎么了？（四处奔跑）她跟我回来的时候明明好好的呀！她到底怎么了？

小　洛　（声音录音）我会死的！你这是把我往死神手里推啊！

［小洛的录音声音越来越大，越来越大。

［宁宁奔跑在四周，可合唱队的人没有人理睬她。

村民们　（唱）我们的沈先生，请你快快从悲伤中走出，

桃花源还需要着你，你是桃花源的神父，你是桃花源的神！

［宁宁看着大家，停下脚步，坚定自己，跑下场。

［村民们散开，他们拿着火把，欢快的音乐起。他们载歌载舞地簇拥沈先生从左侧上场，他们欢乐地呐喊，围绕着沈先生起舞，递给他火把，邀请他一起跳舞。小智给他换上了一件奇怪肥大的衣服。音乐结束，所有人将沈先生推到了舞台左侧的一个树桩上，欢乐地摆出了 POSE。

村　长　（拿着火把）沈先生，请你现在点燃这把火把，当火焰燃烧起来的时候，你便成为我们桃花源所有人的神父。

沈先生　感谢诸位对我的信任，这也是我的荣幸！

［沈先生接过村长递来的火把，准备点燃。

宁　宁　（高声）等一下！

［所有人停住，宁宁跑上台。

宁　宁　他……他不能成为我们的神父……他（指沈先生）是个恶魔！

所有人　（哗然）天哪，宁宁，你是不是疯了？

村　长　（生气）宁宁，快给我过来！

宁　宁　爹，你听我说！小洛姐姐告诉过我，之前有一群罪犯劫持了飞机，飞机因此掉落到了桃花源。在巨大的爆炸中，幸

存了一个罪犯和一个警察。而那个罪犯,就是他!(指沈先生)小洛姐姐就是看管着他的警察!如果他成为我们的神父,那我们的桃花源会变成罪犯的庇护所!

口　吃　宁、宁宁……你不要胡说,沈,沈先生,他会生气的。

宁　宁　好,那我证明给你们看!(宁宁从包里拿出了警服、囚服)还好我没有把这些烧了,看,这是警服,编号10350,徐洛警官。而这件囚服的主人,就是这个逃犯,杀人犯,暴力狂!(越来越靠近)沈先生!

所有人　(循环)逃犯?杀人犯?暴力狂?警官?10350?

宁　宁　看看这个!(指着沈先生手上的手铐)看看他手上的手铐,小洛姐姐手上也有一个,这不是英雄的勋章,他是个罪犯啊!罪犯!

[宁宁奔跑在四周,大声而激动地告诉着所有人。

[所有人保持着沉默,所有人看着沈先生。

宁　宁　如果再不信的话那大家看看这个。(宁宁从包里拿出一把刀)我在桃花源的尽头找到了小洛姐姐,我要带她回去的时候她说她会因此而死。我不信,可是等她回来之后的第三天,她便离奇死亡了。所有人都说,她是因病去世,可是看看这个!(一把带着血的刀)这是我在他房里找到的。小洛姐姐,是被他杀了。

沈先生　好吧我承认,小洛是我杀的。我也承认,正如宁宁所说,我是罪犯,小洛是我的专属警官。

[所有人哗然。

宁　宁　大家听到了吗!大家听到了吧!他是个罪犯!罪犯!

沈先生　(沉着)我从前,就是一个罪犯,因为我天生能够听取神意的本领,却被人视为怪物,被人欺负被人打。我终于受不了了,反抗打死了一个一直欺负我的人。在押赴死刑的路上,飞机却在万丈高空中燃烧,我在大火中重生。老天给了我重生的机会,让我来到了桃花源。我拯救了桃花源!让与世隔绝的桃花源得以保留！你们每个人都没有犯过错吗？你们每个人都不能够改正吗？我只是想当一个好人!

宁　宁　(慌张)小洛姐姐说过,你说的一切无非是科学。

沈先生　是科学吗？石头山的蚂蚁巢,桃子山的第三棵桃树,那是科学会告诉我的吗？我已经告诉大家,上天会给桃花源三次灾难,如今,水灾、火灾都有一一出现,而上天迟迟未告诉我最后一个灭顶之灾会是什么,我只是想救大家！如果大家不相信我,那就干脆杀了我吧!

[丢下自己的火把,双手握拳,向上,做出等待铐手铐的姿态。

宁　宁　(急)你们相信我！我从小跟你们生活在一起,请你们相信我！他才不是知晓天意的英雄！他说了那么多只是想活下去！抓住他!

[冲上去想抓沈先生。

村　长　等一下!

[宁宁紧张地看着自己的父亲。

[村长做了一个手势,所有的村民靠了过来,所有人低语着。

大力士　不是怕一万……

口　齿　就……就是怕……万一……

小　智　我觉得他说的对,之前的两个预言不可能是什么科学啊!

大力士　就算是科学……还有最后一个预言……(看着村长)

村　长　我不能让桃花源冒险啊。

小　智　可是……那是……宁宁。村长,您看……

村　长　（咳嗽了几声）你们不要考虑我和宁宁，你们相信沈先生吗？

大力士　（狂热地）沈先生，我相信你！留下来！桃花源需要你！（高举木棍）

小　智　（围着宁宁）宁宁，你没有犯过错误吗？你没有改正过错误吗？沈先生从前犯错，可他如今是我们桃花源的恩人，你想把桃花源置于死地吗？我决不允许！（高举木棍）

口　吃　沈先生，不……不能出去！桃，桃花源需要你！

村　长　把宁宁给我抓起来！

［大力士、口吃冲了出去。

宁　宁　（吃惊）什么?！爹！我是你女儿！

村　长　我们不会允许有任何人伤害我们的沈先生！我们绝对不会允许有任何人危害我们的桃花源！

［大力士、口吃抓住了宁宁。

宁　宁　（慌张）你们不要被他骗了！他是个骗子！骗子！

村　长　火把节就在下一刻，按照惯例，我们会将十年里所有的糟粕全数烧光。宁宁，这个想着要告发沈先生的罪人。就算你是我的女儿，我也不能饶恕你！

所有人　（用木棍敲着地，发出有节奏的声响，渐渐围绕着她）烧死她！烧死她！烧死她！

宁　宁　（跑到树桩之上）他是个骗子！骗子！

所有人　（木棍声越来越大，节奏越来越快）烧死她！烧死她！烧死她！（所有人将宁宁举了起来，将她扔到了舞台的后方，舞台后方灯光变红）

宁　宁　（惨叫声）不！不！他是个骗子！你们被他骗了！

［所有人拿着木棍载歌载舞。

所有人　(唱)在山的那头雨林的尽头,桃花源的传人依旧在耕耘。
他们善良又淳朴,他们快乐又勇敢,
他们誓死捍卫桃花源,他们不会让那第三个预言成真。
他们会为了桃花源付出一切。

[所有演员松弛下来。

崔　志　我去,这什么烂本子什么烂剧情！气死我了,这个主角这么神经,老子不演了！(扔掉了手中的道具)

樊　驰　(急忙给崔志捡起来)崔少别气啊！这好歹也是个主角嘛,到时候,崔爸爸来一看,得,一下给你买了你最爱的奔驰S,S……

崔　志　(猛地打了一下樊驰的头)是奔驰SL！土鳖,这都不知道。

樊　驰　(满脸赔笑)是是是,崔少啊,你得沉住这口气,奔驰SL就要到你车库啦！

[樊驰献媚地递上饮料。

崔　志　(接过,吸了一口)一点也不冰了！

沈　瑞　都排练这么久了,怎么可能还冰啊?

崔　志　我可是付钱给他的,他当然有必要按照我的要求弄冰的给我了。

[崔志从自己的口袋里掏出了一百块递给樊驰。

樊　驰　(笑着接过)崔少,我现在就帮你去加点冰,这样就凉快啦！

[樊驰一路小跑下场。

江　宁　(拍了拍沈瑞的肩膀)算了,这种情况你应该也习惯了。

沈　瑞　哎。(转身)不过崔志,正式排练之前,你就应该检查好你的手机,要是正式演出的时候还把手机忘在舞台上,那可怎么办?

崔　志　怎么办？那当然是再叫樊驰去拿咯！

沈　瑞　你！（生气地上前）

付　旻　好了好了，都少说两句。

李　世　不过这次崔志说的这一点倒很对，我们这次的毕业演出是个什么东西啊？

蒋琪琪　我居然为了这次的毕业汇报推掉了一个电视剧的拍摄机会，要是我在那部剧里面红了呢！真讨厌！（补妆）

李　世　就是嘛！如果琪琪去演了电视剧，搞不好就能一炮而红！

蒋琪琪　什么叫一炮而红，我已经演过一些微电影了好吗？

樊　驰　就是嘛，琪琪已经有一些粉丝了！琪琪，给，天气热，降降火。

［樊驰一路小跑上台，递给琪琪一杯奶茶。

李　世　从崔志那边拿到点钱就去拍马屁啊，要数琪琪的头号粉丝，那肯定是我啊。

樊　驰　嘴上说说的，没用。

李　世　你！

付　旻　好了好了，你们俩别抬杠了。反正我们今天能难得地统一得出一个论点——我们排的这出毕业大戏，实在是不知所云。大学四年了，我们能有一个共同的观点，已经很不容易啦！

［江宁推了推沈瑞，使眼色。

沈　瑞　来来来，大家都别吵了，都坐下来。

崔　志　切，你是谁啊，凭什么听你的？

江　宁　我听。

崔　志　你又不是我们班的，瞎起劲。

蒋琪琪　我是我们班的了吧，我也听沈瑞的呀！

［蒋琪琪合上粉饼盒，坐到了沈瑞的边上。

崔　志　（看着蒋琪琪和江宁的座位，笑了）哟，两女争一男啊，这个有点意思。樊驰，我们也坐过来看看。

［崔志手一挥，带着樊驰也坐了过去。

［樊驰笑呵呵地跟着崔志，但却想坐在蒋琪琪的另一边。

崔　志　（瞪）嗯？

樊　驰　哦，呵呵。（屁颠颠又跑到了崔志的一旁坐着）

李　世　哼，软骨头。

［李世坐到了蒋琪琪的边上。

付　旻　（站在一旁）你把我们叫过来要干吗？

沈　瑞　我和江宁有一个疯狂但伟大的想法！我们的毕业汇报……换一个剧本演出，我们演《老妇还乡》！

付　旻　什么？

所有人　什么？

崔　志　你他妈疯了吧！我刚刚选择坐下来，真是疯了！我们走。

［崔志站起来准备走，樊驰也跟着要站起来。

沈　瑞　等一下，等一下，先听我说一下理由！

崔　志　疯子，这是不可能的！（欲走）

沈　瑞　（大声）怎么不可能？崔志你以为你演到主角了你爸就能给你买奔驰吗？你想想，到时候你爸爸带着那些银行家朋友来看你的演出，却发现你演的居然是这样一个剧本，他能有面子么？

崔　志　（稍稍迟疑）那我也是主角。

沈　瑞　我知道啊！你无非就是想演主角啊，《老妇还乡》里也有主角，你就演伊尔，怎么样？

樊　驰　伊尔的名气倒是比什么沈先生大多了。

崔　志　咳咳，不管怎么说，这个想法太疯狂了，我不同意。沈先生的台词我可是背了好久的！

沈　瑞　我知道我知道，大家都不容易，可是这《桃花小源》的剧本总比不上迪伦马特吧？这伊尔总比沈先生的戏剧性强吧？人物塑造更完美吧？

江　宁　而且你想想，你演的可是迪伦马特的名著！你爸爸，你爸爸的银行家朋友们，会为哪个剧本感到骄傲？

崔　志　这个……

樊　驰　（打量着崔志的心思）哥，我觉得这个主意挺不错的。

崔　志　什么时候轮得到你说话？我的烟呢？

樊　驰　哦哦，在这儿呢！呐，给你点上！

［樊驰从口袋里拿出了一包烟，给崔志点上。

樊　驰　哥，你好好想想。

［崔志站到了一旁，沉思。

沈　瑞　同学们，如果我们选择《老妇还乡》，好处绝对大过坏处。还有两周就要汇报演出，我知道这个时间非常紧张，可是《老妇还乡》是我们大三排练过的，道具、服装、音乐全部都有，我们只需要再复排一下就可以了！可演出效果肯定比这个《桃花小源》好一百倍！

付　旻　万老师不会同意的。

江　宁　他从来不来看我们的排练，对于万老师来说，无非是想要一个成绩而已。只要我们同心协力地提意见，他也拗不过我们的。

沈　瑞　同学们，这是我们最后的演出了！我听说这次学校请了很多经纪公司的人来看演出，他们会挑选他们觉得条件好的演员。我不信这个剧本能带来任何的机会！这个剧本到底讲的是什么？他这个能叫一个故事吗？人物有什么逻辑？更不要说有生活逻辑吗？这个沈先生完全充满了bug,为什么这些村民们会相信他？这根本不可能啊！演了这样一出戏,我们一定会沦为全市笑话的。

付　旻　这个戏差归差,可是,这个剧作家 Kevin 可是现在挺红的一个编剧,还是从我们学校毕业的呢！当初万老师选了这个剧本让我们演,也是有这方面的考虑。

沈　瑞　那这样吧,我们来投票,少数服从多数。毕竟是我们大家的毕业演出,大家投票才能公平。现在,愿意演《老妇还乡》的同学,请举手！

[沈瑞和江宁同时举手。

付　旻　江宁是音乐剧班的同学,她只是来帮忙的,不能算我们的票数。

沈　瑞　(看向其他同学,有些着急)你们都愿意演《桃花小源》吗？

崔　志　(站在远处)那我还是要演主角。

沈　瑞　伊尔的角色就是你的！

[崔志慢慢地举起手。

[樊驰一看看着崔志举手,也立刻举起了手。

蒋琪琪　(笑嘻嘻地)啊呀,不愧是我欣赏的戏剧小才子沈瑞,壮士断腕啊。那我当然要支持你一下啊。(轻轻抚上沈瑞的肩膀,朝着沈瑞笑)

江　宁　喂！

蒋琪琪　呵呵,摸一下,少一块肉呀？小气。

李　世　那你是不是也不会少块肉？

[李世举着手摸向了蒋琪琪的腰部。

樊　驰　喂！你放尊重一点！

李　世　开个玩笑嘛。我就是表示,我也支持你。这个戏可真是太差了。

沈　瑞　就算去除小江，我们班也是五对一，班长，少数服从多数！

［付旻看着大家，也慢慢举起了手。

沈　瑞　太好了！太好了！等一下万老师来了，我就跟他说这个情况，到时候我们所有人都要统一战线，坚持住！顶住！加油！

所有人　好！加油！（围成一个圈大家伸手鼓劲）

［灯光收。

第二幕

［全班人在排练厅，万泉和沈瑞面对面地站着。

［万泉挺着一个巨大的啤酒肚，穿着一套宽大的西装，整个人显得迂腐而臃肿，他慢慢走了进来。

万　泉　大家的想法我都了解，我也非常激动，我的学生们可以这么信任我，可以把你们心里的想法告诉我。老师是通情达理的人，既然大家都选择要演《老妇还乡》，那么我会写邮件告诉我们《桃花小源》的编剧。就是可惜了，之前老师可是费了九牛二虎之力才邀请到这个编剧在演出的时候来呢。不过大家既然做好了决定，那么，老师一定支持你们！到时候一定要好好地演出哦！我们表演系就靠各位了！

所有人　（鼓掌）好！！

万　泉　好了好了，大家开始排练吧！

［所有人各自散开准备起来，万泉慢慢走到了崔志的身边。

万　泉　（换了一种语气，笑吟吟）崔同学，那么就麻烦你爸爸啦。

崔　志　校董会再投资五年嘛，小意思！

万　泉　(欣慰)哎呀,孩子啊,你可真是太懂事儿了。学校有你这样的学生,真是万幸啊。

[万泉难耐兴奋地搓着手。

[门忽然打开了,跑进来一位兴高采烈的男子。

[他有着灰白色头发,戴着一副夸张的眼镜,整个人显得颓废而神经。

[他推门进来,猛地抱住了万泉。

Kevin　哦! 万老师! 万老师!

[他紧紧地与万泉相拥,可万泉却是茫然的。他手足无措,只得礼貌地被 Kevin 拥抱着。

[Kevin 猛地松开,又在万泉的两颊亲吻起来。

万　泉　喂! 喂!

[Kevin 意识到了自己的不礼貌。

Kevin　哦,抱歉抱歉,万老师,我太激动了。

万　泉　虽然一切的事情我都可以理解。(生气地擦着自己的脸)但是! 这样动不动地亲人,还是亲我这样一个大男人,我没有办法容忍!

Kevin　抱歉抱歉,我在美国待得太久了,习惯了他们的礼仪,很抱歉万老师,我太高兴了!

[万泉依然在擦着自己的脸。

万　泉　在美国待了很久? 你是谁?

[所有人都盯着 Kevin,都耸了耸肩。

Kevin　(依然很高兴)万老师,我是 Kevin 啊!《桃花小源》的编剧,Kevin!

[所有学生倒抽一口气。

学生们　Ke……Kevin?

付　昊　（猛地意识到）是那个 Kevin！

所有学生　（面面相觑大声）是那个 Kevin！

Kevin　Hi，你们好。（跟所有学生打招呼）

［所有学生尴尬地跟 Kevin 打招呼。

学生们　Hi～（尴尬地笑）

万　泉　原来是 Kevin 啊，你现在变化得……老师真是没有认出来你啊。但是……（拖长音）老师看到你，真的很高兴啊。（看着同学们尴尬地笑）

［两人握手。

万　泉　你现在都已经成为有名气的编剧了，怎么还有空来学校呢？

Kevin　哦！万老师你看看，我这脑子哟！简直被快乐冲昏了头脑！（特别高兴）说起来还要谢谢您，自从学校选中了我的剧本进行毕业大戏的排练之后，我的好运就此开始了！我刚刚接到消息，我的作品《桃花小源》昨天获得了国际托尼奖最佳编剧奖！

所有人　（震惊）什么？

万　泉　（几近结巴）全世界……编剧最难拿的，托尼奖？

Kevin　是的，我也难以置信！我原打算是在毕业演出的时候来，但是现在！我的作品获得了这么高的荣誉，就在 50 周年校庆的这个时刻！我真的！抑制不住我内心的狂喜！我真的！按捺不住我满心的喜悦！我要跟你们分享！我终于为学校摘得了这个全世界最高荣誉的奖项！哦不！我终于为全市，为全中国人摘得了这个全世界最高荣誉的奖项！

［所有人面面相觑。

万　泉　鼓掌啊！

［所有人鼓掌。万泉鼓掌鼓得最为响亮和积极。

万　泉　（与刚才的说话节奏完全不同，此刻他说话是快速而热烈的）我当初看剧本的时候就知道这个剧本是个非常非常出色，最最顶尖的作品！你看！这不就应验了我的看法吗？我早就跟我的学生们说过，与其演出经典，不如创作经典！如今，经典就在我们自己的手里！昨天，我们为学校骄傲，而今天，学校为有 Kevin 有我们大家而自豪！

［所有人鼓掌，这一次，所有人都在用力地鼓掌。

沈　瑞　（难以置信）您是说，咱们一直在排练的那个，《桃花小源》它拿了托尼奖？

付　旻　（情绪激动）不然还有其他的伟大作品吗？

沈　瑞　嗯……虽然很冒昧，但是，您能给我看看吗？

［万泉使劲用胳膊推搡着沈瑞。

［Kevin 倒无所谓的样子。

Kevin　当然可以！来，给你看看，让你也一起分享一下我的喜悦！

［Kevin 拿出手机点开文件给沈瑞看。

［崔志也跟着一起上前去看。

崔　志　靠，都是洋文，看不懂。

［往旁边走去，斜斜地坐在位子上。

沈　瑞　（仔细看着手机）这好像只是你投奖项成功的回复邮件啊！

万　泉　呵呵，现在的 00 后就是不一样啊。就是比较有……求证精神。呵呵。（暗下却用胳膊顶一下沈瑞）

沈　瑞　（被顶了一下，可仍不死心）虽然这样有些冒昧，可是您确定是咱们班一直在排练的这个《桃花小源》得了国际的托尼奖？您去拿奖了吗？

Kevin　我今天刚收到了国际戏剧家协会的内幕消息,下个月我就要去拿奖了！但我实在等不及,立刻就想来看看大家的排练！告诉大家这个好消息！没有十足的把握,我也不会告诉大家,是不是?

沈　瑞　哦,恭喜恭喜啊。可是……

万　泉　好了沈瑞,你不要再无礼了！赶紧站到后面去！

[沈瑞悻悻然被同学们拉到了后头。

[江宁急匆匆跑了进来。

江　宁　(未注意到 Kevin)抱歉抱歉,我刚才去签三联单了,晚到了！我现在可以排练了！为了展现这个克莱尔是一个戴着假肢的老妇,我还去道具间借了这个,来看看！

[江宁兴冲冲从包里拿出了一个道具假肢,装了上去。

江　宁　(模仿着克莱尔,念着克莱尔的台词)波比,给他一千块钱。(转头,对着同学)再拿出三千捐给铁路职工寡妇救济会。

万　泉　咳咳。

[同学们一个劲朝着江宁使眼色。

[江宁终于意识到有些不对劲了。

江　宁　呃,怎么了?(她转向了万泉。看到了 Kevin)这位是……

Kevin　这位是……《老妇还乡》的克莱尔?

万　泉　哦呵呵。这是个误会,来,我给你介绍一下,这是音乐剧班的学生,江宁。江宁,这是我们《桃花小源》的著名的、伟大的编剧,Kevin！

江　宁　(满脸错愕)嗯?我们不是决定演出《老妇还乡》了吗?怎么又请来了《桃花小源》的编剧?你们还没跟老师说吗?(看着同学们)

[所有学生捂着脸,别了过去。

Kevin　（错愕，略显尴尬）嗯？你们之前都想换剧目？

所有人　（沉默）

万　泉　你别听孩子们瞎说。这件事从来没有过的，只是……

沈　瑞　是的。

万　泉　（冲上来拍打沈瑞）看这孩子！这个剧本获了托尼奖！你的作品得过泥巴奖吗？

Kevin　（拉住万泉）不要打他。（满脸通红，但是还是冷静下来）这样吧，我们大家都来谈谈这个剧本，我其实特别想听听大家真实的想法。

付　旻　哎呀。这个剧本都能得到托尼奖，那绝对是我们的欣赏水平的问题。

Kevin　先别这么说。你们对剧本有哪些看法呢？

所有人　（面面相觑，谁都不敢说第一句话）

Kevin　来吧，说说，没事儿。00后应该要有点求证精神，不是吗？我在美国学习、生活了这么久，最喜欢有求证精神的年轻人了！来吧！考验考验我！

[大家依然沉默，面面相觑。

万　泉　Kevin呐，孩子们总是这样，总会有着天马行空的想法，你可别在意。他们刚才无非是……

沈　瑞　行，那我先来吧。这个作品呢，我根本就不知道它到底想讲的是什么，它的意义是什么？

江　宁　（跟上）而且没有什么基本的逻辑啊，为什么会有载满罪犯的飞机呢？这多危险啊！况且，中国哪来的雨林？

崔　志　就以我演的沈先生来说，为什么通过三个预言就成为这个桃花源的老大呢？他真的通晓天意吗？他既然是罪犯，那为什么在一开始要救女警呢？在女警醒了之后，他完全可以不用再去试探和冒险，直接杀了她啊。

李　世　为什么一个飞机都炸了，却留了一个罪犯和一个女警？这是怎么活下来的？不科学啊！

蒋琪琪　（跟上）她演的这个宁宁到底是什么态度呢？我演的这个小洛又是什么状态？我是一直在被她监视吗？为什么呢？没理由啊！

樊　驰　（愈加大胆）如果我是小洛，我醒过来，发现了自己负责的罪犯变成了一个圣人这种情况，我肯定选择去戳穿他啊！为什么要装傻呢？

万　泉　啊哟！我的天呢！我的老天爷啊！

Kevin　（用笔记了下来）嗯，就这些吗？

［所有人都看着付旻。

付　旻　我主要是觉得合唱队的那个部分，不太理解，呵呵。

Kevin　（满脸涨红）咳咳，刚才的那五分钟，真是我人生最如坐针毡的五分钟。但我还是要说，（强力保持住自己的绅士风度）很荣幸能够听到大家最切实的体会。但是也许，（一种文人自视甚高的语气）对你们一群大学生来说，你们要理解我的剧本还实在太难了！

［所有人哗然。

Kevin　即便如此，我还是要一一来跟大家讲解一下，不为了别的，就为了给我的作品正名！

［Kevin 站了起来，一种文人自视甚高的姿态。

Kevin　诸位，澳大利亚是怎么来的，大家知道吗？

崔　志　我去那里买房子的时候，导游好像介绍过，那里从前是英国的殖民地。

Kevin　1788 年，满载英国流放犯人的第一支舰队抵达了无人小岛，将那块地方划为了自己的殖民地。日后，那块地方就成了澳大利亚。

樊　驰　（忽然激动）啊！所以你的意思是……这就是载满罪犯飞机的原型吗？只不过他们掉落的地方不是无人小岛，而是陶渊明笔下的桃花源！

Kevin　古往今来，多少人对桃花源充满了遐想？那是一个圣地，一个与世隔绝的地方，如果不是东晋的武陵人去了那儿，而是我们，现代人去了那儿会怎么样呢？这就是我构思的原型。

李　世　所以那里的人，“善良淳朴，快乐勇敢”。但他们为什么会最后烧死他们从前最美好最爱护的圣女宁宁？就算他们不知道、或者不相信外来者的真实身份，淳朴美好的桃花源人为什么会要烧死宁宁呢？

Kevin　你觉得他们是真的不相信，还是选择不相信？

蒋琪琪　哦天呢，你忽然问这样的问题，我的鸡皮疙瘩都起来了。

付　旻　选择不相信？为什么？为了保护桃花源？罪犯到了与世隔绝的桃花源，通过三个预言成为了桃花源的圣人，使桃花源免受灭顶之灾。

Kevin　他的预言，只有两个成真了。还有一个，到剧本的末尾依旧还没有做出。

蒋琪琪　三个预言？好像很熟悉……

樊　驰　（激动）莎士比亚的《麦克白》！女巫在麦克白成功杀敌之后做了三个预言！老师说过，这代表了人性的欲望！

李　世　他成功预言了两个，而第三个……他是不知道这个预言到底是什么吗？

付　旻　也许这是他试图救自己的方法。

Kevin　你们有没有想过，第三个预言正在发生中。（微笑）

蒋琪琪　我的鸡皮疙瘩又起来了！

沈　瑞　第三个会毁灭了桃花源的事件，不再是水灾和火灾，真正的灭顶之灾……

［所有人看着彼此，一个静场。

付　旻　所以小洛在一开始的时候，在所有不知情的人中成为那个唯一知情的人，她百口莫辩！她只能用伪装自己失忆的方法来寻求生路。

樊　驰　啊！我想起来大一的时候上的西方哲学课！老师有说过柏拉图的洞穴之喻！一群囚犯被关在洞里，他们只能看见墙壁上事物的倒影，时间久了，他们以为倒影才是事物的真相，而当他们能够看到真实的事物时，他们反而会不相信那才是真实的！

李　世　所以这也就解释通了剧里所有人信任了沈先生之后，宁宁告诉他们真相他们仍旧选择了相信假象！

Kevin　啊……嗯……（停顿，思考）嘶，这样解释，也挺好的。

付　旻　到了最后，所有的村民，无论是真的意识到了"沈先生"的不对劲，抑或是真的没有发现，他们能做的，只有烧死宁宁了！

Kevin　（冷冷地）这种事情在我国，或者是西方国家并不是没有发生过啊。

付　旻　原来这部戏，是带有一定的神秘色彩、政治色彩、暗喻色彩！这是国际奖项最喜欢的风格啊！

樊　驰　醍醐灌顶！听君一席话胜读十年书！

李　世　伟大！我只能用伟大来形容你的作品，形容你！

崔　志　能演出这么伟大的作品，这也太有面儿了！我爸应该得给我买法拉利超跑才行!

万　泉　(独自鼓掌)这个作品真的,真的,真的太棒了!! 你看看你们这群孩子! 理解不到位,居然还质疑我们 Kevin!

Kevin　你们对作品还有什么问题吗?

所有人　没有了!

Kevin　(对沈瑞、江宁)你们呢?

沈、江　没有了。

Kevin　(看着大家)那我再说说我的看法吧:我认为你们还是排《老妇还乡》吧! 孩子们,再见!(欲走状)

[所有人慌张。

万　泉　(拉住)Kevin 啊,咋了嘛! 还是群孩子,不懂事! 很多事情他们都是不经过大脑随便讲的! 而且现在不也是承认了《桃花小源》的价值了嘛!

Kevin　我的作品有一定的思想性,可现在的这群年轻人,还不配排我的作品! 而且我更看重的,是演员们和我的作品心意相通!

付　旻　对不起 Kevin 老师。之前是我们没有好好理解您的作品。现在,我作为班长,代表全班跟您道歉。(站直了身体,猛地鞠躬)Kevin 老师。对不起!(头埋得低低的)但请您相信我,相信我们班,我们一定会好好演出您的作品! 付出百分之一百的努力!

Kevin　不用跟我道歉。

万　泉　Kevin,那老师跟您道歉。(站直了身体,猛地鞠躬)Kevin,对不起!

Kevin　呀! 万老师,您别这样,您是我们学校德高望重的教授,是改变我最多的导师,您这样我可受不起啊!(欲扶起来)

万　泉　(头埋得低低的)你当然受得起！你得到了国际托尼奖的最佳编剧奖,成为我们学院最值得骄傲的学生。而此刻,就在这50周年校庆的时候,请你把你这个剧本的首演交给我们这帮孩子吧！孩子们还年轻,还不懂欣赏作品,可为了学校的荣誉,老师恳请你！交给我们吧！

Kevin　(喃喃自语)为了学校的荣誉……

万　泉　(紧接着,以一种铿锵有力的语气)而且我们不单要演出你的作品,就连这部戏的导演,都由你来担任,怎么样?

Kevin　(一惊)我?(连连摆手)不不不,我不是导演专业……

万　泉　这有什么,我们戏剧学院人人都看了那么多戏,都学过基础的导演。更何况,你的本子底子这么好,是托尼奖的最佳编剧奖,你来导演一点问题都没有！(对着所有人)大家说是不是?

［所有人看着Kevin,热烈地点着头。

所有人　(也深深鞠了一躬)恳请您！

［沈瑞和江宁还有些迟疑。可被同学们迅速地拉了下去,也深深鞠躬。

Kevin　(试探性地)那如果我来导演的话,那所有的可都要听我的去做?

付　旻　一切都听您的！您看您有什么想要调整的吗?

Kevin　在之前你们要演出我的剧本时,我其实已经对你们班有了一次调查。当然,当时的目的只是想要看看是谁在演出我的作品。没想到现在居然派上用处了。

万　泉　看看！能拿托尼奖的人做任何事情都是如此细致！值得学习,值得学习！

Kevin　咳咳,我现在想要把一些人员进行调整。咳咳。(略显心虚)第一,我要求江宁和蒋琪琪的角色互换,由蒋琪琪来扮演宁宁!(担忧地停顿一下)可以吗?

蒋琪琪　(一愣,立刻)当然,我愿意!天呐天呐,我人生第一个女主角就要拿到手了吗!!

江　宁　为什么要做这样的调整?就因为我刚才顶撞了你吗?我不同意!

沈　瑞　(犹豫而真诚地)Kevin 老师,您要不再考虑一下……

崔　志　我觉得老师的安排挺好的!你毕竟不是我们班的人,让琪琪演,很合适!

樊　驰　就是,再说,老师这个作品获得了托尼奖!老师的眼光自然是好的!我支持!

付　旻　好了,大家不要争执了,就听 Kevin 老师的!

[Kevin 在这一次尝试的成功中,忽然有了底气,他抬高了头。

Kevin　咳咳,谢谢同学们的支持。是啊,你们要相信我的审美!我在编剧圈、戏剧界摸爬滚打了这么久,自然是有我的处世之道的。我也不可能因为我的个人恩怨去安排事情的!江宁啊,你除了演小洛之外,还要帮我做副导演!

[所有人面面相觑,忽然鼓掌。

李　世　Kevin 老师,您真的太有才了!四年了,我们一直都觉得,江宁更适合做的是导演的角色,而不是我们班的女一号!您终于帮我们矫正了这个偏差!好!我们支持!

江　宁　(生气)为什么,我不……

[沈瑞轻轻拍了拍江宁。

沈　瑞　(安慰地)小江,副导演这个位置挺好的。而且,你还有一个角色。算不错了。

[沈瑞拉着江宁的手。

Kevin　（连连点头，屏着笑，将手放在身后）我都说了，我获得了国际的奖项，我的眼光是没有问题的！那么，我要做第二个调整了。

所有人　（期待地）老师，您说！

Kevin　（经过了刚才，非常有自信）第二，我要求崔志扮演小智，沈瑞扮演沈先生。

［学生间一片凝重。沉默。

［忽然，学生里爆发出一阵大笑。

所有人　哈哈哈哈哈。

李　世　Kevin 老师，但是……在我们班，崔志才是主角的最佳扮演者。

Kevin　（也笑着）哦是吗？为什么？

崔　志　因为我演技好，人缘好。这些，大学四年了，每个任课老师都这么觉得哦！哈哈哈。

Kevin　是吗？可我调查你的成绩单，你的专业成绩一直是最后一名，反而，沈瑞才是你们班的第一名哦。

［崔志脸色一沉。

沈　瑞　（试图打圆场）Kevin 老师，分数不代表什么。我觉得演小智这个角色我也很乐意。

樊　驰　就是啊，我们崔少一直是主角！

Kevin　（脸上带着冷笑）我没想到你们这些年轻人竟然是这样一群认命的怂货孬种。

樊　驰　（变了脸色）什么意思？你说谁呢？

Kevin　（直面樊驰）我说的谁，谁心里还不清楚吗？谁的妈妈攒了几个月的钱给他买了双鞋，可却被人随意地泼了果汁和咖啡。可他却像个孬种一样觍着脸继续给人递饮料。是啊，认命吧，自己出身不好，来自小农村，谁惹得起出手就几千几万的阔家少爷呢？连给心爱的姑娘买杯奶茶用的都是为人家做牛做马赚来的血汗钱。

［樊驰欲冲上去揍 Kevin。

［沈瑞紧紧地拉住樊驰。

沈　瑞　别别别！

Kevin　你别拉着他！他敢打我吗？我可是托尼奖的最佳编剧，我可是承载着学校之光的最佳校友，而他，区区可怜虫，他敢打我吗？

沈　瑞　你别说了！你不能这么说他！

Kevin　我为什么不能？从本质上来说，你跟他是一样的孬种！你明明专业第一，要不是跳舞失误，你也被国话收去了。可四年了，这四年里，你敢为自己争取一次男主角吗？你想过吗？从来没有吧！为了所谓的积分，为了成为大家心目中的好好先生，你敢抗争吗？你无非就是同意了他人践踏你的专业，为这样演技的人去当配角。你明明有改变自己命运的机会，可你却只知道躲避。

沈　瑞　（低声）我争取过！

Kevin　你那个叫争取吗？所谓的争取是靠作品说话！你知道吗，其实你跟我很像。大学时，我一直觉得自己才华横溢，可是老师却只喜欢另一个男生。我们班的毕业大戏，我的戏都已经定上了学校的剧院，可是，却因为那个男生的爸爸是某个官员。学校的领导硬生生踢掉了我，让他的作品上台演出。而我现在，用我坚持不懈的努力证明了！我，Kevin 是才华横溢的！只有我！获得了国际的托尼奖！而你，你，你们！（指着所有人）都只会被权力被金钱打败！

［沈瑞和樊驰紧紧握着拳头。

崔　志　（轻松地）嗨，说了这么多，你无非就是妒忌。那我能怎么办呢？我家里就是有钱，我就是天生含着金汤匙出生，我也很苦恼啊。

Kevin　是啊，所以你一生只配看你爸的脸色生活。

［崔志不言语，直接冲上去欲揍 Kevin。

［站在前方的樊驰猛地伸手捏住了崔志的拳头。

樊　驰　（不响，很坚定）

［樊驰猛地一推崔志，崔志被推了个踉跄，懵了。

崔　志　你什么意思？你可是我养的一条狗！你现在敢反过来咬我了？

樊　驰　我同意他演小智，很合适。

沈　瑞　我非常荣幸接受这个挑战，我要演沈先生。

［沈瑞和樊驰击掌。

蒋琪琪　WOW WOW 大学四年，我终于能看到我男神演主角了！棒呆！

江　宁　（低声）阿瑞，我不觉得这是个好的选择。

沈　瑞　我终于等到这个机会了。我终于等到看实力说话的人了！

Kevin　我的作品是伟大的！是有灵魂的！我需要伟大的艺术家去演绎！那群艺术家凝聚在一起，每一个毛孔，每一个细胞都应该和彼此交融、相通！站在对面的每一个人，对于自己而言都应该是最信任、最可靠的，我要的是一个集体！现在，你们成为我在寻找的这个集体！

［所有人激动地鼓掌。

崔　志　老子不演了。再见。

［崔志准备走人。

Kevin　嗯,好好走,好好想想,你怎么跟你爸爸交代,为什么毕业大戏里没有你。你也好好想想,你接下去的生活费该怎么办。

[崔志走到了门口。停顿。

崔　志　(咬牙切齿)算你狠!

[崔志又一次走了回来。

[学生爆发出欢呼声,大家互相击掌。

Kevin　好了各位同学,今天的活动就到此结束。下一次排练,我们将从大家认为问题最大的最后一场开始排练。到时候,请所有演员换好自己相应角色的衣服。

所有人　好!

Kevin　崔志,你来找我一下。

[崔志停顿了一下,神秘地对着 Kevin 对着大家笑了一下,帅气地摸了摸头发。

[所有人露出了若有所思的表情,慢慢离开。

[光渐收。

[音乐进。

[光起。

[咖啡厅,一桌二椅,可用之前戏中戏时的一桌二椅,让观众产生混乱感。

[Kevin 悠闲地坐在里面喝着茶。

[崔志小跑上,一看 Kevin 正悠闲地喝着茶,笑了笑,慢慢走了上去。

崔　志　没想到 Kevin 老师好雅兴啊。在咖啡店里,喝茶?

Kevin　这是我从云南带回来的普洱,非常珍贵。

[崔志自己坐了下来。

崔　志　说吧,找我什么事儿?

Kevin　我没想到你居然还愿意来。

崔　志　不来的话,怎么知道事情是不是有转机呢?说吧,是不是想让我爸再多投资投资几年校董会?(笑了)呵,我就知道,明面上让我演个配角,其实就是想多要钱。(鼓掌)不愧是拿了国际奖项的编剧啊。

Kevin　哦?那你爸爸愿意投资多少呢?

崔　志　十年吧。一年100万,1 000万,够意思了吧。只要我能演到主角,1 000万,明天就到学校的账户里。

Kevin　我的名头值1 000万?

崔　志　(沉了点脸,低沉)这已经很多了。再多的话就是敲诈勒索!

Kevin　(笑出声)哈哈哈,崔少果然出手阔绰呀。但是……(学万泉拖长音)我跟学校毫无瓜葛,你给多少我都无所谓。

崔　志　那你叫我来干什么?

Kevin　叫你来,不是来敲诈你,反而是来给你钱的。出来吧。

[万泉屁颠屁颠跑了出来。

万　泉　崔同学,呵呵呵呵。之前,崔爸爸都给了学校那么多钱了。但是……这情况不是有变嘛?我们拿人的钱,又不干事儿,不太好!(拿出袋子)这个支票,还给你爸爸。

崔　志　过河拆桥!

万　泉　这个不能这么说呀。我们是学校,又不是企业。做什么事情都是凭良心的,这个啊,都是为了学校长久的发展!学校出了这么一位国际性的明星编剧,前途无量!学术,才是无尽的发展啊!这个,还给你。

崔　志　我们可是前前后后投了十年!

万　泉　全在里面了。(鞠了一躬)谢谢崔家的厚爱!

崔　志　(拿起袋子,点了点两人)你们俩给我等着。

[崔志愤愤下场。

万　泉　啊呀啊呀,你别生气嘛!

[万泉追了上去。

[沈瑞上场,他犹犹豫豫地看了看万泉和崔志下场的地方,又看了眼 Kevin。此刻 Kevin 正在悠闲地喝着茶。

[沈瑞想了想,上场。

沈　瑞　Kevin 老师……

Kevin　(抬头)哦? 沈瑞? 你怎么来了? 坐。

[沈瑞想了想,坐下了。这是他第一次显得那么不自信。

Kevin　(观察着)怎么了? 好像有心事? 要不要帮你叫杯咖啡?

沈　瑞　不用! 不用……我这次来(尴尬地笑了笑),呵呵,是想来确认一下,这次的男主角……真的是我? 不会再变了吧。

Kevin　你怎么会这么问?

沈　瑞　我还没给我爸妈发信息呢! 其实如果他们真要来看的话,他们要先坐大巴到火车站,再坐火车来上海,要 20 个小时呢,也挺麻烦的。(苦笑一下)

Kevin　(眯着眼睛)你这是什么意思? 你是觉得我把崔志叫来,是为了暗地里把男主角的位置再给他?

沈　瑞　已经发生过很多次了……明明男主角定的是我,可是到最后都变成了崔志。(笑了笑)刚刚,我看到他进来了,拿了一叠文件,万老师也去找他了。(耸了耸肩膀)这个世界就是这样的,我懂的。

Kevin　你不要侮辱我!(猛地站了起来,指着沈瑞)就算这个世界是这样的,但是在我的王国里,所有的事情不是这样的!

刚才,我是找崔志的,可那是为了要把他给的赞助费全数还清!在我的王国里,有能力的人才能成为最后的男主角!

沈　瑞　(猛地站起来)Kevin 老师!(想握住 Kevin 的手,却被 Kevin 甩开)

Kevin　(很愤怒)你居然来质疑我!你是认为我和那样的凡夫俗子是一样的吗?我真是看透你了!你这样的穷小子早已在生活把你打败之前将自己打败了!

沈　瑞　对不起对不起,Kevin 老师!真的很抱歉!但是,我不是怀疑您!是怀疑我自己!我是从那遥远的小山村考上来的。我的人生本该和此无关,可高二那年,我闲着无聊在杂志上看到了迪伦马特的《老妇还乡》,我的天哪,从此我入迷了!我爸妈说我疯了!他们说我痴人说梦!他们说我这样的人只配像他们一样,进工厂,帮人做工。可是我不想!于是我拼了命地读书,我拼了命地看剧本,我拼了命地考进来了!可是……我真的是痴人说梦,四年了,专业再好又如何?我从来没演过一次男主角。我终于知道拼爹是多么残忍的事。我不敢叫我父母驱车二十几个小时就来看我演一棵树,一个路人甲。这一次机会砸到了我的面前,我以为我终于握住了命运的喉结!可当我听到你叫崔志的名字的时候,对不起对不起!我害怕了!我再一次怀疑我这样的人是否真的不配拥有好运!

[沈瑞说得无比激动,汹涌的情感像是巨浪。

Kevin　(显得格外平静)这个戏就是为你而生。我叫崔志来,是把他之前的赞助费全数还给他。

沈　瑞　(震惊,忽然大悟)谢谢!谢谢!!

Kevin　如果能说梦，做一场美梦，那做个痴人，又何妨？

［万泉上场。

沈　瑞　（看了眼万泉）Kevin 老师，谢谢你！我去好好准备了！再次谢谢你！（鞠躬）

［沈瑞下场。

万　泉　（一屁股坐起来）这个崔志，真是被人宠坏了！这臭脾气！（喘气）

Kevin　那还不是被万老师你们宠坏的吗？（笑嘻嘻）

万　泉　你以为我喜欢宠着他的坏脾气呀？他可太难伺候了。可谁让他爸爸是学校的赞助商，金主爸爸啊。学校嘛，总是要为了长久发展做点牺牲的。

Kevin　那万老师真是辛苦了。不过，这样能稳住院领导的地位，也是值得的。

万　泉　（笑里却露出了狡黠）不辛苦。这一次，我可是听了你的提议才忍痛把这么大的金主给拒绝了。Kevin 啊，这一次，我们学校可要一炮而红啊！

Kevin　没问题。包在我身上。

［Kevin 喝茶。

［灯光渐暗。

第三幕

［音乐渐收。

［灯光起。

［江宁站在剧场排练厅门口，心烦意乱地从口袋里拿出了一包烟，抽出一根，试图点。

［沈瑞跟了过来，将烟拿走。

江　宁　是你。

沈　瑞　你在这儿抽烟，不好。

江　宁　我们之前一直在这儿抽。

沈　瑞　那是从前。

江　宁　（低下了头）从前和现在，有什么区别吗？

沈　瑞　人的每一刻都在做着选择，选择也都在改变着每一个下一刻。

江　宁　（抽回了烟，再次点着，抽了一口）改变有可能对，也可能错。

沈　瑞　（有些轻快地）知道吗？我爸爸妈妈坐火车来看我的戏了。

江　宁　哦，四年了，他们第一次来。

沈　瑞　四年了，我第一次演男主角。而且是个这么棒的戏！

江　宁　是吗？可惜我的角色只有五分钟。

沈　瑞　别这样，小江，你还是副导演。导演总比演员看得更多。

江　宁　我不知道他为什么这么做，可我却总能感到……（略带神经质）你没有怀疑过吗？为什么一个名不见经传的小编剧能拿托尼奖？为什么这个消息从来没有在网上爆出过？

沈　瑞　从前名不见经传的人就不能拿奖吗？你少狗眼看人低了！再说，颁奖典礼是在下个月举办，现在还没公布，很正常。

江　宁　下个月才举办，可之前他就知道自己获奖了，这才奇怪啊！

沈　瑞　他说过，他是收到了内幕消息。

江　宁　这么高规格的奖项，怎么可能有内幕？你想想，也许这根本……

沈　瑞　够了，我不想跟你讨论下去了。再讨论下去我们又该吵架了（看表）但是，你真该来看看，因为看 Kevin 老师的出现，

现在的班级是什么样的，我们演出是如何的！（欲走）

江　宁　阿瑞！阿瑞！

［沈瑞停住。

江　宁　我感到这一切都太奇怪了，你能……抱抱我吗？

沈　瑞　（停顿）我要去排练了。

［沈瑞下场。

［蒋琪琪和李世、樊驰一起上场。他们手里拿着剧本。

蒋琪琪　当我在说“你是想逃走吧？可是这桃花源的出口错综复杂，你出不去”这句话的时候应该用什么样的声音？

李　世　肯定是比较高的啊。

樊　驰　不不，这个时候的宁宁其实已经开始有点怀疑了，但是从内心她还是想要相信的。你看这个剧本里啊……

［三人下场。

［江宁欲叫三人，可三人没有听见。

［付旻拖着崔志上台。

付　旻　快点快点，别迟到了！等一下 Kevin 会生气的！

崔　志　你真的废话很多！

江　宁　付旻！你之前坏掉的衣服我帮你弄好了。（拿出来想给）

付　旻　Hey，江宁！不好意思啊，我们赶时间，马上要彩排了。等一下来问你拿。你有空的话也来看看啊！

［两人一阵小跑跑了过去。

［江宁拿着自己修好的戏服，呆滞了一会。

江　宁　（失控地）啊！

［她恨恨地把衣服塞进了自己的包里，随后深深地深呼吸了一口气。

万　泉　（声音）副导演呢？副导演？江宁！《桃花小源》第四场排

练，准备！

[江宁低着头，深呼吸。

江　宁　来了！

[江宁跑至舞台的后侧。

江　宁　《桃花小源》第四场准备！开始！

[与之前剧情相同，可这一场的宁宁由蒋琪琪扮演，演员们也表演得更投入。

宁　宁　（急）你们相信我！我从小跟你们生活在一起，请你们相信我！他才不是知晓天意的英雄！他说了那么多只是想活下去！抓住他！

[宁宁冲上去想抓沈先生。

[舞台的下场门，追光灯亮，Kevin站在灯光里。

[舞台灯把他的倒影拉得很高大，他像是一个英雄人物。

[此时，左右舞台同时进行着，让观众有一种戏里戏外分不清的感觉。

[此时他高兴而紧张地阅读着一张A4纸。

[忽然他变了脸色，一脸紧张、肃穆地看着纸。

[他变得焦虑起来，反复地看着纸。

[最后，他开始打起了电话，可是电话那头似乎没有人接。

村　长　等一下！

[宁宁紧张地看着自己的父亲。

[村长做了一个手势，所有的村民靠了过来，所有人低语着。

大力士　不是怕一万……

口　齿　就……就是怕……万一……

小　智　我觉得他说的对，之前的两个预言不可能是什么科学啊！

大力士　就算是科学……还有最后一个预言……（看着村长）

村　长　我不能让桃花源冒险啊。

小　智　可是……那是……宁宁。村长，您看……

村　长　（咳嗽了几声）你们不要考虑我和宁宁，你们相信沈先生吗？

大力士　（狂热地）沈先生，我相信你！留下来！桃花源需要你！（高举木棍）

小　智　（围着宁宁）宁宁，你没有犯过错误吗？你没有改正过错误吗？沈先生从前犯错，可他如今是我们桃花源的恩人，你想把桃花源置于死地吗？我决不允许！（高举木棍）

口　吃　沈先生，不……不能出去！桃，桃花源需要你！

村　长　把宁宁给我抓起来！

［大力士、口吃冲了出去。

宁　宁　（吃惊）什么？爹！我是你女儿！

村　长　我们不会允许有任何人伤害我们的沈先生！我们绝对不会允许有任何人危害我们的桃花源！

［大力士、口吃抓住了宁宁。

宁　宁　（慌张）你们不要被他骗了！他是个骗子！骗子！

［舞台右侧的Kevin更夸张地拨打着电话，他焦虑紧张地反复踱步。

［电话的忙音声同时响起，甚至要掩盖住原本《桃花小源》的背景音！

电　话　（声音）您所拨打的用户暂时无法接通，请在"嘟"的一声之后留言！

［非常刺耳的一声："嘟！"

Kevin　（神经质地大吼）Jim！Jim！我是Kevin！为什么今天公布的托尼奖上获得最佳编剧的人不是我！我花了那么多钱

给你去交际去疏通关系，你信誓旦旦地跟我说已经获奖了，可为什么现在正式名单上公布的不是我？回我电话你这个骗子！

[Kevin 恶狠狠地挂掉了电话。

[突然，电话声响起。

[左侧的所有演员停滞，转头看向了 Kevin。

[Kevin 在灯光中，愣愣地看着自己的手机，又抬头看向左侧的学生们，他慢慢地接通了电话。

电　话　（声音）亲爱的 Kevin，你不要如此暴躁嘛。抱歉抱歉，今年的尼托奖名额实在紧张，是是是，今年主委会的确是说要照顾亚洲，但伊朗那位哥们抢走了嘛。但是没关系啊，我给你争取到了尼托奖的最佳编剧和最佳作品奖！也是国际性奖项！

Kevin　（几近崩溃）什么？我给了你这么多钱！五万美金，你给我拿一个尼托奖，这是什么野鸡奖项？山寨托尼奖的吗！你对得起我吗！你这杀千刀的骗子！你了解我现在的局面吗？现在，我们学校的人都以为我真的拿了托尼奖！要把我的作品打造成全国一流的作品！现在，你说怎么办？

电　话　（声音）呵呵，Kevin 你还是这么心急啊。不是跟你说了很多遍嘛，之前，只是 99%的可能能够拿到托尼奖。还没百分百确认的事儿，你怎么能先说呢？再说，你自己写的东西是什么样的水平，你自己心里没点数吗？

Kevin　（激动）我的作品是无与伦比的！我们学校的人都这么认为！

电　话　（声音，轻蔑的笑声）Kevin，我们俩知根知底的，何必演这样的戏码？如果没有我，你这样在美国刷着盘子的，写得如此狗屁不通的剧本根本不可能被我们戏剧界主席看到。现在就算是被他否定了，也是一种光荣嘛。好了宝贝，我要再去忙活了，尼托奖的奖杯已经送到你家里了，记得去拿哦！奖杯比托尼奖还大哦！

［电话猛地挂掉，留下很长的“嘟嘟嘟嘟”声。

Kevin　喂！喂！喂！（对着电话大吼）奖杯再大有什么用？我要的是托尼奖！我写的剧本，才不是狗屁不通的！它有人物有矛盾有悬念还有一种深邃的思想！是美国佬看不懂我的剧本！我的剧本就是托尼奖的最佳剧本！

［舞台左侧的人们凝视着 Kevin。

［他们慢慢回过头来，看着彼此，此刻，他们用一种比平时慢很多的速度开始了戏中戏。

村　长　火把节就在下一刻，按照惯例，我们会将十年里所有的糟粕全数烧光。宁宁，这个想着要告发沈先生的罪人。就算你是我的女儿，我也不能饶恕你！

［语速开始变得正常。

所有人　（用木棍敲着地，发出有节奏的声响，渐渐围绕着她）烧死她！烧死她！烧死她！

宁　宁　（跑到树桩之上）他是个骗子！骗子！

所有人　（木棍声越来越大，节奏越来越快）烧死她！烧死她！烧死她！（所有人将宁宁举了起来，将她扔到了舞台的后方，舞台后方灯光变红）

宁　宁　（惨叫声）不！不！他是个骗子！你们被他骗了！

［所有人拿着木棍载歌载舞。

所有人　（唱）在山的那头雨林的尽头，桃花源的传人依旧在耕耘。他们善良又淳朴，他们快乐又勇敢，他们誓死捍卫桃花源,他们不会让那第三个预言成真。他们会为了桃花源付出一切。

[舞台右侧的 Kevin 猛然跌坐在地上。

江　宁　咔!

[舞台右侧的灯收。

[Kevin 在黑暗中下场。

所有人　(静止,所有人静静地呼吸,他们开始看着对方)

[万泉和江宁从舞台后侧走了出来。

[沈瑞开头,开始鼓掌,所有人也开始加入。慢慢地,鼓掌变得快速而激烈。

[万泉也开始了鼓掌,随后,万泉挥了挥手,大家停了下来。

万　泉　(真诚地)太棒了! 你们刚才的演出太棒了! Kevin 的作品由你们来演出真的太棒了!

李　世　理解了这个作品以后才发现,这个作品太伟大了! 果然是托尼奖的得奖作品! 我演得鸡皮疙瘩都起来了!

蒋琪琪　怎么办,我现在好想哭! 我好幸运,可以有这样的一个角色!

李　世　可以演出这样一个剧本,我们真的太幸福了!

崔　志　好吧,我不得不说,这个剧本现在看上去,是挺像那么回事儿的。

付　旻　Kevin 老师真的太了不起了! 原来一个优秀的作品是如此有凝聚力,如此有魅力! 我从来没有想到过,我们班级可以演出得这么好,我们班原来也可以是表演系之光! 同学们,我为你们骄傲!!

[付旻动情地与大家相拥,大家也都动情地拥抱彼此。

万　泉　(高兴而轻松地)好了同学们,看过你们最后的彩排,我觉得非常的放心！告诉你们一个天大的好消息吧！今年的毕业演出，我替你们邀请来了文艺界的各个领导，宣传部非常重视我们能够拿到国际奖项！同学们，加油啊！

［所有人欢呼起来。

蒋琪琪　啊！（一惊一乍）

所有人　怎么了？

蒋琪琪　你们说，我会不会因为这场戏的精彩演出、绝妙演技被宣传部的人看中？我决定了，我要放弃成为流量明星，我要成为一个……演员！

李　世　琪琪，你一定可以的！

万　泉　好了，我去找一下 Kevin，明天就要演出了，我们还有很多事儿要办呢。同学们，你们稍微休息一下，沈瑞，我觉得你在场刊上的那张照片还不够帅，走，我们一起去找一下 Kevin。

沈　瑞　好！

万　泉　副导演，你等同学休息好以后，再去确认几遍调度，Kevin 老师排练的内容都不要忘记了，知道吗？

江　宁　（小声）他每次排练的调度都不一样，怎么记啊？

付　旻　走，哥先请你们去喝点奶茶，休息好了再来排练！

李　世　哇塞，班长大人四年来第一次啊～走～

［同学们跟着付旻嘻嘻哈哈地下场。

［舞台右侧的灯亮起，Kevin 蓬头垢面，精神气明显很不好，他躺在戏中戏的树桩上喝着酒。

［沈瑞和万泉上场，他们看到了 Kevin 颓废的样子，十分震惊。

沈　瑞　Kevin 老师，您怎么了？怎么躺在地上？

Kevin　不要叫我老师，我不配。

沈　瑞　（笑了）Kevin 老师您说什么呢。您不配当老师，那还有谁能当老师？

［Kevin 自嘲地摆了摆手，又喝了口酒。

万　泉　啊哟我的祖宗啊。演出在即，大战在即，你也不去排练，也不来帮我弄弄演出宣传的事宜，就躺在这儿喝酒？难道，你的托尼奖是这么喝来的吗？（慈爱地笑）

Kevin　是啊。（小声）喝多了，做个梦，就有了。

万　泉　（只听到前半句，当真）这酒真的能激发创作啊？那看来，我要在我们一年级的新生课程里专门开一门，美酒欣赏。沈瑞，你说如何？

沈　瑞　（笑着）如果能让 Kevin 老师来上这门课就好啦！（想把 Kevin 扶起来）

万　泉　我的祖宗，我们 Kevin 老师去上美酒欣赏课？那其他的老师还有脸上专业课吗？Kevin 就算是上课，也应该上专业课！对不对啊？（谄媚地看着 Kevin）

［Kevin 听言，像是受到了刺激，猛地站起来，可是他却摇摇晃晃，站不稳。

Kevin　万老师，我以前是最不受您待见的学生，您现在觉得，我可以去当专业课的老师？你觉得我的专业可以了吗？

万　泉　啊哟啊哟呵呵呵！（尴尬地笑）我的祖宗啊！瞧瞧我，我以前，就是有眼不识泰山，狗眼看人低，狗嘴吐不出象牙！你的专业还需要我的认可吗？那是人家美国顶级专业认可的，可是我们全国认可的，可是我们全班都认可的！

Kevin　（激动地）不！他们不认可！

万、沈　（傻眼）什么？

Kevin　我拿到的是尼托奖，不是托尼奖！我就是个骗子，骗子！

可是结果，却只骗到了我自己！

所有人　什么？

［Kevin 抬头看，除了江宁的所有人都出现在了这里。

［崔志一个箭步冲了上去，揪住了 Kevin 的衣领。

崔　志　你刚刚说什么？

［付旻也冲了上去，奋力拉开了崔志。

付　旻　对不起 Kevin 老师！对不起万老师！我只是带着大家来要两张家属的观摩票！不是故意听到你们聊天的！

［蒋琪琪和李世也上前拉开了崔志，付旻看了一眼大家，清了清嗓子。

付　旻　不过，您刚才，说的是什么意思？

Kevin　（自暴自弃）意思就是，你们第一次对剧本所有的看法都是对的。我的剧本就是一坨屎，我花了五万美金，去买通中介，去买通主委会，可还是没有拿奖。他之前都是骗我的，骗我的！

［Kevin 抬头喝了一口酒，又猛地瘫倒在地上。

崔　志　你给老子站起来！你说什么？都是假的？那我爸妈怎么办？他们可是真的要来！

蒋琪琪　那我的演员梦怎么办？

李　世　现在怎么办？

樊　驰　明天演出，难道不演了吗？

［学生们一片喧哗。

万　泉　（大吼）都给我闭嘴！

［所有人安静。

Kevin　（自嘲地笑了笑）现在，你们有两个选择。第一，在一天的时间里马上复排《老夫还乡》；第二，等所有的嘉宾和观众来到剧场之后，我上台，我去告诉他们，一切都是假的，我根本不是什么托尼奖得主，我就是一个江湖骗子。

沈　瑞　不，你不是。

［所有人静，看着沈瑞。

沈　瑞　就算别人认为你是，可是，你对我来说，你不是。四年了，你是唯一一个教我要为自己抗争的老师，你点亮了我。

樊　驰　（立刻接上）你也点亮了我。四年了，我终于可以不再做别人的附属品，一心一意做我自己了。

付　旻　因为你，我们班变得空前的团结。你，点亮了我们班。

Kevin　（痛苦万分）可这有什么用？这都是假的，假的！

万　泉　（沉着）你刚刚说，你获得了一个什么奖？

Kevin　尼托奖。

万　泉　（反复念着）尼托，托尼……尼托，这是什么地方的奖？

Kevin　美国的吧，也许。也可能是欧洲的。

［蒋琪琪查好了手机。

蒋琪琪　是欧洲的。（晃了晃手机）只不过，不是那么……有名。

万　泉　你确定你拿了这个奖吗？

Kevin　是啊。（自嘲地）奖杯还比托尼奖的更大呢。也许，它还是黄金做的。毕竟，我可是花了五万美金。

万　泉　（坚定）演出，如期举行。剧目，如期演出！

［所有人抬头看着万泉。

万　泉　通知都已经发出去了！领导、网络、信息全部发出来了！我们还找到了许多赞助商。这件事情不可能停下！我也绝不允许你用一种失败者的态度登上舞台！欧洲的尼托奖，怎么说也是一个国际奖项，你！就是一个国际编剧！给我放下酒杯！

Kevin　（意识到）不不不，你的想法太疯狂了！这是在以次充好，这是……滥竽充数！我不能扮演一个胜利者！

万　泉　你想让我们的人生都毁在你的手里吗？你想让这些学生因为没有毕业作品而肄业吗？还是！你想让我们所有人都因为演出了一个垃圾剧本，而变成所有人的笑话？

Kevin　可这样干的话，我会成为编剧圈的笑话的！

万　泉　（恶狠狠地）当你花了五万美金去贿赂别人的时候，当你这么干还失败了的时候，你早就是个笑话了！或者在更早的时候，在你还在我们班里念书的时候，你默默无闻的时候，你一直都是个笑话！而现在，你有机会成为一个英雄！想想你几个礼拜前的样子，你不也在扮演一个英雄吗？你不是也成功让我们所有人相信了吗？那么，现在！继续这么干！为了学校的荣誉，为了我们班的荣誉，为了你的荣誉，你必须这么干！

崔　志　我同意万老师的看法！我不能让我们家族的荣誉被你损害！没有人会在意尼托和托尼的区别。这样吧，我再打电话问问我的朋友们，哪里还能弄到一些奖项，质量不高的时候，我们就用量来取胜。

［崔志走到一旁，打电话联系。

蒋琪琪　当天，你如果这样出现，我认为不太合适。我认识一个造型师，我得打电话让她把你打扮得更像一个……获奖者。樊驰、李世。

［蒋琪琪朝着樊驰、李世使了个眼色，两人立刻心领神会，半押着 Kevin 去做造型。

Kevin　（绝望地）不要，不要！

沈　瑞　（对着 Kevin 笑了）如果能说梦，做一场美梦，那做个痴人，又何妨？（帮 Kevin 理了理衣服）我的沈先生，我们不会害你的。

[蒋琪琪带着樊和李两人，一起将 Kevin 带了下去。

付　旻　万老师，你看接下来我们的宣传单上和领导邀请名单上要做什么修改吗？

崔　志　（急匆匆）万老师，我联系到几个中介，还可以再买到几个亚洲的奖和北非的奖。

万　泉　好！好！果然是我们崔少！那这样，我们的宣传单上写，拿遍欧、亚、非三大洲的编剧奇才降临！这个标题怎么样？

崔　志　可以！到时候，再让 Kevin 拿着他那个超级大奖杯到现场来，领导们只要看到这个抬头，只要看到金黄色的奖杯，没人会怀疑什么的。

付　旻　再加上我们的表演，到时候，我们一定会占领微博热搜的！

崔　志　到时我再请几个水军上去，气氛烘托一下。绝对没问题！

万　泉　（欣慰地）孩子们啊，我真为有这么团结的你们感到骄傲啊！

[万泉拍了拍两人的肩膀。

万　泉　其他的事情都交给我来做吧。马上就要演出了，你们还是把心思都放在演出上面，去换衣服，多彩排几次。宣传的事，我来！

崔、付　好！

[两人对视一眼，下场。

[万泉看了一眼舞台，拍了拍自己的衣服，将舞台上所有的《桃花小源》的道具都归类整理好，看了看手里的宣传册，快速下场。

[舞台前侧灯光亮。

［江宁一边喊着人，一边走上台。

江　宁　（拿着手里的剧本，看了看表，百无聊赖地）蒋琪琪？沈瑞？付旻？喂！你们人呢？这都几点了？不是说了要再彩排几遍吗？

［江宁暴躁地在剧场走来走去，生气地坐在树桩上。

江　宁　还以为你们洗心革面！我真是太天真了我！（拿出烟）

［江宁嘴叼着烟，一只手打着火，一只手围着打火机，包住火。

［忽然，江宁看到地上留着一张宣传单，她捡起来。

江　宁　（读）"2019 年国际最佳编剧得主——Kevin 作品首演！学校的国际级荣誉！"切！

［江宁继续想点烟，又抬手看了看手表。

江　宁　今天，29 号了，他之前说他得的是托尼奖。今天，是公布的时间了！

［江宁放下烟，开始认真地查看手机。

［她的表情渐渐凝重了起来，她站起身来，拿着手机认真地检索。

江　宁　2019 年，最佳编剧，没有！2018，2017，2016，15，14，13，12，11，10，09！（猛地停顿）都没有！Kevin 没有获得过近十年来的任何一届托尼奖最佳编剧！天呐！他……他是要毁了我们班！不！

［江宁害怕地快速跑下了台。

［同学们穿着《桃花小源》的演出服慢慢上台。

万　泉　同学们，还有 3 个小时我们的演出就要正式开始了！你们准备好了吗？

同学们　当然！

万　泉　我们伟大的编剧和导演呢？

蒋琪琪　来啦!

［蒋琪琪指着舞台的一侧,Kevin 穿着浮夸奇怪的衣服,梳着浮夸奇怪的头发,一脸无奈地走了出来。

付　旻　deng deng!

沈　瑞　这个造型哈哈,挺符合舞台的风格的。很好。

蒋琪琪　那就给我们的编剧大大、导演大大,一点掌声吧!

［所有人一边笑一边鼓掌。

［Kevin 对着大家也露出了一个无奈的笑。

万　泉　等一下的台词,你都记得吧?

Kevin　当然。

万　泉　说得要自然一点,自然中还要带有一点澎湃,澎湃中还要拔高一点立意。毕竟在座的都是一些领导啊专家的,他们就喜欢这些让人听不懂的话。

Kevin　好,我懂得。那,等一下的演出,就要我们大家,一起完成了!

［江宁跑了进来。

江　宁　不! 等一下我们不能演出!

［所有人静止,看着江宁。

万　泉　(笑眯眯地)江宁同学,你怎么还没换衣服? 这样可不专业哦! 琪琪,快带她去妆发!

［蒋琪琪立刻上前,准备带着江宁下场。

江　宁　(甩开了蒋琪琪的手)不不不,我有非常! 非常! 非常! 重要的事情要告诉你们! 你们可能会吓一跳,但是,我要说的,都是真的!

付　旻　马上就要演出了,再重要的事情,也等演出结束之后说。

江　宁　不! 来不及了!

［所有人静，看着江宁。

江　宁　（与戏中戏的走位一模一样）你们相信我！他才不是得了国际托尼奖的剧作家！他是个骗子！他是个演员！他在骗你们！

［Kevin 看着江宁，一改之前的颓势，忽然激动起来。

Kevin　（喃喃自语）有意思啊，有意思，这不就是我写的剧本吗？天呐，我这就是绝佳的剧本啊！

江　宁　你还有脸说你的剧本？你这个骗子！

［Kevin 陷入一种神经质中，他穿着浮夸的衣服，顶着浮夸的头发，一步步逼近江宁。

Kevin　（与戏中戏走位一模一样）你们愿意相信她吗？还是你们愿意相信我？

江　宁　（十分着急）他真的是个骗子！骗子！你们看！（将手机拿了出来）我查阅了十年来所有的托尼奖得主，根本没有《桃花小源》！根本没有 Kevin！他只是一个小有名气的网剧编剧啊！

Kevin　（故意看着大家，挑衅似的）看来，江宁对我换了她的女主角真的很生气。

江　宁　我根本不是生气！他说他是布朗大学的研究生，但我查过资料了，布朗大学根本没有这号人！这根本就是个骗局！

Kevin　（无奈地）到底什么叫骗局什么叫真实呢？这些难道不是真的吗？（拿着宣传单撒向了天上）

江　宁　同学们，你们想一想，为什么剧中的人物跟我们班的人物名字那么像？你们有看新闻了吗？托尼奖颁布了！没有他！

Kevin　我拿的是尼托奖，你听错了，亲爱的。瞧瞧，奖杯在这儿，货真价实！

［所有人沉默。

江　宁　（十分激动）什么？尼托奖？天呐天呐，这真是一个天大的笑话！如果演出了，我们会成为艺术史上最傻的代表！你们不要被他骗了！他是个骗子！骗子！

Kevin　（饶有兴趣地）如果你们相信江宁的话是真的，那等一下的汇报演出，你们演《老妇还乡》吧。相信我的话，就继续演出《桃花小源》。（戏谑地）这可是你们最后的机会哦！

［所有人沉默。

［万泉慢慢走了进来，所有人看着万泉。

万　泉　去换衣服。

江　宁　不！不！（走位一致，跑到树桩之上）他是个骗子！骗子！我跟你们是四年朝夕相处的同学！你们要相信我！（对着沈瑞）阿瑞，你相信我，他真的是个骗子！

沈　瑞　（抬着头看她）我爸爸妈妈今天晚上到上海。

［沈瑞转头看了眼大家，所有人对视。

［所有人穿着戏中戏的衣服，他们的手里拿着戏中戏的道具木棍，没有一个人说话。

江　宁　不！不！你们要干什么！

［江宁猛地意识到什么，她绝望地看着 Kevin。

江　宁　我们怎么会变成这样！

［所有人拿着木棍绕成一个圈，慢慢地靠近江宁。

Kevin　宁宁，你只知其一，不知其二。（笑了）

江　宁　（绝望，惨叫声）不！不！他是个骗子！你们被他骗了！

［所有人围着圈越来越小，越来越小。他们慢慢靠近江宁。

[这一刻,分不清是在戏中还是戏外。

[灯猛收。

尾声

[黑暗中,观众听到了开头时飞机飞行的声音。忽然,飞机警报声大作,观众在黑暗中听到了刺耳的声响:“嘟嘟嘟嘟嘟。”

[噪音越来越大,飞机猛地坠地。强光扎眼,爆炸声环绕剧场。

[所有演员,拿出手机,打开闪光灯,照向观众。

[全剧终。

话剧

毯毯大道

（又名《桑蚕人生》《破茧·成蝶》）

编剧 何心怡 杨 蕊

人物

江雯珺　24—74岁,女,手工丝毯厂技术总监,与知青结婚育有一女。

桑雨微　6—56岁,女,雯珺的女儿。机械丝毯厂的技术主任。

苗　苗　19岁,女,雯珺的徒弟,美术专业,踏实听话。

俞牧延　25岁,男,工程师,桑雨微的丈夫。

程厂长　55岁,男,锦山丝毯厂厂长,富有责任感,嘴硬心软。

何厂长　58岁,男,鹏华丝毯厂厂长,机敏,善于权谋。

吴厂长　53岁,男,如心丝毯厂厂长,惜才,识时务。

魏老板　50岁,男,桑蚕丝供应商,精明。

江　父　65岁,男,养蚕农,潜心钻研技术,疼爱女儿。

江　母　61岁,女,力主为女儿择婿却导致女儿陷入遇人不淑的困境而自责。

方　媛　21岁,女,桑雨微的下属,机灵。

绣　娘　6名,女,随着时间的流逝而不断改变着年龄。

杨　华:粗心大意。

燕　子:担心怕事,十分谨慎。

石招娣:男人婆,刺头。

李　姐:绣娘中年龄最大的,家中十分贫穷。

王春环:开心果,灵活变通,消息源,嗓门非常大。

赵玉桂:贴心大姐姐。

桑爸爸　26岁,男,桑雨微童年记忆中的爸爸,文人气重,看不起江雯珺。

苗　哥　23岁,男,打工仔。

文艺频道记者　28岁,男,专业认真,情绪饱满,跟踪报道世界工艺品博览会。

博览会工作人员　35岁,男,世界工艺品博览会主办方工作人员,冷漠执拗。

波斯地毯参展人。

外国客户1、2、3、4。

采访记者1、2、3。

程太太。

化妆师。

第 一 场

1980 年　上海　江雯珺 32 岁

［音乐声起。

［这是一家丝毯厂，舞台上摆放着若干蚕丝机台。

［背景音起。

新闻声　（声音）自 1978 年党的十一届三中全会以来，改革开放的春风吹遍了神州大地。上海作为全国经济中心，多点布局，大力发展各项产业。其中，手工丝毯行业的崛起引发了广泛关注。据了解，自 1974 年恢复手工丝毯技术之后，上海已先后在金山、奉贤等郊县开办若干丝毯厂，积极引进专业人才，打破先例，大力起用新人。手工丝毯，势必为上海续写出一首丝绸之路的新的诗篇。

［在新闻声与音乐中，背景中的绣娘们有的在设计图稿，画画；有的在染色编织；有的在平毛整修。她们走动着，三三两两商量着。

［王春环上场。

王春环　哎哎，都别瞎忙了！咱程厂长又谈判失败了，没买到蚕丝不说，还直接大发雷霆，一点风度都没啦。

［江雯珺抬头看了一眼王春环，继续忙着自己手里的工作。

［除了李姐和江雯珺，其他人都立刻聚到王春环旁边。

燕　子　跟供应商吵起来了？那咱们以后还怎么进货啊！

石招娣　（嗤笑）他哪敢对魏老板发火啊？

燕　子　啊？那跟谁啊？

王春环　对如心丝毯厂的吴厂长呗。

燕　子　吴厂长和咱们一样进货，怎么会……（反应过来）魏老板总不会把所有蚕丝都卖给吴厂长了吧？

王春环　没错！人家如心是民营厂，资金流转灵活，可以花大把的钱进货。那当然是谁的订单大就卖给谁了，可咱程厂长啊就是认不清这个理。

杨　华　没打起来吧，吴厂长可是出了名的暴脾气啊！

王春环　还真怪，一点都没生气，不过……扔下了几枚重磅炸弹……（故作神秘）

赵玉桂　什么呀，你别卖关子呀！

所有人　就是呀，快点讲呀！

王春环　（笑起来）我讲我讲。

［所有人凑过来听。

王春环　现在，咳咳（学起吴厂长）现在可是改革开放时期，国家是大力扶持民营企业。我们随时都拿得出足够的钱买桑蚕丝，这只是个开始，接下来我们要全部买断！

杨　华　买断？那我们用什么做丝毯啊，他简直是赶尽杀绝啊。

燕　子　别听他吹牛，我们是国营厂呀，再怎么样，我们倒不了的。

赵玉桂　可说到底咱们的进货价和民营厂是一样的，没有任何优惠。他们订的多就可以和供应商砍价，到时候成品售卖时他们利润高，随便降一毛钱我们都肉疼，时间长了，厂子不倒，也是我们绣娘倒霉。

［李姐不愿听大家的抱怨，起身制止。

李　姐　好了呀，有时间叽叽喳喳，还不如快点干活。

［众绣娘吃瘪，不服地交换眼色。

石招娣　李姐，春环也是好心嘛，毕竟这事关我们的生活。

李　姐　我看，你们要是完不成这个订单，程厂长来对你们发火，才是真的事关你们的生活！

王春环　哦哟，干吗讲得这么严肃啦。我不讲就好了嘛。开工了开工了。

［众绣娘嘟嘟囔囔，回到了位置上开始工作。

［李姐站起来，看着大家完成的丝毯。

李　姐　燕子，你这里还不太好，要再修改一下……

燕　子　（认真听着）好，是不是这样？

［两人做着工。

［李姐来到了江雯珺机台前。

李　姐　雯珺啊，不愧是我们厂的技术骨干，你最让我放心了。

雯　珺　李姐，我这不都是跟你学的。

［程厂长上场。

程厂长　来来来，大家都到这里来集合一下。

［绣娘们上前站成一排。

程厂长　（愁容满面）大家都知道我们的处境。现在，国家正在大力发展手工丝毯行业，这本来是一件大好事。但是这些民营企业跟我们大打价格战，桑蚕丝简直变成了软黄金，现在，我们像是供着菩萨一样地供着这些蚕商呀。

王春环　（小声对石招娣说）看看，我说的是真的吧！

程厂长　为了能顺利地买到桑蚕丝，我从财务那里提了几百块钱，专门用来招待那些蚕商。今天晚上，燕子、杨华，你们跟我一起去和魏老板吃饭；明天他们的经理也会来，玉桂、春环，明天换你们俩跟我一起去。

燕　子　（吓傻了）啊，这，这不太好吧！

程厂长　这事关你们的生活啊，火烧眉毛了，大小姐！不去也行，你去给我弄蚕丝，或者你出钱给大家付工资也行。

燕　子　（被吓得不敢出声了）我……我……

江雯珺　程厂长，你这样做真的不太好。

［李姐悄悄拉了拉雯珺，示意她不要说话了。

江雯珺　（甩开李姐的手）陪他们吃饭，给他们送礼，这是助长不良风气。就算他们这次愿意卖给我们，那下次呢？什么时候是个头？更何况如果这些钱打了水漂，那我们丝毯厂不更是雪上加霜吗？

［绣娘们偷偷看着江雯珺。

程厂长　（勃然大怒）江雯珺！你别以为你是我们丝毯厂的技术骨干，你就可以挺直了腰杆儿跟我说这样的话。我告诉你，你再有技术，没有丝、没有订单你也只能喝西北风！（怒视着所有人）你们也是！别以为我们是国营工厂就能混日子。谁再说没用的，就负责把丝给我谈下来！

［绣娘们互相看看，低下了头。

江雯珺　好！我来负责！

李　姐　雯珺！

程厂长　你说的！弄不来丝，你就给我走人。其他人，还有谁自己有办法弄来丝的，跟她走。不然，就给我乖乖服从安排。

［所有绣娘低下了头。

程厂长　小李，去财务那里取钱！

［李姐偷偷瞄了一眼雯珺，又看了一眼程厂长。

李　姐　好。

［李姐匆匆下场，程厂长瞪了一眼江雯珺，也下场了。

［绣娘们互相看了看，都垂着头回到自己的工位。

赵玉桂　（走到雯珺跟前）雯珺，你别跟程厂长对着干呀。程厂长也是没办法了……

江雯珺　玉桂,我知道你担心我。放心吧,我有打算,一定会让大家有尊严地拿到订单的!(忽然想起)现在几点了?

赵玉桂　快十一点半了。

江雯珺　呀,差点忘了!我先出去一下啊!

赵玉桂　(喊)那要不要等你吃饭啊?

江雯珺　不用啦!(拿起一个袋子,已经跑走了)

[前侧灯光起,江雯珺站在台前等待着。

[自行车的铃铛声起。

江雯珺　爸!爸!这里这里!

[江父背着一大篓筐骑着自行车过来。

江　父　够不够?

江雯珺　(检查)对,就是这些!应该够了!

江　父　你确定你们厂需要这些?这可都是北方柞蚕丝,光泽度低,颜色偏黄,颗粒疙瘩多,长度也不合适。我从没听说有丝毯厂用这些呢。

江雯珺　就是别人没用,我们才用啊。

江　父　(为难地)雯珺啊,你们丝毯厂是不是遇到什么困难了啊?说到底,就连我这个养蚕的农民都知道,这种蚕根本不适合来做丝毯嘛。

江雯珺　爸,你就别管啦!我心里有数的。

[江雯珺推着江父,让他离开。

江　父　好好好,从小你就有主意,我和你妈也管不着你。我们做了一辈子蚕农,太了解这一行有多辛苦,可你倒好,背着我们偷偷来了丝毯厂。这下,苦头吃到了哦?

江雯珺　爸,不是说不管了嘛?怎么还说啦?(欲言又止)雨微……今天吃饭了没?

江　父　你们娘俩一个脾气，犟得不行。孩子都瘦了一大圈了，外婆心疼死了。

江雯珺　（狠心）14 岁了，几顿饭不吃，没关系的。

江　父　你这哪像当妈的说的话？要不然先让孩子他爸回去，晚点再送雨微走。

江雯珺　不行，她必须跟她爸爸回市里。跟着我，没出息的。（递袋子给江父）这个，你帮我给雨微，帮我祝她生日快乐。

江　父　你明天不回家呀？那她更要闹了啊！

江雯珺　你就跟她讲，我要工作，没空回家，让她好好吃饭不要让你们担心。

江　父　雯珺，你这样孩子会恨你的呀！

江雯珺　我宁愿她恨我一辈子，也不能让她在关键时候做错选择。今天起我不回家住了，等雨微跟她爸爸走了，我再回来。

江　父　你……（叹气）我帮你拿进去吧，蛮重的。

江雯珺　不用了，爸，辛苦你和妈看着雨微了，我怕她这个小姑娘做什么傻事。

江　父　我知道。你自己也好好的啊。

江雯珺　晓得了，（扯出一个笑容）我又不是小孩子了。

［江父下场。

［江雯珺脸上的笑容消失了，她叹了一口气，奋力将蚕丝拖回去。

［李姐上场。

李　姐　（急急上前，帮忙）雯珺，你真打算用这个丝来做丝毯啊？

江雯珺　咱们根本比不上民营厂的进货体量，魏老板是肯定不会为了几顿饭把蚕丝给我们的。我们不能受制于人，必须靠自己。

李　姐　这个……能行吗?

江雯珺　你还不了解我吗?我一向对丝的品质要求最高。放心吧,我就算是不吃不喝,也一定要把它研发出来。

李　姐　我帮你一起!

江雯珺　好!

[李姐帮着江雯珺一起把筐拖回去。

[灯光暗。

第二场

[音乐进。

[绣娘们上班,江雯珺一道干着编织的活儿。

[时间流程,绣娘们下班打卡,江雯珺守在丝毯厂,继续研发。

[江雯珺和李姐两人穿着厚厚的工作服,在两个大桶面前,高温处理着柞蚕丝。两人激动地等待着成果,江雯珺小心翼翼地捞出柞蚕丝的样品,随后,两人还是露出了失望的神情。

[两人被高温水烫了一下,李姐急忙帮江雯珺处理伤口,两人看着被熏黑脸的对方大笑。

[赵玉桂上场,给两人拿来了盒饭,两人对着赵玉桂笑,三人一起工作,渐渐地,参与研发的人越来越多了。

[14岁的桑雨微上场,她一身学生装扮,很瘦,脖颈里扎着一条丝巾。丝毯厂里的绣娘们有说有笑地打闹着,她张望着刚想要进去,听到对话停在门口。

赵玉桂　雯珺,你都快把这当成自己的家了。多久没回去啦?

江雯珺　研发不出桑蚕丝,我就不回去了!

燕　子　那你家里人怎么办？你还有个闺女吧？

江雯珺　14 啦。

王春环　你女儿这么大啦？真没想到！

江雯珺　（开玩笑）以前不懂事，小小年纪就生孩子了，你们年纪轻的可留神，别犯我这种错误喔！

燕　子　（打趣）这错误可是挺严重啊！

［桑雨微一怔，推门的手放了下来，她继续听着妈妈和同事们说话。

［众人笑。李姐却有些担忧。

李　姐　雯珺，你还是先回去一趟吧，怎么样都还是见面聊一聊。

燕　子　咋了？雯珺姐家里出事啦？（被王春环拉到一旁捂嘴）

王春环　（小声）别瞎问，我听说——

江雯珺　（见状直接打断）我要离婚了。

杨　华　什么？雯珺姐你可别犯傻，一个女人，还带个小孩，那你以后的日子，苦了呀。

江雯珺　（故作泰然，开玩笑）我什么时候犯过傻？孩子当然是跟爸爸了，等他们走了以后啊，我再精心一打扮（顺手拿着丝披在自己身上）谁还看得出我结过婚生过娃呢？你们可要保密哦！

［桑雨微擦掉眼泪，转身就跑。

王春环　（小心措辞）雯珺姐，是不是现在政策上允许知青返城，姐夫动心了？

［江雯珺点点头，笑了笑。

江雯珺　（笑）他本来就是大学生，怎么会愿意留在这儿呢？

李　姐　这些男人啊只想着自己的发展，铁石心肠。

江雯珺　（苦笑）只要他愿意带女儿回去，离婚就离婚吧。

赵玉桂　世界上哪个妈愿意和自己女儿分开啊？

江雯珺　跟着她爸回上海，她能接受更好的教育，有更开阔的视野。

赵玉桂　姐，你这份苦心跟女儿说了没啊？

王春环　要是说了就不会连家都不回了。姐，你这是何苦呢？女儿会恨你一辈子的啊！

江雯珺　那也只好由她恨了。她随我，要是讲实话她肯定不会走的。

燕　子　我不明白，去大城市有那么好吗？

江雯珺　难道一直守着家更好吗？我们这么努力不就是为了给孩子们更多选择吗？海阔凭鱼跃，天高任鸟飞。只有站在更高的平台上，才能看到更广阔的风景。（笑着，看向远方）小孩子嘛，总是意气用事，会为一些简单的理由放弃好的机会。我绝不会成为绊住她的理由，她以后不仅要比我有出息，要比她爸爸，比所有人都更更更有出息！

李　姐　你啊，就是这咬碎牙往肚子里咽的性格，我看你老了怎么办！

江雯珺　反正我是一辈子都待在丝毯厂，老掉牙了你照顾我呗。

李　姐　我照顾你？你照顾我还差不多！

江雯珺　（想结束话题）大不了我以后收个徒弟养我老！您就别操心了哈哈，啊呀，锅都糊了！

［所有人看向高温研发的锅子，笑出声。

［程厂长上场。

程厂长　笑，你们还笑得出来啊？

［所有绣娘们不敢出声。

程厂长　你们自己说，这都失败了第几次了？不要再浪费时间了。

这场闹剧，该收场了。今天起，这几个锅子给我拆了。

［绣娘互相看着，避免和程厂长对视。

程厂长　小李，你怎么也跟着胡闹？快去财务那给我取100块。

［程厂长抬脚，欲走。

李　姐　不拆。

程厂长　什么？

李　姐　钱，我们也不取。

程厂长　什么？你再说一遍？

［绣娘们抬起头，直视程厂长。

江雯珺　锅子不拆，钱也不取！

程厂长　反了你们了！（怒火中烧）你们折腾了这么久，有成果吗？不拆，放着烧菜吗？

江雯珺　请魏老板吃了那么多饭，也没用呀，为什么还要取钱？研发是需要时间的嘛！与其给魏老板，还不如留给我们去买柞蚕丝做研发呢！

程厂长　你们怎么就说不听呢？柞蚕丝是北方的丝，粗犷、挺括、天然带色，纤度在4~6旦尼尔，是桑蚕丝的两倍，根本不适合我们做丝毯。我知道你们都觉得求魏老板丢人，（压抑着自己的情感）可我除了这样，还能怎么办呢？我是这个丝毯厂的厂长啊，我不能让它就这样败了啊！

江雯珺　正因为柞蚕生长在北方，它们的抗病害能力强，耐气候性比桑蚕丝更优，而且成本也更低。我们的研发只差最后几步了，我相信胜利很快就在眼前。程厂长，请再给我们一点时间吧！

程厂长　你们！哎！（大大地叹了一口气，快步退场，一边走一边喊话）张会计，再给我100块钱，我等一下要请魏老板吃饭！

［大家都愣在原地。

杨　华　他这是……同意我们继续研发吗？

赵玉桂　没叫我们去陪吃饭，应该就是支持呗！

江雯珺　那别愣着了？我们快继续吧！

所有人　（笑着）好咧！

［音乐进。

［以下皆仅为画面，所有人又继续开始认真地研发，三三两两讨论着，拿着蚕丝进行着高温处理。

［程厂长弯着腰给魏老板递烟，魏老板趾高气扬地翻着账单，两人下场。

［丝毯厂内有人端着盒饭，喂给旁人吃。

［有人刚起床，睡眼惺忪地刷着牙。

［音乐渐收。

［程厂长殷勤地给魏老板拿包。

程厂长　魏老板，这次的订单你看怎么样啊？

魏老板　这个嘛……桑蚕都很精贵的呀，那些蚕农花了很多心思去养的。

程厂长　是是是……

魏老板　我也很难做的嘛，你们还是再扩大些进货量吧……

［石招娣冲上台前。

石招娣　（小声地）程厂长！程厂长！

程厂长　（瞪了一眼石招娣，示意她闭嘴）我理解，我理解。我们进货量是比不过那些民营厂，但是我们是国营啊，更有保证……

石招娣　（小声地）程厂长，程厂长！

程厂长　（暗下里挥手，示意石招娣走人）所以魏老板还是优先卖给我们吧！

魏老板　人不能短视，得看长远些嘛——

石招娣　（生气了，直接走到了程厂长跟前）程厂长！

程厂长　干什么？我这儿谈重要的事儿呢！（对着魏老板）对不起啊，我们员工太没规矩了！

石招娣　李姐和雯珺要我来找你！你先去一下车间吧！

程厂长　那等我这边结束再说不行吗？

石招娣　不行！我们这是头等大事！十万火急！走走走，现在就去吧！

程厂长　对不起对不起啊，魏老板，我办公室还有一瓶女儿红，你先过去品尝，我马上就过来。

魏老板　行啊！你办公室，我认识的。

［魏老板下场。

程厂长　（换了一副嘴脸）你们是把车间烧了还是怎么了？

石招娣　你跟我来就是了嘛！

［两人快走，至舞台后区，舞台后区灯亮。

［绣娘们坐在自己的工位上。

程厂长　干什么了，干什么了？这么十万火急地叫我来？（左右环顾）

江雯珺　程厂长，你看看。

［拿出一份丝给程厂长看。

程厂长　这什么啦？（左右看）你们脑子坏了？我跟魏老板马上就谈成了，你把我叫来让我看这个？

江雯珺　这个，是北方柞蚕丝。

程厂长　柞蚕丝？（不敢置信）这是柞蚕丝？这个颜色，这个手感？

柞蚕丝？

江雯珺　新鲜出炉！

李　姐　如假包换！

石招娣　这件事情，是不是十万火急？

程厂长　好啊！好啊！那你怎么不早点跟我讲啊？我的女儿红要被那个赤佬吃光了！（奔下台，指着）魏建华，侬则赤佬，欺负了阿拉噶西多辰光，给老子滚出我的厂！

［程厂长急急跑下场。

［绣娘们看着程厂长下场，终于按捺不住喜悦心情，相拥在一起，跳着，欢呼着。

杨　华　我们成功了！我们真的成功了！

王春环　再也不用看那些蚕商的眼色了！我们有自己的丝了！

赵玉桂　雯珺，多亏了你想到这个办法，我们的厂活了！

李　姐　不单活了，还要做到全上海最强，全国最强！

众　人　全国最强！（相拥抱在一起）

［灯光渐暗。众人下场。

［较为欢快的音乐进。

［程厂长得意洋洋地走在前面，后面跟着吴厂长。

程厂长　啊哟，吴厂长啊，我们锦山就是一家小小的国营丝毯厂，你盯着我问也是没答案的嘛！你们不是钱多吗？去问魏老板买桑蚕丝就可以了嘛！

吴厂长　程厂长，你看你说的，你们锦山现在可是上海最好的手工丝毯厂。人家都说，你们的丝毯又便宜，质量又高。钱到底是我们一点点赚出来的，浪费总是心疼的嘛。你就告诉我一个，你们这些丝是哪里来的？

程厂长　商业机密，不能告诉你。

吴厂长　程厂长，大家都是丝毯行业的嘛，革命经验互相了解，互相学习嘛！

程厂长　吴厂长那么聪明，多用这里想想（指了指脑子，随后下了逐客令）我等下还有事儿，就不送了，下次聊。

吴厂长　（被推着）下次你可一定得好好传授传授这里（指脑子）的经验啊。

［吴厂长下场，程厂长开心得意地站停，他从口袋里拿出了一根烟，给自己点上，满意地站在丝毯厂前，看着丝毯厂，像是一个家长满意地看着自己的孩子。

程厂长　（一边抽烟，一边得意地）锦山丝毯厂。

［桑雨微拎着一个行李箱，上场。她站定在丝毯厂前，也读出了声音。

桑雨微　锦山丝毯厂。

程厂长　（看到了桑雨微）小姑娘，你找人吗？

桑雨微　我找江雯珺。

程厂长　昨天晚上她们集体加班到天亮，也不知道这会儿醒了没有。我去帮你叫叫她啊。

桑雨微　谢谢叔叔。

程厂长　没事，你叫什么？

桑雨微　桑雨微。

程厂长　好，桑雨微。（向前走，忽然猛地停住，转头一看，注意到桑雨微手里拿着行李箱。程厂长惊，快速转过头去，匆匆跑下场。

［桑雨微没有什么表情的变化，只是忧郁而冷漠地看着丝毯厂。

［江雯珺匆匆跑上场。

江雯珺　雨微！

[桑雨微转头,母女两人对视。

江雯珺 (显得有些尴尬)你怎么来了? 外面快下雨了,进来吧雨微!

桑雨微 不用了。

江雯珺 你,吃饭了吗?

桑雨微 我要走了,你可以回家了。

江雯珺 我不是因为——(不再解释,看着女儿)你什么时候走?

桑雨微 今晚。

江雯珺 那……(尽量笑)以后,要听爸爸的话哦! 妈妈……会抽空去看你的!

桑雨微 不用,好不容易甩掉年轻时犯的严重错误,来看我……不是自找烦恼么?

江雯珺 你在说什么……(意识到)昨天你来过了?

桑雨微 对! 我等了你好几天,想着我生日的时候总能见你一眼,可你还是没来。我怕直接走了你有话没说会遗憾,就再多给你个机会。(忍不住的孩子气)你……你有什么想对我说的吗?

江雯珺 (意识到女儿的意图)你是想让我告诉你,你听到的只言片语都是误会?

[桑雨微惊。

江雯珺 (硬着心肠)既然你听到了,那我不妨说得再直白一点。快跟着你爸走吧! 我们每个人都应该拥抱新的选择,在正确的选择上才能走对的路!

[桑雨微扭过头不愿被看到掉下的眼泪,奋力拉行李箱欲走,可轮子却被卡住,年少的她完全拉不动。

江雯珺 (忍不住帮忙)雨微,雨微! 记得吃饭,你的胃不好,不可以总是饿一顿饱一顿！

［桑雨微控制不住情绪，用力一推，箱子倒下。

桑雨微　收起你假惺惺的关心！还好我来找你了，谢谢你对我说了你的真心话！不然我还在责备自己，是不是不够乖，是不是不够好，不然你怎么会那么讨厌我！听到你的真心话我才知道，我对你来说，根本从一开始就是一个错误，阻碍你工作的累赘！

江雯珺　（狠心）对！要不是你，我怎么会像现在这样，我可以有更好的工作！有更潇洒的人生！

桑雨微　好！我走！就让一切的错误停止在此刻！对了，走之前不妨告诉你我今年的生日心愿，（双手合十许愿状）我希望我会成长为厉害的大人，让江雯珺知道她做了多么愚蠢的选择。祝我生日快乐，也祝贺你——完美的江雯珺终于自由了。

［桑雨微转身就走。

江雯珺　（大喊）那我等着你！你一定要变成很厉害的大人，证明给我看，你比我，比你爸爸，更优秀！（呢喃）雨微，生日快乐！你一定要快乐，非常，非常，非常快乐……

［下雨声逐渐淹没江雯珺的低吟。

［李姐冲出来，扶住瘫倒的江雯珺，帮她撑伞。

江雯珺　（抬头努力微笑）李姐，雨微跟她爸爸走了。（忍不住哭出来）李姐，我的雨微，走了……

［李姐搀不起江雯珺，干脆扔了伞，紧紧抱住了江雯珺，江雯珺痛哭。

［雨声渐强。

［灯光渐收。

第三场

1988年　上海　江雯珺40岁

[丝毯厂内工位多了,也引进了一些新型蚕丝编织设备。

[音乐进,新进绣娘苗苗仔细擦拭着一个挂有样品的设备,仔细研究着编织技法,对着空气比划着。随后仿佛搞懂了什么,飞速跑到自己的位置坐下,飞快地编织起来。

[晨间8点,丝毯厂的打铃声响起,一同响起的还有广播录音。

广播声　(声音)在1982年全国手工艺品的比赛中,上海市派出了多名技术骨干,他们通过精湛的技术,巧夺天工的艺术想象力拔得头筹,为上海争光添彩。其中,锦山丝毯厂的江雯珺同志的作品更是获得全票,以压倒性的优势获得全国手工艺品技术大赛的一等奖。在采访中——

苗　苗　(与广播同声,可见已听过多次)江雯珺将锦山丝毯厂研发柞蚕丝的经验与行业同仁分享,她坚信唯有不断创新,手工丝毯行业才有未来……

[绣娘们一一上场,她们三三两两,显得拖拖拉拉。

[石招娣上台,猛地关掉了广播。

石招娣　还在放几年前的"旧闻"呀。我听着就来火儿。

苗　苗　招娣姐,你来啦?

石招娣　(闷闷不乐)嗯,真不想来。

王春环　你别乱说,带坏小朋友。你看人家积极性多高。

杨　华　是呀,苗苗,这才几点,你,你该不会是昨晚没回去吧?

苗　苗　师父说的编法,我还没练好呢……所以只好开夜班研究。(手上不停,继续工作着)

燕　子　有天赋还努力，难怪别人三年才能学会，你这半年就出师了呢！

苗　苗　（惭愧地）哪有什么天赋啊，我刚开始以为自己美术出身上手能快些，可没想到师父考了我两回我都没过关，这才知道真想精进，靠小聪明可不行，只好勤能补拙了。

赵玉桂　小丫头啊就是好吓唬。哪有让一个新人一比一还原丝毯的？还有哦，雯珺上次让你调的那个颜色，我们自己都是研究了很久才调试出来的，成果在市里还拿了奖呢！你师父是怕你沉不下心来。

燕　子　就是呀，苗苗，别灰心，你已经很棒啦。你看看现在这做的，有模有样。

苗　苗　谢谢姐姐们鼓励我，我还得多跟你们学习。我到现在才明白师父的那句话：三分织，七分修。要做绣娘很简单，可是如果真的想在手工编织做出名堂是千里挑一、万里挑一的难。靶子和手的配合要天衣无缝，这前劈和后劈两根经的扣法，粗纬细纬，还有压耙、缠边，有时候还要修后背！这还没完，最后再通过烫平把整个色泽展现出来。这门手艺可以流芳百年，真的是古代人的智慧结晶！

赵玉桂　大家都听听，活脱脱就是个小江雯珺，你师父还真是教徒有方！

苗　苗　（害羞又骄傲）我师父就是厉害嘛……

石招娣　（冷笑）厉害？“传艺百年”有什么用？“智慧结晶”有什么用？还不是空有手艺没有活儿？我看啊，我们这个手工丝毯厂，快倒闭咯。

［李姐正好进来。

李　姐　怎么一大早上就在说丧气话，早饭没吃饱啊？

石招娣　李姐，丧气不丧气的，订单说话。名气、奖杯和咱们都没关系，腰包鼓了才是真的。

李　姐　雯珺怎么说的，打铁自身硬。我们有实力还怕没订单嘛？苗苗，你别听她们的，抓紧干活。

石招娣　打铁的机械丝毯厂是厉害了，我们手工编织的没饭吃了。苗苗，快点学，学好了和姐姐们一起闲待着。

李　姐　石招娣，你没完了是吧？

杨　华　李姐，不怪招娣气不顺。最近来咱们厂参观的老板，一个个表面上喜欢得不得了，回去转头就去订机织丝毯了。也难怪，机器可以 24 小时不停工，论效率、论价格咱们根本比不了啊。

王春环　咱就是太想要订单了，也正常，希望越大，失望越大嘛。别抱怨了。

李　姐　我不懂了，上海市从 80 年代起就在大力发展手工丝毯，咱们厂也成了全国示范性手工丝毯厂。国家政策变好了，拿的奖也多了，只不过才几个月没订单，怎么到你们这就好像天要塌了一样。

石招娣　看来厂长这广播不白放，假大空的宣传语还真有人走脑入心啊。

李　姐　你说什么？

［王春环急忙使眼色，王春环推开石招娣，赵玉桂挎住李姐。

王春环　虽然有失望，咱们也得怀抱希望嘛！（低声）招娣，别说了。

赵玉桂　（打圆场）是呀是呀，未来总是光明的嘛！

李　姐　你们别拦着她。

燕　子　都是一个厂的姐妹，这是干什么呀！

李　姐　正因为是一个厂的姐妹，才得改改这不正风气。石招娣，你说，怎么样你才能好好干活，不再说这些浑话？

石招娣　有活干，有钱赚，一切都好办！

李　姐　好！姐妹们都是见证人。

杨　华　行行行，我们见证，都别吵了。（四处张望）欸？雯珺姐怎么还没来？

赵玉桂　雯珺和魏厂长今天去推销产品了，咱们就等好消息吧。

苗　苗　对！也许等一下就来一个大订单呢？到时候，我们可要忙得头晕眼花，别说吵架了，连吃饭的时间都没有了！（自觉失言）我不是说你们在吵架……我……

［李姐和石招娣都被逗笑了。

李　姐　来订单了，让你招娣姐请你吃大餐！

石招娣　我请就我请，一切都好办！

［所有人笑。

［江雯珺风风火火地走上场。着装十分干练，蓝、驼相间的套装清新素雅，令人眼前一亮，与其他衣着颜色较为暗灰的绣娘们形成了反差。

江雯珺　姐妹们，有好消息！

所有人　（转头）真的呀？

江雯珺　我们（喘气）我们有订单啦！

李　姐　那就真的好办了。

石招娣　（嗔怪）李姐！雯珺姐，你快详细说说。

［苗苗给雯珺递上一杯水，雯珺大口喝水。

江雯珺　今天我和魏厂长拜访了一位蒋老板，他对我们的产品非常感兴趣！

燕　子　（也很兴奋）真的啊？那他下订单没有？

王春环　肯定下了啊，他要什么样的订单？

赵玉桂　多长时间要交呀？

杨　华　这样一大笔订单下来，我们之前的工资是不是都可以补上啦？

苗　苗　师父，我……我这个水平（指自己所做的东西）能不能上手啊？

［江雯珺显得有一些尴尬，但是她很快调整好自己的状态。

江雯珺　大家想要的，全部会实现，这笔订单……非常大！

所有人　（雀跃）太好了！

江雯珺　但是……我们还需要先做一个样品，不过只要我们的样品过关了，这笔订单就是我们的了！

石招娣　啊，搞了半天，这笔订单还没谈下来啊？（看李姐）那可不好办咯。

李　姐　你急什么，雯珺，到底是怎么回事呀？

江雯珺　这笔订单太大了，人家客户要先看到样品才肯下单。不过，一旦成单，可以把去年、今年的工资都发出来，也许，连明年的都不用愁！

李　姐　明年都不用愁？难不成他们要定个 20 米长的？

江雯珺　28.8 米长，3.45 米宽！

王春环　这么大！这要破世界纪录了吧！

苗　苗　（激动）想想都壮观！

燕　子　样品什么要求？

江雯珺　配一个花样，两个月内交货……没有定金。

［所有人吃惊。李姐打量着雯珺，雯珺避开目光接触。

燕　子　这简直就是烫手山芋啊，搭工搭料，时间紧任务重。

石招娣　就算我们能按时完成，到时候人家客户说不满意，（摊手）得，又白干！

王春环　雯珺姐，咱们是不是再考虑考虑。

江雯珺　（些许不悦）现在外面的竞争有多激烈大家都是有目共睹的，机织丝毯对我们冲击很大，这一单也是我和程厂长跑了这么多个礼拜以来，唯一一个有希望真正创收的订单。

杨　华　（依然嘟囔着）再怎么样，也该收点定金啊。

江雯珺　姐妹们！我知道，无偿提供样品确实一时之间难以接受，但是钓鱼还得先放点鱼饵呢！更何况，这是一条肥鱼！巨鱼！以我们的水平，送出去的样品还愁拿不到订单吗？锦山称自己第二，可没人敢说第一。

石招娣　又来了，广播宣传语。

江雯珺　（冷脸）这笔订单是目前我们最大的转机，接下来两个月全员奋战。想好了就撸起袖子加油干，接受不了想找别的出路的就来找我，我不拦着。

［李姐第一个走到江雯珺身边，众人依次搭手。

李　姐　我加入！

赵玉桂　我也来！

苗　苗　师父，我也加入！我会加油快点帮上忙的。

杨　华　还有我！

王春环　招娣，燕子，能不能成？

燕　子　锦山绣娘，必须成啊！

石招娣　（略不好意思）那我也勉强充一份鱼饵吧。

江雯珺　太好了，姐妹们，这段时间大家辛苦些，拿下订单，我请大家吃大餐！

所有人　（开心的）姐妹同心，其利断金！

王春环　那我们几个先去设计样稿，做点格。

赵玉桂　咱们去备蚕丝。

其他人　好！走！

［其他人下场。

［李姐停顿了一下，留了下来。

李　姐　大家的斗志……都很高涨啊！

江雯珺　我们这个织造车间……很久没有这么热络了。

李　姐　（遗憾地）哎，以前多好，你那时候也只是个绣娘，每天上班咱们就是编织，别的什么都不想，简简单单的，多开心啊。（真诚地）你一个难得的技术好手，现在却还要抓销售，累身又累心。雯珺，我真心疼你。

江雯珺　丝毯厂就是我们的家嘛，所有人都会为了家拼命的。

李　姐　你放心，我会看着大家拼命干，一定按时完成！

江雯珺　（叹了一口气）谢谢姐……有你真好。

李　姐　（察觉）你说实话，是不是还有别的麻烦？

江雯珺　我就知道瞒不住你，其实不只我们一家，鹏华丝毯厂也参加了竞争。

李　姐　鹏华？（不敢相信）机械丝毯厂也参加？他们效益那么好，每个月就数他们厂工资发得最痛快，活多得都干不完！怎么还要订单？

江雯珺　他们说想激发员工生产力，这笔订单的利润作为年度奖金。（叹气）无偿提供样品也是他们提的，不然我们怎么会破例不要定金……

李　姐　这简直是刻意扰乱行情！（气地坐在椅子上）现在这世道我真是看不懂了，手工丝毯和机织丝毯怎么放在一起比？机械加工能和我们手工编织的价值一样吗？这些个老板贪得很，又要手工丝毯的质感，又要我们拿出机织毯的价格和速度，鱼和熊掌两个都想要！

江雯珺　是啊……(重新振奋)不想那么多了,我们就拿出最高水平,最后用作品说话吧!(停顿)对了,这次的花色我想改一改。

李　姐　(只好认了)怎么改?

江雯珺　样品主题是花之魂。机织丝毯一定还是做老样子,大红大绿、大花大叶,我最近研究了个淡雅色系的新样式,正符合我们海派的清雅。我想,蓝色和驼色搭配就正合适!

李　姐　有创意!这一定能让蒋老板眼前一亮!

江雯珺　吃完饭咱们就试试,走吧。

李　姐　雯珺……(小心措辞)你今天见到她了?

江雯珺　(淡定)嗯,一转眼 8 年没见了,没想到再见面竟然是在会议室里,小女孩已经长成大姑娘了,代表鹏华说话时很有主任的气派。

李　姐　雨微真的是代表?我还以为是误传……那你们没单独聊聊?

江雯珺　没有。

李　姐　你完全可以找她聊聊啊!自家人不砸自家人饭碗,她何必和我们争呢?对鹏华来说只是奖金,可对我们来说是两年的工资呀,母女俩什么话不能说,咱去问问看他们能不能退出——

江雯珺　(严肃打断)李姐,我知道你是好意,但这件事绝对不可能。先不说雨微不可能同意,其实这次是鹏华先联系到的蒋老板,对方不知手工丝毯和机织丝毯哪个更好迟迟不肯下单,雨微才向客户推荐了我们。

李　姐　我不懂,她这么多年不肯原谅你,怎么还愿意帮你争取机会?

江雯珺　她说她会在专业上彻底打败我们，要让所有的客户都看到手工丝毯不如机织毯。如果我输了……（欲言又止）

李　姐　怎么样？

江雯珺　她说要我公开认输，承认手工丝毯已经不适应市场了，以后都不准再和他们竞争，如果撞上，自动放弃。哈哈，这次真的赌得很大，不过对我们来说总还是一次机会，是机会，我们就要上！

李　姐　你们不愧是娘俩，都有股狠劲儿。那我先去财务处把钱领出来，免得程厂长哪天挪作他用耽误咱们进度。

江雯珺　李姐你不用去了，这次的打样费我来结。

李　姐　什么？我就说程厂长怎么这么痛快同意咱们干赔本的买卖，原来他是铁公鸡一毛不拔，想要坐享其成啊！

江雯珺　是我自愿的。要是这次能帮厂子渡过难关，保住姐妹们的饭碗，这点钱不算多。（故作轻松）再说了，我天天在厂子里，女儿也不用我养，我赚的钱也没处花啊，正好感受一下消费的快乐！

李　姐　如果今天我不问你，这些你是不是还准备都自己撑着？人家都说你铁石心肠，为了工作连女儿都可以不要。要我说，你就是全天下心最软，最傻，最好欺负的人！（落泪）

江雯珺　怎么还哭上啦，我知道你心疼我，（笑着帮忙擦泪）这些事你要帮我保密啊，我不想煞大家的士气。

［苗苗拿着一些蚕丝上场。李姐急忙背过身擦眼泪。

苗　苗　师父，看，我们挑的丝。

杨　华　雯珺，你看这个稿对吗？

江雯珺　我看看！

［绣娘们上场，簇拥在一起讨论。

[音乐进,绣娘们快速地进行着编织。三三两两配合着,手脚麻利地干着活儿。有人染色,有人画图,有人挂经。

[江雯珺穿梭在其中,不断地去帮忙、指导和修正。

[舞台上,渐渐拼凑起一个蓝、驼配色的丝毯样品的雏形。

[绣娘们都非常满意。

[灯光渐暗,所有人慢慢退场。

第四场

[场前区,灯光亮,桑雨微和何厂长上场,桑雨微的装扮知性干练果敢。

[何厂长边走边看着手中的一沓文件,面露喜色。

何厂长　这个财务报表我看过了,雨微啊,干得很不错!

桑雨微　(推了一下眼镜,十分谦虚)谢谢何厂长鼓励,要不是您果决明断引入了先进的机器,还请了外国专家指导我们操作,哪能这么快就见效呢?现在,我们车间的技术工人越干越起劲,积极性非常高!

何厂长　这不也是你提议的嘛!我年纪大了,脑子不如你们小年轻的活络。我做的最好的一件事,就是把你这个人才引入了我们鹏华丝毯厂。

桑雨微　(微微一笑)何厂长抬举我了。和您汇报一下,蒋老板的订单打样工作已经开始了。

何厂长　怎么样,有信心吗?

桑雨微　没问题,进度表已经都安排好落实到具体责任人了。

何厂长　看来,是十拿九稳啊?

桑雨微　(浅笑)势在必得。

何厂长　(意味深长)我记得蒋老板合作意愿还是很强的,可是忽然杀出来一个锦山丝毯厂要和我们竞争,这个事你晓得吗?

桑雨微　(看不出什么变化)晓得的。是我的提议。

何厂长　(毫不意外)哦?

桑雨微　(沉稳淡定)蒋老板的母亲也是位绣娘,他对手工织造有着天然好感,也正因如此这笔订单谈了3个月还没有实质性的进展。既然他心里对手工毯好还是机织毯好带有问号,那不如干脆同手工毯做得最好的锦山一同比较。赢了订单打消的不只是蒋老板一个人心中的疑虑,我会大力配合报道宣传造势,年底一举吞并手工丝毯厂也不在话下。

何厂长　(放下顾虑)好!年轻人做事果然有血性。如果因为(有所指)私人原因和锦山对抗会让你为难的话,之后的事情你就安排别人吧。

桑雨微　(稍稍有点变化,但还是很冷静)谢谢厂长体恤,于公于私我的立场都是一样的,机械战胜手工是必然趋势,无论是锦山丝毯厂,还是江雯珺,坚持错误的选择,本身就是愚蠢。

何厂长　雨微,我对你是完全信任的,只是你自己留心行事,注意群众影响。

桑雨微　谢谢厂长提点,我一定不让您失望。

何厂长　(拍了拍桑雨微的肩膀)这次我们厂能有多少奖金,就看你的了。

[两人退场。

[舞台后区灯亮,这是桑雨微的家,虽然小,但是布置得很温馨。

[江雯珺上场,她拿着一个包装袋,仔细看着门牌,走到202门口停下,她凝视着门口,似乎要敲门但旋即把包装袋放在了门

口,决绝地走了。

[俞牧延哼着歌,拎着许多菜,一束向日葵、一个蛋糕上场。他走到门口,拿出钥匙准备开门,忽然看到门口的包裹。

俞牧延　(读出来)给雨微。

[俞牧延轻轻叹了口气,显然他知道那个包裹里是什么。他费力开门,拾起包裹进入屋内。把花插进花瓶,拎着菜进厨房,忙活起晚餐。

[桑雨微上场,她快步地走到家门口,麻利地开门,进门。

桑雨微　小俞,我回来了。

[桑雨微看到桌上的向日葵。

俞牧延　(在厨房里屋,声音)啊,回来啦?这么早?(探头)稍等一下啊,晚餐还要准备一下,我今天下班晚了。

桑雨微　(用力嗅)太治愈了!我要是每天都过生日就好了,就可以每天都收到向日葵了!

俞牧延　(端着菜出来)像个小孩子一样。

桑雨微　(仔细一看)啊哟,乔家栅啊?糖醋排骨,熏鱼,还有上海青。

俞牧延　老婆大人生日,必须上点档次。

[桑雨微帮着俞牧延摆盘。

桑雨微　我看,你是想省点事,节约时间吧。

俞牧延　冤枉啊。那我拿个东西来赔罪吧!

[俞牧延从包里拿出一本书。

俞牧延　呐,生日礼物。

桑雨微　(接过)《日本机械原理》,中文翻译版!哇塞,哪里来的?我最近就是需要这本书!

俞牧延　我看你每天晚上都翻着字典看日本原版,着实辛苦。所以托我香港的朋友千辛万苦买来了这本翻译版。虽然是繁体字，但是应该好多了吧？

桑雨微　（抱住俞牧延）好太多了！谢谢你！

俞牧延　这个和向日葵哪个好？

桑雨微　都好！（调皮）这个比向日葵就差那么一点点~

俞牧延　什么都比不过你的“向阳而生”！（宠溺地）雨微，生日快乐。

桑雨微　谢谢你，我很快乐。

［两人相拥。桑雨微的目光顺着俞牧延背后方向看到包装袋。认出了熟悉的包裹，表情转冷。俞牧延感知到了桑雨微的变化，连忙起身。

俞牧延　我本想收起来的，回来太忙就忘记了。

桑雨微　你见到人了？

俞牧延　没有，只有包裹。（顺手拆开）还是丝巾。

桑雨微　（惊呼但已经晚了）不要拆！

俞牧延　怎么了？不是她送的吗？我看和这七八年的包装袋都一样就以为还是她。那现在怎么办？我换个袋子包回去可以吗？

桑雨微　（冷静下来）没事的，是我太紧张了。最近在谈判期，就对送礼有些敏感。放这吧，（故作活泼）我去洗手，准备吃饭咯！

［俞牧延有些不解地摇了摇头，开始在蛋糕上插蜡烛，点蜡烛。

［桑雨微重新入座，调整好心情。

俞牧延　婚后的第一个生日，许一个心愿吧！

桑雨微　（调整好心态）好！希望我和老公健健康康，快快乐乐；第二呢是希望我们鹏华丝毯厂红红火火，订单满满！（沉默，

闭着眼睛许心愿)

俞牧延　第三个心愿呢?

桑雨微　第三个心愿不能说,不然不灵的。

俞牧延　搞这么神秘啊?难道是跟我一样,希望可以有个小宝宝吗?

桑雨微　(惊)什么啊!(身子后倾和俞牧延拉开距离)

俞牧延　(还是很温柔)雨微,我们结婚也挺久了。我爸妈隔三岔五就问问你肚子的动静。我想,我已经准备好当一个爸爸了。

桑雨微　我……(皱着眉头,背对着俞牧延)我还没准备好。想到我要做一个妈妈了……我就很害怕。

俞牧延　(温柔地)不怕,有我在呢。

桑雨微　(转过头,看着丈夫)你知道的,提到"妈妈"这个词我就——

俞牧延　(抱着安抚)我知道我知道,没事,我陪着你,我们一起慢慢适应。

桑雨微　嗯……

俞牧延　顺其自然。来吧,先吃饭!

桑雨微　好!

[桑雨微目光看向不远处堆在包装袋上的丝巾。

[两人吃饭,灯光渐暗。

第五场

[前场区灯光亮,江雯珺一身职业套装快步走着,迎面碰上了夹着公文包的吴厂长拦住江雯珺。

吴厂长　小江！江雯珺！

江雯珺　（端详）你是……吴厂长？您好啊！

［两人握手。

吴厂长　（笑嘻嘻地）8 年了，听说你还在第一线工作呢？穿这个套装，不嫌工作起来不利索？

江雯珺　（不卑不亢，笑着）喜欢一线的工作嘛，当然要坚持。平时自然不会这么穿，只不过，今天徐家汇那里有个展销会，我再去给我们厂推销推销，这才穿上了这个。

吴厂长　（意味深长）好看，比工装更合适你。

江雯珺　谢谢吴厂长。

吴厂长　本来嘛，有一线经验的人做久了，就应该到管理岗位上来。你们程厂长也真是的，不懂得用人之道啊。

江雯珺　能和姐妹们一起工作我就很开心了。

吴厂长　能和姐妹们一起发家致富才是真的开心事儿呢。

江雯珺　吴厂长，您什么意思？

吴厂长　（笑了笑）还没跟你重新介绍我呢。

［吴厂长给江雯珺递名片，江雯珺接过念出来。

江雯珺　如心……

吴厂长　（接）机械丝毯厂厂长！多亏当年你们程厂长抠门不肯告诉我配方，我们直接转型机械厂了，现在是赚得一个盆满钵满啊！

江雯珺　所以您什么意思？

吴厂长　小江，我看中你是个人才，不忍心看你埋没在锦山。手工丝毯已经过时了，你来跟我干吧，我给你开双倍薪水！

江雯珺　承蒙吴厂长厚爱，不必了。

吴厂长　别急着拒绝嘛！海阔凭鱼跃，天高任鸟飞。只有站在更高的平台上，才能看到更广阔的风景。大家不会怪你的。

江雯珺　可是……（想把名片递给吴厂长）

吴厂长　（推）别急着给我，反正我也不急，给你一两个月的时间思考思考。也许，你就改变想法了呢。我还有事，你好好考虑哦！

［吴厂长挥了挥手，下场。

［江雯珺拿着名片又看了看，回头看了自己的工厂，工厂灯亮。

［江雯珺将名片放到了自己的口袋，场前区灯渐收。

［锦山丝毯厂内，大家如火如荼地进行着编织，舞台上可见，织机前已编织出蓝、驼配色的一方样品。

［李姐坐在机子前进行编织，她的手速很快，苗苗在一旁认真地观看着，不时记录着李姐的指导。

赵玉桂　啊呀，不过是打样就这么好看，雯珺新创的海派风格可真是太美了！用色大胆，色泽饱满，手感丝滑！我要是有钱，我都想买一个挂在家！

燕　子　（也非常得意）还没看够呢，我现在睡觉闭上眼睛都是这朵花！

石招娣　就是看不够！设计出彩，姐妹们手速也快，还剩下5天，肯定能顺利完成。

李　姐　这个样品交出去，赢定了。

［江雯珺听着对话跟着笑笑，却一刻都没停下。

王春环　我突然想起是不是有哪个刺儿头说有了订单一切都好办啊？

石招娣　也就你还能记得。没问题，想怎么庆祝，我都请！

杨　华　我要去跳舞！听说南京西路那里开了个舞厅，我还没见识过呢。

燕　子　这主意好，我也想去！

石招娣　你们都想跳舞啊？那先给我们跳跳啊？

［绣娘们打闹起来。

李　姐　（也很兴奋）好了呀，痴头怪脑做啥啦？一群疯姑娘。

［绣娘们笑着，都回到自己的工位进行工作。

［李姐认真干着活。苗苗还在一边痴痴地看着。

苗　苗　（鼓足勇气）李姐，我……我已经来工厂半年多了，一直看着大家做的自己练习，我……（犹豫）

李　姐　你想试试？

苗　苗　嗯！不知道可不可以？不行的话，也没关系，这是重要的样品——

［李姐站起身。

李　姐　来吧，我看着你做。

苗　苗　可以吗？我真的可以试试吗？谢谢李姐！

［苗苗十分兴奋，坐到了织机前。

李　姐　这个样品的重点是在于……

［李姐还没说，苗苗已经上手开始了。

李　姐　呀，小姑娘可以啊。

［其他绣娘们也都围了过来。

赵玉桂　手速这么快啊？

杨　华　这个颜色的感觉也很好！

王春环　最近看来真的进步很大啊！我们做的时候你一直在偷偷学吧？

苗　苗　是的，一直看着姐姐们做，我也手痒痒的呢！

燕　子　来，我再教你一招。（俯身进行教学）这两根线啊，可以在后面扭一下再绕回来一扣。你看，这样更牢。

苗　苗　（恍然大悟）原来是这样！我来试一下。

［苗苗坐在织机前自己尝试起来。

苗　苗　这招真不错！

［苗苗开始快速地进行操作。

［姑娘们对苗苗的编织能力啧啧称奇。

赵玉桂　苗苗，你再这样下去，要不了多久，你就要当我们的师父啦！

苗　苗　玉桂姐姐你别笑话我啦，我还要多学习呢。

李　姐　苗苗慢一点别心急，我们现在时间非常够，慢点做保证质量。

苗　苗　李姐放心吧。我在家的时候也一直这样练着，我抓紧做好，今天就可以拿去熨烫了，这不……啊呀！

［苗苗忽然大叫了一声，快速编织的手不住颤抖，原来是一根根的丝形成了锐利的刀锋，划破了苗苗手上的冻疮，瞬间流血了。

石招娣　呀！流血了！

李　姐　苗苗，别动！血不能滴到样品上！

［李姐虽然已经高声呵斥了，可是苗苗由于紧张无措，还是移动了手。

［李姐快速地推开苗苗，可是血依然滴在了丝上。

［苗苗站了起来，手足无措地悬着手。

王春环　糟了！样品上……滴到血了……

［石招娣快速地取下了样品，仔细查看。

［燕子找来了毛巾，二人合作快速进行擦拭。

杨　华　（吓傻了，指着）姐，备用的丝上……也染上血了……

苗　苗　我……我……对不起对不起！（吓哭了）

李　姐　（非常生气）叫你手不要动，你为什么还要动？血滴得到处都是，现在怎么办？

［江雯珺脚步匆匆地上场。

江雯珺　你看我这脑子，忘穿外套了。

［所有绣娘们都静默，看着江雯珺。

江雯珺　怎么啦？

［赵玉桂搂着吓傻的苗苗。

苗　苗　（哭着）师父……师父……我……

李　姐　雯珺，我自作主张想让苗苗试试，可没想到，她手上的冻疮被丝割破了，现在……

［江雯珺快步冲上来从石招娣手中接过样品。

李　姐　对不起雯珺……都怪我……

［江雯珺举手拦下李姐的话，继续看着样品。

［桑雨微拿着江雯珺送过来的包裹上场，她见状站在远角，侧耳倾听。

杨　华　（急忙汇报）三处血渍，两处比较小，应该可以处理。但是中间这块……

其他人　（嘟囔）这可怎么办啊？

苗　苗　（大哭）师父！都是我的错！对不起！师父你看看还能不能处理啊？

石招娣　已经这样了，神手也救不回来了。大不了姐妹几个勒紧裤腰带再挺几个月，下个订单来了再开工资。珺姐，你别太怪苗苗。

［苗苗情难自控，继续大哭。

赵玉桂　苗苗你别哭了，你师父也没说你。

江雯珺　还有多少备用蚕丝？

燕　子　没了……都染上血了。

王春环　我去问问咱们蚕丝供应商还有没有囤货，先加急送过来给我们用。大不了多付点钱，交样品要紧啊。

江雯珺　苗苗，别哭了，快去到处问问！

苗　苗　是！

［苗苗飞奔下去。

苗　苗　你好？请问找谁？

桑雨微　我找江雯珺。

［苗苗指着桑雨微，又诧异地回头看着江雯珺。

苗　苗　师父，有人找。

［苗苗飞奔下场。

李　姐　雨微？你怎么来了？

燕　子　呀，这不是鹏华的桑主任么？她怎么来了？

［其他几个绣娘凑在一起讨论。

桑雨微　（慢慢走上前来，把包裹扔在地上）还你这个。

江雯珺　为什么……（恍然）你是不是误会了？这是生日礼物……

桑雨微　我对你，没什么误会不误会的。

［桑雨微转身离开。

李　姐　雨微！你过分了！

桑雨微　（停下脚步）过分的是她。现在鹏华可是锦山的竞争对手，这个时候给我送东西，让我们厂的员工听到了怎么想？特殊时期要有职业敏感，别引起不必要的麻烦。

石招娣　（与他人议论）什么？竞争对手？

王春环　和鹏华？

燕　子　这怎么比啊？

江雯珺　这么多年习惯了按时送你生日礼物，是我思虑不周。你放心，这个礼物没有半点其他意思，我们的竞争是绝对公平的。礼物我先留着，等比样结束我再去送给你。

桑雨微　你自己留着吧。送再多丝巾都不如到时候你向我认输更能让我快乐。本来我们就势在必得，（扫视）现在这个情况，更是稳操胜券了。别挣扎了，手工丝毯的命运，不是你江雯珺能改写的。

石招娣　（大声）什么呀？这到底是什么情况？

桑雨微　（审视了一番，懂了，笑）哦，原来江总监还没跟你们说呀？这一次，你们的样品拿出去是要和我们鹏华的丝毯比试的。不过你们可别误会我们欺负你们，毕竟能有这个机会，还是我们鹏华提供的。虽然美其名曰是比试，其实也不过是走一个过场罢了。

［人群沸腾。

赵玉桂　什么？

杨　华　怎么会这样！

石招娣　（冲动地）小妮子，看我不撕烂你的嘴！

燕　子　（拦着石招娣）珺姐，你快给我们讲讲是怎么一回事啊！

赵玉桂　跟鹏华比，我们肯定比不过的呀。那我们的工资怎么办啊？

石招娣　你是不是故意害我们啊？珺姐，咱可不能上当啊！

［人群混乱成一锅粥，江雯珺护住桑雨微，想让她先走。

李　姐　（大声）好了！别吵了！（人群安静）她说得对，这一次的比试我们的确要跟鹏华竞争，而且，（一狠心）连做样品的钱都是雯珺自己掏腰包的！

［所有人惊，连桑雨微都有些意外。

桑雨微　这个样品（抬头看）可不是一笔小数目啊！（略带讽刺，又有一些心酸）你还真是大公无私啊。

［燕子立刻站在大幅的样品前，想要遮挡一下。

桑雨微　（笑）这有什么可遮挡的？只可惜，竹篮子打水，一场空。我提前和我的员工们去庆祝了。（稍停，又折回来，走到了江雯珺跟前）我等着你的公开认输。

［桑雨微下场。

江雯珺　雨微……雨微！

［众绣娘颓然，看看样品，看看彼此，一时不知说什么好。

李　姐　这丫头可真厉害啊，随你。

江雯珺　有自己的想法，总是好的。

燕　子　雯珺姐，我们不知道你……（叹气）那我们现在怎么办？还……干吗？

江雯珺　干啊！必须干！

赵玉桂　可是现在连丝也没有，还有污点要处理。再投入下去，可能也是一场空。要不……

江雯珺　（接话）要不还是算了，等下一个订单吧？

［姑娘们不响。

江雯珺　我们丝毯厂现在的情况大家都有数，下一个订单什么时候来呢？也许是明天，也许是明年！你们都说没订单没订单，都要哭诉抱怨，说自己空有手艺，怪这个时代，怪机织丝毯抢了我们的生意。可机会是要靠自己去争取的！现在样品接近完成，目前有三处污点需要修补。蚕丝不够的话，就加钱紧急调货，钱不用担心，我来承担。（提高音量，压住众人的反驳）不管能做到什么程度，我们锦山丝毯厂一定要拿出作品，和机织丝毯试一试，比一比！

［所有人静静地看着江雯珺，现状让她们很难提起兴致。

石招娣　那……等有丝了，再叫我们吧。

杨　华　是啊,这儿暂时也没什么事儿,那我就先回家看看孩子了。

［两人说完,快速下场。

燕　子　珺姐,那我也先走了,有事你叫我啊！王春环,你走不走！

王春环　其实人家说得也在理,机械工厂取代手工工厂是大势所趋。我们哪能那么容易逆天改命呢?

［几人下场。

［苗苗拿着库房里的蚕丝上场,场上仅剩李姐、赵玉桂和江雯珺。

苗　苗　大家……都走了?

江雯珺　(露出一丝惨笑)嗯,她们先回家看看。

苗　苗　师父,蚕商还在联系,仓库里……蚕丝只有这么点了。

赵玉桂　雯珺……咱们能扛过去吗?

江雯珺　总会有办法的。就算不能逆天改命,就算我们都是这时代中的蝼蚁,但我也要拼尽全力一搏！

［灯光收。

第六场

［这一场中,是三组人的吃饭戏。

［江雯珺家,家装简单朴素,但收拾得干干净净。

［江母正在吃饭,江父拿着叶子喂给保温箱里的蚕吃。

江　母　好了呀,菜都要冷掉了,快来吃呀。

江　父　(很兴奋)你看呀,这种新品种的桑叶蚕很喜欢吃的。继续喂一阵,保证可以养得肥肥胖胖的。

江　母　蚕蚕蚕,你一天到晚就知道弄你这点蚕。女儿你关心过哦啦?

江　父　(嘴笨)我……你……

江　母　你你你，我我我。我看女儿就是像你，工作狂！弄得家也没了，外孙女也不理她，现在工作上也不顺心！

［江雯珺出来，江母马上闭嘴，站起身。

江　母　雯珺，你才睡两个小时，怎么就起来了？是不是姆妈说话声音太大啦？姆妈不说话了，你再去睡一会……

江雯珺　没有，是我自己醒了。厂里一堆的事情，我要赶紧回去了。(欲走)

江　母　不许走！

［江母拉住江雯珺。

江　母　什么工作啦，觉也不给人睡啦？

［江雯珺做出想打断的样子。

江　母　好好好，我管不了你工作。但是，饭总归要吃的！我去盛粥，就一分钟！你就在这儿啊！不许走！老头子！(使眼色给江父)

［江母匆匆忙忙去厨房。

江　父　(不善言辞)别走。

江雯珺　(笑)好，我不走。

［江雯珺放下包，看了看桌上。

江雯珺　对不起啊爸，我都四十了，还要你们照顾……

［江雯珺有些心酸，走去江父身边一起看蚕，拿起一片叶子喂蚕。

江雯珺　它们一个个的吃得圆滚滚的，你养得可真好。

江　父　别提了，我和你妈自以为养了一辈子蚕了不会遇到什么问题了(说到蚕就非常激动)可前段时间也不知怎么突然就热起来，我们俩没日没夜在蚕架上换湿布给它们补水，定时消毒……可就是不顶用，蚕一个个地发蔫儿，好儿只都翻过身了，我真以为它们全不行了，你妈都急哭了多少回……还好它们够顽强，挺过来了。你看你看，这是你最喜欢的那条，多有劲儿，拼命想爬到叶子上来，哎哟哎哟，哈哈掉下去了，对，咱不怕，努力翻身过来，再爬！

［江雯珺的表情随父亲的话缓和下来，眼神中重现光芒。

［江母端着粥出场。

江　母　这父女俩说啥呢？

［父女俩回头看着江母，笑。

江　母　快来吃饭啊！

江雯珺　好！

［江雯珺与母亲一起围坐在桌前。江父翻着抽屉。

江　母　你吃啊。

江雯珺　（像在哄小孩）好，我吃。

［江雯珺喝着粥，吃着酱瓜。

江雯珺　好吃！

［江母只是看着江雯珺。江父坐下，递给雯珺一个信封。

江雯珺　什么呀？（打开信封一看是钱，开玩笑塞回去）干吗？想要高薪聘请锦山丝毯厂大名鼎鼎的技术骨干啊？我可不吃这套！

江　母　给你你就拿着，等吃完饭让你爸送你，把新采的蚕丝给你带回去。

江雯珺　（语气低沉了下去）你们知道了啊……

江　母　你爸爸人缘可好了，他那些老朋友一听说我们急着要丝，都帮忙集丝呢，等晚点送来了让你爸直接给你送到厂子里。

江雯珺　不行，我不能要。

江　父　一家人说什么能不能。

江雯珺　行，那今天我把那条小蚕也带走，就放在我办公室的旁边，天天看着。

江　父　好啊，那我把那个保温箱也给你准备一下，你记得按时喂它东西就好了。这个保温箱，还是小时候雨微养蚕的时候吵着买的呢，就是上面是她最喜欢的粉红色卡通图案，你们……

［江母饭桌下狠狠地踹着江父，江父意识到自己失言。

江　父　呃……我是想说……呃……

江雯珺　好，我都拿着。（真诚地）爸爸……妈妈……真的谢谢你们。

江　母　你还谢我，我都难受死了……都怪我，当时非让你嫁给那个知青，现在母女俩成什么样子。雯珺，你不能一直这么苦着自己，还是该和雨微解释清楚……（欲哭）

江雯珺　妈，是我自己喜欢他，执意要嫁给他的。是我自己的选择。不怪你。我和雨微，总有一天，会说清楚的。

［江爸给江雯珺夹菜，示意她多吃些，三人交换充满爱意的眼神。

江雯珺　爸、妈，放心吧，我会像小蚕一样，掉下去也不怕，会努力翻身再爬起来的！

江　母　傻姑娘，就是像你爸！

［三个人吃饭。

［灯光暗。

［舞台另一侧，灯光亮，桑雨微的办公室。方媛拿着样品给桑雨

微看。

桑雨微　（看着丝毯的样品）啧，这个花色，还是有些俗气了。

方　媛　（小心翼翼地）桑主任，丝毯的花不都是这样嘛。红花配绿叶。

桑雨微　这个手感也有些硬了。

方　媛　毕竟是机器制作的嘛，柔软度肯定是不如手工做的。

［桑雨微抬头，看了一眼方媛。

方　媛　（忙改口）但是我们成本低、耗时短呀，蒋老板是个商人，更看中的肯定是性价比。

［桑雨微继续摸着样品，低着头不回应。

［方媛看桑雨微表情不佳，故作聪明地转移话题。

方　媛　本来是为了不时之需，我提前把周边几大供应商的这批蚕丝都收了。没想到咱们一路畅通，反而是对家弄坏了样品。桑主任您放心，他们无论如何也买不到丝了，咱们这回是不战而胜！

桑雨微　不战而胜很光荣吗？我要的是在所有客户面前证明机织毯比手工毯更好，要彻彻底底地战胜他们，让他们永远不会对我们构成威胁，（有些激动）影响我们的人生！

方　媛　（不解）人，人生……不至于吧？

桑雨微　（自觉失态）把样品精心保管好，下午给绣娘们放个假。

方　媛　好咧桑主任！

［方媛收好毯子，又小心翼翼地瞄了眼桑雨微。

方　媛　桑主任，到饭点了，要不要一起去吃饭啊？

桑雨微　不用了，我自己带饭了。

方　媛　（大舒一口气）好，那我就先走啦。

［方媛快速溜走。

[桑雨微还是闷闷不乐,她看了看时间,拿出了俞牧延给自己准备的盒饭,可刚打开盒饭,就立刻干呕起来。她抱着垃圾桶干呕。良久,站起来,给自己倒了杯水。

[桑雨微再次尝试打开盒饭,欲吃,却还是想吐。她逼着自己吃了两三口,却最终又吐了出来。

[桑雨微瘫坐在地上,意识到自己不适的缘由,摸着肚子的手攥成了拳。

[灯光暗。

[场后区,锦山丝毯厂门口,一个年轻男子骑着自行车焦急地等着。

[苗苗急急忙忙跑了出来。

苗　苗　哥,哥!在这儿呢!

苗　哥　怎么才来啊,不是说好了12点碰头么,现在都快1点了。

苗　苗　对不起,我刚刚在除血渍,太集中了就忘了时间。(疲惫但兴致很高)我跟你说特别难弄,又要去渍又不能弄坏蚕丝,我超级小心,一点点,一点点地清理。

苗　哥　看你这样子,成功啦?

苗　苗　差不多了!妈给我带的什么饭啊?快给我,我都快饿死了。

[苗苗抢过苗哥带的饭盒,打开。

苗　苗　哇,好香!

[苗苗大大咧咧蹲在地上就大口吃起来。

苗　哥　(心疼地)咋饿成这样,什么单位啊这么压榨人。你看你的手!以前画画的时候你最宝贝你这双手了,看看现在哪还像个姑娘?

苗　苗　(满不在乎)这就是个小伤。再说了吃得苦中苦,方为人上人，你还没看过我师父的手呢。

二人合　食指都是弯的！

苗　哥　你师父的光荣事迹我已经听了100遍了。苗苗，你个小女孩干吗要过得这么辛苦，你就听爸妈的换个工作吧。现在都是工业路线，咱们就去不遭罪的机械厂，怎么样？

苗　苗　你们怎么都说机械好啊？我不要！我就喜欢这里。

苗　哥　你就是当初看了那个江雯珺的新闻报道着了魔，才非要来这个地方。

苗　苗　那怎么了？我师父真的很厉害！

苗　哥　对对对，她最厉害！傻丫头，不知道提前做打算，非要等到厂子倒闭——

苗　苗　（生气）才不会！（站起来）我们虽然是遇到了个大麻烦，但是！我们全厂的姐妹都在忙活，一定可以拿下订单！

苗　哥　好说好劝不听，爸妈都被你气成什么样了，你非要和你师父一样，和家人都分开，搞得众叛亲离啊！

［苗苗快速扒了两口饭，生气地把饭盒扔到苗哥手里，气呼呼地要走。

苗　苗　（回过头来）告诉爸妈，我今天不回去了，明天也不回，最近都不回去了！

苗　哥　（喊）怎么可以不回家！

苗　苗　你不是说我众叛亲离嘛，正好我给我师父当干女儿，养她老！

［苗苗一路小跑，退场。

［苗哥看着手里的饭盒，叹了一口气，慢慢下场。

［苗苗再次上场，全场灯亮，锦山丝毯厂车间的全貌，只剩下江雯珺、李姐和赵玉桂三人，显得格外冷清。

［江雯珺的身边多了一个保温箱，里面养着从家里带来的小蚕。

［气冲冲的苗苗见状立刻像瘪了气的气球，瘪着嘴拿起桑叶去喂蚕。

江雯珺　回来啦？怎么这个表情，你哥说你了？

苗　苗　没有。（突然认真）师父，我能认你当干妈吗？

赵玉桂　哈哈哈，这孩子怎么回事，被家里赶出来了？

苗　苗　姐你别打岔，我认真的。

江雯珺　（打趣自己）咱们厂我是出了名的不称职妈妈，你选错人了。

苗　苗　我不用你照顾我，以后我孝顺你，我陪着你，给你养老！行吗？

李　姐　你这孩子，还起劲了。你师父现在没这个心思。快去把丝都拿过来，我们看看还够做点什么。

江雯珺　（温柔地笑）快去吧。

苗　苗　哦……（不管不顾高声）干妈！

江雯珺　哎哟，吓我一跳。

［苗苗去角落里翻找。

苗　苗　没有丝了。

［李姐和赵玉桂都停下了手。

江雯珺　什么？送来的丝全部都用完了？

赵玉桂　不可能！你是不是没找仔细！……（冲过来一起翻）真，真没了？

［所有人面面相觑。

［方媛艰难地半扛半拖着一大包东西气冲冲地上场。

方　媛　有没有人啊？

赵玉桂　你是？

方　媛　我是鹏华丝毯厂的方媛。

李　姐　鹏华？你来干什么？

［赵玉桂立刻遮挡样品。

方　媛　有什么好遮的？我才不看呢！好心当作驴肝肺。

江雯珺　是雨微，（改口）桑主任叫你来的？

方　媛　对呗！不然我才不想来！喏！（将袋子拉过来）桑主任给你们的。

苗　苗　这是……（弯腰打开袋子看）蚕丝？

［所有人惊。

方　媛　（夸张）全厂都放假了，就我一个倒霉蛋又要联系仓库，又要联系物流。

江雯珺　为什么？

方　媛　我怎么知道？她只说不想胜之不武，要彻彻底底地战胜你们！不过我看，你们的问题可不只是蚕丝，堂堂锦山就这点人手，传出去笑死人了。

［石招娣等人上场。

石招娣　谁说人手不够的？

王春环　我们不是都在吗？

［众人回头，看到石招娣等人都来了。

苗　苗　招娣姐！春环姐！

［石招娣等人对着苗苗神气地点了点头。

方　媛　（不甘示弱）有人就好，不然我真怕我们主任心一软，明天又叫人来帮你们赶工。千万好好弄，这回再输可没什么借口了。

石招娣　你可真逗，我告诉你，我们锦山从没输过，是国家认证的技术第一，苗苗，把广播放给她听听长长见识！

苗　苗　好！

方　媛　我可没有这闲工夫，你们就浪费时间孤芳自赏吧，到时候可别哭得太惨！

江雯珺　等一下！

方　媛　又干吗？

江雯珺　帮我谢谢桑主任。这个钱我们会尽快还上的。

［方媛撇撇嘴，脚步匆匆地离开了。

赵玉桂　（迎上去）燕子，华子，你们回来啦？

杨　华　我这一宿是一点没睡着啊，满脑子都在想怎么改这朵花。

王春环　谁不是呢？（打哈欠）我心不在焉地拿凉水给我爸沏茶，与其在家里想，还不如在厂子里忙活着安心呢。

李　姐　有些人不是最讨厌宣传语了吗？

石招娣　此一时彼一时。这小丫头可真气人，手工织造可不能在我们的手里毁了，要不就遂了她的愿了。珺姐说得对，不管最后能不能成功，我们锦山丝毯厂一定要拿出作品，和机织丝毯试一试，比一比！

燕　子　你这性子，给点阳光，你就灿烂。珺姐，我们干点什么？

江雯珺　现在小的血渍清理掉了，蚕丝量也足够了，干脆利用这颗大的血渍做花心。

石招娣　可以啊！那做什么花好呢？

江雯珺　心如花木，向阳而生。就做向日葵吧！

杨　华　行！

王春环　这个主意好哎！

所有人　开工！

［大家忙活起来。

［音乐进。

[时间流程。

[舞台上渐渐拉起一个较大的样品，样品上原本是血渍的地方被编织成了向日葵的花心，非常好看。

石招娣　这也太好看了吧！

苗　苗　我们完成了！完成了！

[绣娘们喜极而拥。

[灯减弱，音乐渐收。

第 七 场

[桑雨微家。

[桑雨微一个人在家做着家务，她穿着居家服，把头发都扎了起来，正拼命地在拖地。

场外音　（声音）桑小姐，您已经确认怀孕一个多月了。真的要堕胎吗？还是和丈夫再商量一下吧。

[桑雨微拖地越拖越快，甚至有些气喘吁吁。

[俞牧延回家，可桑雨微却沉浸在自己的世界里，没有听到他回家。

俞牧延　雨微？

[桑雨微继续拖地，没有听到。

俞牧延　（拍了拍雨微的肩膀，大声）雨微？

[桑雨微吓了一跳。

桑雨微　啊哟！你什么时候回来的？吓我一跳！

俞牧延　我叫了你很多声了。你脸色怎么这么差，快别干了，休息一下。

桑雨微　（勉强挤出一个笑）我没事，只是觉得这个地挺脏的，拖一下。

俞牧延　我们桑主任从来都不干家务的,除非心情不好。怎么啦?订单没拿到吗?

桑雨微　怎么可能?一早就和蒋老板签好订单了,10!万!块!

俞牧延　10万?桑主任真是厉害啊!大家可开心了吧?

桑雨微　可不,我干脆给绣娘们放了假,方媛找了一个什么舞厅,大家都去跳舞了。我嫌吵,所以就先回来了。

俞牧延　那咱们俩庆祝一下,真是喜从天降啊!

桑雨微　是唾手可得好吗?我仔细分析了蒋老板的需求,在物美价廉的基础上兼顾了传统的美学风格,流程安排合理,蚕丝备货完善,这些功夫都是实打实的,不是那些只知道动手不动脑子的能比的。

俞牧延　是我用词不当!我自罚一杯!

桑雨微　要喝酒啊?(下意识)我不能喝。

俞牧延　啊,为什么?你不是最喜欢小酌一口了么?今天拿到这么大订单,咱们开个最好的酒。

桑雨微　真不行。我……(快速找借口中)我今天好像真有点不太舒服,感觉有点着凉,还是别喝酒了。

[俞牧延贴心地摸了摸桑雨微的额头。

俞牧延　不烧啊。不过小心点的好,我去给你拿件衣服披一下。

桑雨微　啊呀不用了,我不喝酒就行了。

[俞牧延在客厅一角的立式衣柜里拿出一件衣服。

桑雨微　真不用啦!

俞牧延　小心驶得万年船。桑主任刚拿下这么大的订单,我可得替鹏华丝毯厂好好照顾大功臣啊。我去给你熬个汤,保证把你的寒气逼出来。

［俞牧延替桑雨微披上衣服。

桑雨微　这衣服，你是从哪儿找出来的。哈哈哈，这不是我读高中时候穿的嘛！

俞牧延　就在那个柜子里啊。我收拾换季衣服时找到的，对了，你的那些丝巾我也都重新整理出来了，你看看怎么处理吧。

［桑雨微闻言抬头，俞牧延已经走到厨房里去了。

［桑雨微想了想，还是拉开了衣柜，一个围巾架上束着颜色各异、大大小小的丝巾，桑雨微将其中一条歪掉的解开，手法轻柔地重新系好。

［门铃响。

［桑雨微开门，门口站着的是江雯珺。

桑雨微　（吃了一惊）你？

俞牧延　（声音）谁啊？

桑雨微　没谁。（想要把江雯珺推出去）

［俞牧延已经走出来了。

江雯珺　（仔细打量着俞牧延）是小俞吧？

俞牧延　（也在打量着）阿姨您好。

桑雨微　这位是锦山的技术总监。（加重语气）手下败将。

俞牧延　（吃惊又疑惑）雨微？怎么这么说呀。

江雯珺　她说的没错，我确实输了。

俞牧延　（打圆场）您来找雨微是有事儿是吧？快进来，慢慢聊。

母女俩　不用了不用了……

［俞牧延已经将江雯珺请进屋。

俞牧延　阿姨您留下吃口便饭吧，您稍等，饭马上就好。

［俞牧延走进厨房。

［江雯珺打量着桑雨微的家。

江雯珺　家里很温馨，很漂亮。（转头看到衣柜里的丝巾）这是……

［桑雨微一把将衣柜拉上。

桑雨微　（嘴硬）理出来准备扔掉。

江雯珺　我理解。（从包里拿出之前的丝巾礼物）那这条一起处理了吧。

桑雨微　（冷笑，没有接）知道我会扔你还送，你的自私还真是一成不变，怎么？坚持每年送条丝巾能消解掉你可笑的愧疚感吗？

［江雯珺一时语塞，把丝巾轻轻放在沙发上。

江雯珺　你小时候总说不戴新丝巾就不算过生日，天气再热也要戴出去给小朋友看，所以我总是提前留上当年最好的丝织给你……

桑雨微　14岁以后我就不戴丝巾了，拜你所赐。（坐在餐桌旁，换上游刃有余的职业状态）江总监，今天来该不是来回忆往事的吧。

江雯珺　（有些尴尬）不是。我是代表我们厂的绣娘来找你。

桑雨微　（特别理智地）订单的事情来找我没用，这是蒋老板的决定。而且，我是不可能把这个订单让给你们的。

江雯珺　不是的，我是代替大家来感谢你，谢谢你愿意借给我们蚕丝。钱我会尽快凑齐还给你的，这次——

桑雨微　（打断）好。

［江雯珺有些局促，一时不知如何开口，停顿。

［俞牧延端着菜上场。

俞牧延　阿姨，雨微最近胃口不太好，今天还有点不舒服，不好意思，咱们就简单吃点了。

江雯珺　不用不用，别麻烦了，我这就走。

［江雯珺小心地看着桑雨微脸色，桑雨微面无表情。

俞牧延　不麻烦的，马上就好了。雨微，你请阿姨坐啊！

［俞牧延快速进厨房拿东西。

桑雨微　你，坐吗？

江雯珺　你怎么不舒服了？感冒了吗？这两天凉了，要多穿。

桑雨微　不关你的事。

江雯珺　好吧，那我快点把话说完，你胃一直不好，要按时吃饭。（长舒口气）雨微，我认输。这次手工丝毯确实输给了机织丝毯。采访我已经录好了，今天就会播出。你借我们蚕丝的事我没有讲，不想给你添没必要的麻烦。哦对，我们这次比样的样品我也带过来了，如果你还需要其他的宣传，随时联系我就好。

［桑雨微接过江雯珺递来的样品，有些意外。

桑雨微　你，倒是痛快。

江雯珺　我心服口服。时代，终究是要抛下手工丝毯了。

桑雨微　我行我素的江雯珺也开始怨时代不公了？难道比样之前你就没想过可能会输吗？如果不是你一意孤行，你的同事们就不会面对今天的惨状。我真的很好奇，你就这么喜欢替别人做决定吗？

［江雯珺不知如何回答，被桑雨微的话刺伤。

桑雨微　（起身）你接下来准备怎么收场？你，真的能对别人的人生负责吗？

江雯珺　雨微，我就是对你的人生负责才……

桑雨微　（被刺痛）我说的是你们厂的绣娘，没在说你和我！

江雯珺　对不起。

桑雨微　不需要！

江雯珺　虽然我们输了，但其实我很开心能通过这次的事重新见到你。你爸爸把你教得很好，长成了这么正直、善良、努力拼搏的女孩子。我一直欠你一个道歉。对不起，我曾经让你那么失望。（上前）对不起，我的孩子，我没能好好照顾你。

桑雨微　（躲开）我不接受。让你认输是为了抵消机械丝毯在客户心中的疑虑，不代表我给了你机会解决你和我之间的问题。而且你错了，我成为今天的我不是我爸把我教得多好，他带我回来不久就重新组建家庭了。支撑我成长的是要实现14岁时许下的生日心愿，我要长成厉害的大人，证明你做的选择是错的！今天，这个愿望实现了。

江雯珺　（软弱下来）我知道我亏欠你很多，只是当时我真的没得选……

［江雯珺双手搭上桑雨微手臂，却被桑雨微一把甩开。

桑雨微　你明明选了！你选择了我的人生！我永远忘不了那个雨夜，你把我硬塞到爸爸的手中，没有任何解释就说让我离开你，不要耽误你的工作。历史就是这么相似，这一次你做了同样的选择，站在我的对立面，选择你的手工丝毯。我就是要用事实告诉你，两次你都选错了，你做的每一个选择都是错的！

江雯珺　（流泪）是我错了，是妈妈错了，对不起……对不起。

桑雨微　说对不起有用吗？因为你，我成长的每一天都充满着对自己母亲的讨厌！憎恶！妈妈？（冷笑）我从来不相信"妈妈"的爱，那些幸运的小孩只是没有阻碍他们妈妈的发展，一旦发生冲突，他们的妈妈就会说他们的存在是一个错误，像丢垃圾一般把他们丢掉！（怒视）你知道吗？我自己都没有勇气当妈妈，我怕我也会像你一样伤害她！这些是一句道歉可以弥补的吗？你走！我不想看见你！

［俞牧延拿着碗筷走出来。

俞牧延　雨微，怎么了？（顺势看到沙发上的包装袋）这是……（意识到）阿姨你是？

江雯珺　（努力压抑着情感）你说的对，一切都太晚了，我弥补不了对你的伤害，我现在能做的，就是跟你道歉。对不起对不起。

桑雨微　（情不自禁）如果再给你一次机会，你会怎么选？

江雯珺　我……

桑雨微　算了不要说了，把丝巾留下。

［江雯珺颤抖地把丝巾塞到了桑雨微手里，快步离开，忽然停住，转过身。

江雯珺　（努力擦掉眼泪）雨微，妈妈爱你。

桑雨微　（怔住）什，什么？

江雯珺　（大声，且努力微笑着）雨微，我爱你！妈妈爱你！请你不要失去做一个母亲的勇气，你会做得很好，你会很爱很爱她的。

［江雯珺跑下场。

［桑雨微怔怔，差点踉跄。

［俞牧延勾着桑雨微。

俞牧延　对不起，如果我早知道是她的话……我就不会让她留下来吃晚饭的。

桑雨微　（惨笑）她也的确没有留下来吃饭。

俞牧延　（心疼地）别想了，先吃饭吧。

［俞牧延想要关门，却发现门口还站着一个人。

俞牧延　你是？

[俞牧延回头看向桑雨微。

桑雨微　(转头看向门口)程厂长？怎么，你们今天锦山的人都要来一遍我家吗？

[门口站着的是拎着大包小包的程厂长。

俞牧延　不好意思，请你马上离开我家！

桑雨微　(瞄了一眼程厂长手里的东西，心下了然)我再说一遍，蒋老板签下订单是他的主意，给我送这些，也改变不了任何事。

程厂长　(笑了笑)别误会，订单签了就是签了，没有改的道理。我原本来是希望你可以不要赶尽杀绝，不过是一张订单嘛，何必搞得我们厂的员工还去上电视道歉呢。

俞牧延　那你现在是要干什么？

程厂长　(理了理衣服)我现在，是要代表我们锦山，拿回我们的样品。

[程厂长伸手抽掉了刚刚江雯珺送给桑雨微的样品。

桑雨微　喂，我可是听说，这个样品是江雯珺自己出资制作的，那也就是属于她的私人产品。她要送给谁，不由你说了算。

[桑雨微想伸手抽回样品，程厂长手一躲，将样品拽在手里。

程厂长　对，之前是她出资的，但现在，我们工厂会把这笔钱支付给她的。

桑雨微　(冷笑)工厂都要倒闭了，这时候还支付这笔不必要的费用？

程厂长　(一改往日，一语双关)就算要走，我们也要体面地走。

[程厂长用心地折好样品，郑重地放在自己的包里。

程厂长　只可惜，你都二十多了，还是不能理解你妈。这就像你们机械以为可以用速度赶超我们手工一样，自以为是，可笑。

（稍停顿）这些酒，我就放这了，就当我们厂谢谢你们之前送过来的丝。

［程厂长转身就走。

桑雨微　（上前）等等，你什么意思？

［俞牧延拉着桑雨微。

桑雨微　我看，自以为是的人是你！你从来没有经历过我的生活，你凭什么指责我？点评我？

程厂长　（猛地转身，怒而威严）对，我从来没有经历过你的生活，但你经历过你妈的生活吗？那你凭什么去指责她，点评她？

［桑雨微被程厂长的气势所压，一时之间不知道说什么。

程厂长　我本来不想跟你这种小屁孩多说点什么。现在既然你问我，那我就教教你。那一个雨夜，我也在。那些伤人的狠话，你要是痛三分，你妈就能痛十分！天底下，哪个妈妈想要跟自己的孩子分开？可是你爸要走，他是大学生，当年因为政策不得不下乡，才和你妈妈结婚。这对你妈妈公平吗？对你公平吗？你14岁的时候不懂，那现在呢？让你去跟着你爸爸，让你去有更好的环境学习与生活，这到底哪里有错了？她是用最伤她自己的方式来成全你啊！就算到了现在，她还是一句都没有给自己解释过……你走了，你妈哭了几个月，瘦了多少斤，没日没夜地就在机台前工作。连我都看不下去了，我让她休息休息吧，你知道她说什么？

桑雨微　说什么？

程厂长　我女儿一直希望我能成为最厉害的仙女。（笑出来）这算什么孩子话？世界上大概也只有你妈会当真。但是，她做到了！她不仅是上海，更是全国最好的绣娘！颁奖那天，那么多媒体采访她，我本来给她准备了一大段话想让她扬名立万，声名远播，可她倒好，紧紧地攥着获奖作品支支吾吾说不出话来，强忍着眼泪就说了一句"拿到这个奖，是不是就算最厉害的仙女了？"她这一辈子，都在为了你活。

［桑雨微不响，略一踉跄。

［俞牧延赶紧扶住桑雨微。

俞牧延　你说够了没有，拿上你的东西，赶紧走。

程厂长　我是要走了。（瞥了一眼桑雨微）这些情况，你从来都不知道吧？当儿女的可真幸福，只凭着一股子恨意就可以横冲直撞地活着，和孩子比心狠，父母从来没赢过。咳，什么赢不赢的，（理了理衣服，一语双关）诚心诚意做好我们能做的事情，在该退场的时候，就潇洒地走吧。

［程厂长潇洒离开。

俞牧延　什么嘛！这时候来逞英雄，又不关他的事情，啰里八嗦说了那么多。

［俞牧延低头一看，却发现桑雨微已经卸下了刚刚那副盛气凌人的样子，她慢慢走到了那堆丝巾附近，蹲了下来，慢慢地围在自己的脖子上。

俞牧延　（担心地）雨微……

桑雨微　（抬头，努力露出笑）小时候爸爸忙着看书，妈妈忙着农活，没人陪我。我看动画片里说，七仙女个个都是巧手，会给自己的孩子织好多好多的衣服……原来，她都记得，她都记得……（终于忍不住哭了出来，跌坐在地上）

俞牧延　（拉着桑雨微站起来）地上凉，快起来。

［桑雨微被拉起，在俞牧延的怀里抽泣着。下意识地抚摸着丝巾，突然仔细端详起地上的所有丝巾。

俞牧延　（也仔细观察到了）咦，这些围巾上怎么都有向日葵啊？

［俞牧延上前，将所有的围巾都拼在一起，所有的围巾上都绣着各式各样的向日葵，拼在一起，变成了一大朵向日葵，而那个样品，就是最闪耀的太阳。

俞牧延　还少了一个太阳，可能……是刚刚那个厂长收走的样品吧。

桑雨微　（低喃）向阳而生，她知道我最爱的就是向日葵……可是没有太阳了，向日葵还怎么绽放呢？

俞牧延　（拉着桑雨微走到沙发上来，轻声安慰）雨微，这么多年来，他们对你造成的伤害都是真实的，如果你不想，不要强迫自己刻意去理解、去原谅。可如果多年前的隐情让你的内心松动了，我愿意陪着你一起面对所有的变化。你要知道，我也可以做你的太阳，向日葵从来不该担心自己如何绽放。

［桑雨微被俞牧延感动，紧紧拥抱住俞牧延。

［灯光暗。

第八场

［灯光起。

［6岁的小雨微在桌子前写字，背景身后的吵架声起。

桑爸爸　（声音）我让你给我买的是《宋朝文鉴》，你给我买的是《宋朝图鉴》，一个文，一个图，你是不认识这两个字吗？虽差一个字，但是之间的鸿沟，你懂不懂？

江雯珺　（声音）对不起对不起，我还急着去帮爸爸卖蚕丝，没看清楚买错了。

桑爸爸　（声音）怪不得我的书上有一股味道！岂有此理，圣贤书啊！这可是圣贤书！

江雯珺　（声音）我实在没办法，那些蚕丝太重了，爸爸一个人搬不动。你又……我已经把书包了好几层了。对不起啊……

桑爸爸　（声音）算了也不能怪你，你一个农妇，我能指望你干什么呢！

江雯珺　（声音）对不起啊……

桑爸爸　（声音）你除了说这个还会说什么？哦，你还会跟人家吵架！人家吴老师又跟我告状了，说看到你去菜场买菜，为了两毛钱跟人家吵了半小时啊！你让我这脸往哪搁？

江雯珺　（声音）家用……不够了。

桑爸爸　（声音）钱钱钱，你就知道钱。怎么会有你这么庸俗的人！

［乒铃乓啷一阵声音。

［小雨微皱着眉头，急忙跑到一旁穿上一件外套，戴上一块丝巾。

［脚步声起，24岁的江雯珺上场，她擦了擦眼泪，努力挤出了一个微笑。

江雯珺　雨微，怎么不认真写作业？

小雨微　早就写好了。

江雯珺　（走上前去翻了两页）真的哎。这么聪明，真棒！随你爸。

小雨微　明明是随我妈。

江雯珺　随我有什么好？

小雨微　当然好了。这身衣服，你亲手给我做的吧？今天，可是得到了全班、全校同学的关注。我同桌可羡慕我了。

江雯珺　（开心）真的？

小雨微　（老神道道）那当然了，还有这条丝巾，连我们滕老师都跟我打听是在哪里买的呢！

江雯珺　啊呀，这个丝巾我都还没做好呢。你这孩子，怎么就戴出去了。

小雨微　（故意）还没做好就这么漂亮啦？人家可都猜是南京路买的呢！

江雯珺　（笑，勾了一下小雨微的鼻子）臭姑娘，这么小就会哄我啦？

小雨微　我实话实说嘛！我同学们可都说，我妈是七仙女！

江雯珺　为什么？

小雨微　会织布呀！

江雯珺　可妈妈……也只会织布啊。

小雨微　会织布最厉害了好不好！（真诚地）妈妈，你一定要织出最漂亮的图案，成为全上海，全国，全世界最厉害的仙女！好不好？

江雯珺　好！妈妈答应你！

［小雨微拿着丝巾包住两人，两人快乐地转圈圈。

［70年代打扮的男性拿着大喇叭走上前。

人　事　上海锦山丝毯厂、上海如心丝毯厂、上海芳华丝毯厂准备招工，请有意向的人来排队报名！要求有相关的专业背景，有需要的快来找我！

［江雯珺看着人事，又看了看小雨微，小雨微笑着朝她招招手。

［江雯珺点了点头，和其他人一起去报名，下场。

［小雨微紧张地在场上等着，江雯珺上场，脸色惆怅。

小雨微　（遗憾）没成功嘛……

江雯珺　（开心地）录取啦！我录取啦！

小雨微　哇！我妈真的是仙女啦！

［母女俩紧紧相拥。

［下雨声，两人下场。

［14 岁的桑雨微上场。

桑雨微　我对你来说，根本从一开始就是一个错误，阻碍你工作的累赘！我走了！就让一切的错误停止在此刻！

小雨微　（开心）妈妈，你要成为全上海、全国、全世界最厉害的仙女哦！

桑雨微　我希望我会成长为厉害的大人，让江雯珺知道她做了多么愚蠢的选择。

［灯光渐起，江雯珺趴在机台上睡着了。

小雨微　妈妈，你要加油哦！

桑雨微　如果再给你一次机会，你会怎么选？

［电话声音起，江雯珺猛地惊醒。

［小雨微和桑雨微都跑下场。

江雯珺　雨微！雨微……

［江雯珺意识到是一场梦，看了看空无一人的机房。

［电话声继续响了几声。

江雯珺　（晃过神来，接起电话）喂？吴厂长，你怎么又打来了？还给鹏华的钱我会自己想办法的，不劳你费心。（欲挂断，随后又仔细听了一阵）如果我答应去你那，我可以带几个人？不行，3 个太少了，我手下的姐妹还有很多……我，好，我下周给你答复。

［程厂长走进来，默默坐回了织机前。

江雯珺　程厂长？我……（支支吾吾辩解）

程厂长　我理解，海阔凭鱼跃，天高任鸟飞嘛，这话我还是和你学的。

江雯珺　你别误会，不是这样！

程厂长　你不用和我藏着掖着，吴厂长也跟我打过招呼了。能看到你发展得好，我也会很开心的。

江雯珺　我真没想走，其实吴厂长找我很久了，我一直都没答应。

程厂长　（意味深长）现在想不走，也难了。

江雯珺　什么意思？

程厂长　我已经叫了大家都过来开个会了，等下一起说吧。

［绣娘陆陆续续来了。

石招娣　程厂长，珺姐。

杨　华　（小声）看这个阵势，不太妙啊……

赵玉桂　（小声）怎么，都这么严肃啊……

程厂长　大家都到齐了吧？

李　姐　（清点了一下人数）都到了。

程厂长　好。来，大家都坐！

［一众绣娘都有些惶恐，慢慢坐了下来。

程厂长　今天来，是有几件事情要跟大家说。距离上一次的样品竞争已经一个多礼拜了，相信大家也都从失败情绪里缓过来了。虽然，我们这次订单没有拿下来，但是，我们的作品非常棒。（拿出来样品给大家展示）

江雯珺　（站起来，指着）这……你，你去找过……

程厂长　（挥挥手让她坐下）我做这一行一辈子啦，我是看着这个厂发展，红火，到现在……我可以说，这次样品的工艺代表了我们手工丝毯最好的技术！我们锦山丝毯时至今日仍然在坚持创新，你们每一位绣娘都应该感到骄傲！

［绣娘们忍不住鼓掌。

程厂长　只可惜啊，现在……不是我们的时代咯。但是，出于对技术的尊重，对手工业的尊重，就算厂子再难，这幅样品的费用，我们厂出钱。

绣娘们　好！（拍手）

李　姐　（轻轻握住江雯珺的手）太好了，太好了！

［程厂长挥了挥手，示意大家安静下来。

程厂长　现在我要说第二件事情了。由于我们很久没有拿到订单，这一次和机械厂的比拼弄得是满城皆知，前几天，市纺织局找我谈话了。（努力笑）我们厂……可能要做出点改变了。

［绣娘们惊，咋咋呼呼。

王春环　这是什么意思？

杨　华　做什么改变啊？

燕　子　不会是要下岗吧？

苗　苗　都怪我都怪我！

程厂长　好了别吵了！（所有人安静）现在市里面也还没公布具体决定。大家先不要自乱阵脚。

石招娣　肯定是散伙啊！难道是要给我们分配订单发奖金啊？

［众人又咋咋呼呼。

程厂长　这就是我要说的第三件事情了！

［所有人静。

程厂长　如心的吴厂长你们还记得吗？以前我们差点因为争一点丝打起来的那个。

李　姐　记得呀，怎么啦？

程厂长　他现在转型做机械丝毯啦，红火得一塌糊涂。那我们雯珺，因为出色的技术能力，被他看中了！

所有人　什么……

燕　子　珺姐，你要去机械丝毯厂？

石招娣　好啊你！你非要跟人家鹏华打赌，搞得我们现在厂都要受处罚，你倒好，跳槽了啊！你！你！你这是背叛你知道吗？你是不是故意的！

［石招娣冲上去想质问江雯珺，被其他人拉住。

江雯珺　我还没答应要去啊！是，他们是来找过我，可是我没有说要去！

程厂长　（大声）是我要求她去的！

［所有人静，大家都看着程厂长。

程厂长　她去的话，可以带4个绣娘一起去！

［江雯珺看着程厂长。

苗　苗　我们才不去！对吧，姐妹们！（回头看着所有人，可没想到没人回应）

程厂长　别说孩子气的话了！除了是我们锦山绣娘，你们还是自己家里的女儿，是妻子，是妈妈，我们都要张口吃饭，都要衣食住行，而且，就算是这一次挺过来了，我们的时代已经过去了。大家都要为自己打算打算！

［绣娘们看着程厂长，又看看江雯珺。

程厂长　只是很抱歉，我只争取到4个名额，这是我和吴厂长谈下来的最多人选了！其他人还得留下来跟我一起坚守……

［绣娘们互相看着。

程厂长　好了，今天我要说的事情就这么多。大家都自己考虑考虑，然后，有什么想法的再来私下跟我讨论。

［程厂长下场。

［绣娘们互相看着眼色。

杨　华　程厂长，我还有点事想问问您！

燕　子　这个……去了别的厂，有编制吗？

[一众绣娘追着程厂长下场。

[场上,只留着江雯珺和李姐。

江雯珺　你怎么不去?

李　姐　除了这儿,我哪儿都不去。

江雯珺　你也很看不起我吧?

李　姐　怎么会?至少,我们用尽全身的力气去争取过了,不留遗憾(像搂女儿一样地搂着江雯珺)我老咯,那些机械我不懂。就把机会留给其他姐妹吧!

[江雯珺说不出话。

李　姐　(轻轻摸了摸江雯珺的头)别难过,至少,你还帮了4个人呢。

[江雯珺再也承受不住了,捂着脸跑下场。

李　姐　雯珺!雯珺!哎……

[李姐慢慢坐回自己的机台前,一边纺织一边唱歌。

李　姐　(唱)在那矮小的屋里灯火在闪着光,年轻的纺织姑娘坐在窗口旁……

[后区灯光暗。

[前区灯光起,这是一个公园的长椅。

[江雯珺一个人坐着,旁边放着一个保温箱,她用桑叶喂着小蚕。

江雯珺　小蚕,你怎么不吃?是不是连你都看不起我,不肯吃我给你摘的叶子?对……别说你了,连我都看不起我自己。是我输了比赛,是我害得工厂被处罚,是我害得那么多姐妹面临下岗。作为一个女人,我没被人爱过;作为一个妈妈,我狠心抛弃女儿让她那么痛苦;作为一个女儿,父母还在省吃俭用着接济我。江雯珺啊江雯珺,你,你真的太可笑了!

[江雯珺蜷缩在椅子上,把脸埋在膝盖里,未料一动身,保温箱不小心掉在了地上。

[江雯珺吓一跳,急忙跪在地上去找。

江雯珺　小蚕,你到哪里去啦?

[桑雨微上场,她停顿了一下,看着江雯珺弯着腰。

江雯珺　快出来啊!你可别吓我!

[桑雨微慢慢走过去,也弯下腰去找,她眼睛尖,一下就找到了小蚕,她轻捧小蚕,递给江雯珺。

江雯珺　在这儿啊!谢谢谢谢!(抬头)雨微?……你……

[江雯珺束手束脚,将小蚕放进了保温箱。

[桑雨微自顾自地坐下来,拿过保温箱。

桑雨微　这个,还像新的啊。

江雯珺　你的东西,都保存得很好。

桑雨微　保存得再好,也是旧的,不能当成新的。

[桑雨微将保温箱递给江雯珺,江雯珺知道桑雨微说的什么意思,默默接了过来。

江雯珺　你怎么会来这儿?

桑雨微　我去了你们厂,那个……李姐吧,跟我说你心情不好,走了。我一猜就知道,你在这儿。小时候,你跟爸爸吵架了,就一个人躲在这里哭。哦不对,不是吵架,是被爸爸骂了。

[母女俩第一次笑出来。

江雯珺　你来找我是有事情吗?

桑雨微　没事,就不能来找?

江雯珺　当然可以,我们是母……(低下头,说不出话)

[桑雨微看出江雯珺努力压抑着痛苦,从包里拿出两瓶可乐,递

给江雯珺一瓶。

桑雨微　给，像我这样，打开！（桑雨微刺啦一下，打开了可乐，猛地喝了一口，满足地打了一个嗝）这可是我们老板特意从美国带回来的，甜甜的，可好喝了。

江雯珺　（笑）这么大的人了，怎么还像个小孩儿一样？

桑雨微　（笑）是吗……

［江雯珺也拉开了可乐，没想到可乐滋出来，溅了一身，江雯珺也不管，喝了一大口。

江雯珺　嗯！还真好喝啊！

桑雨微　当然。来，干杯。（两人一起喝了一口）

江雯珺　真没想到，我俩还能像现在这样，坐在一张椅子上喝东西。

桑雨微　听说，你要去如心了？

江雯珺　（略吃惊桑雨微怎么会知道，但很快又像泄了气的皮球）应该是吧。

桑雨微　不亲手织布，就不是仙女咯？

江雯珺　没办法呀，这次输得太惨，仙女们只能下凡了。

桑雨微　（一语双关）如果再给你一次机会……你还会做这样的选择吗？

江雯珺　（稍停顿一下）就算知道会头破血流，也会试试。

桑雨微　果然是江雯珺啊。（停顿一下）你知道你们为什么输吗？

江雯珺　因为你们太厉害啦。

桑雨微　（一笑）你们会输，并不是意外，也不是我们的原因。（转过去看着江雯珺）是因为你，因为你们自己。

江雯珺　什么意思？

桑雨微　你们的技术，你们这次的创意的确惊艳，作品也是无可挑剔的。只不过，是不符合当下客户的需求。

江雯珺　客户的需求？

桑雨微　你们要改变传统国企的惯性思维，改从市场的角度来思考，你们做的是商品，不是艺术品。只从美感出发不考虑日常的使用场景是无法赢得客户的心的。（自顾自地）我们是真的有信心碾压你们，因为我们对客户的群体、喜好、消费能力都做了大量的调研，我们拿出去的作品必定是一击即中。你有没有考虑过，客户的需求究竟是什么？

江雯珺　客户的需求……

桑雨微　这就好像，我 14 岁的时候需求的是和妈妈在一起。而你，不理解。

江雯珺　雨微……对不起……

［桑雨微站起身，摆了摆手。

桑雨微　不要再说了。你的道歉我已经听了好几遍了。但是，我接不接受是另一件事。

江雯珺　（低落）你可以不原谅我的，听你说了我对你造成的伤害，连我也不原谅自己。

桑雨微　（打断）你知道我 14 岁的时候为什么一直想要跟你在一起吗？（走到江雯珺的身后）因为在我的心目中，我的妈妈是一个很厉害的人。她虽然总是自己说没读过什么书，却可以凭自己的努力去钻研，去比拼，成为丝毯厂的技术骨干，可以研究出全区、全市最好看的花色。她低头编织的样子，她讲起自己作品时得意的样子，她为了争取姐妹利益时绝不服输的样子……我想和这样的妈妈在一起。

江雯珺　（站起身）雨微……我……

桑雨微　（继续打断）这一次，如果你能重新站起来，重新变回我曾经的妈妈。（像是在告诉自己）我……一定会接受你的道歉！

[桑雨微离开。

江雯珺　(激动)雨微……真的吗?

桑雨微　(停下脚步)你知道你刚才为什么没找到小蚕吗?因为你都是在低处找它。小蚕和其他的虫子不一样,它越是在摔跤的地方,越是会爬到坑的高处。外公以前告诉过我,这个,叫帮蚕上山。所以……去高处找它吧!帮它蜕皮,助它成长,让它破茧成蝶。

[江雯珺不停地点头。

桑雨微　忘了告诉你,你的礼物(扯开了衣领,露出了丝巾)很漂亮。我同事都说,像是精致的艺术品。

江雯珺　谢谢……谢谢你雨微……(想要靠前)。

桑雨微　(后退一步)加油,(呢喃)妈妈……加油!

[桑雨微转身跑下场。

[江雯珺怔怔,抱起保温箱,又抬头看向桑雨微下场的地方,慢慢坐了下来,她又哭又笑,一会擦眼泪,一会又抱着保温箱笑个不停。

[李姐着急地跑上场。

李　姐　可算找到你了。你没事吧?哎,你自己的姑娘你自己知道的,说话不饶人。看看你这哭得……啊哟…………(搂着江雯珺)

江雯珺　姐,我没事儿。雨微她来……是来鼓励我的。

李　姐　什么?鼓励你?

江雯珺　雨微她真的长大了……这么多年,她真的像我希望的那样,变成了很厉害的大人。她告诉了我为什么拿不到订单。其实,机械厂对我们的技术也是很认可的,连他们同事都夸我们,觉得我们的样品根本就不是日用品,而是艺术品。只不过是在……(猛地想到什么)艺术品……?

李　姐　什么呀?

[江雯珺猛地站起来。

江雯珺　(喃喃自语)艺术品……不是生活用品!对啊!我们这么精贵的丝毯为什么要日常使用呢,我们应该是艺术品啊!

李　姐　什么意思啊?

江雯珺　姐,你快找找报纸,我前两天看到有一个什么全球艺术品竞赛?

李　姐　你都把我说晕了。

江雯珺　李姐!(激动地紧紧握住李姐的手)我知道该怎么办了!走!我们现在就去找程厂长!我路上和你解释。

李　姐　雯珺,你这是……

江雯珺　姐,你相信我最后一次。这一次,我一定会带领着我们锦山所有人爬出这个坑!

李　姐　(认真地看着江雯珺)好,我信你,咱们走!

[江雯珺拉着李姐飞奔下场。

[前区灯光暗。

第九场

[舞台灯亮,雨声起,音乐起。

[程厂长一人撑着一把伞,江雯珺和李姐两人合撑着一把伞,三人焦急地等待着。

程厂长　这老东西,说好了两点见,这都两点半了,还不出来。

李　姐　人家根本就不想见我们吧。

程厂长　算了，我们走了。本来嘛，我就觉得走这条路不行的，你们非要我来，你看看，没人睬我们。走吧走吧，别自取其辱了。

［程厂长准备走人。

［江雯珺自己拿过伞，将李姐推到程厂长的伞下。

江雯珺　你们都走吧！我再在这儿等等，也许，人家真的在忙呢。人家可是市领导，没事儿，我在这儿等着。

程厂长　你这！哎！

［拉着李姐走了。

［音乐声中，江雯珺一个人撑着伞等着，终于，一个穿着西装模样的领导走出来，江雯珺急忙追上去，对着领导说话。

［音乐切。

［后区灯光亮，绣娘们在音乐声中编织着。

［音乐声继续，江雯珺拿着馒头啃着吃，领导出现了，她立刻放下馒头追上去，一边走，一边拿着自己厂的作品和一大堆资料跟领导做着讲解。这一次，领导终于接过了样品看了看。

［下场口灯亮，一张办公桌前，公务人员正在清点资料，指着一个地方让程厂长签字，程厂长略作停顿，签字。

［音乐声渐收。

［程厂长拿着签好字的公文出来，江雯珺焦急地等待在门口。

江雯珺　怎么样怎么样？

程厂长　签好了。

江雯珺　太好了！

程厂长　好吗？真正的挑战……开始了。

江雯珺　嗯！

程厂长　我能做的，都已经做了。雯珺啊，我还有几个月就要退休了,我可是搭上了我一辈子的名声……(将文件递给江雯珺)你,不要辜负我啊。

江雯珺　(郑重地接过)谢谢你,程厂长。

程厂长　(叹了口气)走吧!

[两人走到舞台后方,绣娘们依然在编织着。

[江雯珺朝李姐点了点头,李姐揪心地看着两人。

程厂长　来来来,大家都过来。

[众人三三两两地围了过来,气势低迷。

程厂长　这种情况下,能看到大家还在工作,我很欣慰。

燕　子　亏本地做啊,你们不心疼丝,我们都觉得不值啊!

程厂长　所以,我们召大家来开个会。

石招娣　是要去如心了吗?最后选了谁?我……我能去吗?

苗　苗　我自愿放弃,机会留给大家吧。

赵玉桂　我……我也想去。程厂长,我家里的情况……

程厂长　放心吧。今天找大家来,就是来说这件事的。(使眼色给江雯珺)

江雯珺　之前已经好几个月没发工资了,今天,我们补发工资!

[绣娘们无声看着江雯珺,江雯珺依次走过给大家发工资。因不知随后是什么安排,绣娘们紧张地交换眼色。

江雯珺　李姐和苗苗自愿不去,那去如心的就招娣、玉桂、燕子、杨华……

王春环　(哭)为什么没选上我呀!

江雯珺　别担心,我的名额让给你。

王春环　什么?什么意思?你不去?

燕　子　就我们去?

石招娣　那你们呢?

江雯珺　（坚定地）我们要留在这里，重新来过！

［绣娘们鸦雀无声。

赵玉桂　怎么重新来？现在锦山一没钱，二没订单，三……我们都去如心了，连绣娘都没有了。

江雯珺　我们有钱了。程厂长把我们锦山丝毯厂抵押贷款给银行，钱……落实了。

［众人震惊，顿时沸腾。

石招娣　什么？把工厂都抵押出去了？

王春环　我们好歹也是一个国营单位，怎么可以这么干？

燕　子　抵押出去干吗，就为了给我们发这点工资吗？那这个钱，我拿着烫手，不要也罢！

程厂长　好了大家别吵了！

［众人终于安静了一点。

程厂长　拿单位去抵押，传出去丢人我当然知道。但是，我们需要钱！我们需要拿着这些钱去开发，去创新，我们要起死回生！这个厂，就像我的孩子，现在我老了，我不能看着它在我的手里就这样没了。

绣娘们　厂长……

江雯珺　上一次和鹏华的比试我们输了。但通过这次比赛，我们真正反思到了我们的局限——丝毯不该被当作日用品，而是应该将其定位成艺术品！让所有人用欣赏艺术品的眼光感受丝毯的美与价值！以买一块美丽的手工丝毯回家为品位的彰显！

赵玉桂　这，这听起来……有点虚啊，怎么实现呢？

江雯珺　我们已经联系了市纺织局，了解到很多国外的艺术品的竞赛！像波兰的丝毯，以前只有皇家才能使用，锦山未来的手工丝毯,只有真正有品位、懂得欣赏它的价值的人才能拥有!

程厂长　这个叫……叫,出口转外销!

苗　苗　(激动)我懂了,我们现在就是要通过国际竞赛的方法,推广我们的"艺术品"!

江雯珺　对!雨微提醒的对,我们不是一个日常用品,而是艺术品!

杨　华　可是,这也不需要抵押厂子吧!

江雯珺　现在的作品去国际竞赛,是可以拿到若干的奖项。可是,我们既然是代表中国去参赛,代表中国绣娘的水平,那我希望是一炮而红,希望让其他人望尘莫及。

[所有人静,看着江雯珺和程厂长。

程厂长　研发需要耗费很大的精力。我们已经走到这一步了,总不会更差了,那就干脆放手一搏吧!你们走了以后,我们厂要停掉半年的订单,全力研发新的技术,新的作品。

王春环　啊,停掉半年的订单!那万一……

江雯珺　所以,各位姐妹们,我们不耽误大家了。李姐,苗苗,我们也会联系其他的厂,如果你们想走的话,我们一定祝福相送。至于锦山,大家放心吧。一条蚕,要经历6次蜕皮才会成长,每次蜕皮都很痛,可是挣扎过后,就会有新生。我相信我们的锦山也会像蚕一样,在最难的地方破茧而出。

苗　苗　我不走,我要跟干妈在一起!

[绣娘们也都有些哭哭啼啼。

程厂长　啊呀,大家也不要搞得这么伤感嘛。也是有好消息的,市里说啦,我们这个毕竟是老祖宗的手工艺术,政策上会有相应的扶持的嘛,如果作为代表参加国际大赛,还会邀请专家来指导呢!

江雯珺　放心吧，相信锦山一定会熬过来的。

石招娣　都没有绣娘了，你们还怎么熬。

赵玉桂　就是，还要革新，还要去国际比赛，我们走了，你们三个做啊？

［赵玉桂一边说一边穿上工作服。

［燕子等人笑了笑，给赵玉桂戴上了帽子。

江雯珺　玉桂……你……

［江雯珺转头一看，绣娘们陆陆续续穿上了工作服。

王春环　咋的，还要赶我们走啊？

燕　子　咱们厂要研发新技术了，我这时候转去机械厂当老保守，那不是傻瓜嘛！

杨　华　就是，机械生产又不用脑子，哪像这儿，手工丝毯千年的技艺还得靠我们传承呢！

程厂长　好啊！好！我真没想到……我们丝毯厂的绣娘们，都留下来！

［绣娘们紧紧相拥，所有人抱在一起。

［程厂长默默抹眼泪。

［音乐进。

苗　苗　干妈，你快给大家说说具体怎么做！

所有人　对，快说说！

［音乐进，所有人在场前奔忙着，灯光变化。

［江雯珺退场，所有人奔走在场前。

赵玉桂　（翻看着资料）波兰手工制品展销会将在9月5日举行。春环啊，你看看我这么填可不可以啊？

［两人看着资料，研究着，跑下场。

燕　子　李姐，参展团队名称怎么写啊？

李　姐　雯珺不是说了嘛，“锦山绣娘”！

燕　子　瞧我这脑子！

［两人举着海报跑下场。

石招娣　苗苗啊，这些英文什么意思啊？我看不懂啊！

苗　苗　哦，她是说手工制品的规格！

石招娣　你干脆从头读一遍，这可马虎不得！

苗　苗　这个……

［两人下场。

［江雯珺拿着几个样品出来，专家陪在旁边进行指点。

专家1　你这里啊，得再进行颜色上的修正，不然你看看，这两个对比放在一块儿，突兀了。

江雯珺　（飞速地记着笔记）好的好的。

专家2　还有这里，这个样式还是死板了些，还要想法子，得不断精益求精，才能代表我国的最高水平！

江雯珺　是是是，一定修改！

［众人继续讨论。

［桑雨微挺着大肚子上场，向里张望着，俞牧延陪着她。

俞牧延　都走到这儿了，不进去打个招呼？

桑雨微　（笑了笑）不去了。知道她在爬山，我就安心了。

俞牧延　爬山？哪里爬山啦？不是在机房吗？

桑雨微　（笑）这是我们蚕农之女的暗号，你这个理工男，肯定不懂嘛。

俞牧延　是是是，我不懂我不懂。

桑雨微　（摸着自己的肚子）其实，那时候她拿到全国工艺品比赛一等奖的比赛实况我看了，那时的她就像现在这样，眼睛里亮亮的，像是有光。

俞牧延　你不是说你还没原谅她吗?

桑雨微　对,我必须等那个眼睛里亮亮的妈妈回来了,才能原谅她,原谅我自己。

［俞牧延环着桑雨微。

桑雨微　你知道吗,这么多年,我就想听她对我说一声对不起。后来,我听到了,从她嘴里亲口听到了,还在电视里听到了。可我还是那么难过,那么难过……我以为我听到这句道歉会释怀,可我才发现,我最想听到的是她告诉我,她爱我。原来……我不是那个没有人爱的小孩。

俞牧延　你当然不是啦。而且现在,我们也有自己的小孩啦。我们会很爱很爱她。

［两人头依偎着。

［音乐声中,两人慢慢下场。

［音乐渐弱,场后区灯亮,一众绣娘们看着一幅漂亮的丝毯。

［江雯珺拿着一把大剪刀。

杨　华　珺姐,太可惜了吧?这马上就织好了,你真要剪啊?

石招娣　就是啊!专家不都说这个很不错了么,我们再加工加工,肯定会更好的。

李　姐　是呀雯珺,这次,我也不支持你剪。这要是剪坏了可怎么办?

燕　子　或者,我们干脆换一个其他的样品来剪。

江雯珺　不行,那看不出效果呀。专家是说这个挺好的,但是也说了,看起来特别扁平死板,得站在中间才能看出效果来。我想要从四面八方,不管哪个角度看,都是完美的。

王春环　这本来就是个平面的嘛!咋还搞立体啊?

江雯珺　你们听我说啊,上次苗苗不是血染了那个样品,后来咱们处理的时候试过把血渍的地方挖掉吗？那时候我就发现，挖掉的地方和其他的地方视觉上看起来是有凹凸不平之感的。那……如果我们可以将这种“意外”变成常态的技术控制，让这种凹凸不平形成立体的视觉效果，我们……不就成了吗！

［众绣娘静。

李　姐　那要不……试试？

赵玉桂　行！试试！大不了，咱们从头再来嘛！

［江雯珺在众人的目光关注下，用剪刀在丝毯上进行修剪，绣娘们屏息看着。

［丝毯上的花，在江雯珺的剪刀下，变成了一朵立体花的感觉。

燕　子　哇！这朵花！好像跳出来了！

［众绣娘们围着丝毯走来走去。

杨　华　真的哎，从这里看，好像也能看到这朵花的全貌！

李　姐　雯珺啊！你这段时间，西方美学书没白看啊！这就是你这几天天天念叨在嘴上的，什么色彩的视觉是吧？

江雯珺　对！蒙娜丽莎的微笑，从哪个角度看都在笑，用的就是这个方法！

石招娣　啊，蒙娜丽莎，谁啊？蒙着脸还笑呢？

［众绣娘们笑。

李　姐　（也笑）咱甭管她是蒙着脸，还是蒙着肩，反正这个！能成！

江雯珺　但是，我们还得好好再研究研究，从这个角度看好像还行，但是从这儿（走到了另一侧）感觉还是扁下去了。是哪里的问题呢？

［众绣娘围在一起进行讨论。

［门被打开，五六位绣娘走了进来。

江雯珺　你们,找谁啊?

绣娘1　你就是江雯珺?

江雯珺　是我。你们找我?

绣娘1　我们是周边各地的手工丝毯的绣娘,大家听说你要复兴手工丝毯,都赶来了!

锦山绣娘　啊?

江雯珺　那你们的工作呢?

绣娘2　反正现在的手工丝毯行业也很差,我们本来就没什么订单。跳槽的跳槽,嫁人的嫁人。我们与其在厂里发呆,不如过来一起帮忙!

众　人　对,我们也要出力!

江雯珺　可是我们……

绣娘1　我知道,你们不发工资的嘛。我们姐妹们过来,不图其他的,就图争一口气。

绣娘2　大家都说,手工丝毯的时代已经过去了。那我们这些绣娘怎么办?我们手里的技术怎么办?我们必须要争取一下!

众　人　对!

石招娣　对!谁说手工丝毯没有价值了?我们要团结起来,告诉人家,什么才叫真正的……艺术!

所有人　对!

[江雯珺激动地看着所有人。

江雯珺　那还愣着干什么?苗苗,给大家登记一下,我们赶紧开工啊!

苗　苗　好咧!

[绣娘们笑起来。

[音乐进,大家一起开始忙碌地研发。电剪刀剪布的声音。

[时间流程。众人整装待发,推着行李箱列成一排。

江雯珺　手工丝毯从未被淘汰,这一次,我们要带领中国手工丝毯走向世界,这就是我们的时代,我们要大放异彩! Hello, the world!

众绣娘　Hello!

[一个巨大的浮雕手工丝毯被渐渐拉起,出现在舞台上。

[所有人的目光看向一处,灯光聚集在那个巨大的丝毯上。

[所有绣娘欢呼。

第 十 场

[紧张的音乐声出。

[一个记者来到台前。

记　者　各位观众朋友们,欢迎收看中国文艺频道。

[场后区灯亮,这是桑雨微的家中。桑雨微坐在沙发上一边看电视一边吃水果。

俞牧延　来了来了!

桑雨微　(一边吃水果一边看)看看,有没有拍到我妈?

记　者　一年一度的世界工艺品博览会在日本东京举办,今年,我们中国的参展代表是上海锦山丝毯厂。虽然大家对这个丝毯厂比较陌生,但是他们是得到了全国专家的一致推荐。预祝锦山丝毯绣娘的作品能够在本次博览会中广受好评。文艺频道将会为大家持续报道世界工艺品博览会的最新消息。

俞牧延　哎,来了来了!

[锦山的绣娘们穿梭在各个工艺品中,看花了眼,最终,她们被

带到下场口的小角落。

［引导人员示意她们的摊位就在这儿之后，便走了。

俞牧延　啊，怎么在那么远的地方啊？

桑雨微　看来，出师不利啊。

［俞牧延和桑雨微神情紧张地看着电视。

记　者　我们可以看到，我们锦山丝毯厂的员工们都已经到达现场，她们正在布置展台，究竟会带来怎样的作品呢？敬请期待。

［记者下场，后区灯光暗。

石招娣　什么？我们的位置居然这么偏，在这个犄角旮旯里！那谁还看得见我们的作品啊？

燕　子　我看，主办方是想给我们下马威！

江雯珺　那是他们还没看到我们的作品。酒香不怕巷子深，我们一定可以把这个角落变成全场的中心！来吧！

［江雯珺等人开始麻利地布置起来。

［外国参展人 1 跑过来。

参展人　（英语）你们这个桌子，借我们一下。

［还未等江雯珺等人回复，就自说自话拿走了。

石招娣　她怎么把我们东西拿走了？

苗　苗　她……她说借一下这个桌子。

石招娣　我们也没说同意啊！不行，我得去要回来！

［江雯珺急忙拉住石招娣。

江雯珺　算了算了，一张桌子嘛，就借他们吧。

［参展人 1 又跑来。

参展人　（英语）喂，你们这个扳手给我们用一下。

石招娣　什么？听不懂！

［参展人指了指扳手，还未等她人反应，直接拿走了。

［石招娣抢过扳手。

石招娣　你是什么人啊，这是我们自己从中国带来的，你怎么说拿就拿啊！

参展人　（英语）你这个人怎么那么小气！借你点东西看你这样子！

［参展人一边说着，一边推搡起石招娣，江雯珺立刻冲了过来，推开参展人。

江雯珺　这是我们的地盘，我们的东西，滚！

［博览会的工作人员急急忙忙赶来，拉开了两拨人，参展人指了指江雯珺，走了。

工作人员　（英语，礼貌而冷漠地）中国的参展人，如果你们还在我们会场寻衅滋事，我们会把你们赶走。

石招娣　是他们挑衅我们的！

工作人员　明天就是展览日了，希望大家可以和平共处。

［博览会的工作人员下场。

石招娣　主办方怎么这么偏心！真是太过分了！

燕　子　（急急忙忙跑上来）我知道他们为什么这么横了，刚刚那个外国人是上一届博览会的最大赢家——波斯地毯。这些策展人员当然对他们很恭敬了，哪像我们，初来乍到。

石招娣　太不公平了！

江雯珺　没事，明年，就是我们得到这种优待了。

［绣娘们被江雯珺的话逗笑了。

江雯珺　来，我们靠实力说话！开工！

绣娘们　好咧！

［绣娘们开始装东西。

［场后区灯亮，程厂长焦急地走来走去。

程太太　哦哟，今天一天了，你就在这个电视机面前走来走去，像个跳蚤一样，我头也晕了！

程厂长　这个怎么回事，不是说好了10点钟开播的吗？

程太太　是日本时间呀！跟我们中国有时差的呀！

程厂长　哦对对对，你看我这个脑子。（指着，兴奋）来了！来了！

［场前区灯亮。

记　者　各位观众朋友们，欢迎收看中国文艺频道。今天，备受瞩目的世界工艺品博览会即将拉开帷幕！5 000余名来自全球各地的商家来到现场。来，跟着我们的镜头，一起看看各国带来的精美作品吧！

［场前区，一个个追光起，参展人们将原本包着的一个个黑色幕布拉下，一幅幅精美的作品展现出来。

［客户们啧啧称奇。

［到了锦山丝毯厂这儿，江雯珺和李姐郑重地拉开了黑幕，一幅盛开的莲花丝毯展现出来，甚至还有水滴之感。

［全场静。

记　者　好的，我们可以看到的是，我们上海锦山丝毯厂带了一幅水莲花！据说，他们运用了最新研发的片剪工艺。这个技术在丝毯史上绝无仅有，以现场观众的视角来看，这幅水莲花竟然是立体的！真的是技艺超群！不管从哪个角度进行观看，都是千娇百媚的，甚至连花瓣上晶莹剔透的露水也能看得清清楚楚！颜色的对比搭配和片剪工艺恰到好处。这真是丝毯手工的巅峰之作啊！

［场后区，程厂长又激动又紧张。

程厂长　你听到没有，你听到没有？央视的记者都这么说！

程太太　（也很激动）巅峰之作！技艺超群！这些词你看看！

程厂长　（担忧）但这些客户怎么回事，怎么都没反应啊？

［场前区，客户们围着“水莲花”走来走去，可是却鸦雀无声。

石招娣　（紧张忐忑）他们……怎么回事啊？怎么一点表情都没有啊？

燕　子　（紧张忐忑）谁，谁说的，他们明明有表情，很严肃的表情……

苗　苗　（紧张忐忑）这是觉得，不好吗？

［场后区，灯光亮，桑雨微的家，她也在观看直播。

俞牧延　怎么回事啊？这个反应很奇怪啊。

桑雨微　（很淡定）这叫技术停顿。新技术的出现，总是让人先觉得震惊。大家都是要掏钱下订单的，当然要冷静判断一下了。

俞牧延　桑主任果然懂得心理战。

桑雨微　不过她们能做出这个技术来，我也很意外。光从电视上看，我都觉得很震惊！

［场前区，客户们依然在驻足。

客户1　（英语）这个，50万？

苗　苗　（震惊，结巴地翻译）他说，他出价50万！

众　人　（惊呆）什么！50万！

客户1　（英语）你们不要误会，是50万美金！

苗　苗　（吓傻了）是50万美金！

众　人　（惊呆）50万美金！

客户2　（用蹩脚的中文）女士们，我们愿意出价55万美金，而且后续还想跟你们继续了解，深入合作！

［客户们沸腾起来。

客户3　我们出价58万美金！

客户 4　60 万美金！

［客户们一拥而上，小小的摊位被挤得水泄不通。

［场后区，程厂长激动万分。

程厂长　看到没有，看到没有！我们成功了！我要打电话去谢谢领导，老太婆，再帮我准备点酒，准备点烟，我要好好去谢谢他们！

程太太　（笑）哦哟，你这个厂长当的，一辈子要把家里所有的东西都送给别人。

程厂长　反正我快退休了，也不差这点了！

程太太　好好好，我现在就去拿！

［程厂长激动地看着电视。

［场前区，工作人员走上前来，拨开人群。

工作人员　（用带着口音的中文）请问是上海锦山丝毯厂的负责人江雯珺小姐吗？

江雯珺　我是，怎么了？

石招娣　哼！会讲中文啊，现在知道好好和我们说话了？

工作人员　（礼貌又冷漠地）抱歉，我们收到举报，你们现在要撤展。

绣娘们　什么？

客户们　为什么？

工作人员　我们收到举报，你们这个是机械工艺，不符合我们博览会的要求。所以，现在就撤展。并且，我们还会追究你们的诚信责任。

［场后区，程厂长和桑雨微等人。

所有人　什么？

［场前区。

石招娣　一派胡言！这就是我们一点点织出来的！看看我们的手！

［石招娣向众人展示自己满是老茧的手，工作人员并不理会，开始用英文向客户们解释。

［江雯珺向旁边一看，昨天的波斯地毯参展人冷冷地站在一旁。

苗　苗　（用英语）请大家相信我们，这是我们中国先进的片剪技术！

石招娣　一定是她去“举报”我们的！自己技术不行，无人问津，居然去打小报告！看我不撕烂她的嘴！

［江雯珺立刻拦住了石招娣。

江雯珺　别急。我来！

［江雯珺挥了挥手，示意大家安静下来。

江雯珺　苗苗，你来给我做翻译！

苗　苗　这个……太难的我不会……

［记者走上前。

记　者　我来帮你。

江雯珺　谢谢！各位客户大家好，我是来自上海锦山纺织厂的绣娘江雯珺。刚刚，我们收到无理的质疑，并且要求我们撤展。而原因，就是因为她认为这个是机械做出来的，并非是靠我们手工编织的。恐怕大家不知道，这一门技艺从我们中国汉朝时期就有了，一代代的绣娘们就在这一方织机上编织，编织自己的职业，编织自己的梦想，编织自己的未来。我们从前人的手中传承了这份技艺，并不断地创新着。虽然听到刚才的那番言论，我为她的无知所震惊，但是从另一个角度来说，这是对我们技术的一种肯定。

［场后区。

程厂长　好！说得好！江雯珺！说得好！（用力拍手）

桑雨微　虽然说得不错，但是他们不会就此善罢甘休的。

［工作人员保持礼貌的微笑。

工作人员　（用蹩脚的中文）谢谢您的解释，现在请跟我们走吧。

石招娣　不公平！

其他绣娘　不公平！不公平！

［众人哗然。

客户 4　真的不是手工的？那这个订单……

［客户们互相看着彼此。

客户 4　（用英语）要么还是给你们吧！

苗　苗　（急，用英语）相信我们，这都是我们自己做的！

工作人员　（用中文，接近呵斥）如果你们还不走，我们就叫保安过来了。到时候，弄得难看的，就是你们了！

石招娣　凭什么让我们走啊！这是污蔑！这是冤枉！

［现场乱作一团。

工作人员　（大声）保安，保安！

江雯珺　（大声）都别吵了！我有一个办法！

［苗苗帮忙用英文翻译，众人静。

工作人员　（蹩脚的中文）不可以，不要浪费大家的时间。

江雯珺　我还没说我的办法呢！你们是国际博览会，保护其他人申诉的权利，也应该给我们辩解的机会。如果风闻主办方有失公允，我想，明年各国代表团也会重新审度是否还有必要来参加。

［听完苗苗的翻译后，大家纷纷点头。

［场后区，桑雨微站起了身，来回走。

桑雨微　小俞，你快发动你日本的记者朋友们，还有中国的同行，反正所有能有的记者全都联系上，可以的话马上进行播放，来不及的话，马上联系他们跟踪这个事件进行深入的报道。

俞牧延　好！（立刻联系起来）

［场前区。

记　者　（也很生气，但还是保持着一定的风度，用英语）我们所有的审批材料都过关了，您现在这样贸然地叫我们离开是偏见和失职！如果最后证明了锦山的作品不是机械生产的，所造成的损失由贵方承担吗？况且，您还没有听一听江老师想的办法！

［人群哗然，纷纷同意记者的观点。

工作人员　（看了眼风向，冷冷地）好吧，那请说，你想怎么证明？

江雯珺　（一字一顿）我现场进行演示。

记　者　（一字一顿，用英语）我现场进行演示。

［人群欢呼。

客户 1　（英语）好啊好啊！我正想看一看这么绝美的作品是怎么完成的呢！

客户 2　（英语）是啊，如果能亲眼一看，既能打消这个顾虑，又能让我们一饱眼福，多好！

工作人员　（礼貌但冷漠地）对不起，这是展览会，不能有这样的操作。

客户们　你这个就有点过分了，给我们看看，怎么啦！

［工作人员被人群推搡着。

工作人员　……好吧好吧，那我只能给你们 10 分钟的时间，如果你们不能完成操作，就请跟我立刻离开。

石招娣　10 分钟！开什么玩笑？

工作人员　现在已经在倒计时了。

江雯珺　没事的，够了！

[其他绣娘立刻乱中有序地拾掇起现场操作所需的物品。

记　者　(对着摄像机)快,给镜头特写!

江雯珺　(笑)谢谢给我们的10分钟时间。全世界的观众朋友们,请看好了!

[江雯珺自信地展开一块已编织好的布料。绣娘们看到客户们沉醉、欣赏的神情,也逐渐放下了紧张的心情。

[江雯珺拿起电剪刀,对自己的作品快速又精准地进行片剪。

客户3　看!是鱼!是一条活灵活现的鱼!

客户1　这条鱼好像在跳!

江雯珺　这一条叫鲤鱼,鲤鱼跃龙门,说的是我们中国的一种精神。送给大家!(看了下时间)9分半。

[所有人大声地鼓掌。

客户4　(大声)这幅丝毯,我出80万美金!

客户1　(大声)我出85万美金!

客户2　(大声)还有其他的作品吗?我都要!

[客户们挤走了工作人员,激动地进行着竞价。

[一大群记者涌了过来,有日本记者,也有中国记者。

记者1　江女士,这是你们第一次来到世界工艺品博览会,可不可以跟我们分享一下你的心情?

记者2　江女士,你们来自上海锦山丝毯厂,之前我们从未听说过这个工厂,能否给我们介绍一下?

记者3　江女士,如果不出意外,你们这一次一定可以拿下超过百万的订单。你有什么想说的吗?

[江雯珺在一众记者中,显得有些局促,但听到最后一个问题的时候,她走向了那个记者。

江雯珺　(对着镜头,努力地笑)妈妈做到了!谢谢你,雨微!请你原谅妈妈吧！

［镜头疯狂地闪耀拍摄着。

［场后区，一束光照在俞牧延和桑雨微身上。

桑雨微　（摸了摸自己的肚子）宝宝你看啊，外婆好厉害哦！

［记者走上场。

记　者　各位观众朋友们，瑞民社在现场向您播报新闻。1988 年，在这个全民齐呼市场低迷的情况下，上海锦山丝毯厂在日本展销会上收获颇丰，江雯珺和她的团队用精湛的技术征服了海外的市场，续写了中国丝绸之路的传奇。一张张丝毯，凝聚着绣娘们的心血，她们以锐意进取、不断创新的精神改写了国内手工丝毯的历史！向这些努力拼搏的绣娘们致敬！接下来，国家将陆续出台各项利好政策，扶持手工丝毯的发展。瑞民社随后将持续向您播送时代新闻。

［灯光渐暗。

尾声

2022 年　上海　江雯珺 74

［导播室后台，化妆师正在给江雯珺化妆，江雯珺闭着眼睛。

新闻声　（声音）始于 2 000 多年前中国西汉的丝绸之路，是古代沟通东西方经济与文化的交通大动脉。它诉说着中国与世界友好往来、互惠互利的动人故事。2013 年，中国再次提出了“一带一路”的合作倡议，处于新丝绸之路文化与地理交汇点的上海起着不可替代的枢纽作用，而具有中西合璧气质的丝毯续写着丝路辉煌。手工丝毯，也被列入我国的非物质文化遗产项目。一代又一代手工艺人们的不懈追求，令这项传统技艺凤凰涅槃，获得了新的生命力。今天，我们将这位上海工匠请到了我们的演播厅，让我们一起听一听，她的故事。

［化妆师小姐停顿，好奇地看了看江雯珺。

化妆师　（好奇地）江老师，我听说做一件手工丝毯要花好长时间啊？

江雯珺　是呀。短的话要几个月，长的话几名绣娘一起做，也要两三年才能完成呢。

化妆师　这么久！干吗这么拼啊？躺平多舒服啊。

江雯珺　你们年轻人那句话这么说来着？——因为热爱。（笑）

化妆师　您真酷。一点都看不出江老师您快八十啦！

江雯珺　哈哈，我很酷吗？这个评价我喜欢。也谢谢你的妆造，很适合我。

化妆师　不客气。

［桑雨微敲门。

桑雨微　妈妈，时间差不多了，准备好了就可以过来了。

江雯珺　好，一会就来。

［桑雨微点点头，下场。

［江雯珺不急不慢，看着化妆台上小盒子里的蚕宝宝，拿了一片叶子给它吃，又轻轻摸了摸蚕宝宝的头。

化妆师　（好奇）江老师，怎么不去呀？（笑）是不是紧张啊？

江雯珺　（也笑）被你这么一说，是有点哦。

化妆师　别紧张啊，要不这样，有一题是一定会问的，我先和您排练一下。（清嗓，作主持状）江老师，恭喜您被评为非遗传承人，请问您得知这个消息时的心情如何？

江雯珺　（端坐答复）我很激动，也很荣幸。

化妆师　可以用一句话概括一下您和手工丝毯的关系吗？

江雯珺　我这一辈子只做了一件事，一件事做了一辈子。

化妆师　说得真好！我再给您补个口红，您去感动所有人吧！

[化妆师涂口红。

江雯珺　麻烦你帮我照顾下蚕宝宝哦！

化妆师　放心吧！

[化妆师满意地看着江雯珺。

背景音　（声音）与其碌碌无为、徒劳奔波，不如为了梦想肆意一生尽情奔赴，她用炽热的心和灵巧的双手将蚕丝编织成了一幅幅美丽的图画。下面，有请非遗传承人、上海工匠，江雯珺！

[隆重的背景音乐起。

[江雯珺笑脸吟吟，整理了一下衣服，自信地上场。

[灯光暗。

全剧终

话剧

莫比乌斯鸡

编剧 杨 伦

人物

＊剧中人物没有专属的姓名

A：女人　王家目前存活的唯一女性，存活原因是王家女人太少。女人是一个样貌平平，不过中人之姿的农村女孩，同时是父亲唯一智力正常的子嗣。她从小生活在田间地头，照顾家里养的鸡，本来一眼能望到头的生活被智能手机的时代改变。在宁静的夜晚享受做一名无人问津的小主播是她最大的爱好。

B：男人　女人的男友。心比天高，命比纸薄的毕业大学生。白天 boss 直聘饱受欺凌，晚上斗鱼、陌陌重拳出击，深受出租屋楼下菜场的鸡叫和深度焦虑的双重折磨，出于一个偶然的机会，和女人在直播软件上相识，遂将其当成心理寄托。

C：前任　女人现男友的前女友。面容姣好，毕业于某不入流的综合类大学新设立的艺术专业。和大多数城市里的女孩无异，是消费主义的虔诚信徒，不免做一些为法律、道德不齿的事，因此一生虽然没有和鸡打过交道，但总是被人当作“鸡”。

D：干爹　女人现男友的前女友的现男友。事实上说是情人更准确一些，是一家小公司的老板。在七年之痒的前一年，走上了包二奶的不归路，可以说是新晋中年男人了。因为是新晋中年男人，所以对于如何把握这段关系还不算游刃有余，时有做贼心虚之感，听到鸡就会想到自己的情人。

E：小王　女人现男友的前女友的现男友的下属。从小背负着父辈的理想，好好学习，天天向上，最终从农村跨入城市，实现了现代化，却成了一个怯懦的社畜，对外怕老板，对内怕老婆，还有个要命的老爹天天催着要孙子，最终被逼成了性无能，换个说法也就是佛系青年。生活里所有的压力都被他甩到了游戏里，其实很喜欢玩“吃鸡”，但技术太菜所以总是被吃，可谓是全方位的 loser。

F：妻子　女人现男友的前女友的现男友的下属的老婆。一名瑜伽教练，出于对身材维护的绝对丁克主义而坚决抵制生育，相当于一只不能下蛋的母鸡。但你不能当她的面这么说，因为她是女权，听到这个形容，她会很生气。

G：二王　女人现男友的前女友的现男友的下属的父亲；女人的堂叔。城乡接合部街道两侧停着的破旧面包车里最常出现的那种外来维修工。因为父亲剥夺了哥哥上学的权利，因而有了机会念书，而不是在乡下养鸡，完成了当时的现代化。但因为书念得又不够好，而世界发展得太快，渐渐发现自己所待的城市边缘又好像和乡村没什么区别了，那我们就不能说他实现了现代化，近代化或许更为合适一点。尽管如此，他仍然坚信知识就是力量，于是在他的努力下，他的儿子总算是完成了现代化。或许是近代化的弊病，又或许是小时候太多的耳濡目染，养鸡岁月在他身上留下了深刻的印记，活到现在，他依然觉得女人就必须是要生孩子的，就像母鸡必须下蛋。

H：大王　女人的父亲。我们刻板印象中的农民，虽然没什么文化，但似乎在骂人方面很有修辞造诣，但这都不是重点，重点是他有很多儿子，也有很多鸡。

I：老王　女人的祖父。我们刻板印象中的老人，一生勤勤恳恳地养鸡，育有两子，或许在之前还有过一个女儿，但我们不知道。晚年逐渐口不能言，两个儿子借故远离，养鸡场过给大儿子后不久，也终究丧失了养鸡的能力。

XYZ：弱智一二三　女人的三个哥哥，同时是三个傻瓜——字面意义上的傻瓜，从小和鸡生活在一起，渐渐也就变得和鸡没什么两样。他们身强力壮，可以大力嬉戏，大力呐喊，众所周知，鸡们总是精力充沛的。

序 幕

[黑暗;夜晚。

[屏幕上视频通话接通,女人的脸出现。

[A 把手机固定住,然后慵懒地开始卸妆。

[A 时不时望着屏幕,时不时把注意力放在手上,其实她挺局促。

[她的声音听起来很空旷。

A 嗨。

B 嗨。

[沉默。

A 是不是我很无聊?

B 有点。

A 那你不喜欢我了?

B 没有。

A 那快陪我聊天,你不是我的 CP 嘛?

B 好。

A 不说话我挂了,一般人和我说话可是要刷礼物的。

B 我知道。

A 我挂了。

[环境灯亮。

[这是一间狭窄逼仄的小卧室,台灯的光浅浅照在 B 身上,他举着手机,看上去紧张,而且疲惫。毕竟,时候已经不早了。

B 别! ……我有点害羞。

A 哦……害羞。

B 第一次,这样看你。

A 无聊挂着的小主播而已,干吗这样,我们都 CP 这么久了。

B 看了吗?

A 什么?

B 上次分享给你的那个小说。

A 看了。

B 怎么样?

[A 有点不好意思。

A 你怎么就看这些?

B 这些是哪些?

A 女主叫什么来着,秀儿,不是个好女人吧?

B 确实有点坏。

A 你喜欢?

B 挺喜欢的。

A 哦……

B 哦?

A 如果我们可以真的在一起的话,说不定,我也可以成为你的秀儿,你的婊子……

[一阵鸡叫声打破了 A 的声音。

A (收起刚才因为内心涌起的尴尬而没得到回复的慌乱)你养鸡吗?

B 养鸡? 没有。

A 有鸡在叫。

B 哦,有的,有很多鸡,我不养鸡,是我家楼下的,楼下有个菜场,里面有很多鸡。

A 都是什么鸡?

B 有吃的鸡,也有操的"鸡"。

［她笑起来。

A 怎么还有这种？

B 我也不知道。我租的这个房子楼下就是菜场，然后菜场边上是红灯区，一些小旅馆，人很多，菜市场里每天都会运来很多鸡，开旅馆的人也养鸡，我不知道怎么有这么多鸡。天就要亮了，这是一天里鸡们最吵闹的时候。

A 你好逗。

B 很吵的，你听。

［很多鸡都在怪叫，"咕咕咕"或者"啊啊啊"。

［A 停下卸妆的动作，她把头的一侧靠近屏幕。

［两个人都不再动，屏息凝神地听着鸡们狂叫不止，叫到天王老子的耳朵里。

A 想什么呢？

B 不知道，突然想到我前女友了。

A 哦，前女友。

B 嗯。

A 漂亮吗？

B 漂亮。

A 有没有我漂亮？

B 有的。

A 那还成了前女友？

B 她脾气不太好。

A 怎么？

B 过去她常常抱怨我赚得太少，那时候我们就住在这里，听着鸡叫，然后整晚整晚睡不着，然后整晚整晚吵架。可能因为睡得不好，所以只能吵架。

［应该不会有女人会对一个在情绪里自溺的男人说的话产生极其浓厚的兴趣。

A 噢。

B 不过还好我们已经分开了，她肯定也搬到听不到鸡叫的地方去了，我们也不会再吵架，因为现在我已经不赚钱了。

A 但如果你想的话，你肯定还是可以赚到钱的，你只是不想，不是吗？你在大城市上了大学，那座城市一定非常漂亮吧？说不定还有摩天轮。我就不得不赚钱，我有三个哥哥，但我还是要做这个。

B 三个吗？

A 听上去很多吧？但他们很笨，加起来还不如半个，我自己也不是什么聪明的东西，但他们就是很笨。

B 做这个好像也挺轻松的。

A 是吗？

B 我猜。

A 你觉得我是“鸡”吗？

B 我没有。

A 这世上没什么是轻松的。

B 我知道。

［A 卸完妆，把头转向镜头。

A 怎么样，好看吗？给你看我素颜的样子。

B 好看。

A 我也觉得很好看。

B （恍惚地）很好看……

［A 的脸上闪过一丝不悦。

A 所以为什么要分开？

B 因为后来突然一瞬间一切都好像不对了,就,变得很糟,她离开了我。

A 听不懂,你们不爱对方了?

B 好像也没有。

A 嗯?所以你们还相爱吗?

B 就我们还在进行正常的生活,但突然觉得有东西缺失了,但没办法描述那究竟是什么,厌倦,但是又有习惯,如果这是爱,但厌倦和习惯是很矛盾的东西。

A 我已经完全听不懂了。

B 你不觉得"儿"这个字,念出来很亲密吗?特别亲密。

A 还行吧。

B 有人叫你A儿之类的?

[沉默。

A 我想我得再去直播了。

B 现在?已经很晚了。

A 拜托,我每天和鸡打交道,我自己都快变成鸡了。

B 你还在生气吗?我之前真没那个意思。

A 不是不是,我没有生气,我家是真的养了很多鸡。

B 不会吧,这么巧。

A 是啊,很累的,真的。

[外面的鸡叫又传来,此起彼伏。

A 我完全没办法分辨究竟是你那边在叫还是我这边在叫。

B 我也不知道。

A 你是真的觉得我很无聊,是吧?

[A脸上难掩失望。

[沉默。

A 或许你可以和你前女友再谈谈，下次有空再来我直播间吧，拜。

［黑屏。

［B起身，背景屏幕上的手机随着他的动作也消失了。

［他在窗边辗转徘徊，黎明也要到了，这时候的鸡叫声是浓烈的，像提前的朝霞。

［B打通了一个电话。

［手机的声音。

B 嗨……还没睡吗？

［沉默。

B 还记得以前和我住一起的那下面吗？那边鸡好多，而且越来越多了。其实也没别的意思，我……就是想告诉你一声。

［电话那头传来一个磁性的声音。

D 她睡了。

［忙音。

［B瘫在床上，打开直播软件，寻找A的声音。

［A的直播间躺在最底部，点进去还是熟悉的那个房间背景，却无法看见人影。他等了很久，都没有人出现，接着，他又好像听见一些格外凄厉的鸡叫声，但B也没办法分辨那究竟是来自屏幕哪头了。

鸡　叫

［酒店的某个房间。

［男人D坐在角落里的沙发上，手里拿着手机。他是个中年男人，身材因为发福而走形，精心梳理的头发此刻凌乱着，精致衬衫的扣子别扭地搭在一起。他起身穿上衣服准备离去。

［一个漂亮的女人C裹着浴巾走出来，开始对着镜子补妆。她是B的

前女友。

C 你要干嘛去？

D 上班。

C 上班？这个点上什么班？

D 刚刚你听见有人打电话了吗？

C 好像听到了。

D 所以这很重要。

C 莫名其妙。

［C 摆弄着卷发棒，一点点卷起自己的长发。

［D 看了一会儿，向门口走去，C 将他拦住。

D 怎么？

［C 把浴袍脱下，露出里面镂空的短款旗袍，黑色的蕾丝勾勒出她的曲线。

C 上班？

［C 把 D 缓缓逼到床沿，D 躺下，她顺势骑在他身上。

D 不错，给谁看？

C 什么给谁看？

D 穿成这样。

C （媚态）这件事是我们两个人的小秘密，您最好不要告诉别的任何什么人，我知道你的公司在哪儿，也知道你老婆在哪里上班，你儿子在哪里上学……给我好好记住，听懂了吗？所以现在要么惩罚我，要么被我好好惩罚……

D （打断）神经病。

［C 愣住，起身，重新卷发。

［D 从床上坐起来，心神不宁，若有所思地审视着她的背影。

C 所以……你什么时候才能有假期？

D 什么?

C 假期。

D 什么假期?

C 你之前答应我的,年假,我们就可以去欧洲,或者肯尼亚。

D 哈哈,假期? 我还答应过这种事?

C 不能每次见面都要在深更半夜吧? 我觉得肯尼亚不错,我们可以去看动物大搬家,但我很担心遇到黑人,那里的黑人好像特别黑……

D (打断)还没定下来。

C 哦,为什么?

D 因为甲方永远在提新条件,我连休息的时间都没有。

C 怎么会这样啊?

D 不知道,不把那边弄好我就连钱也没有。

C 所以要等多久?

D 谁知道呢?

C 我们也可以去不贵的地方,比如东南亚,不是钱的问题。你能弄好这个的是吧?

D 我不知道。

C 你不会是不想和我去吧?

D 没。

C 你怎么了?

D 什么怎么了?

C 你今天怎么这么遥远?

D 遥远? 不都是你在提要求吗?

[C 抓起 D 的手让他拥抱自己。

C Boss,开心点。

［男人使劲地摸着女人。

D 没有什么值得开心的事情。

C 是的……但我们要装作开心点，至少做给别人看。

D 我做不到……即使在你面前也要？

C 在我面前不用。

D 那你呢？

C 我？

D 你也会装作开心？

C 当然咯，我学过表演，你知道的。（停顿）本质上，人和人的关系就是一种表演。

D 即使在我面前？

C （愣住）别这样，我和你在一起很开心。

D 我开玩笑的。

C 我知道。

［沉默。

D 教教我。

C 什么？

D 表演。

C 哈哈，你突然对这个有兴趣了？

D 想开心。

C 没什么错。

D 都有什么步骤？

C 步骤？你以为这是做数学题，不是的，表演是一个系统。比如，我们会从最简单的一些训练开始，我们来做点好玩的吧？你知道吗？在表演课最开始的时候，我们会做一个叫动物模拟的练习，因为没有人一开始就会演戏，动物模拟，你看这个意思，就是你要装作一种动物,让别人知道你就是那个动物……

D 你学了什么?

C 嗯……凤凰。

D 凤凰?

C 对啊。

D 谁见过凤凰啊?

C 就是因为没人见过呀。

D 学一个。

[女人有些犹豫,但她很快梳理好心情,来了一个大鹏展翅。她的姿态充满了曾经有过的自信,但情绪并没有那么高涨。蕾丝落在她的躯干上,像是凋零的尾羽。

D (笑)像鸡。

C (不太高兴)你是说我演得不好,毕竟毕业这么久了……

D 不是,你演得很好,你是个很好的演员。

C 我很久没演戏了。(停顿)而且是因为你不喜欢。

D 演戏开心吗?

C 我不知道,也许开心,也许不吧。

D 我挺开心的。

C 那就好。

D 我刚才想到了一个有趣的游戏。

C 我累了。

D 或许能让我很开心。

C 你说吧。

D 我想听你学鸡叫。

[女人不可置信地看着他。

D 我想听你学鸡叫。

C　你疯了吧?

D　我正常得很。

C　你什么意思,鸡?为什么是鸡?

D　我想听你叫一下。

C　有病!

D　叫不叫?

C　你把我当什么?

D　老子没在和你开玩笑!

[男人把沙发掀了,女人被吓了一跳,然后乖乖转身回头。

[D从裤袋里掏出一部手机。

D　有人能告诉我这是谁打来的吗?

[C眯着眼看着手机。

[她试图抢过手机,但男人后退一步,她失败了。

C　你看我手机?

D　是谁?

C　手机给我。

D　大半夜的,他就这么打来了,很重要吗?

C　给我。

D　我养着你,你和别人恋爱?

C　我不是和你在谈恋爱吗?

D　你觉得我们真有在谈恋爱?

C　这不都是我们说好的吗?

D　那个男人说他想你。

C　噢,那是我前男友,我们大学时候认识的,整天除了打游戏什么都不干,后来毕业了没有钱,我出去做模特,他不开心,后来我们分了手,然后他更不开心了。

D　听声音是挺不开心的。

C　所以我根本不想理他——听着，我对他已经没有感觉了。

D　是吗？

C　Boss，我是你的。

D　你喜欢我？

C　你不相信我。

D　所以那些鸡是怎么回事？

C　什么东西。

D　我没说话，他说他想你，我听见有很多鸡在叫，他说你还记得我们住的房子吗，那下面的鸡越来越多了。

C　真够惨的，他怎么还住那儿？

D　我说好的，然后他愣了一下，我就挂了。

C　好。

D　好什么好？

C　没什么好的。

［沉默。

D　开始吧。

C　开始什么？

D　动物模拟。

C　我可不可以不……

D　不可以。

C　你把我当鸡。

D　我可没有。

C　我不想叫。

D　我想要你证明。

C　我不懂。

D 如果你爱我的话你为什么不能学一下鸡叫？

C 因为我不想。

D 那是因为有很多人见过吧？你有没有给他学过鸡叫？我想一想，你家楼下有那么多鸡，你动物模拟一定会学鸡叫吧？你没有在屋子里练习过吗？

C 你就是这么想我的吗？我告诉你我没给任何人学过鸡叫，我不是鸡我为什么要叫？

D 你就当这是，这是，平时那种约会！还是那样，老规矩，做完，你提出一个要求，然后我们下次见面，就和从前一样。

C 但这不是……

D 我不想再说了。

［女孩蜷缩成一团，非常缓慢。

［女孩努力地装成一只鸡，男人开始兴奋。

D 这是在农历六月份的清晨，阳光洒进了农家小院，万物都不再有交配的欲望。这是属于鸡的早晨，属于鸡的！鸡的！

C 我是母鸡吧？

D 闭嘴，快给老子闭嘴！哪有鸡会说话的？

C 咕咕咕咕咕咕。

［男人非常兴奋。

D 妙哉，妙哉。这是一个母鸡打鸣的清晨！

C 咕咕咕咕咕。

D 声音再大点，不然你叫不醒人，大点声。

C 咕咕咕咕咕！

D 慢慢地站起来，站起来，你要扑腾你的翅膀，大点声啊妈的！

［女孩缓缓地张开双臂，一点点蹲起，男人哈哈大笑，非常欢乐。

C 咕咕咕咕咕咕咕咕咕咕咕咕！

D 哈哈哈哈哈哈哈哈哈哈哈！

D 现在我要来捉你啦！我要来捉鸡啦！

［女孩在房间里一边叫一边逃窜，男人疯狂追逐她。

［男人把她抓住，扑在她身上，两个人都精疲力竭。

D 完美。

［喘气。沉默

D 说吧，你要什么？

C 不知道。

D 好好想想——我们以后不要再见面了。

C 为什么？

D 因为我觉得你真的很“鸡”。

C 你在骂谁？

D 我没在骂谁。

C 你说我是妓女。

D 我只是不懂有多少人在包养你！谁知道真的假的？我想你了？他想你了？我可真可笑。

C 你为什么一定要说包养这个词？

D 承认这一切很难吗？你不会真的觉得我们在恋爱吧？本质上，人和人的关系都是一种表演，你说的。我们也只是装作在恋爱的样子。

C 你让我很失望。

D 巧了，你也是。

C 所以你觉得我是妓女？

［沉默。

C 如果是因为这个电话那真是太傻逼了。

D 是挺傻的。但我已经决定了。

C　你真觉得钱在我们的关系里是最重要的?

D　我没这么觉得,但它很重要。

C　就不想见我了呗?

D　不想了。你想好了吗?

C　在想。

D　一会儿我直接去公司了。

C　哦。

D　只要不是太过分……毕竟我们也在一起挺久。

C　你真的准备好了吗?

D　你说吧。

C　你能做到吗?你要答应我。

D　你说。

C　你答应过,你满足我的一个要求,就像以前那样,我们说好的。

D　……

C　我不会为难你。

D　我答应你。

C　我想要你的时间。

D　时间?

C　我要你假期的时间,春节,清明节,劳动节,端午节,中秋节,国庆节,一切国家法定的节假日,一切除了工作日以外的时间。你很喜欢鸡?我们上午去菜市场找鸡,下午杀鸡然后我来做,虽然我还不会,但我立刻就可以去学,晚上你回家陪老婆孩子,或者找别的什么女人,我不在乎。

D　你不是不会为难我吗?

C　这很困难吗?

D　挺困难的。

C 但你已经答应我了……你已经答应了！你答应过了！

D 嗯……但是……

C 我只有这个要求，满足我，像从前一样。

D 从什么时候开始？

C 从这个周末，到死亡，或者这个世上不再有鸡。

［男人疲惫地想再说什么。

C 你答应过我，而且我早就说过这不是钱的问题。

［女人看着他，男人回避。

C 祝你好运。

［女人瞬间夺门而去。

送 鸡

［办公室的清晨。

［一个年轻的制图员 E 正在制图。

［这是一个平淡无奇的格子间，把 E 整个地困在里面，像是一个鸡笼。

［领导 D 从他的背后阴沉着脸出现。

［D 试图看看他在干什么，E 没有发现。

［制图员手上把玩着一枚鸡蛋，办公桌下好像藏着什么东西。

D 今天怎么来这么早啊？

E 老子压根就没回家。

D 这样啊，所以你现在是在补之前的图？

E 不然呢，我已经快死了。方案出一个被毙一个，真不知道总监想要什么！而且我老婆好烦，她养猫但是从不“养”猫你知道吗？你知不知道我经常一回家就要闻到那种非常致命的味道，我真的快死了。

D 我觉得总监也是没有办法吧，甲方也从来不会说他们具体要什么。

E 但总监是我们的甲方啊，他总归知道吧？不然他搞广告公司干什么？哦对了，说到总监，我给你分享一件趣事，昨天晚上总监还问我什么时候交新方案，我收到之后故意隔了 5 个小时才回他“刚看见”，结果我发现 iMessage 居然有已读功能！我靠！哈哈哈哈，他不会杀了我吧？

D 哈哈哈哈，会吧。

E 哈哈哈不会的啦，他这个人啊——

［E 抬头看了一眼发现了 D，瞬间跳了起来。

E 他超棒，您超棒，早上好。

D 早上好。今天起挺早？

E 您也是。

D 你的意思是我每天都很晚才来吗？

E 不不不不是，我的意思是您今天起得真早，就，非常早，早得像一夜没睡的那样。

D 我确实一夜没睡。

E 那怎么办？

D 不知道。

E 想来点咖啡吗？

［E 去倒咖啡，沉默。

D 鸡蛋好玩吗？

E 不好玩。

D 那你看这么起劲。

E 我希望从里面找点灵感。

D 你怎么不从游戏里找呢？

E 那是个……误会……

D 怎么说？来，坐下，慢慢说。

［E 坐下。

E 就我也不是真的……

［E 起立。

D 你怎么就坐下了？

E 不是您让我坐下的吗？

D 我让你学鸡叫你也学吗？

［E 办公桌下传来一声不满的“咕咕咕”。

［沉默。

［E 偷偷一脚踹进办公桌下面。

D 你在挑衅我？

E 没，没有。

D 我让你不痛快了，你是这样想的吗？

E 真的没有。

D 你觉得我大早上就这么反常地来办公室，让你不爽，打扰到了你欣赏鸡蛋，所以你一肚子不开心，你难受得要死，是不是？

E （哭腔）总监我发誓我真的没有，我这么想立刻就死。

D 死吧。

E 啊？

［D 一屁股坐在 E 的位子上。

［D 转了一圈。

D 是个欣赏鸡蛋的好位子。

E 总监你听我解释，我只是在思考。

D 继续。

E 我觉得还是我们的方案不够特色吧。之前整个项目都试图走纯粹的创新,反而忽视了传统的东西。今年不是鸡年吗?我觉得还是要走一些贴近民族文化的,出一些鸡年限定的东西。

D 有点意思,坐下来说吧。

E 谢谢总监!

[E 从边上拉了一把椅子坐下。

E 就比如说,我们可以搞一点……

D 你不觉得语言是一种很徒劳的东西吗?

E 啊?是,是的,伟大的哲学家维特根斯坦说:语言的不精确之处在于它的模糊,而很多时候模糊的东西比语言更加精确……

D 我是说你为什么不做出来给我看呢?

E 哦哦是。

[E 赶忙试图拿过桌上的图纸。

[空气凝固。

D 你这个位子还可以。

E 总监分配得好。

D 就是脚有点难伸。

[D 想把脚伸进桌子下面。

[E 赶紧把椅子转了个圈朝向外面。

E 难伸得很,快放外面。

D 嗯?

E 要不我和您换个位子。

D 算了,这样挺好。

E 我给您泡杯咖啡吧?

D 开窍了。

[E 尴尬地笑着跑去泡咖啡。

D 结婚了?

E 结了。

D 多久了?

E 三四年了吧。

D 我结婚十六年了。

E 666。

D 嗯?

E 我是说,真久。

D 你和你老婆也这么说话吗?

E 不然呢? 我是说,对的,我是这么说的。

[D 喝一口咖啡。

D 有孩子了吗?

E 没呢。

D 挺好。

E 我不想要。

D 你老婆呢?

E 也不想要,但我爸想要。

D 那不太妙。

E 我老婆是瑜伽教练啊,你知道的,她觉得生孩子身材会变得很差。

D 瑜伽教练? 你老婆听上去挺棒。

E 对,还是肌肉很发达的那种。

D 哦,那算了。

[沉默,D 喝咖啡。

D 那她棒吗?

E (愣住)一开始挺棒的,后面就不是很棒了。

D 女人都这样。

E 说实话总监,我觉得我对她渐渐没有了兴趣。

D 她胸太平了是吗？你刚刚说她肌肉挺发达，听上去挺 man 的。

E 嗯一方面吧……另一方面她很喜欢动物，动物让我心烦，猫狗之类的。

D 女人挥之不去的母性，这是本能。

E 某种程度上的动物性，我觉得。

D 我喜欢你这个描述，听上去非常原始。

E 原始极了！你没看到她们逗猫的样子，乐在其中但看上去好蠢，然后我就想到生了孩子她们也这样，我就非常沮丧。

D 甚至更糟。

E 女人很坏。

D 坏到家了。

E 而且我不知道她们为什么什么都想要？她们已经拥有了很多东西，但她们还是不满足，需要时刻买很多东西，然后再让男人们给她搬上来。她们往往对占有欲这个词有非常深刻且病态的理解，她们得到你这个人的身体，金钱还不够，她们甚至要得到你的时间！时间！

[D 愣住。

D 该死的女人！

E 你需要花费大量的时间去满足她，去让她开心，但她只是躺在那里张开双腿一动不动，你在外面累了一天回家还要上交公粮，她只是躺着张开腿嗑着瓜子！然后冷笑着问你今天怎么这么短呀？你累死累活，她实现人生价值，然后把掏心窝的话都说给猫听，天啊，怎么有这样活着的生物？

D 最糟糕的是你还爱她爱得要死。

E 我操！

D 操什么？

E 女人！

D 说得好！

E 要死！

D 谁死？

E 女人！

［两个人大喊着拥抱在一起，快要痛哭，持续良久。

E 唉，我常常为自己不是一个真正的基佬而感到烦恼。

D 不要烦恼，听我的，你只是需要很多别的女人。你只需要把她们当成动物，老天既然让你做一个男人，你就要加以利用，告诉我，你有没有别的女人？

E 没有，我只想打游戏。

D 这就是问题的关键。一个不常常做爱的人没有办法弄出一套好的策划案。

E 但我找不到，我没有钱。

D 钱？钱根本不重要，你现在还年轻，大多数男人年轻的时候都很穷，我也很穷，但当你意识到女人有多糟糕并想要对她们做点什么的时候，你就有了动力，到我这个岁数你也会有钱。

E 不杀我了吗？

D 为什么要杀死你？我们是盟友，是战友。

E 你之前想我死，因为我还没交策划案。

D 没关系，这些都不是大问题，我会给你时间的，我相信你，我觉得你可以做好这个。

E 真的吗？

D 你只是还年轻，你需要时间，你需要这份工作，你需要好好把那个鸡年限定的方案弄好，然后赚他妈的，然后得到更多很棒的女人。

E 谢谢总监！

D 不客气。

［E 非常兴奋。

［他激动地趴到地上，拿出了桌底下的那只鸡。

E 说到鸡……这只鸡就送给您了总监。

［沉默。

［鸡叫声。

D 谁准你带进来的？

E 啊？这得问一下……大楼保安？

D 这是你的宠物吗？

E 不是，不是，这是我乡下的亲戚早上刚送来的……

D 什么意思？

E 就，听了您那些话，我觉得舒服多了。

D 我说这只鸡，这只鸡是什么意思呢？

E 这是很好的老母鸡，快叫两声给总监听听！

［E 把母鸡放在地上。母鸡不停地发出“咕咕咕咕咕”的声音。

E 亲戚本来送给我老婆补身子的，但我突然觉得女人不配吃鸡。看呐，多好的鸡，怎么能给女人吃呢？

［母鸡非常机械地在地上转圈。D 忍着自己的怒火。

E 您可以带回家炖汤，抑或当成宠物养着，母鸡？哈哈，真搞笑。

D 电话是你打的？

E 什么电话？

D 你住的地方是不是有很多鸡？

E 光明小区 5 栋 602，一居室，月租 5400，居民成分白领、老人居多，没有红灯区。

D 说实话吧，你究竟有多恨我？

E 什么？不是，为什么？我有什么理由恨您？我们不是盟友吗？不是战友吗？

D 你真的知道女人是多么糟糕的东西？

E 我真的知道，但这不过是只母鸡。

D 你觉得我还不够烦吗？你以为我为什么一夜没睡？这些该死的鸡，你知道我被这些女人搞得有多烦吗？

E 我……我不知道……对不起……

D 我要爆了！

E 但这真的只是一只很纯粹的鸡啊！您可以杀掉它，然后吃掉，如果您真觉得它叫起来很烦。

D 如果不是为了这些该死的婊子，我完全不需要做这些。来公司？追着傻逼要方案？我真的受够了！我已经很焦虑了，你看到我的头发了吗？我已经快秃了，但你还把这种东西带到我唯一能安静的地方来！

E 我，总监……

D 没事，你可以走了。

E 什么？

D 你可以回家开开心心地玩游戏，也不需要搞那个弱智方案了，一切都结束了，你只需要一辈子和你老婆待在一起，听她“咕咕咕咕咕咕”。

E 不是吧，总监？

D 如果她问你这事怎么发生的，你只需要告诉她，女人，这一切问题都他妈是女人的问题。

［D 慢慢接近地上那只鸡，然后一下子抓起它，接着扭断了它的脖子。

D 走吧，你被炒了。

［暗场。

死 鸡

[青年夫妻的家中。

[一扇屏风隔着一室户里的厅和厨房。

[正午已过,E 的妻子 F 一边举铁一边对手机“咯咯咯”傻笑。

[E 回到家中,提着那只死鸡。

[E 把死鸡重重摔在 F 身边。

F 你干吗？吓死我了。

E 你怎么还不死呢?

[F 举着哑铃朝他望去。

F 你想吵架的话不如出去。

E 我说我怎么还不死呢?

[E 跌坐在沙发上,F 用脚触碰着死鸡。

F 有人能告诉我这是什么吗?

E 我也不知道。

F 这不会是只鸡吧?

E 会的。

F 真的假的?

E 应该是真的吧,但我觉得也可能是假的。

[她盯着他。

F 你怎么了?

E 我搞到一只鸡。

F 哪里来的——等等,你不是在上班吗?

E 下班了。

F 真的假的？以及你能把这只鸡拿走吗,不好闻好吗?

［他把那只鸡提到一边。

E 你老问是什么意思？一天到晚真的假的。

［有猫的叫声。

F lavie（猫名）在叫。

E 饿了呗，需要有人给它喂猫粮。

F 哦哦哦，可是妈妈在忙，爸爸呢？爸爸给宝宝喂吃吃好不好？

E 别傻了，它不是孩子，它就是一只猫。

F 老公？你心情不好？

E 还行。

F 你不会被炒了吧？

E 怎么可能？

F 那怎么就突然下班了呢？

E 可能领导想做爱了吧。

F 没有人会想在白天做爱，你会想在白天做爱吗？

E 不想，我什么时候都不想做爱。

F 这倒是。

［沉默。

E 你说如果我哪天被炒了怎么办？

F 能怎么办，我养你呗。

E 不合适吧。

F 这有什么，再说平时不都是这样吗？

E 你说我会变成李安吗？

F 谁是李安？

E 没事。

［F 总算放下哑铃，认真严肃地走向自己的丈夫。

F 你今天不对劲。

E 好吧！没什么不对劲的，中午的时候领导有事，说你们都可以滚了，留我一个人静静，我们就走了，让他一个人静静。而且他搞得我也有点想静静。

F 那这只鸡究竟是怎么回事？

E 给你补补身子。

F 我有什么好补的，该补的是你吧？

E 那怎么办？

F 而且我现在吃素。

E 喝点汤总行吧？

F 晚上我也不在家吃啊，四点我就要去健身房了。

E 我也想去健身房。

F 今天没有女的。

E 那我不去了。

F 弱智。

［沉默。

E 那怎么办吧，扔掉怪可惜的。

F 给 lavie 吃，它至少能吃三天吧？

E 我都说了我们只是养了一只猫，而不是一个孩子。你说如果我辞职了我能不能养鸡？我突然觉得养鸡也挺好玩的。

F 别胡说了，你根本就不喜欢动物，你都不愿意喂 lavie 吃鸡。

E 那是我不想把动物当成孩子养。我说的是那种养鸡场。

［男人开始非常仔细地把玩死鸡，女人化妆，完全没有理他。

E 那种非常热闹的养鸡场，里面都是鸡，就很拥挤，和虹桥火车站一样。你不觉得人和鸡很像吗？鸡生下来就是为了被吃，人生下来就是等死。

F 我突然觉得你还是去上班比较好。

［敲门声响起。

F　去开一下门。

E　肯定是你的快递。

F　那你就不能开一下吗？

E　我靠，明明是你离得比较近吧！

F　你没看到我正在化妆吗！

E　如果是你的快递我就打死你！

［女人没有理他，男人去开门。

［沉默。

［男人非常迟缓地挂下电话。

F　不就是个快递？多大点事，我去拿行了吧？

E　嘘！

F　谁啊？

E　这也太快了……

F　究竟是谁？

［沉默。

F　（反应过来）不会是那个吧……

E　会吧……

F　我死了。

E　我也死了。

F　不是，那怎么办呢？这也太快了，太快了。

E　比我快多了。

F　怎么办？给我一个方法。

E　不知道，关键是为什么今天就来了。

F　方法，别废话。

［沉默。

[敲门声传来。

E 老婆,你想演戏吗?

[两个人动作停止,绝望之余两人的目光都望向了地上的死鸡。

[女人提着死鸡就往屏风后钻。

[一个干练的中老年电工模样的汉子G出现了。G手上提着大包小包的土味食品。

[G全程方言。

E 爹,您是我爹。

G (方言)你这个龟孙还把我当你爹?老子在门外手都敲破了,我真是一拳揍死你!F呢?F!

E 在呢,刚起。

G 嗯?哦,怀着呢,是该多睡睡。我跟你说这一路上,我坐那三轮差点翻沟里,搭把手啊,你今天怎么像个呆子?

E 是是是。

G 你今天不上班吗?

E 我这个……

G 别上了,要看住老婆的!要好好看住!就要在家给我养孙子的!

E 啊?

[G在屋里东张西望,顺着沙发坐下,E忙不迭地跟着收拾。

E 爹你换个鞋……

[G点上一根烟。

G 滚一边去。东西搁那儿。哎哟累死我了,F呢?F!

[F急匆匆地挺着肚子从屏风后上。

[G赶忙站起喜笑颜开。

G 哎呀,F呀!快来给我摸摸孙子!

［一片混乱。

E 爹，别别别，医生说了，不能乱摸，怀着呢，怀着呢。

G （着急地搓着手）医生还说啥了？

F 医生还说了怀孕的时候不能闻二手烟。

G 哦哦，男的女的啊？

E 男的。

［G 赶紧掐灭烟头。

F 这个说不准吧？

G 怎么还不男不女了呢？

E 她最近脾气不好。

G 那肯定是你的问题。人家怀孕呢，你要给我好好伺候的！（转笑）F 呀，吃过了吗？吃啥了呀？

［两人沉默。

G 又是外卖！这不行的，这是不行的！怎么能天天吃外卖呢？（看向 E）我微信发给你的文章看没看，六亿中国人将会死于外卖！对了，鸡收到没有呢？

E 啥鸡？

G 早上不是我不好提就让老王给你送去单位了么？没送啊？我问问，不能给我偷了吧？

［G 掏出手机。

E 哦哦那个啊，收到了收到了。

G 真的？没糊弄我吧？

E 真的。

G 哪儿呢？我瞧瞧去，给你炖上！

E 吃了吃了，在 F 肚子里呢。

［E 赶紧指指 F。

F　在呢爸,在肚子里呢,好吃。

[F 瞪了一眼 E。G 安稳下来。

G　要好好吃鸡的！鸡汤好,补得很！当年你妈生你的时候一天一只鸡。

E　她不会属黄鼠狼吧?

F　(白眼)你好冷啊。

G　噢,说到属相啊,这个学问就大了。

[G 随身掏出一本书。

G　叫什么想好了吗?

F　没呢,爸。

G　没有就对了！我和你说啊,这个我专门回老家找那边小瞎子看了。说什么来着。

E　爹……

G　找到了！还有三个多月就出生了吧,属鸡,是属鸡的！丁酉年,纳音山下火,火命。丁酉火自死,其气即微,假木相助,其气方生。这是个什么意思呢,就是说这个孩子啊,好是好的,是不可以不好的！但是五行缺木啊,要有大量木头生养的,所以名字里要有木的！

[G 期待地看着夫妻俩。

E　哇哦。

G　所以要叫什么呢?就要叫 E 森森！

E　怎么不叫 E 亚马逊雨林。

F　你怎么那么冷啊。

G　嘀咕什么呢?

E　这不还没生嘛,爹。

G　生了不就来不及了嘛！

［沉默。

F 爸，你这次来是打算？

G 呃——我来，我来给你们修修电器呗。这不上次就说了有空来看你们的，结果我不空，你们也不空，如果你们空，那我不空也要空一下的。但今天我真的空，就想啊，上门吧！上门来看看，结果你们也空！哈哈，好啊，太好了。以后有空，我就来，来照顾 F，我把工作辞掉也可以来的。

［G 从包袱里掏出一套被子。

F 我不用照顾吧，老公？

E 是，她比谁都好。

［E 使了个眼色，F 赶紧又举铁。

G 不行不行不行，那不行的，还有三个多月就要生了，是关键时期，最关键的。

E 爹。

G 是要顺产的！剖腹产就会笨，E 就很笨，E，你笨不笨？

E 我是笨猪。

G 你看。

E 所以爹你究竟带了些什么呢？

G 要不是你个笨猪提醒我都忘了，来看看我们这次给 E 森森带了什么好东西。这是隔壁村马姐当年生孩子专用的红内裤，每个周六你就让 F 穿上，马姐穿着这条内裤连生了 7 个男孩，厉害吧，喷喷香。

E 他们头上不会还长葫芦吧？

F 你真的好冷啊。

G 你咋回事嘛，我一进门你说了三四遍冷冷冷，我刚好带了床被子来裹上。

[G拿被子把F裹上,继续从包里翻各式各样的东西出来。

G　对了,这里还有7条内裤,你都给F换上。还有这个玩具,是你小时候爱玩的。我觉得E森森也应该喜欢,以后我们家的人都要喜欢这个。

[两个人沉默。

[猫叫声从屏风后传来。

F　噢,lavie! 我要去给它喂吃的。

G　有人在听我说话吗? 还有这个lavie是啥?

E　我在听,爹,是猫,lavie是她养的猫。

[F起身迅速地走进厨房。

G　(看着F走远后压低声音)确定是男孩吗?

E　拜托啊,我的天。

G　这个留给你。

[G从包里掏出最后一样宝物。

G　这个东西叫龙鞭,如果是女的,你就把龙鞭弄碎了喂给F吃,一个月内肚子里的小孩就能长出那话儿。

E　什么意思呢?

G　就是那话儿。

E　爹……其实我想说啊……

[F走进客厅。

F　有人想听一件很搞笑的事吗?

[男人们看着她,把龙鞭藏起来。

F　你们知道lavie有多聪明吗? 我的天,刚才我喂它吃东西,它甚至都不想理我,但它一个劲地扑我肚子,我的天,笑死我了,我以为它退化到只会吃加工食品了。

[F把死鸡从肚子里扯出来。

F 它就像这样,像人一样想把这只鸡弄出来,我的天,太搞笑了,我说不,不行,不可以,因为这是我的儿子,然后它就很委屈,好像它觉得它不再是我儿子了一样,哈哈哈哈。

[三人大笑起来。

E 哈哈,你肚子都笑瘪了。

G 是啊,哈哈,不是——什么肚子?

[沉默。

[E 和 F 赶忙把手中提着的鸡重新塞回肚子里。

F 是好肚子。

E 爹,您就当是森森……

[G 甩手就一大耳刮子。

[F 吓得刚塞进去的死鸡又掉了出来。

[沉默。

[G 打包好所有刚才拿出来的东西准备离开。

E 爹。

[G 停下。

E 你活着就是为了这个吗?

G 你他娘的在城里待久了,脸都不要了!

E 为什么呢?

G 你大伯,我哥,有三个儿子,虽然他们智力只有正常人的三分之一,但他们有三个,这就约等于一个。(停顿)然后他还有一个正常的女儿,女人可以算半个吧,那他妈就是一点五个。

[G 愤怒又骄傲地转过身。

G 而我一个也没有,你爹在县里打了一辈子工,但是一个也没有!我必须要有两个孙子,而且不能是四个女人。这是尊严问题,懂吗? 你问我活着为了什么,我告诉你,人活着就是为了尊严。

E 可是光活着就很难了。

G 这话应该我说吧,我养了个废物好吗?

E 把鸡给我。

F 老公?

E 给我!

[E 接过死鸡。

E 爹,你说一只鸡等于几个人?

G 鸡是畜生。

[E 一根根拔光死鸡的羽毛,走向 G。

E 但为什么一定要生个人呢?为什么不能生鸡?我他妈为什么不能生一只鸡?人和鸡有区别吗?人和鸡不一样吗?为什么人就比鸡高贵呢?人不会死吗?为什么鸡要死?为什么鸡要下蛋?老婆你会下蛋吗?为什么人不能下蛋?为什么?

G 畜生,孬种,废物,你在说什么东西,你还是个人吗?你瞧瞧你说的是人话吗?你已经不是个人了,不是了,懂吗?

[E 把光秃秃的死鸡塞进 G 的怀里,大声哭喊。

E 我不是了,爹,我就是这只鸡,我就是个死鸡,臭鸡,瘟鸡,光秃秃的肉鸡,我,把我自己还给你!

[暗场。

公 鸡

[空旷的家中。

[舞台中央是一张床。G 和 H 的父亲 I 卧于榻上,作为整部戏里最老的人,已口不能言,因此他全程发出“咕咕咕”的声音。

[H 是 G 的大哥,同时是三个弱智的父亲。

[G 上场,远远听见 H 的手机里传来热闹的声音,H 对着手机一阵傻笑。

G 哥,挺热闹啊?

H 现在的年轻人真会玩啊,你来看看这女的,腿有 3 米长吧?怎么长的?这么长一定很能生吧?

G 你女儿是不是经常玩这个啊?

H 是啊,天天晚上不睡觉,说对着手机就能赚钱,你信吗?对着手机就能赚钱?疯了吧,现在的年轻人不懂都怎么了。

G 我也不懂,没人懂,可能他们自己也不懂。

H 最令人难以想象的是女人现在都能赚钱了。

G 她穿衣服了吗?

H 你说什么?

G 没有,我在想别的,哦,对了,爹怎么回事啊?

[H 收起手机。

H 说是腿摔着了。

G 哦,腿摔了?你怎么知道的?爹不是不能说话了吗?

[两人已经走到 I 面前了,然后纷纷捏住了鼻子。

G 操,怎么这么臭?爹你能说话吗?你腿不好了?

I 咕咕咕。

[I 看到两个儿子,挣扎着想起床,试图发出什么声音。

H 别别别,您躺着,躺着。

G 哥,还是咕咕咕啊。

H 养了一辈子鸡是这样的,我以后也会咕咕咕的。

G 爹你咋回事啊?爹你还好吧?爹你没事吧?

[I 伸出手,但 G 转过头去。

G 妈的,我们还是到前面说吧,实在是太臭了,究竟是什么啊?

H 大便。

G 哦,大便。

H 小李被臭到了,今天推门来看,说就这样了,爹抓着小李指着自己腿,小李给我打的电话,我再打给你。

G 但大便真是太臭了。

［G 去拿拖把。

G 你也动一动啊。

［H 看着自己的弟弟。

H 你自己难道不大便吗?

G 你什么意思?

H 你怎么这么多年了还是这样啊?其实在你很小的时候我就挺讨厌你了。你知道为什么吗?因为你一直都是这副"我和你们不一样"的样子,就好像你,你很瞧不起别人你知道吗?

G 你有病吗你说这些?

H 就因为你在读书的时候我在给鸡弄大便吗?所以你会觉得你高人一等?你和我是不一样的,和老头子也是不一样的?你就是这么觉得的,难道不是吗?操。然后你去了城里,我留在乡下,你就觉得你比我屌,是不是?

G 我明明也给鸡铲过大便,你是失忆了吗?

H 但老子给鸡铲了一辈子大便!

G 所以你不肯给老头子扫大便?

H 我没有不愿意,我只是觉得难得让你扫一次大便你就这样,你很不对。还有你和我说话的态度,就像城里人对乡下人那样,我不是你哥?你能对你哥这样说话?就因为你是城里人?

G 我的天,我他妈说什么了?我从头到尾不过说了一句大便很臭。

H 那大便就是很臭的啊。

G 所以我说的有什么问题?

H 不知道,但从你嘴里说出来就觉得我们乡下人大便更臭了。

G 如果你非要这么说我也没办法了,我不想搞事,我一个人也可以扫,好吗?

[G 一个人扫大便。

G 要是我们有个姐姐或者妹妹就好了。

[H 叹了口气,也拿来扫把和水桶。

H 你说得对。

G 这样就有人能陪着爹了,至少这时候可以清理大便,我们实在太忙了。太不容易了,真是太不容易了。

H 没有什么比女人更容易的了,一切母的东西,就像母鸡只要下蛋,辛苦的事永远是咱们男人在做,爹啊,你怎么这么简单的道理都不明白,您当初怎么不努努力再生个试试呢?

G 但会不会其实当初是有的,但被爹送掉了。

H 那就是爹的不对了,那我们就不用扫大便了。

I 咕咕咕!

[G 和 H 两人相视大笑。

H 对了,F 怎么样? 她不是怀上了?

G 哦,她没有。

H 没有? 没有是什么?

G 就是没有,我被骗了,她根本没有怀过。

H 我操,这就是城里女人。你儿子一定也被骗了吧? E 有没有狠狠揍她一顿? 狠狠地揍?

G 没有,不要说这个了,我已经很烦了。

H 如果是我,我一定要把她的子宫打翻出来好好看看。

G 你能闭嘴吗？我他妈完全搞不懂。

H 弟弟，你不觉得这很不公平？我完全不想问原因，但她不可能是生不出来的，没有女人会生不出来。

G 现在很多事情我已经完全搞不懂了。

H 我只是觉得乡下人和城里人没什么不一样的。

G （沉默）你那三个傻儿子还好吗？他们三个还会每天一边晒太阳一边流口水吗？

H 你什么意思？

G 我就问问。你问到我儿子，我就想到了你儿子，我不懂有什么特别的意思。

H 你故意这样吗？你为什么总是这样？

G 我哪样？

H 你为什么总是故意让我不爽？你为什么不看看你现在什么样子？你知道你脸上挂的是什么表情吗？

G 完全不知道。

［两人停下手中的活，看着彼此。

G 所以是什么样子？

H （震怒）就是那种样子！那种我已经是城里人了虽然我只是破修电器的但我还是个城里人，我儿子也是城里人，我儿媳妇也是城里人，我全家变成了城里人而你只是个在乡下养鸡的臭逼的那样子！

G （愣住）哥哥，你吓到我了。

H 你根本不在乎我有没有吓到你，你别装了，你不要装了行不行？你就是这么想的，你只是没有说出来，告诉我你就是这么想的，混蛋。

［G 扫大便。

G　我从没这么想过，扫完了，但还是很臭，我估计要换一下床单。

H　你放屁你没有，你脸上就写了“瞧不起”三个字。你在嫉妒我，因为我虽然是个乡下人，但我有很多鸡。你知道我花了多久教那三个傻逼喂鸡吗？你还在吃我的傻儿子们喂的鸡不是吗？我告诉你我有什么，我会给我的三个儿子买三个老婆，他们都是很强壮的年轻人，然后他们每个人都会再生三个儿子，就和鸡一样，越生越多！

［G 把拖把丢到一边。

G　别傻了，他们根本娶不到老婆。

H　就是这样，就是这样！就是这种瞧不起你明白吗！

G　给我安静。

H　不，我偏要说，我今天就要说个痛快……

［G 大吼一声，扯过边上 I 的被子就冲了上去，两人扭打在一块。

［被子蒙在两人头顶，渐渐地，动作和声音都降了下去。

［静止。

［像是平静的海面上第一口呼吸，H 从被子里爬了出来。

［他大力喘气。G 也爬了出来，两个人拼了命地拿衣服抹脸。

H　操，你知不知道这里面都是大便，你居然，大便。

G　大便，大便，大便？

［两人互相看着对方，然后检查衣服，最后扯过被子。

［被子上面很干净，床单也是。

H　大便呢？

G　没有大便，这上面没有大便。

［I 默不作声，颤抖着看着两人。

［两人朝自己的父亲走去。

［两人俯身看了看床单。

G 爹,怎么回事？被子是干净的？

H 操,只有地上有大便。

［老人一点点后退,两人扑了上去发了狂地检查。

G 爹,解释一下！

H 大便呢？大便！

G 他动了！老头子刚才动了！

H 他腿哆嗦了一下,把他衣服脱了！

G 我又被骗了！都是骗子！

H 看看他身上究竟有没有伤！

［震怒的两人把老子的衣服扒光,连着床单一齐扔向四周。

I 咕咕咕。

［两人筋疲力尽,沉默。

G 爹,下来吧,走两步。

H 说过很多次了,我们很忙的,没您这样折腾我们的。

G 早该想到了,我可真蠢,上次说病了,上上次也是,爹,我不明白,为什么,您怎么越老越坏呢？

H 爹,下床吧,听话,啊。

［老人颤抖。

G 我他妈叫你下来！

［I 一点点地挪动身子,缓慢地下床,害怕地看着两个儿子。

［H 拿出手机,对准 I。

H 录个小视频啊,老头子,走啊,走啊。

［I 步履蹒跚地在屋内踱步,像是一只年老的公鸡。

［音乐起,唢呐,锣鼓,热闹得像是在过年。

［I 渐渐不动,收光。

［音乐停,光起,两人把 I 搀扶到床上。

H 哎,操,我刚好像不小心坐到有大便的地方上了。

G 爹没病,是不是可以走了?

H 等一下,我弄个东西。

［H 从包里掏出一个摄像头。G 掏出手机。

H 爹,这个东西我给您安墙角里头,我们两兄弟实在是太忙了,真的没空天天看着您,有了这个,我从手机上就能知道您每天在干什么,这东西,就是咱们的眼睛。行吗,爹?可以就说一声,我装了啊。

I 咕咕咕。

H 好嘞,您同意就好。

I 咕咕咕。

H 没事,这咱们应该的。

［H 装摄像头。

G 我在看你刚才拍的东西,我在想她穿没穿衣服啊?

H 谁?

G 你说 A 对着手机屏幕就能赚钱。

H 你在说什么屁话,谁不穿衣服?

G 很多女人都不穿衣服的。

［停顿,G 望向 I。

G 爹,以后别这样了,大便真的很臭的。

I 咕咕咕。

［H 安装完,走到 G 身边。

G 我不懂,为什么一定要和鸡过不去?老了会鸡叫,天下有这样的道理吗?

H 因为爹养了一辈子鸡,我也是,你也是,我们都会这样的。

G 是吗?你觉得以后你的三个儿子和一个女儿会养你吗?

H 但你一个也没有吧?

G 也是啊。

H 走吧。

[两个人起身,但都没有动,他们站在门口的位置和 I 死死地对视。

[灯暗。

[屏幕亮。

[这是一个监控器的视角,从上而下俯视着房间,房间正中的床上没有理应出现的老人,只有一只公鸡,在扑棱着翅膀,如同垂死挣扎。

杀 鸡[1]

[深夜。

[舞台中央是碎花布笼罩的小立方体。

[右边三分之二是养鸡场。

[XYZ 三傻和鸡们散布在舞台上。

[年龄从大到小,笨的程度从小到大的顺序: X、Y、Z。

[H 摇摇摆摆地回家。

X 爹,爹回来了!

Y 咕咕咕咕咕!

Z 鸡回来了! 鸡回来了!

[三个傻子如同鸡冲向食物一般冲向他们的父亲,同时做出怪异动作。

H 还他妈不睡觉!

---

① 此段改编自乌拉圭作家奥拉西奥·基罗加(Horacio Quiroga)所著短篇小说《挨宰的鸡》。

X　鸡！

Y　吃鸡！

Z　要吃鸡！

H　没有鸡！不可以吃鸡！

X　我是鸡！（他就地一躺，哈哈大笑。）

Y　我杀鸡！（他做出抹哥哥脖子的动作）

Z　我吃鸡！（他狂吃）

XYZ　我们吃鸡！哈哈哈哈哈哈！

H　老子让你们和这些鸡待在一起是让你们养的，不是让你们吃的，懂？

［沉默。三个傻子眼神空洞地望着父亲。

H　和鸡待在一起，就要把鸡当成兄弟，鸡吃什么，你们也吃什么，鸡吃谷子，你们就吃米饭，懂？你们见过吃人的吗？你们他妈怎么不互相吃呢？

X　我知道！互相吃的是呆子！

Y　呆子！呆子！

Z　吃鸡……鸡……

X　呆子！他是呆子！

Y　他是呆子！

［Z 不知所措。

H　闭嘴！

H　没有人是呆子，懂吗？你们没有一个人是呆子，你们都是我的儿子。

［三个人不再说话，费劲地理解着。

［H 走进鸡群，检查鸡们。

H　鸡还不错。

X 我们还,还行吧?

YZ 那当然!

X 是我养,养的。

Y 是你养的,不是,不是你养的,我们养的。

Z 是我养的。

X 你你你养个屁,你养鸡,你养鸡巴。

Y 究竟是谁养的呢? 这是个谜。

X 今天你你,你差点弄,弄死一只鸡。

Z 我想吃鸡,我没有弄死鸡。

X 你你,你想吃,就就差点弄死,不弄死,你怎么吃,吃鸡?

Z 我想吃鸡。

X 吃,吃鸡!

Y 要吃鸡!

Z 要吃鸡!

[三个傻子学着鸡的声调疯狂嘶吼“要吃鸡”。

[H 拿出边上的鸡蛋就朝他们脸上扔去。

H 吃你们妈的……等等。

[场上一片混乱。

H 我来数数有几个鸡蛋,你们不能吃鸡蛋吧? 不能吧? 二四六八……

[三个傻子还在怪叫。

H 安静! 少了两个鸡蛋,操,鸡蛋呢? 抛掉刚才老子扔了的鸡蛋,还有一个鸡蛋,鸡蛋在哪里?

[三个傻子挤眉弄眼。

H 交出来,或者吐出来。

[X、Y 自觉地挪向一边,只剩下 Z 一个人愣在原地。

[Z 一边“咕咕”叫着一边脱下裤子。

H 不会吧。

[Z 把蛋下了出来,托在手上笑着递给 H。

Z 吃鸡,吃鸡。

[H 把鸡蛋放在兜里。

H 你是母鸡吗?

Z 咕咕咕咕!

H 你想生小孩吗?

Z 咕咕咕咕咕!

H 你想生一只鸡吗?还是生鸡蛋?

Z 咕咕咕咕咕咕!

[H 一巴掌就扇了过去。

H 我咕你妈呢?

[Z 的两个兄弟见状大笑不止,拼命拍手鼓掌。

H 笑什么呢?你们给我过来。

[H 把另外两人也补了两个耳光。

H 一群废物,真的是一群废物!

[然后 H 打了自己一耳光。

H 生你们还不如生三只鸡,鸡还能拿去卖,你们呢?有人想要你们吗?还不如生三个女儿,你们还不如你们妹妹有用,她都能赚钱了,你们只会败家。操他妈的,操他妈的!

[三个白痴沉默了。

H 弱鸡,真是三个弱鸡,毛都没有的弱鸡!

[H 发怒地想扔鸡蛋,忍住了,但鸡蛋已经在他手里裂开,蛋黄流在他的身上。

[H 突然有一点想哭,他用力地抹身上的蛋黄,三个傻子在他身边垂

涎欲滴，接着 H 放弃了，他松开双手，朝他的儿子们做了个手势，三个傻子立马围上来舔着他身上残余的蛋黄。

H 等我老了可怎么办呢？

X 爹，爹？

Y 好吃，好吃。

［Z 趁哥哥们抬头赶紧狂吃。

H 我能指望你们吗？不能吧？天地不仁，万物都是鸡，是吗？是还是不是？老天爷，你啥时候下点鸡巴呢？操死我得了。

X 爹爹，你你，不能。

H 吃吧。谁叫你们是呆子呢？

X 爹，我不是，我。

H 没事了。

［X 不再说话，愣愣地看着这一切。

Z 好吃！

H 睡吧。

［H 像赶鸡一样把三个儿子赶进了鸡棚。

［当然，Z 是很不情愿的。

Z 想再吃点。

［H 瞪了他一眼，Z 不再说话。

［H 离场，灯暗了一些。

［沉默。

Z 还是想再吃点。

X 吃吃吃鸡巴，你把，把爹弄不高兴了你知知道吗？

Y 爹说我们是呆子。

X 对，对的，不，不对，你们是呆，呆子，我，我聪明得很。

Y 爹还说我们是弱鸡。

Z 弱鸡！

X 嘘！闭，闭嘴。

Y 为什么我有点难过？

X 我，我也是。

Y 我们明明在养鸡。

Z 弱鸡！

X 嘘！你你别提鸡，鸡，他不能听听到鸡，鸡。

［Z 还想大力狂呼，被两人合力按住。

Y 明明是你一直在说鸡。

X 我，我他妈的没，没有说鸡。

Y 你刚就在说鸡。

X 我，我，哦。

Y 你就刚才那句没有说鸡。

X 别，别再说，说鸡了。

Y 好我不说鸡了，但你也别说鸡了。

Z 弱鸡！

［H 的声音从屋里传来。

H （梦话）操，操！

［X、Y 合力按住 Z。

X 你你别，爹不开心，你，你有问题。

Z 咕咕咕咕咕！

X 你，你是呆子。

［两个人剑拔弩张，然后冲出了鸡棚，试图互相啄对方。

Y 快住手！听我说。

［Y 把两人分开来。

Y 我觉得没有人是呆子。

X　肯，肯定有的，不然爹，爹为，为什么要生气。

Y　你说得对，所以我们要思考。

［沉默。

Y　你觉得呢？

X　我，我不知，知道。

Y　你觉得呢？

Z　弱鸡！

Y　没人说鸡。

X　我，我知道了！因，因为我们是弱鸡。

Y　然后呢？

X　鸡，鸡，你，你说。

Z　吃鸡。

Y　他说什么？

X　他，他说，我们只，只吃。

Y　有道理。

Z　杀鸡！

［两人陷入思考。

X　因，因为，我们不，不杀鸡！

Y　对！我们不杀鸡！

X　我，我们要，要杀鸡！

Z　杀鸡，杀鸡！

［三个傻子不断小声喊着“杀鸡”，不断寻找着目标。

［他们在舞台中古怪地转着圈，像是跳着一种野蛮的原始舞蹈。接着，他们缩圈，围着中间的亭子。

［亭子里面有亮光，我们能听见一些土嗨音乐和女人的笑声。

［三人互相看着对方，表情动作都很怪异。

X　杀鸡?

Y　杀鸡。

Z　杀鸡!

[“杀鸡”一喊,沉默,X、Y都看着Z。

[三个人一下拉开了碎花布,亭子里的声音一下变大了,A穿着第一场里的暴露服装,花容失色地望着他们。

A　哥?

[三人一下就把A拽了出来,按在养鸡场里。

X　杀鸡!

Y　杀鸡!

Z　杀鸡!

XYZ　杀鸡!

[三个人高喊着“杀鸡”,高声学着鸡叫。一个人按着A的身子,一个人按着A的头,一个人拿来杀鸡刀,一点点拔掉A的头发,像是拔掉鸡身上的羽毛。

[A的惨叫声。

[他们像杀鸡一样杀掉了自己的妹妹。

[直播间黑屏。

尾声

[第一场的房间和直播间。

[还是A和B。

[屏幕上视频通话接通,女人的脸出现。

[A把手机固定住,然后慵懒地开始卸妆。

[A时不时望着屏幕,时不时把注意力放在手上,其实她挺局促。

[她的声音听起来很空旷。

A 嗨。

B 嗨。

[沉默。

A 是不是我很无聊?

B 有点。

A 那你不喜欢我了?

B 没有。

A 那快陪我聊天,你不是我的 CP 嘛?

B 好。

A 不说话我挂了,一般人和我说话可是要刷礼物的。

B 我知道。

A 我挂了。

[环境灯亮。

[这是一间狭窄逼仄的小卧室,台灯的光浅浅照在 B 身上,他举着手机,看上去紧张,而且疲惫。毕竟,时候已经不早了。

B 别! ……我有点害羞。

A 哦……害羞。

B 第一次,这样看你。

A 无聊挂着的小主播而已,干吗这样,我们都 CP 这么久了。

B 看了吗?

A 什么?

B 上次分享给你的那个小说。

A 看了。

B 怎么样?

[A 有点不好意思。

A 你怎么就看这些?

B 这些是哪些?

A 女主叫什么来着,秀儿,不是个好女人吧?

B 确实有点坏。

A 你喜欢?

B 挺喜欢的。

A 哦……

B 哦?

A 如果我们可以真的在一起的话,说不定,我也可以成为你的秀儿,你的婊子……

[一阵鸡叫声打破了A的声音。

A 你养鸡吗?

B 养鸡? 没有。

A 有鸡在叫。

B 哦,有的,有的,有很多鸡,我不养鸡,是我家楼下的,楼下有个菜场,里面有很多鸡。

A 都什么鸡?

B 有吃的鸡,也有操的"鸡"。

[她笑起来。

A 怎么还有这种?

B 我也不知道。我租的这个房子楼下就是菜场,然后菜场边上是红灯区,一些小旅馆,人很多,菜市场里每天都会运来很多鸡,开旅馆的人也养鸡,我不知道怎么有这么多鸡。天就要亮了,这是一天里鸡们最吵闹的时候。

A 你好逗。

B 很吵的,你听。

［很多鸡都在怪叫,“咕咕咕”或者“啊啊啊”。

［A 停下在卸妆的动作,她把头的一侧靠近屏幕。

［两个人都不再动,屏息凝神地听着鸡们狂叫不止,叫到天王老子的耳朵里。

［突然有那么一瞬间,B 愣了一下,他感觉像是洞见了很多不可知的事物。

A 想什么呢?

B 我听见了。

A 我也听见了。

B 我听见你刚才说的话了。

［A 有些紧张,也有些害羞。

A 我说什么了?

B 我还听见你的呼吸了,有点微弱,因为外面太吵了,但让我觉得很真实。

A 真实吗?

B 对的,很 real。

A (听不懂所以转移话题)你是不是在大城市呀?

B 对的。

A 有摩天轮吗?

B 有啊。

A 哦……人一定很多吧?

B 多到你无法想象。

A 是不是很吵?

B 特别吵。人都很吵吧?

A 没错……

B 但你还好。

A　我怎么就还好了?

B　挺好的,别的主播都是那样的,你不是。

A　那样是哪样?

B　说不上来,但你和他们不一样。

A　我今天偏要你说。

B　你超无聊的。

A　啊?嗯,我是很无聊吧,因为很忙,但因为很忙,所以也不能算特别无聊吧?我和你说,我有三个哥哥,他们很笨的,所以加起来约等于半个,不是说我很聪明吧,但他们真的很笨,所以我不得不赚钱。(停顿)确实挺无聊。

B　但我也很无聊。

A　有吗?

B　每天都要看你直播的人怎么说都好像更无聊吧?

[短暂停顿。

[A乐了一下,旋即陷入一种微弱的沮丧。

A　我是挺无聊的。

B　是,你眼神里写着的确实是无聊这种状态,但你很习惯并且接受它,你对无聊的态度,和别人不一样你懂吗?

[沉默。A看上去还蛮困惑的。

B　就是说,别人是本身很无聊的人,但他们拼命装作有趣。你会跳舞因为你需要钱,你并不把这个当作一件非常重要的事,你只是跳了,仅此而已,不是吗?

A　听上去真的好无聊,也挺好。

B　我很羡慕,这种状态,就很坦诚,我觉得你很能接受,但我不能,所以我会痛苦。

A　有时候接受是因为没有选择。

B 没什么是轻松的。

[A 换用某种轻快的语调。

A 但你知道吗,我家的确养了很多鸡。

B 哪种鸡?

A 当然是会叫的鸡。

B 都叫的呀。

A 哈哈,吃的鸡,那个英语怎么念?Chi——King——

B 你不会是个养殖大佬的千金吧?

A 我乡下人。

B 我也是。

A 你才不是。

B 那大家都是。

A 你看到我衣服了,淘宝上买的,只要20多块钱。

B 但也很好看。

A 真的吗?

B 嗯。

[沉默。

A 在想什么。

B 我很喜欢吃鸡。

A 我也喜欢吃。

B 你家不是养鸡吗?

A 养的鸡要卖的啊。

B 但我吃不到,我穷,所以我要努力找工作,然后去你家买鸡,然后你就可以拿我买鸡的钱去买鸡,然后我们都吃到鸡。

A 哈哈。

[沉默,鸡叫声传来。

B 再过一会儿天就亮了，那种属于东方夏天早上的深蓝色，全部打在你脸上会不会很好看啊？

A 应该会吧，毕竟我本来就很好看了。

B 突然觉得今天还挺好的。

A 是吧。

B 我想见你。

A 你怎么觉得我就要同意了？

B 因为之前我都听到了。

A 白卸妆了。

［A 笑着拿起手机。

A 现在收拾一下往外走的话，应该能赶上到你那边的第一辆小巴。

B 那我等你了。

A 想吃什么早饭吗？

B 想吃鸡。

［A 给了他一个微笑，然后黑屏。

［B 走到窗边。

［外面的鸡叫并非杂乱无章，而是蕴含了某种天然的秩序，一声比一声响亮高亢。

［暗。

［屏幕亮，左边是 B，右边是 A。

［两个人都在收拾彼此的东西，出门走。

［当 B 走到菜市场，当 A 走到离家有段距离的时候，他们都听到了热烈的鸡叫声，那是 B 楼下日复一日的场景，同时又是 A 家里三兄弟失望的叫声。

［他们都没有回头。

[屏幕合二为一,两个人终于相见。

A 嗨。

B 嗨。

[两个人拘束又羞涩地打了招呼。

B 走,去吃鸡。

[暗场。

[剧终。

戏曲

对山救我

编剧 高 媛

时间 明正德三年—正德五年(1508—1510)

地点 北京

人物

康 海 老生。明代文学家。字德涵,号对山,陕西武功人。弘治十五年(1502年)状元,擅琵琶。武宗时宦官刘瑾败,因名列瑾党而免官,以诗文名列“前七子”之一。性情耿直,外冷内热,懒怠应酬,醉心文辞音律,因此与大力主张复古的李梦阳虽是文友,关系并不调和。

刘 瑾 净。官拜司礼监掌印太监。掌权后趁机专擅朝政,党同伐异,贪污腐败,为“八虎”之首,时人称他为“立皇帝”,武宗为“坐皇帝”。心计深沉,热衷玩弄人心,仰慕康海的才华,极力想要与之结交,又屡屡试图扭曲康海的信念。

李梦阳 老生。明代文学家,字献吉,号空同子,康海文友,同列“前七子”之一。耿直刚硬,不识变通,因此得罪刘瑾下狱,迫于无奈向康海求救。后刘瑾事败,康海因结交刘瑾而下狱,李梦阳“不曾进一言以救”,坐视康海被削职为民。

王莲卿 旦。刘瑾送与康海的歌伎。

家丁、随从、小厮、门子、侍卫、狱卒等。

场次

第一场 救美

第二场 捉李

第三场 思量

第四场 夜宴

第五场 无言

第一场　救美

［北京街头。

王莲卿　（内白）天啊，天！

［王莲卿上。

王莲卿　（唱）穷檐蛛丝遭劲雨，

矮阶疏草逢急霜。

双亲亡去难归葬，

舍身自售意彷徨。

［二家丁上。

家丁甲　得啦！小娘子莫要悲戚，论起来你与咱们爷还是同乡，必不委屈了你。

王莲卿　中人只说将俺卖入高门大户，却不知家主究竟何等来头？

家丁甲　说与你听——

（念）司礼监中掌印郎，

名驰八虎敢称王。

家丁乙　（念）天生二日人皆见，

坐一皇来站一皇。

王莲卿　二位说的莫不是那"立皇帝"刘瑾公公？

二家丁　正是。

王莲卿　（哭）喂呀，这可如何是好？奴家便一头碰死了也不肯去的！

二家丁　噫！不识抬举！

［刘瑾率众上。

刘　瑾　（唱）气昂昂意扬扬天街来往，

笑澹澹貌堂堂黑白心藏。

家丁甲　爷来得正巧！您前儿买的人，正给您带来了，可笑这女子不识相，还在哭呐！

刘　瑾　好个绝色的女子，恁的却不驯顺？

王莲卿　自卖自身，幸蒙恩赏，为奴为婢，安敢有怨？

二家丁　咄！竟敢顶撞家爷！

刘　瑾　（大笑）有趣有趣，咱家最爱这等硬骨头！你二人，且不急带她回府，便置于这十字街头——

二家丁　咦？

刘　瑾　瞧一瞧这帝京繁华之下，车水马龙之间，除了咱家，又有谁肯来搭救你一根小指头！

（唱）驯娇娥驭人心恩威并赏，

才教她折傲骨服膺炎凉。

［刘瑾率众下。

［李梦阳上。

李梦阳　（念）烹犬缚虎豢天狼，

道路以目郁肝肠。

劲柳折鞭甘露蘸，

笞尽人间几强梁。

［康海上。

康　海　（念）积尘小技是辞章，

壮夫怎为浮名诓？

咏歌舞蹈泉石畔，

懒与庸才计短长。

［二人相遇，针锋相对。

李梦阳　对山，不意在此相逢。

康　海　献吉兄别来无恙？

李梦阳　若非见了你，怕还是无恙的。

康　海　愚弟不才，小通医理，修为虽浅，亦能决人之死生，兄可愿一试？

李梦阳　我死我生，自有天定，何劳对山！你我在朝为官，并称才子，既乎高名，怎好玩物丧志？歌咏舞蹈，弹弦做戏，又能喻什么大事，何不赴文坛之上，与众文友共谋复古大业！

康　海　（唱）说甚么冷幽幽追源复古，

理甚么热烘烘文坛谁主。

熬心血苦争逐费尽功夫，

枉教那汉唐贤笑破肠肚！

李梦阳　你这铁琵琶般响脆口齿，理应为天下万民发声才是。

康　海　便是心怀天下，也需相时而动。

李梦阳　俺却看不起这份相时之能！便是那“立皇帝”刘瑾，咱也要硬气碰上一碰，不信他翻过了天去！

二家丁　卖身葬亲了喂——

王莲卿　（唱）原指望褪歌衫抛别荒唐。

忘了这戏共人薄凉词唱。

从此后侍重楼步步庸常。

不成想伴权监贪愎狼抗！

康　海　噫！这女子好响脆喉咙，凄声可裂金石，假以时日，必是绝代名伶，怎的落魄街头，一悲至此？

家丁甲　死了爹娘，没钱安葬，可不悲嘛！

家丁乙　怎的，这位爷瞧上了？

李梦阳　放肆！

［刘瑾率众复上。

［随从喝道。

［李梦阳不忿。

李梦阳　好个瑾公，我等户部郎中、翰林修撰，俱是朝廷命官，竟要给你让路么？

刘　瑾　哟，原是李献吉李大人。（惊见康海）更有康对山康先生！

二家丁　爷，这可巧了，您刚买的人，入了这两位大人的眼！

李梦阳　休得妄言！

康　海　此女子既是瑾公府中买入，不知所赀几何？

李梦阳　抑或不花一文，强取豪夺？

刘　瑾　这……（悄问家丁）怎么回事儿来着？

二家丁　回爷的话，此女子乃是卖身葬亲，自愿入府。

刘　瑾　噢，二位大人，此女子乃是卖身葬亲，自愿入府，绝非咱家强逼。（悄问随从）可是这般？

随　从　正是这般！

王莲卿　奴家……

康　海　怎的？

［二人四目交投。

王莲卿　（脱口而出）奴家不愿！

二家丁　吓！

刘　瑾　哟，不成想竟是如此？

李梦阳　呵！瑾公竟一无所知？

刘　瑾　咱家上要伺候皇上，下须批红奏章，些许添人进口的小事儿，确不在咱家眼中。（赔笑向康海）还望先生见谅。

康　海　（怒）瑾公说得轻巧，这可是一条性命啊！

（唱）落花孤困风前冷，

逍遥流水欠心肠。

亏君一双得势眼，
满目不见人情凉。

刘　瑾　康先生慢来、慢来，这可言重了。

（唱）九霄寒处舒袖广，
去脉来龙未曾忘。
与君同饮秦中水，
幸得两身出一乡。

康　海　只论人情，休叙乡情！

刘　瑾　人情乡情，不是同一个情字？

李梦阳　对山，这厮倒是一心巴望与你结交呢！

刘　瑾　既如此，咱家便将这女子送与康先生，权作赔罪，如何？

康　海　却将我康海当作什么人了！

刘　瑾　便咱家不买她，康先生只怕也会拔刀相助，而今不过转了一手而已，大人何必狷介？

康　海　康某却不要！

刘　瑾　康先生说得轻巧，这可是一条性命啊！

康　海　这……

刘　瑾　若是杯盘碗盏，桌椅玩器，先生使个脾气丢了也好，砸了也罢，转送他人也不妨，如今这可是个活生生的俏佳人，先生怎好轻率？

康　海　你……

刘　瑾　来人，将卖身文书交予康先生。咱家尚有些公事未了，这厢先告辞了！

［刘瑾带随从下。

李梦阳　奸贼借坡下驴，如此利落！对山，这女子你收不得也，速速放她去罢。

王莲卿　孤身在京，别无亲眷，乡关千里，教奴家何去何从？

康　海　这却也难办了。

李梦阳　难不成你要收她？岂不落人话柄！

康　海　哼！我行我素，于人何尤？

王莲卿　多谢二位先生仗义相救……

李梦阳　唉！真真祸胎！

康　海　（唱）光琉璃合不上阴沉魍魉，

李梦阳　（唱）酷冰霜挨不近火炭肝肠。

王莲卿　（唱）此番信莽书生敢抵虎狼，

三人合　（唱）且同候倦红尘微光重漾。

［李梦阳、康海、王莲卿下。

［刘瑾带随从复上。

随从甲　爷，这班读书人煞是可恨！为何还送个美人儿给他？

随从乙　你懂个甚！爷爱的就是这读书人的硬气！

刘　瑾　不怕他收，但怕他不收！

（唱）且看俺恂恂谦词博宽让，

退三舍温言卑躬解戾殃。

笑书生满怀意气空扰攘，

隔夜刀枪怎提防？

来日呵——

舒指掌织开天罗铺地网，

打来李某钓老康。

偏要你反弹琵琶博咱赏，

郁轮袍上折坚刚！

读书人……哈哈，读书人？硬气？你们可知，越是读书人，才越是外紧内松，外硬内软，外焦里嫩，外白里黑。生啖一口,那味道——

随　从　好的来?

刘　瑾　可酸爽着呢!

第二场　捉李

[狱中。

[李梦阳着囚衣,狱卒押上。

狱卒甲　李大人,招惹谁不好,非要同那瑾公公作对。

狱卒乙　就是,活着不好吗?

李梦阳　浮云蔽日,阉党误国!咱拼着一死,写疏痛劾刘瑾,便是抱着杀身成仁之志,不幸遭奸贼构陷,蒙冤入狱,事已至此,但求速绝!

二狱卒　入了这刑部大狱,就由不得您嘞!

李梦阳　吓!我死我生,自有天定!

狱卒甲　留得青山在,不怕没柴烧。"咔嚓"一刀,脑袋一掉,可就没戏唱咯!

狱卒乙　跳河一闭眼,也总要蹬蹬腿才是,恁大个活人,饱读诗书,竟这般没意思。

李梦阳　死又如何,可恨刘瑾这厮专权瞒上,恣情贪腐,坏我大明鼎祚!

狱卒甲　那您倒是留着这条命,跟皇上讲去呀!

李梦阳　而今普天之下,唯有一人可堪救我……

狱卒乙　却是哪个?

李梦阳　想那刘瑾深慕对山,屡求结交不遂,倘对山屈尊为我讲情,怕还有一线生机——

（唱）素与康子不相能，
怎好末路托死生？
不招嘲嗤便招怨，
不愧心来也愧情。

狱卒甲　李大人偌大个官儿，名气响亮得很，料不到这心眼儿竟针鼻儿大！

狱卒乙　这会儿求人不敢张嘴，回头您这张嘴，可就不归您自个儿的脑袋喽！

李梦阳　事已至此，由不得不……唉！却不是生生难为了对山么！
（唱）此时心堪越囹圄，
可叹身犹困樊笼。
只手怎挽皇图重，
一腔冰雪皆是空。
只为来日妖氛靖，
芝兰逼入野棘丛。
今朝若不脱苦境，
苦心安可动天听？
君若相救我之幸，
君若不救我之命。
救我累君污清名，
弃我于君理相应！

李梦阳　（写书）劳烦你，将这纸条交付康海康大人府上。

二狱卒　好嘞！

李梦阳　对山不应救我，对山未必救我，对山如何救我……对山救我！对山，君非救我，救的乃是这煌煌大明昏聩之中一声吼，乃是一条愿为这天下万民发声的喉舌呀！

第三场　思量

［康府。

［王莲卿上。

王莲卿　自打那日入了康先生府中，方晓得世上还有这等状元公，非但毫不古板，竟是个好歌好舞、会写会唱的，他呀，他——

（唱）也不爱玉粒金莼填齿牙，

也不爱玉筹金觥伴红牙。

也不爱玉苑金屋嗑闲牙，

也不爱玉带金符镇狼牙。

爱只爱一席翰林经筵罢，

两宗实录修纂罢。

三朝沉疴痛陈罢，

逍遥乐府由得他。

打点金戈振铁马，

铁骨琵琶绽杀伐……

［康海携琵琶上。

康　海　莲卿啊莲卿，不料想我于这京城，也可重遇知音，当真是卿须怜我我怜卿。

王莲卿　幸得先生相救，又蒙恩遇，莲卿三生有幸。

康　海　以你功底，实堪为梨园魁首，有缘相逢，是海之幸。想这当今世上，人情如丝，多少达官贵人身居高位，都惯了敷衍轻佻，攀豪附奢。卿一介女伶，却决绝不愿入阉宦之门，怎不令人感喟！唯愿海这一世，不负了你这份持信——话说我前日拟了一本戏，卿可愿一听？

王莲卿　愿闻其详。

康　海　此一本戏名为《中山狼》——

（唱）想那狼秋高悲风遭擒杀，

路遇得东郭先生两鬓华。

哀哀求告伏膝下，

救它残生续缘法。

这先生耳软心慈容易诈——

王莲卿　却怎了？

康　海　（唱）将那狼书囊藏身人不察。

王莲卿　哎呀，想那狼乃是磨牙吮血的本性，忘恩负义的惯家，生性奸狡，先生怎可救它？万万不可救它！

康　海　这便是东郭先生的仁义处了，读书人讲究个兼爱的道理，物我混同，利天下也为之，何况那狼……也是一条性命呵！

王莲卿　他岂不知这狼是要吃人的么？同个畜生讲甚道理？

康　海　便是知道，可这一层道理终究是在心上，不可离弃。

王莲卿　唉，却不知这先生好心救了狼，后又怎样？

康　海　那先生——

［门子上。

门　子　老爷，有人送来这张条子。

康　海　拿来我看——啊呀呀呀！

王莲卿　“对山救我”？这纸条何处送来？

门　子　诏狱送来。

康　海　瞧这手迹，竟是献吉手笔？

王莲卿　速去打探！

［门子下。

康　海　（唱）不提防这一惊击顶金瓜，

气噎喉血灌瞳心似刀插。

王莲卿　先生稍安勿躁！

［门子复上。

门　子　老爷，不好啦！那位李爷，听说是弹劾什么刘公公，给逮进去啦！

康　海　啊呀！

王莲卿　“对山救我”“对山救我”……先生你，如何救得他！

康　海　我我我，除非是——

（唱）此身甘向虎背跨，

自践清标泥中踏。

权监庭前亲叙话，

才子清名付流沙！

王莲卿　先生切勿冲动，从长计议！

（唱）万不可少斟酌，急奔走，忙离家，

匆匆把刘门高槛容易跨。

须知那人言可畏神鬼怕，

曾氏娘亲曾骇杀！

康　海　对山救我……若是救他——

（唱）我傲骨如弦一朝全折煞，

再何颜阳春白雪入琵琶！

王莲卿　先生与刘瑾虽是同乡，向无沾染，李大人岂不知的？为何求你救他！

康　海　献吉性情耿介，若非走投无路，怕也不肯松口求人……何况昧死进言，弹劾权宦，以身许国，虽然鲁莽，亦是大义为先！

王莲卿　可若救了他，先生此后立身何地？

康　海　这……

王莲卿　先生常说，便是心怀天下，也需相时而动。

康　海　这……

王莲卿　再者说，这李大人胆大包天，意气偏激，与先生岂非向来不和？

康　海　这这这……

（唱）我这厢淡迎送独酌潇洒。

王莲卿　（唱）他那里性如火身蹈流沙。

康　海　（唱）何况他宗汉唐词章为大。

王莲卿　（唱）常嗤你恋宫商乐府为家。

康　海　（唱）文无尊争不出山河表里。

王莲卿　（唱）士子心销不去骄矜自夸。

若救了他……

康　海　（唱）不过是扶起个倔犟对头，

王莲卿　（唱）充其量活了个鲁莽冤家！

康　海　不不不，这可是一条性命啊！

王莲卿　先生的名声，岂非也重逾性命……

康　海　这……罢了，罢了！便以这铁琵琶卜上一回，若此一曲平安弹毕，便去面见那刘瑾又何妨！

王莲卿　先生！

康　海　（弹琵琶，一响）呀！琵琶弦竟断了也！

王莲卿　却不是老天也阻先生走这一遭？

康　海　这、这可如何是好！如何是好！

王莲卿　天意如此，先生……算了吧！

康　海　天意，天意……趋利避害，也好算天意么？

王莲卿　这……

康　海　天意无亲，何如人心！

（唱）琵琶弦断情难绝，

从来义字终不差。

方寸一点浩然气，

熨平踌躇乱如麻。

满身无愧敢披挂，

举目天光照心花。

是非善恶应有报，

万代千秋不误它！

咱不为名标青史传佳话，

亦不畏街头巷坊飞虚话，

只须要长宵对镜明心话，

道一句“有所为”，

笑一声“浑不怕”！

莲卿，与我更衣！

［康海下。

［刘瑾上，坐下。

［小厮随上，替刘瑾脱靴洗脚。

小　厮　爷，待小的伺候您脱靴，洗一洗脚。

刘　瑾　我的儿，只可惜你不是那高力士！咱家这靴子脱了也是白脱，作不得好诗！

小　厮　爷，您坐着怎会湿？（细看）不曾湿！

刘　瑾　呸！只会打岔！

（唱）掌豪权，慕风雅，

势有涯，才无价。

这命中几时犯了魁星卦？

偏爱把生花妙笔勤兜搭。

若再有骚人当世挥毫写尽“白发三千丈”,咱家便卑躬屈膝替他捧砚脱靴又何妨?

小　斯　爷,那些个读书人满嘴尖酸刻薄,骂人不吐脏字儿,句句见血,可有什么好的!

刘　瑾　我的儿,那是你没见过好的!(转念)便是咱家,也难说究竟见没见过好的——此番捉了李献吉,坐看康对山,未知读书人可有那刚骨头?这些人镇日于奏章之上,将“权监”二字频相骂,“祸国”一语屡相加,如今事到临头,又怎么个决断?

[门子上。

门　子　爷,翰林修撰康海求见。

刘　瑾　什么,康先生来了?

门　子　康先生来了。

刘　瑾　康对山当真来了?

门　子　当真来了!

刘　瑾　(笑)哈哈,哈哈,哈哈哈——来了?我,我好喜……

小　斯　爷,却不是正在洗?

刘　瑾　——又好怕呀!

[刘瑾赤足奔下。

门　子　爷!您这靴子还没穿呐!

[门子、小斯提靴追下。

第四场　夜宴

[夜。

[刘府,大厅。

［侍从上，环列。

刘　瑾　先生请——

（念）敢邀清贵入樽席，

　　未曾折腰已眉低。

康　海　瑾公不必如此客套，康海匆忙来访，已是冒昧。

刘　瑾　咱家巴不得先生多多冒昧！

侍　从　爷，宴饮齐备，只待开席。

刘　瑾　说起来，咱家这里还有份薄礼送与先生。

［侍仆送上琵琶。

康　海　这是……

刘　瑾　此琵琶名为“渡月”，高低好歹也算件异品，咱家思前想后，唯独此物配得上先生。

康　海　渡月绝代名器，多年不曾出世，不意却在瑾公府中！

刘　瑾　啧，别人送的，谁知道是个什么。早听说先生雅好琵琶，还望笑纳。

康　海　海实是收不得。

刘　瑾　先生连人都收了，何况一具琵琶！如此不给情面，难道不怕咱家着恼？

康　海　这……

刘　瑾　更何况，先生府上那一具琵琶，昨夜不是断了弦嘛？

康　海　吓！这厮竟有如此手段，连我宅中夜半细事都无所不察！权势熏天，竟至如此！（拱手）瑾公——

刘　瑾　（打断）康先生，咱家是小事极其糊涂，大事不敢糊涂，知您向来不屑咱家，今夜到此，恐也是不甘不愿，先生对咱家究竟有何嫌猜，不如趁此良机，摊开来说个清楚明白？

康　海　这……我岂非有心劈面骂奸逆——

(唱)忘尽身后须缩手，
紧护怀中小有余。
弄权挑拨惑君王，
恣行浪荡忒不义！

刘　瑾　(唱)知先生认定俺为奸为逆，
可咱家也只懂天恩天意。
不过是拼七尺残生残躯，
竭枯肠为当今奉心奉力。

康　海　瑾公搜索枯肠，难道只为取悦皇上？

刘　瑾　不然如何？咱家只是个下人，皇上开心便是咱家功德。

康　海　这岂是为臣之道？

刘　瑾　先生啊先生，为臣之道，岂非全在一个忠字？先生要尽忠，咱家亦是！

康　海　荒唐！

刘　瑾　先生呵，咱家又不曾背主行事、欺君罔上！事事请示皇上，皇上可是这么说的——(模仿正德皇帝)"吾安用尔为？而一烦朕！"——皇上连这话都说出来了，咱家再不识抬举，岂不是在拿脑袋作耍？

康　海　皇上青春尚浅，瑾公当真尽忠职守，怎不抵死规劝？

刘　瑾　皇上是天，咱家是地，皇上欢喜，便是咱家的体面！倒不懂各位大人，口口声声要做忠臣，却为何日日与皇上作对，难为咱家？瑾虽无知，这个"忠"字还是晓得怎么写的——中了主子的心，才好算"忠"字！

康　海　你你你，虎狼之心，何谈"忠"字，竟还不如禽兽了！

刘　瑾　虎狼之心？禽兽不如？哈哈哈——康先生总算是说出来了！

康　海　说便说了，你待怎样？大不了——

（唱）陷我囹圄入诏狱，

碧血缁衣伴献吉！

刘　瑾　康先生果然暴脾气，气话来得这般便当。纵然咱家是狼，可皇上爱的就是豹房里的狼。先生这脾气，皇上怕是也爱得紧呢！

康　海　噫！这奸贼竟不动怒？

刘　瑾　说也说了，骂也骂了，先生此来所为何事，咱家尽知。

康　海　如此……

刘　瑾　只是大人今夜，却是来得去不得！

康　海　怎的？

刘　瑾　佳肴未动，美酒未干，康先生怎生走得？（喝命）来呀！上酒！

［二人入座。

刘　瑾　康先生，还请满饮此杯！

康　海　（念）一杯昧心酒，两难起心头。

刘　瑾　（念）三分延揽意，四面楚歌流。

康先生真是好酒量！未知那爱骂人的李梦阳可有您这般本事？

康　海　献吉高才，远胜于我。

刘　瑾　咱家虽不是个读书人，也曾听得些传闻，据说您与那李大人，一个不问世事，一个多言好事，素来可是最不对付。

康　海　正所谓“心同性不合”，亦无碍“共来拼一醉”！

刘　瑾　却不知您二位，哪个更高明些？

康　海　自是献吉。

刘　瑾　却是为何？

康　海　若非才华高明，人品贵重，怎进得诏狱？

刘　瑾　(尴尬)啊……哈哈哈!

康　海　瑾公生性聪明,得皇上青睐,公于今上,不亚于昔日高力士之于玄宗。

刘　瑾　哟,先生过奖!

康　海　高力士宠冠群臣,亦肯替李白脱靴,换了瑾公又如何?

刘　瑾　若是这般才子的靴子,哪怕脱一百双,咱家也心甘情愿!

康　海　李梦阳之才,亦可谓当世太白,瑾公肯替太白脱靴,却不容献吉么?

刘　瑾　这……

康　海　便是这了!莫非瑾公也是个心口不一的?

刘　瑾　大人苦心,咱家实在佩服。从来只道读书人都是口惠而实不至,贪着个好名声不放,生死关头,吓一吓也便服了。却不料先生当真置清名不顾,替人奔走……

康　海　既是这般……

刘　瑾　既是这般,咱家再送先生一份礼,何如?

康　海　何物?

刘　瑾　咱家此刻便颁下手令,杀,杀,杀——

康　海　杀哪个?

刘　瑾　杀那——李梦阳!

康　海　啊呀!你,你,你——

刘　瑾　美人琵琶,算得什么!咱家这份大礼,先生可受得?

康　海　这算什么!

刘　瑾　先生呀先生,绿水青山,怎容二虎相争?高楼锦榻,自当一人独卧!我替您除了李某,您岂非便是当世太白!

康　海　住口!

刘　瑾　先生今夜入我府中,名声已毁,怎的这都看不穿?

（唱）唤声先生听端的，
有眼无珠世人迷。
叹君今日倾清誉，
投我彀中护献吉。
明晨出得刘府去，
傀儡场中谁感激？
十人九嘲犹不尽，
笔墨如刀将君劈。
若李某丧胆亡魂还罢了，
若是他得全身，离诏狱，扬声威，步云梯，
先生你便是——
襟上污秽眼中刺，
昨日褴褛旧时衣。
披之藏之绝不肯，
弃之焚之尚不及。
艳羡风光谁畏假，
当真落魄不可提。
趋利避害人人晓，
瓜田李下个个离。
劝君慈悲莫忘己，
愚行孤勇又何益！

先生听我一言，趁此良机，除了他也罢！这骂名，咱家替你担着，先生自可后顾无忧，安心做个文坛领袖！

康　海　住口！

刘　瑾　此地唯有你我，先生且安心听来。只要你一点头，今夜之后，国朝翰墨唯你独尊，天下文人拥你如神，这般地位，先生想要，便轻轻可得……你还犹豫什么？

康　海　住住住……住口！

刘　瑾　先生莫非还不明白？这便是瑾立身之道、职责所在！替皇上、替诸位大人听其所不愿听，行其所不肯行，担其所不想担，应其所不敢应……咱家心坎儿上也写着一个“忠”字！

康　海　那那那……那可是一条性命啊！

［静场。

刘　瑾　先生啊先生！

康　海　噫？

刘　瑾　蠢材啊蠢材！

康　海　你……

刘　瑾　痴人啊痴人！

康　海　瑾公何意？

刘　瑾　康对山啊康对山！咱家许你便是！李献吉啊李献吉，今夜全是对山救你！

康　海　瑾公当真？

刘　瑾　当真。

康　海　绝不反悔？

刘　瑾　绝不反悔！

康　海　既如此，待我解了这累煞人的带子，今夜便与瑾公醉上一场！

［康海解带、脱袍。

刘　瑾　吓！

康　海　瑾公休要误会，海并非酬谢你放过献吉……

刘　瑾　那是为何？

康　海　瑾公这一个“忠”字，海实不服！

刘　瑾　这……

康　海　不服归不服，却端的一意孤行，好生慷慨！既如此，咱便以慷慨报慷慨！

（唱）口是心非人情累，
　　世事颠倒懒扬眉。
　　一曲琵琶隔尘魅，
　　躲入铿锵养时晦。
　　人非圣贤天不罪，
　　有所不为有所为。
　　自抚明心与性违，
　　敛性从心节不亏。
　　今宵共君拚一醉，
　　清夜弦歌四座飞。
　　来日各行阳关路，
　　人兽殊途难同归！

刘　瑾　先生呵，你心里也伏着猛兽，只怕早晚要挨上一箭！

（唱）落魄天欺人也欺，

康　海　（唱）天不欺来人亦欺。

刘　瑾　（唱）兽心常把人心匿，

康　海　（唱）人心怎随兽心去！

刘　瑾　（唱）乱纷纷情中的戏，

康　海　（唱）闹吵吵惊中的趣。

刘　瑾　（唱）恶狠狠人中的狼，

康　海　（唱）火辣辣虚中的义！

刘　瑾　咱家倒不妨糊涂到底算了！倒是先生这等明白人，怕要辛苦了。

康　海　瑾公若称糊涂,天下又有谁敢称明白?

（唱）许痴信一诺千金,

拼愚勇一字千钧。

刘　瑾　（唱）隔岸评说都是假,

当局者迷无不真。

康　海　（唱）成败盖棺才定论,

何必前事到如今。

刘　瑾　（唱）骗尽多情是戏文,

骗过天下是忠贞。

康　海　（唱）戏中浮生尝百韵,

戏外今生做何人?

刘　瑾　（唱）天意无情休相问,

天地茫茫不相亲。

康　海　（唱）一子落处两世分,

铁骨琵琶对黄昏……

刘　瑾　先生,端的是人生如戏,咱们且台毯上见罢!

第五场　无言

[康府。

[门子、王莲卿上。

门　子　那刘公公又送礼来了,依例退回?

王莲卿　自然退回。

门　子　便是退回,架不住他再送呀!

王莲卿　那便再退。

门　子　退来退去,何时了局? 不如收了也罢! 左右外头都传开了。

王莲卿　传开什么？

门　子　传开老爷他——

（念）倚大树，靠冰山，

　　偎着坟头作神龛。

王莲卿　浑话，快快住口！

［康海上。

康　海　唉，教他说个清楚也好，外间还讲些什么？

门　子　说老爷您——

（念）不是对山是靠山，

　　不是修撰是朽砖。

　　日头一出冰山倒，

　　砖碎楼倾塌了天！

康　海　啊呀！

王莲卿　先生息怒呀！（对门子）快快下去！

［门子下。

［家丁上。

家　丁　老爷给小人做主啊！

康　海　怎了？

家　丁　小人刚刚出门，便被人按倒一顿痛打，骂小人是阉党走狗家的小狗，刚长毛的狼崽子！

康　海　竟这等无礼！

王莲卿　先生莫要想这些，既称病在家，闲来无事，不如把那《中山狼》写完罢。未知那狼可曾得救？

康　海　那狼……自是得救了。

王莲卿　那中山狼得救之后，可曾报恩了么？

康　海　……莲卿，若你作那东郭先生，可会如何处置这狼？

王莲卿　先生若不怪，莲卿便直话直说。

康　海　但讲无妨。

王莲卿　若是俺，便不救它！

康　海　为何？

王莲卿　狼性本狡，且又带伤被猎，必定心怀怨怼，记恨上来。那先生虽救了它，只怕免不得被恩将仇报，倒不如打杀了它！

康　海　这……（长叹）“虽然是他负俺，俺却不忍杀了他也——”

王莲卿　先生这是何意？

康　海　这、这便是那东郭先生的意思……

（唱）白雪一教流言垢，

千岁昆仑羞见春。

王莲卿　（唱）岂能尽如红尘意，

但求无愧百年心……

［门子复上。

门　子　老爷，李大人求见！

康　海　哪个李大人？

门　子　便是那前儿的户部郎中、昨儿被抓进去贬了官、今儿又放出来的李梦阳李大人！

康　海　献吉兄竟来了！

王莲卿　李大人竟来了！

［李梦阳上。

李梦阳　（唱）这一路披满身赞誉纷纷，

斗权宦出诏狱再世为人。

饶是咱志不屈骨气耿耿，

也亏他肯为我周转更深。

因此上昂然把康宅来奔……

康　海　(唱)惊乍惊喜更喜迎出府门!

惊的是狡诈狼言出必践,

喜的是憨先生不忘前恩。

康　海　献吉兄,快请!

[李梦阳默然不动。

康　海　献吉兄,何不进门一叙?

[李梦阳指口,指足,指心。

王莲卿　李大人这是何意……

康　海　(唱)口难言步难迈横生天堑……

李梦阳　(唱)志已别人已分唯有对心!

康　海　好,好,好……

[幕后伴唱:

君若相救我之幸,

君若不救我之命。

救我累君污清名,

弃我于君理相应……

[李梦阳默然一揖。

[康海默然还礼。

第六场　名毁

[两年后,八月。

[侍卫众上。

[门子随上。

侍　卫　刘瑾欺君罔上,贪赃祸国,已教法司拿下,其同党一概削官为民，家产查抄。来呀，给我搜！

门　子　这等说，那刘公公坏事了？

侍　卫　坏得很！判了个千刀万剐，你这会儿赶去，还能瞧个囫囵热闹。

门　子　这等说，我家老爷也败了？

侍　卫　败得很！这一路上怕还有不少人等着瞧他的热闹。

门　子　哎呀呀！

［门子反身入内，复抱琵琶上。

门　子　禀告大人，这琵琶便是那刘公公送的！

康　海　（幕后）狗才，怎敢这般！

侍　卫　哈哈哈，好一桩物证！

［王莲卿抢夺琵琶，被打。

王莲卿　天啊！天！活活冤杀人呵！他他他，须不曾——

（唱）趁势弄权把人屈，

摇唇鼓舌出百计。

作浪兴风气焰迷，

蜗角虚名蝇头利。

明月无根出空涧，

流水有源入清渠。

只为求得一人活，

屈尊暂讨一人喜。

而今萧萧一人败，

满目不见一人恤！

先生！先生啊！

［王莲卿奔下。

第七场　对心

［狱中。

［一更响。

［二狱卒上。

狱卒甲　哟，今儿进来这是康先生嘛！

狱卒乙　哪个康先生？

狱卒甲　就是当年刘公公让咱俩盯着的那个康先生。

狱卒乙　那不是李大人吗？

狱卒甲　没有那李大人，能引来这康先生吗？

［康海囚服上。

狱卒甲　大人，今儿换您进来啦！

康　海　又如何？

狱卒乙　不如何，您有没有条子要我们兄弟带给谁啊？

康　海　素日知交好友，哪个不知我康海秉性为人，何须事到临头苦苦相求！

二狱卒　得嘞！那您就等着吧！

［二更响。

［王莲卿上。

王莲卿　先生啊！

康　海　莲卿，你怎的来了！

王莲卿　先生怎生沦落到这般田地！奴家恨不能拼了这条性命，亲口与皇上分说……

康　海　这可便是说笑了，这等大事哪里轮到你一介妇人承当。如今且不必焦急，想我康海问心无愧，虽不爱交接应酬，也不乏几个文友，而今必不弃我……

王莲卿　先生可是想起了……李大人？

康　海　这……听闻献吉官升四品，已任按察司副使。

王莲卿　李大人竟升官了么？

康　海　是升官了。

［三更响。

王莲卿　先生，三更了。

康　海　三更了。

王莲卿　先生可曾想过，李大人若是救你，如何对天下人交代？

康　海　我当年救献吉，也不曾对天下人交代。

王莲卿　先生呀，岂不闻“此一时也，彼一时也”？

（唱）盼先生速脱困立消劫灾，

酬知己三生愿一世开怀。

怕只怕恁逍遥高山流水，

洗不去利与害心头挂碍。

听琴时个个是子期复在，

送炭时袖手处又有谁来。

康　海　莲卿，不可这般小人之心！

（唱）一忆相知如前在，

一举文章绝天籁。

一诗一酒见惊才，

斗气使性见真率。

江山生就社稷材，

金梁玉栋并肩栽。

今我沉石入冤海，

他官诰一授千里外。

又不曾急惊风十二金牌，
怎苛求来能速速速能来？
须知仁非借，信非买，情非讨，义非贷。
是淡约如清泉洗心一脉，
荡悠悠淌遍咱若谷虚怀。

［狱卒引侍卫上。

二狱卒　大人您瞧瞧，这女子黉夜探监，不免可疑。

侍　卫　啊哈哈，正有人暗中检举，当年刘瑾与康海叵测勾连，投其所好，曾以一琵琶一歌伎相赠，琵琶已在，歌伎想必便是此女！此番人证物证俱全，还有什么话说？

康　海　海实不应推脱，只是此女一身孤零，还望网开一面，放她去吧！

侍　卫　咄！有你这么说的，咱家且不用办事了！速速料理清爽，也好同上峰交差，来呀，带走！

王莲卿　先生呵！这等人横蛮霸道，上瞒下欺，求他们作甚！
（唱）有幸今生随你驻，
但求来世为君停。
休道女儿多任性，
红颜磊落敢留情。
盼寄鱼封同鸾镜，
舞应景来歌随声。
苍天弄人忒薄幸，
七百日夜断双星。
抛撇花枝舍性命，
撞断憔悴冷囹圄！

康　海　莲卿！

王莲卿　莲卿有幸侍奉先生两载，无福相伴终生，更不忍以此孤零之身，替先生再添罪责，这厢——拜别了！

［王莲卿撞死。

康　海　莲卿！莲卿啊——

狱　卒　哎呀！好好一个美人，救不得了！

侍　卫　哎呀！好好一个人证，竟撞死了！

众　人　晦气，晦气！

康　海　你们——这，这可是一条性命啊！

［康海晕倒。

［众人下。

［四更响。

［康海醒来，抚牢门。

康　海　莲卿，莲卿啊——

（唱）不虚不荣敢居中，

自诩自得一心空。

庸庸水火谁肯容。

匆匆糊涂奸与忠！

好一个、好一个“忠”字……

［刘瑾幻影上。

刘　瑾　康先生久违！

康　海　你安得在此？

刘　瑾　先生安好？

康　海　好教瑾公得知，咱这厢，果真挨了一箭了——（大笑）

刘　瑾　先生且看，那厢来的是谁？

［群狼幻影、李梦阳幻影齐上。

李梦阳　对山！

康　海　狼！是狼呵！

刘　瑾　哈哈哈，可不正是同咱家一样的狼么？

（唱）踏不开人字路两脚无头，

驱不动义字车顾盼左右。

缺田时心上把思字长求，

有因时轻轻将恩字抛丢！

昔年一纸书，"对山救我"，今夜万般苦，谁救对山？

李梦阳　你这厮，快快住口！

刘　瑾　李大人，你为何不来？

康　海　献吉兄！你……为何不来？

李梦阳　对山！昔年我为言官，君为才子。

康　海　是了。

李梦阳　此刻君为瑾党，我为诤臣！

康　海　这……

李梦阳　我若来此，如何对天下人交代？

康　海　啊呀！

李梦阳　对山呀，岂不闻"此一时也，彼一时也"？昔日你救我，是救那忠心为国的李献吉，而今我若救你，却是救一瑾党！事已至此，你便当我是那忘恩负义的狼罢！

康　海　狼……那狼……

刘　瑾　怕是打杀了也罢？

李梦阳　打杀……也罢！

［康海持镣铐欲打，又停。

康　海　那那那……那可是一条性命啊！

［王莲卿幻影上。

王莲卿　先生！

康　海　莲卿,却不是我害了你么！我才是那中山狼呵！

王莲卿　先生错了。

康　海　我……错了？

王莲卿　先生不曾害人,也不曾被人害过。先生所行,不过一个“忠”字。

康　海　我我我——却是忠了哪个？

[王莲卿指康海心头。

[五更响。

[幻影消失。

康　海　五更了,五更了——该醒了！我不曾害人,也不曾被人害过……那我为何在此？为何在此？为何在此——是了！我何妨在此！（大笑）瑾公、献吉、莲卿,人生真个如戏啊！

（唱）明月空渡断弦音,
糊涂狱下死青春。
一抔赤心天未悯,
举步难收已留痕。
大勇若怯凭谁笑,
大奸若忠伪似真。
功过皆属千秋论,
当局谁个不违心？
眼前忠义无从辩,
对山何如对此身！
施恩何必图望报,
望报何妨不施恩。
无债无酬亦无我,
无盼无求坦荡人。

从今不登傀儡场，
理它高台景纷纷！

尾声　青山

［长亭。
［李梦阳上。
李梦阳　（唱）眼底儿曹瞧不尽，
笔头锋芒攮不绝。
身为名累未敢歇，
孤芳岁月仍蹀躞。
殿阁摘星心生怯，
玉堂金马容易跌。
当年是谁误梨花？
摇碎梨花白似雪。
今朝孤零旧状元，
从此状元红辞却。
绿水青山适芒鞋，
归乡入戏人去也……
对山呀对山，今日一别，再见何年？
［康海上。
李梦阳　对山！
康　海　献吉兄。
李梦阳　对山……
康　海　献吉兄？
李梦阳　千里来别，对山……岂无一言予我？

[康海指口,指足,指心。

李梦阳　何意?

康　海　献吉兄,且留步,为天下,保喉舌!

李梦阳　这……

康　海　献吉兄,对山去也!

(唱)拂袖扬鞭断轻尘,

李梦阳　(唱)无言分袂绿杨阴。

康　海　(唱)七尺背影能蚀心,

李梦阳　(唱)一寸回首再不肯……

——对山!

[康海回首一揖。

[幕后伴唱:

骗尽多情是戏文,
骗过天下是忠贞。
戏中浮生尝百韵,
戏外今生做何人?
天意无情休相问,
天地茫茫不相亲。
一子落处两世分,
铁骨琵琶对黄昏……

——剧终

话剧

孤岛来客

（一名《贵妇还乡·后》）

编剧 郑 欣

题记　每个人都是一座孤岛，孤岛与孤岛相遇，便结成了陆地。

时间　1965年——迪伦马特的《老妇还乡》故事结束十年后

地点　地中海卡普里岛天宫花园

人物

克莱尔　72岁，亿万女富翁。

爱　玛　26岁，著名精神分析专家梅斯的女学生，伊尔的女儿，本名奥蒂丽。

洛　比　40岁，克莱尔的男管家。

伊　尔　19岁和65岁，克莱尔的初恋情人，爱玛的父亲。

1. 上 岛

[在一座有二层阁楼的豪华别墅客厅里,舞台深处有一张床。舞台正中摆放着一个大大的棺材,棺材外面蒙着绒布。一位穿着华丽睡袍、头发全白的72岁老太太克莱尔闭目半躺在安乐椅上,在她正前方准备为她弹奏吉他的是她的40岁男管家洛比。

[洛比在给吉他调音。

[一个少女(饰演爱玛的演员)悄然上场,在调音声中靠近克莱尔,准备为她按摩。这个角色没有语言,因而肢体动作有一些哑剧式的夸张。

洛　比　那我开始了,夫人?

克莱尔　嗯。

[少女开始为她捶腿。

[洛比弹奏了前两个和弦。他对克莱尔始终言听计从且过于认真。

克莱尔　可以再重一点。

[少女用力地为克莱尔捶腿。

[洛比更用力地弹奏了前两个和弦。

洛　比　这样?

克莱尔　嗯。

[少女合着音乐的节奏用力地捶打克莱尔,直到她的左腿掉下来。少女玩弄着那个假肢,把它扔到一边。

克莱尔　继续,亲爱的。

[洛比停了一下。

洛　比　您叫我什么？

克莱尔　亲爱的，继续。

[少女重又回到克莱尔身后，为她按摩肩膀。

洛　比　我是在做梦吗？

[洛比继续弹奏。

克莱尔　使点劲儿！

洛　比　这是布鲁斯，不是摇滚，夫人。

[少女大力地、夸张地捶打克莱尔的肩膀，示意夫人感受这接近于殴打的力道是否合适。

克莱尔　（点头）总之，用力。

洛　比　那我只能换首歌了。

[洛比换了一首死亡金属。

[少女拆下了她的右手。

克莱尔　不错，继续。

[洛比继续弹唱着一首略带夸张的暗黑风格死亡金属歌曲。

[少女掐住克莱尔的脖子。克莱尔像一只被揪住脖子往上提的鹅，整个人开始挣扎起来。

[洛比唱到高潮处，突然破音，停了下来。少女掐住克莱尔的手松开了，克莱尔像一只被丢下的鹅一屁股坐回安乐椅上，失望而愤懑。

[少女捡起克莱尔的假肢，带着她的左腿和右手，下场。

克莱尔　怎么回事！

洛　比　对不起夫人，我太久没唱这首了。

克莱尔　她人呢？

洛　比　谁？

克莱尔　那个要把我送走的姑娘。

洛　比　咱们这从没来过什么姑娘,夫人,您今天是不是没吃药?

克莱尔　蠢货!把我的腿还给我!

洛　比　您的腿——不是好好地盘在那儿么?夫人,您又做梦了。

[洛比把克莱尔盘起来的腿拽出来。克莱尔才发现腿一直在自己身上,又从睡袍袖子里把手伸出来,才意识到刚才是梦。

克莱尔　是个美梦,今天几号?

洛　比　13号,梅斯医生该来的日子。

克莱尔　怎么不早提醒我?往常这个时候,梅斯都该来了。

洛　比　需要我为您化妆吗?

克莱尔　废话,难道让这一张脸就这么素着?

[洛比十分娴熟和认真地帮主人化妆,这时爱玛悄悄地上台,她尽量地不发出声音,躲在角落里观察着两个人。

克莱尔　眉毛!你这眉毛都给我画耳朵上了!

洛　比　我帮您擦擦。

克莱尔　手抖什么呀?

洛　比　我怕给您画不好……

克莱尔　行了,去给我打盆水来,我自己化!

[洛比去打水,突然发现房间角落站着个人。

洛　比　你是谁?

爱　玛　你好,我是爱玛。(伸手与洛比握手)

洛　比　手举起来!背过去!朝墙站!

克莱尔　洛比,你在对谁大呼小叫?

洛　比　夫人您别过来!

爱　玛　(面朝墙,但试图把头转向克莱尔)夫人您好,我是梅斯医生的助手,是替老师来给您做心理治疗的。

洛　比　没让你说话的时候不许说话!面朝墙站好!

克莱尔　梅斯医生的助手……我好像有点印象。

爱　玛　老师病了。但他说和您的约定是雷打不动的，所以派我来……

洛　比　不许说话！不然把你的嘴给封上。

［洛比一边制止爱玛一边把她的双手绑住，并从爱玛身上搜出一个包。

克莱尔　洛比！你在干什么？她是老梅斯的人！

洛　比　我看这个人非常可疑，夫人，她带了枪！

克莱尔　哦？（竟有一丝兴奋）给我看看。

洛　比　（笨拙但认真地）不行，枪最好由我保管，包可以给您。

克莱尔　（从包里掏出一面镜子和一个笔记本）洛比，把她放开。

洛　比　为什么？

克莱尔　这是我和梅斯医生的谈话录。

洛　比　（走过去想要确定那是不是伪造）谈话录？您确定不是伪造的？

克莱尔　（立刻把本子合上，不让洛比看）这是梅斯的笔记，错不了，快把她放开。

洛　比　可是她带枪！

克莱尔　我知道！她带了枪，被你没收了，现在她身上没枪了，可以把她放了。

洛　比　你没认识到问题的严重性，你应该问她为什么带枪！

克莱尔　我不需要别人教我应该怎么做！把她带过来！

洛　比　是。

克莱尔　你为什么带枪？

爱　玛　为了防身，夫人，这个岛在地图上找不到，我又是第一次来，有些害怕。

克莱尔　我们这个岛地图上确实找不到，所以我们才住在这。洛比，给人家松绑。

洛　比　不，我不相信她。如果她真是个心理医生，绑着双手也能工作。

克莱尔　什么时候你也成专家了？你不仅要教我，还要教医生做事吗？

洛　比　我在保护您的安全，夫人。

克莱尔　你正在把我逼疯！给人家松绑！

［洛比给爱玛松了绑。

［爱玛走近克莱尔，伸出手试图与她握手。

爱　玛　您好，察哈纳西安夫人，我叫爱玛。

［洛比一把将她推开，不让她接近克莱尔。

洛　比　离夫人远一点！

克莱尔　洛比，你可以下去了。（停顿）听见了吗？

［洛比恶狠狠地瞪了一眼爱玛，把枪揣进自己的裤兜。

洛　比　夫人，我就在外面，发生任何情况，请随时叫我。

［克莱尔摆了摆手，懒得再跟他说一句话。

［洛比下。

爱　玛　您有一位非常负责的管家，夫人。

克莱尔　他最近越来越过分，简直不知道是谁在雇佣谁，要不是看在他跟了我十年的份儿上，我早把他换掉了。刚才他没弄疼你吧？

爱　玛　没有，只是搜身而已。

克莱尔　其实我一直想找个女佣人，但没碰到合适的。你会化妆吗？

爱　玛　会的。

克莱尔　能不能把我的眉毛救一下，洛比刚把它毁了。

爱　玛　我尽力。

［爱玛给克莱尔化妆，克莱尔近距离地观察着爱玛。

克莱尔　你长得很漂亮，爱玛小姐。

爱　玛　您也是，夫人。

克莱尔　我老了，早就该死了。

爱　玛　不，夫人，您不想死。

克莱尔　哦？怎么说？

爱　玛　一个对死没有质量要求的人是不会看心理医生的。

克莱尔　“一个对死没有质量要求的人是不会看心理医生的”，多精彩的论点啊！爱玛小姐，你不仅漂亮而且聪明！

爱　玛　谢谢您，夫人，（拿镜子给克莱尔照）您看这样可以吗？

克莱尔　（满意地）我确实需要一个女佣人。

爱　玛　如果夫人不嫌弃的话，我愿意在生活上为您提供帮助。

克莱尔　你是心理医生，我怎么能让你干伺候人的活儿呢？

爱　玛　没关系呀，梅斯老师平时的生活起居也是由我来照顾的。

克莱尔　老梅斯是我唯一的朋友，他的病，不要紧吧？

爱　玛　没多大事儿，老师过于劳累，声带发炎了，休息就会好的。

克莱尔　那就好，梅斯是我唯一信得过的医生，我可不希望他在我之前有什么三长两短的。（把与梅斯医生的谈话记录本交给爱玛）我们的谈话记录你都看过了吗？

爱　玛　看过了，夫人，您的问题是——噩梦。

克莱尔　梅斯记下的是“噩梦”？我倒更愿意称之为“美梦”。

爱　玛　也许大家对美的理解不一样。

克莱尔　当然，从柏拉图到黑格尔，从康德到康定斯基，没有人整明白过。

爱　玛　他们的书夫人都读过？

克莱尔　怎么？有钱人不该有文化？

爱　玛　不不，我只是有点意外。因为……老师在谈话录里并没有写。

克莱尔　（笑）梅斯怎么描述我的？我从没看过他在本子上写的那些东西。

爱　玛　那您刚刚是怎么分辨出老师笔记的？

克莱尔　我没分辨，我相信你。一个年轻的小姑娘来到我们这偏僻的岛上能安什么坏心眼呢？

爱　玛　夫人一直这么容易相信别人吗？

克莱尔　你不是别人。（停顿）你是梅斯的学生，老梅斯是我来这个岛十年唯一的朋友。告诉我他在谈话记录本上是怎么形容我的？

爱　玛　（翻开记录本，翻到某一页）“察哈纳西安夫人谈吐高雅，语速缓慢平稳，她的叙述总是带着一种令人不适的幽默感。显然她是痛苦的，但同时她蔑视痛苦，这正是那幽默感的来源。她的睡眠问题一直严重地困扰着她，有时导致她精神低迷，有时则异常亢奋，尤其是当她提起她津津乐道的‘杀人游戏’时。”什么是“杀人游戏”？

克莱尔　老梅斯没写吗？

爱　玛　没有，老师没写。

克莱尔　那是我发明的一个小游戏，没什么特别的。

爱　玛　睡前游戏？您和谁玩游戏？管家吗？

克莱尔　你说洛比？我怎么可能跟下人玩游戏？我和我自己，有时和梅斯。

爱　玛　那是个……什么样的游戏？

克莱尔　你想试试吗？

爱　玛　（短暂的停顿）可以吗？

克莱尔　（大声地）洛比——

［洛比上。

洛　比　夫人，什么吩咐？

克莱尔　把我的玩具拿来。

洛　比　几号？

克莱尔　我分不清你那些该死的编号，总之就是最新的那个。

洛　比　是。

［洛比提着一个巨大的人形玩偶上，玩偶由饰演伊尔的真人演员扮演。它的手脚都连着线，像皮影一样，连在操纵杆上。

爱　玛　天哪，这分明是个真人。

克莱尔　栩栩如生，对吗？

爱　玛　难以想象，您做了多少个这样的玩偶？

洛　比　我做的，他是 76 号。

爱　玛　您的手真巧啊，洛比先生。我可以触摸一下吗？（爱玛触摸人形玩偶）

洛　比　（操纵人形玩偶）别碰我！

［爱玛被洛比操纵的人偶吓了一跳，立刻将手缩了回去。克莱尔被逗得夸张大笑。

克莱尔　来个自我介绍。（以下伊尔与洛比的表演像双簧，观众只听到洛比的声音）

洛　比　你好，我是伊尔，1890 年出生于居伦，1955 年死于居伦，享年 65 岁。终生只爱一人，我的克莱尔女士。

克莱尔　你该学学表演了（示意他演得不好），洛比。下去吧。

洛　比　是。

[洛比将人偶操纵杆交给克莱尔,下。

[下面由克莱尔操控人偶。

2. 第一日　人偶

爱　玛　他为什么死了?

克莱尔　(操纵人偶,以伊尔的身份说话)我背叛了我的女人,爱玛小姐。

爱　玛　你是说,你背叛了察哈纳西安夫人,所以她杀了你?

克莱尔　我叫她克拉拉,我的小野猫——我让她怀孕了,然后娶了别人。

爱　玛　为什么?

克莱尔　什么为什么?为什么让她怀孕,还是为什么娶别人?

爱　玛　为什么一边让她怀孕,一边娶别人。

克莱尔　我需要钱。克拉拉没有钱,她只有爱。

爱　玛　所以你要钱,不要爱?

克莱尔　嗯,也不能这么说,如果可以兼得,谁不想两个都要?

爱　玛　(对克莱尔)也许不是那样,夫人,也许他有什么别的理由。

克莱尔　(以自己的身份说话)什么理由?

爱　玛　我不知道,但或许有什么我们不知道的理由,导致他必须娶别人。

克莱尔　那你来扮伊尔。

爱　玛　我不会演戏,夫人,我没玩过人偶。

克莱尔　不需要演,亲爱的,只需要顺其自然。

爱　玛　(操纵人偶,以伊尔的身份说话)像这样吗,克拉拉?

克莱尔　瞧啊,伊尔,你年轻了不少。就好像又回到咱们年轻的时候，我的——黑豹。

爱　玛　如果我是黑豹，那么你是什么？猎人吗？

克莱尔　是的，我专门猎杀黑豹。

爱　玛　杀我的感觉怎么样？

克莱尔　快乐。

爱　玛　杀人使你快乐？

克莱尔　杀你使我快乐，别人可能不行，伊尔。

爱　玛　哦——荣幸之至。

克莱尔　可是“快乐”嘛，总是很快就没了。

爱　玛　杀了我你还不满足吗？

克莱尔　很遗憾，你只能死一次。

爱　玛　所以你把我做成人偶，为了——能多杀我几次？

克莱尔　你介意吗？

爱　玛　当然不，反正我已经死了——十年了。

克莱尔　不介意我就再杀你一次。回到十年前。

爱　玛　（暂时放下人偶）这会让您愉快？不断回到十年前，杀死伊尔？

克莱尔　取决于对手戏演得怎么样，有时候玩游戏也存在天赋。比如你，就很有天赋。

爱　玛　（拿起人偶，继续以伊尔的身份说话）你准备怎么杀我？克拉拉。

克莱尔　用钱。伊尔，你为了钱抛弃我，我就用钱杀了你。我买下了居伦。

爱　玛　你买下了整座城市？

克莱尔　咱们的城市，咱们的父老乡亲、市长、法官、警察、牧师……所有认识你的人。只要他们答应杀死你，这座城市就有救了。居伦将永远摆脱贫穷、落后，我们的城市将重现光荣！

爱　玛　用我的命，换取整座城市的繁荣？

克莱尔　你愿意吗？

爱　玛　我可以说不吗？

克莱尔　哦——伊尔，你忘了你年轻时的梦想了吗？

爱　玛　我有梦想吗？

克莱尔　你要做个“大人物”！你想要鲜花、奖杯和崇拜！

爱　玛　这是我的梦想？

克莱尔　你可不是个普通人，伊尔，别让父老乡亲们把你看扁了！还有你的小玛蒂尔德。

爱　玛　我妻子？

克莱尔　她嫁给你的时候难道对你没有任何期望吗？

爱　玛　玛蒂尔德希望嫁给一个英雄，一个说出去大家都知道的什么人。

克莱尔　大多数女人都有这种幻想，(对观众)结果发现——去她的“英雄”。

爱　玛　如果我死了，就能当英雄？

克莱尔　至少你没有度过默默无闻的一生。你的妻子儿女也许会在你的纪念日为你送上一捧鲜花。

爱　玛　我将收获他们的爱？

克莱尔　持久的、不变质的，带有一种距离产生美的爱。

爱　玛　如果带着这种爱活下去，不是更好吗？

克莱尔　伊尔，让我帮你清楚地回忆回忆：十年前，当我提出用十个亿换一个公道，居伦人没有一个提出反对，他们热切地盼望你的死，数着日子等待你被处决。你以为我不杀你，你还能在居伦活下去？

爱　玛　我的父老乡亲——会来杀我？

克莱尔　也许是你的工友，也许是经常出现在街头的乞丐，也许是咱们的老师，为了更好的生活，谁不想要更好的生活呢？

爱　玛　趁我不注意的时候给我来上一刀？

克莱尔　在你走夜路的时候被某个黑衣人捂住口鼻直到窒息。

爱　玛　往我的酒杯里倒入毒药？

克莱尔　也许就是你的妻子儿女，趁你不注意的时候。

爱　玛　（放下人偶）不可能！（对克莱尔）他的妻子儿女不会为了钱出卖家人。

克莱尔　你认识他们？

爱　玛　不，不认识。

克莱尔　那你凭什么说不可能？一切皆有可能。

爱　玛　对不起，我是说，那太让人难以忍受了，伊尔毕竟是他们的爸爸，和丈夫。

克莱尔　让我们先把它放到一边。你的表现使我惊喜，爱玛小姐。

［克莱尔将人偶放置在棺材上。

爱　玛　我非常不善于玩游戏，夫人，请您见谅。

克莱尔　你怎么知道伊尔有一个儿子和一个女儿？

爱　玛　什么？我不知道。

克莱尔　你说"他的妻子儿女不会为了钱出卖家人"，他的确有一个妻子、一个儿子和一个女儿。

爱　玛　纯属巧合，大概是因为您提到"妻子儿女"这个词，我只是顺着您往下说而已。

克莱尔　自然而然对吗？

爱　玛　是的，自然而然。

克莱尔　所以你猜梅斯医生为什么没有在谈话记录本上记下"杀人

游戏”的具体内容呢?

爱　玛　老师演谁?伊尔吗?

克莱尔　不,他演伊尔的哥哥。

爱　玛　伊尔没有哥哥。(意识到自己失言)有——也可以,“剧情需要”,对吗?

克莱尔　(笑)是的,伊尔没有哥哥,这个角色是我造出来的。我让梅斯扮演他的哥哥。

爱　玛　很难想象老师那个年纪的人会玩这种剧本杀的游戏。

克莱尔　梅斯玩得相当不错,到最后他亲手杀死了自己的弟弟。

爱　玛　为什么?

克莱尔　活下去,两个只能活一个,游戏规则,我定的。

爱　玛　我想这是老师为什么没有在谈话记录本里记下游戏过程的原因。

克莱尔　“起心动念也是杀人”,干你们这行的是不是都有点道德洁癖?所以梅斯干脆把它隐藏了。

爱　玛　每个人都有不想被人知道的那一面。

克莱尔　你的是什么?

爱　玛　我的?

克莱尔　“不想被人知道的那一面”。

爱　玛　这是个新的游戏?

克莱尔　如果你认为是的话它就是。

爱　玛　这个游戏的名字又是什么?

克莱尔　“成年人的友谊从交换秘密开始”。

爱　玛　这是我听过最长的游戏名字。

克莱尔　敢玩吗?

爱　玛　恭敬不如从命。

克莱尔　先说一个你的秘密。

爱　玛　（停顿）我是个处女。

克莱尔　（表现出很夸张的样子）好秘密！为了这个我得交换个大的！

爱　玛　请吧。

克莱尔　（做出努力思考的样子）伊尔——就躺在我们这个客厅里。

爱　玛　（回头看了一眼人偶）您要赖，刚刚我们已经玩过人偶了。

克莱尔　不，我是说真的伊尔。

爱　玛　伊尔的尸体？

克莱尔　就躺在我们这个客厅里。（兴奋地）你想看看吗？

［爱玛谨慎地点点头。

克莱尔　哦，算了，我怕吓着你。

爱　玛　我想看！（努力使自己表现得不那么急迫）夫人，我想看一个人死后十年，会是什么样子。

［克莱尔掀开棺材上蒙着的绒布，向爱玛展示伊尔的尸体。

克莱尔　很美，对吧？棺材是全封闭的，里头灌入了福尔马林，瞧！他的尸体一点都没有腐坏，还和活着的时候一模一样。

爱　玛　确实……和活人一模一样。

克莱尔　就是因为这样，我见他一次，想杀他一次。（又将绒布盖上，露出棺材上的人偶）

爱　玛　夫人这个人偶的点子——不错。

克莱尔　洛比想出来的。

爱　玛　管家先生？

克莱尔　我曾经想过在伊尔死前把他做成人偶。（向爱玛补充强调）活人偶。

［爱玛认真地看着克莱尔，半晌，开始作呕，“活人偶”三个字使

她呕吐。

克莱尔　洛比也是你这个反应。也许他认为技术难度太大了，就提议用假人偶代替活人。我也就勉强同意了。

爱　玛　那真要感谢洛比先生。

克莱尔　难道不应该感谢我，仁慈地杀死了伊尔？

爱　玛　感谢您送伊尔先生上西天，夫人，您的善举会有福报的，我想伊尔现在准在天堂的某个角落庆幸自己没有被做成——活人偶。

［爱玛又忍不住呕吐起来。

克莱尔　爱玛小姐，你看起来不太舒服，不如咱们今天就聊到这吧？

爱　玛　好的，夫人。谢谢您的理解。

克莱尔　洛比——带爱玛小姐去客房休息。

爱　玛　客房？

洛　比　（同时）客房？

克莱尔　爱玛小姐当然是要住下来的。对吗？

［爱玛挤出一个回敬的微笑。

洛　比　这，不妥吧？

克莱尔　又怎么了？

洛　比　除了梅斯医生，还没人住过咱们家客房。

克莱尔　那今天就有了，还有，这是我家！

洛　比　是，夫人……

［克莱尔下。

洛　比　那就请跟我来吧，爱玛小姐。

［洛比带爱玛到客房。爱玛突然抓住洛比的胳膊。

洛　比　你这是干什么？爱玛小姐。

爱　玛　房间里，不会有人偶吧？

洛　比　没有，人偶都在库房放着呢。再说人偶都是假的，你怕什么？

爱　玛　没什么，洛比先生，谢谢你。

洛　比　允许你住下来的是夫人，不是我。

爱　玛　不为这个，洛比先生，是为了那些人偶。

洛　比　爱玛小姐，您不是怕人偶吗？

爱　玛　是的，很可怕，但是，洛比先生，还是谢谢您想出这个点子，它妙极了。我想如果伊尔先生知道您的存在，知道您解救过他，也会感谢您的。

洛　比　（停顿）那没什么，比起活人傀儡，还是死了的好，是个人都会这样想的。

爱　玛　察哈纳西安夫人就不会，她的残酷是非人的。

洛　比　她承受过的痛苦也是非人的。爱玛小姐，（有些严厉地）我不认为在背后评价别人是个明智的选择。

爱　玛　你为什么要给她做管家，洛比先生？显然您是个高贵的人。

洛　比　别太早下结论，爱玛小姐，况且我并不认为管家是个低贱的工作。客房里有热水可以洗澡，被子放在储物柜的第二层，请您自己拿。床头柜里有准备好的巧克力，因为梅斯先生总要在工作之后吃上一块。酒柜里有罗曼尼和拉图，但是没有开瓶器，如果你需要的话可以跟我要，你不需要吧？

爱　玛　她给你多少钱？

洛　比　什么？

爱　玛　您看上去一直在工作，几乎没有私人生活。

洛　比　我不需要私人生活。

爱　玛　难以想象一份可以让人放弃所有私人生活的工作薪酬该有多高，您一定很富有？

洛　比　我没有薪酬。

爱　玛　雇佣管家怎么可能没有酬金呢？

洛　比　我是管家，但不是被雇佣的，这儿也是我家。

爱　玛　哦，是吗？

洛　比　你好像对我这个管家，有什么质疑？

爱　玛　很显然夫人需要一个女佣。

洛　比　不，她不需要。

爱　玛　她需要有人帮她洗澡、梳头发、化妆，系上礼服背后的扣子。

洛　比　我可以完成所有工作。

爱　玛　你为她洗澡？

［停顿。

洛　比　夫人还没老到自己不能洗澡的份上。

爱　玛　的确，夫人风韵犹存，所以你替她洗澡吗？

洛　比　不，当然不！

爱　玛　可是你为她化妆。我看见了，这你总不能否认。

洛　比　是的，偶尔，如果你的主人是女性，那么你有必要学会一些基本技能。

爱　玛　你为她系扣子吗？还是为她解扣子？

洛　比　（被激怒了）爱玛小姐，这些问题与您毫无关系！把您带到客房我的任务就完成了，现在我要走了。

爱　玛　你住哪？（洛比对爱玛提出这个问题十分讶异）如果晚上有蛇或黄鼠狼之类的我总得知道去哪找人。

洛　比　我管理的房子里不会出没那种东西，爱玛小姐。晚安。

［洛比回到阁楼，他的住处。爱玛偷偷注视着洛比一路离开。

3. 第一夜　偷枪

［吉他的音乐声。

［伊尔的死魂灵上。这一回他的手脚不再缠着线，他是个自由的灵魂。

伊　尔　奥蒂丽，你不该来这儿。

爱　玛　爸爸。

［扑到爸爸身上。检查伊尔的手脚和关节。

爱　玛　太好了，你是完整的。

伊　尔　你这是干什么？

爱　玛　她要把你做成人偶，那个死老太婆！

伊　尔　我知道，她做了好多个我的模型，她经常跟他们玩儿。

爱　玛　不，爸爸，我是说真的，她原本打算把你做成活人偶。这太令人作呕了！

伊　尔　都过去了，奥蒂丽。你为什么不开始新的生活？

爱　玛　哪里有新的生活？爸爸，居伦把你忘了！你本该拥有一座纪念碑，矗立在居伦的英雄广场，他们该为你打造一座墓园，纪念你为这座城市做出的牺牲。

伊　尔　英雄广场？（笑）居伦哪来的英雄广场？

爱　玛　正是因为没有，所以居伦完蛋了。你能想象吗？十个亿，没撑到十年，哪有十年，一年就被瓜分掉了，今天的居伦又变回了一座死城！

伊　尔　那就跟我没什么关系了，我总不能再死一次。再救居伦一次。（笑）

爱　玛　你可以，爸爸，我要带你回家，为你修一座墓园，我要让居伦人重新睁开眼睛,看到他们忘却的,再重新振作起来!

伊　尔　没有这个必要,奥蒂丽。我在天堂里过得很好。

爱　玛　可是那女人杀了你,一次又一次!

伊　尔　那又怎么样呢? 对于灵魂来说,死一次和一百次,没有分别。

爱　玛　爸爸!

伊　尔　回家去,奥蒂丽,回你妈妈那去,别让她替你担心。

爱　玛　(停顿)你为什么娶我妈妈? 为什么一边搞大克莱尔的肚子,一边娶我妈妈?

伊　尔　生活就是这样,你不能要求事情一件一件来,重要的事总是挤在一块儿。

爱　玛　是因为钱吗? 玛蒂尔德更有钱?

伊　尔　奥蒂丽,你怎么能直呼你妈妈的大名?

爱　玛　别岔开话题。死者难道不应该更诚实吗?

伊　尔　(停顿)好吧,不完全是。

爱　玛　那就是钱占一大半咯? 那如果抛开钱,你会选择克莱尔吗? 在她和我妈妈之间。

伊　尔　这种选择是不公平的,我并没有和克拉拉真正生活过。

爱　玛　凭感觉。你选克莱尔,对吗?

伊　尔　也许。但人并不是靠感觉生活的,孩子。

爱　玛　当然! 我就是要告诉你,你是对的! 爸爸! 幸好你没有选她! 她是个女魔头!

伊　尔　好了,别管她了,现在最要紧的是你赶快离开这个岛!

爱　玛　好的,爸爸!(说罢穿上一身夜行黑袍,偷偷地走出客房)

伊　尔　离开就别再回来了!

爱　玛　好的,爸爸!

［爱玛蹑手蹑脚地穿过客厅，轻轻地上楼梯，来到洛比居住的阁楼，在黑暗中开始找她的枪。为了不把洛比惊醒，爱玛尽可能不发出任何声音，但还是被洛比发现了。洛比立刻掏出手枪对准爱玛的头。

洛　比　你是谁？

爱　玛　（摘下夜行黑袍的帽子，露出雪白的脸和瀑布般的卷发）是我，洛比先生。

洛　比　爱玛小姐？你知道现在几点了吗？

爱　玛　对不起，把您吵醒了。

洛　比　不会真的有蛇和黄鼠狼吧？

爱　玛　并没有，洛比先生。

洛　比　那你到我房间来干什么？

爱　玛　我想要回我的枪。

洛　比　凌晨4点，你来我房间偷枪？

爱　玛　我想不能用"偷"，因为我本来准备跟你平等协商的，但是您睡着了，所以……

洛　比　你就开始翻箱倒柜？你还打算偷什么？

爱　玛　我什么都没偷，洛比先生。不信——你搜！

［洛比面对一片坦然的爱玛反而下不去手。

洛　比　算了，你说没偷就没偷吧。

爱　玛　怎么不搜了？像早上一样搜身啊，你不是一直不相信我吗？

洛　比　你现在这种行为让我怎么相信你？

爱　玛　那就搜啊！我什么都没偷！

洛　比　你真是位令人费解的女士，爱玛小姐。你干吗这么晚不睡觉？

爱　玛　我睡不着。我想要回我的枪。

洛　比　拿回枪就能睡着了？我还没听说过枪能安眠。

爱　玛　那是我爸爸的——（洛比不由地注视着爱玛）遗物。

洛　比　（停顿）唯一的？

爱　玛　唯一的。

洛　比　我会替你好好保存它，爱玛小姐。

爱　玛　但还是不准备给我？

洛　比　是的。

爱　玛　好吧。（准备离开）

洛　比　爱玛小姐。（递给她一支开瓶器）开瓶器——如果你需要的话。喝点儿酒可以帮助睡觉。（为了不显得过于关心，又补充了一句）毕竟您明天还要工作不是吗？

爱　玛　是的。谢谢！

［爱玛离开阁楼。灯光暗转。

4. 第二天　账本

［爱玛枯坐在躺椅旁的椅子上。克莱尔同洛比上。

克莱尔　昨晚睡得怎么样，爱玛小姐？

爱　玛　有点失眠，夫人，换地方睡觉不大习惯。

克莱尔　今晚就好了。

爱　玛　今晚？

克莱尔　你当然要继续住在这里的，对吧？

爱　玛　那就，谢谢夫人了。

克莱尔　来给我化妆吧。

［洛比自然而然地来到克莱尔身边。

克莱尔　我在跟爱玛说话。

［洛比恭敬地退到一边。爱玛给克莱尔化起妆来。

克莱尔　你还站在那干嘛？这儿没你事儿了。

洛　比　那我先下去了，夫人。

克莱尔　你会梳头吗？爱玛小姐？

爱　玛　没给人梳过，但……可以试试。

［克莱尔给了爱玛一把大梳子，爱玛让克莱尔端着镜子注视自己的发型。

爱　玛　如果我把您弄疼了，请告诉我。

克莱尔　你随便梳，我的头皮怎么梳都不会疼。

爱　玛　您不会……连头皮都是假的吧？

克莱尔　头皮是真的，只是不会疼。怀孕的时候落下的毛病。

爱　玛　您把孩子生下来了？

克莱尔　生下来了，可惜没活多久。（停顿，然后换了一种轻松的语气）中国人有个很有意思的说法，叫"坐月子"，你听过吗？（爱玛摇头）是说产妇在生小孩之后的一个月里，应当休息、把头包起来，不要吹风。

爱　玛　所以您"坐月子"（把"子"字咬得很重，三声）了？

克莱尔　我一个人逃到汉堡，在一个水果摊老板家生下了孩子，"月子"——我是在妓院里坐的。他们扯着我的头发把我往墙上撞，如果我不接客就把我泡在冰水里，把我的头整个按进冰桶。

爱　玛　然后您的头皮就不再疼了？

克莱尔　我变成了冰桶。（看着爱玛吃惊的表情，夸张地大笑）哈哈，我在跟你开玩笑，爱玛小姐。

爱　玛　（尴尬地挤出一个笑来）夫人的玩笑总是这么——别致。

克莱尔　（收回大笑，严肃起来）也不全是玩笑，你的痛苦在别人看来常常沦为笑柄，你有过这种体验吗，爱玛小姐？

爱　玛　是的，我同意。

克莱尔　看来我们又找到共同话题了，给我讲一讲？

爱　玛　讲什么？

克莱尔　讲个痛苦的事儿，让我们一起乐一乐。

爱　玛　我小时候想要一本《浮士德》，作为生日礼物。

克莱尔　对于一个爱看书的孩子，这要求合情合理。

爱　玛　我妈妈可不这么认为。当我爸爸告诉她这事儿的时候，她的反应是——女儿看那种东西干吗？

克莱尔　你妈妈读过《浮士德》？

爱　玛　当然没有，她认为女孩儿压根不该读书。

克莱尔　或许你该跟你爸爸要。

爱　玛　他听我妈妈的，什么都听我妈妈的，从小到大我就没见他自己决定过任何事儿。（叹息）不过，最终爸爸还是给我准备了生日礼物。

克莱尔　那么至少说明他还是很在乎你的。

爱　玛　在乎？首先是我妈妈，然后是我哥哥，最后才轮到我。我们家就是这样，我和我哥哥的生日只差两天，所以每年我都要提前两天过生日，把我和哥哥放在一起，为了不用买两个蛋糕。

克莱尔　（半是调侃）哦，万恶的贫穷！你们家现在脱贫了吗？

爱　玛　是的。我妈妈改嫁了，我哥哥当上了车行老板，现在胖成一头猪，他老婆还给他生了两头小肥猪。

克莱尔　听上去你对你哥哥可不太友好。

爱　玛　我不明白爸妈喜欢哥哥什么。他们没有给我买《浮士德》，却给哥哥买了一个篮球，那篮球他只打了两天，就撇到一边了。

克莱尔　一切都是这样，一旦拥有，立刻变得毫无乐趣。不过你的成长故事不错，很有趣。

爱　玛　（停顿）夫人，如果50多年前，和那位伊尔先生结婚的人是您，将会是怎样呢？

克莱尔　我曾经无数次梦见那个场景，（仿佛眼前立刻看见了一样）我穿着洁白的婚纱，和伊尔在居伦的大教堂举行婚礼，在松柏和清风的祝福下，我们迈进婚姻的殿堂，很快又生下我们可爱的女儿什涅菲耶芙。注意，我们只生一个孩子，只生一个！因为第一个孩子总是分得更多的爱，那会让第二个孩子很难（故意说给爱玛听）。

爱　玛　是的，很难。

克莱尔　然而事实是，我结了九次婚，都不是跟伊尔。甚至伊尔，可能是冤死的。

爱　玛　冤死？

克莱尔　（丢给爱玛一个账本）瞧瞧这个账本，是我在伊尔死后才得到的。

爱　玛　这是妈——玛蒂尔德的账本？

克莱尔　没错，就是伊尔抛弃我转身娶的那个女人。把它读出来，孩子。

爱　玛　（读账本）“8月15日，面粉300千克，香烟3包，橘子汽水2瓶。”

克莱尔　重点在背面，亲爱的。

爱　玛　“伊尔来店里了，急匆匆地……结账的时候，他看了我一眼，是我的错觉吗？”（对克莱尔）玛蒂尔德在账本背面——记日记？

克莱尔　嗯哼。那时候伊尔正跟我打得火热。

爱　玛　“8月18日,啤酒3瓶,黄油4块,纱布1卷。伊尔受伤了。他怎么了?跟人打架了?为什么?”

克莱尔　有两个铁路工人欺负我,伊尔为我把他们教训了一顿。那时候他真是生龙活虎啊,真是一头黑豹!

爱　玛　“9月10日”(直接翻到背面)“我见到她了!骚娘们。”(读到这三个字让爱玛颇为不适)

克莱尔　(得意地)也就是我!

爱　玛　“伊尔来买烟,她就站在门口,满头红发,一只脚站着,另一只脚不时地在地上画圈,嘴里还吹着轻浮的泡泡糖。”

克莱尔　(笑着)我最喜欢她这一天的笔记,你能从她的字体里看出恨意,出于嫉妒她把我描写得多么生动!

爱　玛　“我问伊尔,‘外面站着的是你女朋友吗?’”伊尔回答说:“哦,是我妹妹。”

[克莱尔脸上的笑凝固了,爱玛却逐渐笑起来,读账本的语调也轻快起来。

爱　玛　“9月20日,伊尔来买咖啡,我把我亲手磨的咖啡送给他,他没有拒绝,他一定对我有意思。”

克莱尔　免费的咖啡,不拿白不拿,何况伊尔是为了拿给我喝!

爱　玛　“10月1日,记账。彼得家的来店里买消毒液,说仓房被红发女人搞得脏极了——伊尔还在和她鬼混。”

克莱尔　玛蒂尔德怕是一辈子也没体验过真正的激情。

爱　玛　“听说红发女人的妈妈死在疯人院里了,精神病是要遗传的,她一定是个女巫。伊尔被她套头了!”

克莱尔　她才是女巫!

爱　玛　“10月10日,伊尔把她的肚子搞大了,这不是真的!伊尔也慌得厉害,我要稳下来,尤其在这种时候,我得让伊尔听我的!”

克莱尔　她唆使伊尔来问我,那孩子是谁的。

爱　玛　你什么反应?

克莱尔　我给了伊尔一个耳光,不是他的还能是谁的?

爱　玛　(继续读账本,以玛蒂尔德的口吻)“一定是红发女巫跟别的什么男人怀的种,硬赖在伊尔头上,我的伊尔!他太可怜了!我得帮他!”

克莱尔　我起诉了伊尔,以父权的名义。

爱　玛　“伊尔完全慌了,一点主意也没有。虽然我也没上过法庭,但我坚定地告诉他,‘那孩子不是你的,只要你自己相信,我们就有办法让法官相信!’”

克莱尔　他们做了假证。

爱　玛　“还记得那两个铁路工人吗?曾经欺负过小克莱尔的那两个家伙?我们可以收买他们,让他们跟法官说——他们跟红发女人睡过觉。”

克莱尔　可耻的谎言,恶毒的女人!

爱　玛　“‘法官能信吗?’伊尔问我。然后我拿出我所有的积蓄,其实不是所有的,只是一部分,但我让伊尔相信那是我所有的钱。我安慰伊尔,能用钱解决的,都不是事儿。”

克莱尔　玛蒂尔德,是怎么把伊尔从我身边抢走的,我就怎么把伊尔夺回来。伊尔,是我的!

爱　玛　“伊尔简直不知道怎么感谢我才好,我告诉他,我不要你感谢,我要你娶我。”

[婚礼进行曲。

克莱尔　(闭上眼睛,依旧忍不住愠怒)我就这样大着肚子,听着他们的婚礼进行曲，离开了居伦。

爱　玛　“12月12日，记账。红发女巫被我打败了，她终于滚了出去，真是值得庆祝的一天！就在这一天，我成为伊尔的妻子。我赢了。”

［克莱尔睁开眼睛，直视着爱玛，发起提问。

克莱尔　和这样的女人生活在一起，伊尔难道会幸福吗？

爱　玛　他不幸福。不可能幸福，他的孩子们也不会幸福。

克莱尔　你这么认为？

爱　玛　当然，他们的妈妈是个伪君子，伪君子可以伪装一天、一年，但不可能年复一年地伪装下去。他们的家里，早就没有爱了。

克莱尔　你的话让我很宽慰，爱玛小姐。

爱　玛　我没有宽慰您，夫人，我是发自内心的。伊尔选择跟玛蒂尔德结婚根本就是个错误！虽然……错不至死。

克莱尔　在你身上我仿佛又看到了点儿居伦的人道主义精神，爱玛小姐。

爱　玛　居伦？哦，我没去过。

克莱尔　（轻笑）或许我可以请你听一首歌，每次听洛比唱起它的时候，都让我想起居伦。洛比——

［洛比上。

克莱尔　请为爱玛小姐弹奏那首《九月》。

［克莱尔下。

［洛比为爱玛吉他弹唱。

洛　比　目击众神死亡的草原上野花一片。
远在远方的风比远方更远。
我的琴声呜咽，我的泪水全无。

我把远方的远归还草原。
一个叫木头，一个叫马尾。
一个叫木头，一个叫马尾。
［在洛比的音乐中，爱玛哭了。

5. 第二夜　悲歌

洛　比　爱玛小姐，你怎么了？
爱　玛　您为什么要写这么悲伤的歌曲，洛比先生？
洛　比　不是我写的，我只是听过，就记住了。
爱　玛　这是我听过最悲伤的音乐。
洛　比　是吗。我第一次听到的时候，也哭了。
爱　玛　（惊讶）真的吗？您会哭？
洛　比　我也是人类，爱玛小姐。
爱　玛　（破涕为笑）对不起，我是说，您看上去……像一块铁。
［洛比不说话了，转身走向舞台深处。爱玛以为洛比生气了。
爱　玛　我并没有要冒犯您的意思，洛比先生，请原谅，我……
洛　比　（递给爱玛一方手帕）擦擦眼泪吧。
爱　玛　谢谢。
［两人各自坐在客厅的两侧，中间空着长长的距离，伊尔的棺材横在二人中间。
爱　玛　我哭了是因为……您的音乐让我想起我妈妈。
洛　比　您想她了？
爱　玛　我恨她。
洛　比　（意外，又立刻表现出平静）为什么？
爱　玛　她对我爸爸不忠，她不知道爸爸为了娶她牺牲过什么。她出轨了，跟一个画家。在我还是个孩子的时候，起初我以为只有我知道这个秘密，我忍了很久，尽量表现得像平常一样，但心里没法不恨我妈妈。一次偶然的机会我突然发现哥哥也知道这件事，但他默不作声，以此来博得妈妈的宠爱，这让我忍无可忍。于是，我冲到爸爸面前把一切告诉了他，我爸爸大发雷霆。

洛　比　爸爸打了你妈妈？

爱　玛　他打了我。那是他唯一一次打我，他命令我以后再也不许诋毁自己的母亲。我爸爸到死也不知道，（看向棺材）到底谁才是他真正的亲人。洛比先生，您大概觉得我很蠢……

洛　比　您做得很好，爱玛小姐，至少你没在一开始就捅破那个秘密。

爱　玛　我该那样做吗？

洛　比　不，你永远都不该捅破那个秘密。

爱　玛　可是换作是你，忍得了吗？

洛　比　换作是我，一分钟都忍不了。看到我妈妈和别的男人……我会立刻杀了他。

爱　玛　（错愕）哦——那幸好没落在你头上，不然你可要吃牢饭的。

洛　比　我已经被放出来了，爱玛小姐，从牢里。

[停顿。

爱　玛　您不是说真的吧？

[停顿。

洛　比　我走进厨房的时候，妈妈在地上躺着，那个男人骑在她上面，正在做我爸爸该做的事。他们没有意识到我进来了，直到我举起水果刀。

爱　玛　你杀了他？那个男人？

洛　比　我是这么打算的，但是没想到，妈妈挡了上去。我根本没想杀她，我没想杀她。我不知道那把刀是怎么插进了妈妈的心脏，我不知道……我不知道……

［爱玛拥抱洛比，洛比没有拒绝。当洛比意识到自己正被一个年轻女子抱着的时候，礼貌性地分开了。

洛　比　对不起，爱玛小姐。我本没想说这些。

爱　玛　那时候你多大？

洛　比　13岁。

爱　玛　后来你就进去了？

洛　比　是的，刚才那首歌是在监狱里学的。他们说歌的作者是个诗人，写下这首歌之后卧轨自杀了。

爱　玛　你在里面待了多久？

洛　比　17年。

爱　玛　比你出生以来的时间还要长。

洛　比　我曾经觉得监狱才是我的家。

爱　玛　出来以后你又进去过吗？

洛　比　我想回去，可是没有正当理由他们不让我回去。他们管那叫"非法入狱"。

爱　玛　你怀念里头的日子？

洛　比　（点头）什么都不用想，只要服从命令就行了。

爱　玛　就像……给察哈纳西安夫人做管家？

洛　比　（点头）夫人提出要从监狱里把我捞出来的时候，我犹豫了，但她开出了一个让我无法拒绝的条件。

爱　玛　什么条件？

洛　比　帮我找到那男人，然后杀了他。

爱　玛　你一直想杀他，对吗？在你心里，一直认为是他害死了你妈妈？

洛　比　复仇，是我在里面活下去的唯一理由。

爱　玛　（若有所思）那么现在呢？你已经完成了那个目标，活下去的理由又是什么？

洛　比　报答，爱玛小姐。我想是——报答。

爱　玛　这才是你为察哈纳西安夫人服务的原因，对吗？

［洛比没有说话。

爱　玛　你把她当成你的母亲。

洛　比　我……很清楚自己的身份。

爱　玛　或许她也把你看成她的孩子。

洛　比　自从她唯一的女儿死了以后，她就再也没有孩子了。

［停顿。

爱　玛　洛比先生，你是怎么确定夫人为您报过仇了呢？

洛　比　什么？

爱　玛　她把那个男人的头给你看了？还是她当着你的面杀了他？

洛　比　夫人告诉我，他死了。

爱　玛　只是"告诉"？

洛　比　只是告诉。

爱　玛　你就相信了？

洛　比　是的。

爱　玛　可是毫无凭证，如果那个男人还活着呢？隐居在哪个不知名的小岛上逍遥法外呢？

洛　比　也许他还活着，在哪个不知名的小岛。但我想他不会逍遥，凡是经历过那一幕的人一辈子是忘不掉的，爱人倒在胸前，鲜血喷了一脸，前一秒水乳交融，后一秒就血肉模糊了。如果他还活着，不是比死了更痛苦吗？

爱　玛　洛比先生，您是个令人敬佩的人。

洛　比　爱玛小姐，您没有把我当成一个冷血杀母犯，我已经很感激了。

爱　玛　您结婚了吗？

洛　比　我这种有前科的男人，怎么可能会有女孩儿接受呢。

爱　玛　我觉得您很了不起，洛比先生。虽然我做不到，但您真的很了不起。

洛　比　你做不到什么？

爱　玛　嘘——

［爱玛拉住洛比的手，两人去了洛比的房间。

［灯光暗转。

［翌日清晨。鸟儿的声音。爱玛穿着洛比的白衬衫赤脚站在阳光屋顶的正下方，正在欣赏洛比种植的几盆绿植。洛比随后醒来。

洛　比　您喜欢盆栽吗？

爱　玛　（被吓了一跳）哦，您把它们养得很好，洛比先生。

洛　比　您喜欢哪一盆敬请拿走，不过它们不开花，送给爱玛小姐的……应该是鲜花。

爱　玛　（被钢铁直男的温柔逗笑了）洛比先生一定很精通怎么送女士鲜花，我猜的对吗？

洛　比　我妈妈的墓碑前，我会定期去送花。

［停顿。

爱　玛　您有她的照片吗？她很美吧？

洛　比　没有，爱玛小姐，我没能留下任何关于她的东西，很遗憾。

爱　玛　哦，抱歉。

［洛比从床头柜里将爱玛的手枪拿出来，还给爱玛。

洛　比　拥有一件遗物是多么幸运的事啊，爱玛小姐。拿去吧。

［爱玛接过枪，突然不知该对洛比说什么才好。

爱　玛　洛比先生，可以请您再为我唱一首歌吗？

洛　比　当然。

Quiet Inside

By Andy Tubman

I couldn't make the colors match today
I don't know what else to say
Except I tried and they can't say I didn't
I don't like the stuff they're feeding me
They don't like the things I see
But I don't think I need to be forgiven
But I am quiet inside
Though they drag me by a wire
Through the storm that cracks the sky
I am quiet inside
I used to be so hard to find
Rage and tears filled my eyes
But now I believe I see much clearer
My clarity did not come easily
My cell was knocked into me
But now at least I know who's in the mirror
I am quiet inside
Though they drag me by a wire
Through the storm that cracks the sky

I am quiet inside

I am quiet inside

[洛比的歌声中,爱玛举起手中的枪,有一瞬间她曾想过结束自己的生命,但最终还是放下了枪,从洛比的背后,抱住了他。

[灯光暗转。

6. 第三天　催眠

[克莱尔像开场一样坐在躺椅上,洛比站在她身后。爱玛为克莱尔梳头。

克莱尔　昨晚睡得怎么样?爱玛小姐。

爱　玛　很好,夫人。

[洛比看了爱玛一眼,又迅速低下头。

克莱尔　我说什么来着,今晚你会睡得更好。

爱　玛　今晚,我可能就该回去了。

克莱尔　回去?可你才来了两天。

爱　玛　梅斯老师会担心的。

克莱尔　叫洛比去跟老梅斯打个招呼就行了,洛比,你现在就坐船去通知梅斯,说我很喜欢爱玛,想留她在这多住两天。

洛　比　(很高兴)是,夫人。

爱　玛　(有点着急了)洛比先生——夫人,我……

洛　比　爱玛小姐,您不想留下来吗?

爱　玛　我……想。我只是,不想太麻烦您。

洛　比　(因爱玛留下来而开心地)不麻烦!

[洛比下。

克莱尔　现在,岛上就剩我们两个人了。

爱　玛　是的,现在就剩我们两个了。夫人,您昨晚睡得还好吗?

克莱尔　花了半宿才睡着,前半宿我一直隐隐约约听到有人在聊天。

爱　玛　是吗?那也许我睡得太死了,什么都没听到。

克莱尔　直到后半夜终于没动静了,我这才睡着,而且又做梦了。

爱　玛　您梦到什么?

克莱尔　伊尔,当然是伊尔。

爱　玛　他,在您梦里,什么样?

克莱尔　和他死的时候一模一样,不,更年轻了。

爱　玛　你们交谈了?

克莱尔　是的。

爱　玛　谈了些什么?

[伊尔上,还是他之前上场时的装束,只是整个人显得更轻松,更洒脱。

伊　尔　小野猫?

克莱尔　阿尔弗雷德!

伊　尔　听说你把我做成标本了?

克莱尔　哦,就在那座棺材里。

伊　尔　我能看看吗?自己的棺材?

克莱尔　当然,那是你自己的棺材。

伊　尔　(欣赏自己的尸体)我住的这是个总统套房啊!

克莱尔　我每天都会给你换上鲜花。你还满意吗?

伊　尔　还是死了好啊,你看看我被花熏得——整个人都变帅了!

克莱尔　伊尔,你从哪儿来?

伊　尔　天堂。我上天堂了。

克莱尔　跟我猜的一样。(停顿)伊尔,你怪我吗?

伊　尔　当然不会!你在胡思乱想什么!我的小克拉拉!

克莱尔　现在是老克拉拉。

伊　尔　你可一点儿没老,还是我的小野猫!

[死后的伊尔说什么都不尴尬,反倒使克莱尔很尴尬,她小心翼翼地问他。

克莱尔　伊尔,老朋友,我想认真地问你一个问题。

伊　尔　爱过!

克莱尔　不开玩笑,我想问——那感觉怎么样?我是说——死。

伊　尔　克拉拉,让我很认真地回答你,死的感觉真是他妈的棒极了!

克莱尔　(十分向往地接着问)真的吗?什么感觉?

伊　尔　很……很……(做了两个舒服的动作)没法形容,只有死过才知道。

克莱尔　怎么会没法形容呢,你就描述一下,那是一种什么感觉?

伊　尔　很……轻,一切都像羽毛一样轻,没有重量,永远不会累。其实人间的一切我都能看到,不过通常我不会去看,只有在堵车的时候,偶尔朝下瞥两眼,解解闷。

克莱尔　天堂里也堵车吗?

伊　尔　堵得厉害,交通一塌糊涂。几十层高架桥也不顶事儿。

克莱尔　那你偶尔朝我们这边看的时候,都看见什么了?

伊　尔　喜剧,人间的一切都是喜剧,我完全搞不懂人们为什么要哭。

克莱尔　因为在乎,伊尔。是不是人死后就什么都不在乎了?

伊　尔　也不是,死亡不切断牵挂,只是我们没法再告诉她了。

克莱尔　你在牵挂谁?

伊　尔　我的女儿。

克莱尔　咱们的女儿?

伊　尔　(打了一个哈欠)我的女儿。

克莱尔　是咱们的女儿吗？她也在天堂里吗？你见过她没有？伊尔，伊尔——

［伊尔大摇大摆地下场。

爱　玛　然后您就醒了？

克莱尔　是的，我不能就这么醒了，我得知道他见到的到底是不是我们的女儿。

爱　玛　我想他说的是“我的女儿”，也就是他的女儿。

克莱尔　我的女儿就是他的女儿！

爱　玛　当然，但他指的也许是还没死的那个。

克莱尔　（极笃定地命令）帮我回去！

爱　玛　回那个梦里去？

克莱尔　有办法吗？

爱　玛　这……

克莱尔　你有办法，对吧？

爱　玛　但，我不能那么做。

克莱尔　你有办法！

爱　玛　我没成功过，我不行。

克莱尔　催眠，你会催眠对吧？

爱　玛　不，克莱尔女士（在此之前她一直叫她“察哈纳西安夫人”），如果老师知道的话，他会开除我的。

克莱尔　我们不让他知道。

爱　玛　您保证吗？

克莱尔　是的。

爱　玛　但是……

克莱尔　你不信任我？

爱　玛　我完全信任您，问题是我不能保证使您正好回到刚才梦里的地方。因为人的潜意识不是线型的。

克莱尔　什么意思？哦，你别给我上课，就告诉我，能，还是不能？

爱　玛　能，如果成功的话。

克莱尔　那就来吧。

爱　玛　但是……

克莱尔　又怎么了？

爱　玛　也有可能失败。

克莱尔　废话，不是成功就是失败。来吧！

爱　玛　请闭上眼睛。让我们回到康拉德森林，你从小捉蝴蝶、追野兔的地方。在高耸入云的树丛里，你自由地呼吸。康拉德森林是你的氧气，每当你无法忍受来自父母的窒息，你都会来这里。而他都会陪着你，你们一起逃学，一起抽烟，一起做所有父母禁止的事。你还记得，他对你说过的话吗？

[克莱尔依旧闭着眼睛。伊尔重新上场，打扮成年轻时的模样。

克莱尔　“你的孤独是绿色的。”

爱　玛　你怎么回答？

克莱尔　我们以后要死在一起！

爱　玛　他又说了什么？

伊　尔　为什么在这个时候你会想到死？

克莱尔　“为什么在这个时候你会想到死？”

爱　玛　你怎么说？

克莱尔　我要我们永远在一起。

[年轻的伊尔深情地拥抱克莱尔。

伊　尔　我们会永远在一起。

克莱尔　我想在树上刻下咱们两个人的名字，让它们成为我们的见证。

伊　尔　我来刻。（做刻字的动作）

克莱尔　“伊尔爱克莱尔。”

爱　玛　那是你们最相爱的时刻吗？

克莱尔　我想是的。

爱　玛　最低潮的呢？

克莱尔　我怀孕了。

［停顿。

伊　尔　孩子……是我的吗？

［克莱尔给了伊尔一个响亮的耳光。伊尔捂着脸跑下。

爱　玛　你后悔生下她吗？你们的孩子？

克莱尔　永远不。她是我的天使，我的宝贝，你在哪？

［爱玛走近克莱尔。

爱　玛　她长大了。请睁开眼睛。

［克莱尔把爱玛当成了自己的孩子。克莱尔抱住了爱玛。

克莱尔　（停顿）你都长这么大了？让妈妈看看你。

［克莱尔热切地捧起爱玛的脸。

爱　玛　妈妈。

克莱尔　你好漂亮啊，什涅菲耶芙，你的鼻子像伊尔，眼睛，像我。

爱　玛　那你为什么不要我？

克莱尔　妈妈没有不要你，妈妈从来都没有不要你！你刚出生就被抱走了。

爱　玛　我活了多久？

克莱尔　一岁，还不到。（张开双臂）

爱　玛　你要干什么？

克莱尔　让妈妈抱抱——

爱　玛　（躲）你该不会从来没抱过我吧？

克莱尔　我……

爱　玛　谁让你把我生下来的？

克莱尔　谁？

爱　玛　我爸爸同意过吗？

克莱尔　没有。

爱　玛　我同意过吗？

克莱尔　你没出生，妈妈怎么征求你同意呢？

爱　玛　那你为什么要把我生下来？

克莱尔　我……想要一个证明，一个永远不变的爱的证明。

爱　玛　那就是为了你自己的私欲咯？

克莱尔　私欲？我拼了老命、我偷东西、我干最重的活儿，我当妓女赚钱养活你，是为了我自己的私欲？

爱　玛　是要开始煽情了吗？

克莱尔　（错愕）你怎么会这么冷酷？

爱　玛　我爸爸说，如果不能给孩子一个光明的未来，就不该把她带到这个世界上。

克莱尔　你爸爸这么告诉你的？在哪？

爱　玛　天堂里。

克莱尔　你果然去天堂了，你们相处得好吗？

爱　玛　挺好的，伊尔经常陪我。

克莱尔　你叫他伊尔？

爱　玛　对，天堂里大家都直接叫名字。

克莱尔　真好，他向你提起过我吗？

爱　玛　提起过。他说你也想来。

克莱尔　没错，我做梦都想去和你们团聚。伊尔、你、我，咱们一家三口。

爱　玛　“咱们一家三口”？可我几乎不认识你。

克莱尔　我……我给你做自我介绍，我是克莱尔，从哪开始介绍呢，我……

爱　玛　让我来问你吧。

克莱尔　（虔诚地）好，关于妈妈，你都想知道什么？

爱　玛　你的官司输了之后，都做过什么？

克莱尔　我大着肚子，逃到汉堡，一个人也不认识，为了活命，我偷了一个苹果。被当场抓住了。

爱　玛　你被交给警察了？

克莱尔　没有，水果摊老板不仅没报警，还把我带回了家，为我做了丰盛的晚餐。

爱　玛　你遇上个好人了。

克莱尔　起初我也这么觉得，可是没想到，刚把你生下来几天，他就露出了真面目。

爱　玛　他做了什么？

克莱尔　他把我卖给了妓院。我还跟个傻子似的把我赚的钱一分不少地交给他，希望起码他能把十分之一用在你身上……结果谁知道……那时候你已经得脑膜炎——死了。

爱　玛　然后呢？

克莱尔　我杀了那个水果商。

爱　玛　什么感觉？

克莱尔　什么什么感觉？

爱　玛　杀人。

克莱尔　痛快！

爱　玛　一次不够还想再来一次？

克莱尔　我要把所有痛苦变成快乐。

爱　玛　你还干了什么？

克莱尔　做假证的两个铁路工人。我找到他们，割掉了他们的生殖器，挖出了他们的眼睛。

爱　玛　什么感觉？

克莱尔　上瘾。

爱　玛　过瘾了？

克莱尔　早着呢。我还嫁给了世界首富老察哈纳西安。

爱　玛　（惊诧地）不会察哈纳西安先生也是你杀的吧？

克莱尔　我拔掉了他的管子。

爱　玛　（厉声地）然后呢？

克莱尔　我……

爱　玛　你继承了他的十几个亿的遗产，收买了居伦那座可怜的小城，把所有乡亲都变成你的帮凶，然后集体杀死了我爸爸！

克莱尔　（跪下）请宽恕我。

爱　玛　妈妈，我一直在天上看着你呢！

克莱尔　求你，我的孩子，宽恕我的罪！

［克莱尔跪地祈祷。爱玛站在她身后，高高在上，举起了枪。

［爱玛即将扣动扳机。

克莱尔　惩罚我吧，为你爸爸报仇吧！（发自内心地祈祷）

爱　玛　好的！妈妈。（即将开枪）

克莱尔　带我去天堂跟你们团聚！

爱　玛　你想上天堂？（突然意识到什么，又放下了枪）然后你犯下的罪行就这么一笔勾销了？没那么容易！

［克莱尔突然站起，握着爱玛的手，请她开枪打死她。

克莱尔　打死我，替你爸爸报仇。

爱　玛　不。

克莱尔　自杀者是进不了天堂的，来吧，杀死你爸爸的凶手在这！

爱　玛　你要干什么？

克莱尔　打死我！

［爱玛与克莱尔撕扯，爱玛开枪打偏了。枪声之后，两个人终于安静下来。

爱　玛　夫人，您醒了吗？

克莱尔　我刚刚——被催眠了？

爱　玛　刚刚太危险了，夫人，您还记得刚才发生过什么吗？

［停顿。克莱尔整理了她的乱发，重新恢复她端庄高贵的仪态和攻击性。

克莱尔　不记得了。但我现在像是完全醒了。

爱　玛　彻底醒了？

克莱尔　彻底醒了。爱玛小姐，你很厉害。

爱　玛　夫人指的，是哪方面？

克莱尔　我现在觉得病全好了。从来没这么清醒过。

爱　玛　是吗？

克莱尔　他弄疼你了吗？

爱　玛　谁？

克莱尔　洛比。

爱　玛　（有点慌了）我不明白您为什么要这么问，夫人。

克莱尔　催眠是不是很爽？"请闭上眼睛，请睁开眼睛"（调侃爱玛）——很爽，对吧？

爱　玛　问答是最基础的诊疗方式，我只是在尝试着治疗您，夫人。

克莱尔　我完全被你给治好了，爱玛小姐，现在我想跟你玩个新游戏。

爱　玛　既然夫人已经痊愈了,我想我就不必再继续待下去。

克莱尔　你怕了?

爱　玛　我怕什么?

克莱尔　不然你干吗逃跑?

爱　玛　(被激怒)好,你说,什么游戏?

克莱尔　最简单的——问答。我问你答,可以吗?

爱　玛　夫人想问什么?

克莱尔　洛比是你的第一个男人吗?

爱　玛　夫人!

克莱尔　(轻佻自如地)怎么了?你问我的时候我都和盘托出了。

爱　玛　我不想回答与洛比先生有关的问题。

克莱尔　是吗,为什么?

[爱玛开始攥拳出汗。

克莱尔　你也爱上他了?(爱玛盯着克莱尔,没有回答)你出汗了,害羞了?没什么可难为情的。感觉怎么样?

爱　玛　什么感觉?

克莱尔　做爱。

爱　玛　我不想回答。

克莱尔　怕什么,反正他又不在,跟我聊聊嘛,感觉怎么样?

爱　玛　(整个人绷住)不怎么样。

克莱尔　第一次通常都不怎么样,以后就好了。

爱　玛　夫人!

克莱尔　嗯?

爱　玛　别再聊这个了。

克莱尔　好。(突然忍不住笑出来)我以为洛比对你来说太大了——我是指年龄。(收回越界的笑话)你多大来着?

爱　玛　26岁。

克莱尔　那也就是说你16岁就跟着梅斯医生了。

爱　玛　是的。

克莱尔　因为我杀了伊尔，你没法面对失去爸爸的打击，所以你用了十年，找到我，为伊尔复仇。感人至深，奥蒂丽小姐。

爱　玛　你是什么时候认出我的？

克莱尔　一开始。

爱　玛　一开始？

克莱尔　哪个精神分析师也不会带枪到病人家里来，奥蒂丽。

爱　玛　那你为什么不拆穿我？

克莱尔　因为你是伊尔的女儿，我想看看你过得怎么样。

爱　玛　我过得好得很！

克莱尔　（得意地）别逞能了，你过得一塌糊涂，原本洛比是你唯一摆脱厄运的机会，可惜现在你失去他啦，一夜之间。一旦他跟梅斯碰上头，你的假面孔就被拆穿啦！

爱　玛　他本来就是我的工具，一个下人，一钱不值。

克莱尔　哦，是吗？但愿你真的这么想。

爱　玛　我知道你在想什么！你想让我杀了你，送你去天堂。告诉你，没门！

克莱尔　说的没错，我原来确实想过死。不过我现在不想了，看到你，我一下子找到了活下去的理由。

爱　玛　什么理由？

克莱尔　（愉快地）只要我活着，你就痛苦，那我要长命百岁地活下去。我还要把你留在我身边，做我的女佣。

爱　玛　你要折磨我？

克莱尔　（轻巧地用食指比划“no”）我只是喜欢跟你玩游戏。一问一答，还敢继续吗？

爱　玛　没什么不敢的！

克莱尔　好，今天，是伊尔生命的最后一天，因为我花了十个亿跟居伦交换他的命，今天晚上，伊尔就要在公民大会上，被公开处决了。就在这一天，有人给了伊尔一把枪。这个人是谁？

爱　玛　市长先生，枪是市长先生给爸爸的。

克莱尔　市长先生为什么要给你爸爸枪呢？

爱　玛　让他自行了断。

克莱尔　你怎么知道？

爱　玛　因为我在家。

克莱尔　（表现出惊讶）哦，是吗？这么说你都听到咯？

爱　玛　是的。你谋杀我爸爸的全过程，我都看见听见了！

克莱尔　那么请问市长先生建议你爸爸自杀的时候，你在干什么呢？

爱　玛　我在……擦地。

克莱尔　你对于处死你爸爸的反应是——擦地？

爱　玛　我太小了，我什么都不懂！

克莱尔　哦！我还以为你根本不关心伊尔的死活呢！

爱　玛　胡说，我是唯一为你的谋杀背负痛苦的！我妈妈、我哥哥他们什么都不做！

克莱尔　可是你也什么都没做啊！除了——擦地。

爱　玛　我，我太小了，我什么都做不了。

克莱尔　你16岁了！应该还记得当时你们家去了两个记者吧？

爱　玛　记得。

克莱尔　是我派去的，他们采访你、你妈妈、你哥哥对于处死伊尔有什么想说的。你们没有一个人提出异议！唯一替伊尔说了两句话的是你的老师。你的老师要对着媒体镜头披露我的杀人罪行,结果你做了什么?

爱　玛　我……

克莱尔　做了什么?

爱　玛　我……阻止了他!

克莱尔　你——加速了谋杀,你自己也参与了谋杀!

爱　玛　我没有……

克莱尔　公民大会是伊尔最后的机会,如果你能站出来的话,结果完全可能是不一样的。

爱　玛　用我的命,换爸爸的命?

克莱尔　不是交换,是良心。奥蒂丽,我没有看到你的良心。

爱　玛　公民大会没有邀请我。

克莱尔　现在你还说得出这种话吗?整个居伦都知道公民大会是你爸爸的坟墓。当伊尔一步一步走向坟墓的时候,你在干什么?

爱　玛　学法语……打网球……

克莱尔　(步步紧逼)伊尔最后一次和你们过周末,你哥哥开车载你们去兜风,你和玛蒂尔德打扮得花枝招展。那是伊尔在与他的城市、他最爱的亲人做最后的告别啊!你呢,你们把它当成一次真正的春游!

爱　玛　你怎么知道的……

克莱尔　你以为车是哪来的?你妈妈身上穿的裘皮大衣、喷的香水、戴的首饰都是哪来的?

爱　玛　你卖给我们的?

克莱尔　卖?哼,施舍!

爱　玛　不是！我们没有接受你可耻的恩惠！

克莱尔　没有？你以为你学法语、出国、移民的钱是哪来的？

爱　玛　我自己努力工作赚来的！

克莱尔　工作会从天上掉下来吗？哪个老板会平白无故地录用一个来路不明的外乡人？

爱　玛　不，这不是真的。

克莱尔　连你看病的钱都是我赊给你的！

爱　玛　梅斯医生不收我的钱，是因为老师觉得我有灵性，以后可以做这一行，是梅斯老师要帮我的！

克莱尔　是我雇用了梅斯！爱玛。

爱　玛　这不是真的……（临近崩溃，举起了枪）

克莱尔　从你第一次去找梅斯看病的时候起，我就在替你付账！

爱　玛　不可能！老师是真心关心我的，老师是我的第二个爸爸！

克莱尔　那么你背着他来找我，就是再次背叛了你爸爸！

爱　玛　这不是真的！（爱玛即将朝克莱尔扣动扳机）

［洛比再次在关键时刻跑上场。

洛　比　你不能杀她！

克莱尔　洛比！

洛　比　爱玛，你不能杀她！

爱　玛　对不起，洛比先生，我骗了你。

克莱尔　他现在已经看清了你的真面目，爱玛小姐，他再也帮不了你了。替你爸爸复仇，得靠你自己了，来吧，扣动扳机吧！

洛　比　爱玛，杀了她，你就会变成她！

克莱尔　洛比！你这个蠢货……（恨得牙痒痒）

洛　比　我的确很蠢，我一直以为，夫人想要的是解脱，去天堂。可就在我离开的这几个小时里，我突然明白，其实夫人一早就知道你是谁，故意不拆穿你的身份，瞒过了我，瞒过了梅斯医生，为的是让你像她一样，余生陷入复仇后的空虚中，她要把你变成第二个克莱尔！

［爱玛听罢洛比的话，缓缓举起枪。

克莱尔　爱玛，开枪。

洛　比　爱玛，不要。

克莱尔　开枪，孩子。

洛　比　爱玛，不要！

［爱玛朝着水晶棺材开了一枪。舞台上迅速弥漫厚重的浓雾。

［巨大的水晶棺材破碎，伊尔的死魂灵从舞台深处走来，他迈着缓慢的、平稳的步子，仿佛在跟两个爱他的女人告别。

爱　玛　爸爸，我不能带你回居伦了。

伊　尔　我的好孩子，爸爸一直很牵挂你。爸爸从来没有认为你是女孩儿、是妹妹，就可以少爱你一点。在爸爸心里，你和哥哥是一样的。

爱　玛　爸爸——

［伊尔终于给了女儿一直想要的拥抱。

克莱尔　那我呢？（以为伊尔也会对自己来个像样的告别）

伊　尔　忘了我吧，小野猫。（伊尔下）

克莱尔　伊尔——

7. 终 局

［克莱尔坐在开场时的躺椅上。舞台正中的棺材已消失。爱玛和洛比两人收拾好行李，向克莱尔道别。

爱　玛　夫人，我们准备走了。

克莱尔　（抱着破碎的棺材板）不送了，代我向梅斯医生问好。不过我以后，大概不再需要他了。

洛　比　夫人，您真的不跟我们一起走吗？

克莱尔　我不走。

爱　玛　夫人，放下吧。（试图将破棺材板从克莱尔手中拿走，她却抱得更紧）

克莱尔　什么都没了，你们也该走了。

洛　比　夫人，让我最后一次为您唱歌吧。

克莱尔　唱吧。

［洛比为克莱尔悲歌一曲。

［洛比和爱玛离去。克莱尔一个人抱着棺材板大哭。

［全剧终。

话剧

雷经天

编剧 刘 思

人物

2021 年

徐利民　华东政法大学教授,50 岁左右。

学生若干

1937 年

雷经天　陕甘宁边区高等法院审判长,33 岁。

黄克功　抗大六队大队长,26 岁。

陈汉生　侦察队队长,35 岁。

王虎子　红军战士,16 岁。

李国璋　陕甘宁边区高等法院工作人员,40 岁。

刘三贵　延安农民,45 岁左右。

三　娘　延安农民,40 岁左右。

李福荣　延安农民,45 岁左右。

刘　茜　革命青年,18 岁左右。

林　瑛　革命青年,20 岁左右。

乔　登　美国记者,30 岁左右。

延安农民若干

红军战士若干

延安妇女若干

延安干部若干

第一幕

幕间戏

［2021年，华东政法大学的教室内，学生们陆续走进教室，坐在自己的位子上。

［“铃铃铃……”清脆的上课铃声响起。

［徐利民教授走进教室，站在了讲台上。

徐利民　欢迎大家来到华东政法大学。我是《中国法制史》的主讲老师，徐利民。正式上课之前，我想问一个问题，你们为什么来学“法”？

学生1　我想当法官。

学生2　各行各业都需要法学专业人才，就业前景好。

学生3　法律代表着公平，正义——

徐利民　学业、专业、职业都很重要。但是真正的法律人，最重要的是做公平与正义的守护者。无论你从哪里来，为何而来，一生都要不断体会“法”的真谛，都要牢记华东政法大学八个字的校训——“笃行致知，明德崇法”。

［大屏幕上出现“笃行致知，明德崇法”八个字。

学生1　（若有所思）笃行致知——

学生2　明德崇法——

徐利民　一个国家的法律和它的历史紧密联系在一起。你们知道，中国历史上都有些什么法吗？

学生1　战国《法经》。

学生2　唐朝《唐律疏议》。

学生3　有《大明律》《大清律例》。

学生 4　还有《六法全书》。

徐利民　中华法系，源远流长。中国共产党所领导的法治建设，在过去的基础上做出了重大的突破与创新，有些立法更是走在了世界的前列。譬如 1934 年，我们颁布了《中华苏维埃共和国婚姻法》，法律保护结婚与离婚的自由。只要男女一方坚决要求离婚，即可离婚。

学生 3　这很平常呀！

徐利民　可是，西方国家一直等到 20 世纪 60 年代末，才立法保护离婚自由的权利。在这个方面，中央苏区颁布的《婚姻法》领先世界近四十年。

［多媒体中展示出各种相关历史资料的照片。

徐利民　不仅如此，1937 年陕甘宁边区高等法院成立后，逐步创立了一套全新的、人民的司法制度，为后来的法治建设奠定了基础。我们华东政法大学的前身华东政法学院的老院长雷经天同志，就曾担任过陕甘宁边区高等法院的院长。（举起手中的水壶）这个水壶，就是雷经天同志曾经用过的水壶。（看教室）就在这个教室里，他曾经给华政的学生们，讲过陕甘宁边区的司法制度——

［徐利民把水壶放在地上。

［雷经天走到田间，徐利民下。

1

［1937 年的延安，窑洞层层叠起。房山上、树干上、山崖上都写着“打倒日本帝国主义”“中国共产党万岁”“联合民众，抗日救国”“中华民族独立解放万岁！”等字样。

［舞台的另外一端，雷经天正在田间拿着锄头，卖力地干活。

[雷经天,33岁。身材高大,络腮胡茬,给人一种外表硬朗、思想深邃的印象。因为他身上有一些旧伤,看上去并没有那么刚毅。

[众农民拿着锄头从舞台两侧上场,叽叽喳喳地讨论着。看到雷经天,急忙叫住他。

农民甲　雷审判长!

[众农民应和着。

农民乙　雷审判长! 我把我们村的人都叫来了!

农民丙　大家都来了!

雷经天　乡亲们,大家好啊! (示意大家坐下)咱们陕甘宁边区高等法院成立了。今天请大家来,是想看看大家有没有什么困难?

农民甲　没有困难,就想听你讲故事!

雷经天　讲什么故事呢?

农民乙　就说那个上回没说完的包青天的故事——

农民丙　陈世美、秦香莲的那个!

雷经天　话说,就在这大堂之上,包公把驸马爷陈世美送到了虎头铡刀下——

[雷经天故弄玄虚地停了下来。

农民甲　然后呢?

雷经天　(毅然决然地)手起刀落,把他给“咔嚓”了!

[众人大快人心。

众　人　好! 这个好! 就得“咔嚓”了!

农　妇　对,这种坏人就得“咔嚓”了!

雷经天　乡亲们,你们喜欢包公吗?

农民甲　喜欢!

雷经天　为啥？

农民乙　包公不光为有钱、有权的人说理——

农民丙　还为咱们老百姓讨公道！

［众农民应和着“对！”

雷经天　可这包公在戏里，你们要是有啥事，去哪找他？

农民甲　衙门！

雷经天　（摇头摆手）咱们延安，没有衙门。出了事，您应该上法院！

农民乙　法院，是啥玩意？

雷经天　法院是替咱们老百姓申冤、说理的地方！共产党来到延安，就是要为老百姓说话，要建立老百姓自己的法！

农民丙　老百姓自己的法？

雷经天　法，就像一把刀。白军的刀，是握在官老爷手里，咱们的这把刀，握在老百姓自己手里。

［李福荣一声呵斥上场。他看见三娘，肆无忌惮地大声叫嚷。

李福荣　（叫嚷）三娘！三娘！你干啥呢？

三　娘　搁这儿听戏哩——

李福荣　给我回去！

三　娘　俺不走！

李福荣　三天不打上房揭瓦，我看你皮是痒了——

［李福荣脱下鞋冲上前就要打三娘，三娘见状急忙跑着躲闪。

［雷经天一把夺过鞋，拦着李福荣。

［围观的农民们帮忙劝架，议论纷纷。

雷经天　大兄弟，你干吗要打人啊？

李福荣　吃饭的时候不给俺做饭，你说该不该打！

三　娘　（满场跑，在雷经天身边一屁股坐下，哭喊）哎呀！我这命可太苦了！给他端个饭，他打我，给他端个洗脚水，他还打我！（一把抱住雷经天的腿）青天大老爷，你给评评理啊！

李福荣　你个臭婆姨，端洗脚水也不试试，那么烫的水！我这是脚，你当作烫猪蹄啊！

雷经天　大兄弟，咱共产党的《婚姻法》都颁布好几年了，婚姻自由，男女平等，老爷们不能随便打媳妇。

李福荣　她不给俺做饭，还不能打？这样的婆姨要了做什么，俺要休了她。

三　娘　不中！（急了，哭）休了我？我这脸往哪搁啊！

雷经天　（开始说法）你要是休她，按照《婚姻法》，那就是离婚！

李福荣　离就离！

雷经天　按照法律规定，从你离婚那天起，你家的牛、羊、猪、麦子所有的东西，都要分给她一半！

李福荣　那不行！她当时逃难来到咱们村，没得吃，没得穿，不是我收留她，她早就饿死了！

雷经天　可她过了门之后，给你洗衣服做饭，这么多年伺候你又照顾你。这个账，你怎么算？

李福荣　老娘们伺候老爷们，天经地义！

雷经天　就算她没伺候好你，你非要打她吗？

李福荣　打出的婆姨揉出的面！

雷经天　你要是接着这么打她，真给她打急眼了，她也可以跟你离婚，不跟你过了！到时候，谁来照顾你呢？（悄悄地）要真离了，她还要分你的家呢！你可要想清楚！这个媳妇，还能打吗？

［李福荣气呼呼地转头要走了。

雷经天　大兄弟——

李福荣　干啥？

雷经天　你的鞋。

［在众人的哄笑声中，李福荣一把夺过鞋。

雷经天　（语重心长）以后和三娘，还要好好过日子！

李福荣　（被说得没了脾气）哼，俺又不是那陈世美！（转身对三娘）回家，做饭！

三　娘　谢谢青天，谢谢青天同志！

［三娘一面对着雷经天点头致谢，一面跟在李福荣后面回家了。

［旁边的农民开始交头接耳。

农民甲　审判长还真把事给判了！

农民乙　百姓的事，还真管！

雷经天　乡亲们，咱们共产党办案，形式从简，田间就能办案，关键是要解决老百姓的实际问题！

［就在农民们议论之时，陈汉生、刘三贵和若干名战士用绳子绑着一个衣衫褴褛的瘦弱青年（王虎子）上。

陈汉生　走，让法院把你关起来，看你以后还敢不敢偷东西！

［王虎子偷偷挣脱了绳子。

陈汉生　（发现王虎子跑了）抓住他！

战　士　还敢跑！

［陈汉生用力一推，王虎子一个踉跄摔倒在地。

王虎子　（吃痛）唉呀——（抱着腿打滚）

雷经天　汉生哥！轻点！

陈汉生　抓到个贼，偷了人家馍，死不承认！

王虎子　我没有偷！

刘三贵　（拿出手中用纸包好的三个馒头）看看，刚出笼的白面馍馍！三个！这是俺用来给祖先上供的——一年到头我都吃不上一口啊！

[雷经天把王虎子扶了起来，拍拍他身上的泥土。王虎子倔强地推开了雷经天。陈汉生差点又动了手，被雷经天拦住。

[雷经天听到王虎子的肚子里传来“咕噜，咕噜”的响声，从口袋里掏出钱，交给刘三贵。

雷经天　大爷，这三个馍馍，卖给我吧！

刘三贵　审判长，您这是——

陈汉生　胡子，你这是干什么呢？你是法院的审判长，得审他，判他。

雷经天　审他判他，也得让他吃饱了再说。

[雷经天把馒头递给王虎子。王虎子从雷经天的手中一把抢过馒头，塞进嘴中，狼吞虎咽地吃了起来。

陈汉生　你看！他就是个二流子！

[雷经天把自己的军用水壶递给了王虎子。

雷经天　慢点，别噎着！

[周围的老百姓发出窸窸窣窣的议论。

农民甲　看这娃饿的。

农民乙　也是个苦娃子！

[雷经天拿出小本本，一边念，一边记录。

雷经天　叫什么？

王虎子　王虎子。

雷经天　哪的人？

王虎子　河北的。

雷经天　几天没吃东西了？

王虎子　还有吃的吗？

[王虎子见雷经天不回答，转身就想逃跑，被刘三贵拦住。

雷经天　站住！

陈汉生　看到了吧，他就这样。

雷经天　你偷了三个馍，就想走了吗？

［王虎子停住脚步，回头望向雷经天。

雷经天　男子汉，再穷，也不能偷，不能抢！

王虎子　反正我吃饱了，要杀要剐，随便！

雷经天　嘴还挺硬！你今天偷了这个大爷的三个馍（指着刘三贵），你承认吗？

王虎子　一人做事一人当！

雷经天　（边写边说）那好！罚你——关禁闭三天！

王虎子　不！不关禁闭！你们还是打我一顿吧！

陈汉生　雷经天同志！他是个惯偷，你就关他三天？

雷经天　法不是为了惩罚，是为了教育。

陈汉生　这得分人！你这招对他没用！

雷经天　人不是生来就会偷的。咱们总得试试。

［黄克功拿着一坛酒，身戴"战斗英雄"大红花，大步走向前。

［黄克功、雷经天、陈汉生三人见面寒暄、拥抱。

［众人望向黄克功，看见他身上"战斗英雄"的大红花，低声议论着。

黄克功　汉生哥！胡子！

陈汉生　（整整黄克功胸口的大红花）"战斗英雄！"

雷经天　大红花！出息了！

黄克功　缴了两门榴弹炮，五门小山炮！小出息。

陈汉生　厉害！

黄克功　（塞给雷经天酒坛）老窑、老糟，我老家的！带来看看你们。

雷经天　谢谢！

黄克功　胡子，你们这案子都办到田间地头来了，还真有点包青天的样子！

雷经天　为人民服务。

黄克功　说得好！（看到王虎子）我刚刚听你说关禁闭，关谁呀？

陈汉生　就这小子，惯偷！见谁偷谁！

黄克功　他？惯偷？

［黄克功转身问王虎子。

黄克功　你偷东西了？

刘三贵　偷了我家的白面馍馍。

黄克功　你知不知道偷东西有罪？

王虎子　我得活着！

黄克功　为啥来延安？

王虎子　我听说，来延安能打鬼子！

［黄克功转身偷偷和雷经天、陈汉生议论。

黄克功　这小子不错，把他给我吧！现在抗战，就需要这样的小子。

雷经天　（坚决否定）不行！他偷了东西，要受罚。咱们要赏罚分明。

黄克功　你还不相信我吗？

雷经天　这是两码事。

黄克功　我把他往战场上一送，准能治得了他！

［黄克功转身询问虎子。

［陈汉生与雷经天窃窃私语。

黄克功　我问你，愿不愿意跟着我？

王虎子　愿意！

黄克功　为啥？

王虎子　鬼子杀了我爹娘，俺们全村就逃出来我一个！我要跟着你打鬼子，给他们报仇！

黄克功　好样的！（转头看雷经天）把他给我吧！

王虎子　让我去吧！

雷经天　（思考后）偷东西，必须关三天禁闭。三天之后，我亲自送到你队里！

黄克功　谢谢胡子！

刘三贵　哎呀——要当红军了！大恩大德！（推了王虎子一把）还不快跪下，磕头！

王虎子　（"噗通"一声跪在地上）谢谢！谢谢军老爷！

黄克功　共产党的队伍里，没有军老爷。起来！（拍拍王虎子膝盖上的土）男儿膝下有黄金，谁也不能让你跪！从今天开始，你就是抗大第六大队的预备战士了！

王虎子　那你是谁呀？

黄克功　我是抗大六队队长，黄克功！

［农民看着战斗英雄黄克功豪气飒爽，发出啧啧赞叹，议论纷纷。

陈汉生　臭小子，这三天禁闭关值了！来人！

战　士　到！

陈汉生　把他带走！

［陈汉生拿着酒，与刘三贵和战士们带着王虎子下。

［农民们围着黄克功开始问东问西。

农民甲　杀几个鬼子才能当英雄——

妇女甲　有婆姨没？

黄克功　这个——（愣住，做了个推脱的手势）咱们回头再说！我今天来，找雷经天审判长有要紧事！

［黄克功挤出乡亲们的"包围"，走到雷经天身边。

雷经天　人家问你有没有婆姨，你"这个"（做了个推脱的手势）是啥意思?

黄克功　就是——手痒痒!

雷经天　是不是那个女学生——

黄克功　你咋知道?

雷经天　你都“这个”(做了个推脱的手势)了,我还能不知道?

黄克功　胡子,你读书多,脑瓜子好使,你给支支招,说啥我都听。

雷经天　追女娃,跟这锄地种树一个道理。锄头响,庄稼长:播种,耕耘,施肥,浇水,样样不能少——

黄克功　(打断)行了!老生常谈!(急躁)烦不烦——我等不了了!

雷经天　今儿刚撒种子,明天就想收果子?

黄克功　前线告急,随时准备出发!万一我要是回不来——

雷经天　别胡说!把心放进肚子里!我等着喝你的喜酒!

黄克功　她要是跟别人跑了?

雷经天　你这个战斗英雄,还怕找不到媳妇!

黄克功　可我就认定她了。一看见她,心里就敞亮!她一笑,我觉得什么都值了。我这辈子——就是她了。

雷经天　你看看你那熊样!日本鬼子拦不住你,一个姑娘倒让你投降了?

黄克功　哼!这个姑娘,比鬼子厉害!

雷经天　那她愿意吗?

黄克功　(故意咬重了音)愿——意——吗?(凑到雷经天耳边)

雷经天　你们俩(做了一个拥抱的动作)抱上了?

黄克功　她主动抱得我!我把我娘的镯子,送给她当作信物了。

雷经天　那不就定了呗!

黄克功　你给我出出主意,我这婚礼要咋办?是不是得算个好日子——

[陈汉生拿着一小碗白斩鸡、几个碗和酒上场。

陈汉生　(插入对话)到处找你们,还在这呢!

雷经天　这是啥(看到陈汉生手中的碗,惊喜)白切鸡!

黄克功　这鸡,是不是有点太瘦了?

陈汉生　延安东西少,我分了一半给战士们。等革命胜利了,我一定给你们做一桌子白切鸡!你们先尝尝!

[三人席地而坐,倒好酒,端起碗。

黄克功　(吃)我先尝一块——

雷经天　这味道真是——

黄克功　(接话)美死了!

陈汉生　你今儿气色不错啊!红光满面的。

黄克功　看出来了?

[雷经天和陈汉生咬耳朵。

陈汉生　(小声地)要结婚了?有媳妇了?好你个黄克功!那么大的事也不说一声!

黄克功　(害羞地)汉生哥,等我结婚那天,我要请你为我做一桌子菜。(转念补充)可不能都做白切鸡——

陈汉生　没问题!(举碗)来,为了克功的大喜事,为了咱们子子孙孙的好日子——

[三人举碗。

黄克功　为了咱们的抗战早日胜利——

雷经天　为了咱们人人平等的新世界——

三人合　干——

[刘茜和林瑛提着衣服上场至舞台的另一侧。

[黄克功像失了神,站起身,眼睛直盯着刘茜看。

[雷经天和陈汉生耳语议论着。

［雷经天起身，带着陈汉生、黄克功去别的地方喝酒。

2

［在舞台的另一侧，林瑛和刘茜在延河边洗着衣服。两人边洗边说话。

刘　茜　黄克功只是一个朋友！

林　瑛　你和这个“朋友”走得太近了！

刘　茜　他竟然送我金钱和财物。难道革命是用金钱可以买来的吗？（站起身，拧衣服）

林　瑛　他只是想让你爱上他——

刘　茜　这样的人不值得爱。

林　瑛　一个战斗英雄，当然值得爱。

刘　茜　爱情不是建立在物质上，是意志和认识的相互认同。

林　瑛　再独立的女人也是要嫁人的。

刘　茜　（不满）我是来延安参加战斗的。要嫁人，在太原也能嫁！

林　瑛　生儿育女是女人的本分！

刘　茜　可女人绝不应该只是生育的工具！

林　瑛　不嫁人，你想干什么？

刘　茜　上火线、扛枪子！黄克功能当英雄，我也能当英雄——

［刘茜帮着林瑛一起拧干衣物。她一面喊着革命口号，一面使着手上的劲。

刘　茜　（手上使劲拧衣物）打倒日本帝国主义！

林　瑛　我听说——

刘　茜　和平统一！（再用力）一致抗日！

林　瑛　你又向组织上申请——

刘　茜　我向组织上申请上前线了！

林　瑛　不行！

刘　茜　哎呀——

［床单粗糙的纤维，搓伤了刘茜的手。刘茜疼得龇牙咧嘴。猛然一下，她扔掉了手中的衣物，看看自己的手。

林　瑛　怎么了？（冲到刘茜身边，捧起她的手）让我看看！

［林瑛看到刘茜的手上裂开了一道道血红的小口子，不免一阵心疼。

林　瑛　这么多小口子？

［刘茜从林瑛手中抽回自己的手，往身上抹了抹。

刘　茜　没事！我从小就这样。冬天一来，手就裂口子，早就习惯了。

林　瑛　来延安之前，你什么时候洗过衣服？延河的水，都快结冰了，每天还得往里泡！你娘要是看到——

刘　茜　小时候调皮，没少挨爹的棍子。皮实着呢！

林　瑛　过两天有一批同志要去太原。

刘　茜　（不当回事）去太原干吗？

林　瑛　我让他们带你一起回去！

刘　茜　回哪去？（恍然大悟）回家？

林　瑛　我不希望你上前线！

刘　茜　回到那个封闭的小院子里，关在里面做女红？

林　瑛　革命不是你想的那样！

刘　茜　嫁给父亲帮我选的那个陌生的男人？

林　瑛　你可以去上海上学。

刘　茜　我不要回到过去，我要建设新的世界！

林　瑛　那你答应我，不申请上前线了！

刘　茜　（生气）为什么？

林　瑛　万一你在前线有个三长两短，我怎么跟你娘交代！

刘　茜　我们应该团结统一抗日——

林　瑛　上战场是要流血的！

刘　茜　逃出来的那天，翻墙出来的时候我跌在了石头棱上（撩起胳膊）我已经流过血了！

林　瑛　你知道什么是牺牲吗——

刘　茜　过敌人防区的时候，整座山上都是敌人！我们下了车，化装成牧羊女溜进了陕西，敌人的枪离我们就这么近——（比划）

林　瑛　秋月——

刘　茜　活在旧社会里的董秋月已经死了！（拉住林瑛的手）现在活着的，是刘茜！

林　瑛　刘茜——

刘　茜　刘茜决定要为国捐躯，战死沙——

林　瑛　（捂住她的嘴）不许胡说！咱们是一起出来的！你要是真的有什么——我——

［林瑛说到动情处，眼眶竟然有些湿润。她长吸了一口气，转过身。

［刘茜的口气软了下来，赶紧哄着她的林瑛姐。

刘　茜　瑛姐，我的好瑛姐，（撒娇）你不要再让我回去了！

林　瑛　（谈判）除非你答应我，不会再申请上前线。

刘　茜　你不许催我结婚。

林　瑛　不要和男同志走得太近。

刘　茜　你也不要管我的事——我已经决定了，要在延安重新活一次，做个顶天立地的英雄！

刘　茜　瑛姐，你看——

[刘茜向林瑛挥挥手，奔向一个空旷的地方，大声诵读着——

刘　茜　瑛姐——（挥手）

活着，
像延安的太阳，
炙热地，浓烈地，
绽放无所畏惧的光。
我要把自己献给延安，
献给祖国——
宝塔山，我来了——
延安，我来了——
未来，我来了！

[“咔嚓”一声，乔登的照相机记录下刘茜陶醉的样子。

乔　登　诗人，延安的大诗人。

刘　茜　（欣喜地）乔登——

[刘茜激动地奔向乔登。二人拥抱。

林　瑛　（小声呵斥）刘茜！

[刘茜回头对林瑛做了一个鬼脸。

刘　茜　（对乔登）听说你要离开延安啊？

乔　登　是的。

林　瑛　要回国了？

乔　登　嗯！但现在，我要去一趟陕甘宁边区高等法院。

刘　茜　你去高等法院干什么？

乔　登　去采访审判长雷经天。我很好奇！共产党，会用法律吗？会用什么样的法律？

刘　茜　（兴奋地）瑛姐，我们一起去听听吧！一起去！

[三个人一路嬉戏，来到了陕甘宁边区高等法院。

3

［陕甘宁边区高等法院的小院内，雷经天和李国璋正在探讨中国法治的未来。

［他身后有一块小黑板，上面写着“廉洁、明辨、公平、正直、果敢、强毅、详细、谨慎”。

雷经天　我们陕甘宁边区高等法院首先要有法可依，可我们现在的情况是——

李国璋　我们现在怎么了——我们有法可依！

雷经天　什么法？

李国璋　《六法全书》较为完备，可成为新法之基础。

雷经天　（摇头）政权性质不同，咱们的法自然也不同！

李国璋　那你的意思？

雷经天　国民党的法，欧美的法，甚至是苏联的法，能不能照搬来用，值得探讨。

李国璋　（拿出书本）国民党的法不能用。那《中华苏维埃共和国宪法大纲》《工农红军奖惩条令》总可以吧！

雷经天　（摇头）苏区的法，是农民运动建立红色政权的经验和教训。现在我们在延安，革命的任务是动员一切力量争取抗战胜利。苏区的法，也不能简单照抄。

李国璋　照你这么说，无法可循，高等法院，怎么审判？

雷经天　从人民的利益出发，对人民负责，解决人民的实际问题。像首长一直跟咱们说的那样，“把屁股在老百姓这一方面坐得端端的”。

李国璋　首长的话我完全同意！但是没有规矩，不成方圆！

雷经天　我们要总结人民群众革命斗争、生产斗争中的实践经验，通过最朴实的话语，让最普通的劳动者们都听得懂。

李国璋　审判要引经据典。

雷经天　不能搞教条主义，合情合理的，即是一部好法。

李国璋　主观断案？

雷经天　不，是要让我们的法从土地里生长出来！

李国璋　什么是"从土地里长出来的法"？

雷经天　咱们在延安，要把案子判到田间地头，听取老百姓的问题和困难，帮他们找到实实在在的解决方案——这就是"从土地里长出来的法"。

［乔登赶紧把所闻所见都记录了下来。

［在一旁细心聆听的刘茜突然激动地鼓起掌来。

刘　茜　说得好！

雷经天　（转向刘茜）陕北公学的同学呀，欢迎你们！（发现乔登）这位是？

刘　茜　他是美国记者乔登，听说我们成立了高等法院，要采访一下审判长。

乔　登　您刚才说，"从土地里长出来的法"，是什么法？和美国的法不一样吗？

雷经天　我们是建立维护人民利益的法。

乔　登　（记录）维护人民利益的法？

雷经天　（走到身后的黑板处）你看，这是我们的工作守则。

刘　茜　廉洁、明辨、公平、正直；

林　瑛　果敢、强毅、详细、谨慎。

雷经天　你明白了吗？（乔登表示不解）将来，你就会明白了！

刘　茜　审判长，我们想请您给革命青年讲讲延安"从土地里长出来的法"。

雷经天　好啊！陕北公学里，好些同学是学法律的，大家可以一起探讨！不过，高等法院刚刚成立，你们得帮我想想办法，怎么在延安普法？

林　瑛　要不（想了一想）咱们排个活报剧？

雷经天　这个主意好！

刘　茜　活报剧，在延安可受欢迎了！

雷经天　你们上次那个剧本就挺好，稍作修整，讲讲《婚姻法》！

林　瑛　怎么改？

雷经天　《婚姻法》，讲婚姻，讲爱情，得有一个男主角和一个女主角——

林　瑛　女主角（抓住刘茜）就是刘茜！

刘　茜　没问题！

林　瑛　那男主角呢？

［正在此时，黄克功和陈汉生上。

陈汉生　雷胡子，你这里好热闹！

［刘茜看见黄克功便转头离开，黄克功直奔刘茜而去。

雷经天　你们怎么来了？

陈汉生　有人得了相思病，我来陪他看——病！（指指黄克功）

［黄克功左拦右拦，刘茜并不爱搭理。

林　瑛　来得早不如来得巧——男主角（指指黄克功）就是他了！

黄克功　刘茜，我找你半天了——

第 二 幕

1

［陕甘宁边区高等法院的小院里人来人往。

［雷经天帮着林瑛、刘茜和同学们正在组织排演活报剧。

雷经天　我们就是要让老百姓知道，男女平等，不是一句空话！

林　瑛　男尊女卑，是几千年遗留下来的封建思想，咱们就是要打破旧观念，帮助大家接受新的思想。

雷经天　好，我去组织其他人。你们先好好排练！（下场）

林　瑛　好——咱们，开始！

［陈汉生和战士打着竹板上，众人扭着秧歌上场。

黄克功　我一个扛枪打仗的，哪会这个，这不赶鸭子上架吗？

刘　茜　我教你啊！

陈汉生　打竹板，竹板响，

我把那婚姻跟您讲一讲：

延安男女两青年，父母之命媒妁缘。

定了婚约，小河边，俩人这才见了面。

小伙子，喜开颜，心尖的口琴，定了今生缘。

［表演区域，黄克功和刘茜进行着剧本中的对话。

黄克功　（扮演男主角）啊！我送你的彩礼，你收到了吗？

刘　茜　（扮演女主角）收到了，但我爹嫌少——

黄克功　（扮演男主角）这可是我全部的家当！结婚是你情我愿的事，你愿意不就行了吗？

刘　茜　（扮演女主角）我当然愿意！

黄克功　（扮演男主角）《婚姻法》说了，结婚自由！而且——（忘词）

刘　茜　（扮演女主角）你说啊！你快说啊——

黄克功　哎呀，我记不住——咱俩的婚事，你决定什么时候办？

刘　茜　什么婚事啊？

黄克功　结婚啊！

林　瑛　你们说啥呢？排戏！

［陈汉生和战士打着快板继续讲述。

陈汉生　年轻人，新思想，执念要把情感讲。
　　　　清凉山，巍峨耸立万丈高。
　　　　黄河水，滚滚东流大浪淘。
　　　　山与河，大相径庭差异多。
　　　　男与女，观念习惯难凑合。
　　　　得！

［舞台区域，黄克功拉着刘茜走到一边。

黄克功　我给你的镯子你喜欢不？

刘　茜　我正要和你说这事（把镯子还给黄克功）这个镯子，我还给你！

黄克功　这不是一般的镯子，这是我娘的遗物。你收我镯子的时候，我就认定你了！

刘　茜　认定我什么？

黄克功　你——得给我生个娃！

刘　茜　黄克功同志，婚姻不能建立在物质上！

黄克功　那建立在什么上？

刘　茜　应该是意志和认识的相互认同。

黄克功　（丈二和尚摸不着头脑）意志和认识的相互认同？你究竟在说什么？

刘　茜　我这么跟你说吧——你不能因为送给我镯子和金钱就让我嫁给你！

黄克功　镯子你都收了，结婚的事我也和别人说了——

刘　茜　你不能强迫我！

黄克功　我没有强迫你，镯子确实是你收的——

林　瑛　（走过来打断两人的对话）你们怎么乱改词呢？说戏里的词！

黄克功　（扭头就走）不排了！

林　瑛　你去哪？

陈汉生　克功！排练呢！

［黄克功下场

林　瑛　（转身对大家）别停，咱们继续！

陈汉生　（快板）

男娃一听急了眼，强迫女娃，

要听老话言，俩人状告到法院。

站立院中用目洒，不由得男娃怒气发，

院长急忙来调解，说：

“现在要讲《婚姻法》，不能由着性子缠人家。”

男娃听了这个话，是十五个吊桶把水打，

七个上来八个下，一时着急没了话——

陈汉生　不对（放下剧本）这剧本有问题！

刘　茜　什么问题？

陈汉生　那女青年刚说了“喜欢”，咋又“不喜欢”了呢？

刘　茜　《婚姻法》，新思想，恋爱婚姻都自由。

众　人　（合）恋爱婚姻，都——自——由！

林　瑛　（继续快板）各位乡亲请您瞧，法院正把那审判宣——哎呀，法官还没找到——

众　人　法官？法官呢？

［李国璋正好路过，林瑛把李国璋拉到舞台前面。

林　瑛　有了！就是他！

李国璋　啊？法——法官？（结结巴巴）

［李国璋戴着眼镜宣读剧本，紧张得手有些发抖。

陈汉生　（等着李国璋）法院正把那审判宣——

李国璋　（姿态僵硬，推眼镜）边区生活——

林　瑛　错了！翻页！

李国璋　哦！哦！（擦擦头上的汗）经陕甘宁边区高等法院宣判，原两人约定婚姻无效，女方可自由恋爱，结婚。

陈汉生　《婚姻法》，讲平等，保护男女的婚姻权；

林　瑛　包办婚姻不可取，是男尊女卑莫提它！

陈汉生　唱到这，还没完——

林　瑛　这男女平等要覆盖全陕北；

陈汉生　有件大事咱得了，

众　人　是开法智，顺民心，解放全国当主人！

神州万里艳阳天，

祝大家生活幸福，

甜甜蜜蜜和合又美满！

三　娘　（挎着一篮子食物上）大家快歇歇！听说你们在唱戏，俺给你们送点吃的！

［三娘给众人分着食物。

林　瑛　谢谢三娘！

陈汉生　三娘，最近家里怎么样？

三　娘　自从青天大老爷给咱说了法，我家男人连一个小拇指头都不敢碰俺了！男女平等，可真是好！

李福荣　（背着手经过众人）好个屁！现在男人搁家都没饭吃了——回家，俺给你做饭！

［众人大笑。

［李福荣边说边帮三娘拿过篮子，挎着三娘一起回家。

李国璋　（边感叹边走下场）这，就是“从土地里长出来的法”？

众　人　土地里长出来的法！

林　瑛　今天排练结束,大家回去好好准备准备,明天演出!

众　人　好!

［乔登提着自己的行李上。

乔　登　Hi,密斯刘,采访任务结束了!我要走了!

刘　茜　你要去哪?

乔　登　回西安,然后去北平。

［乔登走向刘茜,拿出一本书。

乔　登　这是泰戈尔的诗集,送给你,大诗人!

刘　茜　(欣喜若狂)泰戈尔?《飞鸟集》?

乔　登　喜欢吗?

刘　茜　"夏天的飞鸟,飞到我的窗前唱歌"(高兴地难以控制自己)我太喜欢了。谢谢你,乔登!(二人拥抱)

［黄克功出现在舞台的另一侧。

乔　登　我要上车了!希望你们的革命早日胜利!再见!

刘　茜　再见!

黄克功　刘茜,你过来——

［刘茜转身就走

黄克功　等一下!

刘　茜　干什么?

黄克功　我想跟你聊聊我们结婚的事——

刘　茜　什么结婚?你不要再提结婚这件事了!

［黄克功一把抓住刘茜的肩膀。

黄克功　刘茜,你告诉我,你想要什么?我都给你!

刘　茜　我什么都不想要,那些东西我都还给你了。

黄克功　这不是普通的东西(拿出手镯)这是我娘留给我的遗物,也是我向你提亲的信物——

[黄克功走上前。

刘　茜　你要干什么？

黄克功　别闹了，戴上！

刘　茜　黄克功，我不要！

[一声闷雷。

[黄克功想要给刘茜戴手镯，刘茜闪躲着把手抽了出来。镯子掉在了地上，碎了。黄克功把镯子的碎片从地上捡起。

黄克功　这可是我娘留给我的唯一的东西！你把它扔在地上，碎了！

刘　茜　它自己掉的！黄克功同志，你别这样，咱们整个国家现在是生死存亡的关键时刻，我们不能只想着我们自己！

黄克功　（指着刘茜手中的《飞鸟集》）手里拿的是什么？

刘　茜　书啊！

黄克功　谁给你的？

刘　茜　这——你管不着！

黄克功　洋鬼子给你的东西，你拿着！我的东西，你收不下？

刘　茜　收不收那是我的自由！

[黄克功一把抢过书，发疯似的撕掉了《飞鸟集》。

刘　茜　你住手！你还给我！

[刘茜追着黄克功想要阻止他。

[又是一声闷雷。

[黄克功拿出镯子的碎片。

黄克功　拿着！

刘　茜　你在强逼婚姻，你在破坏《婚姻法》！你要是还有理智，就不要再逼我了。

黄克功　你说过你爱我的——

刘　茜　我没有——

黄克功　你反悔了？

刘　茜　我反悔什么？

黄克功　你第一次见到我，你抱我！

刘　茜　我拥抱的是战斗英雄！

黄克功　洋人是战斗英雄吗？回答我！

［刘茜不语。

黄克功　你骗我？玩弄我？你玩弄一个革命军人，玩弄一个抗日战士！

刘　茜　看你现在这个样子，还像是一个抗日战士吗？

黄克功　你在侮辱革命！

刘　茜　（嘲讽）你是在侮辱你自己！自由、平等，我懂，延安的青年们都懂，你懂吗？

［黄克功猛地打了刘茜一耳光。

刘　茜　土匪！流氓！

［黄克功全身发抖，突然从腰间抽出勃朗宁手枪，瞄准了不远处的刘茜。

黄克功　你再说一遍？

刘　茜　土匪！你就是个土匪！我绝不会嫁给一个土匪！你黄克功根本不配当一个英雄！

［黄克功对着刘茜扣动了扳机。

［一声惊天的雷响。

2

［高等法院小院逐渐热闹了起来，熙熙攘攘的老百姓来来往往，带着各家的瓜果蔬菜，都想来体验一下什么是“人民的法”。

众　人　（拥挤着叫嚷）审判长！审判长——

雷经天　老乡们，大家有什么问题，排队慢慢说！

［众农民依次到雷经天面前阐明自己的问题。

农　民　我先说！他们家的娃可调皮了，把我们家玉米地踩了，包菜也给偷了，还死不承认！

［一名小战士急匆匆地跑上来，打断了农民间的争论。

小战士　报告，审判长——（欲言又止，暗示情况严重）

雷经天　（招呼另外一名战士）小刘！

小　刘　到！

雷经天　乡亲们有什么事，都记下来。

［雷经天走到战士身边。

小战士　（大喘气）报告首长，延河边发现了一具女尸。

雷经天　（眉头一紧）什么？

［雷经天带着小战士走到了离乡亲较远的地方，才细细问来。

雷经天　说得详细点。

小战士　是枪杀。

雷经天　死者是谁？

小战士　陕北公学的刘茜。

雷经天　刘茜？

小战士　现在陕北公学的学生在灵堂请愿，要求法院严惩真凶。

雷经天　（震惊）侦察队的陈队长呢？

小战士　陈队长——好像生病了。

［小战士下场。

［雷经天沉思片刻，快步走到陈汉生的窑洞门口。

雷经天　汉生？汉生？

［陈汉生正在看案件调查资料，听见雷经天的声音，他赶紧将资

料藏在被子下面，躺回床上假装生病。

［雷经天推门而入。

雷经天　你怎么了？

陈汉生　（坐起身，捂着脸）牙疼！

雷经天　上火？

陈汉生　嗯！

雷经天　出事了！

陈汉生　啥事？

雷经天　陕北公学——

陈汉生　胡子，（打岔）那个活报剧，反响非常好！我们什么时候正式演出？

雷经天　还演什么？刘茜死了！

［陈汉生不敢正视雷经天的眼睛，左右闪躲，找水喝。

雷经天　她在延河边被枪杀了！

陈汉生　啊？

雷经天　咱们得赶紧查一查——

陈汉生　查！必须得查，一查到底！我马上派人去看——

［陈汉生继续捂着脸装牙疼，找杯子倒水喝。

雷经天　你安排人，我这就去问问。

［雷经天准备走。

［陈汉生把雷经天拉过来坐下。

陈汉生　胡子，这是人命关天的大事，你不要着急！

雷经天　陕北公学的学生们在灵堂请愿，要求尽快查明真相，严惩凶手！

陈汉生　对，必须查明真相！

雷经天　那你去查啊——这事要是让克功知道了，他怎么活呀？

［雷经天准备走，陈汉生急忙一把抓住他。

陈汉生　就是为了克功，你才不能去！

雷经天　为啥？

陈汉生　（闪躲，内心挣扎）以后你就明白了！

雷经天　（着急离开）你放开我！

陈汉生　（吐出嘴里的棉花）你别去！我答应你，一定把这个案子的所有的情况和线索整理好，完完整整地交给法院。你相信我——

［雷经天发现陈汉生的说话声音恢复了正常。

雷经天　你牙不疼了？

陈汉生　我疼……

雷经天　你跟我说实话，你是不是已经查过这事了？

［陈汉生转身，不语。

［雷经天见陈汉生不语，转身就要走。

陈汉生　回来！你逞什么能，较什么真？

雷经天　我较什么真了？查清楚这件事情不应该吗？

陈汉生　我是陕甘宁边区的侦察队长，查清楚这件事是我的责任！

［雷经天发现了陈汉生藏在被子下面的案件调查资料

雷经天　这是什么？

陈汉生　（急忙遮掩）这——没什么……没什么！

雷经天　给我！

［陈汉生颤抖着把资料递给雷经天，无奈地捶床。

3

［雷经天仔细研读调查记录。

［两个战士搬着白板，旋转。每次白板翻转都有一位相关人员

出来陈述证词。

李福荣　那天从东关进城，天快黑了。我看见两个人站在河岸上拉话话。一男，一女。男娃子我认识，是戴红花的黄大英雄，女的我不认识。他们说啥，我没听清。后来，我提了马灯出城，又碰上黄大英雄。可这次，没见着那女娃子——

林　瑛　前几天刘茜还提出要上前线——（摇头）她和谁都好，没有争执！（想起来）我想起来了，10 月 5 日下午，我看见，她和黄克功在一起——

王虎子　（躲闪）我……我不记得了！我真的记不清了！他那天，好像……是吹了号以后回来的。他的衣服和鞋子，平时都是我洗的。那天晚上，他要自己洗——我发现他的衣服上，有血……

[雷经天跑去黄克功的窑洞。

雷经天　克功！克功！

黄克功　（仿佛什么事情都没有发生）我刚接到命令，朱总司令调我去前线，就要出发了！

雷经天　刘茜出事了——

黄克功　（佯装平静）我知道。

雷经天　你知道？

黄克功　（闪烁其词）我要上前线了——

雷经天　她这案子，正在调查当中。我想问问你——

黄克功　你怀疑我？

雷经天　我就想问——

黄克功　（没好气地打断）那你问吧。

雷经天　那天晚上，你和刘茜见面了？

黄克功　嗯。

雷经天　你们之间到底发生了什么？

黄克功　（有些狡黠地闪躲）什么都没发生。

雷经天　她那天晚上没有回学校。

黄克功　很正常，她有许多的"朋友"。

雷经天　有人看见你们在延河边说话。

黄克功　要上前线，我去跟她告别。

雷经天　你的衣服上的血怎么回事？

黄克功　我在河边摔了一跤。

雷经天　有人听见你们在吵架。

黄克功　我问她为什么不能嫁给我。

雷经天　你对她做了什么？

黄克功　（自以为是）一个要上前线的人，和自己的爱人告别，难道不应该吗？

雷经天　你到底对她做了什么？

黄克功　（带着愤怒地直视雷经天）我什么都没做！我只是说，让她忠诚于我！

［黄克功自觉有些失控，准备离开。

黄克功　问完了吧，我要回去——

［雷经天突然拦住了黄克功的去路，两人对峙着。

雷经天　等一等，我要看你的枪。

黄克功　你想缴我的枪？

雷经天　我就想看看——

黄克功　（傲慢地拍拍枪匣）枪在这！除了保卫处，谁也不能下我的枪！

雷经天　黄克功！

黄克功　（拿出枪）看完了吗？

[雷经天趁其不备夺走枪,二人发生肢体冲突,形成一个制衡的姿态,僵持着。雷经天抢过黄克功的枪,看了一眼。黄克功又很快把枪抢走。

[陈汉生急匆匆地跑上场。

陈汉生　胡子!

雷经天　这枪他放过!

陈汉生　报告不是都给你了?

雷经天　报告里没写枪的事!

陈汉生　所以我来核实一下!

雷经天　我也要核实——

陈汉生　你核实什么,我是边区的侦察队长!

雷经天　我要知道真相!

黄克功　(打断)行了——是我干的。

陈汉生　(一巴掌打向黄克功)你胡闹!

黄克功　就是我杀了她。

雷经天　为什么?

黄克功　她骂我是“土匪”,她侮辱革命。这样的人,不配活在我们的队伍中!

陈汉生　你胡说八道!

黄克功　现在说这些还有用吗?该说的我都说了,军令如山,我要马上收拾东西——

[黄克功转身离开。

雷经天　(愤怒地捏紧了拳头)他杀了人,必须要受到惩罚!

陈汉生　胡子,黄克功犯了错!可咱们得帮帮他——

雷经天　黄克功,不能走,不能走——

[三三两两的干部正在开会。舞台上形成四个光区。

干部丙　出了这么大的事，黄克功必须收押！

干部甲　延安出了这么大的事，影响极其恶劣！

干部乙　抗战时期，正是用人之时，应该让他带兵抗敌。

干部丙　杀人必须偿命！这是失去了做人的底线！

干部乙　可黄克功是一个老革命，是一个战斗英雄。

李国璋　对！按照《中华苏维埃共和国惩治反革命条例》，对有功之人可以减轻处罚！

干部甲　雷审判长，我认为，对于反革命、凶杀等严重犯罪，上述这些规定并不适用，起码是不公平的！

雷经天　我向组织申请——申请回避。

［众人停顿，望向雷经天。

干部甲　雷审判长！

李国璋　中央决定任命雷经天全权负责这个案件的审判。

第三幕　正义

幕间戏

［舞台回到华东政法大学的课堂上。

［学生和老师可穿梭在延安地头田间，进行两个时空穿插式的探讨。

徐利民　以我们现在的眼光来看，这件案子似乎并不复杂。可在当时，却引起了很大的争议。刚才我们一起翻看了这个案子的历史资料，我想问问大家，雷院长当时审判的依据是什么？

学生 1　雷院长并没有依照国民政府的司法制度。

学生 2　（拿资料）在当时，有一件同类的案子。国民党的将领张灵甫杀了自己的妻子，最后还是网开一面，官复原职了。

学生3　雷院长审判时，也没有遵照苏维埃政权时期的司法制度。

学生4　这个判例是以被告人的罪行事实作为定罪的主要根据，否定了原中央苏区颁布的《惩治反革命条例》《优待红军条例》中关于对革命有功绩者可减轻刑罚的规定。

徐利民　没错。当时对于一般杀人案件，没有制定专门刑法，所以对黄克功的审理，没有直接刑律可以引用。1937年的这场审判，是一种前所未有的先例，为未来的司法公正及其实现方式创设了标准。可在当时，要确立这个标准，又是何其艰难！

1

［雷经天和往常一样，对着老百姓总有着用之不竭的热情。可今天，农民们似乎有心事，并不怎么搭理他。

［李福荣拿着耙子在晒谷子。

雷经天　老乡，您这收成真好！

［农民甲、乙不搭话，离开。

［雷经天拿起李福荣的工具，想要帮他干活。

李福荣　放下！

雷经天　我帮您干点活——

李福荣　放下！

雷经天　你怎么生那么大的气？

李福荣　气？我哪敢生你们的气？

雷经天　您别跟我打哑谜，说说清楚！

李福荣　问也问了，审也审了，延安出了这么大的事情，你们倒是给判一个啊！

雷经天　(不知从何说起)这件事——

李福荣　你们只管那婆婆妈妈的事,杀人的事倒不管了?我看,你们的法院就跟那衙门一样,也差不离。

［李福荣说完便扛起耙子,头也不回地走了。

［李国璋急急忙忙地在田间找到了雷经天。

李国璋　(兴奋地)雷经天,黄克功写信向毛主席请求赦免——

雷经天　(犹豫)请求赦免?

李国璋　对!须姑念其十年斗争为党与革命效劳之功绩——

雷经天　(思考)这——能被批准吗?

李国璋　国民党的张灵甫枪杀了妻子,也判了刑!蒋介石念其有功,官复原职,重上战场。我们也可以参照《中华民国训政时期约法》——

雷经天　要是按照国民党的法律,黄克功就应该直接上诉南京的最高法院。可我们在延安,能这样吗!

李国璋　那我们就按照《中华苏维埃共和国惩治反革命条例》的规定,对革命有功之人,可减轻处罚。

［正在雷经天犹豫思考之时,乔登上场。

乔　登　雷审判长?

雷经天　你——不是已经离开延安了吗?

乔　登　我回来,想看看高等法院怎么审判黄克功。

李国璋　但这个案子我们还在审理之中。

乔　登　黄克功是不是很爱刘茜?他为什么要杀死刘茜?

雷经天　我们还在调查。

［乔登递上刘茜的照片给雷经天。

乔　登　这是我给刘茜拍的最后一张照片(把手中的报纸递给雷经天和李国璋)还有,前天的《中央日报》,他们说黄克功枪杀刘茜是一个桃色事件。

雷经天　你也这么认为吗？

乔　登　（摇头）不，但我想知道共产党的法院会不会宣判他们的同志？共产党的法律，到底信仰什么？

［雷经天有了一个初步的想法，他甩开乔登和李国璋，大步走向了自己的窑洞。

2

［就在窑洞口，雷经天遇到了等候他多时的林瑛和来延安的革命青年。

林　瑛　雷审判长，雷审判长！

雷经天　林瑛同志——

林　瑛　你会审判黄克功吗？

雷经天　案件还在调查之中。

男学生1　什么时候判决？

林　瑛　你应该判黄克功极刑！

女学生3　我们的同学都被打死了！

林　瑛　这是我们陕北公学的同学们写的请愿书，"严惩杀人犯黄克功"。

［林瑛双手捧出一封请愿书，上面写着几个硕大的字："严惩杀人犯黄克功"。

男学生1　对！必须严惩！

男学生2　杀人偿命是天理！

男学生3　英雄就可以滥杀无辜吗？

雷经天　只要证据属实，我们一定会依法严惩黄克功……

［女学生们依次走到雷经天面前，开始诵读刘茜的日记。最后

在舞台前区站成一排。

林　瑛　这是刘茜的日记。（把刘茜的日记递给雷经天）

［雷经天翻看日记本。同学们看着他们。

女学生1　八月二日，我离开了那个禁锢束缚我的旧枷锁，要去寻找自由的、平等的、全新的世界。

女学生2　为了不做亡国奴，我们要去求索，去战斗！若是千万的青年都和我们一起走上战场，抗日战争是绝不会失败的！

女学生3　八月十五日，疟疾并没有好，我开始发烧了，身子骨一点力气也使不上——

林　瑛　她发高烧念胡话，说自己可千万不能死，我们还没到延安！

女学生2　延安的一切都是新鲜的，热情的！我爱延安！我要重新活一次！

女学生3　九月十日，我又向组织上申请要上前线。我要用我的身躯，去筑成抵挡日寇侵略的血肉长城——

［随着林瑛的讲述，同学们慢慢向她靠拢。

林　瑛　（哽咽）我一闭上眼睛，就听见刘茜的声音。她在问我，瑛姐，我们来到了延安——（转身看向雷经天）我们什么时候才能看到一个新世界？

雷经天　同学们，你们的心情我能理解。可是，法院要严格按照程序来审判，需要时间来收集材料和证据，请你们先回去，耐心等一等……

林　瑛　等？等什么？

男学生1　等你们为黄克功开脱吗？

林　瑛　同学们（转头示意同学们安静）如果没有平等和正义，我们为什么来延安？

男学生1　只有严惩了黄克功，才能有平等、公正！

女学生2　如果没有公平正义，革命到底为了什么？

女学生1　（上前搀着林瑛）同学们！我们走！

［雷经天试图拦住同学们。

雷经天　同学们，等一等——刘茜是你们的同学，也是我们的战友。我和你们一样悲伤。大家怀揣着一个梦想来到延安，就是要一起创造一个新世界。请你们相信，陕甘宁边区高等法院一定会作出最公平、正义的审判！

3

［雷经天回到窑洞里，在写字台前反复挣扎，斟酌自己要交给毛主席的审判意见。

雷经天　共产党员有犯法者，从重治罪。黄克功乃我军干部，有十年革命斗争历史……（原书信内容）

［"咚咚咚"，陈汉生敲响了雷经天的房门。

陈汉生　胡子……

雷经天　谁？

陈汉生　是我，陈汉生。

［陈汉生用力推门，门开了。

陈汉生　哎哟——门，没锁啊？

［陈汉生把一盘土豆放在桌上。

陈汉生　该吃饭了！

雷经天　（头也不抬）吃不下！

陈汉生　人是铁，饭是钢……

雷经天　我不饿！

陈汉生　不饿？（故意把盘子拿到雷经天面前）那你就，闻闻，香不香？

［雷经天身子不动，肚子却不合时宜地“咕噜”了一声。

陈汉生　毛主席说，浪费，是极大的犯罪！

雷经天　（接过盘子）不过，咱们有言在先——

陈汉生　（接）案子的事，绝口不提！

［听到陈汉生这么说，雷经天才放下笔，拿起土豆，放进嘴里。

陈汉生　怎么样？香不香？

雷经天　你别在侦察队了，干脆，调到炊事班得了！

陈汉生　读书写字我没你强，论起做菜，你可差我一截呢！

［雷经天边吃土豆，边频频点头。

雷经天　多大一截？

陈汉生　有窑洞那么大！

［雷经天找水缸子要喝水，陈汉生赶紧把水缸子递给了雷经天。

陈汉生　喝水——我听说董老和国民党在谈判，没那么快回来——

［雷经天不接茬。

陈汉生　日本人快打到原平了——

［雷经天依旧保持沉默。

陈汉生　克功，如果能——

［雷经天猛地放下手中的土豆。

陈汉生　好——我不跟你谈案子，就说这个人！黄克功 15 岁参加革命，18 岁入党，经历了长征，人家打不下来的地，他二话没有，扛着枪就冲，玩着命轰啊！

［雷经天不说话，躲闪。

陈汉生　他身上的疤，比法院门口老树上结的疤还多！哪一场战斗，不是拿着自己的身体，给战友们挡枪子。

［雷经天继续吃着土豆。

陈汉生　就前几天，总司令亲自点的名，他这会本来应该在前线打仗了！他这个人，你是知道的！一根筋到底，就只会“冲啊！”“杀啊！”可对那女娃子，他啥也不会啊！他是真心喜欢刘茜，鬼迷了心窍。刘茜骂他是“土匪”，他才——

雷经天　（打断）你觉得他没罪？

陈汉生　有罪！当然有罪！我可不是让你饶了他啊！胡子，我知道你这几天关在屋里，吃不好、睡不着，在针尖上熬着！我也是一样地难受——我来，是想给你出个主意。

雷经天　什么主意？

陈汉生　让他先去前线打仗，再立个战功，大家总会念及他的好。

［雷经天站起来，拿起水缸子去倒水，转身把水缸放在陈汉生面前。

雷经天　口渴了吧！

陈汉生　我这主意怎么样？

［雷经天沉默。

［陈汉生趁雷经天不备，抽出了他的审判意见，看了几眼。

陈汉生　你真准备这么做吗？

雷经天　要是你，你会怎么办？

陈汉生　他那是一时冲动！

雷经天　他犯了法，破坏铁的纪律！

陈汉生　咱也别忘了，他战斗有功！

雷经天　他强逼刘茜结婚！

陈汉生　（越说越急）刘茜她出尔反尔！

雷经天　他枪杀手无寸铁的革命同志！

陈汉生　（强词夺理）那……那是他的枪走火！

雷经天　可他开了两枪！

［陈汉生一时语噎，气势软了下来。他明知道黄克功的确犯下

了不可饶恕的错误,却仍然念及多年的战友情谊,想要替他说情。

陈汉生　雷经天同志,你好好想想,过草地那会,咱们是怎么活下来的——是战友们你拖着我,我拉着你,一步一步,深一脚浅一脚地从泥窝窝里蹚出来的——饿了就煮皮带,啃草根,吃树皮,累了就睡在地上,你靠着我,我靠着你——那时候,咱们立誓,一定要一起活下去!只有活着,才能看到那个新世界!(动情)这一路上死了那么多同志,我们好不容易才活着走出来。胡子,你得救他!

雷经天　我想救他!

陈汉生　那你救他啊!

雷经天　我救不了他,我说了不算!

陈汉生　谁说了算?

雷经天　法说了算!

陈汉生　法是啥?法是人定的!你不常说,法不是为了惩罚,是为了教育吗?

雷经天　可他犯下的不是一般的错!那是谋杀!

陈汉生　(绝望地流下了眼泪)我——我知道克功犯了大错!可他毕竟是我们的战友。什么是战友?战友,就是你只剩了一口气,他冒着枪林弹雨,拿命也要把你救回来;你快没了气,他还帮你收拾那残胳膊烂腿;就算你两腿一蹬闭了眼,尘归尘、土归土,到了冬至的时候,他绝不会忘记给你点个灯,洒碗酒——这就是战友,比兄弟还亲,血浓于水的战友!我陈汉生没有别的亲人了,你和黄克功就是我最亲的兄弟,最亲的战友。我为啥愿意做菜?那是愿意为你们做菜!我盼着,能给你们做顿年夜饭,大家一起团团圆圆过个年！（泣不成声）胡子，我求求你了，不要杀他，行不行——

［雷经天低头不语。

［陈汉生知道雷经天无法动摇，不再争辩，夺门而出。

［舞台上灯光渐渐暗去，独留下雷经天一个人的光区。

雷经天　我该怎么办？该怎么办？

延安入冬了，四野沙尘，呼呼的风声，就像无数的百姓在呼唤、在呐喊。

不知不觉中，我竟走到了悬索之上。

远方的路越来越崎岖、越来越艰难，而我的身后，已经没有退路了。

我到底应该继续向前，还是就此止步？

你们曾经问过我，我为何而战——

"希望在铁黑的天与地之间，会裂出一丝白线——

纵使你像故意折磨我似的延迟着，我永不会绝望。"

我相信，远方总有一丝光亮在等着我们，我们一定会拥有一个新世界——

在那个新世界里，一定会有一个全新的秩序，而保障那个新秩序，就一定有公正的法。

所有人在它面前都是平等的！

第四幕

1

［黄克功戴着手铐，躺在长凳上沉思。

［雷经天带着黄克功给他的军壶，来到了黄克功的窑洞。他一

声不吭地走到黄克功面前。

黄克功　(烦躁不安地)一波又一波的问,烦不烦!

雷经天　克功——

黄克功　延安的包青天来了,来审我?

雷经天　看看你。

黄克功　少在这给我猫哭耗子。我今天这样,全是拜你所赐!

雷经天　你为什么这么想?

黄克功　不是你不让我走吗?不然我早在战场上了。

雷经天　你对你的案子有什么想法?

黄克功　你什么职务?有资格审我吗?

雷经天　中央刚任命我,为你这个案子的审判长。

黄克功　(嘲讽)那我得恭喜你啊——

[雷经天打开了黄克功的手铐。

黄克功　(期待地)是不是日本人过了原平?(猛地站起来)我什么时候去战场报到?你说句话啊!过了原平就是忻口、娘子关,再下一站,就是太原!每耽误一秒,就有无数百姓的生命财产受到威胁,你懂不懂啊?

雷经天　(把军壶递给黄克功)这是你给我带的酒——

黄克功　(不接)我没工夫和你喝酒,我跟你聊正事!

雷经天　咱俩今天把它喝了!

黄克功　(审视)这是壮行酒还是,断头酒?

[雷经天仰头大喝一口。

雷经天　(不答,绕开话)我还记得,有一个15岁的男孩,在江西南康,永新农民武装暴动,是他第一次上战场——

黄克功　(想起自己的曾经,情绪平和了下来)别看他尿了裤子,但是还行,打死了3个匪兵——

雷经天　江西黄狮渡，漂亮！他扛着机关枪端掉了敌人的碉堡！

黄克功　缴了他们50支枪，20箱子弹。

雷经天　直秦镇，这小子命大，中了四五枪也没死。

黄克功　就这样，还活捉了敌人一个师长！

［雷经天越是细数黄克功的累累战功，越是让黄克功感到沮丧和懊恼。

雷经天　娄山关一仗打得更漂亮！主席亲自给他戴了红花，表彰他为战斗英雄。

黄克功　狗屁英雄！这样的人能算个英雄吗？

雷经天　从红军班长，到排长、连长、营教导员、团政委、团长，他把脑袋挂在裤带上，出生入死，拿身体为战友们挡子弹——

黄克功　（懊恼）在山西，他被国民党包围，村子都被烧了，粮食被夺走，要不是村子里的老百姓把藏在地底下过冬的粮拿了出来，他早就饿死了。

雷经天　在安定，他拼死搏斗，好不容易打下来！100多号人，只剩了12个。

黄克功　若不是一位老大娘和孩子帮他通风报信，把他藏在地窖里，他死了第二回了！

雷经天　长征路上，一半的人没鞋穿，是怎么过得夹金山？

黄克功　那是老百姓加班加点、不眠不休地帮他们打了几万双草鞋！没有老百姓，哪来的这个英雄！

雷经天　在我心里，他就是个堂堂正正的英雄！

黄克功　可是，这个英雄却杀死了一个老百姓——（直愣愣地望着雷经天）他还算个英雄吗？

雷经天　他杀死了谁啊？

黄克功　刘茜啊！

雷经天　那这个英雄,该不该判呢?

[黄克功一下被问住了。

黄克功　现在是审判长在审犯人吗?(雷经天沉默)你不必回答。我知道,现在全延安的人都恨我,认为我该死!我是该死——但是我真的不是故意要杀死刘茜的。当时我是被气疯了——我是疯了——我忘不了,我忘不了我们第一次见面,是在个小山坡上,她像个仙女一样,一溜风地跑下来,一把就紧紧地抱住我。她抱着我的时候,我这心里咚咚直跳——除了我娘,再也没有别的女人抱过我。我再低头一看,她的眼睛,就那么望着我,当时我就化了。后来她给我写信,说她喜欢我。我说好啊,我就把我娘的镯子,当作信物送给了她,她收下了。她说她晚上梦到我了,我说好啊,那咱们就结婚吧——可我搞不明白,我不懂,为什么我和她说结婚的时候,她就不承认了!

(转换语境,仿佛在与刘茜对话)刘茜,我知道,你一直觉得我逼你结婚。可黄家一门,只剩下我一个了。我娘临走前拉着我的手说,儿啊,你可千万不能让黄家绝了后啊!一个军人在战场上出生入死,要是家里有个女人在等他,他就一定会打胜仗回来!可他要是知道他爱的女人变心了,不爱他了,就是在战场上战死,他也是一个孤魂野鬼。我就想在上战场前完成我娘一个心愿——你说,我错了吗?

[雷经天把乔登给刘茜拍的照片交给了黄克功。

雷经天　这是刘茜生前最后的一张照片——

[黄克功拿过照片,细细端详,突然跪下哭了起来。

黄克功　我毁了她,我也毁了我自己!

雷经天　你糊涂啊——

黄克功　我错了(把照片还给雷经天)这张照片我没资格收,你把它留给她的家人吧!

［黄克功坐回长凳上,长饮一口酒。

黄克功　杀人偿命,欠债还钱,我干的事,我认了。可我求你一件事,判我,判我死刑。(请求雷经天)但是执行死刑的地方,要在战场上。我要和小鬼子拼刺刀去死,我要抱着他们跳悬崖去死,我要堂堂正正地站在太原城口,面对小鬼子的坦克,浑身绑满炸药包,炸得粉身碎骨!我得死得有点意义!我求你了——

［黄克功把军壶递给雷经天。

［雷经天不接。

［两个战士上场,押送黄克功到公审大会的被告席。

2

［林瑛、陈汉生、李国璋、李福荣、刘三贵、三娘、王虎子、乔登陆陆续续地坐在了舞台上。在讨论的过程中,8个人的位置可以发生陆陆续续的变化,暗示着他们观点的变化。

［革命青年、延安农民、军政各级干部、战士们,围站在公审大会的现场。

［雷经天整了整衣服和军帽,最后一个走进了公审现场。

［黄克功站在不远处的被告席上,静静地关注着众人的集体讨论。

雷经天　刚才,抗大政治部的公诉人胡耀邦同志宣读了起诉书,证人陈述了证词,黄克功对相关问题进行了回答。各方代表若有什么意见,请发表。

李国璋　我再次重申一下我的意见。(走动)陕甘宁边区高等法院刚刚成立，谢老和董必武院长都不在延安。（举手）我提议，延后再审。

陈汉生　（起立）我同意！

学生甲　为什么要延期？

李国璋　没有合适的法条可以量刑，不能定罪。

抗大干部　我们应该秉承坚持团结抗日和保护人民权益的根本宗旨。

陈汉生　在苏区的时候可以优待革命功臣，现在为什么不可以？

王虎子　大队长是有罪——可是，难道只能定死罪吗？

学生乙　残杀革命青年，违反婚姻法规，严重破坏抗日，威胁革命利益。难道这些都不足以定罪吗？

陈汉生　要定，就应该按照苏区的法，优待革命功臣！活罪难逃，死罪可免！

林　瑛　（走动）一口一个英雄，一口一个功臣，黄克功就是占着自己对革命有功，居功自傲，搞起了个人英雄主义。你们忘了，是谁支持他一步一步走到今天。是人民！（怒视李国璋、陈汉生）你们革命有功，其他人就没有了吗？延安的胜利，是只属于“战斗英雄”的胜利吗？看看我，看看我身后这些革命青年，问问他们是为什么站在这里？

［雷经天把刘茜日记传上，众人传阅。

众学生　从上海，从香港，广州，武汉，沈阳——离开自己的父母，和曾经的过往决裂，千千万万的革命青年从四面八方涌向延安，我们究竟为了什么？

众学生　我们信仰共产主义，支持共产党，要用自己的双手改变这个不公正的世界，建立新的国家。

众学生　可我们自己在延安，却恰恰受到了如此不公正的对待！

陈汉生　(口气软了下来)他们之间就是男人和女人的事!

刘三贵　对!就是男娃子和女娃子的事!(对雷经天)审判长,能不能让我来说两句啊?

雷经天　大爷,我们是集体讨论。您想说什么,就说什么!

刘三贵　我说,这个女娃子一会这样,一会那样!没个规矩——俺们那里,女娃子坏了这个规矩——

三　娘　新《婚姻法》规都宣传了几年了,思想还这么落后!

农　民　这是祖宗传下来的!

农　妇　婚姻自由,恋爱自由!结婚是大事,女娃子要是不想结婚,谁逼也不中!

李国璋　我不否认黄克功应当受到审判。但现在国难当头,抗敌需要,这也应当被法院考虑啊!我提议,送黄克功上战场。

战士甲　送大队长上战场吧——

战士乙　(战士中也有不同的声音)可他毕竟杀了女同志——

陈汉生　(打断)他就是被刘茜说急了,一气之下碰了枪!是误杀——

抗大干部　狡辩!他开了两枪!那还是误杀吗?

林　瑛　他就是谋杀!

抗大干部　他为什么敢杀刘茜?就是因为他把刘茜看作是他的女人,他的敌人,不是他的同志!

[旁听人员各自反应,杂乱争论。

[远处的飞机从天空划过,众人紧急躲闪。

陈汉生　(求情)同学们,你们听听——东北沦陷,平津危急,华北危急,中华民族到了最危险的时刻!刘茜不会白死,黄克功应该偿命。可你们知道,一个团里有多少人吗?看看我身后这些战士……杀了他,一个团就没了领导者,战士们就没有团长。应该让他上战场，带领战士前线杀敌，将功抵过——

王虎子　（求情）审判长——

［陕北公学内部也出现了两种声音。

学生甲　我同意让黄克功戴罪立功，抗日救国！

学生乙　不，必须严惩凶手！

学生甲　（求情）让黄克功上战场吧！

众　人　严惩杀人犯黄克功！严惩杀人犯黄克功！

［站在一边的黄克功发出了自己的声音。

黄克功　够了！（喊住众人的议论）杀人偿命，我认罪受罚。但我不能死在这，我要死在战场上！

林　瑛　为什么？

黄克功　因为我这条命不是我一个人的！

［黄克功从自己的口袋里掏出一个小本子，递给雷经天。雷经天逐页翻阅。黄克功对其中记录的烈士了如指掌。

黄克功　王新贵、孙久寿、孟铁梅，他们和我，一起在永新闹革命；秦世超、王克人，这些跟着我一起打了黄狮渡；黄耀南——就是这个小子，黄耀南，狙击手，年龄跟你们差不多，18岁，一个手榴弹过来，半条腿没了。我抱着他。他跟我说，连长，帮我把腿找着，接上，我还能再干掉几个土匪。我这身上不是一条命，是一千四百八十三个兄弟们的命都挂在我身上。我不是贪生怕死，我是想让我的死有点意义和价值！行不行？我求求你们了——

［战事愈演愈烈，轰炸声，枪炮声，不绝于耳。

雷经天　（挥舞着黄克功的小本本）一千四百八十三名同志！又何止这一千四百八十三名同志！爬雪山，过草地，多少同志在我们身边倒下,再也没有站起来?敌人的飞机在我们头顶肆虐,子弹在我们身边呼啸,又有多少同志身先士卒、壮烈牺牲?可你们想过吗?谁生来不怕死,(对黄克功)是什么让他们不怕死?是什么让这一千四百八十三个鲜活的生命死而无憾?流血牺牲,让我们成为老百姓眼里的英雄,可英雄用枪对老百姓逼婚,别人不同意就开枪杀人,这是怎么样的行为?如果流血牺牲换来的是这样一个特权世界,还是一个杀了人可以功过相抵的世界,那他们的牺牲又是为了什么?(挥舞着黄克功的小本子,转向黄克功)这一千四百八十三名英雄的牺牲还有价值吗?

雷经天　(对李国璋)有人说,我们没有可以直接用的法条,这是个不争的事实。但我们的法从哪里来?照抄《六法全书》吗?还是拿外国的法条来作为我们人民的法律?人民当家做主,如果连法都不是自己的,那还做什么主?我们的法要保护人民政权,保护劳苦大众,这个法就必须是从咱们脚下的这片土地中长出来的人民的法!

[雷经天走到人民中。

雷经天　大兄弟,我们红军来延安,你们高兴吗?

李福荣　高兴!斗地主,分田地,都是为咱们老百姓过好日子。

雷经天　可红军中有人这样对你家闺女——

李福荣　谁要是像对刘茜那样对她,我就拿起羊耙子撅了他!

雷经天　(转向持不同意见的农民)谁不心疼自家的儿女,谁不爱护自己的姐妹,若不是到了存亡续绝的关键时刻,谁舍得让他们出来舍生取义,战死沙场?可是黄克功用枪逼婚,打死抗日青年,我们到底有什么理由让这种滥杀无辜的人,堂而皇之地走出法庭?(愤恨之处,不由以掌击案。停顿片刻后，转向李国璋）黄克功是一名受过严格政治思想教育的党员干部，他犯了法，危害程度，就比一般老百姓犯法更加严重！黄克功用两颗子弹，不仅结束了一个年轻的生命，更阻碍了我们对新世界的向往。如果不严惩黄克功，不仅是刘茜的死得不到公道，我们那个理想的新世界也得不到公道。但是，我们最不能容忍的，是他用暴力逼迫他人的自由意志，用剥夺他人生命的方式宣泄自己的情绪，暴虐行径，残忍至极，不配为人。我们今天审判黄克功，首先坚持的，恰恰是一个普通人——最最基础的良知和底线。

黄克功　（掩面）我懂了！我该伏法！我不该为一千四百八十三个战友上战场，而是应该为了他们用生命坚守的信仰，为了所有同志们向往的那个理想的新世界，更是为了我自己生而为人的底线，去伏法——

雷经天　（庄严地、坚定地）大家还有没有其他需要补充的？现在开始表决。同意判处黄克功死刑的请举手。

［雷经天率先举起了右手，随后是黄克功。红军战士、抗大干部、学生、人民群众等与会人员纷纷举起了右手。

［雷经天走到宣判处。

雷经天　陕甘宁边区高等法院公审，判决如下：黄克功因犯逼婚不遂，枪杀人命一罪，判处死刑！立即执行！

［黄克功站在乐池处往下降。

［雷经天走到多媒体纱幕前。

［毛主席信的文字投影在多媒体上。

画外音　一个共产党员、红军干部而有如此卑鄙的，残忍的，失掉党的立场的，失掉革命立场的，失掉人的立场的行为，如为赦免,便无以教育党,无以教育红军,无以教育革命者,并无以教育做一个普通的人。因此中央与军委便不得不根据他的罪恶行为,根据党与红军的纪律,处他以极刑。正因为黄克功不同于一个普通人,正因为他是一个多年的共产党员,是一个多年的红军,所以不能不这样办。共产党与红军,对于自己的党员与红军成员不能不执行比较一般平民更加严格的纪律。当此国家危急革命紧张之时,黄克功卑鄙无耻残忍自私至如此程度,他之处死,是他的自己行为决定的。一切共产党员,一切红军指战员,一切革命分子,都要以黄克功为前车之鉴——

尾声

[徐利民教授上场,手里拿着那个小本子,翻阅着读着。

徐利民　每次重温黄克功案,我都能感受到那个时代共产党人改变中国的坚韧和勇气。每当我看到国家法治的进步,更能理解那场审判的价值和意义。每一届新生开学,我都和他们讲起这个伟大的审判,都会提起雷经天这个名字。

雷经天　将来,是否有人记得,今天这场审判?

徐利民　我们从未忘记——

雷经天　他们会怎么看我今天所做的抉择?

徐利民　(鞠躬)感谢您的一片丹心,为我们树立了一座丰碑。

雷经天　我只是做了共产党员的本分。

徐利民　这是共产党与人民的约定,把“人民”和“正义”举在头顶。

雷经天　希望我们的子子孙孙生活在灿烂的阳光下——

徐利民　共产党在延安创建的标准,与人民订下的约定,被一代又一代的法律人传承和坚守。我们努力让人民群众在每一个司法案件中都能感受到公平正义。

[雷经天和徐利民一步步走向前台。

雷经天　延安黄土地上长出来的法，后来怎么了？

徐利民　我们有了《宪法》，有了《民法典》，中国特色社会主义法律体系日趋完善。

雷经天　我们的法治工作队伍，年轻人多吗？

徐利民　您后来成为华东政法学院的院长，为中国的法治教育奠定了基础。

雷经天　我希望，未来的每一个法律人，都能坚守法治，守护正义，都能“笃行致知，明德崇法”。

徐利民　雷院长，您看——

[一群政法大学的学生和法制工作人员上场。

众　人　（齐诵）笃行致知，明德崇法，守护社会正义，肩负时代使命，报效祖国人民，为国家昌盛、人类进步、奋斗终生！至死不渝——

[剧终

小剧场话剧

女士们的游戏

原著［古巴］朱力奥·马塔斯
改编 顾　飞

人物

蒂　娜　姐姐。

赛　尔　妹妹。

芙洛尔　外交官夫人，姐妹俩年轻时的邻居兼好友。

[公寓楼里,一个朴素的起居室,深色的墙壁很久没有漆过了。左边有一扇狭小的窗户。房中摆着差不多要散架子的老式家具,沙发已经很破旧了,梳妆台很小,小餐桌旁放着三把椅子,一个画架放在房间的一角,跟整个房间的风格多少有些不协调。屋里还陈设一些玩具之类的小摆设。赛尔浓妆艳抹,穿着自己最华丽的服饰,独自跳着怪模怪样的舞蹈,时而自言自语,时而哼着曲子。跳着跳着突然停下来跑到镜子前照照,又拿起小镜子补妆,然后对着空气行了个优雅的屈膝礼,不好意思地痴痴笑了起来,突然间又想起了什么,跑到画板前,神经质般地抓着画笔快速地涂抹着。

[蒂娜坐在沙发上打着盹儿。突然老座钟发出刺耳的鸣叫,蒂娜被惊醒。

蒂　娜　噢,天哪!都这个时候了!赛尔,怎么不叫醒我!

赛　尔　对不起,我忘了。亲爱的,我紧张极了。

蒂　娜　镇静,亲爱的,越是这个时候,越不能心急。

赛　尔　是的,亲爱的,你说的没错,我不能着急。三十年了,直到今天,我要好好地享受这次重逢。

蒂　娜　招待客人的东西准备好了吗?放在哪儿了?

赛　尔　准备好了,都在后面。

蒂　娜　很好。我的样子一定很糟糕。

[蒂娜坐在梳妆台前看着镜中的自己,开始涂脂抹粉。赛尔专心地画着她的画。

蒂　娜　哦,糟透了。

赛　尔　你指什么？

蒂　娜　打扮！你知道，年轻的时候我就不漂亮，如今成了老太婆，过的又是这样的日子，我这张脸是更加没法看了，活像被虫蛀了的干无花果，粉和胭脂在上面简直找不到落脚的地方。

赛　尔　光是漂亮有什么用！一张漂亮的脸蛋要是属于一个险恶的灵魂，也会让人看了感到厌恶的不是吗？（一边说着一边在画板上用力地戳戳点点，然后，她放下画笔，走向蒂娜）来，蒂娜，我来给你打扮。（开始在蒂娜脸上涂涂抹抹）

蒂　娜　好吧好吧，亲爱的，你想怎么做就怎么做吧，你知道我是最爱你的，我怎么会不按照你的心意做呢。

赛　尔　好了！让我给你戴上你最喜欢的耳环。（戴耳环）

蒂　娜　（站起身）怎么样？还成吗？

［穿上盛装的蒂娜披红挂绿，浓妆艳抹，成了跟赛尔一样奇形怪状的打扮。

赛　尔　太好了，蒂娜，你看上去就像一位贵妇人！

蒂　娜　瞧你说的，赛尔，这件衣服已经过时了，这我知道，谁让我们的日子总是过得紧巴巴的。

赛　尔　（激动地）这三十年来我们没有一天痛快过！不过，过了今天，我们一定会快活起来的，不是吗？

蒂　娜　好了，赛尔，从现在起你不能再想着这件事了，你老是这么激动会毁了今天的重逢的。我们来聊点儿别的吧。噢，对了，让我来看看你今天画得怎么样。

［两人走到画板前。

赛　尔　怎么样，蒂娜，我觉得这是这么多年来我画得最好的一幅。

蒂　娜　老实说，亲爱的，我有点儿没看懂，其实是一点儿也没看懂。除了这个女人,我想我只看到了一团黑乎乎的东西。

赛　尔　想象力,蒂娜!想象力!欣赏一幅画是需要想象力的,想象一下,亲爱的,这是一个漆黑的夜晚。

蒂　娜　夜晚。

赛　尔　在黑森林的深处。

蒂　娜　哦,天呐,我已经觉得毛骨悚然了,连点儿月光也没有吗?

赛　尔　月亮被乌云遮住了,只能听到树上猫头鹰的叫声。

蒂　娜　猫头鹰!这可太不吉利了,接下来肯定要发生什么可怕的事儿啦。

赛　尔　她一个人在森林里走着,她什么也看不见,完全不知道自己已经走到了悬崖边上!

蒂　娜　嗯,这么说来这画确实不错,好像是专门为我的心意作画。

赛　尔　(得意地)当然。(突然紧张起来)蒂娜,到现在我还是无法相信,芙洛尔她竟然会接受我们的邀请,你确定她会来吗?

蒂　娜　放心吧,亲爱的,或许她认为凭她今天的身份和地位,是我们想要巴结她。

赛　尔　哼,自以为是,不是吗?

蒂　娜　她有自以为是的资本不是吗?像她这样的人可不会没事儿跑到像我们家这样的贫民窟里来。(一边说一边观察赛尔的反应)她去的地方,应该是夏日里阳光明媚的海滩,一边吹着海风一边走在白色的沙滩上,那个英俊的男人成为她的丈夫陪伴在她身旁,没准儿还有两个可爱的孩子,小男孩穿着吊脚的卡其裤,小女孩应该是一头金黄色的卷发,在他们身边跑来跑去……

赛　尔　(怒火中烧)住嘴吧,蒂娜!

蒂　娜　我可怜的小赛尔，看你都把自己折磨成什么样子了。你需要镇定一下，我们的客人马上就要来了。来，坐下休息一会儿，（扶着赛尔坐到沙发上）这个时候你顶好是来根雪茄，或者来杯白兰地——噢，小可怜儿，这两样东西我们都没有，招待客人也只能用廉价的葡萄酒。

赛　尔　这就是原因！蒂娜，这就是原因！这让人失望透顶的生活！

蒂　娜　不，赛尔，我们的生活还没有到完全绝望的地步，今天就是转机。（从口袋里掏出一张小卡片）从我们收到了她的回复开始，我们的转机就来了。在经过了三十多年痛苦无望的生活之后，在我们对一切都失去希望的时候，上帝安排了这次重逢，不是吗？（拿着卡片念着）"我愉快地接受您的邀请，将于本月的最后一天前往府上拜访。由于此行事务繁忙，迟至今日方予答复，敬请原谅。无比期待重逢时刻的到来。"听听，完全是上等人的口气，我们就不会这么说话。

赛　尔　（神经质地）虚伪！这么个贱货，倒在我们面前冒充起高贵来了。

蒂　娜　镇定，赛尔，镇定。听，好像有汽车停在了楼下，我敢肯定那就是她。（跑到窗边向下看去。）司机正在打开车门。她下车了。她走进咱们这栋楼了。一定是她没错，除了她不会有这样的人走进咱们这栋楼的。

赛　尔　我等不及要看看她现在的样子，我去开门！

蒂　娜　等等，赛尔，还记得我们从前的小把戏吗？

赛　尔　噢，蒂娜，这个时候你还有心思跟她玩什么小把戏！

蒂　娜　（责备地）赛尔。

赛　尔　好吧，蒂娜，听你的。反正我总是听你的。

蒂　娜　（紧跟着赛尔）等会儿注意你的举止，赛尔，优雅一点儿，不要被她给比下去了。说话的时候控制一下你的脾气，记住，讨好一个女人只要一句恭维话！

［她们等待着，屏息静听。先是电梯钢缆嘎嘎作响。

蒂　娜　她进了电梯了。

［赛尔凑到钥匙孔上向外看着，传来铁门打开的噪声，脚步声。

赛　尔　她出电梯了，噢，是她，就是她！

［刺耳的门铃声响起，蒂娜把门开了一条缝，和赛尔分别找地方躲了起来。芙洛尔出现在门口。她年龄与他们相仿，穿着华贵，优雅得体，神态高傲。乍见门开后房内空无一人，先是一愣，随后会心地一笑。

芙洛尔　智慧仙子，窗帘后面可是会让魔法消失的！美貌仙女，壁炉旁可是会让翅膀折断的！别再躲躲藏藏了，快出来吧！

赛、蒂　（两人同时跳出来）芙洛尔！

芙洛尔　（真诚而动情地）蒂娜！赛尔！

赛　尔　芙洛尔，亲爱的！你一切都好吗？

芙洛尔　没有比再见到你们更好的啦！

蒂　娜　噢，芙洛尔，想不到你还记得我们当年的小把戏，这太让我感动了！

芙洛尔　一切都可以忘记，唯独这个不能忘。

赛　尔　（话中有话地）还有很多事情是不能忘记的！

蒂　娜　（声调做作）请进！亲爱的。您的光临令寒舍蓬荜生辉。

芙洛尔　噢，亲爱的蒂娜，行行好别用这种语气说话。我每天听到的都是这种没完没了的外交辞令，乏味至极。让我们就像从前那样好好说说话。

蒂　娜　感谢上帝，你仍然是从前那个纯朴真诚的芙洛尔。你能这么说真是太仁慈了，原本我们以为以你今天的身份和地位，我们冒昧的邀请实在是高攀不起呢。

赛　尔　请原谅这屋子的寒酸，事到如今，我们能给你的只有这一片真诚的友情。

芙洛尔　看在上帝的份儿上，你们千万不要为我忙什么。为什么这儿看上去就像我以前的家一样。（她感动得声音有点儿哽咽）

蒂　娜　当然了，我们做邻居可有不少年头呢。当年这里虽说不是你的家，可也差不多了。

芙洛尔　一点儿都没变，让人感觉那么亲切。

赛　尔　（小声嘟囔）哼，你倒是感觉亲切了，我们可是过了三十年一成不变的苦日子。

芙洛尔　（四处看着）噢，这个老座钟还在！它还能干活儿吗？我记得它可是比咱们还要老上几岁呢。

［蒂娜微笑不语，陪着芙洛尔四处看着。

芙洛尔　（看到了布娃娃）噢，天呐，这不是洛洛吗！（抱起布娃娃"洛洛"）真没想到还能再看到你，这么多年你们一直留着它。

蒂　娜　当然，这可是你妈妈露茜给你的生日礼物，作为我们友谊的见证，你又郑重地把它送给我们。

赛　尔　这些年它一直陪着我们，每次看到它，我们都会想到你和露茜。

芙洛尔　可怜的妈妈，要是她还能见到我，该有多么高兴。

［芙洛尔从包里找出手绢，擤了擤鼻子。蒂娜趁机向赛尔做了个鬼脸，赛尔回了她一个更夸张的表情。

蒂　娜　可怜的露茜，愿上帝在天国赐福于她。（做了一个嘲笑的

姿势，当然芙洛尔没看见）

芙洛尔　看看我，我太激动了，这里让我想起我从前的家。

赛　尔　你们家的那间房子如今住着个墨西哥女人。

芙洛尔　（擦着眼泪）噢？如果可能的话，我倒是有兴趣去拜访一下。

赛　尔　（故作神秘地）别去，那女人是个卖葬礼上用的纸花的小贩，去她那间屋子不吉利。

芙洛尔　（不自在地）噢，天呐。

蒂　娜　行了赛尔，别吓着我们尊贵的客人。快去把我们准备的东西给客人端上来。（使了个眼色）

赛　尔　（心领神会地）马上就来。

［在接下来蒂娜和芙洛尔的谈话过程中，赛尔的身影从窗外走过，过了一会儿又走回来，这一切只有不时注意着窗外的蒂娜看到，她知道赛尔已经按照计划给电梯做了手脚。

芙洛尔　噢，可爱的赛尔，可爱的蒂娜，你们真是太好了。阔别多年之后能故地重游，你不知道我有多高兴。

蒂　娜　当赛尔看到你在报纸上登的启事后，她对我说（学赛尔）：“要是能重新见到芙洛尔该有多好啊！可她如今已经是个重要人物了，可能并不想见我们。”我对她说“世界上再没有比芙洛尔更真诚坦率的人了，我去找她。”要不是那天你刚好外出了，我们早就能见上一面了。谢天谢地，你总算来到这里，就像我预料的那样，也像赛尔和我所希望的那样。芙洛尔，你看上去气色好极了！瞧瞧，这些年像是没在你身边过去似的！

芙洛尔　噢，蒂娜，你还是那么会恭维人。

蒂　娜　不，这是事实。当然，你没有经历过我们遇到的那些麻烦。

在你和那个美国人结婚以后，你知道，我们只是靠父亲的养老金过日子。

芙洛尔　我最亲爱的蒂娜，请原谅，我并不想冒犯你。但是，如果你们需要……

蒂　娜　这是什么话嘛！不，感谢上帝，我们过得还不错，必要的东西我们也都不缺……（叹气）好了，不谈这些了。你已经周游了半个世界，是不是？

芙洛尔　是的，当然，开始的时候，在某种程度上我是在尽我的义务。（有些不安地）我的丈夫，你知道的，是个外交官，所以，退了休也不习惯整天坐在家里。于是，他买了一艘游艇，我们就到外面去走走。

蒂　娜　你有孩子吗，芙洛尔？

芙洛尔　噢，当然，一个男孩一个女孩，如今他们都长大了，各自成家。真怀念他们小时候，我们一家人在海边散步，他们两个一左一右地围着我们……

［帘子后面传来"砰"的一声，似乎什么东西摔碎了，芙洛尔吓了一跳。

蒂　娜　别怕亲爱的，肯定是赛尔把杯子摔碎了，她总是这么笨手笨脚的。（冲着帘子后面大声地）赛尔，当心点儿！（语调一转）噢，多么美妙的生活！我也一直梦想着去旅行。可是这一点你很清楚，等待我的会是一场什么样的旅行。

芙洛尔　啊，亲爱的，不要那么愁眉苦脸。你瞧，从我抹眼泪到你讲丧气话，我们把好事给搅了！这本该是我们庆贺一番的时刻呢！

赛　尔　（端着盛糖果和酒的盘子上）这话没错！我们是该好好庆祝一下我们的重逢。各位，让我们来喝一杯。（她拿起酒朝三个杯子里倒着）芙洛尔，请原谅这里没有你喜欢的波尔多红酒，只有本地产的口感苦涩的葡萄酒，来，让我们为三十年后的重逢干杯！

［三只酒杯碰到了一起，三人同时说“干杯”，赛尔和蒂娜一饮而尽，芙洛尔抿了一口，脸上露出尴尬的表情。

芙洛尔　说实话我确实很多年没喝过这种酒了。

赛　尔　你这样一小口一小口地抿可不行，这种酒就要一口气干掉。

蒂　娜　入乡随俗吧，芙洛尔，一饮而尽！

［两人强迫芙洛尔把整杯酒一饮而尽，芙洛尔受了酒精的刺激显得有些兴奋。

芙洛尔　你们真淘气，还像从前那样，是两个调皮的姑娘！

赛　尔　噢！从前我们玩得多疯啊！

蒂　娜　让我们回到从前吧！赛尔，“真相大白”的游戏！

赛　尔　好主意。芙洛尔，你知道一种叫“真相大白”的游戏吗？

芙洛尔　不，我从来没玩过这种游戏。

蒂　娜　我们常玩。这是一种很好的消遣，我们都老了不是吗，这个游戏能让我们重温过去。我们已经玩了好多年了。

芙洛尔　听上去不错。

赛　尔　那还等什么，咱们开始吧！

蒂　娜　别急，要一步一步来。芙洛尔，你一直戴着帽子难道不觉得别扭吗？

［赛尔过去拉掉了芙洛尔的帽子，把她雅致的发型搞得有点松乱。

芙洛尔　噢，不……赛尔，你在干什么？

赛　尔　回到当年！亲爱的，当年你可不是个贵妇，是和咱们一样的姑娘，戴着这帽子多可笑。（将帽子扔给蒂娜，蒂娜用一种职业棒球手的优美动作将帽子接住，芙洛尔笑了起来，似乎这是一场有趣的玩笑）

芙洛尔　哦？这就开始了是吗？

赛　尔　是的，亲爱的，蒂娜，我们需要点儿音乐。

蒂　娜　这支曲子怎么样？

［音乐响起

赛　尔　（拿出纸牌）我来发牌。芙洛尔，拿到王后的可以向其他两个人提出问题，问的必须是我们三个人共同经历过的，被提问的人要如实回答，另一个人会监督和补充的，明白了吗？

芙洛尔　听上去挺简单，没问题。

蒂　娜　千万别小瞧了这个游戏，亲爱的，时间会让我们的记忆悄悄溜走，真相会变得模糊。

赛　尔　（放慢语调）你可要仔细地想想，上帝痛恨谎言。（发牌，观众可以看到她对牌的次序做了手脚）哈！我是王后！好的，我来提问，芙洛尔，还记得三十年前的今天是什么日子吗？

芙洛尔　三十年前的今天，似乎没什么特别，不是我们任何一个的生日，不是吗？

蒂　娜　好好想想，亲爱的，听听这支曲子，不觉得熟悉吗？

芙洛尔　这旋律真美，好像在哪儿听过。

赛　尔　你当然听过，三十年前的今天，在我的订婚仪式上，放的就是这首曲子。

芙洛尔　你的订婚仪式？（有些紧张）我不记得我当时在这，我来了吗？

蒂　娜　你来得迟了一点儿。

赛　尔　（沉浸在回忆当中）那天多热闹啊。妈妈给我们分着糖果，他，我的未婚夫（吃吃地笑着），就坐在那张椅子上，白皮肤金头发，那么英俊，那么贪婪地盯着我看，我就在芙洛尔现在坐的地方，蒂娜就在现在的位置上，而芙洛尔……芙洛尔坐在哪儿？你当时在哪儿？

蒂　娜　这个时候她还没来呢。

赛　尔　他正在跟我讲话，用他那蹩脚的、可笑的西班牙语。他说的什么我一点儿都没听进去，我只想享受大家伙儿看我的眼神，他们羡慕我，妒忌我，尤其是那些年轻姑娘们，那眼神好像恨不得吃了我。哈哈，那种感觉真美妙！这时候爸爸进来了，他就从沙发上站起来，向爸爸走去，他们一起走到窗台那儿。

蒂　娜　然后，门铃响了，芙洛尔，你来了。你戴着那耀眼的嵌着珠宝的束发带，一种赛特·巴拉式风格的头饰，那是当时住在我们这幢楼里的女演员阿美莉亚·索克借给你的，你还记得吗？

芙洛尔　（试图换个话题）是的，是的，阿美莉亚·索克。她是个法国人，或许是比利时人，不是吗？一个可爱的女孩。虽然有谣传说她跳色情舞蹈，可我从来不信。她举止文雅，而且所到之处，她母亲都陪伴着。对了，她现在还住在这儿吗？

赛　尔　在地下。（残酷地）她的相好几年前把她杀了。就在这幢楼里，他把她扔到电梯的升降机井里。

芙洛尔　天啊，太可怕了！（不知说什么才好）那个男人一定还被关在监狱里。

蒂　娜　不,那件事看上去就像是一桩意外事故。

芙洛尔　可你是怎么知道的?

赛　尔　因为我们从钥匙孔里看到了一切。

芙洛尔　我不明白,既然你们知道真相,为什么不说出来?

赛　尔　为什么要说?并没有人要求我们这样做啊!

蒂　娜　再说,她曾经是一个不要脸的……

芙洛尔　但是,无论怎么说,(心慌意乱地)这总是一桩谋杀案,不是吗?

蒂　娜　这全取决于你从什么角度去看这件事,对不对,赛尔?

赛　尔　(阴沉地)就是这么回事!

芙洛尔　(有点紧张地笑笑)也许你说的对,或许这可以成为你们游戏里的一个问题,不是吗?……唔,行了,看上去我得走了。我还要到别处去看看,你们可以想象,过了那么多年以后……

赛　尔　(跳起来)什么?你已经想走了?绝对不行!

芙洛尔　为什么?

蒂　娜　(打圆场)因为……你还没有尝尝这些糖果,为了这些糖果我们忙了一个早上。尝尝吧,亲爱的,这是你过去最喜欢的口味。

芙洛尔　噢,当然,请原谅我差点儿忽略了你们的好意,不得不承认,刚刚谈论的话题让我有点儿紧张。(吃糖果,尽量表现出轻松活泼的样子)这些糖果味道真好!

赛　尔　是根据妈妈的配方。

芙洛尔　精美可口。

蒂　娜　过去你称赞妈妈做的糖果时,用的正是这句话!赛尔订婚那天,你走到妈妈面前,拥抱她、亲吻她,你说(学芙洛尔)

“精美可口,大婶儿,真是精美可口! 有了这一招,准保任何男人都会乖乖投降!”

赛　尔　(话中有话地)我的未婚夫就是被这一招降服的。

蒂　娜　(讽刺地)等到他把肚子填饱以后,居然对糖果腻味起来了。

赛　尔　(迅速地)你真残酷,蒂娜。你喜欢在别人的伤口上撒盐。

蒂　娜　(迅速地)你知道,我喜欢真实胜过一切。有啥说啥,直言不讳,是驴子就不能说成马,难道这不是实话吗,芙洛尔?

芙洛尔　(想转移话题,在房间里走来走去,尽量显出轻松的样子)你们一点没变,还像以前那样喜欢拌嘴。说句实话,虽然你们的生活并不富裕,却过得挺快活——弹弹琴,跳跳舞,玩玩游戏,(看到画板)噢,还画画!

蒂　娜　那是赛尔画的,她一直喜欢画画。

芙洛尔　恕我愚钝,赛尔,我看不出这幅画想要表达的是什么。

赛　尔　哦? 那么我很荣幸能为你解释一番。理解这幅画需要发挥你的想象力,亲爱的。一个没有月亮的夜晚,在漆黑的森林里,一个人走到了悬崖边而不自知,还在继续往前走,一直往前。

芙洛尔　这个人怎么这副怪模样,是个小丑吗? 似乎更像个女人。

赛　尔　你的眼力不错,这是个女人,(阴郁地)是我曾经的一个朋友。

芙洛尔　这么阴暗的色彩,赛尔,你画这幅画的时候是不是心里有什么不痛快的事?

赛　尔　不痛快? 我吗? 噢,不,芙洛尔,恰恰相反,我在画它的时候心情舒畅极了,画那黑森林的时候,我眼中看到的是盛夏开满鲜花的山谷;画那猫头鹰的时候,心里想的却是春天飞来的燕子；画那悬崖的时候，我简直就是在加勒比海边的白沙滩上！

芙洛尔　哦，赛尔，你创作的风格太奇特了，噢不，应该说是“独树一帜”。

蒂　娜　哈，是够奇特的，三十年来，她只画这一种画。

芙洛尔　这有多么奇怪！

赛　尔　我喜欢这样！芙洛尔，你知道人可以有多少种死法吗？

芙洛尔　什么！

赛　尔　（拿出以前的画，一幅一幅地在芙洛尔面前展示）你看，被一刀刺中了心脏，被一剑斩断了头颅，被毒蜂蜇中了嘴唇，哈，这幅有趣，看到她喉咙里那团红色的东西了吗？这是吃红瓤葫芦瓜噎死的，哈哈！你刚才看到的是今天刚刚完成的，她，摔死了！（赛尔威胁似的朝芙洛尔走去，芙洛尔不安地一步步后退。）

蒂　娜　赛尔，别胡闹了。再开这样的玩笑，芙洛尔就真的要走了。我们期待了三十年的重逢难道就这样结束吗？我可不能允许这样的事情发生！芙洛尔，行行好，快打消想走的念头吧，今天下午是我们尽情回忆青春年华的时候，我们有多少事情需要回忆啊！

赛　尔　看来应该再发一次牌了，不是吗？（发牌）

蒂　娜　哦？我是王后，轮到我发号施令了吗？让我想想……嗯，总是这么坐着说话多没趣，我们为什么不跳舞呢！想想，三十年前你们两个跳舞跳得多棒！我给你们伴奏，芙洛尔，游戏又开始了，让我们回到当年！

［灯暗，音乐起

［赛尔拉着芙洛尔跳起怪模怪样的舞蹈，芙洛尔不知所措地被

她摆布着。

[赛尔疯狂地跳了一阵之后，芙洛尔已经头发散乱，音乐一停，两个人跌倒在沙发里，气喘吁吁，显出一副狼狈相。

赛　尔　就像回到了过去那些快乐的日子，对吗，芙洛尔？

芙洛尔　没错。

蒂　娜　现在，芙洛尔，回答我的问题，当年，我们这里谁的探戈跳得最好？

芙洛尔　这还用说吗，当然是赛尔，噢，你这个小坏蛋，当年的恭维话还没听够吗？好吧，那我就再说一遍，赛尔，你是我们公认的探戈皇后。

赛　尔　不，不是我。当年，“他”的探戈跳得多好啊。

芙洛尔　谁？

赛　尔　“他”，我的未婚夫，你现在的丈夫。

芙洛尔　（一惊，腾地从沙发上站起）赛尔。

赛　尔　（也跟着站起来，逼近芙洛尔）怎么样，你们现在还跳探戈吗？

芙洛尔　（被逼得步步后退）不……赛尔。

赛　尔　（用力敲响琴键，芙洛尔吓了一跳）当他紧紧地搂着我的腰的时候，他看我的眼神叫我头晕目眩；当他深呼吸的时候，他的两撇小胡子抖动着，就像花园里的小鸟飞了下来；他在我耳边说的尽是“亲爱的”“心肝儿”“宝贝儿”。

芙洛尔　你什么都没忘记。

赛　尔　你知不知道那一切曾经叫我怎样地无法忍受？在你干了那些肮脏的勾当之后，是否曾经为我考虑过什么？都是因为你！那原本是多么浪漫的爱情。那天，他从我们楼下走过，花盆正巧掉在他头上，当我赶紧替他包扎好，安顿他躺下的时候，他对我说："你有一双天使的手。"我想就在那个时候他爱上了我。那个时候我真幸福。

蒂　娜　为了你的幸福，一切都安排好了，你将要跟着他到国外去，爸爸最后也被说服同意了。然后，正式的订婚仪式……可怜的赛尔，在你的订婚仪式上，你的爱情结束了，她的爱情开始了。

［蒂娜安慰着沉浸在痛苦回忆中的赛尔，三人同时沉默了。片刻，芙洛尔似乎做下了决定。

芙洛尔　好吧，是的，你订婚的那天我来了。我带着那个赛特·巴拉式的束发带，那让我看去光彩照人。他，你曾经的未婚夫，我现在的丈夫，正在和你爸爸谈话。还是你把我带到他跟前。可是……

赛　尔　他一看到你，眼睛就再也挪不开了，你们就那样默默地互相凝视着，直到我走到你面前，挽起他的手，让他陪我在屋里走一圈。可是，他再也没有看过我，或者说，他看着我却像并没有看到我——这甚至更糟糕，啊哈！（她在芙洛尔的背后，柔情地抚摸她的头）这就是他抚摸我的样子，也许，他也是这样抚摸你的，对不对？

芙洛尔　（甩掉赛尔的手）你们把这一切归咎于我？难道我竟然是罪魁祸首吗？不！这简直太荒唐了。赛尔，难道你从来没想过原因吗？他为什么弃你而去投入我的怀抱？你的脾气已经让他无法忍受了。你那可笑的目中无人的样子，已经让心上人厌烦，而你自己却没有一丁点儿的察觉。除了"愚蠢"再也找不出别的字眼儿来形容当时的你了！

赛　尔　你这个不要脸的贱女人，（拉扯着芙洛尔的衣服和首饰）看看这绸缎做的礼服，看看你戴的这些珠宝，看看这贵妇人的帽子，这一切原本应该属于我，是你偷走了我的好日子，凭什么在这里教训我！

芙洛尔　你以为嫁给他你就能得到幸福了吗？你以为幸福来得那么容易吗？你知道我为了做好一个外交官夫人付出了多少努力吗？除了西班牙语你还会说几国语言？你的丈夫什么时候该穿丝绸衬衫，又是什么时候该穿亚麻的？你知道家庭招待宴会上该用百合还是玫瑰装饰餐桌？如果你的丈夫在非洲得了急性热病你该怎么办？像你这样只想着吃穿享受，即使你们当初顺利地结了婚，你迟早还是会被抛弃的。

赛　尔　如果我成了他的妻子，我会做得比你好。

芙洛尔　这可不像说的那么容易，如果你有这样的心，当初就不会被他抛弃，即使当初没嫁给他，你也不会像现在这样过日子，说不定早就成了另一位达官显贵的夫人。一切都是明摆着的，我不该受到这些指责，尤其是过了那么多年以后！

蒂　娜　（做作地）上帝啊，你们这是怎么了，为了一个男人，要毁掉从前的情谊吗？就算从前有些令人悲伤的回忆，现在，该说的都已经说够了。别在意我们这些，芙洛尔，你明白我们经历了多少痛苦。赛尔，这一切都是上帝的安排，别再责怪任何人了，要往好处去想，忘了这些伤心事儿吧，让我们为了今天的重逢再来干一杯！

［赛尔和蒂娜一饮而尽，芙洛尔把酒碰了碰嘴唇就放下了。

芙洛尔　好吧，就到这儿吧，我要告辞了。谢谢你们今天带给我的“美好”的回忆。

蒂　娜　你还不能走。

芙洛尔　事到如今你还要阻止我吗？

蒂　娜　别误会,亲爱的,我是说,你现在的样子太糟糕了,这样走出去,会有损你高贵的外交官夫人的形象的。让赛尔为你打扮打扮吧,在对你发了一大通儿脾气之后,她一定想做点儿什么来弥补一下,不是吗,赛尔(使眼色)?

赛　尔　这就来。(到后面去拿化妆箱)

蒂　娜　芙洛尔,你要原谅赛尔,自打订婚仪式以后赛尔大病了一场,闭门不出!她发了疯!(芙洛尔做了一个震惊的姿势)反正得了诸如此类的病,时好时坏。后来,妈妈也跟着发了精神病!我还没有告诉你,她后来死在一家疯人院里。

芙洛尔　噢,天呐,请求原谅的应该是我,我不知道这一切。可怜的赛尔。

[赛尔提着一只化妆箱回来。芙洛尔走上前真诚地拥抱赛尔。

芙洛尔　原谅我,赛尔,刚才我对你真是太残忍了。

[赛尔不知该说什么,蒂娜走过来拥抱住她们。

蒂　娜　这样有多好,我们又回到从前了!

[蒂娜扶着芙洛尔回到沙发坐下,边走边瞧着芙洛尔,发出甜美的微笑。她让芙洛尔坐在沙发上,自己坐在她身边。赛尔打开化妆箱,取出梳子、化妆品、精致的小刷子等,将它们一样一样摆在沙发旁边的桌子上。然后,她以熟练的手势拿起梳子,同时递给蒂娜一些瓶子、刷子之类的东西,让蒂娜开始为芙洛尔化妆。赛尔给芙洛尔梳理头发。蒂娜则在芙洛尔的脸上画上了一幅怪模样:血红的嘴唇,小丑般的面颊,涂满大量眼影的眼圈。芙洛尔试图从这种折磨中逃脱,但是这两个女人逼她就范,她们甚至不许她发出一点反抗的叫声。终于,芙洛尔的脸比蒂娜和赛尔更加奇形怪状。可以看到,这时候的她,不仅惊恐万状,而且精疲力竭。她终于踉踉跄跄站起身来,朝镜子

走去。

芙洛尔　噢,天呐!那是谁?噢不,你们竟然把我糟蹋成这个样子!等等……这张脸……这张脸……(恍然大悟,抓起散落的画)赛尔,你画的竟然是我!三十年来,你日日夜夜想的就是怎么杀了我吗?你竟然疯到这种地步了!

赛　尔　是的,我疯了,我是疯了,我疯了三十年了,这都是拜你所赐。这仇恨就像扎进肉里的刺,时间越久,埋藏得越深,我越是能清晰地感到它的存在。

蒂　娜　芙洛尔,刚才你实在不应该那样挖苦赛尔。不管怎么说,抢走别人的未婚夫可是不名誉的。

芙洛尔　够了,蒂娜,收起你那副虚伪的嘴脸吧。这一切真是让我受够了!哼,"真相大白"的游戏是吗,非要旧事重提是吗?好啊,我们就让一切真相大白好了。(从桌上摸起一张牌)哈哈!我是王后,我来提问。蒂娜!(蒂娜一惊)这么多年,你为什么不结婚,而是一直和赛尔一起生活?

蒂　娜　这是明摆着的,赛尔受了那么大的伤害,需要人照顾。

芙洛尔　行了,蒂娜,你这个没人要的丑八怪,一心要靠着赛尔的婚姻一步登天!我不名誉?你想借着赛尔的婚姻过上有钱人的生活就是名誉的啦!(蒂娜正要辩解)不要试图否认,蒂娜,这在当年就不是什么秘密了。(指着赛尔)也就是她这个可怜虫一直蒙在鼓里,任凭你摆布直到现在。除了"虚伪",我再也找不出别的字眼儿来形容现在的你!

赛　尔　蒂娜,告诉我这不是真的。

芙洛尔　执迷不悟的糊涂虫,还想在她的摆布下过一辈子吗?日日夜夜深陷仇恨的生活你还没过够吗!三十年了,仇恨填满了你的心。你的画,你的舞蹈,你的游戏,你的整个生活都无法摆脱没完没了的仇恨，如果她真的爱你，应该让你忘掉这一切，而不是时时刻刻提醒你。

赛　尔　哦，是的，蒂娜，这三十年来，每当我想要停止那痛苦的回忆，你总是要和我玩起“真相大白”的游戏。

蒂　娜　你又开始发疯了。

赛　尔　本来我可以跟那个裁缝的儿子结婚的，可是你阻止了那桩婚事。

蒂　娜　赛尔，你怎么可以嫁给那种穷小子？

赛　尔　还有那个家庭教师。

蒂　娜　他也配不上你。

赛　尔　可是没准儿嫁给他，我过的就是和现在完全不同的生活。

芙洛尔　（冷笑着）哼，那样一来的话她就更没指望了。

赛　尔　蒂娜，你的自私毁了我的一生。

蒂　娜　你这个蠢货，被那个贱人三言两语就迷惑了去，早就忘记了今天原本该做什么！三十年前你就不知道自己该做什么，好好的一桩婚事被你给搞砸了，连累我也要跟着过这种穷酸的日子。十足的蠢货，除了一张漂亮的脸蛋儿，你简直一文不值。要不是你，现在开着游艇周游世界的就是我！要说是你毁了我的生活才是真的！

芙洛尔　哼，争吧，吵吧！你们千方百计地把我约来就是为了羞辱我，到头来羞辱的却是你们自己。赛尔，你真可怜，这三十年来你大概没过过一天舒坦日子吧。

赛　尔　是的，这三十年来我没过过一天舒坦日子。三十年过去了，我变成了一个丑陋的老太婆，除此之外我一无所获。这都怪你芙洛尔，你抢走了我的未婚夫。还有你蒂娜，你让我把这仇恨记了三十年，实际上你比我更想杀了她，至于我过什么样的日子对你来说根本无所谓,是这样吗,蒂娜?

芙洛尔　再告诉你一个真相,赛尔,你日思夜想的那位迷人的绅士,认为女人不过是他事业的点缀,作为一个丈夫,他在外面有着不止一个的情人,他甚至不在乎你知道真相,你能想象一个外人眼中那样体面的人对你满嘴脏话、恶语相向、拳脚相加的样子吗?开着游艇周游世界?哼,那只是生活的一部分。有钱人的生活,哼哼,还是你的想象更美妙。哈,我为什么要跟你说这些,又在你的伤口上撒盐了是吗?现在我要走了,这个鬼地方我一刻也不想待了!而你们,就继续在仇恨中过日子吧!再见,我的邻居们,不,我们不会再见了,永别了!(高傲地转身离开,完全一副胜利者的姿态)

[赛尔听了这番话之后怔在原地,口中喃喃地不知在说些什么,等她回过神来,芙洛尔已经走出了房门,这时赛尔忽然想起了什么。

赛　尔　不,芙洛尔,那电梯……

蒂　娜　(阻止地)赛尔!你要说什么!

赛　尔　芙洛尔,那电梯,你要等等……

蒂　娜　你还没清醒吗!让她走好了!

赛　尔　不,那电梯……别急着进去……

蒂　娜　住嘴吧,你说得够多了!

[幕后传来电梯开门的声音。稍顷,一声长长的尖叫和一阵震耳欲聋的机械噪音传来。从远处可以听到人们越来越响的说话声和嘈杂声。

赛　尔　天哪,发生了什么?

蒂　娜　我们的计划成功了！祝贺你赛尔，你的仇人死了，芙洛尔死了！和阿美莉亚·索克一样，掉进电梯摔死了！自从你亲眼看到阿美莉亚·索克摔死之后，不是一直盼望着这一天吗！

［这时，救护车和警车的警报器长鸣。蒂娜跑到窗边向外看去。

蒂　娜　警察来了！噢，他们把她抬出来了！看看她，看看，现在她可再也装不出那副高贵相了，她的衣服破破烂烂，鞋子也没了，噢，赛尔，她的脸比你画的还要丑！哈哈，你不想看看吗？快来看看！

赛　尔　不，不是我，是你想杀了她，而不是我！

蒂　娜　（一步步走向赛尔）不管是谁，亲爱的，她死了！以后，我们再玩起“真相大白”的游戏，我就可以提问——“赛尔，芙洛尔是怎么死的？”

赛　尔　噢！不……（完全疯了，夺门而出）

蒂　娜　赛尔！哼，走吧走吧，爱上哪儿上哪儿！跟一个疯疯癫癫的女人一起生活了这么多年，真是够受的了。现在好了，一劳永逸！休息吧，让我美美地睡一觉！（坐进沙发）

［又一声尖叫传来，人群中爆发出更加强烈的惊呼，又是一阵骚乱。

蒂　娜　（腾地从沙发上站起来，呆了片刻）……赛尔……

——剧终——

独幕剧

礼“伤”往来

编剧 及鹏飞

人物

郑局长　男,45 岁。年轻时与所在单位前领导的女儿同在一所大学就读,毕业后娶其为妻,从此仕途一帆风顺,年纪轻轻就当上该局副局长,最近又因政绩突出升为局长。

老　郭　男,49 岁。郑局长的办公室主任。此人擅长中庸之道,阿谀奉承,善于言辞,故颇受郑局长的赏识,在数年里不断被提拔,最近由于郑局长终于"由副转正",自己也赶在 50 岁之前冲刺了一把,一同沾光被提升为基建处处长。典型"妻管严"。

韶　华　女,42 岁。老郭的爱人,小公务员。爱贪占小便宜,且巧舌如簧,头脑清晰,反应机敏,善于应酬之道,对老郭管教严苛,握有家中财务大权。

［挂在墙上的钟刚敲了十二下，坐在客厅桌边的韶华皱眉看了一眼，把视线投向家门。此时，老郭哼着小曲儿醉醺醺地拿出钥匙开门进屋，怀里紧紧夹着公文包

韶　华　你个死鬼，还知道有个家要回啊！你看看你看看，现在都几点啦！哼！身上都是酒味，是不是瞎混去了？

［老郭不理韶华，自顾自脱外套、脱鞋。

韶　华　你到底是不是喝酒去了？和谁喝的？怎么喝成这样？

［老郭见韶华急了，这才不紧不慢抱着公文包坐在沙发上。

老　郭　哎呀，夫人莫急，来来来，先坐下再听我慢慢向您道来。

［韶华被老郭按坐在沙发上，满脸疑惑。

老　郭　夫人啊，今天这顿酒，喝得那是真高兴！真舒坦！

韶　华　你个死鬼，果然是喝酒去了！还喝得高兴，和谁能喝得这么高兴啊？

［韶华站起，老郭忙把她再次按坐在沙发上。

老　郭　夫人啊，莫急莫急，我能和谁喝酒喝到这个时候还这么高兴啊？那当然是大人物啦！你猜猜是谁？

韶　华　我不猜，赶紧说！这么晚，谁爱听你卖关子！

老　郭　哎呀，夫人啊，是这样的，今晚这顿酒是陪我们郑局长喝的，啊，我们郑局，可算是修成正果，正式地宣布，啊，由副转正，成了名副其实的"正"局长！你说该不该好好陪他喝一顿！

［韶华听完，一愣，忙问。

韶　华　你们局长这口软饭，看来终于是吃出国际水平了，啧，真行啊，不过人家升迁，又不是你升迁，你高兴个屁啊！至于喝成这样吗？

老　郭　哎，夫人你这话可就不对了，我们局长升迁，怎么可能忘了我这个办公室主任呢？平时紧跟领导走的可就我一个，他这么一转正，第一个提拔的那还能是谁？当然是我老郭啦！所以今天这顿酒，可是我们两个“正职人”凑一起的庆功宴！郑局说啦，等他安定一下，马上提拔我负责西楼的基建工作，任命我做基建处处长！牛不牛？

韶　华　啊？真的！老公，你太有本事啦！我早说过嘛，跟着你们郑局走肯定有前途的！人家的岳父可是大领导，大干部，土豪！他退下来，还不得狠提自己家女婿一把！

［韶华顺势走到老郭背后，给他揉起肩膀。

韶　华　舒不舒服啊老公？哎，你别说，还真是三十年河东，三十年河西，这回要是再碰上李局长他们家儿媳妇，我让她再牛！她不就仗着自己公公是个副局长嘛，在我面前那个架子摆的，啧啧啧，我呸！现在我们家老郭可是正儿八经的基建处处长，我看她嘴还不得给气歪了啊？老公啊，你真争气，真牛！真给咱家长脸！

老　郭　哎哟哎哟，夫人手下留情，轻点啊，对了，你坐好，再给你个大礼包！

［老郭翻开公文包，伸手进去摸索。

老　郭　我们郑局让财务给我批了五千块作为津贴，真够意思的！

韶　华　哎呀，你们郑局真是仁义！正好我前天在商场看上那件大衣打折，亲爱的，这就是缘分！

［韶华说着说着竟自顾自走到老郭身边，一边撒娇一边准备来

拿老郭手里的公文包。

老　郭　夫人要买，有什么不可以！不就几千块嘛，小意思啦！你想，等我当上这个基建处处长，以后咱还怕没人上门送礼？来！先坐下，别着急，我这就拿给夫人！

［韶华兴奋地等待着，老郭又摸索起来。

老　郭　我这个岗位来得真是时候，以前那些说我就会拍马屁不做事的，现在都给老子闭嘴，等西楼建起来，谁能不说是我老郭的功劳！

［老郭突然皱了一下眉头，从公文包里拽出一件红色的女性性感内衣，韶华只看一眼，当场尖叫起来。

韶　华　姓郭的！这是什么！谁的？

［韶华冲到老郭面前先是一巴掌，接着抢过内衣查看，又是一巴掌，最后抢下老郭公文包翻起来。

老　郭　夫人啊夫人，我冤枉啊！这是什么东西？

韶　华　姓郭的你还演！还编！好啊，你都敢欺负我欺负到家里来啦！这不是你的是谁的！这不明摆着给狐狸精买的嘛！哼！姓郭的你胆子也太大了，还敢带回家来给我长长眼！

［韶华又从公文包里掏出几样女性用品。

韶　华　香水！口红！胸罩！

［韶华一样样摔在桌子上，老郭傻站在一边。

老　郭　韶华，这可都不是我的东西，你要相信我啊！一定是搞错了！

［这时，韶华从公文包的侧兜里掏出一个信封，厚厚实实的，她翻开一点，竟有一万多元。

韶　华　姓郭的，厉害呀！跟我报五千，其他都给外面狐狸精是不是！你行！这要不是你喝多了，看来我还蒙在鼓里呢！到这一步了,行！离婚！财产都是我的！

[韶华把公文包狠狠摔在地上,竟从包里掉出了两个安全套,两人愣了足足有一秒钟,接着韶华号啕大哭,从地上捡起安全套摔在老郭脸上。

韶　华　你不是人！你都和人家那个了！你个畜生！枉我跟了你这么多年,到头来你竟然是这么个东西！

[韶华哭闹,老郭却一下子明白了什么,赶紧蹲在地上把所有东西往包里塞。

韶　华　姓郭的你还有脸收拾！你个没良心的畜生,你不是人！我让你收拾！

[韶华在老郭的背上狠狠地捶了两下。老郭不理会韶华的打骂,继续收拾,突然又从包里掉出一张照片,韶华一把抢过去。

韶　华　哼,还随身带着狐狸精的照片！你真有种啊老郭！

[老郭此时反倒平静下来,深吸一口气,解释道。

老　郭　老婆大人,这下我搞明白了！这不是我的包！是我们局长的！

韶　华　扯淡！你就编吧！怎么可能是你们局长的！他能跟你背一样的包么？事到如今你还骗我,有意思吗？我不活了！

老　郭　夫人夫人,你听我说,这个包一定是我们局长的,我和他拿错了！你不知道,领导升官前,都有段考察期,他们为了给来考察的人留下好印象,都要“避嫌”,平时穿的好的,吃的好的,用的好的,统统都藏起来了,而且还都换上我们单位定制的工作服,公文包,假装廉洁,关心群众,你看,我一直用的都是单位发的包,他这么一换,当时我俩又喝得有点多,肯定是拿错了！

[韶华半信半疑,又把公文包仔细翻找了一遍。

韶　华　你别以为这么说我就相信你！

老　郭　啊呀我的活祖宗啊！我这就算跳进黄河也洗不清啊！哎，你看这拉链上绑的吊坠！

［老郭把公文包拉链上的吊坠拿给韶华看。

老　郭　这个可是去年我们全院局领导开会的纪念品，后面还写着每个领导的名字呢！你看你看，这不是他的名字？这个东西我不可能有，这回你信了吧！

［韶华皱着眉头看了看吊坠。

韶　华　你们男人没一个好东西！你们局长都这个德性，你能学好吗？

老　郭　夫人啊，你这话可就说得太绝对了！我一生廉洁自爱，是个绝对忠于家庭的好男人嘛！

韶　华　（韶华没理老郭）哼！这个狐狸精长得还真是……哼！老郭，如果人家对你投怀送抱，你是不是也得招了啊！

老　郭　怎么可能，夫人！我这么正经的一个人！我有你非常知足了，怎么能像郑局……对了，话说回来，我也没想到郑局竟然是这么个人，哼！这些年他不就靠他那个德高位重的岳父才爬到这么高的，这事儿要是让他老婆知道了，嘿嘿，我看他还不得吃不了兜着走啊！

韶　华　别说让他老婆知道了，等你们局长明天酒一醒，打开包一看，我看吃不了兜着走的人就是你啦！（韶华把照片往桌子上一拍）

老　郭　啊呀，这可如何是好？我怎么没想到呢？（老郭嘀咕着急了，不停地搓手）哎，我说夫人啊，要不我这就把包给送回去？

韶　华　你傻啊你！这么一送回去，那不就说明你已经打开包看过了嘛！以后你还怎么在他手下混呀？

老　郭　哎，你说这事闹的！韶华，你倒是帮我想想办法啊！

韶　华　咱现在绝不能让郑局知道咱已经打开过包了！

［“叮咚”，此时门铃响了，韶华和老郭都是一惊，韶华站起身，看了看表，又在猫眼上看到是郑局长来了，两人忙把摔了一桌子的东西按顺序快速塞回包里。

韶　华　你赶紧躺沙发上去！等你们郑局进来，不管我怎么打你骂你，你都假装喝醉了一进屋就倒头大睡，怎么叫都叫不醒，根本没来得及打开包！听明白没有！

［此时门铃又一响，还伴随着急切的敲门声。老郭斜躺在沙发上，韶华把公文包随意放在门口鞋柜上，接着应了一声开了门。

韶　华　来来来啦！大半夜的谁啊？哟，郑局啊，来来来，快请进，什么风把您给吹来了真是的！

［韶华把郑局长迎进门，郑局长满脸尴尬。

郑局长　哎哟，这么晚打扰了，实在不好意思，老郭他回来没有？

韶　华　您看，这不“死”沙发上了！您说说我们老郭，什么人啊，晚上也不知道跟谁喝酒去了，这一进门就睡在沙发上，领导，您可得好好教育教育他，这样下去不行的，影响工作影响身体的，哪还有个办公室主任的样子！

［韶华故意说得很夸张，老郭的呼噜声此起彼伏，郑局长安了安心，四处张望了一眼，看到鞋柜上的公文包。

郑局长　啊呀，大妹子说的是，这老郭工作太拼命！不过今天晚上啊，他可是陪我喝酒，您可别怪他，我这跟您赔不是了。

韶　华　（继续演）陪您喝？

郑局长　嗯，是啊，今天接到通知，上层干部提拔的事情下来了，我和你家老郭都上了个台阶，他现在是基建处处长了，我嘛，也终于转正了，怎么，他没和您说呢？

［郑局长试探，韶华明白郑局长的心意，装作大喜，对着老郭又捏又打。

韶　华　啊！真的啊！啊呀那太好啦！真是的，你个死鬼，这么好的事就知道睡，也不跟我说一声！郑局长，道喜道喜！都是因为您，我们家老郭才有今天，都靠着您的提携了！感谢感激，感恩！

郑局长　哎，哪里的话，都是你们家老郭够努力，你别叫他了，看他这样，一时半会儿也醒不过来，让他睡吧！哦，对了，这不把正经事忘了，我是来还包的，我俩一高兴，喝得有点多，包给拿错了，你看！

韶　华　啊？拿错包了？哎哟，您说真是的，这种小事您让司机来一趟不就完了，还自己上门干吗，我给您找找去。

郑局长　不用找，就在那呢，鞋柜上那个，大妹子，我们单位的包都是统一定制的，长一个样，稍不留神就容易搞错了。

［韶华赶紧借机把公文包递给郑局长，还故意说。

韶　华　啊呀，郑局啊，实在不好意思，都是我们家老郭，你说他瞎逞能，喝不了就别喝，还把您包给拿错了，您赶紧打开看看里面少没少东西！

郑局长　啊哟，哪里的话呀大妹子，我还能不信老郭啊，不过话在理上，喏，我打开这个包给你看看，是不是你们家老郭的嘛！

［郑局说着打开自己怀里的另一只公文包，把包里老郭的东西一样一样拿出来摆在桌上。

郑局长　你看，是不是老郭的？

韶　华　（忙上前阻止）啊呀，郑局，您看您真是的，我还能怀疑您呀！千恩万谢您还来不及呢，都是我们老郭眼神不好，瞎折腾,实在不好意思啊郑局,明天等他醒了,我和老郭亲自上门跟您赔不是!

郑局长　哎呀,没关系没关系的,都是单位发的包嘛,很容易搞错的,那好,先这么着,大半夜的,打扰了大妹子!

老　郭　(半梦半醒地问了一句)哎,老婆啊,跟谁说话呢?给我倒杯水!

[老郭眯着眼从沙发上“醒”过来,看到郑局长赶紧站起来,拼命搓脸。

老　郭　哟,郑局啊!您怎么来啦!单位有急事?

郑局长　没事没事老郭,我就是来看看你喝多没有,你看,咱俩把包都给拿错了,啧,以后可得少喝点啊,官员喝醉酒,这是要犯错误的!

老　郭　对对对!您说得对,郑局,哎呀,这大半夜的,还让您跑一趟,我必须跟您赔不是!韶华,去把我那瓶 20 年的茅台拿来,我得敬郑局三杯,这个错误,我现在就得补上!

韶　华　好嘞!再给郑局炒两个小菜,我们两口子一起敬您几杯!

郑局长　哪里的话!好好好,喝酒喝酒,今天高兴嘛!

[老郭和韶华一唱一和,说得郑局长甚是开心,三人推杯换盏,不一会就醉意浓浓。时间流逝,终于酒尽,郑局长起身得意地拿起沙发上的公文包,紧紧夹在腋下,又满意地拍了拍,这才乐呵呵地离去。老郭和韶华一直把郑局长送上车,才互相搀扶着回到家里,这回老郭真的喝多了,瘫倒在沙发上。

韶　华　啊呀!终于没露馅儿!真是悬呐!哎,现在该把奖金给我了吧!

老　郭　(迷迷糊糊地回应)都是我夫人神机妙算,应付自如!实乃女中豪杰,这奖金必须给你!就在我公文包侧面的兜里,夫人自己动手,我可得睡会儿了。

[老郭说着说着,脸带微笑睡着了。韶华兴奋地走到公文包前,把包放在腿上,伸手进去翻找奖金。

韶　华　哼,这郑局也不过如此嘛,还是我……

[韶华在公文包里摸索的手突然停住,瞪大眼睛,先是一哆嗦,接着缓缓抽手拽出刚才那件女性内衣,惊呼一声,昏死过去。

剧终

儿童剧

寻找耳朵的小棕熊

编剧 杜冬颖

人物

小棕熊　玩具编号1925(谐音"依旧爱我")。因为生产过程中的失误而沦为残次品被车间主任抛弃,一路寻找耳朵,希望自己可以成为十全十美的小棕熊,从而拥有一个爱它的小主人。身材圆滚,天性乐观,粗枝大叶,话痨属性。开心的时候身手矫健灵活,紧张害怕的时候四肢会变得僵硬,一动不动,回到"玩具模式"。

小裁缝　10岁。被裁缝铺雇主收养的孤儿,看了一眼身边的缝纫凳,随口起名为小板凳。整日工作以偿还雇主养育之恩,胆小,内向,没有朋友。因为长期在裁缝铺打工,所以缝纫技术高超。

车间主任　男,强迫症,完美主义者。着装发型一丝不苟,奉行十全十美的原则,眼里容不下沙子。在他的小时候,就被要求成长为一个完美的小孩,在追求完美的过程中却失去了自己。

裁缝铺雇主　男,奉行金钱至上的原则。手里常拿一个小账本,把抚养小裁缝长大所花的钱一五一十计算清楚。

记　者　年轻男人,真诚正直的新闻工作者。

售货员　年轻女人,礼貌,温柔。

小房子　小棕熊在百货公司橱窗里结交的好朋友,善良。

芭比娃娃　同时拥有美丽的面孔与姣好的身材,像公主一样高傲。

米老鼠　说着一口流利英文的"外来客"。

小坦克　敦实的小胖墩。

建筑工人,医生　指引小棕熊找到小裁缝的人。

三角板　七巧板中被丢失的一块。

布娃娃　"小可",因为家里来了新玩具而被遗忘的旧玩具。

小恐龙　肚子左侧的绿色颜料被磨掉的残次品。

圣诞老人　在商场摆设但被孩子泼洒上可乐的"退休"玩具。

第 一 幕

时间 某日早

地点 十全十美玩具生产厂

［玩具厂房里一切井然有序。工厂的椅子成排整齐摆放，工人穿着统一定制的工作服，做着广播体操一样的整齐划一的动作，玩具在工人手中传递，如同在传送带上一般。

工人们 （有节奏地喊着口号）我们是最棒的工人！拥有最好的态度！制作完美的产品！送去千家和万户！带去完美的服务！送去完美的礼物！

［玩具工厂的车间主任带领着供货商参观厂房，车间主任连头发都梳得一丝不苟，他自信满满地向供货商介绍工厂的情况。

车间主任 尊贵的客人，您现在看到的是全世界最先进的玩具生产线。

供货商 真是大开眼界！

车间主任 要知道，拥有一件十全十美的玩具，是所有孩子们的梦想！

［车间主任小心翼翼地拿起一件件玩具，像捧着艺术品一样，陶醉其中。供货商也充满敬佩之心地频频点头。

车间主任 别小瞧这个房子，它是按照黄金比例建成的，世界上所有著名的建筑，埃菲尔铁塔，金字塔，都是参照这个比例建成的……再看看这个芭比娃娃，就连裙子上的天然珍珠都是经过严格的筛选，误差不足 0.000 1 毫米……

［车间主任每拿起一个玩具，工人们的动作就定格，放下玩具，

动作就重新开始。

车间主任　再看看这个毛绒玩具，当你拥抱它的时候，你会感受到前所未有的舒适，没错，它完全符合人体工程学。

［还未等车间主任介绍完毕，工厂内突然响起了夸张的系统警报声，红灯也开始闪烁，工人们进入“战备状态”，前来参观的供货商吓了一跳，车间主任则神情自若。

供货商　发生什么事了？发生什么事了？

车间主任　放轻松，放轻松，只是出了点小意外，完全在掌控之中。

［人工智能系统报错：“编号1925！编号1925！不合格！不合格！”

［车间主任走近操作台，一把抓起一只小棕熊，发现这只小棕熊缺少了一只耳朵。

车间主任　生产线上的每一个玩具都是艺术品，垃圾就是要去垃圾该去的地方。

［工作人员推来一个巨大的垃圾桶，车间主任随手将缺了耳朵的小棕熊扔进了垃圾桶内，随后大垃圾桶被推走，一切恢复正常。

供货商　马上签署合作协议！只要十全十美公司的产品可以保持十全十美，我们愿意接受任何条件！

车间主任　放心吧，我们十全十美公司可不是浪得虚名！

［车间主任拿出手绢擦了擦刚刚拿过小棕熊的手。供货商与车间主任的手握在了一起。两人有说有笑，继续参观下一个车间。

［垃圾桶被放置在角落。垃圾桶内先是发出了微小的声音，然后桶动了动，废纸、塑料瓶从筒内被扔出来。原来是那只失去耳朵的小棕熊，它醒来了！小棕熊探出头来，趴在垃圾车边缘，

望着各式各样的玩具被小心翼翼地放到干净整洁的货车上，货车开往了高级的百货公司。

[小棕熊想爬出垃圾桶却被绊住，垃圾桶倒了，带着小棕熊滚动了起来。小棕熊好不容易连滚带爬脱离了垃圾桶的束缚，它追赶开往百货公司的货车。

小棕熊　喂！喂！等等我！我被落下了！

第二幕

时间　某日早

地点　百货公司

[小棕熊气喘吁吁地跑进了百货公司，许多包装精美的玩具陈列在橱窗里，令小棕熊大开眼界。

[画外音：欢迎光临棒棒哒玩具百货公司！欢迎光临棒棒哒玩具百货公司！

[小棕熊欢乐地穿梭于坦克模型、芭比娃娃、米老鼠、小房子等各式各样的玩具中间，东摸摸西瞧瞧，兴奋不已！

小棕熊　哇！小房子，太可爱了！

[因为空间很小，小棕熊不小心踩到了芭比娃娃的裙子。

芭比娃娃　噢，这位先生，您踩到我的裙子了~

小棕熊　对不起，女士。

[小棕熊和芭比娃娃的对话引起了其他玩具的侧目。大家纷纷改变静止的状态，聚集起来。小坦克把炮筒对准小棕熊。

小坦克　发现可疑目标！瞄准可疑目标！准备发射炮弹！

小棕熊　别别别，冷静！冷静一点！我可是自己人！

米老鼠　Hello, How are you?

小棕熊　……什么?

小皮球　这是个外国朋友,从什么泥里来的,虽然是从泥里来,但是却很干净。

芭比娃娃　你们这群乡巴佬,人家是从迪士尼来的。

小棕熊　别打岔,给你们看。我可是从全市最有名的玩具公司来的,身份证号1925,看就在我的屁股上。你们可以暂时叫我1925,因为等我被买走之后,我的主人会给我起新的名字。

[小棕熊自豪地把屁股一撅,笨拙地扭动身体,亮出“十全十美”的商标。

橡皮章鱼　十全十美?难道你没发现自己少个耳朵吗?我可从来就没见过只有一只耳朵的熊!

小房子　也许是独特的造型,设计师款……

小皮球　但也可能是个山寨货。

众玩具　(异口同声)山寨货?

[橱窗里的玩具们因为小棕熊的突然到来而格外兴奋。这时,商场的迎宾词响起:“欢迎光临棒棒哒百货!我们今天的营业刚刚开始,愿与您共度美好的一天!”所有的玩具立刻各自归位,小棕熊学着别的玩具的样子,赶快站好,露出自信的微笑。

[商场的门打开了,迎来了当天的第一批客人,可爱的孩子们一拥而上跑到柜台前挑选自己的玩具。

男孩A　爸爸,我要这个小汽车!嘀嘀叭叭~呜~呜

女孩A　这个洋娃娃真漂亮,我可以帮她梳辫子,也可以给她换衣服。

[小棕熊看着自己的同伴被买走,被赋予新的名字,十分羡慕。

小棕熊向每一个挑选礼物的孩子投去期盼的眼神，但却没有回应。直到有一个小姑娘捧起了小棕熊的脸。

女孩B　妈妈，快看，这只玩具熊为什么少只耳朵呀？

［小姑娘的声音引起了售货员的注意，售货员走过来，发现了小棕熊的存在。

售货员　咦？我怎么不记得有这个玩具（小声）？顾客，您稍等一下（微笑回应）。

［她拿着扫码器对准小棕熊的屁股扫码，扫码器“嘀嘀”响，却迟迟未显示信息。售货员仔细看了看小棕熊的编码，拿起电话。

售货员　这里是棒棒哒百货玩具专柜，刚刚发现放进柜台的玩具里出现了不合格产品，出厂公司为十全十美玩具公司。

［车间主任带着团队来到棒棒哒商场，一行人服装一致步伐一致，见到棒棒哒的负责人便整齐划一地鞠躬道歉。

进货商　因为贵公司的疏忽，使我们棒棒哒遭到了顾客的误解，这件事该怎么解决？

车间主任　我们一定全权负责！

［穿着成套高端工作服的技术人员，显微镜等一系列高精尖器材，聚集在小棕熊身边。检查完毕后，汇报情况。

技术人员　报告主任，发现玩具熊1925号，的确是我公司制造的玩具，经过系统的检测，发现玩具缺少耳朵一只，判定为不合格产品。

车间主任　确实是我们的疏忽，我们公司愿意承担一切后果！

进货商　我们无法再信任贵公司了！

车间主任　为了向公众展示公司永远追求十全十美的决心，我们决定把残次品带回，用粉碎机进行深度处理。处理过程全程网络直播。这样您满意吗？

进货商　好吧，希望您可以尽快兑现诺言！

［橱窗里的玩具一个接一个传递着这个信息。

小坦克　那个小棕熊要被粉碎机销毁了，因为没有耳朵！

芭比娃娃　天呐，那个少了一只耳朵的熊要被粉碎机销毁了！

米老鼠　（外国人说中文的腔调）小熊要被销毁了！小熊要被销毁了！

小皮球　小熊要被销毁了！怎么办？熊仔，快跑啊！

众玩具　熊仔，快跑啊！

［小棕熊听到这个消息，吓得全身发抖，一屁股坐在柜台上，开启"玩具静止"模式。

小汽车　愣着干吗？喂喂！你怎么了？四肢僵硬眼神呆滞……

小坦克　我们得帮帮他。

［车间主任走向小棕熊，玩具们大惊失色，小皮球一使劲滚到车间主任脚下绊住他；仙女八音盒上好弦，传出悠扬的乐声的同时转着圈跳起舞来，孩子们见状一拥而上挡住了车间主任的去路；不倒翁发力把小棕熊弹出去；被买走的小房子打开窗户夹住小棕熊，带着小棕熊逃出了百货商店。

［慌乱平息，等车间主任回过神来，小棕熊已经消失不见。

车间主任　那个残次品呢？怎么不见了？快想办法把它找回来！

第三幕

时间　某日早

地点　马路

［路途颠簸，静止状态的小棕熊因为车内摇晃而"复活"，身边的

小房子松了口气。

小棕熊　我是谁？我从哪里来？要到哪去？

小房子　你终于醒了，我还以为你醒不过来了。你知道吗？刚才车间主任要把你带走粉碎，真是替你捏了把冷汗。

小棕熊　我也不知道怎么回事，就是害怕，伤心，还没能遇见我的小主人，我就要死掉了。不过，谢谢你们。

小房子　大家都是玩具，客气什么。

小棕熊　真是羡慕你，拥有了自己的小主人，他带你回家，每天和你在一起，一起吃饭，睡觉，玩游戏……（小棕熊难过地低下了头）

小房子　别难过，你也可以遇见疼爱你的小主人的。

小棕熊　可是，我是个残次品，谁会喜欢缺一只耳朵的熊呢？

小房子　别灰心。

［小房子把窗户打开。

小房子　上帝在为你关上一扇门的时候，便会为你打开一扇窗。

［小棕熊看了看小房子，把窗户关上，再把窗户打开，多次重复。

小棕熊　对啊，如果我能找到耳朵，把耳朵安在头上，一切问题就都解决了。

小房子　对，就像我的窗户一样，也是出厂前安上的。

小棕熊　那我去哪里找耳朵呢？

小房子　你可以去建筑工地看看，因为我的小主人说以后要做建筑设计师，建筑工人可以造房子，应该也可以帮你造耳朵！

小棕熊　真是太感谢了！幸福就在眼前！

小房子　希望你可以一切顺利！

小棕熊　虽然很舍不得，但是我要走了，就是现在，朋友，再见！

［趁着汽车停下的瞬间，小棕熊鼓起勇气跳下车，翻滚落地，拍

拍身上的土。向远去的汽车挥手告别。

小棕熊　也祝你幸福！

[小棕熊走啊走，终于到了工地，戴着安全帽的工人忙忙碌碌挥汗如雨。

小棕熊　打扰一下。

[工人把一顶安全帽扣在小棕熊头上，继续推着推车运送建材。小棕熊跟在工人身后。

小棕熊　谢谢。先自我介绍一下，我是1925号小棕熊，十全十美公司制造的，就是那个特别有名的玩具公司。

工　人　有什么事直说，这里太危险了，不适合你这种小毛球。

小棕熊　我缺一只耳朵，你能帮我安装一个耳朵吗？

工　人　用水泥、木头，还是玻璃？

小棕熊　呃，有没有稍微柔软一点的材质？

工　人　开个玩笑而已，我觉得我帮不了你。

小棕熊　那怎么办？找不到耳朵我就无法成为十全十美的玩具，无法成为十全十美的玩具就没办法遇到我的小主人，就没办法拥有幸福的一生。

工　人　不然你去医院看看，那里的医生治病救人，别说是一个耳朵，连胳膊，腿，眼睛，心脏都可以帮你修好。

小棕熊　谢谢你，给我提供了这么重要的信息。

[小棕熊挥手跟工人再见，继续踏上了寻找耳朵的征程。

[小棕熊走啊走，终于到了医院。医院的医生忙着抢救病人，小棕熊连话都插不上，只好去看楼层指引。护士看见迷茫徘徊的小棕熊，上前提供帮助。

护　士　有什么需要帮助的吗？

小棕熊　我想，我应该去……耳鼻喉科看病是吗？因为，我缺一只耳朵。

护　士　实在是不好意思，医院是给人看病的地方，可能没办法给玩具熊提供帮助。

［小棕熊难过地低下头，失落地准备离开。

护　士　不过，我想，你可以去裁缝铺试试，那里也许有人可以帮助你。

小棕熊　真的吗？谢谢你。

［小棕熊重新打起精神，踏上了寻找裁缝铺的旅程。它走啊走，走了很久很久，却一直没找到裁缝铺。渐渐失望的小棕熊垂头丧气地在马路上游荡。

小棕熊　（自言自语）究竟哪里有裁缝铺呢？究竟谁能帮帮我，你如果再不出现，就永远不会有人爱我了！

［一个小裁缝抱着一个大毛线团迎面而来，他被重物压得直不起身来，把头埋进肩膀里，一脸无精打采。

［小裁缝与小棕熊擦肩而过的瞬间，小棕熊身上的商标勾住了小裁缝的毛线，小棕熊拽着毛线头向前走，小裁缝发现手里的毛线球越来越小，使劲一拽，小棕熊在力的作用下，被毛线缠了起来。

小棕熊　天呐天呐，怎么回事？有没有人可以救救我，我被绑架了！

［小裁缝发现毛线缠住了小棕熊，立刻跑过来，试图帮助小棕熊解开缠在身上的毛线。但因为小棕熊不停地动，毛线越缠越紧。

小棕熊　我不能呼吸了，我要死了，我还没有找到我的耳朵，还没见到我的小主人，竟然就要这样死去了。

［看见小棕熊呼吸不畅，小裁缝从衣服里拿出剪刀。

小棕熊　不不不！啊！

[小棕熊见状更是害怕一屁股坐下，进入“静止状态”。没有小棕熊帮倒忙，小裁缝慢慢用剪刀剪开毛线，帮小棕熊松绑。小裁缝给小棕熊进行急救，小棕熊好不容易醒了过来。

小棕熊　我是谁？我从哪里来？要到哪去？

[见小棕熊醒过来，小裁缝收拾残局，打算离开。小棕熊一把拉住小裁缝。

小棕熊　你别走，跟我去警察局，你意图绑架我这只可爱的小棕熊，我要把你抓进监狱。你为什么不说话？你有权保持沉默，但你所说的一切将会成为呈堂证供！

小裁缝　我没绑架你。

小棕熊　那你是谁？为什么拿着剪刀？不，是拿着凶器？

小裁缝　我是小裁缝。

小棕熊　什么！你是小裁缝！你竟然是小裁缝！

[小裁缝没理会，收拾好东西继续上路，没有回应。小棕熊步步紧跟。

小棕熊　我得和你好好聊聊，我是十全十美玩具公司生产的玩具熊，我是有出厂编号的，1925，你看，就在我屁股上。

[小棕熊撅屁股的时候，小裁缝没理会，走得更远了。

小棕熊　别走这么快……你听我说，你是上天派来拯救我的人。

第四幕

时间　某日早

地点　裁缝铺

[小棕熊一路跟着小裁缝，来到了裁缝铺，小裁缝顺手把门关

上，却被小棕熊伸手挡住。

［小裁缝只好让小棕熊进了门。望着裁缝铺里挂着的成品衣，小棕熊十分震惊。

小棕熊　这都是你做的吗？这么厉害，那缝耳朵对你而言不是轻而易举吗？

［小裁缝不说话，低头整理着刚刚剪坏的毛线，无奈地摇摇头。

小棕熊　我从遇见你的第一眼就觉得，我们会成为很好的朋友，帮朋友的忙不是理所应当的吗？

小裁缝　我可没时间交朋友，我还有很多工作要做。

小棕熊　（哭腔）其实我真的不想麻烦你，但是，如果没有耳朵，我就没办法成为十全十美的玩具，找不到属于我的小主人，还会被抓走，扔进粉碎机，碾成碎末。

［小棕熊一边哭诉，一边走向小裁缝，一把扎进小裁缝怀里。小裁缝见小棕熊十分难过，再看看小棕熊缺少的耳朵，不忍拒绝。

小裁缝　好吧，我帮你缝耳朵，但是缝好耳朵你就赶快离开。

小棕熊　没问题！

［小棕熊立刻冲到小裁缝的工作台边，挑挑布料，找找线头。边找，边和自己的毛色做对比，一会儿又跑到镜子前照镜子。

小棕熊　这个滑溜溜的布手感真是一级棒！还有这些线，红色的好看，蓝色的也好看，绿色的我喜欢……

小裁缝　用海绵填充，深棕色的毛线做外耳郭，浅棕色的毛线做内耳，再用透明的细线把耳朵和脑袋缝在一起，应该就可以了。

［小裁缝边嘟囔，边迅速地找到相应的材料。小棕熊佩服得五体投地。

小棕熊　真是专业！

小裁缝　我们开始吧！

［小棕熊听到马上可以缝耳朵，反而有些害怕，一反刚刚轻松的语气，紧张起来。

小棕熊　呃……开始？现在就要……缝耳朵了吗？

［小裁缝坐在工作台前，准备好针，串好线，望向小棕熊。

小裁缝　躺在我的工作台上就行。

小棕熊　呃，不需要再好好准备一下吗？画个设计图，或者在什么东西上预演一下？这个针，好像有点粗，或许，可以先消消毒。

小裁缝　你是害怕吗？

小棕熊　（尴尬）怎么会？要知道，找到耳朵是我的梦想……

［小棕熊由于过度紧张，一屁股坐在地上，再一次进入了静止状态，变成了玩具。小裁缝摇摇头，把针线收起来。

［远处传来脚步声，小裁缝赶紧收拾台面，连忙把小棕熊拖走，裁缝铺雇主拿着一个大本子推门进来。

裁缝铺雇主　你又在偷懒吗？打起精神！打起精神！张小姐的裙子，王太太的针织衫，李先生的牛仔裤都改好了吗？还有，今天要去城东取的毛线，城西取的布料都拿回来了吗？

小裁缝　刚刚取毛线的时候，出了点意外……

［裁缝铺雇主背着手，左看看右看看。小裁缝不说话，低着头。裁缝铺雇主发现筐里乱糟糟的毛线。

裁缝铺雇主　这是什么？

小裁缝　但是我可以把它修好。

［裁缝铺雇主拿出本子在上面仔细做着笔记，边做笔记边念念有词。小裁缝低头不语。

裁缝铺雇主　损坏毛线,赔偿——500 元。

［小棕熊清醒过来,看着屋里发生的一切。它走到裁缝铺雇主身后,拍拍他。裁缝铺雇主吓了一跳。

小棕熊　打扰了,不过我得跟您说明一下,这个毛线是我弄坏的。

裁缝铺雇主　啊！这是什么？

小棕熊　别害怕,我是可爱的玩具熊,你可以叫我 1925,我的编号在我屁股上面,小裁缝是我的朋友。（立刻和小裁缝勾肩搭背）

小裁缝　不,我没有时间交朋友。

小棕熊　别这样讲（对小裁缝说）。这团毛线,我来负责把它恢复原状（对裁缝铺雇主说）。

裁缝铺雇主　你来修？用你自己身上的毛线吗？

小棕熊　不不不！当然不是了！但是我会努力把它恢复原状……

［小棕熊连忙否认,裁缝铺雇主一副不以为然的样子。转头跟小裁缝算账。

裁缝铺雇主　既然它是你的朋友,那么它在这里产生的一切费用,包括吃穿用度,都得记在你的账上。

［裁缝铺雇主又拿起本子在上面仔细做笔记,边做笔记边念念有词。

裁缝铺雇主　我看它的体型,应该挺费粮食,占面积的,多算一点没什么问题吧。就算 3 000 元吧,现在在外面租个房子都不止 3 000 元。

小裁缝　这个月我……

裁缝铺雇主　对,今天是工资结算的日子,作为一个负责任的老板,怎么会忘记这件事？让我看看……这个月你又多欠了我5 432.91,加上之前的,一共 69 318.62。

[小裁缝深深地叹了口气。

[小棕熊凑过来看账本。

小棕熊　怎么这么多呀？

裁缝铺雇主　（打了小棕熊的脑袋）还愣着干吗？快点干活，还想不想还债了！

[裁缝铺雇主翻着账本，掐指算着离开。小裁缝无精打采地收拾着毛线团，小棕熊走到小裁缝身边。

小棕熊　我是很抱歉的，也很同情你的遭遇，但是，缝耳朵的事……

[小裁缝拿起刚刚就已经准备好的针线，对准小棕熊的脑袋，小棕熊立刻吓得闭上眼睛，抱紧自己。小裁缝立刻收手。

小裁缝　我改变主意了。

[小棕熊长睁开一只眼，望向小裁缝。

小裁缝　刚刚你听见了，因为你的原因，我欠的钱更多了。我得快点干活了，应该没时间帮你了，你走吧。

[小裁缝把头埋在肩膀里，悠悠地走向门口，打开门，请小棕熊出去。

[小棕熊跑过去故作轻松地把门关上，把双手搭在小裁缝肩上，推着小裁缝回到了座位上。

小棕熊　别啊，别让我走，你是我最后的希望了。

小裁缝　在还清债务之前，我帮不了你。

小棕熊　你整天就是还债，真没意思，你有梦想吗？

小裁缝　梦想（若有所思）我当然……我才不要告诉你！

小棕熊　你告诉我，我可以帮你，你看我这强健的身躯，灵活的大脑，一定能帮你！等你实现梦想了，你再帮我圆梦缝耳朵，你看怎么样？

小裁缝　还债就是我的梦想！

小棕熊　你骗人！

［小裁缝没说话。

小棕熊　不说话？那就是不反对咯！既然你同意了，那我就开始干活了！先帮你还债，再帮你圆梦！就这样愉快地决定了！

［小棕熊搬起一匹布准备显示自己的能力，却没拿稳直接把整匹布滚开。小裁缝看着眼前发生的一切。

小棕熊　发生了一点意外，但一切都在掌握之中，不用担心。

［小棕熊保持微笑，准备收拾残局，却又不小心踩到了布，重心不稳摔了一跤。小裁缝不可置信，看见小棕熊滑稽的样子，小裁缝忍了一会儿哈哈笑了起来。

（以下情节用音乐和舞蹈形式展现）

［小裁缝把小棕熊扬开的布挂在杆子上，做窗帘，并用剪刀把左侧下面多余的部分剪掉，小棕熊接过剪刀，剪右侧的窗帘，却把右边的窗帘剪得短了，再去剪左边的，又把左边的剪得更短了。

［小裁缝把卷尺递给小棕熊，交给小棕熊用尺子量窗帘的长度。又以小棕熊为例，教会小棕熊怎么量三围，但小棕熊实在是太胖了，连尺子都无法测量。

［小裁缝拉出小黑板，黑板上是小裁缝设计的衣服，小棕熊为小裁缝的设计鼓掌。

［小棕熊开始帮助小裁缝做衣服，模特被自信满满的小棕熊推出来，却发现小棕熊把一件男装和一件女装缝在了一起。小裁缝赶紧把模特推进去。

［小裁缝把布料搬来搬去，小棕熊见小裁缝累得直不起腰，便领着小裁缝做运动，小棕熊做一个动作，小裁缝做一个动作，两人愉快地跳起了踢踏舞。

［裁缝铺雇主推门进入，音乐戛然而止，小裁缝和小棕熊也停了

下来，裁缝铺雇主翻开账本。

裁缝铺雇主　愉快的一个月过去了，先生们。感觉怎么样？

小棕熊　一切尽在掌握之中！

裁缝铺雇主　很好，心态很好。如果看见欠款单心态还能保持这么好，就更好了。

［裁缝铺雇主将写着欠款数额的纸从账本上撕下来，递给小裁缝。

小裁缝　86 034.68！

小棕熊　啊！怎么会？

第 五 幕

时间　某日早

地点　裁缝铺

［小裁缝推着手推车进了裁缝铺，小棕熊赶紧帮忙，两人搬上搬下，累得气喘吁吁。小棕熊一屁股坐在地上。

小棕熊　我一直想问你个问题。

小裁缝　问。

小棕熊　为什么我们从早忙到晚，干的越多，欠的越多？是不是躺下不干活，就不会越欠越多了？

小裁缝　你想多了，只会欠的更多。

［手推车里的麻布袋动了动。小棕熊揉了揉眼睛。

小棕熊　我一定是过度劳累，产生了幻觉，不然怎么觉得麻袋在动呢？

［小裁缝望向麻袋，麻袋又动了动。

小裁缝　我想，不是你过度劳累，是麻袋真的在动！

小棕熊　啊啊啊啊啊！

［小棕熊一个箭步躲到小裁缝身后，小裁缝慢慢向前移动，试探着把麻袋上系着的绳子解开。一个布娃娃探出头来。小棕熊一下子躺平，进入了静止模式。

布娃娃　它没事吧？

小裁缝　没事，它只要一紧张就会这样。你为什么在麻袋里？

布娃娃　我叫小可，我的小主人叫小爱，住在布料厂里。

［布娃娃从麻布袋里钻出来。布娃娃的裙子有些褪色。

［小棕熊一下子醒来，喘着粗气，要掀开布娃娃的裙子。

小棕熊　快给我看看！给我看看你的屁股！

布娃娃　（大惊失色）啊，不要掀我的裙子！

小棕熊　对不起，我太激动了！你竟然有名字！太令人羡慕了！你可以暂时叫我1925，这是我的玩具编号（撅起屁股给她展示），我是十全十美玩具公司生产的，你一定知道这个公司有多厉害吧！（满脸自豪）。

布娃娃　又是十全十美公司！

小棕熊　你也听说过吧，是不是很厉害？

布娃娃　十全十美公司生产的没有一个好下场！

小棕熊　（和布娃娃争吵起来）怎么可能？十全十美就是最好的！

［小裁缝看布娃娃和小棕熊争吵着打起来，连忙劝架。

小裁缝　我送你回去吧，找不到你，你的主人一定会担心难过的。回去前，我给你做一条新裙子！

［快速翻阅自己的笔记本。

布娃娃　不要再自欺欺人了！我的主人早就不爱我了！你们听！

［布娃娃按了一下自己的脚丫，背后的扬声器里立刻传来模糊

的声音——“小可,小爱,小可爱”。再按一下又发出“我们是最好的朋友！是最好的朋友!”

小棕熊　小爱的声音怎么变成这样了啊?

布娃娃　是啊……我们曾经是最好的朋友,每天都在一起玩,她最喜欢的是过家家,她当老师,我就是学生,她当医生,我就是病人,我们是最好的朋友。但是……

[布娃娃又按了一下自己的脚丫,背后的扬声器里传来一阵杂音,随后又传来远处人群的声音,好像在庆祝什么事。

布娃娃　小爱生日那天,所有的人来为她庆祝生日,她妈妈递给她一个漂亮的盒子,盒子里是那个漂亮的洋娃娃,小爱高兴地又蹦又跳,连踩到了我的脚都没发现。那个洋娃娃就是十全十美公司生产的!

小棕熊　虽然我也不明白那是一种什么感觉,但是如果我能遇见她,一定会告诉她你有多伤心,多难过。

布娃娃　才不会呢。早就听说了,小主人们的生日就是玩具们的灾难日,你以后也会明白的。

小裁缝　我找到了！找到了!

[小裁缝在工具箱里找到两节电池,把旧电池从布娃娃身体里取出来,布娃娃耷拉下了脑袋。

小棕熊　(大惊失色)你怎么了？你快醒醒!

小裁缝　别着急。

[小裁缝在布娃娃背后放进新的电池,又按了一下布娃娃的脚丫,布娃娃立刻苏醒过来,精神百倍地拉起小裁缝和小棕熊跳舞。扬声器里立刻传来清脆的声音:“我们是最好的朋友!”

小棕熊　妙手回春！简直完美!

[小裁缝又把做好的小裙子,套在布娃娃身上。布娃娃焕然

一新。

小裁缝　还有这个,没有什么事是一条漂亮的裙子解决不了的。

[小棕熊看到了小裁缝的笔记本,顺手翻阅起来。

布娃娃　真的吗?

小裁缝　一定可以!

小棕熊　小裁缝,你太不够意思了,这么多服装的设计图都是你画的吗? 怎么从来没有给我看过?

小裁缝　(抢过笔记本放进抽屉)每个人都有自己的秘密!

[裁缝铺门外传来小女孩清脆的声音。

小　爱　妈妈,是小可的声音! 它真的在这!

[门突然被推开。裁缝铺雇主殷勤地指引着,一个小女孩牵着妈妈的手,满脸泪痕。看到布娃娃,立刻冲过去抱住。

小　爱　小可,你在这里啊! 对不起,是我的错,是我把你落在了工厂里。你会原谅我吗?

布娃娃　我以为你不再需要我了,因为你有了新朋友。

小　爱　怎么会! 我最喜欢你了!

[小爱定睛看了看布娃娃,露出高兴的笑容。

小　可　是真的吗?

小　爱　你换了新裙子! 真好看! 你换了新电池,声音也变得更好听了!

[小爱把布娃娃抱得更紧了。小棕熊听见小爱的话,充满敬佩地望向小裁缝。

小棕熊　我觉得,你有给人带去幸福的魔力!

[小裁缝不这么觉得,他摇摇头。

小裁缝　我只是个裁缝而已。

[小姑娘按下布娃娃脚下的按钮,传来“小可,小爱,小可爱”的

声音。

[小棕熊和小裁缝站在门口挥手目送布娃娃。布娃娃挥挥手。

[小裁缝重新投入到工作中去,小棕熊无法抑制住自己激动的心情,脚步轻快地在裁缝铺里转来转去。

小棕熊　真是大团圆结局！而功臣就是……我们！

[夜里静悄悄,一个三角板的板子从门缝里钻了进来,尖角不小心撞到了熟睡中的小棕熊的脑袋上,小棕熊一下子坐了起来。

小棕熊　哎哟喂！

[小裁缝闻讯绕过桌子查看情况,发现三角板与小棕熊挤在床上,一个捂着脑袋,一个按着脚。

小裁缝　你又是谁啊?

三角板　我是七巧板里的三角板。

小裁缝　那你为什么会在这里呢?其他六个板呢?

三角板　我的主人玩儿完玩具从来不放回原处,我和我的朋友已经很久没见面了。刚刚在门口看见布娃娃和她的小主人了,如果可以,你们能不能……

小棕熊　当然没问题,我们愿意为你提供一切帮助。

[小棕熊一把拉过小裁缝,友善地看着三角板。小裁缝一脸无奈。

三角板　你们真是好人！

小棕熊　哈哈哈哈,你不知道吧,我们刚刚帮助布娃娃重新回到了家！

[小棕熊脸上写满了成就感,搬了个板凳,让三角板坐下。三角板望向门外,朝着门外大喊。

三角板　大家快进来！

［许多玩具浩浩荡荡地从裁缝铺门外进来。小裁缝和小棕熊瞪大了眼睛，惊掉了下巴。

小棕熊　呃……真没想到，竟然这么多！

小裁缝　我们恐怕……

所有玩具　谢谢你们，真是好人啊！

小裁缝　好吧……那大家一个一个来。我们争取今天完工！

所有玩具　太好了！太好了！

［小裁缝摇了摇小棕熊，把三角板手里的名单递给了小棕熊。

小裁缝　别愣着了，快点干活吧。

［小棕熊摇了摇头让自己清醒了一些，把纸贴近眼睛。

小棕熊　噢噢。一号，塑料恐龙，因为常常被扔来扔去，所以肚子左侧的绿色颜料磨掉了。

［小裁缝用一块颜色鲜亮布，给小恐龙做了个马甲。

小棕熊　二号，圣诞老人模型，在商场工作，曾经有个孩子把一杯可乐倒在了他身上，因为服装卫生问题被辞退。

［小裁缝做了几个布制玩具贴片，缝在了圣诞老人衣服的污渍处。

小棕熊　三号，小木马，木头太硬，家长怕小朋友受伤，所以目前闲置……

［天色渐渐暗下来，小裁缝困得抬不起头来，终于累得趴在桌子上睡着了。玩具们见状，蹑手蹑脚地离开裁缝桌，小声地聊天。

三角板　他睡着了，一定是太累了。

小棕熊　他从早上忙到现在，一刻都没有停歇。可怜的孩子。

塑料恐龙　我看他也不过十几岁的样子，其他孩子还在爸爸妈妈怀里撒娇，还有数不清的玩具陪伴，他却在这里工作。不过幸好有你陪他。

小棕熊　呃，其实，我不是他的玩具，我只是借住在这里。

[其他玩具大吃一惊。

小棕熊　我和你们一样，是找他帮忙修理的，我缺一个耳朵（展示给其他玩具看）。

[圣诞老人给睡着的小裁缝披上衣服，看见了桌子上的小账本。

圣诞老人　真是令人心疼的孩子。这是什么？

小棕熊　是小裁缝欠的钱。他每天从早忙到晚，欠的钱却越来越多，都怪那个贪财的裁缝铺雇主。

小木马　我们应该想办法帮帮他，毕竟他帮了我们。

塑料恐龙　我替他去修理那个坏老头，一脚把他踩扁。

圣诞老人　别冲动，这样不行。暴力无法解决问题！

三角板　那怎么办？我们又不会做衣服。

小棕熊　如果裁缝铺的生意能好一些就好了。那种缝缝补补的工作根本赚不到钱。可是……怎样才能让人们来这里做衣服呢？

圣诞老人　噢，这个我最拿手了，每到圣诞节，大型的商场里都会举办活动，吸引人们来消费。

小棕熊　听起来是个好主意！

圣诞老人　来吧，让我们动起来，趁着天黑，商量一下，该怎么办。

[所有的玩具都聚集起来，大家你一言我一语。天色慢慢变得更黑了。

[早上，小裁缝被门外熙熙攘攘的声音吵醒，揉揉眼睛，起身看看到底发生了什么事。

[裁缝铺的门面焕然一新，挂好了横幅，扎好了气球，小棕熊站在裁缝铺的门口奋力吆喝，派发传单，吸引了不少客人围观。

小棕熊　裁缝铺百年不遇大酬宾！设计师量身打造！

［小裁缝把小棕熊拉到一边，焦急地询问。

小裁缝　你是从哪里弄的这些东西？

小棕熊　你放心，我们可是有专业团队！

［小裁缝往不远处一指。圣诞老人微笑着指引，塑料恐龙、三角板、小木马也在帮忙。气氛热闹非凡。

圣诞老人　欢迎光临！欢迎下次再来！

［裁缝铺雇主赶来，不敢置信地看着裁缝铺的变化。

裁缝铺雇主　这……这是怎么回事……

［小棕熊把一叠订单递给裁缝铺雇主，裁缝铺雇主立刻乐开了花。

裁缝铺雇主　小裁缝，快快快，这么多订单我还是第一次看见，一定得加班加点地给我赶出来！

［小棕熊继续发挥自己的优势，跳着舞，耍宝卖萌吸引顾客。一位记者赶来拍摄这有趣的一幕。

裁缝铺雇主　记者先生您好，我们这家店可是祖传老店啊！从我爷爷的爷爷的爷爷那辈就开始经营。

记　者　可是我从来没听说过呢。

裁缝铺雇主　你可真是孤陋寡闻。

记　者　不好意思，我是来采访小棕熊的。

［裁缝铺雇主悻悻离开，记者把话筒对准小棕熊。

记　者　您好，我了解到，您是十全十美公司生产线上淘汰下来的产品，您为什么会来到这家裁缝铺呢？

小棕熊　在我最困难的时候，是这家裁缝店的小裁缝收留了我。

记　者　这家店里，你最想推荐什么给顾客？

小棕熊　当然是我的好朋友小裁缝了，他是非常厉害的设计师，而且他很善良，帮助了很多旧玩具重新赢得主人的欢心。

［塑料恐龙、三角板、小木马等玩具频频点头。

记　者　是什么原因让你如此乐观向上？

小棕熊　我相信，虽然我是个缺了耳朵的小棕熊，但是我一定可以找到爱我的小主人，得到幸福的。

记　者　谢谢你配合采访。可以拍张照片作为这次专访的封面吗？

小棕熊　当然可以。

［记者拿出相机，为小棕熊、小裁缝还有一众玩具拍摄照片，照片定格。

第六幕

时间　某日早

地点　裁缝铺

［车间主任翻看着报纸，翻到有关小棕熊的报道后，整个人怒气冲天。

车间主任　“不完美玩具的完美逆袭”？这个小东西，不好好藏起来，竟然还敢大肆地宣传自己！噢，气死我了！我的强迫症要犯了！快！快点把它抓起来！

工作人员　是，我们立刻就去找这家裁缝铺！

车间主任　在各大媒体上发布追捕令！我看谁还敢收留它！

工作人员　遵命！

［裁缝铺里贴满了小棕熊的宣传画。小裁缝和小棕熊坐在桌前，一边整理订货单一边用算盘算账。

小裁缝　照这样下去，不到两个月，所有的欠款都能还清了！

小棕熊　我早就知道这招管用！我们就提前来庆祝一下吧！

［小棕熊环顾四周，确认无人，从衣服里掏出两瓶汽水。小裁缝一脸疑惑。

小棕熊　这可是用我的私房钱买的。当然，杂货店的老板给我打了八折！来，你先喝！

［小棕熊熟练地打开汽水瓶，递给了小裁缝一瓶。

小裁缝　不，当然得名人先喝啦！

［两人把桌子上的东西随便一收，爬上了桌子，靠在了一起，边喝饮料边聊天。

小棕熊　蜂蜜橘子味儿。

小裁缝　很久没有那么开心了。

小棕熊　对啊，钱攒够了，我就可以拥有自己的耳朵了，也会拥有自己的小主人。

小裁缝　嗯，是啊。你一定会找到爱你的小主人的！但是你……也要离开这里了！

［小棕熊和小裁缝突然意识到彼此将要分离，都显得有些尴尬与忧伤。

小棕熊　那你有什么愿望呢？

［小裁缝陷入沉思。小棕熊见小裁缝不说话，只好默默地盯着汽水瓶子，汽水瓶子上的广告吸引了小棕熊的注意。

小棕熊　玩具服装设计大赛！

小裁缝　什么？

小棕熊　你可以去参加玩具服装设计大赛呀！这个瓶子上印了！第一届十全十美玩具服装设计大赛！以你的能力，一定可以拿第一名的！

［小裁缝拿起手中的汽水瓶，看看又放下。

小裁缝　别开玩笑了,哪有这么简单。我还是做好手头的事吧。

［小裁缝将汽水一饮而尽,跳下桌子,顺手把瓶子扔进了垃圾箱,重新开始集中手头的工作。

［裁缝铺门口,裁缝铺雇主挡在门外,车间主任和车间的工作人员正与他谈判。

车间主任　(对裁缝铺杂乱的环境感到厌恶)快把小棕熊交出来!我要亲自把它粉碎!

裁缝铺雇主　你也看到了,我们店里现在全都指望他吸引客户。不是我不放他走啊,这些损失该怎么计算?

车间主任　原来如此,只要你交出小棕熊,我们公司愿意支付你 100 万元的补偿金!

裁缝铺雇主　不愧是大公司,出手就是爽快。我们虽然是做小本生意的人,但是也是很讲信誉的。不过麻烦各位进店里的时候尽量小心一点,我这小门小户的伤不起。

［裁缝铺雇主侧身让开门,做了一个"请进"的手势。

［门一开,小裁缝和小棕熊一起向门的方向望去。小棕熊看见车间主任,吓得从桌子上掉了下来。小裁缝挡在小棕熊前面。

小裁缝　你们是谁！要干什么!

车间主任　小棕熊,我们又见面了,我看看你在哪儿呢,原来是害怕地躲到桌子底下了。

［车间主任向小棕熊的方向走去。小裁缝不断拉着小棕熊往后退。

小裁缝　你别碰它!

裁缝铺雇主　你别添乱!

［裁缝铺雇主一把抓住小裁缝,把小裁缝拉走。小棕熊害

怕得全身僵硬,失去意识又一次变回了“静态玩具”。车间主任轻而易举地抓住了小棕熊。

小裁缝　为什么?它帮你挣了很多钱!

裁缝铺雇主　我是商人,永远追求利益最大化!

[小裁缝用尽全身力气挣脱出来,一把抓住小棕熊的胳膊,和车间主任争抢。

小裁缝　你不能带走它,它是我的朋友!小棕熊,你快点醒醒,快跑啊!

[小棕熊依旧处于静止状态,小裁缝意志坚决,用尽全身力量与车间主任对峙。

车间主任　快放手吧!

[巨大的力量令小棕熊四肢接缝处的线断开,小裁缝心软放手。

[车间主任一行人带着小棕熊离开了。裁缝铺在一阵混乱后又恢复了宁静。小裁缝无精打采地坐在地上,裁缝铺雇主有些愧疚,安慰小裁缝。

裁缝铺雇主　只是个玩具而已,这个月多发工资给你,再买一个。

小裁缝　它不是玩具,是……算了,你不懂!

[裁缝铺雇主耸了耸肩,欲言又止,默默离开了,留小裁缝一个人独自伤心。

[小恐龙、布娃娃和圣诞老人推门进来。

小恐龙　熊仔,你看谁来看你了,是小可!

圣诞老人　我们的熊仔呢?竟然没听见它的声音,躲到哪去了?

小裁缝　它被人掳走了,是十全十美公司的人把它掳走的,现在也不知道怎么样了。

小恐龙　什么!还不快点报警!

布娃娃　谁会在乎一个玩具的安危呢？

小裁缝　我一定要自己想办法救它！

小恐龙　（眼中露出杀气，拳头握得“咯咯”直响）我们可以趁着夜黑风高，潜入那个工厂，冲破层层封锁，躲过敌人追杀，最终成功救出目标人物！

［圣诞老人拦住小恐龙。

圣诞老人　年轻人！不要冲动！

布娃娃　我们家的洋娃娃也是十全十美公司生产出来的。她告诉我十全十美制造工厂拥有强大的安保系统，不仅每个角落都有监控，还设有各种射线防止外来入侵，没有周密的计划，很难完成营救任务。

小恐龙　那怎么办，难道我们就要这样放弃熊仔？

圣诞老人　我们得找到别的方法混进十全十美！

［小裁缝被圣诞老人的话点醒，立刻跑到垃圾桶前翻垃圾。

布娃娃　天呐，这孩子是不是疯了！

小裁缝　有办法了！

［小裁缝从垃圾箱里摸出汽水瓶。把汽水瓶上的广告撕下来，所有的玩具都聚集到小裁缝身边。

全　体　第一届十全十美玩具服装设计大赛！

布娃娃　获奖者可进入十全十美工厂参加颁奖晚宴！

小裁缝　虽然我不知道自己能不能获奖，但是我一定会尽力去试一试！

全　体　我们一起帮你！

（以下情节用音乐和动作形式展现）

［玩具们陪伴在小裁缝身边。小裁缝在黑板上写写画画，创作设计稿，反复擦去设计图推翻自己。

[小裁缝挥舞着剪刀和尺子制作衣服,玩具们帮忙扯着布料的两端。

[小裁缝做了好几件衣服都不满意,不停地摇头。玩具们慢慢开始无精打采。

[裁缝铺雇主见小裁缝一直忙碌却没有成果,安慰小裁缝,让他不要灰心。小裁缝决定再接再厉。

[小裁缝想起昔日小棕熊把男装和女装缝在一起,有了新的灵感。

[小裁缝在裁缝桌前忙忙碌碌终于做好了一件衣服,他仔细将衣服装进袋子里,和汽水瓶上的参赛报名表一起寄走了。

(音乐结束。)

第 七 幕

时间 某日早上

地点 十全十美玩具服装设计大赛颁奖典礼现场

[新闻联播声音:“经过激烈的角逐,第一届十全十美玩具服装设计大赛获奖名单正式出炉!名不见经传的年轻设计师获得冠军!”

[小棕熊趴在窗边,望着远方。听见广播里传出的声音,小棕熊激动地跳了起来。

小棕熊 太棒了,我的朋友!我的朋友拿了第一名!我就知道他可以!

[小棕熊吵闹的声音惊扰了巡视的车间主任,车间主任走过来,警告小棕熊。

车间主任　嘘！安静点！车间规范条例上写了，任何声音不准超过10分贝！

小棕熊　你听见了吗？我的朋友拿了服装设计大赛的第一名！

车间主任　可是跟你又有什么关系呢？

小棕熊　他是我的朋友，他赢得了比赛，我替他高兴。等我从这里出去，一定好好地跟他一起庆祝！

车间主任　出去？你怎么可能出去？

小棕熊　小裁缝会来救我的！

车间主任　哈哈哈哈哈，真是单纯又可爱，告诉你吧，没人会喜欢一个残次品，你朋友出名了，还能记得你？

小棕熊　绝对不可能！

车间主任　这种盲目的自信还真是令人感动！不过，忘了告诉你，当时在裁缝铺，是小裁缝放弃了你，是他先松开了手。不然你怎么会到这里来呢？告诉你一个秘密，小裁缝是我们十全十美公司的工人，可是我觉得人类怎么可能和机器一样做出完美无瑕的作品呢？于是，我把他辞退了，你不知道他当时哭得多伤心，他觉得自己丢脸，就把自己藏在了狭小的玩具屋子里，现在他拿到了玩具服装设计大赛的第一名，你觉得他会因为你而放弃回我们公司的梦想吗？而且，这次回归，他不是再做卑微的工人了，而是成为我们的设计总监，你觉得他可能放弃吗？

[车间主任嘲笑小棕熊一番后，风风火火地离开。

[小棕熊不说话了，它有些相信车间主任的话，难过地默默低下头抽泣起来。

小棕熊　我马上就要被粉碎了，这个世界将没有人记得我！

[“第一届十全十美玩具服装设计大赛”的横幅挂在展示台的

正上方，所有的装饰都是极度工整与对称。各式各样的新型玩具介绍海报立在展示台两侧，所有玩具尺寸误差都不超过0.000 0……1。

［小裁缝拿着邀请函，带着自己的玩具朋友们进入会场。

小恐龙　哇，这就是十全十美公司啊，果然高大上！

布娃娃　你们快看，好多新型玩具的海报！技术在不断发展！旧玩具被淘汰是宿命！

圣诞老人　这种大场面我都没见过，多亏了小裁缝拿奖，我们才能来开开眼界！

小裁缝　虽然我们进来了，但这里这么大，我们根本找不到小棕熊啊！

［越来越多的孩子带着自己的玩具聚集到会场上。车间主任登场，看到小裁缝主动迎过来。

车间主任　我们又见面了。上次因为公务繁忙，没有来得及说话。没想到你是个这么有才华的孩子。不知道你有没有兴趣和我们十全十美合作？

小恐龙　你把小棕熊藏在哪里了？

［车间主任的注意力被小恐龙吸引，仔细打量着小恐龙。

车间主任　天呐，你是从哪里来的？（手持放大镜）让我看看，三年前生产，生产厂家不详，生产日期不详。虽然你的小马甲很好看，但是塑料外壳掉漆脱色是个大问题，我建议不要维修了，直接回收处理。

［小恐龙吓得倒退了几步。

［车间主任又看见了布娃娃和圣诞老人。

车间主任　原来都是些残次品，看久了真是令人浑身难受。对了，你们的小棕熊就在后台的笼子里，一会儿它就会与你们见面，不过令人遗憾的是，它会被放进粉碎机里，当场被销毁！

[小恐龙生气地冲向车间主任，却被小裁缝拦下，拉扯时不小心碰到了立在舞台两边的海报，海报因为晃了几下，移动了几厘米。

车间主任　小心点！我的天啊，不完美了！快来人，用尺子重新测量，一定要把海报摆整齐，丝毫不能有差池！

[小裁缝给圣诞老人、布娃娃、小恐龙使了个眼色。

圣诞老人　真是不好意思，我们来帮你放到原位。

[玩具们帮助车间主任，整理每一幅海报，但是却越帮越忙。车间主任近乎疯狂。

车间主任　都给我停下来！你们不要再添乱了！

[趁着车间主任忙作一团，小裁缝潜入后台，看见了关在笼子里进入“静止”状态的小棕熊。

小裁缝　小棕熊，你快醒醒！我是小裁缝！我来救你了！

[小棕熊听见小裁缝的呼唤，醒了过来。小棕熊趴在笼子边握住小裁缝的手。

小棕熊　我还以为你不来了！我还以为再也见不到你了。

小裁缝　怎么可能！我不会丢下你不管的。

[小裁缝把一件衣服递给小棕熊。

小棕熊　这是什么?

小裁缝　这是给你的衣服，是这次比赛获奖的设计。快点穿上它。

[小棕熊却愣着不动。

小裁缝　快点穿上，不然就没时间了。

小棕熊　可是……可是我没有耳朵，你的衣服那么完美，我会毁了它的。

小裁缝　不，这就是你的衣服，是我比着你的尺寸做的。你还记得吗？我教你如何用尺子的时候量的。

小棕熊　嗯。

小裁缝　放心吧，它只属于你，一会儿你只管大胆地展示它。

小棕熊　我相信你，因为你是我最好的朋友！

［小裁缝说完便跑回会场。服装展示会准备就绪，所有的玩具和小主人们聚集在台下。车间主任走上舞台。

所有人　（热烈的欢呼声）十全十美！十全十美！

车间主任　女士们先生们！欢迎各位来宾光临十全十美玩具制造公司！大家共襄盛举，一起见证优秀玩具服装设计的诞生！首先，向大家展示的是入围本次比赛决赛的作品。

［在动感音乐的伴奏下，一个个长得完全一样的标准模特，迈着整齐的步伐，穿着各式各样的服装在 T 台行走。

车间主任　这几套衣服的几千个零部件，是我们的工人日夜不停地赶制，用超级放大镜复查几万次后才展现在大家面前的，任何不完美的线都不可能出现！

［9 套服装展示完毕，观众报以热烈的掌声。

车间主任　下面将迎来本次宴会的高潮！一等奖的作品展示！

［音乐重新响起，但是模特却迟迟不走出来。车间主任有些尴尬。

车间主任　下面进行展示的是获得一等奖的作品！

［还是没有模特走出来，台下一片议论纷纷。车间主任看了看后台，又扫视了台下一圈。

车间主任　呃……先有请获奖者发表感言。

［车间主任把话筒递给小裁缝，下台焦急地询问工作人员。

车间主任　怎么回事？

工作人员　获奖者坚决不同意让模特展示他的设计。

小裁缝　大家好！我是小裁缝！曾经,我只是个默默无闻的人,自从我遇见了它,生活变得不一样起来。起初我们打打闹闹,但之后我们一同受苦受难,一同分享快乐。正是因为它,我才有了梦想,我要做一个设计师,为别人编织美好的一生。你们会问,它是谁？它是我最好的朋友,我的模特小棕熊。

车间主任　你疯了吗？让不完美的玩具展示,一切都会变得不幸,你会毁了我们公司！既然你提到了它,那么我们早点开始今天的直播环节,粉碎小棕熊！快去把那只熊抓过来！

小裁缝　我们都不完美,这个世界上本来就不存在完美的东西。不是完美的人才值得被爱,这也是我和小棕熊在一起的这段时间才明白的。我爱小棕熊,我不允许你伤害它！

众玩具　对,我们都爱小棕熊,你不能伤害它！（声浪一浪盖过一浪）

［记者将照相机对准舞台,所有观众的情绪都被带动。

工作人员　主任,这可怎么办？

车间主任　能怎么办？这一切,都不完美了。我不允许不完美。

［车间主任崩溃地坐在了地上。

工作人员　先让它上台。

［音乐响起,灯光聚焦,小裁缝迎接小棕熊,两人一起走上舞台。小棕熊一开始有些拘谨,但是慢慢就放松了,它拿出在裁缝店就显露出的耍宝才能,赢得了一阵阵欢呼。

小坦克　快看那是谁！

小房子　是小棕熊！是我们都爱的小棕熊！

芭比娃娃　你们看,他多可爱！

所有人　小棕熊！小棕熊！

［小棕熊拿过话筒。

小棕熊　作为十全十美生产出来的玩具，我真的很抱歉，我并不是十全十美的，而是个残次品，但是，少了一只耳朵又怎样呢，我想我已经有了最好的朋友！

小裁缝　谢谢你小棕熊，你之前问过我，我的梦想是什么。之前我不想说，是因为觉得没有实现的可能，现在你帮我实现了，我一直以来的梦想就是成为服装设计师，今天真的实现了，更重要的是，我变得自信了！谢谢你，我的朋友！

［小裁缝和小棕熊紧紧拥抱，然后走下舞台，走向车间主任，拥抱安抚他。

小裁缝　你愿意做我们的好朋友吗？不完美也没关系。

［车间主任抬起头，所有的观众都屏气凝神。

车间主任　谢谢你，我的……朋友们！

［全场沸腾，礼炮齐鸣，所有的玩具、所有的孩子和着音乐，手拉着手，转着圈跳着舞。车间主任迈着笨拙的步伐，跟随着……

小裁缝　（悄悄地在小棕熊耳边）我的梦想已经实现了，你呢？要不要我再帮你缝耳朵？

小棕熊　啊，救命！

［剧终。